C.E.摩根作品系列

赛马

〔美〕C.E.摩根 著

余樟亚 唐雪 译

著作权合同登记号　图字 01-2019-0593

The Sport of Kings
Copyright © 2016 C. E. Morgan
Published by agreement with Trident Media Group, LLC, through The Grayhawk Agency.
Simplified Chinese translation rights © 2021 by Shanghai 99 Readers' Culture Co., Ltd.
ALL RIGHTS RESERVED

图书在版编目(CIP)数据

赛马 /（美）C.E.摩根著；余樟亚，唐雪译. —北京：人民文学出版社，2021
（C.E.摩根作品系列）
ISBN 978-7-02-015362-6

Ⅰ.①赛… Ⅱ.①C… ②余… ③唐… Ⅲ.①长篇小说-美国-现代 Ⅳ.①I712.45

中国版本图书馆 CIP 数据核字(2019)第 115686 号

| 责任编辑 | 甘　慧　汤　淼 |
| 装帧设计 | 钱　珺 |

出版发行　人民文学出版社
社　　址　北京市朝内大街 166 号
邮政编码　100705

印　　刷　山东临沂新华印刷物流集团有限责任公司
经　　销　全国新华书店等

字　　数　496 千字
开　　本　890 毫米×1240 毫米　1/32
印　　张　20
版　　次　2021 年 7 月北京第 1 版
印　　次　2021 年 7 月第 1 次印刷

书　　号　978-7-02-015362-6
定　　价　89.00 元

如有印装质量问题，请与本社图书销售中心调换。电话：010-65233595

嫩芽长出新的嫩芽，不断长高，它们如果足够强大，就会抽出枝条，高耸过很多娇弱的枝条。只要经过一代，我相信它就会变成伟大的生命之树，地面上堆满死去和断裂的枝条，树干上满是新鲜抽发的枝条和漂亮的分枝。

——查尔斯·达尔文《物种起源》

目录

第一章　一堆怪事儿的组合　/　1
　　　　插曲 I　/　107

第二章　次级动物的精神　/　110
　　　　插曲 II　/　218

第三章　只是一道炽光　/　222
　　　　插曲 III　/　342

第四章　生存机器　360
　　　　插曲 IV　/　457

第五章　地狱之口　/　461
　　　　插曲 V　/　575

第六章　马的解读　581

结　语　629

第一章　一堆怪事儿的组合

> 你的精神会一点一点蔓延，直到遍布身体的每个角落，然后把一切组合成你喜欢的样子。
>
> ——塞涅卡

"亨利·佛格，亨利·佛格！"

跑啊，看你能从你父亲那儿跑出多远？男孩飞快地跑进玉米地里，沿着密不透风的小道飞奔，绿色的叶片蹭在他身上，发出细微的声响。玉米秆绊住了他，一次，两次。他像只受伤的小鸟，抱着自己的胳膊惨叫连连。但他并没有跌倒。他以前看到过，有个男孩在学校摔断了胳膊，粗壮的小胳膊像树枝那样"咔嚓"一声折断，他站起来的时候，胳膊就歪歪扭扭地挂在那里，断了的骨头也凸了出来，像极了老厨房里落满了灰的破勺子。

"亨利·佛格，亨利·佛格！"

第一，我就是亨利·佛格。

他父亲的声音回荡在歪歪扭扭的土地上空，"万能的主啊，永恒的国王万岁，阿门！"庄稼竖着耳朵听着这祷告，而小男孩只顾匆匆穿过肥沃的土地，这土壤孕育了一茬接一茬的庄稼，人们也曾愚蠢地在这儿放牛,牛粪臭气熏天。他那时候只有九岁,觉得杀牛这事儿很恶心。

第二,跑啊,跑啊,我永远都在奔跑。

傻孩子,他并不知道,庄稼都在向他宣告着什么,他跑过的时候,黄黄的玉米穗子飞舞着,摇摆着,一会儿,又假装羞涩地停下来不动了。或者,他也不知道,他的父亲并没有追赶他,只是站在连廊里,看着这场愚蠢的奔跑。二楼的窗户猛地打开了,一颗金发碧眼、无声无语的脑袋伸出来,探出了一只苍白又怪异的手,打着手势,重重地敲了两下窗台,算是叫了两声约翰·亨利,约翰·亨利。但是,男人并没有动,仍然站在原地看着自己的儿子一路向前,却节节败退。

小男孩渐渐放慢了速度,以为这距离够安全了。他用小拳头打退玉米的进攻,其中一些竟然还敢逗他,又打回来,而另一些被他打折了秆。他是该想想之后要怎么赔偿的事儿了,但现在,他的小脑袋瓜拒绝想以后的事情,所以他根本不在乎。这个过程充满了乐趣,虽然这种乐趣是从未来借来的;而在现在看来,这种未来是不可能会有的。他几乎已经忘记了那个高大威猛的男人。

第三,陪审团的各位,我无罪!

庄稼的确很嫌弃他。他的脸在战斗中划伤了,手里还抓着一把玉米皮,现在,他就站在原地,风撩起他额前的头发。在这里,古老的土地就是古老的语言:看得出来,村民们为了减少斜坡和洼地费了不少心力。现在,男孩眼前是一望无际的碧绿的烟叶,整个世界似乎都被各种绿色的屏障遮住了,此起彼伏的土地上只有零星的几个烟叶仓库,就好像绿色的海洋上零星地漂着几艘黑色的小船。这一大片绿油油的庄稼地也证明了,他脚下都是厚厚的肥沃土壤。在远处,是另一片斜坡,大地的轮廓向上绵延,草地铺天盖地地向着天边的荒地蔓延开去。一排树苗循着起伏的边界,像围栏一样隔开了两个农场。

农舍的屋顶如黑墨般,前面是片片绿植,这样一来,整片乡村就变成一片黑一片绿,一片黑一片绿,没有丝毫的间断,根本看不到地面。他知道,在遥远的地平线那头,也是一样的场景,就好像他知道,这片庄稼地曾经属于他们,而且,穿过这片土地,在更远的地方还有更多。他还知道,就算他们不是第一个能够做到这样的家族,那也差不多是前面几个了。他父亲曾经说,他们首先是肯塔基人,其次是弗吉尼亚人,第三还是基督教徒,这几个身份都是很棒的。他父亲说的就是那该死的所谓事业。

第四,长子身份是男孩子最好的伙伴。

他听见一声嘶鸣,刚才还在玉米地边转悠的那匹马,突然向围栏跳了过去,围栏那边就是奥赫本家的第一块烟草地。他翻过粗略修剪过的围栏,一回头,顺着肩膀的方向,看到那匹挺着高傲头颅的马拐了个弯。他立刻冲进了齐腰高的玉米地里,弯下身子藏在中间,继而直接趴了下去,趴在了潮湿的土地上。他的脸趴在了土里,弄得满脸都是泥,像涂了战时的油彩,红一块、黄一块,跟树皮一样。

那人骑着马拐了个弯。马儿的脚步平缓悠闲,它高傲地抬着头,脖子直挺挺的,如月光般平静的眼睛带着与生俱来的冷静。它习惯性地扫视着四周,在围栏边放慢了矫健的步伐,沿着一根根木头桩子欢腾跳跃。它高高的尾巴翘起来,仿佛从尾骨那儿的裂缝喷出来的泉水,而后泉水流下来盖住马屁股,几乎一直垂到地面。马儿出奇得安静,轻轻颤抖的尾巴出卖了它微微的紧张。

"嗯……"骑马的人在浓密的树荫下发出了一点声音,声音很小,但足以让男孩听见。哦,是菲利普。

第五,这比赛曾经是种财富,历史上是这么说的。

骑马的人坐得跟马儿一样端正,背挺得笔直,好像每块椎骨都被焊接在了一起。他一手抓着缰绳,另一只手放松,搁在大腿上。一片

3

明晃晃的叶子遮住了他的脸,但男孩还是看见了僵硬的脊背上方那颗锃光瓦亮的脑袋,一头黑发编得整整齐齐,不时地环顾四周。

"驾!"这人突然一声令下,然后把缰绳往左一拉,马儿腾空一跃,优雅地跨过围栏。男孩受到了惊吓,猛地扑到庄稼里,像一条被吓傻的白鱼儿,潜入了烟草田。马儿并没跟上来,而是停在原地打着转,竖着耳朵捕捉着主人的声音。

"亨利先生!"菲利普叫道。

亨利跪在地上,爬着逃开。

"玛莎·怀特会抓到你的,"菲利普说,"你不信吗?"他等了一会儿,接着说道,"我徒手就可以抓到你,你信吗?"

亨利再也分辨不出这无边无际的烟草地里的方向了。他绕着烟草秆子转来转去,喊着,"不是我干的!"

"哦,我知道,牛不是你杀的。"菲利普回喊道。

"我发誓!"

"你知道,我相信肯定是另外哪个蠢蛋做的。"菲利普说,"现在,从庄稼地里出来吧。"

"不!"

"快点,出来吧。"

亨利颤抖地站起来,他看起来像在海水里跋涉的难民。"父亲在生我的气。"

男人耸了耸僵硬的肩膀,"向他解释解释啊,公道的人会听原因的。"

"他不是派你来追我吗?"

"没有,"菲利普说,"看到你嗖地一下跑出去了,像个逃跑的狐狸一样,我就跟来啦。"

男孩咬了咬唇,用最后的力气晃了晃身子,朝田边走去。菲利普没低头，就顺着自己尖尖的颧骨看向男孩，伸出宽大的手掌，手上苍白的老茧突出来，像疖子一样。

"我们去哪儿？"男孩满腹怀疑，依旧琢磨着这是不是场赌博。

"你想去哪儿？"菲利普问道。

"克拉克县。"亨利说，这是他脑子里冒出的第一个地方。

"去那里啊。"菲利普说，干哑的喉咙里发出一声干笑。男孩儿也搞不清楚这笑声的含义。

"快上来。"他说道。亨利加快脚步走了过来。

第六，只要你活着，你就要赌。这是个不可避免的灾祸。

在菲利普的帮助下，男孩成功跳上了他的膝头，骑在了马脖子上。马儿宽短的脖子微微一颤，像小狗在睡梦中那样。从坐的位置往下看，他低头就能看见马儿头上黑色的斑点，从鼻子到它粗大的鼻孔，也都看得一清二楚。

"我们走吧！"他说。

"还不行，我正打算给自己卷支烟。拿着。"菲利普边说，边从格子衬衣胸前的口袋里掏出一张薄片。

"啊，我的卷烟纸快用光了。"菲利普拍了拍自己的口袋说，"想跟我去趟商店吗？"

"当然。"亨利说，他膝盖那儿出了一点点血，滴在了马脖子上。他拿一根手指抹了一下，那血渍就消失在马身上了，颜色像红酒那么深。

菲利普揽了揽缰绳，玛莎·怀特向后退了几步，从围栏上跳了过去。

"抱紧它！"菲利普说，马儿前半身起跳时，男孩惊慌地抱住了它的脖子，菲利普先生同时附身靠向男孩的背，他们就这样跨过了围栏。

5

"别让我靠近那所房子！"亨利说。

菲利普用力向左拉着缰绳，小母马一个急转身，他们就头晕目眩地转向玉米地和围栏之间长满草的小路，沿着地的边缘走了起来。亨利只看得见玉米的顶端，那高度大概到自己的胸口，漫过了正在摇晃的马头。玉米须像华丽的装扮一样，依旧随风飘动，微风如同无形的双手，轻轻拂过他们身后的房屋和烟草地。他们的左边就是之字形的围栏，在地上斑驳的阴影中有一些碎枝条。围栏有七十年历史了，也开始腐烂倒地了，就等着化为荒草和泥土。现在，在新围栏后面，它也只是个稀疏的轮廓罢了。

亨利拍了拍马儿的鬃毛。"让它跑顺畅点吧。"他说。

菲利普嗒嗒敲了两下，调整一下缰绳，马儿开始小跑。它的前腿好像开始工作了，带动着僵直的后腿机械地伸出拉回。它的头也像摇动的木马一样开始一上一下地晃动。本能的奔跑反应带动着四肢，伴随着运动的节奏，马背不起不落，骑马人犹如坐在平稳行驶的火车上。亨利倚在菲利普宽阔的胸膛上。

"它的头受伤了吗？"亨利注意到了马头不平稳的动作，问道。

"没有啊。"

"它想这样跑吗？"

"它好像从来没说过。"

"它就像个机器？"

"哈。"

第七，活着的生物是最复杂的机器。

他们默默地走着，一条小河挡住了去路，那是土地的南边界，陡峭的堤岸，水中的沙质浅滩长满了野草、高秆草和藤条。粗大的胡桃木和桤木扎根在河床上，树荫洒下来，形成了一条秘密的岩石水路。

"我们跳过围栏在水里走吧，这样他们就看不到我们了。"亨利说。

菲利普没说话。

亨利回头看向男人的脸。"就这么做吧。"他说。

"玛莎·怀特不想把脚弄湿。"

马上就要到地的尽头了,房屋也若隐若现。

"我不想去商店了。"亨利正满腹牢骚,突然一阵天旋地转,菲利普紧紧拉了一把缰绳,胳膊紧紧贴住亨利的胳膊,牢牢地把他保护起来。

"不!"但是马儿已经开始飞奔,男孩毫无准备地被弹起来,被马鞍硌得生疼。马儿一个急转弯,绕着玉米地的边缘,开始向他父亲远远等待着的方向飞奔而去。亨利大哭,挣扎着,马儿却在约翰·亨利面前停了下来,它伸长脖子,耳朵躲着抚摸,轻轻拍打着坐在它脖子上的小乘客。

约翰·亨利走向马儿,他的嘴唇紧闭着,像是一道苍白的伤疤。

"你骗我!"亨利哭喊着,扭头用手肘捅着菲利普,但这样一来,他的脖子就没什么保护了,他父亲揪住他的领子像拎宠物狗一样把他抓了下来。他就这么悬空吊着,嘴里发出被掐到脖子的声音,双手向上去抓父亲的大手。他就被这么随意地一丢,马儿欢腾地跑到一边去了,把菲利普也带走了。

"黑鬼!"亨利哭着叫道。

"老实待着!"约翰·亨利发话了。

第八,黑鬼,黑鬼,黑鬼,黑鬼,黑鬼。

菲利普骑着马向马厩走去,马儿慢悠悠地踱着步子。虽然自己眼睛里满含泪花,但亨利没太注意,他现在满脑子都在搜寻某种联想。这匹马像,像……什么东西还是什么人?他搞不清楚,这马儿带着这么宽大的屁股是怎么到处跑的,肉窝里肌肉横生。尽管他知道这是匹

7

母马,哦,就是这个,从屁股后面看,它走起路来的确像个女人。"

他父亲猛地把他拉起来,这手的确有年头了。

"不是我干的!"亨利哭喊着,但他说出来的话已经没法经过大脑了,他被这些奇奇怪怪的事儿吓到了。

"起来!"

他不能起来。他就这么被拖着。这会儿他早就忘了马的事儿,忘了菲利普撒的谎,只顾着哀求,声音越来越高,到最后竟变成了软绵绵的哭泣。

父亲拽着儿子穿过刚割完草的宽阔空地,一直走到老屋旁边的柱子旁边。就在这时,他一只手解下自己黑色的皮带,奋力想要捆住儿子,但男孩儿鼓起自己的小肚子,像马儿骗取宽松的束缚一样。约翰·亨利把他转了过来,面朝柱子,这下,肚子里的空气就都被挤出来了。

"如果你敢解开这皮带,你会后悔的。"约翰·亨利警告道。男孩双手垂在两边,停止了抵抗,他的头耷拉着,脸靠在柱子上,安静地哭起来。

约翰·亨利一只手有力地按着儿子的头。"今天你可能差点死掉了,你知道吗?你干的好事!你在这儿站一会儿吧,好好想想你对你母亲都干了些什么。"

亨利没说话。

"等我回来再抽你,"他父亲说,"先给你个机会站在这儿好好想想。别动那该死的皮带扣子!"

"可是,那不是我干的。"亨利狡辩着。

约翰·亨利眯起了眼睛,说话的时候带着吓人的平静,"你撒谎,对我来说,你这是在自掘坟墓。"

男孩继续边哭边说。

"我给了你这张嘴,也会告诉你该什么时候说话。"

他抿起了双唇,嘴角微微的颤动泄露了他的悲伤。

这柱子上遍布裂痕,竖在这儿的年岁比这男孩的年纪都大。它有一个大人那么高、那么壮,成年累月的风吹日晒剥掉了树皮,被打磨得又光又滑,见证了多少人的血和泪。但这有什么关系呢,他现在像只被嫌弃的小猪一样被捆在上面。可不是他干的啊,他根本没去米勒家的地盘。那儿的牛都站着,头转向一边,安静地站着,就好像一匹马站着睡着了,一步都没动过——这不是因为亨利在高高的草丛里爬过,也不是因为在这场比赛中的挣扎——直到爆竹声响起来,伴随着尖叫。受到惊吓的老牛猛地向前跃起,硬邦邦地跌在了地上。它胸部着地,后腿像电线一样抽搐着,嘶嘶地喘着粗气,就好像车胎漏气一样。

第九,人必须统治地球上所有的动物。

约翰·亨利回来了,站在那儿俯视着他儿子,他的影子笼罩着儿子。他很喜欢儿子黄铜色的金发,但这点喜欢就像一本书中零散的两页纸,微不足道。

"我要你好好听着,"人到中年,他手上已经开始有零星的斑点,他攥着一把庄稼穗,声音刺耳,"我对你要负责任,就像你也要对我负责任一样。"

"父亲……"他低声地哀求。

"我的儿子绝不能对我说谎。"他分开儿子的腿,"亨利,你今天杀没杀动物,我不在乎。一只动物也不是什么大事。我不关心那个。但是,你不光杀了一只动物,你还毁了别人的财产。鲍勃·米勒一家三代都在那农场上生活,你觉得,他珍视那片土地吗?问问你自己,我们是不是也珍视我们自己的。如果连他都珍惜这片可以养活牛羊的土地,那我们呢,我们家族在这片土地上生活得更久啊。我们的庄稼就是我们的家。所以,你在我们前面做出某些行为的时候,你在做某些蠢事的时候,你丢的是站在你身后的整个家族的脸。亨利,我们一直站在你身后盯着你呢。"他继续说,"我现在只希望你能听我的话。你根本不知道一个父亲为自己的儿子作出了多大的牺牲。"

他弯下腰,从男孩的屁股上脱下他卡其色的短裤,短裤就这样堆在了脚踝那里。汗水湿透了男孩白色的内裤,屁股缝透过棉布形成了一条黑黑的长线。

"今天,我不是在打我的儿子,打的是一只动物。因为你做的事情根本不像人做的。"

亨利紧绷着小脸靠在柱子上,眼皮颤颤巍巍,等待着这场暴风雨的来临,然而,并没有等到。他的父亲,这场审判的法官问道:"你还有什么可以为自己辩解的吗?"

听到这话,亨利倔强地挺直了脖子,半眯着眼睛以表示对这顿打的抗议,哭了出来。

第十,从我在妈妈肚子里的时候就开始讨厌你了!永远的暴君!
"我没错!"

约翰·亨利扬起手中的庄稼穗,朝儿子身上打去。

◆

在马路对面的远处,牛时不时哞哞叫几声,盼望着黑夜快点来临。空气中充满了不安的气息,蟋蟀跳来跳去。八月里,大地被炙烤了一整天,湿热的气息蒸腾而上,融入半空中稍稍凉爽的空气里。夕阳西下,太阳公公从原来待的地方溜走,落到了地球的尽头,两股空气交汇厮磨,稀薄了起来。太阳变成了橙红色,带着一圈暗黑的轮廓;随着它一点点越来越暗,也越来越接近大地的颜色,天空也红成了一片。太阳之上的流云一层又一层,由红变暗,这层层变化似乎记录着天空的呼吸。它们一层一层往上堆积，直到最后一层涌入无尽的黑暗中，就如同已至天之尽头，而后飘飘忽忽，漫入升腾的黑夜中。东边浮现出暗蓝的天空，慢慢地蔓延到小屋处，像巨翼般在漫长的黑夜中逐渐伸展开来。但白天还没有完全结束，它尽力挥洒着最后的光芒，云层来回飘浮着，遮挡垂暮的夕阳，零散的光线时而被遮挡一空，时而挣脱出来，如一盏小灯猛然被重新点燃。小屋最西边的房间收到了它的召唤，用自己的方式予以回应，这会儿，墙壁时而抹上一抹红晕，时而暗淡，一会儿又变红了，微弱的光带着灰蒙蒙的橙色，透过薄纱般的窗帘，将屋内的什物染上色彩。胡桃木做的摆件、顶饰和架子都点上了樱桃红，就像吹制出来的玻璃。这会儿，起了点微风，窗帘轻轻飘动，太阳也只是隐约可见了。借着最后一点光亮，几乎没有重量的蝙蝠挤满了屋檐、河畔，轻声尖叫。不知在哪里，一只动物正在呼唤它的配偶。白天与黑夜的天平微微倾斜，天黑了。

男孩肚子朝下，趴在床上。他不确定自己是不是已经睡着了。光线不再和他轻薄的眼皮做斗争，他母亲也回来了。她开灯，房间里顿时充满了温暖的亮光。亨利不满地哼唧一声，把头转向黑暗的窗户。母亲并没有伸手过来，他转过身去，却看到一只细长的手指略带指责地轻轻推了推他。他母亲穿了一件素色的睡袍，睡袍的带子在她并不丰满的胸下打了个结，一头金发因为热的缘故而耷拉着。

亨利只是不高兴地看了她一眼。

她把头转过来，一双暗棕色的大眼睛紧紧盯着他，她双手掌心朝上，举到和她肩一样高。

"我不知道。"亨利嘟囔了一句。

她弯下腰去，看着他的嘴，眉头紧皱，目光坚定。

"我们谈谈。"她打了个手势。

"没什么好谈的。"他用垫在下巴下的手也做了个手势回应。动作太随便,也不完整,看上去更像是胡乱一挥手,而不是打手语。

她猛地从椅子上起身,侧身躺下来。她太瘦了,他必须控制自己不去抱她。他发觉有残留的香水和脂粉的味道,她的呼吸中也传达着什么,虽然不能确切地知晓,但至少是不开心的事儿,就好像全麦饼干和加奶的咖啡。她从他的脖子一直轻抚到背的上面,却没再往下,因为从那儿再往下,一直沿着他的腰,都是十字交叉的血肉模糊的痕迹,像是沿着他的屁股缝延伸出来的红色管子。

"你早先可能死掉。"她打着手势,满脸悲伤,脸扭曲得像个小丑。然后,用手隔着被子轻轻拍着他。

他耸着肩,死盯着被子,用来表示对她的拒绝。她丝质的睡裙皱了起来,随着她粗重的呼吸起伏,丝质的布料像水流一般从她臀部流向大腿。

"你完全不在意我。"她一边打着手势,一边用手指抹去无声的泪水,它们从眼角一直流到嘴唇。

他耸耸肩,"父亲说我话太多了。"

她把脸埋在被子里,摇着头,发夹松了,掉在她笔直的眉毛上。

"他说我的嘴是我的致命弱点。"

"我不够漂亮,所以你不愿意跟我说话吗?"她比画着,泪光闪烁,嘴唇浮肿。

"你想谈就跟父亲谈吧。"他抱怨着,目的却很明确。她突然面无表情,像蒙上了一层白布。但是,亨利看到她这无情的表情时,妥协了。他父亲之前也是这表情。

"好吧。"他打着手语。

她喜出望外,但她还没做任何手势,亨利就开始号啕大哭。"疼。"

她点点头,脚尖隔着尼龙袜子轻抚着他的脚背,手在布满伤痕的皮肤上方扇着风。他僵直着脊背，所有的感官都集中在脊梁骨和屁股上，这儿的每块肉都没被放过，一道道父亲打出来的伤口汇在一起，像火红的一朵朵莲花。伤口随着他的呼吸和规律的心跳一阵阵地疼，得有两个月，他在大便时都会感到疼。

"他伤害了我。"他轻声抽泣。母亲现在就在他身边，清楚地知道他有多痛。她心疼地吻了吻他的鼻尖。

"亲爱的孩子，"她比画着，"你父亲并不想伤害你。"

"我恨他。"他说着，眼泪溢出了眼眶。

她抿了抿嘴唇，继续打着手语，"血浓于水。"

"等我有了孩子，我绝对不会对他们这么刻薄，"他嫌弃地说，"绝对不会。"但当他想要想象一下自己孩子是什么样子的时候，却只能参考现在的自己。他会在自己的基础上增加点什么特点，然后像他父亲说的那样，假装自己是个父亲。这样的假设不只他有，很早以前的人就有了，当然，也不会在他这里停止。

他试图想想这事儿，但是他太累了，阿司匹林也开始起作用了。他脑袋集中不了精神，突然一下子回过神来，却总是看到母亲一直在那儿，如嘴唇般深沉而黯淡的眼睛一直盯着自己。他感觉到母亲在温柔地抚摸着他脸上的每一部分——柔软的眼窝上是高高的眉骨，精致的颧骨下是像父亲一样宽的下巴，令人骄傲的鼻梁，一代又一代人的特征此刻都长在他的脸上，长成他的轮廓，也成为整个家族的特征。约翰·亨利遗传了父亲雅各布·艾里森·佛格和母亲艾米莱德·斯特吉斯。雅各布遗传了父亲摩西·库珀·佛格和母亲弗洛伦斯·伊丽莎白·哈迪。摩西遗传了父亲威廉·艾弗·佛格和母亲克拉拉·黑克斯·莎泽斯。威廉遗传了父亲里士满·库珀·佛格和母亲佛洛伦斯·托德。里士满遗传了父亲爱德华·库珀·佛格和母亲丽珊德拉·迪尔·狄克逊。爱德华遗传了萨米尔·亨利·佛格，母亲叫苏珊

13

娜·勒维琳·马森。而正是祖上萨米尔·佛格在旧时代，用着旧语言，跨越了艰难险阻，才有了今天的家族。

他在弗吉尼亚州的梯田上长大，在那里，佛格家族已经在山上的烟草农田里生活了一百年，就在那个神秘荒地东边的远处。但是这个老自治州对萨米尔·佛格这样的人来说实在是太小也太好驾驭了，而且那时弗吉尼亚争取自由的战斗已经偃旗息鼓，所以，虽然他拥有财富，却觉得双手空空。他渴望的眼神盯向了西部的森林。他暂时撇下了后来为他生了爱德华的女人，出发去了那块广阔的天地，除了一匹从小养大的纳拉干西特赛马和一个从里士满的华尔街用三百五十美金买回来的奴隶，他什么也没带。这黑人奴隶虽然比他年轻，却强壮许多，很会说话，带上他有很大的用处。黑人骑一匹普通的红棕马紧跟其后，手腕和脚踝上缠着羽毛，一把燧发步枪挂在左侧。

他们穿过放牧的山地，沿着破旧的老路一直向西前进，翻过第一道从岩石遍布的平原上耸起的蓝色山脊，原本宽阔的道路越来越窄，到最后变成山间的小径，就像是在荒野中胡乱纺出的一条丝线。从精雕细刻的弗吉尼亚传来的声音渐行渐弱，到最后再也听不到了。现在只有未曾开垦的硬木森林里嘈杂的动静。翻过那诱人的山脊、穿过笼罩在若隐若现的黑山之上的白色雾气，就是他们向往的无边的土地了。佛格和他的奴隶不约而同地坐稳了马鞍，检查了一下步枪。在这之后，他们看到了几块近乎荒芜的农场，零星的几块补丁般的庄稼，孩子们身上裹着的是羊毛制的破布，就好像玩旧了的布娃娃那满头纱线做的头发。未经教化的脑袋下面是不信奉任何教派的身体。半天前，他们还遇到了一群狗，从远处住着落魄人家的小屋跑来。现在，这些狗正在路上晃来晃去，它们有着一身野牛般的乱毛，时不时龇牙而笑。这里或那里有几股刺鼻的炊烟，伐木声自远处陡峭的山林和满是石头的土地上传来。

有一天，他们头顶飞过一只鹦鹉，鹦鹉从过去的金丝小笼里逃了出来，落在一棵栗子树的树枝上，不停地数着一、二、三……后来，就什么也没有了，只有一条窄得不能再窄的小道，通向漫无边际的荒野。他们继续骑马前行，白人主人在前，黑人奴隶在后，都沉默着，没说一句话。从侧边爬上山脊，路越来越难走，潮湿的山路长满了苔藓；越过山脊又进入了狭窄阴暗如墓穴般的山谷，木头和多年的落叶腐烂，入土成肥。他们继续前行，翻过最高的那座山峰，终于看到了辽阔的高原。长长的山脊上裸露着土层，在无穷的天空下是无边无际的绿、蓝、灰。河流和小溪在宽窄不一的山谷中流淌，漫山遍野的花朵在阳光下绽放，鸟儿成群结队，热闹非凡。在那里，他们终于可以休息一下，让马儿饮水，而后蹚过小河，最近的渡口在几条航道以外呢。

他们在一棵树的两侧睡下，背靠树干，即使在睡得最熟的时候，也时刻保持半醒的状态。黑人奴隶的眼睛随时防备着彻罗基族人，佛格的眼睛时刻提防着萧尼族人的出现。每天上午他们继续西行，有时候攥着缰绳牵着马走，有时候在马背上时而挺身时而俯身，躲避低矮的树枝。他们攀爬、迂回、劈砍，精神时刻警觉，提防着土著。他们终于从最艰苦的道路上挣扎而出，满怀希望地走进这个叫鲍威尔的山谷，一个没骑马的人晃晃悠悠地朝他们走来。他们勒停了马惊讶地看着他，这人却对他们视而不见。他拿着一个破烂的粗布包和一把包好的刀，无神的眼睛直直地盯着前面，走了过去，边走嘴里还像个孩子一样嘟囔着什么。佛格紧握着步枪，继续策马飞驰，奴隶却转过头去，直到主人都消失在视线中了，他还继续看着那人，看了很久。

他们在下午到达了山谷地带，在这之前，他们很轻松地穿越了六英里①，右边广阔的群山若隐若现，左边是浅浅的山脊，低矮的小丘横亘在中间。他们在那片广阔的土地上发现了一条小溪，还有一个山洞。

---

① 1英里约等于1600米。

15

他们尽可能快地逃离，因为尽管并没有发现什么土著，但或许土著正看着他们呢。他们穿过颠簸的道路，走进又热又潮湿的丘陵地带，这地貌使得通往远方的路途更加颠沛崎岖。一路上道路坑坑洼洼，加重了人的负担，这种状况几天几夜丝毫没有缓解，他们恐惧的心情一如身上的疼痛，挥之不去。一匹马在觅食的时候被蛇咬了，他们只能给它放了血，可怜巴巴地等了三天后，它又被咬了。他们只能继续前进，第二天，在满是像小提琴一样的蕨类植物地里发现了一条被剥掉头皮的狗，那是一条猎犬。他们将它埋在了一片大理石下面，就当那是墓穴了。在接下来的一个星期里，他们再也没看到人来过的痕迹，只有熊、狼、狐狸、兔子，晚上还能听到野猫那如怨妇般的叫声。

最后，这片土地终于让人放松了下来，归于寂静。他们在奢侈的阳光下走着，穿过一片沼泽。就在慢慢走近其中一座最高的山峰之际，佛格停了下来，回头凝视着他们走过的这片让人紧张的土地，一年以后，他就要带着他所有的家当，凭借他坚定的意志作为动力，把运送的马匹、孩子们、奴隶们、骡子都成功地拉过这一座座大山。就在这最后一座大山上，佛格最终发现了一块块突出的岩石，这代表着再也没有山地了。这儿太适合他们了。

除了这些岩石，他们还惊喜地发现了土地的延伸部分，页岩地质向前延展，而后倾斜而下，通向远处可能存在的河流。是否真的有河流，太远了，他们看不到，但是，这确是他们所期盼的。佛格在这高高的牧场上停了下来，蹲下来，用手指判断着土壤的质感。当摸到如黏土般贫瘠的土壤时，他的心沉了下去。黑人奴隶什么也没说。这还不是他们的目的地，他们还要走很久。佛格的脚滑进脚蹬，重新骑上马背，这铁质的玩意儿已经承受了他两百英里的痛苦。没过多久，他们就来到了石灰岩峭壁下蜿蜒几百英尺[①]宽的河流旁边。他们吃惊地

[①] 1英尺约等于30厘米。

看着险峻的瀑布，然后从岩壁上攀爬而下。所经之处脚下偶有陷落，马儿惊叫，缩成一团。天渐渐暗了下来，温度也降了，他们爬过满是岩石的高原，松散的石灰岩不断脱落而产生裂缝，才有了今天的这山谷。走在这刚开辟出来的路上，马儿时不时踩到不结实的岩石陷了进去，它们喘着粗气，紧张得惊魂未定。在冷飕飕的谷底，他们蹚过清冷的河流，直到对岸才重新上马。等终于从冷透的河水中恢复过来、重新感受到夏天的温度时，他们已经穿过了山脉的最西端，目的地也越来越近了。第二天的傍晚，他们到达了列克星敦。

这个边区的村落熙熙攘攘，村舍都带着整齐的院子。女人们聚在一起，一边走一边喋喋不休，很显然，她们都已经有了家庭，正抱怨着对生活的不满。佛格继续向东北方向前进，很快就到了一片森林，地上偶尔会有一片片红花草。这儿一个人也没有，尽管他们一路是沿着模糊的马蹄印走过来的。不一会儿，周围的灌木越来越密，他们不得不下马，继续前进。

他们蹚过鱼群肥美的小河，穿过茂密的枫林，走过黑灰般的土地，最后，终于到达了他们听说过的河流，他们并没有停下来，而是继续向南。他们在这偏远的路上发现了一个没有烟囱的小屋，屋子的主人叫斯托纳，给了他们一些黑面包和乳酪。除此之外，再也没有围场、宅地、陷阱以及任何文明存在的气息了。佛格突然热血沸腾，几个小时以后，他们碰上了一条缓缓流淌的小河，滋养着一片宽阔的藤茎植物，这正是养家畜的理想之地。宽阔平坦的土地绵延向北。小河像细长的舌，不停地细细诉说，两人沿着河流一路向东，直到它沿着黑黑的嘴唇，滑进深深的蓄水之嘴。再远个半英里的地方，平坦的地面缓缓倾斜而下，又是一条小河，继而又在远处攀高。男人拉了一把缰绳，在这广阔的碗底下了马。他们奔跑过度的马儿站在他们身侧，精疲力竭，直直地盯着前方，一双眼睛在小小的头颅上显得格外

17

巨大。

佛格抬起一只手,放在眉毛上遮着光,极目远眺着这辽阔的土地。而后,他转向身边的人,微笑地点了点头,"这才是我毕生梦寐以求的土地啊。"

这个现在叫本的奴隶曾经叫登贝,因为他已经不记得的母亲给他取的名字。他看向远处的时候没用手遮着眼睛,他眺望着这片土地,稀疏的丛林里小溪潺潺,泉水从黑色的岩石中喷薄而出。

"有点喀斯特地貌,"他说,"或许,我们该回去了。"

佛格回过头大笑起来。他弯下腰,薅了一把茂盛的黑麦草,再次提醒一下自己为什么当时没有带自己的弟弟而是带自己最喜欢的奴隶来——因为这只是尝试寻找他理想的土地,同时,也是牺牲自己保全佛格家族;再则,是为了让他开心。

在这条名叫佛格之河的小河边,有一栋粗糙的三间房的小屋,萨米尔·佛格在这里住了七年。后来,英国的一帮泥瓦匠盖了全新的石头房子,是一座两层小楼,里面有楼梯,山墙上有烟囱,还有嵌了玻璃的窗户。小屋就变成了奴隶的住处。但是,三十年后,这房子开始摇晃,地震震塌了粮仓。佛格之河漫过浅浅的堤岸,淹了庄稼和牛群,牛害怕地站在六英寸[①]深的河水中,看着被水淹没的牛蹄哞哞直叫。水终于退去,石头房子往一边耷拉着,瞬间倒塌。河边的小屋也难逃此命运。佛格的新家建在了离河两百码[②]之外的北边。房子用几千磅重的红砖建成,红砖都是奴隶们自己烧制而成的,他们压实黏土,用砖窑烧了几个月。房子建成了,比之前的石头房子更加坚固,黑瓦的屋顶,南边还有单独的走廊,可以眺望田野和小溪。房子内部都刷

[①] 1 英寸等于 2.54 厘米。
[②] 1 码约等于 0.9144 米。

成暗色，墙面有暗褐色、猩红色，还有像知更鸟蛋一般的蓝色。房子四面都有双悬窗户，屋檐下还有小小的椭圆小窗。太阳每天从这片大地升起，阳光讨好地洒满窗户，傍晚再画个大圈，落下山去。这样一来，这房子反而不太像个房子了，而像是广阔的绿地上落下的一个小点，到了晚上，又变成了一张乐观向上的大红脸。这所房子始终注视着人们在这里做的一切，毫无抱怨。它默默地注视着，人们不再种庄稼，而改种了烟草；爱尔兰的泥瓦匠用石头建起了围栏；附近的住户搬了过来；战争期间，摩根的男人们在小溪旁安营扎寨，征用牛群和马匹；再后来，重新开始种庄稼；最初三千英亩①的土地大多被卖掉；还有七代人的兴衰成败。亨利·佛格就在这所房子里出生、长大。

　　他背上的鞭痕慢慢消失，很快变成了淡淡的红痕，而后变白，最后一点痕迹也没有了。自此以后，他再也没踏进米勒家养牛的院子一步。但是害死牛的债还是要偿还的，他在牛奶作坊做了一年的工。九月里，每个凉凉的早晨，他都是在拴着牛的牛棚里度过的。这里到处都是牛粪的味道，臭气熏天，燃烧室里又到处是烟。天哪，他讨厌他身上任何跟奶牛有关的东西。他第一次挤牛奶的时候抖得厉害，挤出的牛奶还带着牛的体温，滋滋地滴进锡制的牛奶桶中。牛奶作坊主的三个女儿在挤牛奶的时候会把脸颊靠在牛身上，他绝对不会这么做。他在挤奶的时候总是扭着脖子，尽可能地扯开距离，不允许自己跟圆滚滚的牛身体有任何接触。他觉得自己每天都在忍受屈辱。

　　在一个九月的下午，照顾小牛已经有七十天了，终于到了要给小牛断奶的时候。米勒家里最小的孩子，给他做了断奶的示范。一个七岁小女孩，满头乱蓬蓬的红头发，满脸雀斑，胖胖的膝盖有坛子那么粗。她把自己的小手指伸进了软乎乎、黑乎乎的小牛嘴里，抬起头来

---

① 1英亩约等于4047平方米。

看了看亨利，开心地张大了嘴巴。"这是我最喜欢做的事儿了，"她说，"我恨不得把整个手臂都伸进去。"她用另一只闲着的手拉亨利一起来，小牛嘴把他的手指吸了进去，他强忍着没有把手抽回来。算了，就放着吧。他的手指就这么被一个小怪物吮吸着。

"把它们放下来。"这个名叫吉妮的小女孩说道。他们把小牛引到准备好的牛奶桶边，手和牛嘴一同浸到新鲜的牛奶里。亨利终于可以抽出手指，小牛滋滋地喝着牛奶，桶中泛着奶沫。他们重复着这样的动作，直到所有的小牛都喝得心满意足。亨利嫌弃地把黏腻腻的手往牛仔衣上抹了抹，盯着被溅得满脸都是奶星的小牛们。这么轻易地就被牛奶桶替换掉了自己的妈妈，这样的物种也真是悲哀。

"比奶牛还好的，就只有柯基了。"吉妮叹着气说道，"有尾巴的大只柯基。"

亨利继续转向下一头小牛。傍晚的阳光就这样洒进了围栏里，那么突然地，牛棚的地面上现出了厚重的黑影，这头荷兰小奶牛黑乎乎的小身体也变成了嫩滑的红色。晚秋时节，傍晚总是来得早些。夏日里柠檬般的阳光一去不复返了，果实成熟或者早已腐烂，叶子也开始慢慢透出红色。玉米秆子马上也要被砍下了，很快，庄稼地就会被初霜覆盖，所有剩在田里的东西都将被冰霜包裹。看着这时光的变化，亨利也十岁了。

吉妮说："亨利，你会结婚吗？"

亨利做了个鬼脸："将来或许会吧，我不知道。"

"那我们结婚吧。"

"你？绝对不行，你太丑了。"

"我才不丑。"

亨利叹了口气，"如果我结婚，就一定要娶个漂亮的新娘子。我父亲说过，不能把时间浪费在丑女人身上。"

吉妮眼睛里满含着泪水，"漂亮女孩绝对没我一半有趣！"她哭诉着。但是亨利此刻却被牛棚里冷冰冰的空气搞得寒毛直竖。

"这里什么时候变得这么冷？"他说，慢跑到钉着钉子的墙边，他冬天的外套挂在墙上的小挂钩上。通过墙板上的锁孔，他注视着农场，农场现在被白雪笼罩，只是被长高的小牛的黑色身影打破。不久以前，它们还躺在母牛身边玩闹，现在摇摇晃晃地站着，白雪覆盖在它们身上。亨利看着它们时，冬天的黑暗荒凉地爬到它们身上。

吉妮在围栏里忙碌地铲着牛粪，好像已经原谅了他。"你今天能待晚一点吗？我们可以一起玩。"她看着他，眼神里隐藏着开心，"我们可以假装农场是个邪恶王国，你是我从邪恶王国里救出来的小孩。"

"吉妮，我长大了，不玩这么幼稚的游戏了。"亨利按了按黄铜色头发上戴着的羊毛帽子，走到了牛棚门口。有什么东西扔在了他夹克背上，是牛粪。

他没说话，这更刺激了吉妮。

"我还会扔的！"吉妮带着满腔年轻的爱意，哭喊着。冬天在信风的影响下渐渐远去，爱意就是在这样日子里日渐浓厚。亨利没回头，甚至都没理她。她直接冲出了牛棚，手里拿着更多的牛粪。冬天的末尾，泥土渐渐融化变得泥泞，残存的冬意像破旧的白布盖在农场上，让整个农场显得脏兮兮的。

"亨利！"她叫他。这时候，他正稳稳当当地沿着小路走着，初春温暖的天气让他出汗了，他不得不摘掉帽子，脱掉外套。鸟儿欢快的歌唱在空中回响，傍晚的夕阳透过轻盈的花粉照射着大地。左边靠近小路的农田里，小牛长成了大牛，牛腿骨骼健壮，正是养膘的时候。一天又一天，它们总是嚼着反刍的食物。

吉妮跟在亨利的后面，喘着粗气。"你知道接下来，它们身上会发生什么吗？你知道吗，亨利·佛格？"

亨利向后瞥了一眼，奸诈地笑了笑。吉妮的手指在喉咙处比画了一下，眼睛睁得大大的。

他转了转眼珠，"我必须走了，吉妮。五分钟后我和父亲还有课要上。"太阳照在他已经有些发红的脖子上。

"好吧。我爸爸说，你爸爸总是觉得自己的屁不臭！要我说，你这课真是无聊又愚蠢！"吉妮脚后跟上的牛粪干了，她想抠掉它，这会儿落在亨利后面很远了。她鼻子下面满是汗珠，满脸通红，像只红透的草莓。

亨利回击道："愚蠢？我学拉丁语和希腊语，还有数学和哲学。"

"对啊，我知道啊。"她说。

"是啊，你甚至都不知道我说的这些是什么。"

亨利·佛格把一脸挫败的吉妮丢在路边。她就这么看着他，小阳春的阳光照在她身上，影子映在了他前面。在他走到村子边儿两家农场分界的时候，在他十一岁的时候，吉妮大声抱怨着："亨利·佛格，你从来不玩的吗？"

约翰·亨利："儿子，关上门。"

亨利："好的。"

约翰·亨利："还是老样子。"

亨利："嗯。"

约翰·亨利："你带你翻译的东西了吗？"

亨利："我带了。但……我想弄清楚一个词的意思来着，我……"

约翰·亨利："就直截了当地说是或者不是。"

亨利："是的，我带了。"

约翰·亨利："你是机械地翻译出来的，还是真正动了脑子的？"

亨利:"是的。"

约翰·亨利:"是什么?"

亨利:"动脑子翻的。"

约翰·亨利:"好,那现在告诉我,人是万物之尺吗?"

亨利:"……"

约翰·亨利:"你没说话,那我推断你来之前没准备好。亨利,这些作品不能像读那些嬉笑打闹的平常话那样读的。它们的价值只有通过动脑子才能理解透彻。小说对于那些只觉得华丽的辞藻才是价值的人毫无意义。你能说说,什么叫唯美主义者吗?"

亨利:"不,我不知道。"

约翰·亨利:"那些只在乎漂亮外表价值的笨蛋。"

亨利:"妈妈就喜欢漂亮的东西。"

约翰·亨利:"我爱你妈妈,但却从没见过任何一位真正受过教育的女性。现在,我再问你一遍,人,是万物之尺吗?"

亨利:"苏格拉底说不是。"

约翰·亨利:"那么,为什么呢?"

亨利:"因为,风不能同时又冷又热?"

约翰·亨利:"因为并不是任何事情都能够凭借人的主观想法而决定的。来,再跟我说说。"

亨利:"那,如果有人疯了……"

约翰·亨利:"如果人是万物之尺,那么,疯子的话也会是正确的;而那都是些废话。所以,告诉我,如果一个人觉得自己就是万物的主宰,会如何?"

亨利:"混乱?"

约翰·亨利:"对,明智的基础在于对自己有准确的定位。"

亨利:"但是,所有的书都是人写的,他们编造了所有的观点,他们说他们不是万物的主宰，这难道不正说明他们就是万物主宰吗？"

约翰·亨利："不要打断我，亨利。我敢确定，你这张嘴，就是你脖子上的一个负担。"

亨利："你说的不……"

约翰·亨利："别跑题！"

亨利："好吧。我很喜欢他这样的说法，有梦想的人是最好的一类人。"

约翰·亨利："为什么这没吸引我？亨利，你用来想的时间太长了，难道你想沉浸在白日梦里吗？还是你真的想弄清楚为什么那些思想家想出来的规则比你想的要好？"

亨利："但是伟大的人是开拓新路的。他们的想法总是出其不意。"

约翰·亨利："不，伟大的人追求卓越，但是卓越到何种程度取决于前人达到的高度。没有什么知识不是别人赋予你的。亨利，你总是用废话和白日梦打断一场有条理的对话。这就是整日花宝贵的时间与你母亲待在一起的缘故。她太惯着你了。"

亨利："我只是想知道如何知道。"

约翰·亨利："那我就告诉你，如果我鲁莽地顶撞了我的老师，他会怎么说。要想了解真正的知识，首先必须找好自己的位置。现在，你不是黑鬼，不是女人，也不是蠢蛋。你是一个生来就要走不寻常路的人，这意味着，你有更多的责任。把心思都用在学习上。至于你的想象，就请放在第二位。你绝不会有独到的思维，绝不会伟大，也绝不会发明出真正新的东西，这些不能干扰你一分一毫。太阳之下无新物。你只需要找准自己的位置。这很乏味，但是真理往往都是枯燥的。"

亨利："那我的位置到底是什么？"

约翰·亨利："你的位置，就是我的儿子。"

亨利："但是……我的意思是万一……"

约翰·亨利："该死，亨利，你能不能直接点。"

亨利："但是，如果我有和您不同的想法，怎么办？"

约翰·亨利："那样的话，我们不可能都对，肯定有一个人是错的，那么，这个人会是谁？"

亨利："我？"

约翰·亨利："这是通往智慧的第一个阶段。"

亨利："……"

◆

两个星期以后，他父亲教他开车。

他们在十月一个无精打采的下午，迎着傍晚如熟透番茄一般的夕阳，无休无止地练习着。在他们到达巴黎城火车站铁轨附近的时候，已经衣衫尽湿，湿透的衣服贴在背上，车子的顶盖已经烫得像烧开了一样。空气中弥漫着落叶的灰尘，附近有什么动物发出令人厌烦的声响。

他父亲熄火以后，亨利问了他一个困扰自己很久的问题："爸爸，你为什么可以进到立法部门去呢？"

约翰·亨利先瞧了一眼火车是不是开过来了，然后回答道："这是件特别自然的事儿，受过良好教育的人太少了，而我们必须负起服务大众的责任。当前这个年代，白痴都泛滥成灾了，整个世界都被他们控制着。这个世界上，有太多白人就像黑人奴隶一样，我们根本不知道拿这些人怎么办。"

"立法部门里有女人吗？"

约翰·亨利嘲笑着说："亨利，别傻了，女权主义的核心就是优柔寡断、缺乏理智。理性根本不适合她们。"

火车停了下来，亨利默默地看着灰黄的运煤列车隆隆驶过来，车厢没有顶棚，煤炭就装在里面，堆了出来，煤块在太阳下有点耀眼。火车车轮在铁轨上划过，发出剧烈刺耳的隆隆声，落下点点煤屑。

因为轰隆隆噪声的缘故,约翰·亨利提高了音量,说:"你对女人不了解的地方还有很多,亨利。"他盯着列车快速驶过,接着说道,"我的意思并不是说她们像黑人一样生来智力上就低级。她们并不是不聪明。实际上,我经常发现小女孩和小男孩智力都差不多,甚至她们更聪明些。但是女人是要孕育生命的,这就把她们捆绑在特别物质化的东西上了,比如,孩子和家庭。这样一来,她们就没有了对更高理想的追求。"

"好吧,还好我不是个女孩。"亨利说。

他公正的父亲大笑起来,就一刹那的工夫,亨利发现自己竟然不由自主地跟着父亲一起笑了起来。但是他突然谨慎地停止了笑。他不相信父亲是真诚地在笑,也许那只是种圈套。每次父亲的笑声都好像在暴露他的一个秘密,而这个秘密有可能让亨利付出代价。

轰隆隆的噪声突然消失了,火车的最后一节车厢也消失在了远处的树林里,货车继续前行,朝着费耶特县去了。约翰·亨利说:"你该学开车了。"

"这是违法的。"亨利提出了反对意见,他现在只有十三岁。

"我确定我绝对不会让你进监狱的,"约翰·亨利扬了扬眉毛说道,"菲利普不知道花了我们多少时间和金钱,就为了满足你母亲的突发奇想。我不能只为了让她高兴就总被打扰。我的确不能再给她雇司机了。家里不能常年有个年轻男人在。"

亨利点了点头,说:"好的,父亲。"

"但是,除非你母亲叫你,否则别去碰车。"

"好的,父亲。"

父亲不禁非常兴奋,伸了个懒腰,哈欠声像是一头冬眠刚醒的熊发出的,洪亮浑厚。然后他转身走到了副驾驶处。

亨利由于紧张,嘴唇发干,小心翼翼地溜到父亲原来的位置,在驾驶座上坐得极其靠前,双手紧握着方向盘,双脚脚指头点地,紧紧贴在地上。

"一、二、三、四,"约翰·亨利数着数,"松油门,踩离合,挂挡,重新踩油门。这不难。"

亨利紧紧握着变速杆。

"离合踩到底,发动车。"他照做了。

"先要踩离合。"他也照做了。

"踩油门,慢慢松离合。"油门踩得不稳,车哐当哐当慢慢向前挪,就好像在害羞一样,一点一点晃晃悠悠地越过了轨道。

"多给点油。"

亨利猛地踩下去,但是突然,车发出受伤般尖锐的响声,接着就熄火了。有那么一会儿,车里什么声音都没有,但是亨利能感觉到车内不断上升的温度。然后,他父亲厉声说道:"亨利,这并不难。"

又一次尝试,终于勉强没有熄火,车慢吞吞地挪到大路上,晃晃悠悠地离镇上一排排的房子越来越远,开到了乡下的地界。

"开快点。"他加大油门,汽车引擎隆隆响起来。他们开了一英里,亨利眼睛都不敢眨一下,眼睛被夕阳刺得生疼。

"我在考虑不让你去上学了。"约翰·亨利突然说道。

"什么!"他冒着危险急匆匆地看了父亲一眼,"为什么?"

"因为你现在的学校太一般了。同学也太普通了。"约翰·亨利随意地摆了摆手,然后两只胳膊交叉抱在胸前,"现在,法庭上正发生着一些事情。世道要有些变化了,而我不想你因此受影响。我发誓,黑人好像一心想把自己送下地狱。"他一只手捋了捋眉毛,"这些人啊,整天就想着改变什么,可是却丝毫搞不懂人的本质。一只聪明的猴子能成功逃出笼子,但是,这并不能改变它就是只猴子的事实。当然了,其他的猴子也会纷纷效仿,但是直到它们逃出了笼子才会发现,其实只有在笼子里的时候它们才吃得饱、穿得暖。"

亨利听不懂他父亲在说些什么。"你不会把我送到亚特兰大的学校上学的,对吗?"他说,心提到了嗓子眼。他害怕去寄宿制的学校,害怕离开母亲去到一群优秀的人中间,他才刚刚开始学着说点高深的话,那些人说话用的语法他根本就理解不了。

约翰·亨利说:"你妈妈一点也不想送你去,我也考虑过她的想法,因为我理解她的感受。你知道的,她就你这么一个孩子。所以,我想着,还是请个家庭教师吧。"

"但是,您不是已经在教我了?"

"我还不够资格,你现在不是小孩子了。就像,虽然你妈妈能做一手好菜,但是我们还是请了玛丽莲,因为你妈妈拉维尼娅她并不是专业的厨师。这都是一样的道理。"

就在烟草田边,车子突然熄火了,他们猛地往前一倾。约翰·亨利比上次更大声地叹了口气。亨利害怕地缩成一团,等待父亲一巴掌打过来的裁决。天哪,他太讨厌他父亲了,有时候又很爱他,回头又开始讨厌他了。不管怎样,所有混乱的感觉都随着与生俱来的感觉朝着一个方向汇合:我是属于他的。

男孩颤颤巍巍地重新发动车子,车轮重新转了起来,晃晃悠悠继续往前开。约翰·亨利终究还是没忍住,伸手去夺方向盘,但是亨利这时候突然脱口而出:"别过来,我学会了,学会了。"

"行动胜过空话。"他父亲用葡萄牙语说道。男孩看了看他,心想,说这话,绝对不只因为发音特别简单,他不止一次这么想过。而后,车子又熄火了。

"亨利,把车开到路边。"他父亲说,然后,他们再次换了位置。约翰·亨利在放手刹的时候,突然所有火气都一起爆发了出来,他说:"我要的只是能以你为荣。"然后,他竟然不同往常地犹豫了一会儿,好像在组织语言一样,"对于一个男人来说,在任何事情上都失败是最大的弱点。别让我失望。"

◆

男人总是很有逻辑,但是他们的逻辑到最后总是像无理数一样毫无道理,这是个奇怪的悖论。男人觉得母亲的美是永恒的、无法复制的、持续不断的,这就是个没道理的例子。她整张脸就是一门漂亮的数学,一个带有女性气息的数字,而且找不到任何等值数;她安静时更加深邃的棕色眼睛;瞳孔之间完美的距离,恰好是两边脸颊的三分之一;如同半个贝壳般的眉毛粗细有些不均匀,每根眉毛都精致得恰到好处;白皙的皮肤略施脂粉,没有一丝皱纹;鼻子末端有个灵巧的小窝,鼻梁就从这儿伸展出去,如同茶杯的手柄般雅致有型;人中浅浅地凹下去,下面是微微上翘的嘴唇,带着复活节上丝绸一般的唇色,就是这双唇,就算是柏拉图也想吻上一吻吧。简直完美。

但是,他们不能交谈,这样的事实总是让人吃惊。她身体上的这点缺陷就好像一副杰作上的裂痕,特别是她每次打着手语,脸上努力做出各种扭曲夸张的表情,只是为了让别人明白她想表达什么的时候,显得更加突出、明显。眉毛上挑,眼睛像太阳般放着光,嘴唇扭成一团,每当这个时候,她这张脸就会让亨利很窘迫,就像实在的演员卖力演戏时兴奋异常的脸,而并不是一个孩子期望中的母亲温和的脸。

"奥赫本先生。"

他从自己的白日梦中惊醒:"你说什么,妈妈?"

"能开车送我去奥赫本家吗?"(手语)她叹了口气,"玛丽莲为他们做了午饭。"(手语)

奥赫本警官是他们在这片土地上的邻居,一个矮小的黑头发男人，他老早就对自己继承下来的土地失去了信心，于是去当了警员，拿计日的工资，直到他做上了副警长。他只在晚上和周末做农活。但是，一年前，他在县第一银行遭了枪击，就在镇子里的村民们凑了一半买红木棺材和丧旗钱的时候，他却醒了，重新活了过来。但他也没回到农场来，有人说他注射吗啡，行为也有点不正常了。种子店的老板说，冬天的时候就没见他来买种子了。还有人提到了纯血马。

从大路开下去，沿着弯弯曲曲绕在他们像大碗一样的土地边儿上的小路，一直开到奥赫本家用不了多久时间。亨利转着方向盘，盯着前面的路，他的母亲拉维尼娅放松地坐在他身边，双手放在大腿上，一只手温柔地覆在另一只手上。亨利还没来得及摸熟方向盘呢，就已经到了，车停在这座意大利风格的小屋前，拉维尼娅手里挎着野餐篮子，从车座上滑下来。

她掰了掰铁质的门环，但是门却没动，亨利绕着她走了一圈，上下晃了晃门。花了半分钟，掰动了门环，开了门，他一直推着这扇破门，母亲弯腰从他身后走了进去。两人不约而同地打量着眼前的房子，一脸好奇。露台廊柱的影子投在房子里，显得特别清凉，尽管是白天，但好像有残余黑夜的感觉。虽然没有声音，但是有微微的震动传来，拉维尼娅小巧的鞋底感受到了。

她用一根手指戳了戳亨利的背。

"奥赫本夫人？"他喊了一声，蹑手蹑脚地走进屋子里，母亲小巧的身躯跟在他身后。楼上地板咚的一声，震得细小的灰尘落了下来。

"奥赫本夫人！"他这会儿声音更大了些，但是依旧没人答应。他母亲拽了拽他的衣服，想问问怎么回事，但亨利把她的手甩掉，指了指上面。

就在他们的手刚刚搭上楼梯栏杆、准备上楼的时候，传来两个人的声音，这声音因为距离的关系，有点模糊。"贝琪！贝琪！我求求你，妈的！"然后，就传来一连串下流的脏话，拉维尼娅是听不到的，却让亨利惊掉了下巴。

"开门，你他妈个婊子！"

亨利抓住他母亲瘦小的胳膊，但是她却轻轻拍掉他的手，微笑着继续爬着楼梯，前面还挎着野餐的篮子。

在二楼的走廊里，对着一扇关着的门，奥赫本夫人坐在梯子背后的椅子上，她向前趴着，手肘撑在膝盖上，双手抚着满是皱纹的额头。关着的门里，不断传来奥赫本先生的抱怨声，后来变成了痛苦的哭泣。就在门被撞得连墙都晃晃悠悠的时候，奥赫本夫人一抬头，看到了亨利的母亲和她手里的篮子，一脸惊讶。她张大嘴巴盯着他们看了一会儿，然后哭了起来，"噢，拉维尼娅，还有你，我的孩子！"她猛地从座位上站起来，拍了拍手，这双手像是筋疲力尽的小翅膀，已经毫无用处。"我丈夫要戒掉吗啡——他让我把他锁在房间里，并且保证自己戒掉，之后才允许我放他出来！上帝啊，别让孩子待在这儿！"

拉维尼娅只是惊慌地看着她，一脸茫然，但是亨利已经开始退后，像是更小的小孩子一样，躲在了母亲的身后。

"噢，别这样！"奥赫本夫人哭着喊道，她的声音几乎盖过了丈夫痛苦的抱怨声，"这不合适！"

拉维尼娅转过身看着亨利，她迷惑不解。

"奥赫本先生在里面，"他打着手语，"说着不好的话。"然后，他喊道，"我走了，我走了！"奔向楼梯，一根手指扶着楼梯，一步三层台阶地冲下楼去了。他直冲向后面的厨房，这儿有个后门，通向新开辟的闲田。他冲到门口的时候，手搭在门环上，停了下来，心跳得像贼一样快，一只耳朵竖起来，听着奥赫本警官尖叫着"妈的！妈的！妈的！"这就像一首肮脏的歌里面叠字的歌词。这原始吼叫般的声音把他吓坏了。他突然想到，奥赫本夫人就是在等着这砰砰声的停

31

止，于是他猛地拉开门，门就在他身后哐当一声关掉了。

田里没有烟草，这让他吃了一惊。没有一大片绿叶的遮挡，这片土地光秃秃的，十分奇怪，像是刚被剪了毛的绵羊，所有的肌肉和骨架赤裸裸地呈现在他眼前。粮仓里也没有烟草，门大敞着，清楚地展示着里面的状态，里面都是新装的带窗户的格子，亨利知道，这是用来养马的。有窗格的圆屋顶立在倾斜的屋顶上，黑墙都被粉刷成了白色和黄绿色相间的纹理。仓库的后面铺着仔细规整过的牧草地，全是嫩嫩的绿草，只是还没有装围栏，像是公园里的草坪或者供人消遣的小花园，吸引你前去玩乐。于是，他朝那儿走了过去。

粮仓远处突然传来短促的呼唤，亨利转了个弯，看到在主房看不到的地方，有个圆圆的新建的围栏。两个工人在那儿工作，一个站在围栏外面，脚上穿着靴子，一只脚和手肘靠在栏杆上休息。另外一个在围栏正中间站着，用绳子牵着一匹高瘦的红马，马沿着围栏，急躁地转着圈。马儿蹒跚走着，踢着蹄子，滴溜溜转着的眼睛像是安在头上的大理石。用绳子牵马的确是古怪的懒办法，亨利从未见过这样干的。绳子绕着马脖子、肚子缠一圈，在摇摆的马尾巴下面打了个环，从一边套住前腿，但是在亨利看来，这起不到任何作用，剩下的绳子自己绕着圈，沿着马背胡乱耷拉着。尽管被绑成这副样子，马儿还是被逼着沿围栏绕着圈，它烦躁地哼着气，很明显，这是在表达对默默站在中间瘦男人的不满。没人看向男孩的方向，但是马却看到了他，一只圆圆的眼睛死盯着他，一边绕着圈子表示挑衅。

倚在栏杆上的男人注意到了马的眼神，转过身来。他斜眼看过来，尽管没戴帽子，但宽大高挑的眉毛显得戴帽子几乎没什么必要了。

"小孩，我们正在工作。"男人说。

亨利向后挪了挪，但一只手一直放在松木板上，定定地站在两根杆子中间。男人向他旁边看了一眼,但没再赶他。

"你没见过驯马吗?"男人在沉默了一分钟之后对他说道。

"没有。"亨利眼睛盯着围栏里的某一处,马儿正低着头,耳朵耷拉,向那儿跑呢。

"好吧,你可以到跟前来看看。"男人说。

"这是什么马?"

"这是匹良种马,母马。奥赫本先生亲眼看到它在燕麦田里把某位女士掀翻在地。她不是不知道这匹马多有价值。你就像在看下一部《懊悔》。等着瞧吧,是不是她真的不知道,看他们怎么交涉。"

亨利并没有看出这马有什么潜力。这匹小母马还没长大,筋骨、四肢都还软趴趴的,身体的每个部分都像刚匆忙长好,又长又笨的四条腿不像是马腿,倒像是麋鹿腿。耳朵倔强地翻转着,在它短小的脖子上显得有点太大了。现在,它在另一头,正沿着围栏的边缘试图放慢速度,光秃秃的脖子扭得吓人,让人觉得很痛苦。亨利从来不知道,马的脖子还能扭成这样,像是没有骨头似的。

小母马目光呆滞地盯着站在围栏中间的男人。他往前走了一步,马儿脖子立刻不晃了,警惕地盯着他。

"哦,看啊,"男人说,"它马上就要跳出来了。它正跃跃欲试,马上准备逃出来。赐给我们将它驯服的魔力吧。噢,糟糕!"他说着,缩起了脖子。这时候,小母马开始表达对中间男人的不满了,它耷拉着耳朵,嘴像乌龟一样咬着,脖子直直往前伸出去。但是男人用手里的绳子把它拉回到围栏边上,就在这儿,马儿继续焦躁地绕着圈。亨利旁边的男人不自然地笑了起来。

"它看上去像是疯了。"亨利说。

"我们想让它老老实实地拉车。"

"或许,你可以把你的钱要回来。"

"不不，邓肯是最棒的，他甚至可以驯服一头狮子。这匹马还没到那个程度，但也差不多了。"

"你们一整天都在做这个吗？"亨利感到很惊奇。

"就他妈是啊，孩子，"男人说，"一整个礼拜。"

"所以，这个样子就好了吗？"亨利怀疑地说道，一只手放在眼睛上面，遮着正午的太阳。

"不，早着呢，"男人嘴里吐了个什么壳，说道，"除非你真的很幸运。你好好地把它们养大，对它们温柔以待，这样的话，你不需要做这些。但是有些女人散养着它们，从来也不驯马、不骑马，这样的话，你就必须将它们身上的野性驯服了。像这样的马，最难搞，"他一边说着，一边指着，"根本连人的手都没见过。你感觉很轻易就掌控它了，给它安个马鞍子，但是这绝对是你最后悔的事儿。它们根本不往前走，只管往后倒，还会把你颠得人仰马翻。这匹小母马很让人伤脑筋，但是我见过更糟糕的。我曾经在卡斯尔梅恩庄园喂过马，遇到过一次这个品种的成熟公马，它实在太坏了，简直罪大恶极。你拿绳子牵着它的时候，得一直盯着它，片刻都不得松懈。这公马盯着一匹同种母马和驯马师，在发生这事儿之前，我已经认识这个驯马师两年了。驯马师推了推公马的肩膀，想让它站在合适的地方，这个时候，母马就那么轻轻地踢了一下，这公马，天啊，往后退了退，然后失常地跳跃起来，上帝啊，我根本没见过这么疯狂的马，你猜它做了什么，它转过了身，一口咬断了驯马人的喉咙。杰克·霍顿，我永远忘不掉这个名字，他从英国来，人们把他的尸体装船运回去，他的头和身体断成了两截，脖子就只剩了喉结那块，也是被咬过的。"

男人轻轻地扶着额头，脸部扭曲。"这让人更喜欢牛，"他说，"并不是说牛不制造麻烦，但是跟一匹公马比起来，最疯狂的公牛简直什么都不算。"

亨利重新看了一眼那匹暴躁的马，它突然停了下来，跟周围环境显得如此格格不入，像是白雪覆盖的大地上一匹黑马一般。马头很长，中间有小的凹陷，鼻子就这么猖狂地挺了出来，宽大的鼻孔用力地喘着气。嘴唇高高地耸起，漏出宽大、搞笑的牙齿，褐色的牙齿参差不齐地长在牙龈上，粉得发亮。它在咀嚼的时候，牙齿就像石头一样撞在一起。亨利不自觉地把头伸进了围栏里。

"快把头缩回来。"旁边的男人说着，把亨利的身体从栏杆那儿拉回来。小母马虽然已经从他们身边过去了，但亨利看得出来，它有些怒了。它的头摇晃着，越摇越低，速度和脾气都慢了下来，然后，它完全停了下来，就只有脖子还轻轻地动一动，就好像在风中轻轻摇曳的一块草坪。

"现在，它要过来了。"男人说。叫邓肯的男人朝马走了过去，上身微微探出去，好像在听远处马儿听不到的声音，一直在缠着手上的绳子。马儿似乎有跳到旁边的意思，但最后还是留在原地，喘着气咀嚼着。男人松开了绳子，绳子垂在了地上，他从后背上解掉了另一根绳子，拿在手上。

"为什么要把它绑成这副样子？"亨利说。

"嘘！"身边的男人伸出一只粗短的手指作噤声状。

邓肯没转身，幽幽地说道："弗洛伊德，我觉得我们要加点棉布绳了。"他的声音平平的，几乎没有任何起伏，不像肯塔基州人说话那样抑扬顿挫。亨利在想，他可能是从艾奥瓦州或者堪萨斯州来的，或者其他一些连山都没有的可怜地儿。

弗洛伊德朝他喊道："是啊，我也觉得。"

邓肯在马旁边待了一会儿，一只手轻轻地慢慢抚摸它抖动的身侧，继续向上，抚摸着它的脖子，安抚着它紧张的皮肤，让它慢慢安静下来。马儿警觉地呼吸着，但站在原地一动不动。而后，邓肯慢慢后退到围栏中间,停下来,捡起一根像是用破布缠起来的晾衣绳一样的东西,上面还贴着小洗衣店的标签。马儿突然警觉地睁大了眼睛,尾巴摇动得啪啪响。接下来,邓肯猛地冲了过去,用手里宽松的绳子套住了它,然后用另一只手把晾衣绳接过来拉紧,绳子像是黑色的鸟一般捆在马脖子上啪啪作响,不停地抖动。马儿失声尖叫,猛地向前冲去。它耳朵耷拉着,贴着马头,眼睛惊恐地转着。就在它蹿出一半的时候,男人猛地一拉绳子,就这么一个动作,马头就被猛地拉向马尾的方向,右前腿被突然拉向绑着带子的肚子。这样一来,一匹马八百磅重的身体直直地趴到了地上,震得周遭尘土飞扬。马儿挣扎着嘶鸣,想从绳索的捆绑中翻滚出去,棉布绳上的碎布就像鸟翅膀一样,忽闪忽闪。男人把棉布绳上的碎布扯掉,松了松绳子,马儿站了起来,沿着围栏把栏杆踢得哗啦哗啦响,皮肤下的肌肉颤抖着。但驯马人就站在它旁边,把跟马儿一起疯狂抖动的绳子重新扯回马背上。这下,它又趴到地上了,从马嘴里发出哀怨的惨叫,像是猫被打了一样的尖叫。这叫声听起来撕心裂肺,像是射在心上的箭,每一次都正中红心。亨利看着马儿被追捕、俘虏,被逼着缴械投降,震惊得几乎无法呼吸,而马儿还不知道,这样的驯服将是永久的。他看着马被捆得紧紧的,再一次被摔在地上;就在原地,被稍微松开刚站起来,又被摔倒在地。一次又一次。现在,驯马人正冒险爬到马身上,暂时把它压住,然后小心翼翼地放它完全站起来,看得出来,马抖得厉害。就这么一次又一次地驯服后,邓肯终于开始抽打它已经出汗的马背,它的意志已经顺从了疲惫的身体,它哀怨地呻吟着,低垂着目光,缓慢地朝前迈了一步,没有一跃而起,没有横冲直撞,也没再摔下去。马儿的声音一听就是嘶吼过度了,就连亨利这样的小孩子都听得出来。

"天哪!"亨利屏着呼吸转向弗洛伊德,"他现在可以骑这匹马了?他骑好我可以骑一下吗?"

男人怀疑地朝他一笑，双手从腋下将他抱起来。"小孩，你现在才多大？"

"十六。"亨利说。

男人笑起来，"给你星期天的晚餐加个马肉倒是可以。"

"不，不，我能骑的！我会骑马！"他没能表达出，他只骑过沃克马，这种马温顺得像小母牛似的。"求你了！"他说，"我请求你，让我骑吧！"

"不，不行，"男人边说边瞧不起地摆着手，"你觉得，就你，能骑得了那匹马？"

"我他妈的能行！"他第一次试着说这样的话，发现这让他的语气强硬了那么一点点。

"哎哟！"男人笑了起来，"可别让邓肯听到你这么说话。他信耶稣基督，信得可不止一点点。"

"我们都是基督徒。"亨利说。他的眼睛转向马的方向，它正站在那里上气不接下气，最终任由驯马人抚摸着，大眼睛环顾着四周，寻找自己刚才在围栏地面上摔倒的痕迹。

"确实有个像你一样十六岁的基督徒。上马吧，你可以去骑了。"

"哦，不，天啊，真的吗？！"

"去吧。"男人在考验他。

"我叫亨利·佛格。"男孩突然说道。

男人又怀疑地看了他一眼。"亲爱的，我知道。我在你身上看到的都是你父亲的影子。现在快去吧。"

"但是……"

"快去啊！"弗洛伊德假装嘲笑似的说道，轻轻地将他推进围栏，亨利现在只能继续了。他在请求落败的时候，马儿根本没看他。他从来没有像现在一样感到如此幼小和没用，奥赫本的房子在嘲笑他，圆圆的围栏也在嘲笑他。为什么大人的世界就这么神秘？大人们总是误解孩子的无知，他只是缺少这样一个机会去反驳。他回头看了一眼这匹马，马头低垂着，黑色的鬃毛垂在脸上，微微盖住了充血的双眼。弗洛伊德回应他的只有满不在乎的背影。大人就像是校园里的恶霸，就算是很小的帮助，他们也要你求他，他父亲更是这样！给你全部自由的只有你母亲，只有母亲把全部都给了亨利·佛格。对，我是亨利·佛格！他感到热血沸腾。究竟为什么他不能骑那样的一匹马，或者拥有那样的一匹马？他看到了驯马人强大的控制力量，那多占优势啊，比男人还男人。那样一匹庞大、勇敢的马那么快就被这样一个绝不改变路线、绝不让步的人驯服了。那匹马和驯马人简直就是完美的一对。亨利现在兴奋得简直要疯了，他绕着房子旁边的灌木丛走来走去，受挫的他垂头丧气地踢着草坪，脑子里混作一团。最终，他跑回连廊里，目光穿过另一边通往枯燥的养牛农场的路，出神地望着远处，急躁地等着他的母亲，只是偶尔能听到头顶房子里传来哭声和咒骂声。

◆

　　他开始记事的时候，大概就是最后一次人工收割庄稼的时候。男人们在九月的第一周从镇上过来，有十几个人，或者更多一点，他们几年来一直都是如此。他们拥入庄稼地里，帽子都戴得低低的，手里的庄稼刀像镜子一样闪着光。那时候他太小了，也不记得到底有多小，但是已经不穿开裆裤了，但那时候他还只能追着大人们跑。在他猛地冲进茂密的玉米地里的时候，发现菲利普就在那儿。菲利普边走边数着一捆捆的玉米秆，男孩就跟在他后面，一起数着一二三四五六七八，一直跟到中间。菲利普就在那儿把中间的四捆庄稼秆捆成一团，垛个底。然后，弯下腰，继续收割。把收割好的玉米秆和旁边的一捆滚到一起，再把它们垛在庄稼垛上。等到正午时分，庄稼垛已经像个胖胖的帐篷一样了。亨利坐在玉米秆上，做着自己的事，手里拿着抹黄油的刀子，看着他们劳动。菲利普走过来，站在男孩身边，影子一下子就罩住了他，菲利普弯下腰来抓着他的纤维短裤把他拎走的时候，亨利能闻到他腋下涩涩的味道。他把玉米秆割断，抱走了，把男孩留在了夕阳斑斑点点的余晖里。

　　亨利的嘴巴干得要命，膝盖也因为炎热支撑不住了，手掌的颜色像是处理过的皮革。他沿着稀疏的草地晃晃悠悠走着的时候，这一天也算进入尾声了，他红色的马车就在那儿，他母亲和他们的厨师玛丽莲现在拿着一大罐甜茶和一托盘的玻璃杯，从他身边走了过去。男人们像是红脸的昆虫，纷纷从庄稼垛那儿走过来，不一会儿，他母亲就朝房子这儿走，招手打着招呼。菲利普总是在，每段记忆里都有他的影子。

　　过来，她用手语示意。过来。

　　菲利普走了过去。亨利不会过去，不管有没有叫他。记忆就是这样的，总是记着一些事情，忘了另一些，就像是个收割机，捕获所有，也弄混所有。他奔向男人们，把他红色的球递给他们，男人转过身，大长胳膊拍着球，进到庄稼地里，亨利跟在后面蹦蹦跳跳，消失在站得笔直的庄稼里。这天或者另外某一天他玩好回来的时候，他们肯定正吃着午餐，喝着茶，抽着手卷的烟叶。菲利普坐在隔开一点的棕榈树下，一条浸湿的蓝色大手帕覆在眼睛上，亨利就站在他们身后，用草卷着烟。

　　"我敢打赌，今天得有二十四。"其中一个男人说道。

　　另外一个接着说："不止，年轻人，我需要钱。"

　　"孩子，少放屁，现在能让你来收割就已经比别人幸运了。最后一次收割了，你还想赚多少钱？现在……看看这个地方，别告诉我，他买不起收割机。他几乎没有烟草地了。富人总不按常理出牌。"

"他也没存货了。"

一个男人说,"你们的意思是想说,从没见过一个除了玉米什么也不种的人?"

"见过那么一两次吧。"

"但他要这些玉米秆子干吗?"

没人说话。

"他要马又是要干吗?"

"就是那匹黑色谷仓里的马。"

"没长成的玉米呢?"

没人回答。

有个人小声地说:"他是不是傻,或者疯了?"

"如果你有钱,你可以又疯又傻!你承担得起。"大家一起哄笑起来。

亨利那时候还小,听不出其中的嘲笑。谈话渐渐停止了,有些人平躺下来,帽子盖在脸上,这样就不会被晒伤。亨利趴在他红色的球上,也睡着了。他醒来的时候,母亲正抱着他在回家的路上。男人们又埋头进到庄稼地里了,菲利普在别的什么地方。

夜幕降临的时候,一半的玉米秆都被收割下来了,留下十几个草垛,像是坟墓一样。它们会在太阳地里晒上几个礼拜,直到叶子被晒得皱起来,黯淡无光。男人们都回家了,亨利在太阳下绕着这些草垛玩耍。被割断的玉米秆茬儿,划过他的脚踝和小腿。他使劲弯下腰,躲在草垛的背面,这样房子里的人就看不见他了。偶尔,他母亲给他五美分,让他到田里捡一些漏掉的粮食穗子给邻居家的女人,他就想把一个编篮装满。在土里,他找到小蠕虫和皱皱的甲壳虫就把它们弄死,嘴里叼着一片叶子,就像老头子叼着烟斗一样。晚上睡觉的时候，他会梦到他在爬草垛，但是在梦里，草垛没有顶，像豆茎一样一直不停地长高，他不停地爬着，一群老男人在上面俯视着他，一直盯着他。

收割季结束了，一年中最繁荣的时刻如转盘般转瞬即逝。第二年，男人们都没再来。只有菲利普和他十几岁的侄子，还有一台闪闪发亮的收割机带着一辆四轮马车。从店里买来的这个奇妙玩意儿在庄稼地里轰隆隆地工作着，把庄稼齐耳吞下，留下剥掉果实的庄稼秆子，直直地立在庄稼地里。亨利喜欢收割机像龙一样的脖子，从它机械的嘴里那么迅速地把收下的庄稼吐到一起行进的马车里。他蹦蹦跳跳地走到庄稼地旁边的草地里，边拔草，边跟机器比赛，收割机一次就能收割两排庄稼，直到有一天，他父亲意外地在午饭的时候回了家，从田边把他抓了回来，在草坪上把他打了一顿，还朝他母亲大吼。后来，他疼得不敢坐，就站在床边的飘窗上，手撑起舷窗盖，远远看着收割机工作，心里盼望着自己能像骑着铁马一样骑着它。如果不是他父亲的话，他就能做到了。

但是，这个九月，男孩十四岁了，这个老的收割机完成了使命，新的联合收割机一路从巴黎城的街道开到这里。它带着毁灭性的气息，张着疯狂的大嘴和轰隆隆响的喉咙，在庄稼地里一路收割脱粒，所向披靡。它无情地从地上迅速拔起庄稼，直接把它们绞得粉碎。它的灵巧程度很容易超过男孩，但今年，男孩并不打算跟它比赛。他从奥赫本的农场回来有七天了，从见到那匹被彻底驯服的小母马也有七天了，他背对着那间旧小屋，孤独地站在那儿沉思着，那台老收割机就被丢在这儿，每天看着这台联合收割机摧残着土地。

这台新机器收玉米收得既快又好，丝毫不浪费，速度快得惊人，这一点，他不能否认。但是，他还是不放在心上。是的，他喜欢机器，实际上，他酷爱机器。他着迷于小管道里蜿蜒布置的小配件，他为机器外壳里的构造而疯狂,底特律造出来的机器怎么就能每年更新换代,越来越妙呢。不久之前,他最钦佩的还是那台老收割机,天天跟在它屁股后面跑。但是,他现在看到的这些自动运作的机器依旧是人造的,一个没有思想意志的玩意儿竟然能运转起来,而且速度无人能及。总之,你在这些内燃机上能做多少改进?它已经很完美了,这已经不可思议了,它已经开发出最大潜能,也做了够多的发明,这可恶的玩意儿的使命已经完成了吧。

骨子里都是怀疑,这让他看什么都抱着怀疑的态度。这个是老的挤奶棚,里面的围栏翻新了,现在圈养着六匹田纳西州的沃克马。这个是装着木板的露天围栏,里面的草坪还残留着去年的粮食粒儿。那个是多功能的仓库,里面有台闲置的拖拉机。那边那个老设备钉着木板,阳光从木头缝里照进去,那是他小时候发现第一个玩具的地方,就是在那儿,他找到了一排排的庄稼刀和带手柄的手提木头箱子,现在这些东西都转不动了,也切割不了东西了,都生了一层厚厚的铁锈。一把旧犁在太阳下映出长长的影子,现在男孩只能假装用它犁地了。男孩出生得太晚了,恰巧生在了什么都在进步的年代。

但是亨利已经准备抛弃这些幼稚的东西了。他知道,好的东西如果不在正确的时间使用的话,连核都会发霉。咬一口苹果,建造一个更好的花园。他觉得这是个必然,并且想把这想法传达给父亲。

◆

约翰·亨利在一边的走廊上一个人站着,啜着水晶酒杯里的波本威士忌,一边是他点唱机里微弱的颤音,一边是玛丽莲在厨房里收拾发出叮叮当当的声音。夜幕慢慢席卷了整个大地,白天渐渐笼罩在薄暮中。一轮明亮的圆月从房顶上升起来,清新的夜光揉进油亮的草地里。

亨利悄悄地溜进走廊里,几乎是偷偷摸摸进去的,他清了清嗓子,"父亲,我想和你谈谈。我一直在思考农场的事。"

约翰·亨利没有回头。从小溪那头,他听到捆扎机在晚饭时分正常地工作着,偶尔,米勒农场那边的树丛里闪过几点微黄的灯光,很是醒目。那一定是米勒家的某个姑娘刚挤好牛奶回来。

"我一直在想,"亨利重复了一遍,"那个,"但他突然话锋一转,说道,"我们在这儿种玉米种了多久了?"

他父亲余光瞥了他一眼,头转了过来,却不急着回答。"从我们来到这儿开始,"他终于开口,"大革命之后,来这儿的所有人都种了玉米,然后变成了农场主。"

"玉米一直是用来……"

约翰·亨利举了举他手里的酒杯,算是回答。男孩点了点头,"这酒不错,口感很好,跟预想的一致。"

"我想,"亨利稍稍转了转身,扶上走廊的柱子,微微晃着身体,慢吞吞地说着,这架势更像是要撤,而不是继续说下去,"我想……"

"亨利,别犹犹豫豫的。"

"农场迟早有一天会是我的。"

约翰·亨利点了点头,言语上却没有任何表示。

"我一直在想,或许我长大一点,会在这里养赛马,不种玉米了。"他不自觉地提高了音量,这声音好像是从别的什么地方来的,而不是出自他那拳头紧紧抓着柱子的身体。他说这些的时候,抬头看着辽阔的天空,好像这话是说给它听的,而不是他父亲。约翰·亨利没有立即回答,只是看着他。然后,他清了清嗓子,故意用低沉的如念《圣经》般的声音说:"在这片土地上,你是绝对不被允许养马的。"

亨利的头突然猛地一转,"但是……"

"亨利，你让我很失望，"他说，"你该说话的时候没有大声说，说的又是些废话。这让我对未来很担心啊。"

亨利眼里立刻满含愤恨的泪水。

他父亲摇了摇头，"今天晚上我不想谈这些了，"他说，"你知道的，你有任何真正的需要的时候，随时都可以来找我，但是你就这么打扰了我好不容易得来的清静，我真的觉得很无礼。"

男孩要出声反驳的时候，他举了举自己空着的手，"你无意对我无礼，只是我有这样的感觉。我不会因此怪你。"他一只宽大的手掌像是铁锹一样放在亨利的肩头，掰过他的身子，让他们正好面对面，然后在儿子肩膀上轻轻拍了两下。

"以后再谈吧，很快。晚安。"他边说边指了指侧门。

亨利转过身，什么也没说，默默地向门口走去。

"亨利。"他父亲叫他。

男孩转过身来。

"我说了，晚安。"

"晚安，先生。"

◆

"他讨厌我，"他在灯影里碎碎念着，母亲就躺在他身边，脸靠得很近，所以读得出他的唇语，"他为什么这么讨厌我？"拉维尼娅用凉凉的手掌捂住了他的嘴，手干干的，但他隔着手指继续说着，母亲摇着头，不，不是的。他把她的手从嘴上拿掉。

"如果我不是他想要的儿子，那会是谁？我到底哪里做得不对？他从来不听我想说的话，他总是忽视我，他表现得就像自己是万物之主！"眼泪夺眶而出，在这个青春的身体里还住着一个小男孩。他妈妈还是没有回答，只是摇着头和略显责备地摇着她的手指。

"你爱我吗?"他说。她用力地吻了吻他的唇,接下来,是脸颊,然后,是下巴。

"妈妈,"他说,"如果我有一天养马了,你觉得怎么样?"

她读着他的唇语,脸色突然紧张了起来,惊慌地动了动,像是要保持平衡一样。她眼睛里满是疑问。

"我看到了你的惊讶!"他说,"你看过一匹马被打垮吗?"

她悲伤一笑,打着手语,"我小时候,看到过一匹马被当街杀死。一个醉酒的男人一枪打在了马肚子上。接着有人来了,朝马头开了枪。当着我的面。"

"不,不是,"亨利不耐烦地说,"我们在奥赫本家的时候,我看到一匹马被驯服了。你难道什么都不知道吗?我真的知道一些事情。"

她露出一丝伤感的微笑,双手捧起他的小脸,用眼神示意:"那就告诉我你知道些什么吧。"

◆

在佛格房子的后面有个苹果园,朝着大盆地的方向,绵延几百码。里面种着两英亩的亚提斯和罗马美人苹果,还有一排深红的小狐狸苹果,都是为了在秋天酿苹果酒种的。对玛丽莲来说,苹果成熟的时候可真是让人头疼,一般是在十月份,但是这次是十一月初,苹果比预想中晚熟了。现在,所有人都在她的厨房里,对,真的是所有人:男孩和她有着软枕头般个性的母亲;安静的菲利普,当然了,这多半是因为他喝多了自制的威士忌,在克雷斯维尔的所有人都知道这事儿,因为除了他高傲和隐忍的做派,他还有个特殊的爱好,那就是在节日、狂欢或者其他什么日子里当众喝醉。偶尔,摘苹果还需要农场工人来帮忙,苹果实在太多,真不是一个人能对付得了的。玛丽莲自己管着菜园子,绿豌豆最早熟,接下来就是番茄,早熟和晚熟各一批生菜，整个过程衔接得恰到好处，严密得让人吃惊。她要把所有能做的都做成罐头，在冰柜里冻上一点点。她做所有这些事都不需要帮手，如果她真的忙不完，也不会叫人帮忙，顶多就是做久一点。这样就不用跟别人打交道。除了做饭，这是她的另一个特长，不愿意和蠢蛋打交道，免得遭罪。而在她眼里，几乎所有人都傻得要命。她第一次见雇主的时候，就用她沙哑的嗓音说："我不带孩子。"她只是没说，我不是海蒂·麦克丹尼尔[①]，你看我像她一样，两百磅重，还裹着头巾了吗？她不仅自己心里这么想着，并且严格地执行着自己的想法。只有孩子们跟她说话的时候，她才会理他们，而且，就算说话，也通常只是简单的"是"或者"不是"。略微有点区别的话，她会"嗯"一下，就好像在认真思考问题一样，但实际上，并不是，她只是在想，怎样才把这帮蠢蛋打发走。高大安静的菲利普依旧毫无理由地高傲得不行，除非遇到他可以掌控的人，才会话多得要命，不过就是为了给这农场上唯一要用手语表达自己的女士留下个印象——学着怎样跟女士说话是多么重要的事儿。这是作为基督徒的一种礼貌，当然了，对她来说，对所有人来说，绝对是这样的。

当然了，玛丽莲才不打算这么做，今天不，明天不，永远都不会。她可以用手的动作简单表达"是"或者"不是"，但她宁可连这个都省掉。说到底，他们用手势难道不是用来驯狗的吗？与其让别人觉得自己跟个金毛猎犬似的，还不如什么都不表示，也不跟任何人交流。"噢，不，没人可以教我做什么。"她可以高声地像个白痴一样对着那些金发碧眼的夫人说这样的话，她们看你的时候永远都是高高在上。但是事实是，玛丽莲不跟任何人说话。她来这儿不是带孩子的，

---

① 海蒂·麦克丹尼尔（Hattie McDaniel，1895年—1952年），美国女演员，她以《乱世佳人》中奶妈的角色获得了奥斯卡最佳女配角奖，成为首位获得奥斯卡奖的非洲裔美国人。此后，她几乎垄断了银幕上所有黑人保姆角色。

也不会跟任何白人夫人示好,当然也不会为那些肤色稍微白那么一点就无法无天的人做厨房奴隶,更不会做菲利普那样高傲不可一世的人。她来这儿就是做饭的,而且也的确在这方面极其有天赋。

她是在克雷斯维尔长大的,在一块住着有色人种的特殊地带或者说是那种地方的残留区域。战争结束以后,这块地方就在此基础上建立了起来,这也是预期中的事儿。她总是说:"你让一帮有色人种管理一个镇子,而且,还有酒可喝,那你最好还是把钥匙交给白人家伙算了。"但凡有点脑子的人都知道,他们就应该把男人们踢出去,赶到荒郊野外去住,只允许运送食物或者尸体(听起来很恶心,但有时候确实需要)。克雷斯维尔从此由女人掌权。然后,看吧!那儿就会变成肯塔基州的布鲁克林。布鲁克林是她唯一提起过的地方,那曾经是个小镇,有它自己的特色,住的都是黑人,或者几乎都是。如果不是因为下班以后太累了,她母亲本来是可以自己带一支军队的。是啊,太累了,除了是个母亲之外,什么别的用处都没有了。所以玛丽莲是自学阅读的。当然了,先是她的邻居教会了她字母和读音,剩下的就靠她自己了。因此,她一直都被当作聪明的孩子。"她自学的阅读。"她母亲以前总是挂在嘴边,见人就说,好像这是特别值得炫耀的事儿。但这太简单了,真的,看着字形,读出来,拼在一起,就好了。正是这种对顺序的思考和追求使她有自然而然解决问题的能力,她八岁时开始去图书馆读书,老实说,十年来她没有读完一本书,甚至还没读完一百页。她常常怀有一个秘密的愿望,她希望在退休后可以写作——不过,黑人女性真的可以退休吗?

不管怎样,她知道自己是有天赋的。所有人都觉得她会去亚特兰大或者华盛顿的黑人学校,这是波旁县里没人做到过的事儿,这儿所有小孩的父母都是农场工人或者其他不值一提的什么身份。实际上,她确实申请过,一只孔雀总有漂亮的羽毛要炫耀,但她在收到录

47

取通知的时候悄悄地把它折了起来。这份录取通知书除了能向大家证明自己真的不一般以外,别无他用,这也许是她自己想的,而且,她已经知道自己想做什么了。她想做菜。她参加了所有能参加的家政课程(她并没有继续读她的莎士比亚,她的狄更斯,她的邓巴和休斯),后来,她的老师,马丁小姐,在两个月的时间里每天下课后都邀请她到家里去学更多的食谱,并与她交流。也许,这么多年来,马丁小姐一个人太孤独了吧。甚至在她母亲整夜都要待在雇主家里照顾患癌症的小孩的时候,马丁小姐收留了她,在老师家里,她一待就是一整个夏天。

母亲照顾的那个孩子八月份的时候还是夭折了,但玛丽莲一点也不遗憾,因为她觉得在马丁小姐家度过的那个夏天,是她一生度过的最好时光。她学会了辣根酱牛柳、炸可乐鸡块和咖啡鸡块,柑橘风味的小母鸡,腌制得最好的甜酱菜,酥皮桃子派、德比饼、威士忌酱汁做的面包布丁。就在做菜和烘烤的过程中,马丁小姐的谈话内容从当今大事到小道传闻,偶尔她会陷入沉思,就是在这个时候,玛丽莲意识到,她是可以把这儿当成家的。在这深深的宁静中,不用去管是在白人家伙的家里还是在父母家里。在家时父亲只读《圣经》,完全不会理她,母亲只要不工作,就一定是在睡觉。安静对她来说,是种自由。

这就是为什么她如此讨厌这个礼拜的……众人参与。苹果是要摘的,这是个重体力活。然后要去皮、做馅饼酱、分拣,再在或许可以追溯到奴隶制时期的巨大糖罐子里捣碎、打浆。这罐子是她淘来的,还价到五十美元,其实没人在意这些。罐子加盖,煮沸,装成罐头,密封。最后,做苹果酱、苹果酒。制作苹果酒一定要加山楂,她对这玩意儿过敏,只能红肿着眼睛远远地盯着。所有人都说:"天啊,玛丽莲,你是哭了吗?"她很想回答:"噢,玛萨,是啊,我似(是)哭了,嫌(想)着到哪里去多多(躲躲)清静呢。天哪!"但是舌头是用来吃东西的。

你只需要做你必须做的事儿，理出头绪，这是在帮助别人。今天，她就是这样做的。他们整个上午几个小时都像蜘蛛一样在梯子上爬上爬下，从树枝上摘下小狐狸苹果，这样她才能上午就开始酿苹果酒。她早就让菲利普开车送她去 A&P 食品公司买了她为做苹果酒早早定好的糖和肉豆蔻。现在，他们正把装满苹果的篮子从苹果园运到厨房里，她出汗出得太多了，自己都受不了自己身上的味道了。

到了十一月，天气不应该还这么热的，热得让人想把碎冰块放在浴桶里。她已经被帮忙的女人们、菲利普和脚边的小男孩彻底惹怒了。如果她有三头六臂，早就一个人做完所有的事儿，结束这混乱的一切了。但是现在，这个白人小男孩就跟在她屁股后面，好吧，他也不小了，怎么说也有十几岁了，年龄看上去也不比她小很多，大概也就小五六岁的样子。最近，他不像以前那么爱说话，但还是有大堆的话能把人惹怒，一直说着一匹马的头就像是西斯廷教堂在建筑界的地位一样，简直就是个奇迹，边说边详细解释着这座小教堂的样子。（好像她不知道似的！）她强忍着，只在背对着这个十几岁少年的时候才翻个白眼。他妈妈在那儿穿着高跟鞋摘苹果呢，虽然鞋跟不高，那也是高跟鞋啊。耶稣复活以后，所有人都会被改变的。他父亲总是这么说。每当这个时候，他的屁股就离挨揍不远了。

天气炎热而喧闹，她也不知道用了什么方法，所有的苹果都摘好了。她走到前面坐下来喝了杯茶，等她回到果园的时候，人都走了，只剩下空荡荡的梯子架倚在果树上，上面的台阶也不见了。她站在令人愉悦的宁静中待了一会儿，端起空了的玻璃杯，尽情感受着秋天最美的琥珀色。很累，但一会儿就放松了下来，因为这里只有她一个人。她一步步走回厨房，感受到了许久未有的平静。在厨房里，堆着几十个装满苹果的篮子，红彤彤的颜色刺激着眼睛，她听到了自己

49

内心的叹息。她其实并没有叹出声，但听到了像是吸鼻子的声音。她本以为是小男孩在餐具室里哭，因为他不开心的时候总是喜欢藏在那儿；也总是她发现这孩子，因为在厨房里，也只有她自己。尽管每次她都懒得管他，只是拎着手肘把他交给他傻傻的母亲。

玛丽莲只从厨房的炉子朝餐具室方向走了一步，突然就特别肯定地知道自己发现了什么，因为她感觉到了一些不一样的东西。她读了那么多的小说，里面讲到过人的性冲动（尽管她在实际生活中并没有亲身体会过，因为她觉得男人极其讨厌），就是在书里，她学到了所有需要的东西。此刻，这东西就在此处，菲利普和这房子的女主人，他们相互抓紧对方，女人抵着男人的嘴，喉咙里发出怪异的声音，或许因为她是个聋子——上帝啊，普通人亲吻可千万不要是这个动静——他们的黑白肤色对比如此明显，刺激着她的双眼，她捂着嘴从厨房落荒而逃，她穿着白色网球鞋，小心翼翼地连脚步声都没敢发出来。她逃到房子的另一头，光滑黝黑的脸颊红得发亮，带着怪异的恐惧，她弯着腰匍匐走在老房子和杜柏丛中间，藏在那儿不让人看见。她隔着手掌喘着粗气，后背倚在光秃秃的墙砖上，眼睛瞪得老大。她就这么待着，直到呼吸慢慢平静下来，尽管此刻微风徐徐，但她的怒气却升腾起来，不可抑制。她的腿终于麻得受不了了，她摸出灌木丛，觉得荒谬可笑。她朝四周看了看，没人。她大声地咳嗽了两声，让自己自然一点，迈步朝厨房走去。她手里搬着一个空的苹果篮子，无缘无故地大吼一声，"天哪！"然后走进了厨房，故意呼地一声关上门。没人。她什么感觉都没有，只有单纯的害怕。她走进餐具室，那儿也没人。她颓然靠到旁边的木头架子上，伸手摸着钟形玻璃罐子的纹路，气愤地自言自语着自己的想法。她不知道自己在那儿站了多久，然后就听到了他的脚步声。她知道是他，因为她记住了这个家里所有人的脚步声，这样就可以很好地避开他们。她立马精神起来，走到餐具室门口,双手紧抓着两边的门柱。她的眼睛瞪得老大,暗黑的目光中蕴含着深深的怒气。菲利普看到她这张脸时被吓了一跳。

"进来!"她的语气不容置疑。

被她的语气或是年轻人毫不顾忌争吵的怪事吓到了,他就直接照做,走进了餐具室,站在她面前。他好奇地低头看着她,低眉顺眼。她知道,这是他的黑皮肤决定的,却对他没有丝毫同情。而且不只是今天。

她抬起又长又细的手指直接指着他的脸,"你这个笨蛋!"她嘲笑着他。

他脸色没有丝毫的变化,只是眼睛微微眯了眯,几乎察觉不到。他转身就要走,她一把抓住他的衣角把他拉了回来。她太用力了,衣服的缝合线都被拽开了。

"你疯了吗?"她小声说道,但她自己听起来简直是怒吼,"你知道你会有什么下场吗?黑鬼!你会被吊死在树上!"

他拒绝回答,转身又要走,但是玛丽莲抬起另一只手,几乎带着解恨的兴奋感(她也是后来才意识到的),对着他的脸猛地扇了一巴掌。

他瞪着她,震惊得说不出话。就在这时候,她开口了:"你他妈的脑子丢哪儿了?别再疯了!别再碰她!"

然后,男孩像是收到信号、晚出场的演员,突然出现在厨房里,手臂松垮地放在砧板和水槽中间,抬头看着两人的脸,嘴巴微微张开着。玛丽莲松开了菲利普的衬衫,男人立马走掉了,走的时候碰到了男孩的肩膀。男孩侧了侧身,让他过去,然后,继续抬头盯着面红耳赤的玛丽莲,说道:"我只是想知道大家都去哪儿了。"

"我们就在这儿,"她很机智地回答道,越过他走进了厨房里,这样她就可以避开他的目光,重新整理一下自己的表情,"一直都在这儿。"

男孩慢慢回头看着她，但没跟上来。他脸色柔和，突然一脸疑惑地站在那儿。

"那妈妈去哪儿了？"他缓缓说道。

"这我哪儿知道？"玛丽莲背对着他，生气地说。

"你在跟菲利普吵什么？"

"同伴间的争吵，"她厉声说道，"跟你无关。"

"但……"

她突然转身，企图表达出更多别的什么情绪，而不是她现在所感到的害怕。她眼睛瞪得大大的，"他说了我母亲的坏话，行了吧？我不想再提这事儿了！"

亨利什么都没说，只是厌恶地或者害怕地向后退了一点，玛丽莲为他好，演了一出戏，假装在平复自己的心情，但当男孩突然犹豫着走向厨房门口的时候，她是真的大松了一口气。他在台阶上掏着口袋站了好一会儿，观察着苹果园，现在那儿很安静，像被抛弃了一般，到处是斑驳的树影。然后，他走到草地上，这会儿草地被黄昏的光线映得黄黄的。他突然转了个身，看到玛丽莲从厨房里看过来，像老鹰一样盯着他。她把手伸到水龙头下面，假装洗着手，但眼睛的余光却看到亨利警惕地看着这座房子，上下打量着。本以为自己根本不信什么上帝，她实在是不愿意相信一个在天上的白人，指控着这世界上所有的罪恶。但她此刻却在祷告。

◆

教堂里：父亲，儿子，圣灵，他母亲——她自己的最初的拉维尼娅——亨利打盹儿的时候她总是托着他的头，把他抱起来时，亨利能闻到她身上玫瑰香水的味道和不知名的体香。他儿子变了，此刻，她就像个敏感的母鹿，能察觉到猎人的靠近。他不再坐在长凳上倚着她,也不再像个孩子一样靠在她肩膀上打盹儿。他再也没笑过。

他的脸如煤炭般黑沉着,透着深深的不满。他再也不喜欢这些老故事了,《圣经》跟那些个神话故事就像是表亲,没什么两样。他数着戒律:尊敬父母。是吗?为什么?然后,你就可以爬上通往天堂的摇摇晃晃的梯子?他坐在这些旧椅子上,想象着上帝的天堂是什么样子,他只能臆想出来无边无际的虚无闪闪发着光。通往梦想的铺金之路沿着想象蔓延,但是,还有他父亲,永远都有父亲在那儿,所以他希望的天堂就是奢望,心在胸膛里已经麻痹了。他唯一知道的是,你必须自己创造自己的天堂——母亲说爱你的意思就是爱你胜过任何人,包括情人和上帝。他最近总是反胃。如果要祈祷一个人快点去死,教堂难道不是个好地方?

从教堂回老房子的路上,大家各自忙着,没人说话,父亲的注意力都在路上,亨利固执地盯着路过的田野。秋天碧蓝的天空下,绿色植物早已衰败,死亡带给了它们枯黄的色彩。植物的凋零让他觉得烦透了。来得容易,去得也快。他眼睛盯着父亲的后脑勺,舌头开始叛逆。必须释放。他不能一直这样不说话。他开口:"我实在是听不了这些戒律一直念来念去了。"他的声音似乎打碎了什么。

他的话没有立刻得到回应。他父亲好像下定决心想给他来个人生最惨烈的教训:被忽略,是最糟糕的事儿。

"我受够了这些没道理的规矩。"这次,他情绪里的硝烟味勉强淡了那么一点。

约翰·亨利头也没回地说:"你不懂这些规矩的道理是因为你没尝试过没了这些规矩会怎样。"

亨利生气地缩着肩膀,向着脊椎中间使劲蜷着。然后,他突然向前伸手,按住了母亲的肩膀,没等她回头。

"你相信上帝会回应祷告吗?"

她抬了抬眉毛，美丽的嘴动了动，他们彼此都不理解地探出头，就像是没达成默契的舞者一起行着屈膝礼。

"是还是不是？"他不耐烦地又问了一遍。

"让你母亲安生一会儿。"约翰·亨利说，但是男孩还是生气地看着母亲，皱着眉头。

"你听懂我说的了吗？"他打着手语。

她点了点头。

"你听得懂牧师说的话吗？"他用简单的手势比画着。

她笑了笑，像是抱歉。

"你的意思是你听不懂？"他大声地喊了出来。

她耸了耸肩。

"父亲！"他用谴责的语气说道，"她甚至都听不懂牧师在说什么！我竟一直以为她能读懂牧师的唇语！"

约翰·亨利没说话。

"那么，为什么还找这个麻烦去教堂呢？"他吵着，但是母亲早就转过身面向前面了。他重重地拍着她的肩膀，然后说，"那为什么还去？"她转了转身，挥掉他的手，好像那是只苍蝇，不是她自己的儿子一样。他从来没见她这样过。他吃惊地坐了回去。

"安静点，亨利。"他父亲说，一双蓝灰色的眼睛从后视镜里看了他一眼。

亨利气血翻涌，紧握着拳头，双眼怒视着约翰·亨利。他母亲谁也没理，看着窗外，拒绝跟他们交流。亨利一路上都气愤不已，但到家以后，约翰·亨利并没有像往常一样熄火或者把车开到房子旁边，反而绕到房子前面，继续往前。他向妻子打了个手势，让她进屋去，不要管他们。她依言从车座上下来，尴尬地站在旁边。亨利没看她，只是耷拉着肩膀，换到了她的位置上。约翰·亨利重新上路，没人回头看，拉维尼娅还原封不动地像个士兵一样站在原地，手里拿着浅黄色的小包，面纱遮住了脸庞。

亨利想问他们这是要去哪儿，但他不想说话，所以一路上安安静静。两个男人差了三十五岁，却一样地坚定、固执。车里很暖和，但亨利还是抱着膀子，闭着眼，装出一副漠不关心的样子。他睁开眼的时候，已经不知道这是哪儿了，他发现，路边的农田他一块也没见过。

他终于开口："我们这是要去哪儿？"

"我想给你看点东西，"约翰·亨利说，"跟你最近上心的事儿有关。"

"是什么？"他立马后悔了，因为换来的是无尽的沉默。父亲总是耐得住性子，总是拖着不说清楚，像臭女人似的一点点地说话。

他们向东开到了一条新的碎石路上，约翰·亨利减了速，沿着平缓的斜坡一直开到顶，翠绿起伏的山丘一览无余。他们把车停到路边，约翰·亨利向前指着，但好像并没有什么必要，因为这儿只有农田。

一处宅地就这么直接地显示在眼前，大片大片如同翠绿的海洋，波涛汹涌。明亮的田野被纯白的木板围栏包围，随处可见的马厩和小屋就这样被包围在漫天遍野的绿色和白色中间，圆圆的屋顶上是奔腾的铁马装饰，经过风吹日晒竟还没有生锈。风车在大风中飞速旋转起来，像是立刻从四面八方环绕而来。马厩朴素而整洁，周围雪白的地上没有一点脏东西，连马粪也没有，装了排风扇的窗口处也没有散落的谷壳。房屋之间都是整齐的砖砌小路，男人们把马牵到牧场、牵出马厩，马匹颜色深暗且马腿修长。沿着马厩向北，离马儿很远的地方，主房的景观让人惊叹：古希腊式涡卷装饰的圆柱和连绵不绝的隔墙通体灰白，四层楼阁拔地而起，时刻俯视欣赏着自己无与伦比的美丽。四面八方都是绵延不绝的庄稼地，只有一边，隔着围栏远远望去是残破的烟草田,在陡峭的山坡上有一户不起眼的穷困人家,只能隐约看到房子上半部分。远远隔着周围的邻居,木板早已失修,跟周围富饶的景象形成鲜明对比,让人觉得悲哀。

约翰·亨利安安静静地坐着,手重重地放在方向盘上。"告诉我你看到了什么。"他说。

亨利从华丽的田野中不情愿地收回目光,掂量着自己看到的真相是否又落进了父亲设下的圈套。"一个养马的农场。"他小心谨慎地开口,迫于父亲的压力,不情愿地一个字一个字从嘴里吐出来。

约翰·亨利嘴唇抿紧,艰难地挤出一个笑容。"就是个孩子的想法,说了孩子一样的话。亨利,这样的对话,我只想跟你谈一次,然后这个主题我们再也不会涉及。让我告诉你,一个成熟的、有洞察力的男人看到的是什么。你所说的就是个'养马的农场',只是为了保持自尊所作的最廉价的尝试。你所看到的富饶,就算加在一起也不过就是一大堆他妈的人造水钻,不值一提。顾客请留心:意义不对外出售,自尊买不到。亨利,尤其是这些后来人,这些……这些外来人所创造的一切,更加无意义。这些人穿上自己最好的衣服,带上小礼帽,试图装扮自己的虚荣。人们把这叫作一种游戏,但是我要告诉你的是,这种所谓的游戏是受强制力驱使的,弱者总是喜欢把自己置于强制力之下,这无异于自我抛弃。"

他转头看向自己的儿子,眼中闪烁着阴冷的气息,尽管还保持着低沉、自控的声音。"我在战争中看到过,"他说,"我知道你在我们的邻居奥赫本先生身上也看到了,在我看来,他就是个潦倒之人。他对养牲畜、怎样把马养好一无所知,他比那些西大荒来的傻子知道的只有更少。那枪伤,在你看来可能还有那么点英雄主义,但那只不过是弱者抓住的某个借口,用以逃避自己该负的责任。这样的人,就是很典型的白人里最他妈无用的黑鬼。"

他思考了一会儿。"亨利，我花钱让你接受教育是为了让你走上自我建立之路，你能明白吗？这……"他把手张开向前往田地伸着，就像一朵愤怒之花，他的手掌是红润的花蕊，手指像是花瓣。"这些只不过是富人的游戏，他们会变得更好或失去一切，都在打赌而已。"

"但是，我们很富有啊。"亨利说。

"富有也分两种，亨利。你既然有和我同样的姓氏，就应该有辨别这两种富有的能力。"

亨利没有立刻回答，只是朝前望向蔓延的田野。在那儿，那被粉刷得漂漂亮亮的大房子闪闪发着光，就像是白衣骑士般守望着这片绿宝石般的大片土地。他一只耳朵听着父亲说话，另一只耳朵却向着田野的方向延伸，所有声音都可能在此处无限放大，此刻，却什么声音都没有。大自然归于沉寂，马儿在远处缓慢地走着，就像走在水底般，毫无动静。

他父亲重新越过方向盘指着远处，"看啊，他们多么费力地炫耀祖先两百年前建立起来的谦虚本分之道。这只是卖弄。你母亲有必要穿得像个普通妓女一样，彰显自己的富贵吗？"

亨利害怕地低下了头。

"再来看看这个。"

亨利转头看向一个黑人，他沿着围栏缓慢地走着，在割草机上方弯着腰，正午太阳正烈，他低着头，继续前进，看上去一身怪异又疲惫。

"看看他懒散的样子，一点尊严也没有。虽然生来就是黑人，但却因为沉湎于此而变成了受人歧视的黑鬼，他知道的。他淘的是给蠢人的金子，就是这金子，让他堕落。黑人们总是依靠我们的引导、管理，让他们的生命更有价值。一个黑人把做工的过程当作学校，教他们知道白人社会能提供给他们的最好东西是什么。这是唯一可以让他

57

们变得更好的地方，除了每时每刻都要忍受无休无止的呵斥喊话。特别讽刺的是，黑人的明智之处就在于他们知道自己的智商不高。在白人的影响下，他们唯一学会的就是谦逊。而对他们最佳的教育就是纠正，至于纠正到什么程度那就无关紧要了。"

"但是没必要都那么理想化，"亨利说，"奥赫本先生只是……"

"优越感哪怕少一点点都是对你家族的侮辱。"

亨利不敢直视父亲的眼睛，转而看向了割草的黑人。男孩心有不甘，但在那男人身上似乎有些漠然的东西根深蒂固，他看到了，感到很失望。

"亨利，在你身后有个长队。"

"我知道。"他低声说道，嘴巴和眼睛好像很服气，但这只是因为他的注意力还放在正在拼命挣扎的内心上。

"亨利，我跟你说话的时候，看着我。"

他抬头看向自己父亲。

"你需要像个男人一样思考，而不是像个孩子似的。年轻时代与传统有分歧是很痛苦的过程，但是传统都是日渐学习积累而来的。你如果忘记了传统，并且强迫自己把所有先辈已然学过的东西再学一遍，那你就是个傻子。你本就应该听从他们，听从我，就像我也应该听从他们，听从我父亲一样。而且，跟我弟弟相比，我更加服从，因为我是最年长的。亨利，所有的道路都是通向你的，我不会允许你因为一大堆水钻就抛弃了一切。我是种植园主的儿子，所以你也是种植园主的儿子。你不需要作任何的改进，只需要沿着这条从未改变过的路线一直走下去，因为这路线从来没出过问题，一直就很牢靠。我说得够明白了吗？"

"是的，先生。"亨利用细细的声音答道。

他父亲眯了眯眼睛，"说吧。"

"说什么?"

"说刚刚你想说的话。记住,这是第一次也是最后一次我们这么谈话了。"

"好吧……我……"亨利磨蹭着。

"别犹豫,想好自己想说什么。"

"如果,"亨利快速地说道,"如果你父亲让你娶别人你会怎么样?"

约翰·亨利微微缩了缩脖子,但他没有犹豫。他看穿了男孩的想法,"我会跟她结婚,"他说,"按照他说的做。"

"但是……"

"我会跟她结婚,"他坚定地重复,"但是我很明智,会提前选好他会同意的女人。她有好的血统,很漂亮,而且——"

"从来不多说话。"亨利说。

约翰·亨利顿了顿,他精明的眼睛读出了亨利脸上的意思,但是紧接着,他缓缓地笑了,就好像也接受了这个笑话。他的肩膀在夹克衫中逐渐放松了下来,双手放在一起,指尖相碰。"我告诉你母亲,今天下午我会带你去我带客人吃饭的餐馆吃晚饭。他们一般是不让小孩进去的,但是我提前跟他们说过了,他们作了安排。你愿意去吗?"

亨利没说话,面无表情地向前使劲点了点,头上的短发颤动着像在演哑剧。但是他立马就把自己拉回了座位,反复琢磨着他嘴里所说的"小孩",就好像这字眼太罪恶,难以下咽。约翰·亨利重新发动车子,亨利没转头看向左边或者右边,就只用余光看着从眼前经过的农田,它们如同绿色的河流从马儿奔跑的路上流淌而过。

◆

拉维尼娅在屋子里等着,一刻也没从窗边走开,直到看见从太阳开始落山一直开到夜幕降临的车子终于停了下来。她的指甲把自己掐疼了。她假装淡定地露出一如既往可靠的微笑，在儿子穿过厨房门走过来的时候张开了双臂。但她走向他的时候，他一把推开了她的胳膊，力气大得惊人，冲向了后面的楼梯，她感觉到了震动，像是锤子砸下来一样。无论这时候他对她说了什么，她都听不见，因为他背对着她。

◆

冬天的时候，约翰·亨利带着他的波本威士忌回到了前厅。他从巴黎城回来的时候快五点半了，玛丽莲的厨房至少要在六点提供晚餐。他很满意，不顾极度的寒冷和肆虐的东风，在圆柱子连廊上站了一会儿，欣赏雪天灰白的农场，漆黑的夜空中群星闪烁，感受黑夜在自己周围结冰、收缩。南边金星出现的时候，他回到前厅，睡前，他会在那儿享受额外一小时的独处时间。他解开鞋带，脱掉自己的黑皮鞋，把它们整整齐齐放在法国奥布松产的花毯上。然后，他从壁炉架子上的骨雕盒里拿出一根多米尼加产的雪茄，抽上一根，边抽边坐在长沙发上读着《列克星敦先锋报》。冬天里，他每天晚上都是这样，从来没有落下过任何一个环节。

亨利知道规矩：任何人都不能打扰他父亲。但是今晚，他沿着前厅烦躁地走着，从一边走到另一边，小身板走在树心板材的地板上，颇有重量。突然，尖锐的翻报纸声传来，父亲大吼一声："别再不停地走来走去了，马上！"

亨利绕过走廊看向前厅，父亲穿着黑袜子站在长沙发前，手里是被攥皱的报纸。

"我知道不是你母亲，她从来不弄出声响来。"他说。让亨利吃惊的是，父亲眼里竟然有一丝笑意。

"我能跟你谈谈吗？父亲。"他小心翼翼地开口，瞥着下到大厅的两条路。

笑意消失了。"亨利，我不会再跟你讨论马的事。"

"是的，先生，我知道，不是那件事。"

"那么进来吧。反正我也正要找你谈谈。我想告诉你，我为你找了个家庭教师。虽然看起来不太像，但文凭和证书总不会是假的。"

亨利走进去，父亲看着他关上门。亨利眼前的男人只穿着袜子就有六英尺高，但腰已经变粗了，通红的肤色像是被太阳晒着一般，除了雀斑，也有了老年斑。古铜色健壮的大块肌肉也有点弱了。但他儿子面对这一切并没有多愁善感，甚至带着渴望。

约翰·亨利说："我给你五分钟，之后，我希望能继续读我的报纸。"他重新坐到沙发上，报纸在膝盖上重新展开，眼睛却直直盯着儿子，等他开口。

"父亲。"亨利开口，尽管他身体不自觉地想坐到父亲对面的高背椅上，但他还是强迫自己盘腿跪坐在了自己的双脚上，就像仆人一般，挨着他的臭鞋坐着。沉默了一会儿，他又开始说，"父亲，为什么所有人都那么心烦？"

"心烦？"父亲庞大的头转过来，眉毛挑着，显示出疑惑。

"我的意思是，新闻里。有太多事情发生了，好像每天都在发生动乱。"

"啊，对，是这样。"约翰·亨利说着，点了点头，"从很多方面来讲，这是个悲伤的时代。我猜想，这只会变得更糟。没人——确实没人——记得自己的位置。我们会为整个民族的健忘付出代价。"

仔细、沉稳地听着，他脸上满是关心。"他们打算在学校废除种族隔离，这是真的吗？那样以后会发生什么？"

"那样以后？"他父亲说着，大笑了起来，"那样以后，社会就会混乱不堪，教育系统就会崩溃。黑鬼们会第一个叫我们回来，处理所有一切。他们会毫不犹豫地恳求别人来清理这些混乱，而这混乱是他们的需求导致的。当然了，他们的孩子，也将不再遭受这极大的痛苦。总是发生这样的事。很简单，他们一直都没有能力预测自己的行动带来的后果。他们中的有些人是有这个潜力的，但是就像祖父曾经说过的，黑人就是我们苏格拉底般的影子。这个暗示尤其恰当。"

约翰·亨利把报纸放低，折了起来。"你知道的，亨利，最后，法律上的种族隔离在社会的某些部分会被废除。实际上，现在看来，这似乎是必然的。但是，真正的事实是，这种隔离永远都会存在。种族隔离是固有的、天生的，也是不可避免的，不管那些做梦的人如何幻想，不管伯利亚小镇想让我们相信什么，都是如此。把二十个白人和二十个黑人放在一个新的镇子上，不出一个星期，白人就会变成土地主，而黑人就会变成佃户。也许他们会成为好佃户，但终究也只是佃户。这没什么错，世界上永远都需要好佃户。"

"我听说，如果必要，他们会派军队强制学校开放的。"

约翰·亨利摇了摇头，"如果真到了那种地步，会有正直、虔诚的市民前来挡路，像伯德那样的人。确实没什么好怕的。"

亨利愤愤不平地坐直，"噢，我不是害怕。你听达比参议员说的——"

"达比！"约翰·亨利冷哼一声，"达比就是个蠢蛋。他把南方人都变成了又哭又闹的白痴，这是北方人想要的，目的就是为了贬低南方——把南方人看作没有脑子的破坏者。他们觉得这样是正直，但实际上，他们对南方的状况一无所知。达比！"他又哼了一声。

"北方——"

"北方的种族主义比我们严重得多，因为我们一半的人口都是黑人，我们不断和黑人们打着交道，每天都在！黑鬼们住在我们家里，一直都在。北方人从来都不知道，他们根本就不知道黑人是什么。"

"你知道的，亨利，对他们来说，种族问题要么就是脑子里的抽象概念，要么就是一种传奇。但对我们来说，或许你才刚刚开始有点了解，是实际的问题，黑人的喜好和智力跟我们完全不同，我们每天都在处理这样的问题，挫败感十足。你坐在高头大马上，不用跟他们在大街上走在一起的时候，人人平等是很容易想象的。确实，从那个角度看，所有人都在一个高度。但是一旦下了马，很明显，不只是因为有主人和奴隶这样的头衔，或者监工和工人这样的头衔，而是因为等级和区别是天生的、不可避免的。上帝保留了标记——在共和国也有奴隶，这些自由主义者们想象着自己智力超群。"

此刻，他提高了声音，脸颊变了颜色。"这个问题，亨利，就像我一直想的那样，在于黑人们从根本上来讲就是小孩子。小孩子没有能力理解自己的低级。的确，他们总是在犯夸大妄想的错误。你要当心点，黑人天生就是爱玩的，玩乐的能力超强，连我都欣赏。但正如他们如此爱玩，他们也很自哀。像个孩子一样，他在晚上的时候可以强烈地轻视你，但到了早上又会如此强烈地爱戴你。看菲利普——"

亨利迫不及待地探身过去，"是的，我就是想跟你谈谈菲利普。"

"菲利普，我知道，就只比我小五岁，但是好像永远生活在青春期一样。你觉得他是个安静沉稳的人，但只是因为我需要他在这房子里保持沉稳——甚至，有时候我也会怀疑。我父亲总是说，菲利普在戒酒。你根本不能想象你祖父多少次把他从醉酒中救回来，就因为这人天生就是个孩子。他根本就想不到后果。每瓶酒都是他新的冒险，每次醉酒都是一次新的惊喜。处理这个男人的问题，简直就是艰苦的斗争，但是我父亲就是没有理由地喜欢他，我父亲并不是个和蔼的人。那也说明了点什么，所以，他现在还在这里。"

63

约翰·亨利躺进了沙发里,一只手扶着跷着二郎腿的那只脚踝。他看向亨利头的上方,另一只手晃着玻璃酒杯。

"我曾经听到一个北方人把南方叫作'那个让人想不通的地方',我不能说我不同意他的说法。看看你自己——很明显你享有种植园主阶级的特权,但是你一生都被各种各样不同素质的黑人包围着,还有白人里的红脖子们。或者,至少红脖子们最近也归入了乡下人等级,虽然也不算什么等级,就是在他们身上要求加上个低级的称呼,连个等级术语都算不上。明智的人宁可要一个有一百个温顺黑人的厂子,也不想要一个乡巴佬在那儿闲扯。我当然也是这么想的。"

约翰·亨利似乎要多说点什么,但他把头翘向一边,清了清嗓子,说:"穷苦的白人,你祖父总是这么称呼他们。他们有他们的用处。他们的热情也有它们的用处。"

"就像那些我小时候被赶出庄稼地的那些人吗?"

"对,就是他们。"约翰·亨利说,"但是,我准备……好吧,关于南方的历史太长了,我有时候在想,北方佬这么讨厌我们就是因为我们的历史很明显比他们的强多了。最初的民族在这里更加兴盛,而不是在北方。北方人对这事儿心存怨恨呢。我们依旧了解土地,我们依旧懂得如何对待女人,我们依旧知道我们所有祖先的名字。家族在这儿是有意义的。不管怎样,我本来是打算给你讲一个关于你祖父在国家活动中的故事,但或许我最好不要讲。就让我简单点告诉你……这房子里有件古物,我祈祷你母亲永远别发现。我怕她永远恢复不了。我的意思只是说——回不到原点——穷白人时不时会为了特定的目的而工作。三K党里这三类人都有,他们的愚蠢和热情程度简直不可测量。这是会杀掉天主教徒的那一类人,但是他们却界定不了什么是天主教徒。但是,亨利,正义从一个律师嘴里说出来就有点奇怪了,但是可别指着法庭在任何案子上能给出正义的裁决。抽象的概念会让人麻痹。相信我，我最了解这里面的猫腻。我不止一千次看过这样的失败。三K党和他们的同僚为了煽动民众，总是有强烈的、绝对的对错感，他们非常乐意伸张正义。再简单不过的正义，是，再简单那也是正义。我不希望去赞美三K党，他们都是蠢蛋，但是就像你祖父曾经说的，'礼貌是美德。绅士时刻都得留心自己是否有礼貌，直到他再也承担不起为止'。三K党就是这样的人。他们现在比以前小心谨慎多了。"

"好吧。"亨利说。但是，紧接着他露出了一副像是焦躁或者困惑的脸色，手托着下巴，朝前探着身子，皱着眉。

约翰·亨利眯着眼睛看着自己的儿子。"好，我已经跟你聊了一会儿了，现在轮到你跟我说了。"

"我不知道……"

"亨利，直接点。"

"好吧，"亨利天真地说，"我想，我……那个，我只是不太喜欢菲利普。"

约翰·亨利眨了几下眼睛，把注意力转移过来。他清了清嗓子。"你还小的时候，他就是我养的一条咬人的狗。你对他有点反感，这很正常。但是你的无礼却显得有点斗志昂扬，这一点，我确实不太欣赏。"

亨利深吸了一口气，觉得心都跳到了嗓子眼，抬头看着父亲："我不信任他。"

舌头有点被扯到了。"理所让然，没人应该去相信一个酗酒的人。"

"我听到别人的谈话了。"

他们的谈话氛围渐渐暖了起来，但是模模糊糊却有寒流涌进来。约翰·亨利不易察觉地转了转身，下巴低了零点几英寸。"准确地说，你听到的谈话，核心是什么？"

"可能也没什么。"

"别犹犹豫豫的，亨利。"

亨利的眉头越皱越紧。"我不知道……"

"亨利！"

"我想，那和妈妈有关。"

约翰·亨利放松了一点。"你想说什么？"

"他们在说有人碰过妈妈，可能是菲利普。"

房间陷入了绝对的沉寂。

在无边无际的沉默中，亨利开口："我不确定他们是什么意思。"

他父亲把酒杯放到一边，坐直了身子，"他们，你指谁？"

"我不知道，他们在转角的地方。好吧，我想，是菲利普和玛丽莲在说话？有些日子了。我不太确定。但是，妈妈因为听不见一直笨手笨脚的，可能是妈妈摔倒了，他扶了一把。我自己也做过这样的事。"

"你跟你母亲说过这件事吗？"

"没有，我应该说吗？"

得到的回应很简单："给你的五分钟时间到了。"

"噢，"他说，"是，先生。"亨利立刻站了起来，他父亲正在穿鞋，他就这么站着，比他高出一截。他的小心脏在胸膛里怦怦直跳，但是他突然觉得自己竟然走不动了，竟然不能后退几步去开门。父亲的头向下低着，亨利能清楚地看到他头发日渐稀疏的头顶。亨利做了个很奇怪的动作，他抬起手，小心翼翼地摸了摸自己头顶浓密的头发。约翰·亨利像是看见了这个动作一样，抬头看向自己的儿子，这时候，他手里正攥着一把头发，一种奇怪的可爱感，甚至有点像女孩子一样的姿势，一脸不知所措，迷茫得很。约翰·亨利的脸像被锅炉烤过似的，唰地一下变得通红。他突然猛地从沙发上站起来，差点失去平衡，所以还稳了一会儿。

"亨利。"他父亲叫了他一声，但之后就什么都没说了。他们简单地对视着，亨利脸上浮现出了明显的害怕。突然，的的确确有股力量警告着他，让他最好收回他说的每个字，销毁他说的每句话，但他只是听见自己简单地说了句"晚安，父亲"，然后，就走出了房间，感觉像是一个巨大、古老的轮子终于吱吱呀呀转了起来。他缓缓挪过低一点的门厅，向后面的楼梯方向走去。爬在楼梯上如同踩了棉花，好不容易走到二楼。他不知道母亲在哪儿，突然，迟到的极度恐惧感席卷而来，他觉得父亲要去杀她。他感觉地面震了一下，前门被呼地一声关上，然后，车子沿着结冰的小路开了出去，像一只大黑猫。他的恐惧感立刻得到了缓解。

第二天，菲利普没有出现在工作的佛格家，之后他也没再出现过。寂静、雪白的巴黎镇大街上处处都显示着，他离开镇子了。

◆

为什么不呢？毕竟，有时候，黑人们就只是很简单地离开了一个小小的南方小镇。特别是当雪下得如此美妙的时候，他们在辛辛那提和底特律有长辈亲戚要拜访，或者在杰克逊、伯明翰或者亚特兰大有树要砍。有时候一个人只是去度假，然后他就在那儿常住了。比这更奇怪的事情都发生过，谁能说得准呢？

举个恰当的例子：有时候，一个人要想消失甚至不用离开镇子，他只需要去歌剧院，扮演威尔·波特，他开枪杀了人，但的确是因为自我防卫，然而就因此被扯进了肯塔基州监狱，他被高高地扛在肩上，就像年纪轻轻就丧命的运动员一般，沿街被抬到剧院。门票卖一个便士，他被高高地悬空捆在舞台上，随着管弦乐队发出的一声枪响，他挣扎的声音就此停止，可真是好枪法。

或者，还可以像米勒一样，他被宣判在一个陌生的村庄奸杀了两个从未谋面的女孩，之后，便奔赴具有共和观念的法庭。这个可怜的杀人犯，有罪在身但几近疯狂，他们把他拖进露天法庭，那天，有五千个陪审团成员，表决时，所有拇指一同向下，而只有米勒先生，自己拇指向上。

其他人，是燃烧而去的，像是理查德·科尔曼。因强奸和谋杀嫌疑，乘黑色火车被带到卡温顿，被带走的时候，他还在地里忙着农活。当他终于开怀归来，一万个有着好灵魂的民众在等着他，他们把他绑到柱子上，点燃了骇人烈火。所有的小孩子都拿着火种，带来小树枝，把它们放在他的生命之炉中，慢慢地恰到好处地烘烤着他。烟火散尽，但是，你一定要宽恕尸骨的匆匆而至——这是肯塔基的精致。

不，已经是二十世纪五十年代了，肯塔基州早就不再挂着黑色的衣服，或者，他们也只是这么说说。但确定的是，菲利普·邓巴绝不是他母亲口中的圣诞孩子，所谓的圣诞孩子，是她母亲在杰萨曼的一个农场上做奴隶的时候生下来的、在圣诞节期间就被杀死的一个个孩子。现在，那个农场已经开始养马了。她每逢圣诞前夜，都会点燃蜡烛祭奠所有那些死去的人，直到她一九四〇年去世。甚至那时候，蜡烛的数量还在默默增加。

十二月二十日：摩西·亨德森，詹姆士·艾伦，路易斯先生，斯科特·毕肖普，达罗持兄弟，克林顿·蒙哥马利，乔治·贝利，库伯·米尔斯，萨米尔·布兰德，威廉斯·图尔特，两个身份不明的男人。

十二月二十一日：约瑟夫·詹姆士，约翰·沃伦，亨利·戴维斯，亨利·菲茨，两个怀孕的女孩，三个身份不明的男人。

十二月二十二日：约瑟夫·詹姆士，杰里·伯克，乔治·芬利，布·罗姆利先生。

十二月二十三日：斯隆·艾伦，乔治·金，佐治亚州的七个男人，詹姆士·马丁，法兰克·威斯特，麦克·布朗，布朗先生，一个身份不明的男人。

十二月二十四日：金奇·弗里曼，依莱·希尔森，詹姆士·加登，弗尼吉亚州的五个人和今天死于梅里第恩州的十四个身份不明的人。

圣诞节：威廉·弗洛伊德，卡尔文·汤姆斯，J. H. 麦克林顿，蒙哥马利·戈德利，金·达维斯，以及摩尔夫妇，还有很多很多。

菲利普·邓巴的确是幸运儿之一，他们确实是这么说的。也确实是他，圣诞前夜，自由自愿地走在巴黎城街头，没给妻子留一句话，甚至连衣服和鞋子也不曾留下。那个圣诞节，唯一还留在肯塔基州的只有圣诞树上的装饰，据他们说，是这样的。

◆

如果玛丽莲什么都没听见，那可能是因为她父亲染上了圣诞期间的流感，没去教堂，所以，她母亲自然也不会消失，而是待在家里面对着自己的丈夫。玛丽莲也不会消失，因为她十三岁时，便宣布自己绝不会尊崇如此残酷的一个上帝（说着"玛丽莲，见鬼去吧！""我确定那儿的饭更好。"），从那开始，她再也没进过教堂。对她而言，所有信奉宗教的愚蠢行为自那时起就无比正确地结束了，即使，她应该是第一个知道的，宗教拯救了黑人免于某种自杀。但她不是黑人，不会顺应它，她是玛丽莲，并不跟几乎大多数白人或者黑人一样愚蠢。

如果她什么都没听见，那可能是因为，在她的日历上，十二月是最忙的一个月，那是屠宰时节。从十二月二十号到第二个一月，她不用在佛格家工作，而是一直在克雷斯维尔郊区，在她父母又是前厅又是客厅的小屋里忙着做饭。她母亲带着没有一丁点怨愤的口气告诉她，玛丽莲是波旁村唯一有假期的黑人女孩，但玛丽莲在被雇的时候就强调了这一点，不答应就不上工。他们接受了这个要求，因为她名声在外，而且她试厨的结果搞定了这一切。她确实是有天赋的，这一点她早就知道，可以拿来当作谈判的筹码，而她也将此用做了自己的优势。再加上这位白人夫人似乎有那么点真正喜欢她，或者可能只是感觉到了玛丽莲的厌恶感，这成了一种奇怪的诱惑。拉维尼娅可能之前从未被嫌弃过。那种东西能让一个白人女人动摇，让她变得被需要，就好像一只猫只想被没碰过它的手抚摸一样。

如果她什么都没听见，那可能是因为屠宰时节是个消耗一切的劳累时节。玛丽莲没有太关注旧时的方式，她也当然清楚自己可以从大百货商店买到所有她需要的猪肉产品，但是她把注意力放在了烹饪上，知道从店里买来的成品和肥肉跟她自己亲手饲养长大的家养猪肉完全比不了。然后，在十二月的时候，一位老屠夫会从乔治敦赶来，屠宰生猪。那个屠夫，像是出生在奴隶制出现之前的二十世纪，他要等到寒潮来临的夜晚，月亮升起之时干活。这种山沟里人的迷信和灵异挑战着玛丽莲向来不怎么样的耐心，但她还是以不同于往常的宽容忍了下来，因为这屠夫挖起猪心来，就像摘个苹果那么简单。他的屠宰手法又快又干净利落：他用去年的树干自己做了个脚手架，还没怎么听到叫唤猪就一命呜呼了，死猪在开水里煮过之后就在猪蹄处捆着挂了起来。甚至她父亲都能放下手里的《圣经》，一直在旁边帮忙几个小时，而玛丽莲在整个过程中不是在帮忙切割，就是在厨房里为男人们煮咖啡。她自己是从来不会碰咖啡的，觉得这玩意儿跟药似的，比任何液体都有害，一个有正常感觉的人是无法忍受咖啡进入体内的。男人们把猪肉割成一片一片，内脏就像杂色的香肠滑出来，滑到旧铜盆里；脚手架上，猪皮被刮过毛，空荡荡地挂在那里，像是光滑透明的灯笼，冬日里太阳的照射让猪皮看上去亮粉粉的，三天以后才被割开。在那三天里，玛丽莲去列克星敦自己花钱买食材给父母，作为圣诞节的礼物。之后，在一年的最后一周里，她每天从早忙到晚，剥猪皮、做猪肉。她把猪油切开，在一口口大生铁锅里炼猪油。曾经的室外夏天厨房也只有在屠宰时节里才有点用处。各种各样的刀法切下来，边角料被炼成普通的猪油，在她做不追求特别讲究的油酥点心时可以拿来增加风味。她留了些带膘的瘦肉用来做香肠，然后把中等的猪颈肉放在肉箱子里用硝石和黄糖腌起来，之后用边角料自己做香肠。一般大多数的猪肉都不能立马就拿来用，但是她已经工作一年之久了，胆子也大了起来，至少在自己家里是这样。在佛格家，所有的东西都是从商店买来的，存得都有味道了，跟八月的池塘一个味，所以她必须多些工序，好让这味儿轻一半，但还是有味儿。她怀疑这些人甚至分别不出新鲜肉和超市里硬纸板装的肉有什么区别。白人家伙的愚蠢就像太阳亮得那么明显。当然，这只能悄悄地说。

所以在第二年的一九五四年一月，她走了三英里，早上五点到佛格家的时候已经很累了。她终于走到的时候，尽管天气那么冷，她上衣已经湿透了。佛格家的房子像座坟墓似的屹立在小山丘上，旁边的小河在煤渣颜色一样的天空下，浑浊得几乎看不清。那时候天还没亮，但正常情况下，至少有两盏灯会亮着，一盏在山坡上的房子里，另一盏在一间马厩里，一个工人正走向马群。但佛格家房子是暗着的，直到玛丽莲溜进厨房，二楼的一间房间才亮起了灯，但她没看到。

厨房里太安静了，让人感觉空荡荡的，不能被打扰一般，于是，她没有像往常一样打开炉子上方的灯，而是点了根胖胖的蜡烛，它潮湿地滴着蜡油。大清早的安静还没被打破，她拿出乳酪、黄油加热，用来配饼干，转到另一边拿放在老式冰盒里的桃子酱。她朝后伸手去摸鸡蛋碗，以往菲利普都是在她每天早上六点到之前放在案板上的，但是，没有。她转过身去，盯着满是切痕的案板，就是碗应该在的地方，正想着，为什么这又懒又老又爱喝醉的——

男孩出现在了房间里。他站在那儿，穿着他的平角短裤和弄皱的贴身汗衫，中间微微鼓起来，显出他的小肚子。玛丽莲吓了一跳，看到他的身体，厌恶地往后退了一步。不仅仅是因为他穿得不得体，还因为他迷迷糊糊的，一副蔫蔫的样子，像是在假期里生了什么耗人的病，头发湿答答的，眼窝深陷下去，像是被涂黑的柠檬片。即使是在忽闪柔和的烛光里，看上去也像个刚从内脏堆上飞下来的秃鹰。

"你怎么回事？病了？"她连关心的话听上去都像是骂人。

亨利没再往前走进来，只是摇摇头，满脸筋疲力尽的模样。

"你要是发烧了，也别靠近我。让你妈妈照顾你。"

"母亲不在，父亲把她送走了，送到佛罗里达去了。"

玛丽莲抬起一只手，"那不关我的事，回到床上去，我要去拿鸡蛋。菲利普今天早上没把鸡蛋给我取来。"她拿起一个黄色的大碗，因为发现有活可干，感到很开心，这能让她离这聒噪的小孩远点。但是男孩开口说道："菲利普不会再来了。"

不是他说的话，而是他说话的语气，如此刻意，就像是熟记在心，仔细背过，专门说给某个观众听的一样。这让手正握在门的铜把手上的玛丽莲定在原地，过了很久脑子才突然反应过来，时间长得足以仔细感受整个椭圆把手的形状，多像个鸡蛋啊，脆弱得哪儿都不敢碰。那件事儿一直以来都像是随时准备跳起出击的猫，就在此刻迸发。

"哦，"她说，声音里带着古怪的冷静，空洞洞地从她剧烈跳动的胸脯中发出来，"他现在在哪儿做工？"

他声音不稳,带着犹豫,"我觉得,他不会再做工了,玛丽莲。"

他叫她名字的方式让她充满了恐惧。她一个字也没再说,走出了房门,把手中的大碗抵在肚子上,迈了几步,而后快步穿过黑暗,奔向马厩后面的鸡舍。她呼吸短促,满脸通红,颤抖的双腿跪倒在地,摸索着进了鸡舍,烦躁地推开母鸡,母鸡扑闪着翅膀,表达着不满。她慌忙中掉了两个鸡蛋,一只小鸡从鸡笼子里逃了出来,花了一分钟时间才把它赶回笼子里。现在碗里有六个鸡蛋了,她朝着房子方向往回走,因为她不知道自己还能做什么。她没办法思考,麻木地跟着双腿走了回去,完全是靠习惯。天还是黑的,炉子也是,太阳还有很久才会升起。

感谢上帝,她回来的时候,男孩已经不在厨房里了。她把碗放在案板上,就像菲利普以前做的那样,然后毫不犹豫地踮着脚以她最快的速度跑到黑色电话那里,电话在走廊里挂着。她不能打给她母亲,母亲做工的家里,白人七点以前还没起床。而且,她母亲也没告诉她有事的时候可以打给她。父亲的牧师?不——马丁小姐,她的家政老师,那个教会她所有厨艺的女人。马丁小姐一定起床了,她每天都是四点半起来做晨祷的。

电话响了两声,很快被接了起来,电话那头出现了那可靠、优雅,如同朗诵般的声音。"早上好,"电话里说,"我是艾拉·马丁。"

"马丁小姐!"玛丽莲手捂着听筒,发出刺耳的声响,"我是玛丽莲。"

"是你,玛丽莲,到哪儿我都能听得出你的声音。你打给我是要……"

"菲利普在哪儿?"玛丽莲打断了她的话。她停顿了一下,像是在给暗示,轻声说道:"菲利普·邓巴。"

"我知道你说的那个菲利普,"艾拉小姐说,"玛丽莲,他一周之前跑了,什么都没说就走了。扔下了苏萨一个人,人们议论也是出于好意。我听说他们最近遇上了很多麻烦。上帝啊,孩子,你这个时候打电话肯定不是来跟我这个老太婆闲扯的。"

"噢,上帝啊。"

"玛丽莲。"突然一声询问传来,玛丽莲迅速挂掉了电话,立在黑暗中,大脑飞速运转着,分类、运算。但她知道,这道题,她算得太晚了。最后的答案已经有别人先算出来了。

"你在跟谁说话,玛丽莲?"

尽管恐惧让她身体僵直,尽管事实是她慌忙离开,转身看到在走廊的阴影里,他像个鬼似的站在那儿,但她的第一反应是"和谁"。

"我妈妈。"她撒谎了,甚至还没转过身去就脱口而出。亨利一动不动地站着,很吓人。他的脸在阴影里,玛丽莲不知道此刻他真正的表情。她在出汗,可以听得见她急促的呼吸。

"今天我要去商店买东西。"她在安静中说着无用的话,但他没回答。

然后,她突然厉声开口,声音带着强压的恐惧,不自觉地变尖变高。"去问问你父亲,没有司机,我应该怎么去杂货店。"

"他还没醒。"

"去!"她喊道。

有那么一秒钟,他看上去好像就要照做了,但他没有。他说:"你没资格让我做什么。"

她大脑一阵眩晕。上次,也是在这座房子里,也就是十天前,她可能命令过他去喝碱水,莫名其妙地,出于她钢锯般的个性,或者出于她年长的资历,又或者是出于她罪恶的双眼,她可能已经让他按照吩咐这么做过了。正是她十二月末拿在手上的特权,现在,他正站在走廊上,拿在手里。她脸上带着假装的挫败感,用以掩饰越来越强烈的恐惧，她马马虎虎地耸耸肩，从他身边走过去，穿过如此漫长的走廊，走向厨房，拼尽全力表现出一副被偷听的气愤样子。

但他一直跟着。就站在那里，看她心不在焉地将铜锡锅搞得乒乓响，她不是个爱哭的人，但人生中第一次，滴滴的悲伤和害怕之酒正从如同大酒桶般的大脑中一点一点挤出来。

"你像这样一直盯着我，我没法做饭了。"终于从她肩膀上传来嘘声。

"玛丽莲，"他说，"你觉得我们最终会受到应有的惩罚吗？"

"什么？"她厉声说道。

"我的意思是，如果上帝不存在，就惩罚不了任何人。我猜想着，我们要想自己动手了。"他说，"看，人实际上就是万物之尺。人写了所有的书，即使他说他不是万物之尺，但实际上他就是。我们创造出了上帝来告诉我们，做任何我们已经想好要做的事。这就是我的想法。"

"惩罚？你指的是人？什么？"她听不懂他在说什么，听不懂他想要给她解释清楚的东西，但她的身体做出了自己的解释，一股冰冷的寒流，从肩膀一路蔓延向下，到肩胛骨，再到尾椎，突然，她有了尿急的感觉。

"我听到你说菲利普做了什么。"他安静地说着，他的声音就是最令她害怕的东西，他说话的时候那种听起来像是小孩子的奇怪方式太令她害怕了。当她转过身的时候，他眼里露着凶光，炙热无比，她根本阻止不了那些字一点点从她胃里升起，穿过因为害怕而收紧的食道，最后冲开她的嘴："你做了什么？"

他后退几步，脸上带着受伤的表情。他说话的时候，她能看到他眼里含着泪光。"没什么。我就是在尽力做正确的事。我想要的只是长大，我不想要麻烦。"

"我说——"她嘶嘶出声,"你做了什么?"

"我什么都没做!我只是告诉了父亲你说的话。"

玛丽莲的眉毛挑起来,皱成一团,"我说什么了?"

"你知道我在说什么。"

她瞪着他,没有说话,等着。

"你说菲利普碰了妈妈。我听到你说了。"

她喘息着:"噢,天哪!"

"玛丽莲——"

她指向他,手指在两人之间的空气中颤抖地点着,"你是个罪人。"

他突然怒火中烧,"不,我不是!他碰了我妈妈!"

玛丽莲眼睛瞪得大到不可思议,"他碰了你淫荡的母亲,"她说着,整个身体倚到案板上,几乎瘫坐在上面,直冲着他的脸愤怒地喊道,"因为,她,想要!"

亨利伸手将盛着鸡蛋的大碗一把甩到地上,盛怒之下,他再也把持不住自己,"滚出我的家,玛丽莲!"他尖叫着,"现在就给我滚!"

出去之后,她才愤怒地回头,想到自己像是奴隶一样被一个小男孩命令着,只是因为他意识到了自己总有一天也会成为真正的主人,就这么对着一个厨房的女仆放着大话;而她竟也照做了,甚至连蜡烛都没去吹灭,就一把抓起自己的夹克外套和花一周工钱买来的黑色山羊皮钱包,头也不回地径直走了出去。门被甩开,气流吹灭了蜡烛,只把亨利一个人留在了她身后的黑暗中。

玛丽莲带着火气横冲直撞,来到去巴黎城的路上。现在才六点十五分,周围一个人都没有,东边地平线上也还没有光亮。一种不真实感包裹着她,他们真的说了那些话?菲利普的离开只是她想象的?但,不是。装着鸡蛋的大碗不会再有了,所有一切都是真实发生过的。但是她的确反应过度了。她尽力让自己的大脑冷静下来,她其实觉得不会有人跟着她,不可能,对一个年轻厨娘怎么会有私刑,但她还是害怕地回头沿着肩膀看着,是不是会有车灯跟来。是的,男孩干扰着她,这种干扰让她无法冷静。但就在她快要到镇郊的时候,汗水湿透了她的衬衫,在她眼前几乎看到了菲利普就吊死在树上。她作了个决定。之后,她意识到自己的害怕中慢慢潜入了卑鄙的欣喜,因为她印象中自己从来没有如此害怕过,而她的害怕如同温室的花朵,驱使自己顽固的精神变成某种行动,而这些行动其实一直以来都是已经计划好的。她那时候在想什么?不去读大学,在白人的厨房里做个厨娘吗?她到底想要证明还是回避些什么?

她自己的家里没人,她母亲、父亲都在工作。在她长大的房间里贴着壁纸,很奇怪,一会儿之后,这么丑陋的一格一格的豌豆花壁纸怎么就会瞬间变成了她温柔的记忆。她把两套衣服和她仅有的另一双鞋塞进一个旧的编制旅行袋里,但她看了一眼书架上一排整齐的神话故事,就把这双多余的鞋子拿了出来,放回了旁边的空橱里。九本神话故事和她的袖珍莎士比亚舒服地躺进了她的袋子里,装得满满当当。她迅速地脱掉自己湿透的衣服,缩起肩膀,穿上了一件宽松的黑色衬衫和一条人造纤维的过膝长裙,她其他的三套衣服也是差不多的样子,穿着这样的衣服,一点都显不出身材。最后一步做完,她沿着台阶,走出了这座老房子,这个父亲读《圣经》的地方,这个母亲疲倦的地方,这个有着自己坏脾气童年的地方。她没留纸条,她到列克星敦会给他们打电话,不,到辛辛那提,她先要离开这个血淋淋的边陲地带。她打算向马丁小姐道歉,因为她挂了她的电话,但马丁小姐会理解的,她像爱女儿一样爱她,玛丽莲知道的。当她关掉胡桃木做的老门,手里提着包,突然驻足,纷乱的思绪平静了下来,她挺直了身子,恐惧正在消失。她不知道她从哪儿来或者为什么来,但突然想清楚了,她要去纽约,她不是要去那儿的餐馆找份工作,而是要从那儿出发，她发觉自己一刻也不能耽搁了，自己真正的生活就靠它了。

◆

"噢，佛格先生，你儿子病了吗？"
"是的，是的，他是病了。"
"什么时候开始的？"
"假期那会儿。就在家里，发烧发得厉害。"

◆

约翰·亨利在巴黎城火车站接他妻子。他在月台上等着，一动不动地站着。他穿着羊毛条纹西装，黑色的蚕丝大衣，还配有金色的袖扣和犬牙花纹的手帕，结婚戒指在他手上闷闷地发着光。但所有这一切在他冷酷无情的表情下都黯然失色。慢慢变白的头上每根头发都安静地排列着，唯一与他僵直的状态不相称的只有冻得发红的耳朵，天气太冷了。

火车不紧不慢地开进来，汽笛声在远处放大，亮黑的车身在树影间隐约可见，接下来开始放慢节奏，慢慢减速，刹车声响起又缓缓消失。火车终于停下来了，但约翰·亨利也想着要不还是别停，把她带走，然后在其他什么地方停下来。他突然转头，看到火车头后面一节节直直的黑色车厢，乘客蜂拥而出。他们都在相互拥抱，有人在亲吻，他觉得这种大庭广众下的行为太粗俗了，有点受不了，转身避开，于是看到她站在那儿，犹豫地站在最后一阶台阶上，金发碧眼，皮肤白皙，带着他印象中十八年前见面时她自有的娇羞看着他。他青春年少时的妻子，一身装束再好不过。他向前迈了一步，冷冰冰的手扶她走下最后一步，站到月台上。他提起她的箱子，另一只手轻轻地热切地扶上她娇小的背。他父亲,雅各布·艾里森·佛格曾经告诉过他,女人的骨头比男人的轻——从一方面来讲,我的这些话也是给你上的一课,只有动物才会当着别人伤害自己的配偶。

他们像平常一样一路安静地开车回家,现在,这种安静更加彻底。他们在惨淡的薄暮和令人僵硬的寒冷中开车回家。约翰·亨利尽力什么都不去想,只是看着明亮的天空慢慢沉入黑夜。天空像是步入了中年,无欲无求,无喜无悲,也没有了鲜亮的色彩和年轻的心。他的妻子在他旁边动了动身子,这动作引起了他的注意,他继续往前开,转头看着她,而她看着他给她的房子,或惊奇,或悔恨,或者是女人别的什么特有的情绪。她家世良好,名气很大,但没那么有钱。她以为他不会帮她开门了,像个老鼠一样偷偷地想自己开门下车,好像她忘记了在她已经逝去的时代里,丈夫是应该给妻子开门的,好像在她离开的日子里,他们的婚姻已经结束了,没必要再这么做了。但他突然伸手过来,手牢牢地放在她后脑勺上,一句解释都没有,直直地把她按向仪表盘,他感觉到了她的挣扎,但只是一刹那,她左手颤了一下,像是他们做爱的时候心跳轻轻地紊乱一般。然后,他拿起她的钱包,往她头上重重地砸了三下,砸的位置很高,在后侧头骨的最上面,这样一来,伤痕就看不出来,而且也砸不到她的脖子。她没发出什么声响,只是每砸一下都发出低沉的呼呼声,肩膀缩到了耳朵上。然后,他把钱包甩到她大腿上,双手将她扳过来,让她能读懂他的唇语,"你儿子病了。去看他。"

本来也不过就是这样,除了她哭了。他们已经进了房子,约翰·亨利提着箱子跟在她后面,指着让她上楼,仿佛她是个孩子。她扶着胡桃木的楼梯爬上一级级台阶,但在最后一级却笨拙地摔倒了。她回头看向他,因为害怕,脸皱成了一团,他看到了她脸颊上的眼泪。尽管她做了那样的动作,尽管她罪恶地对他做了那种事,尽管事实是在她放进嘴里、咽下去之前,她湿润的小舌头的的确确舔过了那个烂果子,但她现在站在这儿,掉着眼泪,一副天真无辜的样子。往好了说,是个谎言,往坏了说,就是通奸,就这么讽刺着他严肃的尊严,他的家庭,还有他作为男人的身份。他突然被暴怒席卷,像个公牛一样冲上楼梯,一刹那的工夫,拉维尼娅只能恐慌地盯着他,他意识到她想逃到他们儿子的房间去,不,是他儿子的房间。

他在她伸手去开门的时候拦住了她,把她按在身下,他的手像手铐一样牵制住她的手腕,把她拖到他们的房间里,一脚把门踹上,毫不在意关门时的重响和他们沉重的呼吸。她紧张的呼吸声和挣扎毫无用处,只是激起了他的兽性,他释放着自己,迫使她脸先跌在床上,胳膊蜷在胸前,他用空着的一只手用力打着她的后脑勺,下手越来越重,直到她埋在床罩里闷闷地哭起来。他蛮横地将她的花呢短裙掀到屁股上,又硬又白的紧身衣妨碍了他,各种带子和长筒袜紧紧地包着她,就像贞操带一样,他把它们撕扯下来的时候,指甲抓得她生疼。他什么也没说,也没必要,甚至,在这么多年以后,她一点都不懂他,无论如何也不懂,所以,这就好像是他对过去的告别仪式,又是对誓约的重构。他甩掉自己的裤子、短裤,怒气中更加昂扬,他蛮横地把自己挺进她干涩的阴道,他的屁股和她身侧相撞,传出粗鲁的肌肉拍打声。他像个格斗者一样呼吸沉重,低头从后面盯着她虚伪的头。但当她因为痛苦在他身下挪动的时候,他兴奋地颤抖了起来,然后,随着闪电般的抖动,他突然不情愿地回忆起了他们年轻时在一起的时光。他突然停了下来,一半还在里面,他喘着粗气,被美好的记忆搞昏了头脑——一切突然轰鸣般袭来,旧时欢乐,她早已失去了的魅力,在她眼中,曾经多么崇拜他啊。但她变了,走开了,还如此愚弄他,他竟还将自己成熟生活的精力耗在她的美好上。现在,他更多的不是恨她,而是尊重自己。带着这样的想法,他继续动了起来,刺入她的身体，快速地不带任何情绪，甚至连生气都没有，就只是一个严肃的做爱游戏，反反复复，以同样老套、死板的动作，一次又一次，直到她大声哭喊，却并不是因为满足。

我亲爱的孩子，你睡着的样子还是小时候的样子，我不奢望你能理解。你那么小，我们之间没有共通的语言，真的没有。我怀了你整整九个月，我生了你，但是你却一点都不懂我。我不只是你的妈妈，我也是个女人。现在我想告诉你，连我自己都不忍看自己，我想告诉你，直到最近，我还是个小女孩，一直都是。我结了婚，怀孕三次，现在三十八岁了，但还是个孩子。一个人不管告诉你什么，他在真正爱上另一个人之前，永远都不够成熟。我爱你，当然了，但是爱一个自己亲生的孩子并不是我要说的，这说起来太简单了。我要说的是，在平等的人之间产生的爱情。爱，是只有在平等的人之间才能发生的。我知道，你并不觉得那个男人跟我是平等的。事实上，我以前也不这么认为，他是黑人，他酗酒，我知道的。我听不到他是怎么说话的，但想想就知道，一定野蛮又粗鲁。但你不是女人，你永远都不会明白，他第一次吻我的时候，不是用嘴在吻我，而是用眼睛。他看到了我心里。从来没有人这样看过我。我感到了彻彻底底的羞耻，但并不是因为性爱，那是多么自然的事情啊。让我觉得羞耻的是我们之间的明显的不平等，他所知道的事恰恰是我一无所知的，所以，自那刻起，我穿越一切障碍，拼尽全力想配得上他，做个与他平等的人。

在混乱急速的梦境里，他爬上梯子，穿过照进黑暗的刺眼阳光，爬到翻滚的云层中，云层中浮现了母亲和父亲纠结的脸，继而变成模糊的影子，到无法辨认，然后变成模糊不堪，直至消失无踪。在破碎、灰暗的云层里，血肉模糊的死人不再闲聊，情绪高昂地向上指着，说"往哪儿，亨利先生，一步一步向上爬，那就是未来"。此刻，他在天堂生锈的齿轮隆隆的转动声中，察觉到一丝比血还深沉的钟鸣声：野心和欲望之钟。向上爬啊爬啊，一直爬到梯子最顶端。他拼尽全力把梯子拖上来，翻过来一侧朝上，伸出去变成一个舞台。它们来了，就沿着梯子的方向和长度，一群马匹从远古而来，穿过人类时代，但仅仅只是最出色的人类时代：圆脸的阿拉伯马、强健的挽马、野蛮的野马、瘦削的夸特马、健壮的摩根马，竟然还有高贵的纯血马。纯血马是速度和力量的完美结合，冷酷与热血兼备，热烈且神速！仅仅这一匹，简直就已经是马中极品，在这如上帝年岁一般长的队伍中是最棒的，它就在你身后，一直一直地看着你，亨利。

亨利在床上挣扎着，但就是醒不过来。德墨忒尔女神回来了，没有言语，只是用温柔的双手抚摸着他，每处都不放过。她的手抚过他的面颊，放到他的膝盖上，但当他说，我看到了惊人的事，她向上指着自己头顶的槲寄生枝条，甜甜地笑了。但当她把面具摘掉，原来只是放荡的阿佛洛狄忒女神。

  父亲问："让人开心的就是好的吗？"

  儿子："妈妈说是的！"

  父亲："妻子是一房之首吗？"

  儿子："一座房子里最低的位置！"

  父亲："是谁把你变成了现在的样子？"

  儿子："在我身后长长的队伍……就是它。"

  父亲："你身上流着我的血。"

  儿子："那儿有很多庄稼！"（拉丁语）

  父亲："为什么，听起来你不太想诚恳地谈下去。"

儿子:"播种就会有收获!"(拉丁语)

亨利猛地醒过来,意识到自己穿过了走向成熟的隐形之路。他这么认为是因为他从没觉得死亡这么有意思,而且没什么可害怕的。每个人都做得到。

◆

亨利在楼下的书房里等着他安静、神秘的家庭教师。他坐在希腊语和拉丁语卷宗筑起的高墙之后,手有意地交叉握拳,翘首以盼。前门开了,听到对她母亲绅士般的问候,听到下到大厅的声音,他身子往前坐了坐。老师在走廊里稍停了片刻。

"早上好。"那人说,吃惊地发现他年轻的客户正坐在一池温柔的阳光中等他。黑色、深紫色相间的书脊上的滚烫的金字在太阳的照射下闪闪发光。男孩周遭飞舞的尘粒像极了绕他飞来飞去的小昆虫。

"我准备好开始了。"亨利·佛格说。

家庭教师身材修长,比亨利矮一些,走起路来微微弯着腰,看上去更年老一些。他皮肤看起来有点病态的苍白,但眼神却尖锐、冷静,不动感情,一看就知道读过很多书。他进门,绅士、有力的大手随即关上门,不带一丝犹豫。

"好。或许我,还没准备好开始。"他脸上带着微微可寻的笑容,说,"我刚才进门,见到了你可爱的母亲。"他的声音深沉平稳,元音都没有起伏。亨利仔细地审视着他,就好像从他脸上的皱纹和棱角中可以发现他北方故乡的精确地图。

"你不是这儿的人。"他缓缓开口。

"很明显,"家庭教师边说边打量着房间,吊扇慵懒地嗡嗡响着,亨利坐在一张古老的意大利式书桌前,"肯塔基州苦于没有受过古典教育的教育者。但我必须说，你所在的州很可爱，它太绿了。"他在房中缓缓地踱着步子，放松地坐进桌子对面的椅子里，小心翼翼地跷起二郎腿，很显然，他有旧伤或者其他什么隐疾。自始至终，他都温柔地眼都不眨地盯着亨利。

"肯塔基州是联邦中最好的州。"

"是吗？"男人反驳道。

"是的。"

"甚至比新泽西州还要好？"口吻中带着一丝玩味。

亨利似乎没听出来这是个玩笑，他瞪大眼睛："人们拼了命地从新泽西州逃到这儿来。他们在一七八八年废除了奴隶制，很多家庭带着他们的黑鬼奴隶搬到南方来，建立——"

"黑人。"男人的头抬向一边，一根眉毛也抬了起来，"我想，你的意思是，黑人。"

亨利没回答，他低头看向男人磨损的皮革书包，它正靠在弯曲的椅子腿上。"我的作业在里面吗？"

"对。"

亨利缓缓往前移了移，"但我已经想好要从哪儿开始讲了。"

男人靠到温莎椅的椅背上，双手交叉抱在肚子上，"是吗？求赐教。"

亨利坐得更直了。"从马术讲起。"他说。

先生的眉毛高挑起来，"我本来要教你一些稍微不那么难懂的、一些更适合你这个年纪的教育需求的东西。"

"我觉得，马术就很好。你不觉得马术的过程就像通向完美的阶梯吗？是的。你可以把马的发展完完整整地框进某根线里：始祖马，像小狗一样大小的渐新马，然后，变成六拃高的中新马，再然后，长成草原古马那样，就是——"

"年轻人,"先生打断了他,"我觉得你父亲不会想让你把宝贵的时间花在马术这种事情上。"

亨利没有低头,但语气弱了些。"我确定,父亲会允许我读任何东西的,只要我认真。我能把它翻译成英语,然后,我能再把它翻译成拉丁语给你听。我需要练习。"

男人重新跷起二郎腿,将他华达呢子裤腿上的褶皱捋平,花了点时间思考。"好吧,反正我听上去,你好像打算努力学习。"

"我会的,"亨利说,"我不想浪费我父亲交的学费。"他试探性地笑了笑。

"你父亲说,之前一直是他自己在教你学拉丁语,这着实让人钦佩。"

"是啊,他五岁就开始学拉丁文了,我们是跨过这原野的第一个家族,我们很富有。"

"年轻人,"家庭教师突然说道,"你看起来很疲惫,你睡足了吗?"

"嗯。但我真的觉得我父亲的发音可以再好一点。"亨利的身体又向前探了一些,"我希望我接受的教育是非常重视古典文学的,但并不是就不学数学和科学了,我都要学。我想学好每一样值得用心学的东西,但我想花最多的时间在古典文学上。我想成为一个古典学者。我已经记住了古典神话的大部分细节,但我真的很想从马术开始学起。"

"好吧,好吧,"家庭教师抬起一只手说道,"当然,我一定会根据你以前所受的教育安排课程。但如果你真心想学马术,那我想,我们还是从马术开始吧。至少,现在是这样。如果那就是你的,嗯,你想学的,我真没看出有什么危害,但是,我也不确定它是否真的有价值。"

"我们什么时候开始?"

先生并没有立即回答,只是微微低了低头,像是透过隐形的老花镜盯着亨利,"你不想先知道我叫什么吗?"

"我叫亨利。"

"我知道,我叫杰拉尔德·普里斯。来自新泽西州的特伦顿。"

"我们什么时候开始?"

老师耸了耸肩,以几乎听不到的声音微微叹了口气。"我想,现在就可以。"

他真正的授课开始了。他们学了几个小时的动物评估,老师离开的时候,学生还留在上课的位置上。他分析语法、翻译、列举词形变化、筛选,一直熟读到深夜,晚上在床上也用手电筒继续读着,一连数个夜晚,在指导书上用铅笔做着笔记,用写下的文字记住了色诺芬。于是,他再也忘不掉:

厚角比薄角脚步更稳健,看,观察前后蹄步子是否踏得高还是贴着地面很重要,踏得高,能让"青蛙"(大家都这么叫)很好地跳离地面,而贴着地面的步伐用的是脚掌最粗壮柔软的部分,就像罗圈腿的人走路一样。"你能通过马蹄声清楚地判断出好马蹄。"西蒙高兴地说道。因为没用的马蹄声就像是破铜砸在地上一样。

男孩极其渴望地关注着马的身体结构,特别是肩胛骨,或者前肢,因为这些部位如果强壮有力,马儿就会显得健壮、帅气,就像人一样。然后,相对宽阔的胸膛也会让马看起来强壮、漂亮,而且,也能够使两条前腿分开得恰到好处,这样它们就不会相互重叠、相互妨碍。再然后,颈部不能像野猪一样向下低着,从胸膛处向前探,而要像斗鸡一般,挺立向上,曲线平缓。同时,马头要精瘦多骨,下巴要小。这样一来,马颈立在骑马人前面,位置刚刚好,人眼可以看到马蹄前有什么。此外，一匹马有这样的外形构造，尽管精神十足，气势也不会凌驾于骑马人之上，因为马匹是通过马头、马颈的伸展而不是弓背来宣称自己的力量。

亨利潦草快速地写着自己的计划，列着单子，做着计算。他用黑色的黏土做着一匹他想象中的马，它匍匐前进，一点点走向期望之光：首先，是军马般的头，然后，是魁梧如桶状的胸膛，从旋转的马蹄到刀尖般耳朵的切口，整个马身都被设计成了奔跑前进的姿态。强壮轻盈，但动力十足。灵活、机智、充满力量和激情，个头高挺——不像是命运女神的仆人，倒像是践踏者——这才是真正体现马"神"的马。用于战争，强壮有余，但却比任何女人都要妩媚，甚至更有必要。

每天早上，家庭教师向眼睛通红的失眠者打招呼，"告诉我你学到了什么。"亨利站在他面前，机械地站着，但内心被强烈的渴望点燃：

"我知道了马比庄稼要好，男人比马要厉害，男孩比男人还棒，因为他还没变成他父亲。"

"告诉我你学到了些什么。"

"这个农场就只是使用土地的一种方法——在约束中的游戏！但这只是约翰·亨利的笑话，而不是雅各布·艾里森或者摩西·库珀或者威廉·艾弗或者里士满·库珀或者威廉——"

"告诉我你学到了些什么。"

"我首先是个肯塔基人，然后是个弗吉尼亚人，最后才是基督徒。我是塞缪尔种族的精炼品，我是为我自己的时代而生的，不是我父亲或者父亲的父亲的时代。我知道一个被忽略的城市会衰落、消亡。特洛伊会，罗马会，任何伟大的城市不展现力量都会归于灭亡。"

"告诉我——"

"我知道解放者们杀死恺撒的时候，径直刺穿了他的心脏。"

就在每年亨利的堂亲来探访那一周期间，高挑漂亮的亨利十六岁了。表亲一家在炎热的夏末穿过佛罗里达闪闪发光的小路，当踉跄地从雪佛兰上下来、蹒跚走到佛格家草地上的时候，他们早就像拳击手一样汗流浃背了。他们走进来扑进拉维尼娅等候多时的怀抱里，约翰·亨利热情地站在她旁边，但越来越不专心的儿子此刻却不知去向。亨利骑车去了巴黎城，现在，到公共图书馆认真读书已经成了他每周六的习惯。他在这里学习遗传规律，他打开自己的马匹谱系书，里面有各个级别的谱系图表，弯弯曲曲一直追溯到三匹最早的种马——哥德尔芬·阿拉伯、达雷·阿拉伯、贝尔莱·塔克。[①] 有一次，他小心翼翼地从一本老的百科全书上撕下画着塔克马的一页，灰狗一样的马头，玫瑰茎一样的马腿。这张图坚毅地藏在他的床垫下面，等待着有朝一日可以贴在墙的正中央——就是亨利十八岁的时候，可以到西沃恩大学，跟南方的男孩子们一同上学的时候。

　　今天，他一丝不苟地做着母马遗传的笔记。有一个特别固执的趋势，那就是母马在结合中会选择较弱的公马，以此将自己身上的特点遗传下去，将后代雕琢成自己的模样。当公马比更厉害、更具遗传优势的母马弱太多的时候，孕育繁殖就成了一项非常精细且极具挑战的任务。亨利现在正在学着如何异系繁殖，或者同系繁殖出一匹具备理想构造的马，他将两种方法倒回去跟同一匹原始母马进行对比研究，这样一来，整个过程就有条理了起来。小马会遗传到上一辈母马的优点，又不被其牵绊。一颗强大的心脏在母马身体里孕育，出生的小马驹一路长成老母马，然后往下遗传，这样它就会把宽阔的胸膛遗传给

[①] 十七、十八世纪，在英格兰以本地马种和东方公马进行杂交育种，繁育出了一个新的马种——"纯血马"。奠定"纯血马"基本血统的是三匹公马——"达雷·阿拉伯（Darley Arabian）""哥德尔芬·阿拉伯（Godolphin Arabian）"和"贝尔莱·塔克（Byerty Turk）"。这三匹马以备受尊重的三位英国马主的名字命名，名字中的第二个词表示了它们的马种——分别是阿拉伯马和塔克马。纯血马是全世界最快且最有价值的马种，赛马运动由此诞生。

所有的后代，突破以前四肢长度的极限，进入良性循环。这颗强大的心脏是关键，问题是，如何得到它。

亨利在下午天色暗下来的时候才骑车回到家，帆布包里塞着满满的借来的书，鸭舌帽斜着盖在眉毛上。他匆匆路过，差点没看见还用着尿片的最小的堂弟，才突然想起来叔叔一家今天来了，也才突然想到，他被盼着最好在晚饭前回到家。他把自行车扔在碎石路上，车轮还在空转着，把看见的第一个小孩儿抱在胸前作为人肉挡箭牌，阻挡即将到来的说教。但他父亲正全身心地跟自己的堂哥聊着天，这个堂哥暗红色的头发已经开始变白，却有一张弟弟般平和、坦率的脸。二者永远不搭，就像是春天和秋天。他们身后的远处，女孩子们正玩着槌球游戏。

亨利在她们中间寻找着洛蕾塔表妹。

新厨娘波莱特叫大家吃晚饭了，女孩们扔下木槌，蹦跳地穿过草地，叫着："亨利！亨利！亨利！"边喊边朝他的方向奔向屋子，她们挥舞着手臂，都有着白皙的脸庞、红色的头发，穿着有蝴蝶结的裙子。拉维尼娅站在椭圆门廊的一层台阶上，招呼穿着一身洗得干净发亮衣服的孩子们进屋，孩子们走过的时候，她挨个拍拍肩膀表示祝福，但眼睛始终都放在自己儿子身上，洛蕾塔此刻像个快乐的影子，正奔向他。亨利转身面向她，她比以前他见到时更漂亮了，他的脸更加紧绷，皮肤的温度也在升高。

"哦，我的天啊，"洛蕾塔说，"你怎么了？"语气只是简单的问候，并没有任何疑问的意思，但亨利立刻低头看着自己，就好像衬衣上有什么污渍或是拉链没拉好一样。他把脸抬起来重新看向她，一脸小心谨慎。

她就那样看着他，似乎她知道他不知道的什么似的，漂亮的嘴角一边轻轻上扬，就好像大人对孩子一样微笑着，把白色的心形眼镜推到头顶的皇冠上。她绿色的眼睛让人想立刻缴械投降,目光大胆直接。她跟他一样,但更成熟,连他也看得出来。

"你太好看了。"洛蕾塔说。

如果他没动,眼睛也已经在眼眶中稍微动容,强忍着不转过头躲避她这一温柔的表扬,他的脸红透了,开始发烧,所以还是瞥开了眼睛,去躲避她的目光,但也只是笨拙地低了头,看着她衬衣上的贝壳纽扣。

然后,她笑了起来,但声音是那么年轻,比她说话的声音更甜,也没那么复杂。他又可以与她对视了。

"天哪,你怎么能变得那么好看?"她说着,挽起他的胳膊,拉着他向屋里走去,他偷偷地朝母亲的方向瞥了一眼,但母亲已经不在那儿了,她这会儿正在餐厅里,从他看不见的窗户后看着他们。亨利和洛蕾塔慢慢地向屋子走去,走了十步她就开始挽着他了。

"你应该去演电影,我不是开玩笑,"她说,"拉维尼娅阿姨很漂亮,但你父亲没那么好看。那你呢,你是怎么做到的?"

他盯着她珊瑚色嘴唇精致的弧度,脸还在红着。他还在满脑子搜寻着该说点什么,她突然说道:"你有女朋友吗?"

"有。"他说,"你还有马吗?"

她笑了起来,"撒谎。"

"没有,"他说,"我是有女朋友。我只是好奇,你是不是还有马。"

他们手挽手走着,她转了转眼珠,叹了一口气,但却说:"一对。"

"是的,但我说的是真的马。"

"是,是真的马。"她说,"我还在赛马。"

这次轮到他转眼珠了,"我的意思是受过严格训练的良种马。"

洛蕾塔突然把手抽了回去,"是,我们有马。真的马。是,有些是受过训的良种马。我妈妈和我都是受花式骑术训练的。这些你都知道。那么，你的重点是？"

亨利悄悄地神秘一笑，但他们的年龄立刻将天平倾向了她那边。

"你这笑是什么意思？"她说。

"没什么。"他耸了耸肩，肩膀挺直了一些，嘴角留着一丝漫不经心的微笑。

洛蕾塔停了下来，他停下来回头看着她。

"你什么时候变得这么趾高气扬的？"她厉声道，"你连女朋友都没有。我觉得你没什么可值得骄傲的。"她语气酸溜溜的，表情僵硬。她这会儿大步超过了他，耸着肩膀，高抬着下巴，朝边门走去。

"喂！"他在她身后叫着她，"我开玩笑的！"过了一会儿，"喂，我并不觉得花式骑术很愚蠢。"

她一只手放在纱门上，停了下来，转头看向他，这样一来，他恰好可以饱览她的一头金发、刚发育的乳房、闪闪发光的白腿。她眼睛眯了起来，盯着他，什么都没说。

"别生我气。"亨利温柔开口。

有一瞬间，她好像要再次转身不理他了，但她突然又像孩子一样笑了起来，在进门之前对他做了个亲吻的动作。

他像只小狗一样跟在她身后。

◆

约翰·亨利和梅森叔叔深入讨论着农场和种植的话题，他们的头凑在早餐桌前，餐盘被急匆匆地推到一边，这样手指就能在亚麻桌布上画地图。女孩子们乱成一团，大声争吵着，她们的母亲梅丽莎·珍妮正在她们头顶边周旋着，也备受折磨，像个老母鸡一样整天都忙着教她的一群孩子怎么自己吃饭。拉维尼娅安静地坐着，像结了茧一般。没人关注的波莱特在一旁走来走去忙着换盘子，倒满杯子，将盛着鸡蛋和土豆的银制器皿盖上盖子。亨利对所有这一切都不感兴趣，他不想待在房间里了，抓了一片吐司，从厨房的转门那里逃了出去。

他站在走廊上，看着整片农场浸润在早晨活泼的阳光下——这就是他的炉缸，在这里，将锻造出一个全新的世界——洛蕾塔突然出现在了他面前，用鞋尖敲击出巧妙的节奏。"我无聊死了。"她轻轻在他耳边低语，连同她的呼吸轻轻喷洒在他脖颈的皮肤上。

"是的。"他一边嚼着吐司一边说。看他没再继续回答下去，她走到他身前，强健的身体挡住了阳光。

"给我看看沃克马。"她说。

"我本以为你早就看厌了。"他在卡其裤上敲着手指。

"快点嘛。"她边说边拉着他的胳膊。她健壮得让人吃惊，不过她也不是小女孩了。她朝他咧嘴笑着，吃完早饭，唇膏也差不多吃掉了。

"我对沃克马不感兴趣。"他说。

"但，"她缓缓开口，"你不想骑马吗？"让他惊讶不已的是，她竟然转了转屁股，姿势淫荡又限制级，他下面立刻蠢蠢欲动了起来。他沉浸在温暖的声音中，这声音充满了危险和欲望。他站在那儿，什么也没说。

"听着，如果你不想去，那好，"洛蕾塔叹了口气，噘起嘴，手放在屁股上说，"那我就去把吉米找来。"她朝草地上走去。

"什么？"亨利猛地一惊，把剩下的吐司扔到一边，跟在她后面穿过草坪。吉米，一个来自路易斯维尔的少年，他从一个亲戚辗转到另一个亲戚那儿，在克莱斯维尔待了两年多。他曾经做过他们农场的临时工。他是个有着沙哑嗓音的帅气男孩，每次碰到亨利，笑声总是戛然而止。然后，他就会鼻青脸肿地沉默着，站着，嘴角没有一丝笑容。亨利吃惊的是，洛蕾塔竟然记得他。

"你为什么要说那个？"亨利压低声音，轻声问着，好像附近有人在听,"太恶心了。"

"什么太恶心?"洛蕾塔无辜地说道。

"我知道你什么意思。"他低语。

"噢,你脑子卡住了吧。"她继续撒谎。

"是你说的!"他胸膛中升起一团怒火。

"我从来没说过有色人种有大公鸡。"她说着。亨利转过头,愤怒中夹杂着震惊,但她只是拉着他的胳膊,又摆出了那副撩人的女性姿势。他站在她身边,有了男人很简单的反应。

"我的天啊,我就只是想激怒你,"洛蕾塔说着,转着自己的眼珠,"你真是个乡巴佬!谁知道你这么敏感。"

"我有原则。"亨利说着,把自己的胳膊扯回来,但他们继续纠缠着,直到乱糟糟的步调一致起来。

"父亲不会让你骑马的。"他们来到马厩门前的时候,亨利开口警告。

"噢,我不害怕约翰叔叔。"洛蕾塔把问题甩回来,"你怕吗?"

亨利站在那儿,停顿了一下,感觉到背上传来安心的一拍,感觉不错,很温暖,但一种让人想发怒的不适感正不断升腾起来。他谨慎地看着,洛蕾塔轻快地跳着舞步走了进去,他跟着她进了马厩,因为她的屁股和嘴唇比早上混乱的阳光还要温暖。

马儿立刻感觉到了他们的存在。它们骚动着,在栏门上一个接一个地挤在一起,黑色的马头在门上转着,颤抖、粗重的呼吸沿着鼻孔发了出来。

"噢,"洛蕾塔叹了口气,"它们闻起来有阳光和土壤的味道。"她的一只手掌沿着一匹母马的下巴抚摸着——玛莎·怀特生下的一岁小马驹——盯着它的眼睛,里面一片黑暗混乱。然后,她捋着它参差发亮的鬃毛,但其他的马儿嘶鸣顿足起来,所以她走向每一匹马,挨个儿捋着。

"你难道不爱它们吗？"她说。

亨利做了个鬼脸。沃克马对他来说有什么用呢？它们像时间一样有着可预见性，毫无惊喜。身体底部的线条有着不可理喻的长度，增加了骨骼的负重。而且，它们曾受菲利普的管制，他一想起这个男人，胃就会缩成一个坚硬的李子核。

"我们骑马吧。"洛蕾塔突然转着圈说道。

"坚决不行。"亨利说。

"鞍具室在哪儿？"

"不行，洛蕾塔。"他又说了一次，希望这次语气更严厉。

"那我自己去找。"她从上面下来，目的很明显。马头指了路，尾巴摇晃着，嘶鸣着，想要被喜欢或者被骑。一匹沃克马在她走过时尖声嘶鸣着，焦急地转着圈。

亨利一路小跑跟在洛蕾塔后面，她的手已经拉起了鞍具室的门闩，就在他尝试将她拉回来、他们的手扭在一起的瞬间，门旋开了。洛蕾塔把他拉了进来，又把门呼地一声关上。周遭一片漆黑，他们的眼睛还没能适应过来，她的嘴没吻正，吻到了他的脸颊上，而后，覆上了他的唇。她双手在他肩膀和下身不停摩挲着。

"躺下来。"她说。他用脚摸索着，心脏疯狂地跳动，直到手肘碰到了草垛的边缘。他迅速躺倒在扎人的干草床上，她也跟了上来，在他兴奋的下身开始忙活起来。她半卧在他身上，顺从的舌头探索着他口腔里的未知区域。被她胸部压着感觉很奇妙，她在他短裤部位动来动去，胸部却一直没动。他呼吸越来越紊乱，残破不堪。然后，她用手给他上了一课。

在呼吸还没有平缓下来之前，他就把还没瘫软下来的自己塞进了卡其裤里，笨拙地系上纽扣。她躺在他身边，手在干草上抹着，但却发现一直黏在手上抹不掉。

"你觉得我做得好吗？"她说。

他点点头，但却发觉有点尴尬的刺痛感，内心有些许失望。这就算是告别小屁孩时代了？感觉不那么隆重。

"猜猜看我是从哪儿学来的。"她说。

"我不知道。"他说。

"我的一个老师，他是我男朋友。"她等着他的回应，但没有。在黑暗中他能做到的就是把裤子的纽扣扣好了。他的手好像被抽干了力气，纽扣也完全不听话。

突然，细小的声响让他像绳索般收紧了血流。他从干草垛上跳起身。"别紧张，"洛蕾塔小声说，"没人来。"

她是对的。他们等待着，但亨利唯一能听到的就是她紊乱的呼吸。那儿什么都没有，就连马儿都安安静静的。

"我必须说，"洛蕾塔在黑暗中盯着他的脸说道，"你看起来真的像没睡够。"

亨利叹了口气，"是啊，我读很多书，"他说，"我有计划。"

"计划什么？"

亨利沉默了片刻，发现他的堂姐欠缺严肃认真的态度，不值得告诉她自己如此私密、系统的想法，但他又放松了下来，莫名其妙地继续说着。"这没人知道，所以你必须保密。我想把佛格家族的农场变成马场。"他努力模仿大人的淡定，但渴望的情绪流露了出来。"所有土地都用来种玉米，这太可笑了，"他说，"这是在浪费土地的潜力，浪费家族的遗产！你知道我们在这儿多久了吗？我的意思是，你现在在佛罗里达，几乎就好像你不再是家族的一分子一样——"

"喂。"洛蕾塔冷淡地喊他。但他还在继续，"这会发生在你自我满足的时候，你没有勇气追逐远大梦想或者抓住在你面前的机会。我的意思是，田纳西沃克马？让我缓一缓。这里是肯塔基州，这里的土地是注定要用来养良种马的。"

"又是良种马。"洛蕾塔叹了口气，翻了个白眼。

亨利大声地呵斥了她。"你们都一样！没人知道怎么有大梦想！我忍受不了父亲经营这片土地的方式了！我都快被弄疯了！我们就像在一群人中奔跑。为什么要竞争？关键点在哪儿？要么跑在前面，要么就退出。"

洛蕾塔耸了耸肩，坐了起来，检查自己衬衣的纽扣有没有扣好。

"喂，我的头饰呢？"她突然说道，转身跪趴在地上，扒拉着干草堆。但亨利没动，他就朝着她的背继续说着。

"每个人都觉得没什么机会参与到赛马中去，但我不这么认为。那是没有充分利用好你的所有资源。机遇这个词，是愚昧的人在不知道怎么做计划、不知道怎么冒未知风险时的托词。生活等于百分之十的机遇加上百分之九十的毅力和智力。想想看——"

"它在这儿。"洛蕾塔说，她检查过头饰后重新戴在了头上。

"想想一匹母马和一匹公马，它们在路上的相遇也许就是机遇，但单单繁育母马却不是。一个好的繁育者，就得知道什么时候去抓住机遇，获得母马的心跳。"

"嘘！"洛蕾塔出声阻止，她突然从草堆上站起来，脚尖点地，手掌张开，像个受惊吓的舞者一样向前走着。

亨利突然大脑空白，在黑暗中笨拙地拉着自己的衣服。洛蕾塔粗野地整理着头发，门开的时候，所有金黄的稻草都落在了她的肩上。

他们看到了一张尴尬的脸，只愣了一瞬，他们才缓过神来。亨利简直慌不择路，但洛蕾塔突然停了下来，说，"喂，你不是菲利普。"

亨利迷迷糊糊地，他一只脚已经踏出了马厩，突然意识到，她没跟上来。他叫道，"洛蕾塔！"声音严厉得像是她父亲一样。

"你是谁?"洛蕾塔说,惊愕地盯着白人男子的脸。

"嗯,"男人安静地开口,就只是看着那两人刚兴奋地出来的那扇门,"我叫罗伯特·佛里斯特。"

"菲利普呢?"

"洛蕾塔!"亨利再次厉声叫道。

"我想,他应该不在这儿工作了。"男人耸了耸肩说。

"好吧,真奇怪。"洛蕾塔说,"他一直都是跟着这家人做事的。"谈话受阻,她转过身,慢慢走出马厩,太阳升起来了,阳光刺眼。她看着亨利说,"你究竟为什么要让菲利普走?我最喜欢他了。"

"我再也受不了那个黑鬼了。"亨利说。

现在是洛蕾塔转身了。"我有种感觉,你受不了任何人!别叫黑鬼了,听起来你就像个傻子。"

"你听起来倒像很喜欢黑鬼嘛。"

"只是喜欢,"洛蕾塔轻快地说道,"我甚至没注意到肤色,我不在乎那些。"

亨利怒视着她,她接着说:"别榆木脑袋了。"

然后,她发现他们的父亲现在在走廊上,还在聊着。约翰·亨利的背直直地挺着,带着绝对的高贵感,从未改变过。洛蕾塔突然抓住亨利的手肘,他差点被自己绊倒了。她轻声耳语:"别说那个……好吗?"

"你真的觉得我是个白痴?"他厉声说道。

"哈!"她笑了,肩头的发尾甩动着,"我觉得你单纯得像雪一样!"她突然挣开手臂,在他前面朝房子那儿跑去。

◆

"亨利·佛格!"

不，他不能去。他正在阁楼上帮母亲摞箱子，屋顶下有堆好的家族历史，上面有板子盖着，鸟儿在这里筑巢，就像在贫瘠的黑土里一样，像他父亲一样叽叽喳喳地叫着。

"亨利·佛格！"

谁死了？让我做你的奴隶？他的傲慢是种身体上的愉悦。

"别让我找到你！现在！"

那个声音还是让他屈从。就是那个。他靴子的鞋带拍打着仆人楼梯，一阶连着一阶，有着约翰·亨利稳健的节奏感。他步伐散漫，这是唯一允许他不听话的理由。

他父亲站在了厨房的后门处，纯蓝的条纹衬衣袖子挽到了上臂处，红色的短发闪闪发着光。现在，他满头的红发已经全变白了，总是让人惊讶。

"是什么让你拖了这么久不答应？"他说着，转身打开了通往后院的门，早晨的后院，露珠让草地和树篱愈加青翠，"来吧。"

亨利从后门沿着石灰岩台阶走下来，耀眼的阳光把眼睛刺得酸痛，看不清楚，父亲从地上拿起一把剪刀和一把锯，说："去搬把梯子吧。"

"干吗？"他没来得及住嘴，这样的字眼就从挑衅的舌头上溜了出来。哪怕是现在，他刚成年，却仍旧是那个向那个男人问问题却得不到回答的孩子。

但这次，约翰·亨利回答了。"我们要从树上砍下槲寄生。很明显，如果你想把这活做好，就不能雇人，他们只会忙着抽该死的香烟，边抽边干活。所以你必须自己动手。"

亨利在老屋里找到那把有二十级的梯子的时候，他父亲已经孤独地站在果园里有一会儿了。亨利跟在他身后，尽可能做到最好，他双手紧握着梯子摇摇晃晃的两边，笨拙地保持着平衡。在他眼前的就是茂盛的果园，微风从树枝间轻轻吹过，果树随风摇曳。这风就好像直接从太阳那儿吹过来似的，饱满的红日骄傲地挂在果实累累的枝头。这圆球主宰着果园里的一切生命，成千上万块的草坪，粗壮的树枝里藏着秘密的年轮，沿着暗色的边缘，染上渐变的绿色，枝头挂着的，是红红的苹果。

约翰·亨利在一棵树前停下来，大约在第二十排树的地方，在这儿已经看不到房子了，真是特别私密。他朝上指着，"槲寄生，"他说，"有毒。"他接着补充道。

刚开始，亨利只能看到光鲜的果实和阳光下的碧绿，但后来他发现，在健康的枝条中间，一簇簇苍白的粒子聚集在一团硬实的叶子上，那粒子像是小小的白洋葱或者白色的小饰品，看上去像野鸟粗糙的巢穴。枝条饱受被寄生之苦，没有了正常的粗壮。亨利小心翼翼地将梯子放在枯枝旁边。

"我就只希望把它切掉，不想失去我的树，或任何其他的树。"

"好的，一棵树——"亨利开始了。

"你哥哥们出生的时候我种了这两排树。"

这话好像别人说的一样，意思很陌生。刚开始，亨利只是站在那儿，傻傻地盯着他父亲在手中调整着剪刀的位置，手放在梯子上，抬头看着。

"我听不懂。"他说。

抬头看着一团槲寄生紧紧地环绕着枝条，约翰·亨利说："在你出生之前还有两个孩子。第一个出生后就夭折了，另一个两个月的时候也没了。刚开始是无限的开心，后来，变成无限的苦涩。"

亨利的惊讶都写在了红红的脸颊上。他说话的时候，声音里有痛楚的谴责："为什么从来没人告诉过我？"

"因为你母亲差点因此死掉。这也不关你的事。"亨利得到了答案,"所以,我保留这片果园有我的理由。"他深深地呼吸一口,很明显在调整着自己重回自信。约翰·亨利一只脚放在梯子第一级,慢慢开始向上爬。亨利现在满腔怒火,尽管手中紧扶着梯子,但还是脱口而出:"你们为什么要一直把我当个孩子?"

这次,没有回答。约翰·亨利踩在第二级上,犹豫着,眉头紧皱,卡其裤随着他的颤抖晃动着。

晃动微乎其微,但亨利还是本能地抓住了父亲粗壮的小腿稳住他。"你还好吗?"他看到了父亲硬朗的下颌,父亲将下巴伸进梯子的空隙里,坚毅地望向天空,他惊讶地盯着父亲,"父亲,您恐高吗?"

只传来一声咕哝,算是回答。但他父亲似乎还在慢慢向上爬,不是爬,是挪动,每挪动一点,都犹豫不已。对话之门刚打开,又关上了,他们的相互理解在无声之中进行着。

父亲,我从来都不知道,原来,你也有害怕的东西。

噢,噢,可能,我的确有。

有一瞬间,他其实想说,你为什么不让我去做,但他看着父亲一点点虚弱地向上挪动,茫然不知所措,生出的不公正感也让自己更坚定,他将嘴边最后的一点爱也都抹掉。这会儿,花白的头已经消失在了绿色的树冠中,然后,传来了声音,就是那个限制了自己十六年的权威之音,传了下来。"太迟了。已经侵入到骨血里了,树枝已经发育不良了。该死。把锯给我。"剪刀从上面扔下来,砰地一声砸在地上。

亨利捏着锯齿把锯子捡起来,因为父亲爬得太高了,他先上了两级。约翰·亨利看他爬了上来,缩起身子伸手来接,姿势笨拙极了,一只手还紧紧抓着梯子的上面一级。亨利感觉到了梯子在父亲的颤抖下也微微颤动着。这种震动恰好从指间传到胸肌。

约翰·亨利抓住锯子,将锯齿拿到离感染处两英尺的地方。

100

"我讨厌做这事儿。"他说。

那你也要去做,他儿子的想法带着冰冷的轻蔑。他父亲开始锯坏掉的树枝,以保全整棵树。一声声刺耳地锯着,直到槲寄生被完完整整地锯了下来,翠绿翠绿的。

亨利看着它掉了下来,但约翰·亨利却抬头看着错综的树枝,然后继续慢吞吞地向上挪动着,每虚弱地爬上一级,都痛苦不堪。亨利静静地开口:"你慢点。"他说的话更像是鼓励而不是嘲笑,他父亲下来了,连呼吸声都听得见,梯子一直颤抖着,直到他的脚踏上了坚实的地面。他就简单地站在那儿,紧紧抓着梯子的边缘,喘得像个格斗者。

约翰·亨利把红透的脸转到一边,说:"我们今天说的事,不要跟你妈妈提。她不想让你知道。"

"好的。"他声音里夹杂着细长的金属声,用词礼貌。约翰·亨利把身子完全转过来,看向自己儿子从未如此神秘的脸,好像要确定一下这是嘲讽还是真话,年长的眼睛里满含着犹豫,略带些自豪。他说:"梯子就留在这儿,把树枝拖回院子里砍掉。"

他的傲慢就这么轻易地卸了下来?他只走了十步,突然,约翰·亨利感叹出声,说了三个字:"年轻人。"亨利回头顺着肩膀看过去的时候,约翰·亨利的右手,就是那个夹钳、扳钳、老虎钳,那个苍老的搅拌器,正指着他:"我一直都看着你。"

男孩震惊地感觉到了深深的掌控感,他在性事上的罪行就在那一刻暴露无遗,就好像在洛蕾塔吮吸他的舌头,她满手湿滑的手在他双腿间卖力劳动的时候,他一直都在鞍具室里。他可怜地颤抖着,大口喘息着,在父亲面前,还没等他继续说什么,男孩立马满脑子火辣辣的羞愧感。

约翰·亨利直直盯向儿子愧疚的眼睛:"别狂热追求任何放荡的

女人。"

"没有，先生。"他的嘴里像满是沙子。

"你配得到更好的。"

"是的，先生。"

"我想，我没必要在这个话题上浪费时间了。"

"是的，先生。"

"管好你自己。"

亨利低头盯着地面，败下阵来。

"或者，我会管好你。"

约翰·亨利："儿子，强者的需求是什么？你还记得我告诉过你的吗？"

亨利："他们希望挽马戴着传统的马具，列成一队劳作着。"

约翰·亨利："弱者的需求呢？"

亨利："纯血马，狂野而危险。"

约翰·亨利："性欲呢？"

亨利："被蒙住眼睛的青春期。"

约翰·亨利："会导致疯狂。"

亨利："是的。但是父亲，你太虚伪、软弱和盲目了！你的理论来自权威的失败！会被你的话害死——这才会让人疯狂！它会让出轨的人成为情人，让盲人看见，让不结果的植物长出果实。疯狂荒废可耻！苏格拉底都将自己的面孔隐藏在他愚蠢的演讲中，收起你的面孔吧！"

波莱特端来了盘子，里面堆满了浇了菠萝汁的火腿，还放了薄荷作为装饰，配餐是玉米布丁和暗淡的烤面包卷。有给大人的夏敦埃酒和给孩子的薄荷朱利酒。但是亨利的银杯子上满是水珠,没被动过,上面有 F 字样的雕花。孤独的拉维尼娅试图引起他的注意,洛蕾塔笑了笑,笑容里写满了秘密。但亨利的眼睛始终看向父亲:他挺直的脊梁骨是怎样成为这个房间的轴心,整个地球都绕着它转。又是那样,男人们的头都凑在一起,如兄弟般交谈着,将整桌吵吵闹闹的孩子排除在外,亨利也很不公正地被包含其中。但他不会被吓住,他的肩膀和下巴都宽阔立体。这个夏天,他长到了足足六英尺,他能平视梅森叔叔了。他就像新麻绳一样强壮。

约翰·亨利说:"我们几乎没见过比这更严重的干旱了,但我坚信,不久就会下雨了。"

"我们在最南边的佛罗里达都受到了影响。"梅森叔叔说,"我觉得二十七天内不可能下雨。"

"是吗?"

"不止,还有可能更糟糕,真的。更糟糕。"

"一些家庭都考虑要转行了,"他父亲说,但又耸耸肩,"这些人中有很多都对他们面临惨淡时期做出了错误的处理,所以,我的同情也就止步于此了。"

"好吧,这我可不想看到。"梅森叔叔说,"一个没受过教育的人丢掉了他唯一懂得的东西时——"

"进入制造业还需要很多步骤,更不用说,工厂里还要有安全保证,这对于那些农民来说,简直就只是幻想。"约翰·亨利说。

低头吃饭的洛蕾塔突然抬起头。"如果他们需要工作,应该去佛罗里达,"她说,"那儿有很多工作,是这样吗,爸爸?我上学的路上总能看到有人站在马路边。"

约翰·亨利盯着她,眼睛发着光。她母亲发出"嘶"声:"洛蕾塔。"

"怎么了?"她说着,朝她翻了个白眼,"那是真的。"

梅森叔叔清了清喉咙,看着自己的哥哥。"那,肯塔基州一直缺玉米,他们从俄亥俄州运来过盈余的吗?"

约翰·亨利摇了摇头:"今年夏天,连俄亥俄州都在囤积玉米。"

"又跟我们小时候一样了。"

"是啊。"约翰·亨利边说边环顾整张桌子,就好像所有人应该记住,尽管除了拉维尼娅以外没人办得到。她看着他,点着头,感受到了房间里奇怪的氛围,但说不出哪里奇怪。

"你必须猜猜,在这些家庭里,有多少农民可以坚持下去。"梅森叔叔说道,"爷爷常说什么来着,你需要的就是一把好枪、一匹好马和一个好妻子?很明显,现在不一样了。但看到农民破产,还是很遗憾。"

"是啊,"洛蕾塔开心地说,"亨利在这儿养马以后,你就再也不用担心这些了。"她朝他们所有人咯咯笑着,但她周遭的整张桌子突然陷入了沉寂。她眼睛里有些东西静止了下来,大方的微笑收紧,变成了镇定的警惕。她看向亨利,但他没看她。他只是简单地咬了一口火腿,就好像在继续吃东西一样,就好像在假装他压根儿没听到,好像这样就能够拖延、避免即将来临的一切。

"年轻的小姐,你刚刚说什么?"约翰·亨利说。他的声音死气沉沉,不带丝毫感情。洛蕾塔看着他,眼睛睁得老大,但在陷入死静的餐桌上,她什么都没说,一切似乎都被掌控着。

然后,约翰·亨利从桌面上拿起他的餐具,每只手里拿着一件,把桌子敲得噼啪作响,就像树枝折断时发出的声音一般。"年轻的小姐,你刚刚说什么?"他的声音变成了咆哮。很明显,洛蕾塔被吓到了,缩到椅子里,本能地溜向母亲那边。梅森稳稳地按着兄弟的小臂,但那手臂轻而易举地从预备动作中弹了起来,隔着桌子指着亨利;他的声音和伸出的手同时爆发出来。"我什么都没有让你付出过,所以你就能浪费你该死的生命了！我没想把你养成白痴！"

后来隔着桌子甩过来什么话，亨利已经回忆不起来也记不全了。他只是一脸平静地站了起来，这平静如此诡异、空洞。这张脸完全是一张新面孔，一张为未来而生的面孔。拉维尼娅在自己的位置上反应过来，伸手想拉住他，但太迟了。

"你他妈试试看敢不敢从我面前走开，小子！不经过我的允许就走开！"

但亨利还是那样做了。他走出餐厅，越走越快，到最后几乎是在慢跑，将一群临时凑在一起七嘴八舌的家人们抛在脑后。约翰·亨利拍案而起，瓷质餐具被震得七仰八翻，小女孩们被吓得直哭。洛蕾塔早就逃到了厨房里，从椅子腿和一群哭哭啼啼的小女孩中解脱了出来。拉维尼娅追着约翰·亨利走到前厅里。当她抓住他衣袖的时候，约翰·亨利头也没回地随手往身后一甩，手上西沃恩大学的班级戒指划到了她脸颊上，她重重地一屁股摔在光滑的地板上，连自己流着血都没有发觉。

正打算上楼的亨利看到母亲摔倒，朝着逼近的父亲尖叫："我恨你！"

"下来，到这儿来。"约翰·亨利警告着。他虽然没跑，但脚却没停下，继续跟着儿子。亨利现在正慌忙跳上楼梯，爬上二楼。

"下来，到这儿来。"他再次吼着，想要控制自己的声音，但再说出来时明显弱了下来，他似乎感觉到了，因为现在他正用尽全力喊叫着，"该死！我说话的时候，看着我！"

亨利在楼梯最顶层转过了身，十六年的愤怒让他脸部的线条扭曲、可怕。他向楼下控诉自己父亲的时候，龇牙咧嘴地像动物一般。

"你他妈就是个暴君！"他尖叫着。

"你现在的行为就像个蠢蛋，亨利。控制好自己。"话音低沉、隆

105

隆作响。

"你什么都不是,就是个懦夫!"

他父亲抬起肥厚的手,那手颤抖不已,朝上指着自己的儿子,连他的下巴都在颤抖:"你正在所有家人面前丢人。"

"不,我只是在让你丢人!"亨利哭喊着,"这不一样!"他放好了箭,现在开始拉弓了。"你总是害怕努力做到最好!没有战争勋章,是吧,父亲!也许是在立法机关里,但从来没一官半职!噢,别碰农场了!你不能再在什么地方一败涂地了!那些没奋斗过的人就只是害怕失败!你呢,连你妻子都满足不了!"

有一瞬间,所有的怒气都缓了下来。他父亲看着他,像是个陌生人。"我养你,就是让你来伤我心的吗?"他说。

亨利展开自己的手臂,像翅膀一般。"不管你喜欢还是不喜欢,这块土地早晚都会成为马场。"

"我宁可你死,"从楼下传来毫无感情的回应。

"但我不会死,"亨利说,他快喘不过气来,"你才会死。"

约翰·亨利的脸像中风一样,"我不会死!"他尖叫着,整座房子都在颤抖。

但他死了。他在一九六五年春天的一次严重中风中倒下了。亨利从西沃恩大学毕业后立即回到了家里。当年所有土地休耕,来年春天种上了牛毛草和苜蓿。第二年,他带着自己的第一匹马参加了佛罗里达的一次预购马赛,那是一匹母马,名叫"疾驰之马"。它是一匹生机勃勃的马,奔跑迅速,体态几乎完美。它会变成他的赛马主力。

插曲 I

下面的毛色受赛马俱乐部[①]承认：

骝色：马整体的颜色可能略有不同，从黄棕褐色到亮红褐色。鬃毛、马尾、马腿下部通常为黑色，不排除有白色印记。

黑色：马的整体颜色为黑色，包括鼻口、两翼、鬃毛、马尾和马腿，不排除有白色印记。

栗色：马的整体颜色可能略有不同，从红黄色到金黄色。毛、马尾、马腿颜色通常为同色系，不排除有白色印记。

骝棕色/棕色：马的整体颜色可能略有不同，从整体棕色，肩隆、头、身侧的颜色黄棕色到整体深棕，只有身侧和（或）鼻口为黄棕色。鬃毛、马尾、马腿下部一般为黑色，除非有白色印记。

灰色/杂色：为了减少对于某些颜色如灰色和杂色的区分，赛马俱乐部将这些颜色归为一个颜色类。这种分类不会影响对单独每种毛色的定义，灰色也好，杂色也好，也不会影响两种主色在规则1（E）中提到的毛色遗传。

灰色：身体大部分是黑白混杂的毛。鬃毛、马尾、马腿为黑色或者灰色，除非有白色印记。

杂色：身体大部分是红、白毛混杂或者棕、白毛混杂。鬃毛、马尾、马腿可能是黑色、栗色或者杂色，除非有白色印记。

[①] 赛马俱乐部：美国的赛马俱乐部成立于1894年，是一个致力于纯血马的繁育和赛马的组织，它的主要责任是维护《美国纯血马登记册》，以确保美国、加拿大和波多黎各马种的完整性。

帕洛米诺色：马的整体颜色为金黄色，除非有白色印记。鬃毛和尾巴通常为亚麻色。

白色：马的全身，包括鬃毛、马尾和马腿，都是清一色的白色。

赛马俱乐部

决定毛色的是基因，基因存在于细胞内的染色体上，成对的染色体分别来自父母双方，公马和母马的螺旋物质上含有等位基因，而后，下一代降生。基因，就像很多暴君一样，虽然渺小，却以不同的方式现身。等位基因对组成基因型，由于基因重组，可能但不一定会表现为显性基因：黑色、棕色、骝色、兔褐色、灰色、鹿皮色、栗色或红栗色、帕洛米诺色、大理石色、奶白色，它们可能是黑玉色、墨黑色和亮黑色基因，或者黑色和浅海豹棕色基因，还可能是蓝灰色、灰色、橄榄色、黑穗色或银栗色等颜色基因结合分化的产物。也会有白色标记，杂色程度不确定，程度越高，标记越多，颜色也可能是白头发的颜色、亚麻灰、霜白色、油彩白或者其他什么斑纹图案。这些与起斑点、变异和季节变化等无关。

大自然操纵着它的毛色，或者说，毛色并不是没有意识的基因主动故意形成的。等位基因选择纯合或杂合或在复杂斗争后最终呈现异位基因显性，从而通过血统毫无道理地主宰外观的呈现方式，而隐性基因能待在阴暗处，眼睁睁地看着主宰基因对，它卧薪尝胆，直到有一天变异逆转。

不，或许最好还是把遗传学定义成描述性的无意义数学，因为它只能决定一些大类的硬色调，有骝色、黑色和栗色。

ee
EE or Ee
&
EEAA, EEAa, EeAA, or EeAa

但说成数学也不太好。我们总是喜欢这样的结果：显性遗传基因席卷了刺鼠色的巢穴，夺取了一半权力，就造出了骝色马，AA 或者 Aa。但实际上，大多数隐性基因战斗者最后会加入同盟阵营，制造出预想中的黑色马，EE 或者 Ee。但当隐性基因为争夺延伸色控制权而斗争的话，栗色马就出现了。这时候，隐性异位基因会制造出有黑色斑点的红色马，也叫栗色马，ee，算是隐性基因用谋略击败了全黑马和显性基因占主导的骝色马。

想象一下，这些主导阵营——刺鼠色、延伸色、白皙度、明暗度、银色斑纹、香槟色，另外还有些爱添乱的小喽啰，"光头"[1]、煤黑色、亚麻色、斑纹——就能考虑到所有色彩的合理构成，包括从饱和的基色中演变而来的浅色系。但还有一种颜色，那就是白色。与其说白色是种颜色，倒不如说是色彩的重叠更合适。它的构成不存在哪种色彩为主，所有饱和色彩和各种变色混合掺杂在一起。白马是唯一没有色彩的马，尽管白马的眼睛也是黑色的。色彩在基因中永远存在，白色只在表面上遮盖了它们。所以，白马生出的小马会有最数不尽的惊喜。

正如养马要养出想要的体态、速度、强健程度等一样，你同样可以培育出特定的毛色。毛色的遗传既不是随意的，也不是完全蓄意的。意思就是，也许没有有掌权野心的帝王。

---

[1] 原文为 Pangare，指马的一种毛色特征，在栗色马和枣色马毛色中出现的白色区域，可能出现在侧面、腹部、腿内侧、鼻口部位，或眼睛周围。

第二章　次级动物的精神

> 对于从同一祖先遗传下来形成的物种，它们保留着一些共同的特征，根据其累积和逐渐分化的原则，我们就能够明白某些极度复杂和分散的共同点，而这些共同点正是一个家庭或者再上一级的组织中的所有成员能够相互联系在一起的原因。
>
> ——查尔斯·达尔文，《物种起源》

选择性处理掉一些资源。这代表着宁可冒险，是一种求偶的形式，即生命体在性别选择时对自己的坚持。所以，种植园的残留物被售卖一空：两端破旧的犁、有四个难看的齿的玉米种植机、刨子、楔刀、长柄斧和凿子，还有多件老古董都被一股脑摆在了旁边的草地上，等待估价和售卖。所有这些都在一九六六年情人节这天被卖给了陌生人。老田纳西沃克马也被拍卖掉了，但都是被米勒一家买走的。六匹马的脖子上拴着绳子，沿着小路被牵走，感觉像是小牛犊第一次被拉出来放风，显得困惑不已。而亨利站在椭圆形的走廊上，手里端着波本酒，毫不后悔地看着这一切。此刻，你爷爷奶奶曾经做过的那些都一去不返了。

对剩余资源重新整合。房子附近建起了两英亩一块的养马小牧场，一大一小两个马厩，成年马马厩在前，小马驹马厩在后，用来饲养一岁以下的马。捆人打人的木桩子不在新马场的设计图里，但却倔强地立在一道新布置的灌木防风林里，这样一来，常绿的灌木围绕它茂密地生长着，就好像玫瑰簇拥着它的荆棘。奥赫本家的土地在一九六八年夏天他们破产后被买了回来，完整的大碗状土地重新回到了亨利和你们的手里，在亨利·艾弗那代卖掉那块土地之前，它一直都是佛格家族的财产。现在，它回来了，带着一个种母马马厩和一个十三年的马驹房，石灰岩石上长满了强劲的绿草。还有纯净的斯托纳河，溪流形成的小池塘闪闪发光，宛如阴沉天气里的灰色冰花。

另外一项注释。你父亲把宽阔的围栏刷成了婚纱一样的白色，而没刷成黑的，这是一笔不必要的开销。然而在野外，雄性求偶者通常展现出明亮的色彩、花式复杂的尾巴或者翅膀，以体现自己基因的旺盛强大，这就是前面提到的所谓宁可冒险，以确保找到一位合适的雌性，保证成功繁衍。雌性通常是物种的选择者或者挑选者。在这个程式中，雌雄双方本身只是繁衍的通道及工具，对后代们来说，他们都是可有可无的中间事物。

对百分之一的解释。根据界定，人和黑猩猩之间在基因上只有百分之一的区别，包括人有更发达的听觉、对蛋白质的消化能力、复杂的语言能力以及所有人类社会所必需的其他条件，尤其是希望。马与马之间的区别，也在于此。"疾驰"这匹马长得非常匀称，马头不大也不小，完美地长在马颈上，肚子精瘦微鼓；四肢强壮，但不短小，马腿位置既不太靠前，也不太靠后，完美的笔直；它第一次的比赛并不出众，但出身却很显赫。这是场赌注，你父亲是匹经仔细雕琢的良马，是赛马冠军"英勇王者"；你是它的女儿之一，看上去有些父辈高昂的斗志和精神，在一英里赛跑中应该有同样的实力，甚至更厉害。

但结果有点令人失望。沮丧于设计的失败。"疾驰"的一生中,种母马队伍被扩充、挑选,种马被买来,又被卖掉,生出的母马被筛选,继续同系繁殖,但始终没有繁育出一匹能够让马场或者它的父辈荣耀的马匹。"疾驰"自己变成了一个实实在在的马匹生育者,已生育了一些赛马冠军,尽管有一些也失败了,由于练马师过于热切的期望,训练距离太长以至于超出了它们的承受范围,其中有一匹在牧场上死于疝气病,内脏扭在一起,就像塞得满满的绳索,马头抵着地面,想要站起来,但都是徒劳,最后终究没能等到兽医到达,活活挣扎至死。

失望中夹杂着完美。一九七二年,亨利在桂冠未来锦标赛[①]赛场看到了"秘书处"[②],那是一匹高大的小红马,是公马"英勇王者"和母马"皇家之马"所生。第二年的贝尔蒙特锦标赛,他再一次见到了它,这匹栗色马从一众马匹中脱颖而出,在非终点直道上超过对手"沙姆"占据领先地位,领先"再度王子"和"英勇之驹",用时十分零九又五分之四秒完成了前四分之三的赛程。这个时候,"沙姆"在灼热之下步伐已经开始落后——"秘书处"正在与它拉开距离,它就像巨大的机器在奔跑,领先十二个身位,领先十四个身位,——特科特惊讶地睁大了眼睛,什么都说不出来。看台上海啸般的雷鸣欢呼环绕在亨利周围,他现在盯着"秘书处",目不转睛地看着它冲到终点,占据了唯一的大奖,将"沙姆"甩在后面三十一个身位之远,仅仅用时两分二十四秒。它至今仍保持着此项纪录。

但你父亲在一个重要的日子里在萨拉托加获得了他的配偶。一个苗条的女人,金发碧眼,短短的头发,深紫红的唇彩,整体近乎完

---

① 桂冠未来锦标赛(Laurel Futurity),是一项美国纯血马比赛,每年11月下旬在马里兰州劳雷尔市的劳雷尔公园赛马场举行。
② "秘书处"(Secretariat)是美国史上最强的"三冠马"。1972年,它在两岁大时赢得了第一场比赛。1973年,它在肯塔基德比大赛中创造的1分59秒的纪录,至今没有被打破;在当年的贝尔蒙特锦标赛上,它更是以三十一个马身的优势大胜。

美，唯一不影响大局的不足是内八字的脚和粗犷的嗓音。而且她有些坐立不安，带着永久的不满足，这种状态对于还没到独居年龄的年轻人来说，尽管微不足道但着实是种威胁。看看鲍尔比对母性匮乏的研究，还有安斯沃斯、温尼科特等的研究成果。你可以称这位女性为母亲。你一半的肉体构造来源于她，你一半的特定形态继承于她。她和你父亲一道，成为伟大规律的导体、样式的集合。

于是，你出生了。生于合适的生存条件之下。我们对于变异规则了解得实在太少了。

夸特马是好的拦截马，摩根马是通才马，肯塔骑乘马很好骑，康尼马拉马擅长跳跃，美洲野马喜欢独自行动，蒙古马是种古老的马。今天埃克斯穆尔马已经很稀有了，阿克哈-塔克马耐力十足，比利时挽马的力量可以以一顶十。但只有受过训练的纯血马才可以称得上是世界上最快的马——而现在，它们就在他们这丰美的春天草场上晒着日光浴，在汉丽埃塔头顶上轮流吟唱着，她就在父亲珍惜的财产上、在这片土地上度过自己的每一天。

她的眼睛总是睁着的。

她看着小麦从打包机的舌头上滑下来，滚成一个圈。

猫跑过来压倒了草丛，鸽子惊飞成行，飞向天空。

云朵堆积，边缘绯红，像极了太阳照耀下倒立的群山。

谜一般高大马匹的脸庞。

或许，她父母能知道这其中的意思？她父亲不在公马马厩里，也不在果园里，于是，她跑去找她母亲，发现朱迪斯斜倚在绸缎枕头上，用手里的杂志扇着风，正低声急切地跟她的小姐妹通着电话。她白皙的皮肤、金色的头发几乎和床单融为一体，就好像围栏消失在冬天的雪地里。

汉丽埃塔在房间中踱来踱去,胳膊张开着:"妈妈,我想知道为什么——"

朱迪斯缩回枕头里,一只手掌捂着听筒,说道:"上帝啊,汉丽埃塔,下次能不能提前发出点声响。"

"我想知道——"

"稍等。"她母亲对着电话说了一声,费劲坐直,把听筒按在胸口。她调整了一下自己,摆出说晚安时的微笑,用愉快的表情遮掩内心的气愤。然后,她弯下身子,把脸面向她:"汉丽埃塔,你知道的,我不喜欢你在房间里大喊大叫。现在,给我个晚安吻吧。你跟马儿们说晚安了吗?"

汉丽埃塔叹了口气,放弃了自己的问题。"说了。"她简单地回答道,在杂志上方弯下腰,在亲母亲脸颊的时候弄皱了平整的纸张。

"好孩子,"朱迪斯说完清了清嗓子,"现在去睡吧,一会儿你爸爸会来给你讲故事的。去吧。"

但当汉丽埃塔从床上直起身子时,她母亲突然说道:"汉丽埃塔,等等,嗯,告诉我,今天过得好吗?"

"嗯,很好。"

"玩儿得好吗?"

汉丽埃塔耸了耸肩,"是的。"

然后,朱迪斯水晶般的蓝眼睛眯了起来,"但是,你开心吗?"

汉丽埃塔像孩子般爽朗地笑了起来,当然了,她当然开心了。这是孩子的常态。

"好吧,晚安。"

她就要走出房门了,突然,沮丧、严厉的声音再次向她袭来:"但如果你不开心,一定要告诉我,好吗?"

她有点不耐烦,"好的,妈妈。"

"保证?"

"我保证。"孩子原来站着的地方现在空空如也,只剩黑暗。叹息声如此沉重,汉丽埃塔在自己房间门口都听到了,朱迪斯对着电话说:"嗯,我还在。"

◆

汉丽埃塔,你的故事来了。那是在一七八三年,美国革命战争的余热渐渐消退,成千上万的士兵死在战场上或者在回到英国的路途中受伤。你非常、极其、无比伟大的祖父就是在约克郡受伤的人之一,于是,他被慷慨赠予了位于蓝岭山脉以西的大片土地。那个时候,那整块地区还属于弗吉尼亚,这就是为什么我们首先是肯塔基人,然后,是弗吉尼亚人,最后,还是基督教徒。萨米尔·佛格太想去了,因为他出生的地方人太多了,也太吵闹了。他是个先锋,有着流浪的想法,这需要空间。所以,萨米尔向西出发了,带着他的一个奴隶,那人很聪明、会巫术而且是个很好的厨师。他们一起翻越大山,但大山里都黑漆漆的,阴森无比,他们两个人用老式的水牛灯照明,一路上战胜各种自然环境,一边小心提防着北边的萧尼族人,一边当心南边的彻罗基族人,因为在那个年代,一张头皮就值很多钱。一路艰难险阻,处处都是危险,但是萨米尔不屈不挠。当他们最终到达山谷的时候,发现了一处洞穴,它就在陡峭的山岩上。这会儿,他的奴隶对这个山洞有种特殊的感觉,想要进洞探索。但一开始,他们需要上帝的保护,所以,他们在山谷的周围找到了四头公牛,杀掉它们以祭天,之后,他的奴隶走进黑暗的洞中引路。这是个通往地下世界的洞穴。他们在黑暗中走着,遇到了恐惧、饥饿、欲望、困倦、辛苦劳作、战争和不和,它们张牙舞爪,十分吓人,那是萨米尔·佛格见过的最可怕的东西。然后,他们经过了梦想之树,但它并没抓住萨米尔的任何梦想。

他太狡猾了，而且他的梦想太大了，别人抓不住。向下，向下，一直向下，直到他们遇到一群不开心的死人。那些人聚集在一条河的河岸边，那条河像俄亥俄河一般又宽又泥泞。一个船夫划桨带他们渡过大河，他们走在天堂之路上，所有高贵的死者都像上帝一样活着，他们聚集在他周围，嘴里讲着故事。但是萨米尔·佛格只在找一个人——他父亲，安德鲁·库珀·佛格，他老死在弗吉尼亚，从他的儿子开始在新世界探索自己的道路起，就再也没见过他一眼。萨米尔想就以前的过错请求原谅，他确实在碧绿的地下天堂里发现了他，这个老人正在统计着他所有的后代，掌管着他们所有人的未来和命运，以及他们会成为什么和做什么。所有佛格家族的人，会在他们的时间里走出洞穴，从山谷的另一端走向明亮的肯塔基州。他正在算着数字，你在这儿，而你在那儿，即使，我们还没有变成那样——

"汉丽埃塔，你还醒着吗？你这么静静地一动不动地躺着，就像死了，如果你死了，我也会死，因为你就是我的瞳孔。你还在听吗？"

"是的，爸爸，我醒着呢，我一直在听。"

"我要的就只是一点快乐。"

快乐：一种享受的感觉，满足感；放纵的食欲；有时候会被拟人化成女神。被大多数人看作痛苦的反义词。

在一九八三年肯塔基州的巴黎镇，星期天要做些什么来追求快乐呢？唯一不会让朱迪斯发疯的事就是在巴黎镇公墓里安静地待一个小时。这样的空间让她想起——当然了，只有在平静的时候才会——让她想起杜伊勒里宫和植物园，在这儿，她怀着少年时的愿望和无尽的期望享受时光，但不是怀着亨利·佛格孩子的时候。刚开始她还尽量带着汉丽埃塔到镇子中心的公园去，但这小女孩总是无休无止地想要人推她荡秋千——再推一次！再来！妈妈！——然后，快看！快看！快看！——所以朱迪斯根本无法专心看《时代周刊》上关于房地产的版块，她要不停地熄灭刚点燃的烟去照料这孩子，孩子又搞得一团糟，不仅把自己的衣服，还把她母亲清楚的头脑搞得一团糟。朱迪斯逐渐意识到但也是人们不允许女人大声表达的就是，没人能保证你的孩子会是你放弃某些生活的适当补偿。越来越多的例子证明，生活就像为女人制造的一场场骗局，只是以牺牲她们的生活来改进男人的生活。

"我只是想要一点快乐。"

但汉丽埃塔哪怕会知道一点或者介意这些吗？她有很多的快乐，比如墓地那哥特式的白垩门，白得像多佛白崖，有篷马车和轻型马车从那个古老的标志下穿过时都惊慌不已：它指向曾经将要死去的人，但在那之后是审判。当她母亲慢慢停下他们的奔驰车、一个小时里第一次点燃烟的时候，汉丽埃塔——自由、无忧、疯狂——就会跑到坟墓中间，践踏着葬在这里的逝者，轻快地跳跃着，脚下是他们的抱怨和关心，他们空幻的唠叨和对被禁闭在地下的争论，他们因为正面交锋而产生的怨恨，或许跟她父母可怕的争吵没什么太大区别，在家的时候，她躺在床上听到过。死人除了他们的棺材盖没什么可敲打、可破坏的。她母亲偶尔还敲打生活中的餐具和房门，汉丽埃塔还听到过窗玻璃打碎的声音。

"上帝啊，"朱迪斯说，"这个地方真的是语言无法表达的无聊。这简直就是对语言的蔑视。"她从长长的香烟上抖下大块的烟灰，它们沿着车身落了下来。

汉丽埃塔疑惑地往四周看看："墓地吗？"

"所有的一切，汉丽埃塔。所有还存在着的东西。"

"妈妈，你为什么要抽烟？"

"抽烟能让我保持体重，"朱迪斯漫不经心地说，"我的意思是，请向我解释一下，我怎么会沦落到这步田地。我住在巴黎，宝贝，真正的巴黎。唯一的巴黎。有时候我真的不敢相信，我竟然信了亨利的谎言，拿巴黎和多维尔换了这个。"她摇着头，低下了脸颊，"向我保证，你长大以后，在作决定之前，一定要确切地知道你要选择的是什么。男人喜欢天真的女孩，原因就在这儿。"

汉丽埃塔盯着母亲精致的身体："我可以有弟弟吗？"

朱迪斯雕琢精致的头猛地摇了摇，聪明的双眼眯到几乎闭起来。"是你父亲让你这么跟我说的吗？他哄你睡觉就是为了这个？"她说。

"不是。"

"天啊，我真是受不了男人。所有的事都是关于他们的，他们甚至利用孩子实现自己的目的。"

"爸爸说——"

"去玩吧，汉丽埃塔！求你了！就让我安静几分钟。"

是的，去坟墓中间玩，在那些被埋在草地里的人上面翻跟头，抓住他们丢下的任何好玩的事。找到了拉维尼娅墓碑所在的斜坡，她躺在这墓碑之下，满是灰尘的眼睛紧闭着，双手交叉放在她生了癌症的胸前。她曾在将死之时挥动着的欢乐，此刻正在汉丽埃塔的嘴里。

大雁飞过天空。

年久破烂的谷仓在路边随处可见。

她走近那些鸟，它们哗啦一声都飞到天上去了。

一片片云朵组成剪刀的形状，似乎在扬言要剪断世界上所有的丝线。

兴奋又害怕的汉丽埃塔手里抓着一朵花，飞快地跑向车。她母亲坐在那儿，脸埋在手掌里，手肘撑在铬合金的窗户上。她的脸色已经恢复了平静，但女孩靠近以后，她的眉毛紧紧皱了起来。

"汉丽埃塔，你躺在草地上了？"

女孩慢了下来，情绪突然变得模糊不清，嘴唇闭得太紧，都噘了起来，气势弱弱的。

"你躺在草地上了？"这次的声音没那么尖锐，但好像回荡着奇怪而又神秘的委屈，小女孩感觉到了，但却无法理解，"一天里每时每刻都在帮你换新裙子，我对这个真的不感兴趣。为什么你总是这样？"然后，转向挡风玻璃，自言自语般说着，"为什么她总是这样……"

汉丽埃塔说："我给你带了点东西。"她拿出一朵黄色的康乃馨，它像马的口套那么柔软，边缘已经卷曲了，有了斑点。

"汉丽埃塔，"朱迪斯告诫道，"你是从墓碑那儿偷来的？"但她还是温柔地伸出了手，从她手里接过了花。

"不是的。"

她母亲情不自禁地笑了，"到车上来吧。"女儿听话地绕过来，溜进车里，坐在她身边。

"奶奶跟我打招呼了。"汉丽埃塔在整理安全带的时候说。

朱迪斯微微回头，"别说那样的话，听起来很瘆人。"

"好吧。"女孩说道，她紧接着开口，"如果世界上只有两头大象，它们交配，那么五百年以后，就会有一千五百万头大象了，你知道吗？"

"你才七岁，"朱迪斯说，"为什么你会知道交配这种事？"

"爸爸告诉我的。妈妈，要是你一生都被链子拴在墓碑上，而且找不到人解开，会怎样？"

"我的上帝啊，汉丽埃塔，你在想什么可怕的事。"朱迪斯边说边厌恶地皱起精致光洁的眉头。

"或许没人想待在你身边，野狗会来，会想尽办法吃掉你。"

"好了，好了，"朱迪斯说着，启动了车子，只剩下微微残存的意志可以勉强集中精神，"或许，你可以训练那些狗，给它们起名字，

119

那么它们就会让你自己待着。"

"野狗没有名字，傻瓜！"汉丽埃塔大喊着，大声笑了起来。她母亲就只是低了低头，躲开那刺耳、吵闹的笑声，她印象中，自己从来没那样笑过。

但是他们的马确实是有名字的。每年的早春时节，亨利带着他的女儿去看大盆地边缘的马场，在这里，三四匹母马带着几匹毛色发亮的新生小马驹——一匹古铜色小马，一匹栗色马，还有一匹有斑纹的灰得发白的马。跟它们安静、阴沉的长辈不同，它们欢腾着，到处跳跃着，尽情释放着自己的小能量。它们的长相滑稽又可笑，膝盖像是木根啤酒的饮料桶，长得像小炮筒一样的腿很瘦，感觉成年男子随便一脚都能踩断。它们的眼睛跟腿一样，很尴尬地分得很开，尾巴短小浓密，像兔子尾巴一般。

汉丽埃塔从四岁就开始阅读，到八岁的时候，她就可以取名字了。她站在她父亲身边，手里拿着一个速记本和一支铅笔，像个小保险计算员一样记录着她的每个选择。她把本子在围栏的第二层木板上放平，而亨利则吊儿郎当地将一只脚搭在第一层板上，满是斑点的前臂搁在第二层上，眼睛盯着远处的母马和小马驹们。名叫"诡辩"的母马走了过来，它的小马驹好奇地在它身边看着，虽然生出来刚几天，头上早已戴上了笼头。

老杰米·巴罗出现在他们身边，倚在围栏上，把鸭舌帽已经磨损的帽檐轻轻向上推了推。亨利说："你觉得这匹怎么样？它是'马达赛者'生下来的，父亲是'戴尔梅'种马。"

巴罗在考虑这匹马的时候满脸通红："我得说，羽毛倒是乱糟糟的一大堆，但没有鸟啊。"

"我在问我女儿。"亨利说，如果巴罗的沉默里真的蕴含着什么的话，汉丽埃塔也太小了，察觉不到，"汉丽埃塔，你怎么看？"

她将铅笔别在耳朵后，说："它还可以，我猜？"

亨利摇了摇头。"我看到的是一匹马，却不是适合马术比赛的马。它是'诡辩'家族系内繁殖的产物，但看起来有点浪费苦心了，跟普通马没什么两样。它整体的重量和过轻的骨骼不平衡。"

女儿只是听着。在她脚下，小草带着看不出的意图旋转摇摆着，演奏着生命的乐章。一片片草都像一个个小小的琴弓，演奏出沙沙的音乐。那里的绿色真挚、浓郁到可以与太阳争辉。

亨利弯下腰，温柔有力的大手将她的脑袋掰过来，她不舒服地扭动着。他像参加选举的候选人一般充满热情："看见它的腿有多粗壮了吗？那是冷血统[1]的特征，绝对不是我们培养的目标。我们忙活的是选择性繁育，这不是随便的、任意的。进化就像一把梯子，我们的目标就是尽可能快地爬上去。我们几乎马上就要成功了。"

"那匹'马达赛者'应该是个好苗子，"巴罗摇着头说，"不知道为什么我们由它繁育出的马就没有一匹成功的。"

"就叫这匹小马'阉伶'吧，"亨利突然说，"把它写下来。'诡辩'生出了'阉伶'。"

"淹伶。"[2]她写道，用铅笔按照读音写了出来。

"现在，走近一点看看'疾驰'生下的小马。"

汉丽埃塔在两层围栏木板中间看着。"疾驰"的小马驹是牛排一样的暗红色，毛色鲜亮，腿上的白色马毛像穿了白色的长筒袜。它突然一跃而起，游戏般踢向母亲的脖子，这匹母马正站在阳光下，熠熠生辉。

---

[1] 冷血统马：高大的肌肉发达的马，起源于欧洲较冷的地区，性情沉稳，体型庞大，容易饲养，通常作为工作马来进行劳作，很少用来骑乘。冷血统马不是指马的一个品种，其中包括各种不同的品种。而热血统马指的是直接衍生出纯血马的品种，其适合速度比赛。

[2] 此处为汉丽埃塔写的错字。

"这是这里非常漂亮的一匹马。"巴罗说道。

亨利低头看了看女儿。"我一直都在等待能有一匹母马生出像'秘书处'一样的马来,但我需要最好的材料。我们必须看清楚,它奔跑的速度是否跟它的外表一样漂亮。我知道,他们会想,我在繁育马匹的梯子上爬得太高了——"

"不,它的确有着'英勇王者'的样貌和屁股,聪明的脸蛋——"

"还有完美的四肢。"

巴罗弯下腰,毫无征兆地将汉丽埃塔抱起来放在最上面一层木板上,面对着它。巴罗身上满是兽皮上尘土和香烟的味道,她立马就发现,香烟就藏在他的上衣口袋里。她找到了一根,从包装里抽了出来,但他却开玩笑地把她的手拿开,说:"这不是基督徒能做的事。好好听话,否则我就把你带回家,让我的老婆子好好管教你。她可一直想要个小女孩。"

"骗人。"她咯咯笑着说。

"千真万确,真的。"巴罗说,"她会收拾你的。她能一下子拎起三个调皮捣蛋的男孩子,你觉得,她还对付不了你?如果她不请求上帝,你永远都不会有机会变坏的。"

"不!"汉丽埃塔哭喊着。

亨利伸手过来,揉了揉她红色的头发,"你还会是我的小无赖。"

"'小无赖'是什么?"

亨利满脸关切地看着她:"它是参加过比赛的最好的小母马。要想找到像它一样的马,得要追溯到世纪之初了。"

"它很聪明吗?"

"它很漂亮。"

"我可以去看看它吗?"

"不……"

汉丽埃塔的眉头失望地皱在一起："为什么？"

"我的小甜饼，它有点问题。"巴罗说。

"但正在做它最喜欢的事。"亨利插了句嘴。

巴罗咧嘴笑了起来，"能在赛场上跑圈才是幸福的，因为它们应该被称作大车轮。"

汉丽埃塔叹了口气，抬头看着巴罗，这会儿他正好奇地盯着她。他悲伤一笑，将她从围栏的木板上抱了起来，抱在了怀里。于是她就被包裹进了成年男子温暖的胸膛里。她趴在他肩膀上看着盆地远处辽阔的绿草，那儿藏着她无拘无束的玩耍时光。亨利看到了她渴望的眼神，心里不由得担心了起来。他低下头，轻轻敲着她的脑袋，"当当当，"他说，"你在吗？"她点了点头，脚重新站在地面上，满是亨利式的自信。她按照要求做着，把铅笔从她耳朵上取下来，写下每一匹小马驹可能会用的名字，这些名字随后都会被寄给赛马俱乐部，以供参考。"疾驰"的小马驹名字的第一选择是"地狱之巫"，几个月以后他们获知，这个名字被采纳了。

汉丽埃塔应该记得两年以后、她十岁那年的那场暴风雨，不是因为马场被毁了，虽然这的确是事实，而是因为她母亲没回家。差不多晚饭的时候，天空逐渐变成了柳黄色，大地的颜色慢慢从土壤中升腾起来，席卷到云堆积的空中，夹杂着龙卷风的暴风雨像苔藓般附着在大地表面。整个镇子响起了警报，这声音响彻整片乡村，几口大喇叭朝着四个角落拼命嘶吼。处处都能看见马儿腾空跃起，竖起耳朵，听着越来越大的风声，谷仓里的猫都找到遮蔽物躲了起来，奶牛害怕地哞哞叫着。树晃动着，向着大变的光线和太阳挥舞着枝条和树叶，太阳像个无用的报废之物，灰溜溜地逃走了。整个农场被暴风雨的黑暗吞噬，一切安静得可怕。突然，一声惊雷打破了沉寂，暴雨倾泻而下。马栏里，马儿惊恐嘶鸣。闪电划过天际，直直劈向大地，把它带点的舌头伸向大树,伸向屋顶和塔尖,照亮动物转动的眼睛以及这毫无色彩的世界。

汉丽埃塔躺在床上,听着暴风雨连续不断地击打着他们的房子,瑟瑟的风声像是很多痛苦的人在呻吟。她看着雨水如瀑布般从窗户上面的护顶上流下来,心中满是对母亲的担心,到现在她都没见到母亲回来。女孩红红的眼眶里满是泪水,她紧张地注意着电话铃声的响起,尽可能保持警觉。但她太小了,也太累了,不知不觉中被困意席卷,连自己睡着了都不知道。醒来时,已经是第二天的清晨,雨水温柔地冲刷着房子的墙壁和窗子。她奔向父母的房间,但谁都不在。从他们的房间向下看去,她看到三匹种马紧张而狂乱,被牵到了正等着的拖车上。在白色的马厩下面,溪流灰暗,河水溢出了河岸,把落叶冲到了水流里,像是凌乱的头发。她认出了父亲,还有巴罗。她把睡衣甩在大厅里,奔回自己的房间,胡乱地穿上牛仔裤,套上一件毛衣,飞奔下楼,一边下楼一边穿衣服。亨利跺着脚走进厨房的时候,她正边穿靴子,边找雨衣。她只顾往前冲,一头撞到了他怀里,他一脸惊讶地被撞到了刚关好的门上。她就好像抱住了一棵在暴风雨里的树,但她并不在意。她瞬间浑身湿透,那正是他从门外带进来的雨水。

"汉丽埃塔,宝贝儿。"他惊讶出声。

"妈妈呢?"她说,"妈妈回来了吗?"她声音里带着哭腔,吓到了他。她抬头看他的时候,他迅速眨了眨眼。

"你妈妈很好,"他缓缓地、小心翼翼地说,"只是她昨晚没能回家。"

"为什么?"汉丽埃塔说,"她出事了吗?"

"不,"他说完清了清嗓子,"她很好。她在列克星敦。"

"为什么?"她说着,眼睛里掠过一丝狐疑,亨利想,她一点也不像她母亲，太像他自己了。

"嗯，"他说，"你母亲……"他停顿了一下，等着脑子里冒出点什么，但什么都没有，他微微有些退缩，但赶紧说，"你母亲在列克星敦有间公寓，也许有时候她想在那儿待一阵子。"

"但她正在赶回家。"这话听起来既像是问题，又像是坚定的陈述。

亨利低头看向担忧的小脸，嘴巴立刻挣扎着说出了下面的话："快了，"他更响亮地重复了一遍，"快了！"但他自己的微笑被迟疑凝固。她把她的脸埋在他平坦的肚子上，他听到她模糊的话音："那就好。"

外面，响起了第一辆拖车开下道路的隆隆声，车里公马的马蹄声有些吓人。

"这些马要去哪儿？"她说着，声音模糊。

"到马的训练中心去，直到河岸被修好。我们不能等着河水上涨，把马冲走。"

在她的脑海里，黑马和棕马都被愤怒的佛格之河冲走了，它们张大了嘴巴，在奔腾的河流中尖叫嘶鸣，转动的眼珠里满是恐惧，身体缓慢地挣扎着，与比自己强大很多的力量对抗着。

猛烈的暴风雨持续了整整三天。溪流涌出河岸，漫进了半个马场，尽管把沙袋用硬塑料捆起来堆了三英尺高，水还是流到了马厩里。涨起的浪潮冲刷着土壤，灰暗的旋涡里漂浮着干草和稻草。天空湿答答的，没精打采，大地也是如此。汉丽埃塔从厨房里、父母的卧室里看着这一切，等待着电话铃声响起。

雨终于停了，云层消散，跟来时一般在干爽的天空中汹涌流窜。溪流也开始退去，它长叹一声，回归到河岸之下，徒留下雨季的痕迹，像在土壤中留下血脉。汉丽埃塔穿着妈妈的波点雨鞋探索着马场，每一步都踩出一摊水。她站在小河边，河水还在下降，就好像已经忘了狂风暴雨的天气，罕见地害羞了起来。她脚下湿滑，根本没法顺畅地走路，所以就只是站在那儿，盯着看，安静中一动不动的她，有种悲伤悄悄潜入。有什么东西正悄悄地起着变化，这变化不是发生在她躺在床上、满腔恐惧的时候，而是发生在现在，她迟钝地盯着浑浊不堪、望不到底的河流，浑浊的水面隐藏了所有的河中之物，没有任何东西的倒影，连她的脸都映不出来。她回头望向房子，在想，在这儿能不能听到屋里的电话铃声。

她沿着河边的小路溜达着，经过雨水的补充，河水满满的，贴着老的石头围墙的底边打着圈。一些棱角分明、削尖的石板有些还埋在土里，有些已经倒在了河流中，倚在旁边已经沉在河床的石板上。在河流的西岸，佩里家那边，河水如同灰暗的大手推着围墙，直到一部分完全倒向另一边，整齐地排列在一起，就好像一个多世纪以来，它们一直都是这样。汉丽埃塔在佛格家这边劳作着，把大块的石头搬回原处，将顶部平整的岩石重新排列好，这样一来，它们重新变成了一条直线，像是一排书，又像是一排石器时代的餐具。

"汉丽埃塔小姐！"一声呼唤传来，她快速地直起身子，一只手挡在眉毛处。现在虽然只有几片云彩，但似乎还沉浸在暴风雨厚重的气氛中，光线钝钝的，从四面八方射来，又不知道是从哪里射来的。汉丽埃塔看到了他们的邻居，吉妮·米勒，胖胖的她一头红发，在头顶挥舞着手臂，喊着："汉丽埃塔小姐！"

汉丽埃塔还是站在围栏自己家的这边，毫无情绪地看着。

"过来，孩子。"米勒夫人招了招手说道。吉妮是米勒家兄弟姐妹中最小的一个，但已经嫁给了一个叫马利的男人，所以，她现在叫吉妮·马利了。她丈夫开车在路上经过他们的时候安安静静的，就只是从方向盘上抬起两根手指头算是打招呼。就好像因为没有他的姓氏而让婚姻无效了似的,所有人都叫她米勒夫人,尽管汉丽埃塔从来没听自己父亲提起过这个女人。

汉丽埃塔穿过潮湿的路面,站在这个她只远远看过几眼的女人身边。夫人喘着气,就好像刚从舞会上过来一样,她微微有几根白发卷曲着垂在脸上,就好像玫瑰花瓣拢在花心上一般。那张发红的脸一看就是经常在户外的人才有的,脸颊像是被晒得发红,尽管现在只是春天。

"我的天啊,"女人开口,"你瘦得像一张纸,我猜,你家的女人都是这样的。"她微微弯下腰,汉丽埃塔能看到她深巧克力色的眼睛。她说:"好吧,我需要你的帮助。我的两头奶牛走到水门那边去了,我丈夫正巧送我的女儿们去上大学了。我想要你帮我沿着路把它们赶回去。可以吗?"

"可以。"汉丽埃塔说。

"让我们一起把牛带回去吧。"

汉丽埃塔跟在她身后,沿着奶牛牧场,朝米勒家的反方向走去,牧场一直向西延伸,在半英里的地方沿着小丘微微向上倾斜。一个混凝土水槽摆在那儿,盖在起伏的山丘上,像是为草地戴上的王冠。黑白相间的牛零散地游荡在四周,发出低沉忧伤的声音。

佛格之河在那里流进了电镀的管道里,黑漆漆的,看不到了,顺流而下到米勒家的地盘去了。所谓水门,不过就是用老汽车上拆下来的两个钢罩子跨过小河,形成最原始的水坝。其中一个罩子上还残存着原来的红漆,像是陈旧的血迹。在这人工水坝的另一边,她看到了两头庞大的黑色有白斑的赫里福德肉牛,它们正在泥水中安静地泡着。水漫过了牛蹄,但也只是刚刚漫过。它们温柔地站在那儿,昏昏欲睡,直到两人靠近,才一前一后哞哞叫出声。

"它们是怎么跑出来的?"汉丽埃塔问。

"水面上涨，水门也就浮起来了，所以——"米勒夫人抬起她扁平的手掌以保持平衡，"它们就挤了过去，开心地游荡去了。"

"我觉得它们在穿过水门的时候肯定用尽了它们的战斗精神。"

她们站在河岸上，低头看着牛。

"我的宝贝们，你们好呀。"米勒夫人说完转过来朝向汉丽埃塔，"计划是这样的。我继续往前走，走到河里，把它们朝你这儿赶，我就只需要你引着它们朝房子那儿走就好。"

"好的。"

"把你的腿分开站好，这样才像回事。现在，别害怕。"

"我不害怕。"汉丽埃塔轻蔑地说。她像锯木架一样分开腿站着。

米勒太太蹚到河里，走到牛的上游，水花在她小腿周围溅起来，没过了她绿色的雨靴。河流里形成小小的旋涡，从她脚边流走。两头牛警觉地看着她，她在牛身后"嘘嘘"地赶着，它们已经开始晃晃悠悠朝着河岸起步了。而后，它们开始真正用尽全力前进，滑稽的大块头在水里晃动着，咖啡色的水花飞沫从它们黑得发亮的牛腿上抖落下来。它们笨拙地想要登上岸来，牛蹄滑动着，呼呼出着气，往上爬的时候皮肤下的肌肉拧在一起。

"引着牛走。"米勒太太喊道。汉丽埃塔向下面对着牛，展开手臂。

"动作别太猛。"

汉丽埃塔做着轻轻的指挥手势，就好像它们是飞机跑道上需要被引导的湿飞机，牛儿们跟着指引慢慢地沉重地挪着步子，但转向了路中间。米勒太太慌忙从河里爬上来，湿到了膝盖以上，她继续往前走，匆匆超过汉丽埃塔，走到正走向佛格家的第一头牛前面。

"现在，别让它们走到路中间去。"她在汉丽埃塔肩膀上方说着，"你站在车和牛之间。我可以没有邻居，但不能没有牛。"

"好的。"汉丽埃塔说。

她沿着女孩的肩膀看去，说："亲爱的，我是开玩笑的。"

汉丽埃塔走在第二头牛旁边，双臂伸展着护在牛的身侧。牛安稳地走着，好像走在围栏外面一点儿都没错，也丝毫不值得在意一样。比它们壮硕的牛群正聚在一起，看着这一切。米勒太太一直回头看它们走得如何。佛格家的马场就在眼前了，她说："我猜，让一个女孩儿一直在养马的牧场里待着，一定有很多事要忙，是吧？"

"我想是这样的。"

"像你这样的女孩都喜欢干什么？"她说。

汉丽埃塔耸了耸肩，有种奇怪的情绪涌上来。雨天和她母亲不在家让这种情绪一直盘旋着，"学图表。"

吉妮微微转头："图表！什么图表？"

"动物和植物，它们的进化史。类似那样的东西。"

女人大叫一声，再一次顺着肩膀回过头去，脸上带着奇怪的表情，就好像她在汉丽埃塔站着的地方发现了一个特别的小孩，值得她多看一眼。"是吗！"她说。

似乎受到了鼓励，汉丽埃塔继续说道："你知道树有五万多种吗？这个数量正在不断减少。它们有五种不同的形态——圆形、圆锥形、散开形——那是什么？"

米勒太太转头，看向她指着牛屁股上潦草的"M"形。

"那是个烙印。"

"什么是烙印？"

"我们把家族姓氏首字母用火烙在上面。如果它们走丢了，就像今天一样，所有人都会知道这牛是我们家的，就会给我们送回来。就像小狗似的。"

"你在小狗身上烙印子？"

"不，宝贝儿。"米勒太太说。

129

他们现在正走近米勒家低矮的小房子。扇形的走廊里，花盆里秋海棠的枝头上挂着彩色的果实，花圃凌乱地铺在被过度浇水的土地上。

"跑到前面去，把门打开。"米勒太太说。汉丽埃塔按照她说的做了，把门栓拿掉，推开大门，这样，米勒太太就可以牵着两头牛直接穿门进去，大群的牲口开始混乱地聚在一起，围在领主的周围。牛被抓回来了，她们停了下来，看着这场团聚，前臂搁在最上面的铁杆上，就像两个老牛仔，老的那个只是比年轻的稍微高一点。

从这儿，汉丽埃塔对马路对面她自己的家和最顶上的马厩有了新的视觉感受，也更加清晰。除了被洪水冲走的，他们的石头围墙摆得整整齐齐。而米勒家的围墙胡乱地摆着，长度也和原来一样，只是大理石胡乱地堆在一起。

"我们家的围栏比你们家的漂亮。"汉丽埃塔说。

米勒太太嗤之以鼻，摇了摇头，说："我们家可不热衷于弄好看的围栏。在我看来，有些人就是太在乎一个地方的外观，而不去在乎怎么使它运转。"她直直地盯着女孩，但汉丽埃塔却隔着马路看着他们的农场，草坪修剪得恰到好处，围栏白得像棉桃一般。

"好看的外表是健康的进化性标志。"她说，"当涉及交配问题时，外貌就很重要了。我读到过。"

吉妮昂起头，"根据我养牛的经验，我要说的是，事实并非如此。实际上，这听上去像是男人会对女人说的话，只是为了赢得她的认可。我的两个女儿都在约会，她们现在越来越傻。"吉妮弯下腰，从小腿处抓住雨鞋把它们拽了下来，脱下来的时候有吸气的声音，褐色的水流从里面涌了出来，就好像从茶壶里倒出陈年老茶。她的袜子湿透了，被染成了灰色。她接着说："你知道吗，我在你这么大的时候，曾经十分迷恋你父亲。"

"真的吗？"女孩说道，"他想跟你结婚吗？"

吉妮又笑了起来。"如果他想，他有最简单的方法去表达。"她说，"但事情总是会按照应有的方式去发展。想想看，如果我嫁给了你爸爸，我就不会嫁给那个结婚后话少到可以保持吉尼斯世界纪录的男人了。"

　　汉丽埃塔的眼睛睁得大大的，"真的吗？"

　　"宝贝儿，我开玩笑呢，"她说，"但你知道吗，"她突然继续说，转过头平视着小女孩的眼睛，"要在乎你怎样长大。尽全力做个优秀的人。你会不得不看着自己。如果你能明白我的意思，那么你就是优秀的那类人，不过，可能你也不明白。"

　　汉丽埃塔只是茫然地盯着她。然后，米勒太太一手扶着大门，一手慢腾腾地脱掉另一只雨靴，一边脱一边说："我来告诉你另一个秘密。"

　　"什么？"

　　"你爸爸曾经想买下我们所有的产权，有两次。"

　　汉丽埃塔的眉毛扬起来，微微惊讶："他想要你的牛？"

　　"我可不指望那能吸引他。不是，"米勒太太说，"他找不出任何一块跟这里一样有价值的地了。说实话，我爸爸不怎么喜欢你爸爸。不然，他早就应该卖掉的……好了，我大概不应该告诉你这些。"她叹了口气，费劲地想穿上她软塌塌的靴子。

　　"为什么？"

　　她温柔地看着女孩，眼神中带着思考。"嗯，我不知道，"她说，"我真的不知道。我想，所有说过的和做过的加起来，就是真相。"然后，她问道："你多大了？"

　　"快十岁了。"

　　"那就是了，你还是个小屁孩。你太小了，还不懂世界是怎么运转的。这个世界是个糟糕的地方。趁你还是小女孩儿的时候，好好享受好时光吧。"她叹了口气说。

"我喜欢你的牛。"汉丽埃塔说。

吉妮·米勒笑的时候,脸真的微微红了,"好啦,它们不是穿开衫的柯基小狗,不过……是的,"她说,"我自己也喜欢它们。我再也吃不了牛肉了。我在考虑,在吃掉我的牛之前,先把我丈夫吃掉。开玩笑啦。"接着,她清了清嗓子说,"你知道吗,苹果都落在离树很远的地方。如果它真的勇敢,那它长大了就能站起来,走到另一个果园去。你听得懂我的意思吗?"

"听不懂。"

"听不懂。我猜也是。"她笑了,汉丽埃塔突然意识到时间太晚了,她父亲该疑惑她去哪儿了。于是,她朝黑乎乎的潮湿道路上走去,把那房子甩在了身后。随后,吉妮大声喊她:"汉丽埃塔·佛格,今天,你玩儿得开心吗?"

汉丽埃塔甚至都没有思考就转过身,往回走了几步,大声说道:"嗯,很开心!"

她躺在客厅电话旁的长沙发上,手上全是门外潮湿的味道,但她下定决心坚决不离开,一定要等到电话。没人来打扰她,她父亲还在外面跟马在一起,打扫的阿姨在她周围用吸尘器打扫着,把地板擦亮。电话终于在夜幕降临的时候响了起来,她只需要抬起头,都不用坐起来,就一把抓起了听筒。是她妈妈。

"我一直都在想你。"朱迪斯温柔的嗓音传来。

"你在列克星敦有间公寓吗?"汉丽埃塔突然问道,"你还待在那儿,对吗?"

"是你父亲告诉你的吗?"

"他说他想你马上回家。"

电话那头沉默了。

"你什么时候回家？"

"好了，"她母亲叹了口气说，"我想我应该明天从这儿到农场去。"

"你为什么不能现在就回来？"

"亲爱的，我明天会回去的。"

但她母亲第二天并没有回来。隔了一天，她才到。她穿了一件她从来没见过的裙子，头发剪短了，金色的短发闪闪发光，带着悲痛的情绪。女孩挣扎着不想有这样的想法，但一种奇怪的感觉让她模模糊糊意识到，朱迪斯已经走了，不是三天，像是走了三年。她的变化就像一堆硬币被融化了回炉重造，被新铸成了外币一般。她们拥抱的时候，她母亲的手臂瘦得让人心疼，但也许本来它们就这么单薄？汉丽埃塔听到头顶上有亲吻的声音，但却没有感觉到嘴唇真的吻到了哪里。

她母亲说："你看起来很好，汉丽埃塔。"连她的声音都像是在另一个房间演奏的音乐，"我们为什么不出去，到走廊里去呢？"

"爸爸呢？我想让他也一起来。"汉丽埃塔成功地让自己半路转过身，在她身后胡乱地寻找着，没让她母亲直接走掉。

"我不知道。"完全听得出来勉强被压制的由来已久的怒气。

"爸爸！"她朝屋子里喊着，声音响彻整个屋子。她感觉到了母亲的畏惧。

"汉丽埃塔！"朱迪斯厉声打断她，而后声音放缓，"你父亲现在不在这儿。"

"那他在哪儿？"

"他不想在这儿看着这些。"

现在轮到汉丽埃塔沉默了，她默默地看向母亲。年长的女子本以

133

为会看到困惑,但却只看到一种暗暗的隐忍,在这孩子身上,从来没看到过这种表情。女孩松开母亲夹克的衣角,原本她把衣角紧紧攥在出汗的手心里。朱迪斯理了理衣服,汉丽埃塔看到她做了美甲,是成熟覆盆子的颜色。她曾经咬过她的指甲,但现在,这也不一样了。

"我们出去到走廊里去吧,"朱迪斯说,"我一直都很讨厌待在这所房子里。"

"好吧,我喜欢。"

"你喜欢什么现在连你自己也不知道。"她母亲说,"住在这所房子里就像住在另一段时间里。但那并不好。"

她们走了出去,坐在了走廊的秋千上,但是汉丽埃塔的腿还不够长,坐在木头做的秋千板够不到地面,所以她只能静静地靠着母亲摆动。她抓住秋千的链条想要保持平衡,但链子早已生锈,在她手上留下了粗糙的锈迹。

过了很久,朱迪斯就只是静静地摇着秋千,一脸宁静,仿佛世界上只留下了她还有她的思想,仿佛她从来不想说一句话。

"好了,第一,我在列克星敦没有公寓。"她最后开口说道。

"那,爸爸说谎了。"汉丽埃塔径直盯着马路和米勒家的地,脸上没有任何表情。

"我们友好、平静地谈下去,好吗,汉丽埃塔?"朱迪斯说。

"你的公寓在哪儿?"

"我没有公寓,确实没有。事实是,我遇到了某个人,某个我真正爱也真正爱我的人。"

"爸爸爱你。"汉丽埃塔的喉咙突然迅速哽住,但还是忍着说道。

"你爸爸爱的是你。"朱迪斯低头看着她的鞋子还有她黄色的鞋跟说。她一只脚转向一边,另一只脚转向另一边,仿佛在欣赏自己脚踝的动作,但脸上满是沮丧,脸颊深陷,"听着,汉丽埃塔,我是可以生气的，相信我，我有充足的理由生气，但是……坦白说，我太年轻了，浪费不起我最好的年华。我不打算像你奶奶那样一直坐在这儿，等待用死亡结束痛苦的婚姻。上帝啊，可怜的女人。我确定她就是在这儿慢慢疯掉的。我们从小就被训练要像一条狗一样坐着、等在那儿，等人来抚摸。"她突然抬头看天，"每个人都应该找到通往开心的道路。我还是个小女孩儿的时候，总是一直一直想着能结婚。我太天真了，我本以为，一个男人娶了你真的就意味着他爱你，而不仅仅是因为他想从你身体上得到什么。但事实是，一个男人在娶你并觉得已经捕获你之前，你是永远都不可能了解他的。然后，你才会发现他是否珍视你，或者你只是他珍视的小母牛。"

她叹了口气。"有意思的是，我曾经是个婚纱模特。我的意思是，因为上天赐予的外表，那是最适合我的工作！我天天饿得要死，只是为了能穿下高贵时尚的款式，但是一直那样我做不到。不过我真的很喜欢被记录的工作，我本以为那很有趣。可是现在，我的意思是，看看现在的我。我的胃被毁掉了。最终，我清醒了过来，我要的只是快乐。我不介意它的包装是否完美。我不介意在什么地方找到它。但，那，汉丽埃塔，那跟你无关。"

"跟我无关。"女孩平静地重复着。

"跟你一点关系都没有，我保证。"朱迪斯叹息一声，沿着草坪和马路望去。她温柔地开口道："我还是个孩子的时候，真的很开心。我需要一条回到那时候的路，必须要。否则的话，这样的生活，意义在何处？"她叹了口气，"事实是，男人们根本就不在意你是不是快乐，但他们会让你觉得他们在意。他们在短时期内确实会对你特别好，履行所有的承诺，给你所有的关注，但总有一天，他们都会走到一个点上，从那开始，他们就再也不假装了。他们都只是自私的动物，而动物总是隐藏不了它们的本性。"

"但在这儿，你跟我在一起很开心啊。"汉丽埃塔坚持着，她边说边伸出了双手。

她母亲在手包里摸索着，拿出一本空的黑皮本。"看，我给你带了日记本。我不在这儿的时候，你没法告诉我你想说的话，但你可以把你最珍贵的想法都记在这儿。"她把本子放在汉丽埃塔的膝头，惨然一笑，"我知道，这个可能，可能不太够，但是……天哪，实在没有更好的选择了。"她的笑容里满是悲伤。

"你在笑。"汉丽埃塔步步紧逼，没理会黑色的笔记本。

"我在笑，小甜心，因为我遇到的男人真的很好，"朱迪斯说，"他爱的的确是我这个人，而不是我能给他的东西，也不是我挽着他胳膊的样子。他也很喜欢马，所以，他和你父亲有很多相似之处。而且，他有儿子。看吧？你现在马上要有哥哥了，你不是一直都想要吗。唯一的一点就是……他大部分时间都住在一个叫多瑙艾辛根的镇上。"

汉丽埃塔茫然地看着她。

"在德国。"她母亲说。

还是没有任何回应。

"在大洋的那头，你知道德国在哪儿吗？"

汉丽埃塔知道一个细菌的 DNA 里含有亿万个核苷酸；知道马和人都有肱骨、桡骨、尺骨、腕骨、掌骨和趾骨；知道孟德尔的豌豆植株上藏着遗传学的所有秘密；当然也知道德国在哪儿。但她没有回答，而是隔着马路向前望去，就是两天前，她和米勒太太牵着牛回到牧场经过的那条路。那种快乐已经开始腐烂了，没有什么办法能把它重新组合成快乐，通过记忆行不通。总之，她要去寻找新的乐趣了。

看着女儿脸色渐渐明朗，朱迪斯伸手去抓她的手，但汉丽埃塔从秋千上跳了下去，没有甩开母亲伸向她的手，也没有转过肩膀回头留下憎恨的目光，只是把笔记本紧紧抱在胸前，径直离开。进屋子的时候，她把前厅门嘭地关上，没有特别要去的地方，却健步如飞。

"汉丽埃塔。"她母亲在身后喊着她，追了上来，女孩能听到鞋跟在木质地板上断断续续的敲击声，那声音似乎跟这女人搭配得十分完美。这声音在厨房抓到了她。朱迪斯从身后抓住她的肩膀，然后，真的用上力气把她转了过来，拉向她的身体。女孩感觉到，她因为悲伤微微地颤抖着。朱迪斯蹲下来，苍白、瘦削的手掌紧紧捧着她的脸。

"汉丽埃塔，这不是自私——"

"求你别走。"

"是救赎。"

"留下来。"汉丽埃塔低声哀求。

母亲深深地望着她的眼睛："你还记得最美好的那些时光吗？"

汉丽埃塔在脑中搜寻着正确的答案。

"看吧？"听到母亲紧张但却有丝得意的低语，"我也想不出来。"

"汉丽埃塔！"

"汉丽埃塔！"

他发现她的时候，她正从阁楼的楼梯上走下来，她在阁楼破旧的长沙发上待了几个小时，周围堆的都是她祖先留下来的老旧东西，它们被装在箱子里，箱子贴着封条。到处都是樟脑球的怪味道和死去小虫子尸体的气味。

他紧紧握着她的肩膀，让她矮小的身体停下来。"汉丽埃塔，你一直在阁楼上？我到处找你。"

她努力去看着他的脸，但需要忍住的东西太多了。有些新鲜奇怪的情绪涌了出来，它们耀眼得可怕，那是一种被悲伤推动的狂热，就好像一扇门被开到最大。

"妈妈走了？"这是她唯一能够吐出的字眼，楼下的钟好像确认般恰好敲了两下。

现在，汉丽埃塔，看看你是怎样埋怨你父亲的，肺里的空气是怎样挤出来的？你把头拧向一边，你的面前现在是一堵黄色的墙和两幅男人的肖像，正是他们给了你高傲的鼻子、精致的脸颊，还有晶亮的眼睛。房子里的每个角落都是你父亲生命中的目标。是……一匹马……还是你？

"求你，让妈妈留下来。"汉丽埃塔突然不假思索地开口。

"我不能。"她感觉到了头顶上的呼气。

"为什么？！"

他似乎等了一个世纪才回答。"这是我的责任，汉丽埃塔。"他双手按住她的肩膀，退了一步，盯着她扭曲的脸，"在太多方面，我都可怜地作着决定。我实在是太……这让我想到了我父亲曾说过的话——被毁掉的美才是唯一值得感激的美。但遇到你母亲的时候，我太年轻了，太容易被她吸引……被她的外貌吸引，那时候还理解不了我父亲话里真正的含义。说实话，我可能根本不相信他。"他冷笑一声，"如果我像布恩那么聪明的话……记得我跟你说过布恩为什么选择丽贝卡吗？"

现在轮到汉丽埃塔要挣脱了。她不想听故事，不想听历史，不想要日记本。

亨利用一根指头勾着她坚硬的下巴骨，把它抬了起来。"在决定向她求爱之前，他把她带到了一个苹果园，在那儿他们可以坐在草地上，开始相互了解。他们坐在那儿聊天的时候，布恩开始把刀插到地里，刀尖朝下。但这并不只是想使她分散注意力。他在测试丽贝卡会作何反应。一次又一次，他把刀子插得离她越来越近，直到插到她裙子上，几乎插到了她的大腿。丽贝卡看到了他在做什么，但她没有跑,也没让他停下来,她甚至一个字都没提。正是这样,布恩知道,这就是他要找的女人。一个不畏惧不退缩的女人简直是百里挑一。"

汉丽埃塔直直地盯着他衬衫上的珍珠纽扣,困惑地就只是听着。我是一粒杂交种子,但现在其中一个母体已经从记录中消失了。她尽全力把这句话翻译成其他人可以听得懂的句子。"我想要完整的家。"她说着,眼睛里满含泪水。

"你和我,就是完整的家。"亨利说话的时候有些用力过度,"血脉和财富。听着,汉丽埃塔,我用自己的双手创造了这片天地,也会把所有都留给你——所有的土地、房子、马匹,所有的一切。这是对你最大的信任,因为你才是我真正的家人。反过来,等你有了孩子,所有这一切也会是他们的。你需要的所有东西都已经在这所房子里了。"那首老歌再次响起,他深不可测的暗色瞳孔就是正在播放的唱片,它一直重复着老旧的旋律,一直重复着。

"告诉我,你高曾祖父的名字。"他说着,盯着她的眼睛。

"爸爸——"

"告诉我!"

"萨米尔·佛格。"

"萨米尔·佛格、爱德华·库珀·佛格、里士满·库珀·佛格、威廉·艾弗·佛格、摩西·库珀·佛格、雅各布·艾里森·佛格,还有你的爷爷,约翰·亨利·佛格还有我,亨利·佛格,现在,是你,你,你——"

"我知道,"她开口打断了他,嘴唇颤抖着,"但我是个女孩。"

"没错。但你和其他女孩不一样,"他说着,声音突然严厉起来,"我也不会让你和其他人一样。"

她需要一个女孩在镜子前站在她背后,把她红色的头发从中间分开、用黑丝带绑好以后盘成圆发髻,然后用四方的蕾丝盖在上面;把她悲伤的四肢舒适地塞进白色棉短裤和长长的女士衬衫里;把她的长筒袜别进袜带里,收紧束腰带,直到紧到不能呼吸,更别说哭了;缚住衬裙;从头上拉下单一黑色的裙子,脖子那儿紧得要命,但袖子却像教堂的铃铛那么宽;给她的脚套上黑色的靴子,这样她就能到处走动,用一个受伤女子失去了很久的步伐,在木质地板上敲击出难以言表的悲伤;但是她并没有二十码的黑色巴黎镇棉布,没有面纱,也没有黑人女孩。唉,人们会说,并不是有人死了,而是离婚了,但他们错了,因为这只是程度有所不同,本质并没有区别。痛苦几乎都是一样的。因为她没有那样的女孩可以责骂,可以任意打她的头和肩膀来发泄,因为这里没有更弱小的人了。在想象中,她把帽子甩在墙上,像个酒鬼一样胡言乱语,向着并不存在的某些让人憎恨的坏女人谩骂着:泼妇烂人罪恶腐臭他妈的黑鬼,因为在她身边,没有比她更渺小、更弱小的人了。

例如:

同学们,肯塔基州的首府在哪里?

法兰克福。

什么对肯塔基州经济的贡献最大?

马。

是谁建造了我们世界著名的巨石阵?

黑鬼(Nigger)。

加勒特太太在自己脸色恢复平静以后,把汉丽埃塔像个陀螺一样转出了教室。速度太快了,汉丽埃塔感到自己喉咙里升腾起一团怒火,晃悠悠地站在绿得像游泳池一样的走廊里。老师高出她很多,站在她面前,她头扭过去,贴在了冰凉的瓷砖上。老师弯下腰靠近汉丽埃塔,靠得实在太近了,从她的呼吸中都能闻到午饭里三文鱼的味道。老师开口说:"以'n'开头的单词里,只有一个是对黑人最合适的称呼,单词里只有一个'g'而不是两个。年轻的小姐,明白我说的话了吗?"

"非洲的一条河?"[①]女孩说。

加勒特太太极其愤怒地盯了她一会儿,这目光近乎扭曲,直勾勾地盯着她的一只瞳孔,然后另一只,就好像正努力想要发现哪一只才是罪恶的源泉。她说:"首先,巨石阵是爱尔兰工匠建起来的。第二,如果我有黑人学生,我会让你进去道歉。但是,因为没有,我只是要将你直接赶回家,因为我已经受够了你的态度。听着,我会跟你父母谈谈的。"

"错误的用法。"汉丽埃塔说。

"不好意思,你说什么?"

"你没用单数,用了复数。应该是'我会跟你父亲谈谈的',加勒特太太。"然后她就被转到了校长室,电话打给了她的"单数",之后她又被转到了学校混凝土的台阶上,头晕目眩地休息着。解脱了,就好像一个人在监狱中承受了多年难熬但无用的教育,终于获得释放一般。她只想一个人待着。在母亲走后,她就决定再也不忍受自己身边那些两条腿的人类了:他们无休止的唠叨,他们强烈的体味,还有哑巴一样的游戏。

她把他们分到最底层,只把他们排在无尾的灵长类动物之列。学校的生活简直就是长时间坐着忍耐,眼睛盯着所有行动,却心如死灰,或许,唯一可以做的就是重新读读课本,找出里面的印刷和拼写错误。她会在洗手间里玩手指或者数着天花板上钉子眼的数量来消磨时光。她去得如此频繁,待得如此久,以至于加勒特太太最后打电话

[①] 老师指的是 Negro(黑人),汉丽埃塔指的是 Niger(尼日尔河)。

到农场去，担心她需要做个检查。她被送到了肯塔基州大学医院的泌尿科医师那儿，经过无数检查和复诊之后，那个医生是第一个问她为什么要那么频繁去厕所的人。她的回答是："做我自己。"

"好吧。但你尿得太频繁了。"他说。

"不是的。"

"你没去小便？"

"没有。"

"你去洗手间只是想一个人待着，而不是去小便？"

"是。"

"天哪！"他惊呼，把笔记夹板掉在了她旁边的检查台上，然后戴着眼镜揉了好一会儿眼睛，"这就是为什么我不是个儿科医生，"他边揉边说，声音从手中间传过来，"我不懂儿童的语言。"

"我也不懂。"她说。他把手从眼睛上拿开，愤怒地看着她。然后，十五分钟以后，她父亲开车载她回家，走在里士满路上，"我搞不懂发生了什么。"汉丽埃塔说："我不想说话。"

现在，她安静地坐在学校的台阶上，一动不动，就好像表盘被施了法术。她在等着她仅剩的一个家长，她遗传学上最近的祖先，锻造出她的佛格家的人，但最后来的是开着咔哒咔哒响的农场卡车的巴罗——一辆白色的250型的卡车，车斗里放着机器，在她面前刹车的时候，机器还运转着，剥着谷壳。巴罗把身子探过去，猛地推开副驾驶侧的车门，消瘦的脸上满是担心。

"小甜饼，你生病了吗？你父亲派我来接你。"

汉丽埃塔只是摇了摇头，趁他点烟的工夫爬到了他旁边的座位上，车开出了学校。他们安安静静的，车开过巴黎镇上的玻璃橱窗，经过战前的房子，门廊的屋顶上插着美国国旗，哗啦啦地飘着。透过前面的挡风玻璃，阳光穿过树上苦棕色的网状树叶，秋日的下午的感觉尤其明显,夕阳在他们的注视中逐渐暗淡。

她转头看着巴罗:"是谁建造了巨石阵?"

"孩子,嗯……爱尔兰人,可能是吧?我想我以前听说过。"

"你是爱尔兰人吗?"她说。

"我的确不太清楚,亲爱的,我只是乡下来的野孩子。"

他们经过法院的时候,在马路的另一边,三个熟悉的老黑人正坐在晃晃悠悠的金属椅子上。他们每天都坐在那儿,戴着他们的坎戈尔贝雷帽,抽着雪茄,手上拿着报纸,乱糟糟的白头发贴在脸颊上。她经过的时候,其中一个粗略地看了她一眼,但随即那黑色的脸就一闪而过了。

她盯着巴罗,满是探究、小心的眼神。"你知道'n-i-g-g-e-r'是个不好的词吗?"

"你听到过我说这个词吗?"巴罗说。

"没有。"

"那就是了,那猜猜也知道了,我懂了。"

"嗯,但是是谁规定的呢?"她继续追问。

"上帝……"他说着,朝车窗外弹了弹烟蒂,"上帝创造了地球上所有民族的血脉。"

"有四种血型。"她说,"那是个医学事实。"

"好吧,我一点也不懂那个。"

她期望能得到更多的回答,但并没有。巴罗只是满脸沉思地点了点头,接着在她旁边自如地开着车。他是个结婚已经四十年的男人,靠紧紧握着船舷稳定船只养大了四个固执的儿子。他对自己的财产很满意,不打算继续奋斗了。

有那么一会儿,他们一直跟在一辆装满褐色成捆烟草的卡车后面,蔫蔫的干巴巴的烟叶在微风中微微颤抖着,时不时动一下,就好像黄色的手臂在挥舞。平板卡车转了个方向,朝着东大街低矮的红砖房的烟草仓库开去,在那儿汉丽埃塔能看到一堆堆丰收的金黄色烟叶等待售卖。已经死掉的植株甚至要比田里还在生长的漂亮很多,脆脆的质感如同雕刻,从生长着的植株变成褐色的烤面包般。几个星期以来的第一次,在她看着这一片烟草天堂的时候有了一些想法。

"我们为什么不种烟草?"她问。

"马厩外面,还是要慢点。"巴罗一边掏着上衣口袋找新烟,一边干巴巴地回答道。如同往常一样,他特意摆出浅浅的笑容。然而,汉丽埃塔无聊地转了回去,巴罗转头看向她说:"你打算告诉老巴罗今天在学校里发生什么了吗?"但她只是摇摇头,盯着窗外。

他们重新启程,她说:"我讨厌学校。"她朝放在卡车地板上的书包跺了一脚,叉起了胳膊。眼睛里满含着酸楚的泪水。

巴罗抬起头说:"我很喜欢学校,我一直读到八年级。别这样。"他悄无声息地下车,脚小心翼翼地踩到地上,他腿有关节炎。想起自己十岁那年,他还是个活泼的小男孩,第一次去农场做工,那是个礼拜五,已经是很久远的事情了。但是汉丽埃塔还待在原地,一脸郁闷地看着他。巴罗转到她那边,拉开车门,让它大敞着。

"下来吧,小甜心饼干。"他说。

"抱我下来。"她说着,突然晕倒似的将头靠向椅背。

"哈!干什么?"巴罗的眉毛愉快地扬起来。

"抱我下来。"

"你太重了——为什么啊,实际上,你都长成大姑娘了!"他大笑着说道。

"我才九岁。"

"好好。"

"抱我下来。"她抓着车顶的塑料把手站起身,踮着脚晃晃悠悠地站在门边,脸朝下看着他,因为他并不高大。"快点。"她轻声抱怨着,他戏弄般地转了转眼珠,摇了摇头,但嘴里却说:"拿上你的书包。"她一只手猛地一拉,巴罗环着她的膝盖和肩膀把她抱了起来。她比刚出生的小马轻得多。汉丽埃塔的手臂圈着他的脖子,闭着眼睛,头埋在他肩膀上。她脸上骄纵的表情变成了悲伤,每走一步,她的头都撞一下他的胸口,手里的书包有几次轻轻地撞在他背上,随后就被她扔在了地上,但他没察觉,只是说:"你真是个有意思的小情人。"

亨利当然接到了电话,接到电话以后也一定怒气冲天;他女儿当然鬼鬼祟祟地溜了进来,眼睛低垂着就像钝钝的大头钉。他实在是太生气了!这是他的孩子,他的!他的未来果实,他的时代希望,他的掌上明珠,他自己的孩子。她绝对不会跟其他孩子一样!她已经拥有了与生俱来的冷漠,她骨子里带着天生的高傲,特别是她母亲走后,变得更加冷酷,更加坚硬。她想打破常规,亨利知道这一点。她不喜欢学校的中规中矩,她不喜欢混在人群中间。她精神的节奏和那些低等的动物不一样。

在亨利开始接受家庭教育之前,他自己接受的教育难道不是浪费吗?甚至,在西沃恩大学,他还要拼尽全力得到这种教育的认可,为的就是回归自己育马者的真正生活。正规的教育一直都像一场消耗战,设计之初就是为了让他对自己的历史感到渴望,把自己的文化踩在脚下。但是,农场是个完全的自我循环世界,而汉丽埃塔就是这个世界的产物——终有一天,她也会拥有它。他有责任、也有义务逆转错误教育给她带来的影响。

他两只手分别放在耷拉着的肩膀两边,说:"看着我,汉丽埃塔。"他注意到,她满是担心地皱着红色的眉毛。睫毛被泪水打湿,像一根根黑色的小钉。他说:"今天他们对你很凶?"

她点了一下头。

"告诉我,是谁建造了我们的巨石阵。"他说。

"什么?"

"你听到我说的了,谁建造了巨石阵?"

"嗯……爱尔兰人?"

"不对,该死,是我们的奴隶。事实听上去很没有礼貌,也很不方便说,但确实如此。"

"我说了一个不好的词。"

"你接受了不好的教育!想想,是你自己退缩了。"

她向后仰了仰身子:"什么?"

"汉丽埃塔,你很不幸地出生在了一个满是政治正确的时代,在这个时代里,礼貌地撒个谎就可以成为事实,而真正的事实却被人讨厌。事实很简单,但没有人敢说:黑人就是低人一等,也永远都会如此。这是基因上的事实。人们利用政治上的暴力来阻止对事实的追求。"

"爸爸,我不觉得——"

"汉丽埃塔,听着。记住这一点,这是你的第一堂课。

"一匹马是一张干净的白纸吗?每只动物都是从宙斯的前额来的吗?小马驹是一种发明专利吗?不,马是我们选取之前一代代马中最好的材料建起来的房子。我们是怎样可靠地完成了这一任务的呢?生物学决定了命运,这就是原因。龙生龙,凤生凤。'秘书处'不可能是拉车的马和供食用的马生出来的。它是'英勇王者'和'贵族之马'的孩子,它们各自曾经战胜了数不尽的马匹。'秘书处'没有权利选择慢步。速度和耐力是遗传来的。所有动物的特点都是天生的。

"噢,我能看到你眼中的反对,觉得马不是人,这观点很难接受?好吧。但是人类也只是命运的遵从者,命运由天生特征决定。现在,我要跟你讲讲多元发生者和测颅主义者的历史了,但我会告诉你,莫顿对头盖骨的研究所表明的就是事实。白人的大脑就是比黑人的要大。这一点应该决定了你科学的思维。就好像乐感和运动能力是天生的，智力也是如此。不然，又会是怎样的呢？非洲人的平均IQ值是七十，白人的却是一百。这是连马克思也无法否认的事实！你会发现例外，但例外是不能解释规律的。种族的区别为什么会被放在首位？想想吧，汉丽埃塔，人类向北方进军，与恶劣的环境和生存条件做斗争，那他们就需要更好的智商和更有组织的群体，这样才能存活下来。那些留在赤道附近的人，因为没有关注他们数不清的孩子，忽略了社会性的发展，也只是侥幸逃过一劫罢了，对某些东西的放纵造就了懒惰的种族。但没人会大声说出来，黑人生来就是不同的。某些种族天生的优越性事实上也证实了智慧源于天生这种说法。你不用变成疯子就能知道这其中的道理。

"让我来告诉你我父亲曾经告诉我的话：纵观整个国家的发展史，我们已经拯救了一个低级的种族，既然他们已经得到了他们自己强烈要求的一切，也就不能主宰自己的自由。他们是最会解除契约的人。他们受本能的驱使，但好色在他们的本能里实在太显著了，大部分人都觉得这是很正常的了。看看我们的城市吧，黑人女子的腿总是并不拢，她们无休无止地无知地生育着，拖慢城市的发展。她们依旧靠着白人男子的钱过活，现在，她们甚至连以前受到的保护都没有了，至少之前在庄园中或者小镇子上还是可以享受到的。她们就像生活在计划中的老鼠，因为她们天生就没有能力让自己的生命得以延续。她们似乎根本没有能力抽象地思考，思考未来，甚至没有能力思考如何选择合适的男人。现在虽然不是一八六〇年，但相信我吧，依旧需要一个白人男子保证她们不缺吃穿，头上有房顶遮盖。现实就是，白人男子拯救了这个国家的黑人男子，他们把黑人男子从他们自己人中解救了出来。

"最痛苦的讽刺在于，黑人还激烈地要求得到永远都不可能的自由。只要他们祖先留下来的天生皮囊不变，他们永远都尝不到真正自由的滋味。他们被自身的物质性所奴役,无论什么地方,没有任何白人可以解救他们获得自由。"

在她昏昏欲睡的头顶,每日的清晨之战打响了:露珠抖掉一身的困意,在黑暗还没有完全结束的时候,就已经悄悄地蔓延了整个农场。在地下沉睡了一整晚的太阳,全身装备好冉冉升起,用自己长长的手臂在地平线上推压着黑暗,直至它溃败挣扎,退到地球的另一端。这会儿,露珠迟缓的队伍变成了薄雾,笼罩在大房子上,遮住了动物的声响。太阳洒下几缕带着温度的亮光,将留在阴影中的一切洗劫一空,露珠并未退向黑夜,四散而逃。

汉丽埃塔在六点半的时候晃晃悠悠地从楼上下来,倒杯咖啡,现在她父亲已经允许她喝了,随后她转身走向书房,她父亲已经等在那儿了。书房里,他面前摊开了一本书,就好像他已经坐在这儿等了他学生一整夜。他动了动,示意她在桌子旁黑色的温莎椅上坐下。她的教育开始了。

他们从经典名著开始,通读了《伊利亚特》,这已经是汉丽埃塔第三次学这本书了。接下来很快轮到了色诺芬和埃斯库罗斯,以及索福克勒斯和欧里庇得斯。再然后,是难懂的谱系图以及畜牧学,还有各种不同的基因遗传科学;接着是文字问题中的数学,探讨如果一匹母马在一只小马驹的谱系图中出现四次,所带来的数值影响是什么;还包括重新研究拜耳的数据;再就是最基本的障碍在哪里。解剖学是了解马形体的知识,很快,她就可以清楚地分析复杂的弹性肌肉的构造,也就是通过肌肉不断的弯曲、伸展和收缩,才让马儿有了无穷的力量和速度,才吸引了众人想要赛马。历史学讲的是希腊人的故事,他们有着分裂的、不幸的王室;还有一代接一代速度和构造的变化——"达利·阿拉伯"和它的后代"日食""阿奇先生""加拉哈特三世""战舰司令""天赋舞者",还有"但泽"。整个家族繁衍分支,然后它们的四肢蜷曲,重新具备了祖先的特点,因为纯血马是与它们自己同系马进行繁育的,所以这个家族的根基才能如此深厚,系内繁殖也非常丰富,四肢依旧蜷曲。对亨利来讲,这些他早年研究过的絮叨的历史太长也太复杂了。这些记忆在他脑子里搅在一起,希腊马和希腊人都有着神秘的名字,所以早已区分不清,又或者马的发展也与王室的衰落有着关联,就好像夜里降生的复仇女神受命运桎梏,从上帝那儿向人们传播黑色消息,反之亦然。他经常搞混它们的名字,也会读错,但他女儿总能凭直觉领会其中真正的含义。自始至终,汉丽埃塔没提任何问题,从未说过没必要的话,眼睛直直地盯着书本,听着、吸收着、记忆着。这一天的前四个小时就是以这样的方式度过的,她的头低着,在对过去和未来的讲述中泰然自若。中间没有休息,直到她白色杯壁上的咖啡渍都干了,直到到了吃午饭的时间。她在每个上午四个小时的时间里有什么没能学会的么——她并没有学任何其他关于这个世界的东西——她一点都没学过。一年就这么过去了。

很多时间里,她都在父亲旁边,听他和巴罗商量,听他打电话给纯血马代理商、他的律师,看他读《赛马消息报》,做赛马季的出行计划。他将她安排给了一个女马夫,她教汉丽埃塔母马马厩里的一些事务,包括如何清理畜栏、更换干草、如何清洗马匹、拿起它们的蹄子,检查母马什么时候进入了狂热的发情期。汉丽埃塔经常在大清早陪着亨利到科尼马场去看佛格家的马晨练,马儿在薄雾中被牵进牵出,呼吸急促。这对父女马迷的外形看上去有些奇怪:男人高大、精瘦、滔滔不绝,女孩高挑、苗条、一言不发,他们都从纸杯里啜着咖啡。女孩空着的一只手里拿着银制的跑表,从马掌、马蹄的速度记录立刻就能知道是哪匹马,从嘴里的脏话就能知道练马师是谁,从骑在马上脊椎的弯曲程度就能知道骑手是哪个。就这样,一年又过去了。

她在巴黎镇的另一头上每周三次的骑马课，这是他父亲要求的。其他女孩来的时候头发都高高地扎成整洁的马尾，高筒靴亮闪闪的。汉丽埃塔的靴子泛着乳胶的颜色，上面满是陈年干肥料的污渍。她常年在户外被晒得黝黑，跟其他女孩一直在学校里捂出的白皙完全不同。她在那儿只待了四个月，那个时候，她的水平已经和老师不相上下了。似乎与生俱来的天性使她不害怕动物，但也察觉不出任何的关爱之意。她骑着马就好像自己在走一样，马就是她脚下的平路，就这样，一年又过去了。

只有夜晚才是汉丽埃塔自己的，在夜晚的那几个小时里，她躺在床上，仔细阅读着老旧的书籍，发现这才是终极的奢侈——独处的时光。她尽全力做到像父亲那样喜爱诗歌，但希腊人让她感到无聊，而且，这也是她上午课程中所有的内容。她找到一本选集，试着读了读里面的诗，有一些她很喜欢，特别是那些没有大主张、不追求任何东西、只是描写很小很美的东西的诗——有时候是个花瓶，也可能是只画眉。但她不读小说，发现那就是浪费时间，她反抗着小说对她的影响，感觉那是让她代替别人受苦。如果他们自己没疯，那就一定没什么用处，天才是不会无休无止地凭感觉说话的。她父亲是这么教她的。

是什么让她几乎疯狂地喜欢，是什么让她把长长的文章抄在笔记本上，是什么让她一直读到深夜，让她的大脑就像赛道上的公马一样驰骋，那就是关于地球的构造和它的居民之谜。她翻遍了所有那些属于她曾曾曾祖父们的书——地图卷、地形图、美国地质调查局发行的陈旧小册子，拉马克、达尔文以及莱伊尔的书，地文线图、地质层图集、远征探险记录——所有这些书都讲述着有关地质的残酷历史，它是怎样形成了大陆，形成了植物群体，如何赋予了它们生命却又挖掘了坟墓。她慢慢地认识到，肯塔基州简直是个奇怪的富饶之地，这里近乎疯狂地蕴含着无尽的千变万化的地理秘密，它们藏在大理石的表层之下，潜在无边的牧草之下。她逐渐开始相信，大地是渴望被了解的。于是，她把她的耳朵贴近它嘴巴的唇瓣，倾听着从它喀斯特地貌的喉咙里吐出的模糊不清的话语，故事从砂岩山褶皱的裂痕中、从汩汩的溪流中、从盐渍地中传来。她知道了，在古生代的海底，原始的大地靠着碎石屑神秘的旋转、沉淀形成了当今的模样：砂岩来源于漆黑的淤泥和沙子，黏土和暗黑的页岩源于黏稠的泥土，它在泥盆纪时代像沥青石灰般铺在洋底海床，经过了上千年潮汐反复的席卷涤荡；脆弱的火成岩层，有点被烧焦的样子，来自地球的中心；碎石和无名的碎片挣扎着聚在一起，形成了砾岩；易碎的贝壳形成了圆滑、丰满的石灰岩，它们组成了最厚的地层，有四亿年的历史。像棺材般灰色的早期石灰岩铸就了地球一半以上的土地，包括古老的密西西比河平原，以及断崖和陡峭的突起石块。萨米尔·佛格在和本杰明一起站在现在的麦迪逊县时发现了这种地貌，调查了这片生长牧草的边远的贫瘠土地，它将自己用伊甸园的带子绑得紧紧的。就在这牧草中间，石灰岩、砂岩、白云石和页岩像地球蛋糕一样挤压在一起，直到巨大的力量使它们向上弯曲，形成了辛辛那提拱，年轻、瘦小的石头瞬间就被残忍的大风侵蚀，石灰岩被完全暴露在自然环境之下，受到雨水的冲刷、侵蚀，直到把自己变为喀斯特地貌——一种集地下溪流、深坑、岩洞和土壤于一身的丘陵地貌。土壤如此肥沃，人们都放弃了分享土壤的信仰。那是一种让人眩晕的梦想地貌，是种庄稼和养马的瓦尔哈拉殿堂，它比薄荷油平原、煤田以及西部的港湾的土地好得多，蜿蜒而下延伸至密西西比河的冲击海滩上。

在阿巴拉契亚山这座世界上最古老的山脉里，有一个别样的故事。在那里，有机质挤压形成烟煤。在汉丽埃塔出生前的五亿年前，这些山脉向下延伸，一直伸进西得克萨斯州没有土地的地方，两块年轻的大陆挤压成型，将巨神海———一个非常古老的海洋，大西洋由它而产生——闭合，大陆插入了海底平原，所有被命运安排的海底生物都被抛向空中，就像是送给上帝的礼物。山脉隆起、起伏、侵蚀，一代又一代树苗也在沼泽中扎根，还有毛状的草、种皮、雄蕊、混杂的狭长叶片、树皮碎片、巧克力色的树根、混杂着藤蔓的苔藓，甚至还有柔软的原始花枝，它还保持着开花时节的样子，所有这些像蜉蝣一般迅速倒地，叶子和自己一起抛进自热的沼泽。然后，在中世纪，沉淀着泥浆的海底将所有落进来的植物变成了丰富的可燃物，但这些可燃物依旧被覆盖着，挤压着，山脉压在它们之上，拼尽全力挤压出其中的空气，最终把它们夯实、压成煤炭。煤层细薄、油亮，在昏暗的宾夕法尼亚岩石之间形成条纹裂缝，就好像一本长长的书中黑亮、瘦削的纸张。

　　你可以像她一样，合上书本。但接下来，她只是躺在那儿，亢奋、敏锐、震撼、疑惑。她知道人开采煤炭，有时候还会葬身煤矿。她对他们的死很疑惑。问这个问题很孩子气吗？为什么？有多少山脉因为要去照亮像她一样的家庭而被挖空？所有的教堂都知道这些吗？父辈们葬身于孩子们应该住的地方，坦塔罗斯们不停地杀害他的儿子珀罗普斯。这样做真的值得吗？这农场又值得吗？人类难道就只是从大山里开采煤炭、从土地上获取马匹的机器？文明带着答案时刻准备回答，但她却绕开了这些答案，问了一个更深奥、更奇怪的问题：地球自己是什么？这个富饶、多产的东西，迫使人们在温室中生存，最后却只会将生命归于土地，变成肥料。她只有十三岁，但地质时间却有四十六亿岁。她才刚刚来了例假，却发现在地理世界里没有任何固定的东西，甚至地球两极的运动都不是。她发觉自己的内心充满了恐惧，但那跟马没有关系，你甚至无法给它取个名字。你得慢慢找它的名字。她意识到，在她之前，肯定有其他人一直在问这些问题，却丝毫没有结果，这让她深感痛苦。古老的书籍也赞同这种说法：上帝是个恐怖的东西。

在她十三岁的情人节那天,汉丽埃塔第一次看了母马交配。

那天早上,亨利打电话给克莱本马场,跟经理通了话。他说:"我的母马这周四要交配了吧。"

"是的,先生,'地狱之巫'已经记录在册,'大红'的状态良好。"

"我想去现场。"

"你把它养大很辛苦,但是——"

"我想去马厩。"

电话那头陷入了礼貌但迟疑的安静中,"佛格先生,出于尊重,我们不允许马的主人待在繁育现场,这也是为了安全。我知道您明白,但全过程都会被完整录下来,你可以获得最大程度的保证。您知道的,我们每次都从您那儿拿了费用。"

"没关系,我只是想在现场,而且,我还想带上我的女儿,她——"

"您,什么?您女儿?"

"我女儿参与了我们的经营,我想——"

简单的笑声和简短的几个字打断了他的话:"佛格先生。"

"那我只好跟汉考克先生谈谈了,然后——"

"现在,佛格先生,"声音更大了一些,颇具父母说话的语气,"如果您执意要和汉考克先生谈,那请便。但我现在要告诉您的是,您立马会得到'不行'的答复,并迅速地终止这次谈话。所以,就让我们在这儿让你的母马顺利交配,如果上帝保佑,碰上好运气,三年之后有可能会在德比赛场上看到您女儿的身影。"①

---

① 肯塔基德比(Kentucky Derby):每年于美国肯塔基州路易斯维尔的丘吉尔园马场举行的赛马比赛。这是备受瞩目的美国三冠王大赛的第一站赛事,仅限三岁马参加。

汉丽埃塔从来没看到过父亲如此生气，甚至在她母亲离开的时候也没有。他拉着她的时候，气愤地梗着脖子，一只手用力地按着她的肩膀，走出厨房的门，走向他们小小的黑黑的配种马厩，这座马厩建在种母马马厩后面四分之一英里处。

"我们去哪儿？"她伸着脖子看着他问道，咖啡洒到了她手上娇嫩的皮肤上。

他唯一的回答是："那些可恶的人没有权力，没有权力告诉我该怎样处理我的财产，也没有权力告诉我是否该带着我女儿去看。"

"谁？谁这么做的？"

回答的时候，他短暂地顿了一下，把她拉到前面，突然弯下腰，这样他们就可以相互平视。他用一根手指抬起她的下巴："你需要知道这件事是怎样进行的，我对这帮傻子和他们关于适宜年龄的说法简直忍无可忍。我反对他们所谓的羞耻——明确反对。你明白我说的吗？"

"是的。"她说着，稍稍后退。

"汉丽埃塔，听着，"他说，"性爱这种行为是与道德无关的本能，它是用来延续种族的。给马上马具控制这种行为，不是因为这种行为是羞耻的。那跟拉屎和吃饭一样，它们在道德上没有任何区别。不正常的是，我们竟然要把简单的生物行为变成宗教陋习！小心点，汉丽埃塔，"他突然正经地说道，"这个世界永远都在试图将你变成一个愚蠢的传统女人，别让那发生在你身上。"

"好。"她困惑地说，因为她听不懂这种奇怪、崇高的调调，约翰·亨利早在她没有出生之前就去世了。但正如她听到的那样，她反感这种东西，这种所谓的羞耻她根本不知道。她也不会变成那样的女人。但她突然有了一个新想法："爸爸，你为什么从来没再找女朋友？"

这个问题让亨利很惊讶。他突然环顾四周，观察着这个生机勃勃的早上，考虑着这个问题。"大多数男人把他们的精液浪费在低级女人身上。感官上的满足是很廉价的东西，你可以很随意地得到。"他用一根手指按着太阳穴，"但明智的男人控制着自己的精力，把它们以另一种设计好的方式改善它，而不是稀释它。这就是我得到你的方式。你母亲，都是她的错，她实在是太他妈美好的一样东西了。"

汉丽埃塔惊慌地盯着地面："我可以问你一些别的吗？"

"当然可以。"

"嗯，我在读同种异系繁殖的书，我读到这种繁殖会繁育出弱小的马，那种近亲——"

亨利摆了摆手，驱散了这种思想。"他们夸大了事实，是，近亲交配或者同系交配有时候的确会繁育出基因上存在弱势的马，但除此之外，没有其他方法能获得巨大成功。繁育出一个系列的马，然后在同系内交配繁殖，可以繁育出完美的马，这值得冒任何风险。只是周期问题。"

"好吧，"她柔声说道，脸红透了，"通过人工选择进行进化。达尔文在鸽子身上做的实验。"但在她深深的思考中，她问着，"我们是谁？"

在马厩里，三个马夫等在一匹庞大的四肢粗壮的母马边，它的屁股像船尾一样宽阔，马尾轻轻甩动着。亨利进来的时候，男人们都没抬头，但当他们注意到汉丽埃塔跟在后面的时候都不约而同地转身，满脸惊讶地看着她的马尾辫轻轻晃动。一个金发白人叫乔纳森，他抬着一条马腿，实际上他看到汉丽埃塔的时候迅速把自己拉了上来，站在了这匹平静的马肩膀中间，眼睛睁得大大的盯着汉丽埃塔："搞什么鬼？"

"早上好，先生们。"亨利的声音活泼、轻快。

"她，她在这里干什么？"乔纳森质问着，一只手绕过马儿，谴责般地指过去，马儿的一条腿这会儿还攥在他拳头里。母马的棕色眼睛也转了转，透过纷乱的矮小男人们看过去，就好像在看他指的是谁。

"我女儿今天早上要跟我们待在一起。"

另一个马夫现在发声了——汉丽埃塔只知道他的名字,桑迪——他有一头红色的卷发,低着头,用先发制人的道歉一般的语气说:"噢,我不知道,佛格先生——"

"那很危险!"乔纳森突然大声说,把马的小腿交给第三个在附近安静站着的人,他感受到屋子里的紧张感升腾了起来,固执地盯着地面。乔纳森走到亨利面前,脸上带着满满的难以置信。他看向汉丽埃塔的时候目光稍微柔和了一点,这会儿,她正本能地缩在父亲的身边。但那事儿——关于羞耻的说法——她是抗拒的。她的下巴向前伸了出来。

"这不是女孩子待的地方!"乔纳森带着明显的厌恶,"这里只适合成年男人!我的上帝啊,你不能让我们在孩子面前做这事儿。"他站在那儿,双手放在屁股上,以一种奇怪的方式看着她父亲,这是汉丽埃塔从没见过的。一会儿的工夫,她已经接近窒息,她害怕这场对抗会动起手来,或者更糟糕的,她父亲会退缩。

相反,亨利前进了一步,声音坚定、低沉、不可抗拒:"如果任何人觉得这种情况让他不舒服了,请自觉走人。立刻。"

马厩里陷入了深深的、可恨的安静中。汉丽埃塔感觉到,并不是看到,另外的两个男人对视了很久,用一种好像结婚很久的默契眼神交流着。乔纳森继续用那种强势的眼神盯着亨利,汉丽埃塔想,她也许能看到他眼底蜘蛛般红色的血管充斥着他的眼眶。他紧紧后退了一步,却依旧盯着亨利,摘掉粗糙得像麻布袋一样的手套,狠狠地甩在亨利脚边的木屑上,然后将印着"佛格经营"的帽子从头上摘下来,奋力一甩,甩在了亨利身后的墙上。那大力的样子让他父亲也有些退缩,汉丽埃塔朝旁边挪了一点,心怦怦直跳。但他没再说一句话,昂首挺胸地走出马厩朝马具室走去。

"乔纳森!"桑迪在身后喊着他,"乔纳森!喂!"母马再次试图翻身。

但乔纳森走了。亨利朝他们的方向走过去,桑迪摇着头,用刚刚能听见的声音说:"唉,这人。"另一个马夫继续盯着地面,像马一样安静。

"别再说他了。"亨利说,"我希望你们做好你们的工作,这就够了。如果我需要你们的观点,我会开口的。"桑迪点了两次头、三次,但另外一个马夫什么都没说,只是咬着下唇站着,眉头紧皱。

亨利从男人的手上接过小腿,说:"我抓住它了,现在,汉丽埃塔,我想让你靠墙站着,如果出事了,作好立刻跑出去的准备。"

"会出什么事?"她迅速问道。

"没什么,没什么,"他说,"但'魔力先生'以前从来没经历过这个。这是一次测试。如果它暴躁起来,作好准备跑到马房后面去。它随时都可能冲到这儿来。"

它确实会。这匹巨大的公马站在两个马夫中间,绕配种马厩转着圈,它巨大的身体挡住了初升太阳的大部分光线,突然投下一片影子。发情期的气味一传到它鼻子里,它就埋低了身子,身侧的肌肉间断地收紧,马鞭伸了出来。它的眼睛盯着母马,蝶形的封头在空中划着圈。它,同样地,扭动着想要挣脱束缚,找寻着它,鼻孔张大,马蹄在铺着树皮的地板上张牙舞爪。汉丽埃塔把自己紧紧贴在黄黄的厚墙上。就在这时候,公马的牵马人看到了她。

"真他妈见鬼!"其中一个人说道,并没有因为咒骂而道歉。

离她最近的男人转过了头,尴尬地抬起脖子,根本没有注意到他身边这个一千三百多磅重一身荷尔蒙的生物已经几乎控制不住了。他是个矮小的黑发爱尔兰人,大概三十岁。他不怎么说话,也不笑。他看着她,嘴唇微启。"天哪。"他轻声说道。然后他做了一件她从没见他做过的事,他笑了。他眼神闪烁地看着她,从头看到脚,趁着公马

157

还没发飙,眼光如闪电般一闪而过。亨利也开口:"别关心我女儿了,我们先把这件事做好。"

"在女孩子面前我做不出来!"另一个人说着和乔纳森一样的话,但是没人回应,马儿在他们中间又前进了一步,问题必须要解决了。亨利和另外的马夫在公马面前固定着母马,它开始咯咯咬牙,小腿开始颤抖。但其中一个马夫拉紧了它的嘴唇,试图把它捏在一起,它开始暴躁地哀鸣,两腿大开着,明亮的阴户像鼓掌的手掌一样拍打着,尽管方式粗鲁,却似乎十分痛苦地想要交配。公马只是站在它身后,混乱地转着圈。它不自觉地一次又一次蹲下,但最终败下阵来,它跑开了。

桑迪尴尬地笑着,红色的眉毛向上拱了起来。"这个笨蛋——"他向着尴尬的公马摆了个轻视的手势。"——它不知道什么……硬起来了。"他眼睛迅速看了一眼汉丽埃塔,她正直直地盯着他,于是,他的脸突然通红,大力抓着自己明亮的发根。另外一个马夫,就是那个一言不发的男人,已经完全转过了头,她能看到的只是他的背影。

红头发的爱尔兰人说,"来吧,伙计们,让我们开始工作吧——现在,马上。"他一巴掌拍在"魔力先生"的屁股上,这样公马就可以伸直脖子看着嘶鸣的母马,并且向前踏了两步,因为爱尔兰人扶着它的阴茎找准了方向,它终于成功地刺入了母马。躺着的母马立刻平息了怒火。公马冲刺了一次,两次,但第二次似乎被它的屁股弹了回来,它四脚着地,生着气,摇着头,舌头傻傻地伸着,头在它一旁摇晃。

"看啊,它没踢!"有人喊出声。

"它不是没踢过。"桑迪回答说,尽管他确定它的脚踝已经被包裹上了厚厚的蓝膜护具。

"噢,不,噢,不。"爱尔兰人又拍了一下。"魔力先生"重新站了起来,蓄势待发,人们将它直直地放在母马马背上,这样它就可以正确地驾驭它,它的脖子弯曲着,就好像寒色海洋里的某个生物盖在比它小的小船之上。这一次，爱尔兰人转到公马的屁股后面，两边用力地挤压着，每次都重重地插入，这样，公马就可以肆无忌惮地撞进去，狠狠咬着母马的耳朵。母马平静地接纳着它，坚定地用四肢支撑着身体。不一会儿，就完成了。公马抽搐着，尾巴转了一圈。母马抬起头，公马将自己可怕的压倒性的重量压在母马身上休息，把脖子靠在母马脖子上厮磨着、嗅探着，舔着它半睁的眼皮。

小屋里，安静中透着尴尬。马夫们什么也没说，拉起"魔力先生"，于是它从母马身上掉了下来，重新回到地面，但是站在那里尴尬地颤抖着，马夫向后跳了一步稳住它。剧烈的颤抖反向传递着，就好像水流倒退般沿着它的小腿向上，到达背部边缘，沿着弯曲的马脖子传递到马头。在公马马头朝着母马的侧边摇晃的时候，连它的嘴唇都在颤抖，让人惊讶不已。但母马连头也没有回，汉丽埃塔看着它是如何缓慢调整自己的重量，直到舒服为止。种公马现在不在了，至少不在它身上了，似乎已经被忘却了。桑迪将它脚踝上的护具脱下来，它一甩甩到看不到的地方。"魔力先生"朝它迈了一步，但看得出来公马的腿还在颤抖，马夫再次冲上来，扶着公马宽阔的肚子，以防它晕倒。公马站定之后，尽管哀鸣着，带着悲伤和令人困惑的抱怨，前腿还是用力牵引着它离开了母马身边，它离开了。整个过程不过三四分钟的时间。

那个安静的马夫检查了一下小腿上沾着的东西，成功了，他牵着母马走向出口。

"一切顺利，"亨利说着，穿过小屋走向女儿，潮湿的手臂环上她的肩膀，"看，我跟你说过吧？就只是机械学。"

桑迪看着这两个人侧着身子倚在墙上，拣起乔纳森的手套和帽子，它们还在那儿。"如果一切顺利……"他轻声说着，仿佛自言自语。然后，嘴巴紧紧闭上。

159

亨利转向他:"告诉乔纳森,我再也不想在这儿看见他了,这是最终的决定。"

桑迪耸了耸肩:"好。"他把鸭舌帽在手里扭成一团。

另一个人,就是那个一言不发、现在正牵马走出去的马夫,发出嘶嘶的声音,好像害羞的笑声一般。他们都看着他,他的话是直接对着桑迪说的,但真正想说予听的对象似乎在别处。"那家伙不会再出现在这里说第二遍了。相信我,他自己有三个女儿。"然后,他清了清嗓子,迈出小屋,牵着母马走进了午后畅通无阻的阳光里。

◆

汉丽埃塔在她的笔记上这样写道:

"有生命的身体都是机器,由存活下来的基因规定程序。"——道金斯。

生命是合成的。它从现存的所有东西上搜集原材料。

共有一千七百万到四十亿种物种。人类就只发现并分类了其中的百分之一。

并没能将混乱分类。

◆

少女时期已然远去,隆起的胸部和渐宽的骨盆成了新的女性特征,与此同时,身体也将承受未来所有即将伴随而来的一切带来的压力(初潮、欢好、怀孕、生子)。朱迪斯有一刹那的直觉,或许是受到了自己少时记忆的启发，回忆起了少年时代痛并快乐的成长，于是给女儿打了电话，上一次她这么做，还是在去德国的时候。

汉丽埃塔耳朵里嗡嗡直响的全是亨利对她的要求：不要变得像你母亲一样烦，记住，优秀是一种习惯。箱子里全是书，有十磅重。那是她从家里老图书馆里仔仔细细挑出来的，其中有两本是有关地理调查的小册子，折了角的巴特拉姆，《比格尔号》，还有他们藏书中最古老的塞涅卡的书。当把最后一本有褶皱的藏书拿在手里时，她的视线落在了书旁边硬精装长长的黑色装订线上，惊讶于它依旧整齐的粗糙页面。这是一本分类账。它从美国殖民地开拓时期保存至今，她父亲还在上面做过标记。她从旁边抽出一本，翻着页面，企图在这牛皮纸上行云流水的文字中间找出一些铸刻其上的从前的印记。她回头看了一眼图书馆的门，好像怕被发现在做一件……她不知道怎么说，一件贪污的事儿一样。总目录上记录着的大部分都是数字符号，还有一些名称和图形，整本书的匀称得就好像是个无名的秘密，使得她思绪万千。她在其中用金银丝装饰的书上找到了一处类似遗嘱的字迹。

上面写着：

佛格家遗嘱：1840 年 9 月 23 日

爱德华·库珀·佛格，57 岁，资产清单估算

成年黑人男子一名，姓名，耶力，价值 900 美金

黑人男孩一名，姓名，丹尼斯，价值 600 美金

成年黑人男子一名，姓名，本约翰，价值 1000 美金

黑人男孩一名，姓名，西皮奥，价值 1000 美金

成年黑人女子一名，姓名，普瑞丝，价值 500 美金

黑人女孩一名，姓名，森纳，价值 350 美金

成年黑人女子一名，姓名，菲比，价值 350 美金

黑人男孩一名，姓名，亚当，价值 700 美金

黑人男孩一名，姓名，阿金，价值 700 美金

黑人男孩一名，姓名，科里，价值 700 美金

成年黑人男子一名，姓名，普林斯，价值 400 美金

黑人跛脚女孩一名，姓名，蒂洛，价值 100 美金

如若妻子丽珊德拉·迪尔·迪克逊身体健康，黑人女子普瑞丝和他的儿子西皮奥（直至长大成人）必须回到妻子出生地肯塔基州的费耶特县的司杜娜农场。

如若妻子丽珊德拉·迪尔·迪克逊去世，黑人女子普瑞丝和他的儿子西皮奥（直至长大成人）则按照继承的法律，属于里士满·库珀·佛格继承之遗产，必须留在佛格农场。

在本页所列姓名之后，记账簿还列举了家具：一张胡桃木的秘书桌购于列克星敦，赫波怀特式樱桃木橱柜购于纳什维尔。然后，评估做到一半，这一页就结束了，当她翻过来，纸的背面却什么都没有了，只有反向的模糊邮票印记。她匆忙在她笔记本上把这些抄了下来。

但这事儿像是种威胁，让人害怕，她感觉灼热的温度在炙烤着她的手指。该怎么办？上个世纪的这些残迹依旧如此激烈，足以燃烧起来。把它放好吧。她的确这样做了。这些名字，在蔓延的火焰中轻声重复着，随着书本合上，终于归于沉寂，而后，这黑色的记录被重新放回了书架，而这位置，她也会快速地全部忘掉，包括她的家族所创造的历史中的一页。

整件事情让杰米·巴罗陷入了忧伤——几乎可以算得上悲哀，但并不是一样的感觉。好马夫离开了农场，"大红"因为危险而被杀掉。女孩到陌生的地方待了大概三个星期，就好像她终于长大了，并且要

永远离开一般。她不在的时候，佛格先生的情绪不正常。但真正让巴罗情绪失常的，更多是由于马的死，这让他的生命之船似乎下沉了一些，至少，也像在上面戳了个洞。在机场时也是这种情绪，在他和马儿们一起乘飞机飞来飞去的很长一段时光里，他从来没有想过会发生这样的事，尽管他更愿意开车载着它们走来走去，飞机发动机的声音让他不安。不管怎样，他也喜欢整夜醒着，旁边放着一保温壶的咖啡，外加一张路线图，听着拖车轰隆隆的响声，还有马儿睡觉时转身的声音，就这样一直开往萨拉托加或者丘吉尔园马场，抑或回到农场或是别的什么地方。但今天，是最后一天了——或许他早就该想想，"大红"是不是也会在同一天偃旗息鼓？他不知道这是不是一种预兆或者其他什么。他提了提自己的牛仔裤，坐在机场的塑料椅子上，看着从辛辛那提飞来的飞机降落。他从头上摘下帽子，下意识地用手指去捋自己的头发，但摸到的只是光滑的头皮，只有一枚灰色的戒指独自挥舞着。他叹了口气。当一匹马像那样消失的时候，当你看到所有美好的东西在你还没有成功的时候就消失的时候，心里自私的想法就是，自己也想先走一步。他想到了蒂娜，而后，这双年老的眼睛搜寻到一群年轻的女孩，她们扭着翘臀欢腾而过，马尾辫随之晃动着。这是个退休的好日子，但这太奇怪了。就这样告别马场，去追随那些年轻的女孩和所有的一切，甚至不再抚摸马儿，脚下不再跺着灰尘。蒂娜会比他早走。一百万年以后，也许他就不会这么想了。他抽烟抽了很多年，年轻的时候也喝点酒。他动了动身子，眼珠好像在眼眶里卡疼了，于是转了转眼睛，然后把帽子从右边的空位拿到左边的空位上。卵巢癌转移到了大肠，第四期，只有六个月可活了，医生是这么说的。她伸出手，放在医生的前臂上，这样的动作杰米看到过无数次，每次她想让男孩们安静下来的时候都会这么做，然后说："把这样的事情告诉别人，你肯定也不好受。"好吧，毕竟他还是幸运的，真的太幸运了。他的运气，一如既往。在四个女孩里，他邀请了胸部最大的一个跳舞，刚好凑巧，她竟然那么大胆又聪明，而且一直比他聪明得多。她帮助他提高了阅读速度，这样，他才通过了高中的同等学力测试，不过，他从来没有讨厌过这个考试。但这也没什么关系。你抚摸马匹，需要通过什么考试呢？他满头银发的脑袋，在这场沉默的对话里不自觉地点了点头。他甚至对马没什么特别的爱好，他只是对马儿好。麦克库瑞家族把他带进来的时候总是说，派巴罗这个小男孩去，他很擅长骑马，他骑马时连马鞍和缰绳都不需要，马儿对他都很温柔。都是这样的话。但你没必要一定喜欢马，只要对它好就可以了。对人，也是一样。在这儿，他已经为佛格家工作了二十年，但也不能说他关心佛格，只是为他工作而已。如果有那么一个人可以评论巴罗，那这个人就是佛格，而且他说的就是对的。忠诚得如同猎犬，尽管你从来没有拥有过真的猎犬。有工作的意志和拉车马的力气。他不需要很高的工钱，在他值高工钱的时候，他也没有要求更多，总之，没人要求什么。他唯一需要的就是日复一日做着他擅长的工作。你喜欢或者不喜欢，下小雨或者下暴雨，不管怎样，你都要工作。你为了你喜欢的一切回到家。他喜欢蒂娜。他曾经是个粗暴的男孩，但却害羞得要命，这是真的。他父母把他教导成如此，并不是像现在的年轻人找借口一样，他对天发誓，这真的是事实。但蒂娜改变了他。他在她面前甚至羞于爆粗口，或者像他以前，做些粗鲁的动作。刚开始，在她面前他一个字都说不出来，只是尽全力想要塑造一个新的自我，就好像从头开始蹒跚学步，重新学习走路一样，所以，他需要她的指引。因为他知道：如果你做得不好，再好的女人也会褪掉善良的外衣。但如果你对着一个女人脱下恶劣的外衣，天堂里没有那么多的天使来保护你。她会反过来针对你，她会捡起你生命中丢下的东西，转而用它们来打败你。一个女人生起气来，远比他见过的男人厉害得多。她们总会利用你的心理。蒂娜也曾让他飘飘欲仙，或者至少差不多了，也让他想去学习，去变得更好，变得以自己的方式活泼起来。也曾经有过这样的时候，他觉得自己永远都会那么善良，看起来那么阳光，但他错了，那是她。对他来说，那太难了。而她是这样的女人。她曾经从马背上掉了下来，侧身着地，但她唯一说的就是："不，不，我很好，在泻利盐里泡一会儿就好了。"她拒绝去医院看医生，他架着她走回房子，整个人浸在浴缸里，直到她在水里晕了过去，他才带她去医院，医生说她的腿断了两处。她不是个会哭的人，的确不是，尽管她很温暖，但却不是感性的那类人。相反，巴罗才是那个会流眼泪的。除了那一次，蒂娜挺过了那次事故。当她第一次醒来张嘴说话时，她哭了。她生了四个儿子，四个虔诚的大老爷们——除了其中一个刚刚出世——就在这个时候，她哭了，因为没能生出一个女儿来。她那天说了些难听的话，他永远都忘不掉。但她是个好人。他手臂环抱着她的肚子，闭上眼睛。他回忆着很早以前的一天，她穿着蓝色的裙子、白色的衬衫，跳着舞。穿着白衬衫、蓝裙子的蒂娜简直就是他生命中最美的合唱曲。他回忆起他跟她跳舞的时候，她那小小的汗珠如此触动了他的心。有人曾经说过，你想要的是一个好姑娘，也是一个湿姑娘。那时候，他不太懂那是什么意思，那时候他太无知了，但当他看到她胳膊下那些汗珠的时候，他内心有些冲动。在那场舞会上，他们互相激发了对方一整晚。但在他们订婚之前，她不允许他碰她，然而，当那一天真的来了，天哪，他发现那天晚上自己绝对毫不留情。就好像狗趴在骨头上，他变换着自己能想到的所有姿势。在某个时刻，看上去似乎有很多胳膊和腿以奇怪的姿势指向不同的方向，就好像床上不止有两个人一样。"你这是想对我做什么？"她如此说，嘲笑着他，本以为一个女人的笑可以让他溃败，但并非如此。蒂娜的笑是件好事。那意味着你做得对，的确，他们做得都很对。

巴罗抬头看了看,看到了抵达的标志,重新看了看表。他这会儿站了起来,但并不是很迅速。他的膝盖先用了用力,而后才把屁股抬了起来,最后胸膛才找到了重心。是时候退休了,蒂娜生病不生病都要退了。他的关节炎也很严重了。

然后,他看到了女孩。她从通道里走了出来,引人注目的是她身上的背包和他从未见过的黄色毯子,那肯定是她从飞机上的服务员那里拿来的。他看着她扫视着人群,意识到跟她走的时候相比,她现在消瘦了很多,就只剩皮包骨头了。她站在那儿,行人经过她身边,就好像小溪里的水流过一块孤独的石头。他想着,她一定是在找佛格先生,所以他抬起了一条手臂,嘎嘣一声骨头响,他的手臂再也不能完全伸直。她看到了他,有一秒钟的时间看起来有些失望。尽管他老了,尽管他就要退休了,尽管他看过一切、尝试过一切、也坚持活过了一切,但这还是微微伤到了他。他必须对自己微笑,她看到他笑了,小跑过来,站在他面前。她看起来似乎已经长成大姑娘了。尽管身材还像个男孩子一样,没有曲线,或许,永远也就这样了,真是可怜。她像个小鸭子一样把头伸出来,靠在他胸膛里。她再也不把全身贴上去拥抱别人了。看着小女孩长大是件让人困惑且悲哀的事。

"嘿,亲爱的。"他说。

"嗨。"她抬头看向他的脸,"你的头发看起来很滑稽。爸爸呢?"

"嗯,他本来是打算来接你的,但是……他因为有点儿不舒服。"他从头顶看过去,手指穿过自己的发丝,看到通道的开口正移回到飞机上,想着,这辈子他大概没有机会再登上飞机了。这是他能想到的最糟糕的事。

"他生病了?"

"没有,事实上他没生病。他只是情绪有些不正常。他听到了些不好的消息。今天,所有人都听到了不好的消息。"他并没有说他看到佛格先生大发雷霆，也没有告诉她佛格先生说的一些话，一切归于平静之后，这样的情绪会让他尴尬。但也许只有他不明白，也许只有他从不以那样的方式关心马，他知道什么呢？他只是个特别简单的家伙。

"什么坏消息？"

"'大红'今天走了，'秘书处'走了。"

汉丽埃塔眼睛突然睁大："什么？怎么回事？"那匹马只有十九岁。

"蹄叶炎。病灶已经开始沿着腿向上蔓延，今天，他们不得不杀掉了它。"

"真该死！"她说。

"没必要说脏话。"他开口道，然后继续说，"是的，他用那匹马制造了一匹真正优秀的马。"他不想说话，这是必然的。这匹马是他这辈子见过的最好的东西，在他的年代里，他早已看到过一些让人称奇的马了。

她说："我猜，爸爸一定很难过，是吗？"

"嗯，有点。他会好起来的。但我还是觉得我来接你会比较好。"他笑着说。

然后，她叹了口气，他拍了拍她的肩膀。他们朝着取行李处走去，他们并肩走着，突然她说："我想，'地狱之巫'怀孕了倒是件好事。"

"应该是的。"

"但如果是匹小母马呢？爸爸想要的可是小公马。"

"听着，"巴罗开口，然后说了一些他平时从来不会说的话，听起来似乎更像批评，"你父亲不应该祈求那样的事。就像人有生老病死一样。不管生活给你什么，你都要开心。"但接着，他突然想到了蒂娜，想到了她十五天前的哭泣，他在想，好吧，我或许错了，即使这是你工作的最后一天，你也不能对你的老板评头论足。

"爸爸应该要一匹小公马。"汉丽埃塔坚持着，"如果他得不到，他永远都不会让我安静地待着。"

"那是怎么一回事？"

"噢，"她说，"父亲一忙起工作来，如果我长时间不待在他身边，他会疯掉。你知道的，都是散步聊天、读科学的东西，或者其他什么。"

"好吧，那是你的生活。"巴罗突然说道，他没来得及让自己住口。很显然，他的舌头今天要做自己所有想做的事。

"我想……"汉丽埃塔缓缓开口。

"小甜心，继续做你自己想做的事。你会继续长大，变成你想成为的任何人。"这会儿，他真的大笑了一会儿，然后开始咳嗽；于是，她转头奇怪地看着他。上帝啊，他想，闭上我的嘴吧。巴罗，福音传道者。我越来越老了，也越来越无礼。确实是时候退休了。

"我就像奇诺的箭。"她说。

"对我来说，你太聪明了。"巴罗摇着头说道，然后，这位老者用胳膊搂住她，好似在帮助这个年轻女孩穿过机场到卡车那儿去，好似她才是那个步子已经不稳、屁股和膝盖都已经不中用的那个，而他不是。

他们离开了机场。在经过科尼马场的时候，他们不约而同地看向那里，看着大片大片的绿色牧草、小路、围栏，还有头顶上蓝得让人惊讶的天空。车子跟随着傍晚的脚步，像溪流一般流淌过这片土地。

"我盼着秋天的集会呢。"汉丽埃塔说。但巴罗没有回答，还聚精会神思考着，自己已经六十四岁了，马上就要告别这座城市，告别这里的交通，告别所有在他生命中曾经出现的变化，告别今天他不经意

168

间看到的一切。他清了清嗓子，脑海中又浮现出了那匹漂亮的大红马，现在它死了，他摇了摇头。它今天就像条鱼一般，像一条一直往回游的鱼。它马上就要被清理、烧成菜肴了。

他旁边的女孩闭上了眼睛，好像睡着了。他时不时看她一眼，心中满是善意，大部分的时间里车里都静静的。

当他们开到离巴黎镇远一点的郊区的时候，她打了个哈欠，伸了个懒腰，睁开了眼睛。

老巴罗说："我告诉过你我人生中最美好的夜晚吗？"

"我想没有。"她又打了个哈欠。

"好吧。"他顿了顿，因为开始回忆的感觉很好，也是因为他在想，最美好的是新婚之夜，还是男孩们出生的那个晚上呢？那些都接近完美，但这个才是最美好的，这是真的。"当我在你这么大的时候，"他说，"我还和麦克库瑞一家住在一起，他们把我抚养长大。我家人没死，但是麦克库瑞家养大了我。有点复杂，不去纠结了。无论如何，某一个晚上，那是个夏天的夜晚，他们不得不把三十头牛赶到芒特斯特灵的市场上卖掉。他们住的地方离你们大概只有几英里。所以，我和其中一个比我大的男孩，我们备好两匹马——他们有夸特马——我们赶着那三十头牛去芒特斯特灵。我们从日落走到了日出。"然后，巴罗停了下来。

"发生了什么有趣的事吗？"汉丽埃塔说。

他惊讶地看向她，在他思考的时候，稍稍放慢了车速。他开始说的时候听上去并没有什么特别的。"我说不清，"他说，"我想我要说的是……好吧，月亮很圆，所以一路上很明亮，而且那还是夏天，所以在外面感觉很好。并且，那些牛没给我们制造一丁点儿的麻烦。另外一个男孩骑着马走在路中间，我垫后，让那些牛正好走在路中间。一整个晚上我们都没遇到人。我想，这有点一反常态。感觉特别好。"

"你们到那儿之后有人接你们吗?"汉丽埃塔礼貌地问。

"没有。我想,我们就直接骑马回去了。不用赶牛,我们很快就到了。"

"那你一定很累。"

"应该是的,这个我不太记得了。"

他们继续开车前行,这次,他很认真地减了速,马儿们都在盯着他们看。老巴罗想,这是我最后一次来这儿了。他远远望着整片农场,他在这儿度过了成年生活的最后二十年。现在,他要回家陪他的妻子了,她马上就要走了。

"噢!"他开口说道。

"怎么了?"

他摇了摇头,什么也没说。然后,就在视线清晰的时候,他看到亨利站在椭圆形的走廊门口,手里端着一杯像波本威士忌或者冰茶一样的东西,他没做什么事,就只是站在走廊里。但发生了另一件奇怪的事。老巴罗的胃突然绞在一起,他突然感到非常害怕,这种痛苦的感觉太强烈、太陌生,他一会儿一定要告诉他的妻子,她听完就会说:"或许上帝想让你对那个可怜的小女孩说点什么吧。"

他突然停了车,离着走廊旁这个目的地还有很远,车停在了空地上。他没有把头转向汉丽埃塔,他的眼睛直直地看着她父亲的身影,事实上,他舌头上似乎有别的什么东西,一整天以来都在,他不能再让它留着了,他想哭了。"你多大了,汉丽埃塔?"

"差不多要十四岁了。"

"好,"他说,"那就差不多长大了,到年龄该找男朋友了。"

"好。"她安静地说。

他接着说:"也是时候该开始想想自己想要什么了。终有一天,你也会成家。"

她变得有点尴尬，挪了挪身子。"但如果我不想成家呢？"她说。

现在，他转过身看着她，她看到他眼睛里含着泪水，惊讶不已。"有时候……"他说，"有些时候你生命中必须有的东西你根本不想要，就只是因为那是必须要有的。但只有回过来去看，你才能够释然。你懂我意思吗？"

她慢慢地摇了摇头。

"好吧，"他叹了口气，突然大笑了起来，就好像在清理他们谈话的小屋里密布的蜘蛛网，"是啊，我就猜你不懂。我也不知道我有没有把自己的想法表达清楚。今天我过得很有趣，今天是我退休的日子。"

"你什么的日子？你要退休？你要走了？"

"是啊，我要回家陪我妻子。但那在巴黎镇的另一头，差不多要到米德尔堡了。"

"噢。"汉丽埃塔向下看着她的膝盖。她有种强烈的感觉，她父亲正从走廊那儿盯着她，她抬头向上看时，发现他的姿势都没有变——他一直斜靠在门廊柱上。但是他的身体看上去很生气，她知道是因为什么。

"巴罗，"她说，"我可以去看你吗？"

"小甜饼，只要你想来，随时都可以来看老巴罗和蒂娜。"

然后，她靠了过去，嘴唇贴上他苍老的面颊。他脸上的皱纹和她柔软的嘴唇比起来，就好像老旧的皮革。

"爸爸在等着呢。"她说。

"是啊，是啊，我想他是在等着。"

◆

尽管她已经接近一个月没有看到他了，但她还是想保持距离。她不知道为什么。她想大概是因为他生气了。

他说:"你走以后,我对上帝发誓,天都塌了。"

她抬头看着他,看出了他脸上强烈的责备。那几乎让她窒息,她看到他那奔涌而来的情绪,犹如她熟悉的脸上的一颗焰色痣。她只能小声说:"'秘书处'的死不是我的错。"

"我没说那是你的错。"他厉声说道。

"那你为什么骂我?"

"为什么去了三个星期,而不是一年、三年!别告诉我是朱迪斯说的——"

"是妈妈想……但你同意的!"

"我从来没同意过。你妈妈以为她就能——"

现在,她看向他,耳朵里嗡嗡嗡全是他说的话,它们形成小旋涡,飞速拧紧。沉默、无情、固执、冷酷、抗拒。他第一次如此被拒绝,以前从来没有过。他看到了情绪的变化,那是沉默的暴力,这让他震惊。

"汉丽埃塔。"他说着伸出手,抓住她的肩膀把她拉向他。他一碰到她,她就不由自主地意识到,她到底离家多久了。她回拥着他,像是要把他捏碎。她太想家了,尽管现在,她终于回到了家,最终的家。她没有抬头,也没有低头看,但她的脸直接埋在了他的胸膛里,紧到无法呼吸。她感觉到了后背上如同钢铁般的手掌。每当他这样的时候,每当他的脸色像这样的时候,她宁可靠着他,也不要抬头看他。但最终,她还是要呼吸,于是抬起了头。他弯下腰,吻了她的唇。他的嘴唇是张开的,她的也是,因为她太想呼吸到空气了。

孩子,太简单了,真的,在生物多样性广阔而又无法改变的模式里,在对完美物种的理想追求里:要怪就只能怪那些独特的特点了。佛格家族,曾经是那么明显的次级物种,迅速变成了一个封闭的基因库,里面全都是他们自己的自然历史。你没有要求变成这个分类单位的一部分,但你就在这儿了——红头发的玫瑰花蕾、掠夺的恶棍、爸爸的小女孩。在从前,你可能已经和另一种次级物种结合了,发现了身体上奇怪的迹象,处在异质的边缘。但培育时间足够长的话,一个次级品种总会凭借自身的力量变成真正的物种,拥有自己独特的标记以及独有的特征。马上,你就会释放出酸味,很快,其他的动物就会意识到你的不同,他们将尾巴朝向你,灰溜溜地逃走。但不要怪你父亲,即使他就是你独特特征的制造者,但他也是一个他并不需要的基因库。他也是为了生存设计出的机器。

"汉丽埃塔!"

她没睡着,甚至都没合眼,她就是在浪费他叫她名字的这点时间,声音越来越响,都在前厅里听到回音了。她拿床单紧紧地裹着自己,像裹着寿衣一样,溜下楼梯来,脸上毫无血色。

他在后面的书房里,褐色的脸上十分安静。他一直都是那副样子,始终如一,他的脸像是精心摆放的宴会桌,上面布满了好东西。她有那么一刻在想,她是不是疯了,她是不是记错了。

"过来,小甜心。"他说,"我一直在等对的时机,现在就是了……我想要给你看看,都有些什么将属于你——既然你母亲已经决定要和一个德国犹太人混在一起了。"

亨利开始在他桌子上一摞摞的文件、卷宗里翻来翻去,从其中拽出几份文件,朝她递了出去。她把她的未来拿在手里,就如同加热器在咕嘟咕嘟冒着热气,表达着谴责的怒气。整间房子都在为她呼吸着。

"这是你的遗嘱吗?"她对自己冷静的声音感到惊讶。听起来这声音好像是从很远的地方传过来的,是从别人的身体里发出来的。

他抬起头,沿着老花镜的银边看着她。"几年以后,等你十八岁了,我就把遗嘱改掉,把你作为我死后的唯一继承人。如果我残疾了，你也会被赋予受委托权。而这些，"他说着，伸手去拿另一份文件，"是马匹保险文件的复印件。"

其中一些文件是关于死亡率、预期马驹数量以及第一季度萧条期的条款。一些火灾、雷电以及运输保险，对所有马匹都有效。保费从五千到两万五不等。她计算了一下农场上母马、种马以及小马的数量。

"你每年都要买这些吗？"她静静地说道，感到十分震惊。

"这才刚开始，只是一半。"他说，"这是房屋的。"

他递给她的这沓文件像词典那么厚重。她要靠着桌子顶上的皮革撑住它们。在她草草翻阅的时候才发现，就是这张桌子，产于十七世纪的意大利，材料是桃花心木，前裙板上有着风车样式的中等圆花雕饰，鉴定价值为十五万美金。她以前甚至都没看过它一眼，真的没有。

"皮革被换过了，这影响了它的价值。但对这房子来说，它也是一件高档的家具了。我们所有的物件，几乎都是美国或者英国货。"他说。

她继续读着。接下来是她卧室的长腿衣柜，她刚学会走路的时候还曾经在柜子底下玩耍，现在看来那不是玩具，而是产于波士顿的桃花心木高脚柜，八年前估价时，就已经值两万美金，现在那里面塞满了穿旧的牛仔裤和内衣裤，衣物都溢出了抽屉。她旁边的桌子是十八世纪八十年代的纽黑文生产的。她浏览了全部的内容，它们丰富到让人想吐。物件遍布房子的各个角落，一共有六个碗柜，不止在餐厅里，楼上的走廊里也有一个，有一个甚至在客房里，有着树瘤纹路的抽屉里竟然放着亚麻织物。此外，还有十二张老波士顿饼形桌放在不同的房间，多出来的六张床、若干乔治王朝时代的书桌、摄政时期的椅子、七弦琴桌、桃花心木表饰的管家桌，还有一个谢拉顿风格的五斗衣柜，上面刻有一排排莨苕叶形的装饰，还有能转动的狮子形状的脚。铺着天鹅绒的帝国沙发，其中有两个她没躺过，因为放在阁楼上。还有雪花石灯、黑色的云艺灯。

两个图书馆里有一千册初版图书，英国韦奇伍德瓷器、费城和伦敦产的镜子、爪足鱼缸、英国的黄铜花盆、她一辈子从未用过的三套斯波德式瓷器以及四个肯塔基州的糖罐子，所有加起来价值超过四万美金。四个糖罐子？她的脑子突然短路了，只记得有一个在起居室里，平整的罐子里装满了纳尔逊县产的波本威士忌。她不知道这房子里还可能在哪儿会冒出其他什么特别值钱的东西。她的目光忽略了它们，忽略了所有这一切，因为它们一直就在这儿，就好像扎根在这儿一样，或者这本来就是他父亲的一部分。

在她仔细阅读的时候，亨利一直看着她，看着她脸上神秘而又模糊的变化。"这是你会继承的财产，"他认真地说，"这都是我为你存下的。我很大胆地投资，一改我父亲节省的作风。我们的财富至少可以追溯到大革命时期。它们经历了五次战争以及数不清的市场危机。我希望我把留给你承担的财产问题都交代清楚了。你清楚了吗？"

"是的。"她小声地说。

"汉丽埃塔，有时候，有些东西看起来似乎是很大的挑战，但实际上操作起来是可控的。"他说，"这就是我一辈子都在努力做的事。确定好你所有内部资源的方向，扩大你的外部资源。你一直都会走在灾难和完美的临界点上。所有一切，我指的是全部，都可以用来实现更大的目标。你明白吗？"

但这一次，汉丽埃塔重新低头看向文件，她的眼睛睁得大大的，说："我的上帝啊。"

那幅画着两只蓝色鸟的画——她想过它值多少钱吗？她转身从房间里走出去，冲过大厅，跑过的时候她突然很明显地注意到了嵌在墙里的乳白色壁柜，烛台上烛光闪烁，就好像无光的暗淡的褐色宝石，脚下的奥布松地毯在她跑向客厅的途中减弱了她的脚步声，所以，任何来过佛格家族的人都辨别不出她的脚步声。她摸索着找到电灯开关，然后，在打开灯的一刹那，她意识到，半打灯和烛台同时点亮是什么概念，整个房间沉浸在人造的朦胧的玫瑰夜色中。客厅太完美了，简直如同博物馆一般，纯净的繁复，极度的精致。她在那幅画前停了下来，它挂在紫红色沙发上面的墙上，自她有记忆开始它就挂在那儿了。两只哥伦比亚檀鸟栖息在枯枝上，两只鸟的头都低垂着，单纯到对自己的魅力毫不知情，完全没注意到自己深色的英气的冠、天鹅绒般的尾巴。它们蓝色的羽毛美得让人眼睛疼。这个画家是照着活着的还是死掉的鸟画出来的？也许他为了画这幅画把它们杀掉了。有时候，的确会有这种事情。被人声称特别爱的东西，最后总是会被杀掉。也许，只是可能——尽管在多年以后，当汉丽埃塔自己怀孕的时候才会想起——在画家找到某个创作主体的时候，他总是想象着自己创作出来的东西更美。为什么？她现在想的是，难道没有人可以让这些东西自个儿待着吗？

"我在费城找到它的，两万五千美金，初版。肯塔基州最原始的财产回到了肯塔基州，你觉得怎么样？"

她没有回头，只是感觉在如此奢华、富丽堂皇的房子里，他们两个人显得如此渺小。

"这是你的。"他又说了一遍。然后，她转过身，可能是第一次，真正地看着他。

◆

在她的笔记本上，她写道：

176

你以为自己很聪明，但你错了。你太古董了。你像个古生物一样，你感到很骄傲；但是，父亲，恐龙就是恐龙。你在传播错误的文化观念，这种观念同正确观念一样，同样寄生在大脑中。

——"人种"是一个词，有人制造了这个词。"奇妙的"也是一个词。

——人种的分类是前后矛盾的，因为衡量的标准不是一成不变的。在所有关于分类的理念里，没有任何可以持久不变的东西。

——看吧，特性并没有严格的分界线。每种特性都有渐变的层次，包括肤色。基因的流动就像冰河融化，是一点点慢慢形成的。

——种族内部的分布一点都不均匀，在任何同种同文化的族群中，百分之八十五会产生变异。

——IQ？男人和女人有不同的脑容积，这与IQ的大小没有一点关系。所有人一直知道这个道理。

——很久以前，人类学家就打败了人种改良者。恐怕在环境的压力和影响下，某些不可改变的特性也会发生变化。"大部分的决定权并不掌握在基因手中。"——E. O. 威尔逊。

——的确存在不同，这是个事实，但问题在于，这不是种族的区别。我们现在所讨论的是，只是在地理和气候的制约下，产生的很小很小的基因区别。这些限制也在不断变化着，所以，描述也在发生变化。阿加西确实把黑人和白人称为不同的物种！静态的定义是没有用的。

父亲，你知道吗，他们曾经认为只有两种不同的物种，植物和动物。他们确实也直接将广博的世界简单地分成了两部分。然而接下来，似乎一切更复杂了，他们最终决定应该有五个物种。他们把植物分成了三个额外的种类：无核原虫类，所以，细菌和藻类都被放在了这一类中；原生生物，指的是真核生物；还有一个就是真菌。

他们曾经以为大的区别只存在于大类中，例如，植物、动物或者其他什么种类。但你看得越仔细就越会发现，其实随便两个生物都有很大的区别。这是个体发生学或者说种系发生学的问题。有些不同是可见的，但还有一些区别，小到染色体层面，我们凭肉眼是看不到的。每一个新生命都包含基因突变，所以总是有无限的可能性。在地球上，共有六十亿种物种。

◆

从德国回来两个星期以后，她就把自己交给了一个爱尔兰人，他接受了她。这一切并不费力。她只是很简单地一直跟着他在马厩那儿转悠，眼睛都不眨地盯着他，直到他再也无法忽视，注意到了她的注视。最终，他与她十指相握，她跟着他绕着拐角转了个弯，走进了饲料间。他微微吻了吻她的胸部，告诉她，她体形很棒，然后躺下来，趴在了她身上，然后对她做了那样的事。她一句话都没有说，看着他靠在她身上，姿势尴尬地弯着腰，牛仔裤可笑地退到他的工靴上，卷成一团。然后，他朝她笑了笑，那是她唯——次看到他笑，尽管只有一秒钟。但她看到那微笑之后，突然有些害怕，她脑子里已经开始回想这种行为——怎样才能不一样一点，更好一点，怎样才能再也不让人那样安静地对她做这样的事。然而，她没有。当这个爱尔兰人再一次想起她，带着他狡猾的笑容和戏谑的眼神看着她的时候，她直直地看向他的身后，准备走开。他拽住了她的胳膊，她直截了当地开口："别来打扰我。"

她跟其他的马夫也尝试过，那些人并没有因为她是雇主的女儿、年龄尚小就害羞地躲开她的进攻。少数的几个人似乎在罪恶的欲望和内心害怕的双重驱使下接受了她。这些男人都是她要抗争的——他们都尝试按照自己的意愿、借助明显的体重优势把她压在身下——只有打败他们才能爬到顶峰。她很快就意识到，自己应该拿走所有她能得到的东西，因为这些男人根本不能像满足自己一样带给她快乐。她无从知道，这些男人是最不值得拥有的东西，他们的自控之门完全被破坏了，毫无挽回的余地，最原始的同情也被低贱的本能所践踏。她不知道怎样追求更好的东西。除了他们结实、陌生的身体，没什么是重要的，而这也是她在躲避的。当她像他们那样在他们身上律动之时，她发现这种能让自己欢愉的最原始的方法能够向内推移到内心深处那些黑暗的角落，没人能够看见那儿，也没人在那儿为她取过名字。之前所有那些浮于表面的、直截了当的东西，此刻突然变得如此深刻，让人感到颤抖、害怕。天生的本能，这是唯一属于她的东西，它不需要思考，于是她沉迷于此。但做成这件事必须有个男人，她必须有个可以承受此等压力的男人。

◆

她定期每隔一周的周末给母亲打个电话。朱迪斯拿起听筒，多半情况下，汉丽埃塔才刚刚说了"是我"，还没来得及继续说话，她母亲就会以一种异常但又越来越频繁的方式哭起来。她的声音立即穿越大陆，穿过无痕的空气，传了过来。

朱迪斯："噢，汉丽埃塔，我离开是不是错了？告诉我，你父亲对你真的好。"

汉丽埃塔："应该吧。"

朱迪斯："应该？天哪，他最好这样做了。有时候我觉得，那时候我应该争取监护权的，但跟他之间的战争，我从来没有赢过。有时候，我……"

汉丽埃塔："什么？"

朱迪斯："我，我不知道……我不知道我在想什么。我想，我……只是，男人们好像对了解女人根本不感兴趣。就算是正派的好男人也一样。在兴奋过后，最终都会归于孤独。你感到过孤独吗？"

汉丽埃塔："并没有。"

噢，亲爱的妈妈……

朱迪斯："即使我不在身边，也不会吗？"

汉丽埃塔："不会。我有爸爸。我想，我会想老巴罗。"

朱迪斯："噢。"

汉丽埃塔："妈妈，别哭。"

亲爱的妈妈，这儿什么都没有。

朱迪斯："只是……为什么你要舍弃所有却只能理解一点点？我觉得很无力，就好像实际上什么都没有改变。你只是用一样东西换了另一样，最终还是一样的。不管你做什么，汉丽埃塔，不要长大。我发誓，他们已经操纵了整场游戏，所以女人永远不可能获胜。我不知道他们为什么这么恨我们。"

汉丽埃塔："我觉得我并没有开始选择任何东西，妈妈。"

朱迪斯："我希望你什么都不知道。"

汉丽埃塔："你不能回来吗？"

朱迪斯："你知道吗？即使我在离你这么远的地方，我还是爱你的。"

那你为什么在那时候如此无情地丢下我？

汉丽埃塔："好了，我得挂了。"

有人走在我们前面，有人在后面，但没人跟我们一样。

朱迪斯："噢，宝贝儿。他们应该给我取名叫'后悔'，就跟那匹该死的马一样。"

她从房子里出来,开始朝很远的地方走去,那里远离人群。她沿途经过米勒家的地,好奇的领头牛们一直跟着她,直到被地界的围栏拦住,再也没法跟下去。漆黑的眼睛,无情的一群。她在想,如果牛可以开口说话,会对她说些什么,又会问些什么。

她发现,在距离道路一英里的地方有一百五十英亩的土地正在出售。这块土地上有两条小溪,一座白色的房子坐落在稍稍高起的土地上,就好像白色的柱子立在柱基上。这块地跟佛格家的土地差不多大,尽管这所房子更大,房子后的土地也没有陷下去形成盆地状。这家人已经搬去佛罗里达了,没有在这儿等买家。接着,冬天来了。每天早上,她都沿着车道徒步,她挥动着的手臂激起阵阵寒气,直到她来到一面冻僵的墙前。这是一所房子的后墙,透过窗子她可以看到里面白色厨房里满是闪闪发光的玻璃物件,地上是白色的瓷砖,上面还留着最后进来的人灰蒙蒙的脚印。她会倚在墙上,把她的羊毛帽子拉下来盖住耳朵,把冻红的手揣进大衣口袋里。然后,就在天寒地冻中待着一动不动,她在与大地交流。老牧草在冬天像死去一般,她喜欢冬天,这个季节没有任何顾虑,它清理了大部分的生命,只剩下极少强壮的小鸟和一些冬天的野兔出来觅食。枯草挥舞着,天空惨淡无云,送出寒冷激烈的风,这比静止的空气冷得多,击打着脆弱的种子。某些日子里,它们如甜言蜜语般洒下微雪。她可以倚在墙上待很久,动也不动,俨然成为冬日雕像群中的一部分,那其中有冷漠的树、黑色的围栏——它们现在是白色了,还有马厩,只有在风仓皇吹过时她才会闭上眼睛。就这样,一待就是几个小时。

但到四月末,"待售"的标志被拿掉了。其中一片废弃的牧场长满了黑麦,长得和她屁股差不多高。这儿还是没见有人。她走进牧场深处,身上立刻沾满了露水,就好像涉入海水的水鸟。牛仔裤变得湿重,贴在她的大腿上,她看着天渐渐亮了起来。黑麦穗摇曳晃动,辫子般的穗尖上,露珠闪闪发着白光,就像是消失许久的冬天野兔的兽皮。天空操纵着它的风之臂膀低沉地拂过麦浪,发出瑟瑟和鸣。就在这特殊的时刻,从第一缕光到太阳出现之间,鸟儿不是歌唱,而是为黎明尖叫,就好像等待本身就是对它们的某种侵犯。然后,当太阳如新月般出现在地平线上时,鸟儿们重新平静下来,首先开始呼朋引伴,生存的问题解决了。世界更新着自己,维护着微微害怕的鸟儿,维护着站在那儿一动不动的女孩,寒冷刺骨,小心警觉。

后来,有一天早上,汉丽埃塔很早就到了那个地方,发现有两辆白色的SUV跟在一辆货车后面,停在了房子的车道上。两天后,她和父亲恰巧路过,看到房子前面的牧草被割掉了,运来了很多马,她走过的时候,马儿们转过头,用漆黑冷漠的眼睛盯着她。

一九九〇年一个温和的冬夜,"地狱之巫"生下了一匹小母马。因为不是一匹小公马,却是一匹眼睛大大的温柔母马,亨利沉浸在最初的失望中,根本提不起精神为它起名字。汉丽埃塔为了纪念小母马的父系祖先"秘书处",也为了向上天祈求它能有异常无敌的速度,为它取名为"秒之神速"。

赛马的一生开始了:首先,有了光彩的新生儿,它们都有漆黑的眼睛、过长甚至有点笨拙的马腿。"秒之神速"在众多马匹中,腿更长更加笨拙,长长的棕色马腿像拐杖一般,显示出它无法驾驭的高度。因为还未断奶,它仍旧被拴在"地狱之巫"旁边,但现在已经给它套上了缰绳,牵着它四处探索牧场的边界。在马夫忽闪的目光中,它被带到了崭新的围场中,这里还有其他同样离开母亲的小马驹,惊恐、害怕,在草地上转着圈;而后,在人类的手中变得温和,在马夫的注视下长到一岁,马腿变得柔软,一点点慢慢有了父辈的样子。它依旧很小,柔弱的优雅马腿,如同装饰般的腰肢,但却拥有了尖锐的马头和同样钢铁般睿智的眼睛，还有了能让它开口咬人的傲慢。马夫们开始提防它，等到它十八个月大的时候，被运到马训练中心，开始了安装马鞍、缰绳的过程。他们还是很周到，很细心。一个男人忘记了这些，就丢掉了两根手指，但他自那以后再也没忘记过。小母马在那儿的训练很有规律，固定模式的喂食、喝水，在马厩里停下来、绕着圈走，学会习惯马鞍的存在和肚子上的束缚。有人第一次像麻袋一样爬在它背上时，它突然惊叫、呜呜出声。它也稍稍抗争了一会儿，但最后还是接受了。但当再次装上马鞍、有人骑了上去时，这次，它突然弓背跃起，将人甩到地上，嘴里发出钻心的哀鸣，让其他的马儿也开始不安地跳跃起来。后来，也接受了，它们都将如此，一匹接一匹。它们现在已经被驯服了，开始学着在户外的道路上慢跑，之后是一匹接一匹地小跑，成群地疾跑，然后，小母马开始展现出它遗传的优势了——平衡、自信，如银行的存款般不断增长的毅力。

严格训练的第二个年头，也是有关键转折的一年，就这样安静地开始了。"秒之神速"终于得到了释放，体重也增加了。它脖子瘦长，眼睛明亮，并没有长高，而是像个短跑选手般一层层丰满了起来，肌肉也隆起来了，这着实让大家惊讶。天气开始转暖，马开始换毛了，于是，它回到跑道进行训练。它像旋转木马一样一圈圈跑着，减掉了冬天积累的脂肪，兽皮下开始出现零星的斑点，就好像太阳照射下的光斑。它学会了在马群中借助马与马之间的气流滑动奔跑，以此来节省自己的体力，然后以绝对的优势完成全程。但它只是个年轻的初赛者，有个致命的弱点：在起跑栏处会犹豫不决。在四个男人从后面硬是将它推到起跑栏中的时候，它会转身、停顿、厉声嘶吼。曾经有一次在闸箱里，它一直颤抖着、嘶鸣着，直到他们将它拉了出来，转了个方向。这样的催促、哀鸣和拖拽一直重复着，直到最后，他们都筋疲力尽了，人和马一样疲惫。它突然不再坚持，在恐惧得即将崩溃的

183

边缘控制住了自己，这时间长度刚好合格，然后，在听到铃声后，干净利索地奔出门，算是拿到了它的入场券。它闪闪发光，有着强壮的肌肉和斑纹，害怕又恐惧。它已经作好了参赛的准备。

它的确参加了比赛。他们的确从来也没看到过，遗传的家族基因起到的作用能让它跑多远。如果是从门里被推出来的，它依旧会这般笨拙，但在跑到一半的时候会越来越快，快得可怕，快得如同年轻的小公马、喷射器、迅速抽搐的荡妇，汉丽埃塔喜欢这么形容。它从来都没有它祖辈们的那种优雅，它像一只精力旺盛的狗，前腿在空气中挥舞，以至于亨利在看它比赛时，总是用《赛马消息报》盖住头，双颊通红。但它赢了——在它少年期赢了四个第一和太多的第二。在它三岁的那个春天，它到了可以去参加德比大赛的年纪了。它被拉出来时眼中已经没有了恐惧，在又湿又脏的赛道也不会打滑，前一年的颤抖已经在越来越精进的竞争中被它烧掉了。只有它的速度在不断提升。亨利·佛格将眼光投向了德比大赛。

在十九岁的时候，但凡汉丽埃塔见过的马她都能记住它们的名字。从那些耐力明星，像"银色魅力""放纵"以及"雷电峡谷"，到那些仅仅在一次经典大赛中熠熠夺目、后来很快消失在公众视野中的马匹，所有这些都印在她的脑海里。这不是热爱或激情，而是她头脑中的分类学在起着作用。

不断的比赛生活和一个女骑师的日常生活已经分不清了，也正是这种生活将一些奇怪的、令人震惊的细节留存了下来。她记得，有一天，在马鞍形的围场中，一匹马惊恐地一跃而起，朝后摔了过去，摔碎了自己的头骨，马血像红旗一样喷洒在砖头上——马被立刻执行了安乐死，它的舌头被自己紧闭的牙关咬成两截。有一天，她遇到了自己曾经在一间楼上私人浴室里做过爱的男子，发现他竟然是父亲的老朋友，再次见面时那人没什么变化；有一天，她在赛道上的时候已经强忍住了恶心,跑到一间马厩后面跪倒在地,对着泥土呕吐不止,突然,一个矮小的秘鲁操作工,以前仅仅知道他叫明尼·巴勒,绕过来的时候发现了她,他摆了摆手,做出遗憾的姿势,说着:"没事的。我也一样,我也这样过。"

当然了,她记得所有的德比大赛,尽管跟大多数赌马的人一样,她感兴趣的只是结果,对欢庆的仪式并没有什么耐心。那些仪式就好像吃了太多店里买的蛋糕,胃里被塞满,有一种病态的甜美感,充斥着醉酒、名人、曝光过度,诸如此类。她不会待在百万富翁们的包厢里看着他们握手拍背,而是紧紧跟在父亲旁边,待在他们自己私密的小空间里。有时候,她整个下午都在非终点直道上帮"秒之神速"检录,然后勇敢地面对下注拱廊里和饮食摊位前的人群,在那儿,这些赌徒们脸贴脸挤在一起,摇晃着,忍受着热浓汤、汗水味和甜蜜的香水味的进攻,香水的味道和莫名让人心安的肥料味道混在一起,反倒显得廉价了起来。名人们大都在顶上的正面看台上,在下面的这些稍微有点钱的,相互挤在一起,像要被压碎似的,他们的呼喊声中总是带着一点点的暴力味道,而这也使他们这类物种永垂不朽。除了内华达的妓院,你在其他任何地方都看不到如此多展示着的乳房,它们差点都要露出充满褶皱的乳晕了,还有珊瑚色和红色的嘴唇,白得像粉一般的美甲和陡峭的糖果色高跟鞋。男人们的胸部像企鹅一样松松垮垮,他们打扮得漂漂亮亮,在女人面前昂首阔步,买着红酒和可乐,挥舞着手上的票根,假装自己是专家,能够知道五月的第一个星期六,跑得最快的是哪匹。在德比大赛中,只要房间里有女人在,每个男人都是专家。

汉丽埃塔从来没注意过这些,跟其他的观望者一样,她紧张地站在赛道边。她惊觉,已经差不多四点半了,草地经典赛已经就绪,胜利者也已经站在跑道上了。她应该自己跑到后面,进到白得不可思议的高级看台里面——白色的顶,白色的门廊,白色的柱子,白色的云——远远地望向马鞍形的围场。在那儿，按照浪琴手表所示的时间，小运动员们会排着队从它们的官方肖像中依次走出，随着一声"骑手上马"的喊声，骑手们骑上马背。但，还是太晚了。

  阳光明媚，照耀肯塔基故乡，在夏天，黑人们欢唱，玉米熟了，草原到处花儿香，枝头小鸟终日在歌唱。儿童们在田间游玩，多快乐，多欢欣舒畅，不幸的命运却来敲门拜访。我的老肯塔基故乡，晚安。

  人群吵吵嚷嚷，就好像747发动机在爬坡一般。马儿们来了，"秒之神速"也在其中，不安地跃起，出现在赛道中，穿着华丽的骑手们骑着小马打着头阵，它们有些害怕地腾跃着，有些不自觉地昂首挺胸。汉丽埃塔很快作出了决定——如果现在回父亲等着的包厢去，她就会错过比赛。所以，她留在这儿没动，手扶在栏杆上，眼睛紧盯着"秒之神速"，他们那坚忍不拔而又稍微有些怪异的赛马"女孩"。即使只是走路，就连业余人士都能看得出它步伐的不雅。它旋转着，精瘦的马身伸展得过于开阔，在一群高贵的马中显得尤其笨拙，好像只有一颗明智的头和宽大的屁股是为自己展示的。它在门口像喝醉了一样斜靠着，却有着天赋和奔跑的渴望。一旦维持好平衡，它便会蓄势待发、一马当先。有一点是确定的：它绝对是个终结者。

  无论黑人颠簸流浪到何方，全都要低头弯腰，痛苦烦恼，转眼过去不久长，留在长满甘蔗的田地上。只要背起这几天的重担，不管它有多么沉重，迟早总会被人抛在大路旁。我的老肯塔基故乡，晚安。

像往年一般，游行队伍按照逆时针方向，沿着既定路线走到非终点直道的绿闸前，工作人员拉着战战兢兢的马儿，跟在倔强的马匹之后，把它们牵到既定的位置上。骑马的运动员们蓄势待发，汗流浃背，护目镜用皮绳捆缚着，有六层厚，他们的手中攥着缰绳。人和动物都血脉偾张，但时间却慢慢爬行着，而后迅速冲刺，最后归于平静。所有人都屏住了呼吸。

铃声响起，大门铿锵打开，开到最大。

人群静止不动地盯着整个赛场。"秒之神速"从门中一跃而出，疯狂奔跑，但就和往常一般，它腾空的时间远大于落地时间，就像一头笨拙的鹿，而不是受过严格训练的优雅骏马。骑手锁住马嘴，驱使它向前奔跑，它在指导之下，迅速纠正。他们最终稳居第六，汉丽埃塔这个时候正混在嘈杂的呼喊声中，径直地盯着远处细得像线一般的红色终点标记线，她没有望远镜，因为她从来没打算站到最前面。之前下过雨，赛道湿滑，淤泥瞬间将马儿变成了深色，骑手成了姜饼男孩——红色的矢车菊丝绸赛马服遍布泥点，直到什么也辨别不出来——他们一个接一个灰头土脸地甩掉护目镜，处于半瞎的状态，马儿在着急的换场中相互挤在一起。

第二匹马叫"少将"，它在骑手的引导下飞快奔跑，但没有在弯道拐弯，这会儿，它承受的可是八倍的离心力。它太小了，跑得太多，造成了无数小的骨折，这些都无法治愈，因为首先心脏要恢复好，接下来是肌肉，最后慢慢地才轮到骨骼康复。它径直朝直道跑去，一支箭准确无误地射向它，它猛地四肢张开，鼻翼朝向远处的终点，鬃毛强烈地颤抖着，骑手人脸上兴奋不已。它现在仅仅只有完整的头了，前肢响亮地"啪"地一声断裂，右蹄突然可怕地反跪在地，整个身体可笑地塌在了展开的脖子上，无声地断掉了。就这样，它身上的骑手就像小孩子从自行车上摔下来一样，向前摔了出去，完全不

187

知所措，不知该如何保护自己。后面两匹马直直地踏在了倒下的马上，自己也摔倒在地，一匹头骨摔裂，另一匹肩膀摔碎。这马整整惨叫了五分钟，直到两匹马都被注射巴比妥酸盐实行了安乐死。

"噢！"汉丽埃塔旁边的男人哭喊着，他的啤酒从杯沿上撒了出来，"连环撞车！这车祸真他妈惨！"

排第四位的是匹小马，它紧紧朝外倾斜着，在马迷们惊吓过度的白脸前停了下来，他们苍白的面容此刻就是"咔嚓"断裂的最佳描述，小马开始呻吟，就好像刚刚承受伤痛的不是马儿，而是这些看客一样。"秒之神速"在转弯处位居第六，小伙伴们跑到尸体处时，不是被绊倒，就是在绕道，只有它还在加速，轻轻松松一跃，越过了尸体，也越过了倒在地上的骑手。这一跃，感觉比"秘书处"还有冠军的样子。

它还在加速，在终点前跃过第二组障碍。

"这三位骑手还活着，简直就是奇迹啊！"汉丽埃塔听到播报员快要哭出来了。他们断了胳膊、肋骨，还有脑震荡，就像刚开始学走路的婴儿般半爬向马鞍，其中一匹马现在三肢着地跳了起来，发了疯似的瘸着腿走着，头机械地晃着，口水像项链一样挂满了脖子。但另外两匹动都动不了，省去了惊吓过度的摇头摆尾。两个骑手被迫坐在混乱的泥潭中，像孩子一般哭着，惋惜自己废掉的赛马，听着断了肩膀的马儿嘶鸣哀号。

汉丽埃塔看着这一切，用手捂住了嘴巴。

赛道上，急救车迅速出现，后面紧跟着兽医的卡车和移动诊所，这是马儿们的急救车。三匹马一个接一个被带走，其中一匹很情愿地带着疑惑翻着白眼进去了，另外两匹就在那儿被吊了起来，哭得稀里哗啦的主人还没来得及说什么，它们就立刻被执行了安乐死，正面看台上的观众们看着这一切，没有丝毫的震惊，依旧在他们有空调的包厢里看着狂奔的赛事。"这，才是正事。"

门在第三次被哐当关上的时候,汉丽埃塔才突然惊醒,从赛道边迅速走了出去。她要找到她父亲,他现在一定已经离开看台包厢去找"秒之神速"了。她知道,他会很生气;以最好的状态只拿到第二名,就已经很让人失望了,而且还是在有赛场事故的前提下,这成绩简直不值一提。它简直没有为它的家族带来一点荣耀。她父亲在哪儿呢?毫无疑问,一定用手抓着头皮,在咒骂着自己的命运。

"汉丽埃塔,你慢点。"

女儿这样直直地搀着他的胳膊,他感觉自己就像个残疾人一样。他们从马厩那儿沿着赛道走着,"秒之神速"刚刚就是这样毫发无伤地完成了比赛,虽然在亨利看来,它就是一个废物。这会儿,它刚被清洗过马身,正在边走边晾干取暖。骑手这会儿正叉着胳膊说着:"它简直就要飞起来了,佛格先生!它像只鹰一样从它们身上飞了过去!"就在这时候他们碰到了他们的练马师,他释然的微笑一点都不合适,显得多余,他本应该一脸严肃的——第二名!——尽管见到亨利后,他迅速归于支支吾吾的沉默。这会儿,亨利望向周围的马匹,有一瞬间,他根本不知道要看向哪里,也找不到自己的位置。他的希望破灭了,他积累的财富简直什么都不是。他惊讶地盯着站在自己旁边的女儿,看着她一直以来的冷漠伪装。她伪装得如此逼真,就好像天生的一般,无论情况怎样都冷冷冰冰。敬佩自己的孩子的确是一件很奇怪的事儿,看到她的表现如此完美,自己却做不到永远一副帝王般的漠视。

汉丽埃塔引导着他穿过赛道边上的阶梯,突然,他瞥见了一个身影,他曾被介绍给这个人。埃克斯,还是叫埃金斯来着,他疲惫的脑子已经记不清楚了,但这个人,这个像妓女一样的大骗子,就站在他身边,开网店和鸡肉馆赚钱。就是这么个人,他的马曾在德比大赛中获胜过;就是这么个人,他的种马在六个月里,在美国北部交配了所有参赛的母马,然后在夏末,又风一般地回到南部,席卷剩余的一

189

半。这就是最可笑、最滑稽的例证，世界总是喜欢傻子一样的努力者，愚蠢的人一生中能达成的成就让他感到恶心。

"佛格先生，稍微等一下。"

现在，他们已经在停车场了，正准备在众多的银色奔驰车中找到属于自己的那辆。他缓缓转身，尽管他一早就听见了这声音。麦克·斯奈德。亨利在电视上看到过他上百次，偶尔也能远远地看一眼真人。之前的每一天，他都能够挺直自己的腰杆，自信地站着。但今天，他就像从斗篷底下向外瞥的老男人。

那人继续向前，礼貌地微笑，但这笑容并不合时宜，就好像粗壮的脖子上穿了太紧的节日盛装。他的衬衫腋窝处被汗水浸湿，装饰领带摇晃着，上面镶着橙色的祖尼宝石。他身材矮壮，脖子永远都被晒得黑黑的，无情的手指上戴着两枚图章戒指。他伸出手的时候，亨利发现这双手非常坚硬、长了老茧，但指甲修剪得却很整齐，干干净净。

"麦克·斯奈德。"男人开口。或者应该叫他"乡下来的练马师"，在他的第一次德比赛马中鲍勃·科斯塔斯给他起了这个绰号——这叫法一直延续至今。就算他能说出莱彻县的句法，他元音的发音依旧如此宽广，都可以在里面游泳了。粗糙的声音起伏不止，就好像马儿在不停地点头。

汉丽埃塔的手抚上了亨利的上臂，完全是保护的手势。

"很高兴遇到你。"亨利说。

"你就是那个我想要交谈的人。"麦克说，有那么一会儿，他抿着嘴唇，就好像在犹豫在思考，就好像他就是那种会思考的人。"听着，"他说，"我要祝贺你，但我敢打赌，你肯定不是那种得了第二还欣然接受祝贺的人。"

"哈。"亨利疲惫出声。麦克扬起手，似乎想要打断后续的回答，"那我就这么说吧：你的小母马在跟一群公马的比赛中表现得很好，

190

而且，场面极其混乱、颠簸不堪。女孩子认不清自己位置的时候，永远很有意思。"

亨利站在那儿听着，但他开始集中精力，尽管已经疲惫不堪，但还是尽全力保持着足够的精力。他等待着。

麦克说："但是，虽然它没有它母亲那么机敏的步伐，但一旦开始投入奔跑，还是可以看得出相似的影子。"他用力点了点头，表示对自己的赞同。

亨利从一边抬起头，说："你记得'地狱之巫'？"

"绝对啊，我从来都没忘过那匹马。这是'秘书处'不错的选择。当然，不符合常理，但，还不错。"

"我一直都是这么说的。"

男人又点了点头。"比赛并不以你的方式进行——不遵从任何人的方式——但我想，你已经拥有了一匹值得一起奋斗的小母马。"

"是的。"亨利脸上重燃起温柔的笑容。他吸了口气，几乎察觉不到。

麦克朝他又走了一步，巧妙地挡掉了汉丽埃塔的角度，尽管，她只离了几英寸远。他轻轻地压低声音。他刻意的寒暄结束了，空气中弥漫着紧张的气氛。

"佛格先生，"他轻轻地说，"你知道'秘书处'的心脏有多大吗？"

亨利点了点头，但麦克继续说了下去。他伸展开自己红润的大手，用以强调："该死的，有二十二磅重。"

"什么？"汉丽埃塔说道。她从来没听说过这样的事。简直太难以置信了。

"有如此怪兽般的心脏，能败在谁手下呢？"

亨利又缓缓地点了点头，眼睛里燃起赞同的火光。

"那就对了，"麦克静静地说，十分坚定，"从母马这条线下手。

我想,现在你已经明白我的意思了,但我还想再坦率一点。对于我,你只需要了解一点,那就是我是个耿直的人。我生活的节奏很快,你不想把我当作好朋友,但是我正是你需要坦率交谈时需要的那个人。"斯奈德突然转了个身,让自己重新站在亨利的正对面。亨利能闻到男人的汗味,但被那眼睛里灼热的东西和抱得圆圆的手吸引了,在他面前的这双手里似乎捧着一个水晶。他说:"这些家伙——所有这些家伙——犯错的原因只有一个:紧张的失败。他们找到了自己的'秘书处',然后开始到处搜寻,试图让已经很完美的东西变得更好。他们把一只山雀喂成了公牛。你觉得'但泽'或者'尼尔科'这样厉害的赛马带来了什么?什么都没有,这就是原因。你不能让已经很完美的东西更完美。你只能稀释它。你能跟上我的思路吗?"

"我想应该能——"

男人还没有说完:"那就是过分紧张带来的失败。让我们开门见山——如果这个老男孩今天还活着,我们用母马与其交配。这看上去不可能实现,那我们就退而求其次。我们就等着,能等到大概一半相似的,年龄差也刚刚好。或许,甚至只是一匹小公马,只要它能有一点点'疾驰'的样子。然后,我们就把最好的养到最好。但我们不能像这些乡巴佬一样期待最好的结果,我们只等三年,因为我们有最后的杀手锏。"

"对,"亨利缓缓地说,"是的,我明白你说的。"

麦克从他上衣口袋里夹出一张卡片。他把它递给亨利,在开口之前,眼睛狠狠地盯着汉丽埃塔:"打给我或者不打,这是你自己的选择。但这已经是我能告诉你的所有了。我不是为了聊天,只是为了完成大业。我比你现在合作的这些家伙付出的多得多,但我相信,我的纪录证明,我能让你一本万利。"

"我会考虑你说的这一切。"亨利说,尽管他心底的野心已经被重新点燃,就好像今天的事从来没发生过,他的希望现在如同一匹健康的赛马,蓄势待发。

"好,我非常期待。但你应该知道我接近你的原因,不仅仅只是因为你有一匹非常好的小母马,当然,你的确有。坦白来讲,我觉得你特别有种。"他并没有为自己的用语道歉,但朝着汉丽埃塔的方向倾斜了一下帽子,"我说的是事实。"

他们握了手,然后,这男人像他突然出现一般迅速消失了。汉丽埃塔看着他重新挤入衣着鲜亮、考究的人群里,显得格格不入。每个人都本能地后退,为他让出一条道。

亨利安静地思考着:"你知道的,或许这就是我们现在正需要的。"

有些瞬间,汉丽埃塔也很老练:"据说,他们对马很残忍。"

"练马师就是屠夫,"他说,"你必须去发现最好的那一个。但,你觉得他有什么特别的吗?"

她望着越来越模糊的身影消失在人群中,想着"秒之神速",想着它还是小马的时候,温柔得像架竖琴。她还记得没被套上冷轧钢铁做的小勒口衔之前它温柔的嘴,还记得赛道上毁掉的马匹。她克制着声音里的怒火,开口道:"我觉得,他他妈的就是个乡巴佬。"

她开车一路向东朝着家的方向,朝着讨厌的春天山脉的方向,但今天,即使它们有着悠久的历史,也没用了。因为,我的上帝啊——既然她是一个人,就会允许自己在内心深处自由地痛哭——所有人似乎都要将这世界毁灭。毁灭的不只是对马的人道,还有所有他们不小心看到的东西,甚至包括现在正缓缓出现在远处地平线上的世界上最古老的山脉。今天,能在它们中间找到些什么让人舒适的东西呢?人类正把那些山丘变成炉渣。他们一直都在拼命地破坏着,从人类诞生

193

以来一直如此。人类把隧道一直挖到大山最深处，或者在山的表面剖着斜面，又或者像挖井人一样一直向下挖，探寻黑色液体。因为这个古老的国家太需要燃料，需要发动火车到四面八方，需要钨丝发出精致、朦胧的光。他们呼唤农民和猎户去不安定的新城镇，承诺他们可以有罐头装的食物和穿着白色棉质衣服的妻子，而这，也只是个承诺。矿井看门工、挖掘工、推车工下去了，司机和骡子下去了，他们在地下的畜棚里叫嚣着，喊叫声回荡在矿井中，回荡在柱子支撑起来的空间里，由爆破、支柱撑起来的空间。就像血管一般，空间不断形成分支，一直向下，一直到深夜，到没有资源的黑暗之处，到那些他们用人力挖、捡了几十年的地方，直到他们的后代带来了先进的涡轮机器和锯齿钻头继续开挖煤炭。然后，像剪羊毛一样的长臂开采机开动，弄塌了矿井。那些早期的矿工们从井口爬出来，满脸漆黑，像尘埃一般可怜。在企业的内部商店里，绝望中生出梦想，梦想又换来绝望，从不停歇。在这里，唯一可以当钱用的，就是人的生命。

　　汉丽埃塔，保持平静。这是他父亲一直说的。你就应该待在家里。

　　但，今天她亲眼看到的一切让她不想在自己的领地上诞生任何的新生小马，不想看着它们围着圈跑，不想要这样的轮回。就在此刻，大山就在她面前，她不太确定，她和父亲与那些把矿工送到地下的煤场老板有什么区别，他们只会让矿工拿低廉的工资、超负荷地工作，他们只会残忍地宣判他们必须忍受炮烟、瓦斯气、爆破烟、沼气之苦，忍受坏掉的肺和只能满足基本需要的生活。因为矿井坍塌死掉的矿工，老早忘记了他们对于地下最初的恐惧。老板们手下的矿工一直来去如流水，因为在地上，也有成千上万种伤害可以造成死亡。煤渣堆进了小溪、尾矿中的酸性物质排入地下水层、堤坝崩塌、黑色的自然灾洪中泥浆飞溅。男人们喝着这样的水，女人们用它做饭，孩子们在水中玩耍。整个村子搬到了肯塔基州的上游，从这个河岸，转移到那个河岸，行动的路线就如汉丽埃塔和父亲买马的路线。肯塔基看起来再也不像沿河的眼睛了，就只是一堆风采不再的群山，渐渐低落、下沉，只能变成成千上万的悲哀，堆积着无数煤黑色的尸体，有人的，也有动物的，在蓝天之下，他们全都是微小的个体。人的黑色尸体、动物的黑色尸体，这些尸体被叫作矿藏，或者叫人的尸体，矿山、人们的……

汉丽埃塔，你应该回家的。

她突然想到了他们冒险式的繁育，它们如此微小的后代种子如何形成了与父辈完全不一样的特点，它们有着共同的家族，却在基因上显示出了变异的特性。这些在本质上很少出现，因为——似乎是如此——所有忙碌的进化机制都趋向相似。相同意味着安全。共同点本身也是生存保留下来的一种特性。

突然，汉丽埃塔猛地把方向盘向右打去，一脚狠狠地踩在油门上，在黑色的州际公路上，留下更黑的印记。她把速度降到七十五，引擎嗡嗡响着，像是停止了思考一般，一路上超过其他轿车、卡车和马车，也开过了广阔的田野和在田野中显得过于兴奋的房子，看上去，它们好像在朝着他们的方向蠕动着、起伏着。她都有点想一直开下去，开到伯利亚镇去，春天去阿巴拉契亚山脉的小丘上徒步，那儿太美了，但没有特定的特征。那儿的山没有枯萎，春天的草摆动着，如同刀片般划过土壤。但十分钟之后，在沿着州际公路胡乱地穿过这些车辆人群的时候，她打消了一时兴起的念头。让她震惊的是，她发现古老的汉堡马场被整平了并改成了梯田，她有几年没有来过了，就是在这儿，繁育出了那么多非凡的马儿——"南希汉克斯""喝彩""纯银小姐""巴顿先生"的母系。这怎么可能？这个马场就像是一种制

195

度、一座赛马的纪念碑,这个镇子虽然不是靠赛马起家,但至少这项运动让它重要了起来。

一排低矮的小房子,看上去好像是户外的商店,建在了这片肥沃的牧草生长的土壤之上,现在,草都被清理、销毁了。她漫无目的地在建筑工地周围徘徊着,看着巨大的机械手臂像大鸟般猛地砸下,将土壤挖起,现在它们都变成了碎屑,被堆积在这些建筑后面,成了不值钱的土丘。大鸟们慵懒地飞着,搜寻着目标,贴着地面欢乐地摇摆着,突然冲下去抓了什么起来。她在想,很快,这片土地就会面目全非,没有任何声音,没人会知道它以前有什么动静,那一小段的文明终究只存在于牧草中,在生活中再也不会出现了。尽管如此,食肉的人们在汹涌的大浪中,用护肤品和彩妆把自己的皮肤装扮得肮脏不堪,将头发染上银白,剃掉长长的胡须,把自己捆得瘦瘦的,想象着这样的自己如此美丽。这样的想法加剧了她对这一天和这一天中所有损失的恐惧。但愤怒很容易顺从地平静下来。哀悼那些无法停止的事情,真的有意义吗?真的阻止不了对人性的无情吞噬,它强大到可以毁灭老马的骨骼,并永远地替代掉它们,鬼知道会把它们扔到哪儿去。马儿们是多么完美的动物,曾经它们如谜一般。不,等等,就在那儿,藏在树丛里,在沃尔玛停车场边。

他们本应该直接把"秘书处"烤了吃掉的,因为从来没人真正在乎过。在它冲过终点时,欣喜地哭泣;而后,再吃掉它。这世上再也没有真正的信徒了。

她不知道该做些什么。怎样去忘掉这样的一天?汉丽埃塔打着方向盘,开出了停车场,朝着镇中心开去,朝着这座州级城市中低矮的建筑群开去。这座城市打退了北方的进攻,而后以极具修养的方式进行了自我强化,笑对自己的小巧和玲珑之美。她觉得自己快要疯了。不知道从哪儿传来一声声惊呼和震颤,她望着小巧的冰激凌球和路面上蹦跳的人们,他们不停地敲击着车的顶棚。她把脚从油门上抬了起来,意识到自己一直在加速。她已经不在巴黎镇了,在那里,她总是在说:"我是汉丽埃塔·佛格。"在那儿,警察总是瞥一眼她,认出相似的长相,或许会咯咯笑着或是取笑她,就好像她只是个会闯祸的孩子。

在城镇远远的另一边,她在一家很老的赛马酒吧旁边找到了停车位。她已经在路易斯维尔脱掉了她的裙子,换上了她的制服,衣服上从上到下沾满了马的痕迹。她穿旧了的靴子上满是黄褐色的斑点,她的衣服和马尾辫因为天气的原因稍微有些潮湿。她站在酒吧门前,打量着。

"小姐,你想喝点什么?"

是的,他们可以为她准备喝的。是的,她口渴了。在五月的第一个周六,大家很早就喝醉了,直到下周一才会清醒。她端着一杯啤酒,冷冰冰地走进酒吧,打量着审视着还留在这里的男人们。在旁边的一个房间里,她发现了一个颓废的男人,身子靠在吧台栏杆上,好像那是拐杖一样。一小群男人穿着整齐的西装谈着生意。从他们的爱尔兰口音里,她听得出在谈马匹生意。她在酒吧里发现了一个金发碧眼的男人,宽阔的肩膀,几乎要谢顶了。他睡眼惺忪地朝她点了点头。他看到她进来,她也看到他看到她了。

她径直走向他,在那儿站了一会儿。"你在干什么?"她说。

"干什么?我吗?"他笑了,但蓝色的眼睛里没有笑意,似乎他遇到了一个非常规的问题。"我在喝酒?"他努力让这话听起来果断一点,甚至带点嘲讽,所以在她靠近的时候,他后退了一些。她没有回话。这会儿,他还惊魂未定,笑容使他平静了下来。他用更严肃、更低的声音问道:"你在干什么?"

她察觉到了他脸上的犹豫不决和自信的嘲讽。这挑战了她的耐

197

心。为什么男人总是喜欢这么直白地戏弄呢？他们就好像小孩子假装大人一样。这么啰嗦地对一个女人撒谎干什么呢？谁会在话没说出来之前就理解？谁会追究它的来源，以及来源的来源呢？

她说："我们找个地方吧。"

他睁大眼睛，一脸真诚的惊讶。"真的？"然后，他抬起了自己的左手，上面有个小小的金戒指，闪闪发着光。

她只是耸了耸肩，这表演看起来并不怎么样。

就这样，一切都那么简单。他从凳子上下来，但朝着与前门相反的方向走去。

"我的车停在后面，"他说，"我在厨房工作。"

她跟着他穿过单扇的门，穿过肮脏的厨房，他们经过的时候，正在做饭的厨师从加热器下面吃惊地看了他们一眼。然后，穿过后门，在那儿，他们站在一条有两百年历史的小路上。砖头陈旧不堪，几乎都快没有了。马车、车轮，还有不知道是谁掉了的鞋跟。这会儿，雨下得正大，冲刷着砖头，红红的雨水在砖头的缝隙里形成小流。

男人把一只手放在眉毛上，灸热地盯着她。"去哪儿？"他说。

"你车上。"她说，雨划过她的脸颊。

他跳跃着奔向车子，但在他找驾驶室钥匙的时候，她低头看了一眼潮湿的小路，又回过头看了一眼酒吧厨房的门，然后说："不！在后面！"雨打断了所有的回音。

于是，他几乎是窘迫地爬到了后座上，笨手笨脚地从钱包里拿出避孕套，她爬了进来，湿透了。就在他旁边，她脱掉她一条腿的裤子，拉开了他的拉链。然后，一会儿的工夫，她爬到了他上面。他在她下面喘着粗气。她把小臂撑在他胸膛上。他让她把上衣脱掉，她不肯。在拥挤的空间里，满是装牛奶的板条箱和旧衣服，他够不到她。她说："别过来，别过来。"狂怒已经开始消散。她惊讶地看着他无比清晰的脸。雨滴打在车顶上,让她回想起了一些不知名的东西。但这样也好。如果你没法描述出来,意味着你还没有抹杀掉它。

她成了那些酒吧的常客,"美国纪事报""麦卡锡的家""重振雄风""脱兔""猎犬",还有"碎浪"。一个瘦骨嶙峋的女人,红发捋到后面,赤裸的目光直直地盯着所有人。她进来喝杯酒,也找个男人,想让这些交易都简单点。男人们被吸引,不是因为她的美——或者,说帅更合适——而是因为他们想要被选择;而且,第一次,有这么个女人如此简单直接地选择了他们。关于这些年,还有什么要说的呢?她会出手,并且目标明确。她追求的只是欢愉。欢愉是什么?并不是痛苦的反义词。

刚开始,她想找好看的男人,想着好看的自然会带来更多的快乐,但她发现,长得漂亮只能带来一时的欢愉,并不能持续太久。这种人总是特别喜欢脱掉衣服,总是为自己的臂膀和锻炼出来的腹肌而骄傲。他们想让她看着自己,充满男子气概的脸上总是严厉地追求着她的欣赏和赞美。而她不想观赏,也不是来崇拜他们的。做爱的重点,就是要把珍珠碾碎,而不是抛光。但他们一直在打磨,打磨,后来,她明白了——他们真的以为他们就是珍珠!

她开始尽量远离特别健谈的男人,这些人总是问着礼貌又合适的问题,就像男人经常问女人的那些一样,他们总以为她想回答那些问题,但实际上并非如此。他们假装对她的内心世界感兴趣,这是很多女人都在根本不配的男人身上一直浪费着的东西,就好像她们的内心世界根本一文不值一样。她绝对不会泄露一点点。这些男人总是温柔地把她拉近,温暖地看着她,无聊地模仿着浪漫的情节。接下来他们总是紧紧地靠着她,就好像比起一个人孤独地在公寓里喝酒,随意地看着楼下湿润的街道,空洞地开心着,他们真的更喜欢这场亲昵的闹剧一般。

她避免接触那些艺术型的男人，他们总是沾沾自喜，总是对自己的怪异有着误解，总是因为自己小小的艺术有着无尽的骄傲，总是鄙视着这个世界，看起来就如同简单地害怕着一样。这些人觉得自己如此不同寻常，通常也是最好预测的，他们最开始总是问她为什么没有丈夫和孩子。他们觉得她看上去比实际年龄要老，夏日的暴晒让她脸上早已有了皱纹。刚开始，他们厚颜无耻、狂风骤雨，但在最后兴奋地颤抖之后，总是缩回自己的贝壳里，害怕被缠住。实际上，也没那么奇怪，也没那么不同嘛。

她搜寻得累了，就会在家里待上几个礼拜，但到了中期，她就会难受得要死，内心无比空虚，变成身体的奴隶。她连晚上安安静静地看会儿书都做不到，脑子里涤荡着出去的欲望，想尽快远离这些华丽的生活，然后，她就会朝城市的方向出发。她要找个男人，而且，这次她决定找个高大的男人——找个黑人。她不介意是不是会痛，越痛就越没有感觉，对她来说，正好，私处的感觉更少一些，心里的感情也会少一些。

但最后，她勉强可以接受任何还不错的身体，不起眼却很主动的男人，他们以后不会来打扰她。一些害羞的年轻人，还不是很好色；一些年长的精神颓废的男人，像丧家之犬一般。年龄并不重要，她搜寻的是男人刻意隐藏的东西，直到最后那一刻，当你跨坐在他身上，能感觉到自己内心残忍的力量不断升腾，这样的感觉比任何感官的欢愉更强烈，那是一种可以审判男人、让男人蒙羞的力量，一种法官面对过度自信的罪犯，手里紧紧握着的审判权力——不，比那种感觉更好，一种可以审判法官的权力感。

那些年里，她只有一个朋友，一个在酒吧遇见的男人。一天晚上，她开车去"麦卡锡的家"酒吧，她那时二十三岁，在吧台点了一杯酒,快速地扫视了一圈房间里的男人们。那是个星期三的晚上,在这个灯光昏暗的地方,没有女人,处处都是低声的窃窃私语。那儿的男人大部分都打着桌球,抽着烟,看着她在昏暗的灯光中穿过醉醺醺的人群。有一杆没进洞,台球哗啦滚在台面上发出响声。只有一个男人坐在酒吧木凳子上,面前摆着百威啤酒,他就那么弯腰驼背地待在那儿,时不时嘬一口。黑白相间的头发梳到后面,绑成马尾,跟真的马尾一样粗。辫子垂下来,离腰还有几英寸,发尾和发圈处一样茂盛。他和其他人一样,都穿着牛仔裤和旧T恤,但他更高,也更瘦,尽管他的姿势如此窘迫,她还是看出来了。她在凳子上坐下来,坐到他旁边。他转头直直地看了她一眼,什么话都没说,头又转了回去。他也许有三十五岁,或者五十岁,从脸上看不出来。

酒保说:"潘恩,再来一瓶?"男人点了点头。

她没转回头,他感觉到了她的注视,于是又转过头来,这会儿,她清楚地看到了他褐色的皮肤、浓重的眉毛,还有宽大的鼻子。但这一次,他还是没说话,又转了回去。在他第三次看过来的时候,一边的眉毛挑了挑,她开口,"嗨。"微笑着,就好像她需要从他那儿得到点儿什么,这微笑似乎只是出于礼貌,也的确如此。

沉默了许久,他平静的脸上看不出任何变化,然后,他温柔出声,"嗨。"

她眼睛一眨不眨地盯着他,脸上的微笑始终没有改变,但就当他回过头去、冷漠的脸上没有任何疑惑和了然、准备继续喝酒的时候,她说:"我为什么不跟你回家呢。"这不是问句。

他叹了口气,并没从闪闪发光的琥珀色啤酒瓶上抬起头来。他缓缓摇了摇头,拖着尾音说:"听着……"

"什么?"她脸上只是小心地表现着好奇,依旧很礼貌。

"我……"他深呼了一口气,直直地盯向她的眼睛,"你想跟我回家……"他说。

"对。"她说着，微笑渐渐松弛，取而代之的是她真实的表情，不友好，很直白。

"听着，"他说，"实际上，今晚，我觉得我应付不了一个送上门的女士。"

"噢。"她突然说道，瘫坐回凳子上，直直地盯着前面的墙，那儿有面镜子，她能看到自己。她感觉到他也转过身去，朝前坐着。她被一种很礼貌的方式冒犯了，但这还不足以让她走人。她从来不觉得自己主动，只是很直接。那种人都知道她想要什么。但，这有什么区别呢？她闭着嘴巴，轻轻地咬了咬舌头。这男人的声音很奇怪，就好像英语不是母语。低沉、平缓、没有曲折变化，就好像她听过的美国土著的发音一般。大约过了一分钟，她没看他，直接问道："你是印第安人？"

许久的沉默，"嗯……默伦琴人，应该是。"

"那是什么？"

"西班牙穷人。"

"听起来油腔滑调。"她说道，他笑了。但她没再看向他，他也没有转身。她喝完了她的威士忌，酒保挑起眉毛看向她的时候，她只是摆出了拒绝的表情。

但她正在用余光看着她旁边的人，她发现有一道丑陋的伤疤穿过他的整个手掌，一直延伸到拇指和食指的指缝处。

"你的手怎么回事？"她打破了沉默。

"在给牧草脱粒的时候割伤了。"他缓缓地说道。她意识到，可能他一直都这么缓慢地说话，这给人一种感觉，似乎他在黑暗中不断前进，找寻着每个说出口的单词。看上去并不像酒精的作用。本来听上去应该是很简单的感觉，但他的声音太小心、太思虑重重了。

"机器割伤的?"她问道,这会儿,她完全转向他,因为她的确十分好奇。她想象不出这是怎么造成的。

"不,"他说完停顿了一下,她一度觉得他应该不会继续回答了,但他暗棕色的眼睛突然看向她,说道,"我有一个人工脱粒机。"

"那一定很老旧了。"她皱着眉头说道。

"是的。"

"你为什么要用人工脱粒机呢?"她问道。

"机器做得并不好,出来的种子里有太多植株残留。"他在凳子上微微挪了挪,用他那只受伤的手做了一个向上挥手扫除的动作,就好像他在把什么拣出来一样,"用人工脱粒机,你得到的就只是种子。"

"这个,很有市场吗?"她说。

"很遗憾。"

现在,轮到她笑了。然后,她温柔出声,就好像在对自己说话一样:"看上去,我们到处都应该用这样老式的工具。"

"农场女?"他说。

"嗯。"

"但,很富有。"

她惊讶地眨了眨眼。"应该算吧,"她说,"那又怎么样?"

"没什么。"他重新面向吧台,喝光了他的啤酒,把酒瓶扔回木箱里。他看着她,脸上依旧冷冰冰的,没有表情。他叹了口气,说:"你可以来我这儿,如果你想来的话。"

"好。"她说。她并没有带着自己的骄傲。

"但我住在杰克逊县最偏的地方。"他说。

"我不介意。"她耸了耸肩,语气中带着不小心流露出来的泄气,她自己没注意到,但他听出来了。他本能地伸出手,扶她下了凳子。

大清早,她从地板上一张老旧的床垫上醒来,温暖的阳光洒在她身上，让她整张脸都沐浴在阳光中。突然，她心里莫名害怕起来。她不知道自己是怎么睡着的，而且睡了一整夜，之前她从来没犯过这样的错误。无论怎样，她总是回到家，回到她父亲身边去。一只格外沉重的手臂现在正搭在她的小腹上。她沿着床单朝一边滚过去，摆脱牵制，心如擂鼓。她抓起自己的衣服，逃到客厅里，想自己悄悄地穿好衣服，离开这个还在沉睡的陌生人。透过老旧窗帘的缝隙和洒满阳光的窗户，她看到奶牛的牧草，还有一只看上去似乎很孤独的鹅，它张着嘴在院子里溜达着，天蓝得透彻，巨大无比。她所在的房子老旧到发霉，有点历史了，尽管不干净，却很整洁。这儿所有的东西看上去都可以在旧货市场或二手货商店寻到，除了那些书架。她走进仔细看了看，能看出来是手工刨平的，而且没有用砂纸进一步打磨，天然的木材上到处都是小木刺。在这些书架上，诗歌选集被整整齐齐地堆放排列着，最上面的书快堆到天花板了。她有点忘我，伸手想从书架上抽出一本，一个声音突然响起："女士，你在这儿干什么呢？"

她顺着声音回头，男人醒来让她有些生气。有一瞬间，她突然记起了他们亲热时男人脸上的表情——确切地说，不是吃惊，而是一种让人愉悦的神秘感，就好像他不能很清楚地知道，在那样一个欢愉时刻，他会以怎样的方式结束。之前的他是个绅士，对这样的他，她有些不习惯。

她走回到卧室门口，边走边拉上牛仔裤，把衬衫匆忙地套在头上，从胸部扯下来。

"你穿好衣服了。"他说。

"我得回家，我睡得太晚了。"

他迅速地坐了起来，但什么都没说，只是看着她。

"怎么了？"她说。

"你结婚了？"

"没有！"她说，"但我还是得走。"

"为什么要走？我可以给你准备早餐的。"

她没有回答，只是转身又走出门去，时不时停下来把衬衫塞到牛仔裤里。在灯开关旁边的灰色的水泥墙上，贴着照片和从杂志上剪下来的剪报，二十世纪五十年代的一对黑色头发的夫妇。一系列泛黄的镜头，都是煤炭列车经过的场景。镜头模糊，有点像影子一样不清不楚。有些照片看上去像是在沙漠中拍摄的。照片中的年轻男人有着黑色的短发，穿着军队制服。他脸上没有皱纹，但没错，这就是昨晚与她共处一夜的男子，只不过那是二十年前，体重也少了二十磅。一样宽大的鼻子，很明显，这让她想起了他们的邻居吉妮·米勒。隐约像狮子一般。

"你为什么会去当兵？"她突然问道。

沉默了一会儿，好像他可能都不会回答了，但他还是说："我是个海军。"

"你为什么会参军？"

"我是哑巴。"他平缓地说道。

"我认真地问你。"

"我也是认真的啊。"她瞥了他一眼。他叹了口气，把肉乎乎的小臂放在额头前面，这样，他就什么都看不到了，只有自己人为制造出来的黑暗。"我不知道，"他说，"就像你现在正在做的，我还是个孩子的时候，也觉得自己有英雄情结。"

她忘记了自己还要走。她站在那儿，衣服皱巴巴的，手臂垂在两侧，如果他抬头看的话就会看到，她现在的样子跟一个刚睡醒的孩子没什么两样。

"就好像……"他说着又叹了口气，但这次，呼吸中夹杂着些怒气,"你读着那些连环画长大,觉得自己知道英雄是什么……觉得必须拯救所有人……但后来,你长大了,发现你只是听从指令去杀人。就好像,长大就意味着你要跨越某条隐形的线,在那儿,所有的规则都会完全颠倒。我想,这么说出来听上去有点诡异……但这的确就是我最原始的想法。"

在他继续说的时候,汉丽埃塔正打算打断他。"但最糟糕的就是,杀戮实际上并没有你想象的那么难……"他迅速抖了一下,但手臂还是没从眼睛上拿开,"你觉得你因为这个都快疯了,但……我不知道。他们诊断,我得了创伤后应激障碍。但有时候,我几乎都要觉得——"

"什么?"

"我不知道……我总是感觉,他们想让你比现在更撕裂,所以在你周围的人会感觉很好。没人想知道,那实际上并没有那么难。"

她终于意识到了时间,开口道:"我得走了。"

"是因为我说的这些。"他叹了口气,但她已经出门了。

汉丽埃塔想到亨利会说什么,只剩下恐惧,但当走出走廊时,她看到辽阔的麦迪逊县大片向西伸展着,一览无余,山都悄无声息地消失不见了。她不由自主地走过一个看上去很浑浊的牛群饮水的池塘,藤条发芽,香蒲在早晨敏捷的风中摇曳着,朝着墙壁挥舞,就好像小瀑布的流水一般。她的头发被吹到了脸上。她经过了一个老旧的烟草棚,但她并没有看到这儿有烟草田。不远处有黑色的牛。深深的喀斯特下沉地貌,就好像干涸的池塘里满是鹅卵石块。农场就坐落在如此险峻的坡上,这儿的土地好像要伸入天际一般。云朵离你像面纱一样近,风急急吹过,好像在害怕什么。她走过那些人为的标记,穿过抓住峭壁的树丛,这些树待在这儿太久了,变得小心翼翼、弯腰驼背,就好像盘旋而上的风在它们中间诉说着在这儿生活有多么危险,除了悬崖没有其他。所有的风是如何在某一天全部聚集在一起的，巧合或者命中注定，或许，甚至就是在这儿，用指尖将它们连根拔起，因为在这世界上，有太多事都太随意、太没有个性了。或者，大地和天空的爱恋终将停止，雨水的交汇也会停止，所有的绿色生命都会饥饿、枯萎，根基枯萎了，身体也会无意识地倒下，这就是除了悬崖没有其他。所以，这些树都弯腰朝向峭壁的唇，听它诉说。汉丽埃塔也听得到。她凑近那山崖之唇，感受着地上令人厌恶的崎岖。她小心地站在一块石头的边缘，那石头突出地表，像是教堂里的讲台，古老的石面上缠绕着老树僵硬的树根。站在石头边上，她向前倾斜着，头发垂到前面，就好像她身体的某些部分要跳出去一般。一切都倾斜了，天空倾斜了一千英尺，就像一只俯冲的猎鹰。一点都不舒服，脚尖站在水晶般的缝隙里，一边是坚硬的石块，另一边什么都没有。有种感觉，或许是第一次有了一种直觉，土地本身掠夺成性，满是险恶。突然感觉到了，为什么人们要在土地上铺路、让它窒息、售卖土地让它回到最初的模样。或许，他们看到了美，或许他们能从这儿看到西方，欣赏古老的岩石、柔软突起的山脉残余，以及在通透的阳光中显得如此繁华的景象，但他们骨子里的记忆是深远的、明智的，带着报复的意图。他们知道土地有一种神游之美，当他们开心又惊喜地注视着、忘掉了自己和孩子的姓名之时，他们在北极这极寒之地，因为冻疮和腐烂之病而死，有时候他们会被淹死或者像在玻璃下面的虫子一样被烧死，有时死于暴晒，也可能摔死。于是，他们肆意地夯实土地、燃烧土地，也开拓着土地。他们当然就是这么做的，也一定会这么做，因为这是他们对这野蛮而又无情的剧场最大的报复。

她从石头的边缘跳了下来，迎着风走回房子，男人正在那儿等着她，只穿了一条斗牛犬的拳击短裤，四肢抱在一起，相互取暖。他的眼睛对着太阳半眯着,头发甩到后面,手里端着一杯咖啡。

他说:"我奶奶有一匹马,它就自己冲下那悬崖了……她说它爱上了一头奶牛。之前他们把奶牛送去了屠宰场,马儿太……悲伤了,我想,它就自己跳了下去。至少我奶奶是这么说的。"

"这是哪儿?"她说。

"杰克逊县。"

她脸上浮现出怒气。

"大山岗。"他说,"从这出去向右,从大山岗上开下去,就来到了麦迪逊县,接着,行驶四百二十一英里,就到了里士满。行驶七十五英里以后转到支路上去。"

她喘了口气,再一次回头看向了奶牛棚和悬崖边,她刚从那儿离开。"我们在大山岗?那丹尼尔·布恩……在哪儿?"

"是的,"他说,"就是这儿。看到这片应许之地……这片山地的最后一段。"

"我的祖先走过这里。"她急切地说道,盯着岩石地貌和漫无边际的牧草,无法移开眼睛。这场景是最原始的华丽,是无限的承诺,也是被丢下的唯一。只有蓝天比之更孤独。

"萨米尔·佛格走过这儿。"她说,"他是我的祖先。"

"哦,哦,"潘恩说着,好奇地看着她,"我记得这名字。"

在拉维尼娅最后的日子里,胸部的癌症让她的肌肉萎缩、头脑不清,她虚弱到连手都抬不起来。她什么话都说不出来,只是躺在那儿,干涩的双眼空洞地盯着天花板。亨利日复一日地坐在她旁边,手握着她那如弃婴般的双手,在他看来,她原来有着美丽轮廓的脸此刻变得瘦削,正哀求着什么——亨利觉得是原谅,但事实上,是解脱。很快,那些永恒的特征渐渐空洞、消失。她的双脚从脚趾开始冰冷,接着是脚背、脚后跟。她的脸颊和嘴唇像灌满了铅。她的儿子抚摸着她的眉毛，无法移开自己的视线，面对着这不可避免的恐怖场景。一次又一次，他朝着她叹息，但就像默片电影一般，没有插入任何的黑暗。直到最后，她的嘴唇也垮了下来，她想最后再看她儿子一眼，却再也不能起身。一切，都陷入了黑暗。她死去时，嘴唇张开，眉头皱着，似乎还有更多的期望。

他年纪太小了，这是他记得的全部。他母亲死去的时候，并没有看着他，她的儿子、她的成就，而是看向了自己深井中的某些东西。那某些东西只不过是虚无。他感到它在拉着他走近，直到现在也感觉得到。

该死，他女儿到底在哪儿？他两个小时以后要和麦克一起飞往萨拉托加了，需要她替自己组织面试。但她还没回家，现在，就在这儿，他害怕得像个孤儿。

然后，她来了，他那亲爱的两面派的母亲，他最初的爱——不，是汉丽埃塔，他那捣蛋又诡计多端的女儿，小心翼翼地溜了进来，就好像她不会被发现是早上九点三十分才回来的一样，就好像别人不会想她一样，就好像她不是他的一半一样。

早上凉飕飕的空气伴随着她，这是件好事儿。他的内心如同烈火般立马就要点燃。他输掉了许多战争，也输掉了冷静。

他开口说话的时候，声音很平稳："汉丽埃塔。"她气喘吁吁地转身，看到她父亲还穿着昨天那身乱糟糟的衣服，一脸复杂的倦容。灰白的头发耷拉到前面，遮住了痛苦的双眼，巩膜中充斥着细小晶亮的血丝。

"你去哪儿了？"

"我一个人待着。"她突然说道。

这是警告："汉丽埃塔，你不能总是去那些下等的酒吧……"

"一——个人！"她厉声说着，一句话变成了两截，然后抬起手挡住了嘴唇，好像对自己的反抗感到很吃惊。昨天晚上在那男人上面以后，经过允许站在那世界的边缘看下高高的悬崖之后，有些东西已经变了。那位老诗人说得好：荒野有秘语，阐释着可怕的疑问。

亨利向下笑着看着她，尽量让自己显得平静、放松，尽管他颤抖的双手与此刻的平静格格不入。他说："我的小无赖，在这恶劣的大世界中，始终是一个人。"他勉强地笑着，"你年纪够大可以上最后一次课了吗？"

天哪！真的逃不掉了吗？她往上看着天花板，就好像看到许多人正出现在这些楼层里，佛格家的人在走动、在观察、在建议，他们一直都在。他们就像一块老木头上的疤一样真实。她叹了口气说道："当然，爸爸。"但她的心里在问，难道我不是一个已经成年的女人了吗？

上　课

你跟他们不一样，我的小无赖。你会觉得，在那里你能找到真正的伙伴，但并不能。你会觉得，你能找到男性伴侣，但你同样找不到。你想象着没你聪明的人能够理解你，因为实际上你并不相信他们就是不如你聪明，但他们的确如此。相信我，你根本不了解自己，你做不到。金子会吸引金子。天生的贵族是存在的。

你应该为你所处的位置感到自豪。你觉得历史是由普通人创造的吗？历史是由极其特别的人创造的，他们倔强、固执、残酷无情。那些男人只想变成像他们父亲一样的人。是，我知道，你是女人，但在内心里，你就是男人。那些男人愿意去冒任何风险，甚至他们自己清楚的神志，可能有时候必须拿清楚的神志去冒险，才能成就伟业。伟大与否，完全是由个性决定的。你在听吗？

我不知道你去了哪儿，跟谁待在了一起，这不重要。重要的是你得理解共同生活的概念——这个可笑而感伤的共同联盟的思想，管你怎么去称呼它——是毁灭性的。丑陋的真相是，尽管一些开国元勋曾胡说过一些哲学思想，但人并不是生而平等的，甚至连接近都谈不上。所以，所谓一群平等的人的共同生活是不可能的。对杰斐逊来说，一个好句子胜过真理。这就是对唯美主义者的定义。

扪心自问，在这个世界上，有多少种天才？我会告诉你：两种。第一种，是同化者，因为他缺乏独自立主的意志力。据我们理解，世界总是宽恕独特的人，只要他们假装平庸，过着平凡的生活，不用他们的与众不同威胁任何人。当然了，很多时候大众并不知道他们甚至已经在某些人之下，他们太无知了，甚至天才在他们自己中间都认不出来。第二种天才了解所有的这一切，但因为智力太超群，哪怕他想同化成普通人都做不到。他生来就是局外人。一个人，不必一定是天才；但每个天才，一定是独立的个体。

如果我告诉你的一切你都不记得，那就记住这一点：为了成就伟业，你必须完全做你自己，但在这个过程中，你可能已经迷失了自我。这就是我愿意忍受的悖论，不只是为了我的理想，也为了你。

因为亨利如此热爱他给亲生女儿的马，所以，无论是谁相信完美都应该获得永生，这就是一个人的名誉。

好吧。继续，笑吧。但我告诉你，这共同的生活会带给你舒适和友谊，但反过来，你也必须为这样的生活贡献你的一生，你听得懂吗？

你听得懂我在说什么吗？

汉丽埃塔习惯性地开启牙关："是的。"

211

◆

很奇怪。某一天，你还是个六岁的孩子，嘴里含着青草尝着味道，第二天，你就变成了和你父亲长着一张脸的成年人，但胸膛里跳着的却是孩子的心脏，多么让人目瞪口呆啊，清醒得也太迟了。你无法决定到底是重新爬到他的大腿上，还是把你自己的名字中那黑色的字母撕裂。在这个世界上，没人跟你说话，只有他，你的父亲，你的君王。因为在白色厚木板栅栏之外，再没有其他的世界，不，只有为了生存快速且残酷的挣扎。于是，你在你那小小的许可之地绕着圈子，一种人工选择和圈养的物种，张开你的马嘴说话，这，就是你的王国。这王国是他的，我是他的，我变成了他的，我接受统治，我变成了它。

◆

三个男人在一个阳光明媚的早晨陆续到达。都一身烟草味，兴奋得让人厌烦，当地人的脸庞，当然，都能养马，都在正经农场上有过踏实的经验。但直到正午时分，面试结束，汉丽埃塔还必须费些力气才能把他们区分开来。哪一个在"三只烟囱"农场干过活，还获得了银质奖章？哪一个在"克莱尔伯恩"农场做过两年？她被搞得筋疲力尽，脑子混乱，在厨房的餐桌上哗啦啦重新翻阅着简历。突然，脚步声从圆形走廊的地板上传来，越来越近。声音静止了，一个低沉的声音说道："我是来面试的。"

像是被吓到了一样迅速地一抖，她转过头面向说话的人，此刻因为背对着阳光，光线明亮得如同碎了的水晶一般耀眼，她只能看到这人黑暗的轮廓，看不出任何其他特征。

迎着阳光她迅速地眨了眨眼，说道："进来。"

男人慢慢地走进厨房的时候,她首先看到的是他中棕色的皮肤,立刻惊讶起来,那跟这低沉的声音不太符合。而后,她就只能看到他的脸了,深沉的严肃感让她吃惊。或者,是其他什么东西——气愤?他直接站在了吊灯下面,停了下来,浓重的眉毛下藏着一双眼睛。

"你叫?"她说着,尴尬于自己声音上的迟钝,她清了清嗓子。

"阿尔蒙·肖内西。"

突然,她做了一个细微的动作,用指尖拨动了一下简历,像是为了某些他不知情的目的。她觉得,一个叫肖内西的人应该是个爱尔兰人。她惊慌失措地低头的时候捕捉到了他的眼神,他正环顾着房间内的一切,就好像他承受不了这样的奢华,到处都是财富的印记。但他还是忍住了。他似乎在控制自己,头只是微微地动了动,还是看向了她。她伸出手去握手的时候,发现他手心都是汗。这又让她吃了一惊。

"我叫汉丽埃塔·佛格,"她说,"很感谢你能来。"

他浓重的眉毛皱在一起,几乎是带着玩味的目光向两边看看,就好像在找其他什么人。

"我父亲今天因公事外出去别的州了。"她说着,看着他短短的平头,衬衫也没有扣到最上面一个纽扣,那张黑色的脸。她忍不住想,朋友,这对你来说是件好事。

"请随便点。"她边说边指着一把厨房椅子。他坐下来的时候,她迅速打量了一下他的身体。他大概有她这么高,或者更高一点,肩膀四四方方的,其他部位因为衣服裁剪十分宽松,并不容易观察。他不瘦也不胖,她发现这人就这么不起眼,放在人群里都认不出,除了他那严肃的且从悲伤的脸颊上突出的颧骨显得十分不友好,它尖锐得都能用来割玻璃了。就这一点,掩盖了他脸上其他部分所有的温柔。

"你申请的是什么岗位?"她问道。

他把他过于宽大的手掌放在膝盖上,深呼吸了一口气说:"守夜人或者种马厩马夫。哪个都行,或者两个一起。我从来没接触过一岁的马。我很擅长处理棘手的动物、恶劣的动物。我对处理种马很在行。"

"哪个都行,两个一起?"她忍不住笑了起来,"如果我们把两个职位都给了你,你每天就要二十四小时连轴转了。我们可从来没想杀人。"

现在,轮到他清嗓子,并在座位上挪动了一下。他动的时候,她完全看清楚了他的体形——包括轮廓和强壮程度——她能看得出,尽管目光从未离开过他的脸。仿佛注意到了这一点,他低头,眼神柔和地看向膝盖中间。

"好吧,"汉丽埃塔说,"我们现在还不需要种马马厩的马夫。但如果我们雇用了你、我父亲也喜欢你的话,"她心里默默嘲笑了一下这种说法,它点燃了她内心的某些东西,点亮了一盏小小的灯,"当然,如果有职位空缺了,你就可以再换到种马马厩那边了。这种调动在我们这儿很平常。"

他简单地点了一下头,并没有抬起头来。他在离她三英尺远的地方坐着,但这样的距离似乎挺好的。安静变得更加沉重也明显了一些。

尽管,这样的表示在她面前是对的。她说:"你接触马有多久了?"

"三年。"

"那也不算太长。除了你有限的经验,还有什么优势是值得推荐的?"

"我很优秀。"他简单地回答。

她以简短的微笑回应,但他依旧很严肃、很坚决,一成不变,一语不发。依旧不让她直视他的眼睛。

"那你很自信啊。"她说。

他耸了耸肩。

"好吧,"她说,"这儿写着,你在布莱克本待了整整三年。"

他又在椅子上动了动。她看到穿着黑色运动鞋的一只脚踩在了另一只脚的脚趾上。

"布莱克本……"她说,"我觉得我对这个项目不太了解。"

"这是个职业课程。"

"职业课程……"

"是啊。"他的声音有些沙哑,"是的。"

"在哪儿?肯塔基州吗?"

"列克星敦。"他说,"布莱克本监狱。"这次,他从一直盯着的地方抬起了头,直直地看着她,仿佛洞穿一切。她忍住了向后靠的冲动。

"噢,"她快速地问道:"你为什么会在那儿?"

"我没有义务交代这方面的信息。"他说着,嗓音突然无比正式,很显然,他回忆起了什么。汉丽埃塔轻蔑地扬起眉毛,在脸色还没有任何变化的时候,他就已经察觉到了这种轻蔑,因为这种变化更多时候是靠感觉,而不是靠看。他突然脱口而出:"给我一次机会。我对马很好。是真的好。"他一只大手从膝盖上拿起来,做了一个坚定且从容的动作。她发觉他内心有些悲伤、复杂的东西,她从来不曾知道那是什么,但她不由自主地误解成了:好色。

"你从哪儿来?"她说。

"辛辛那提。"

"真遗憾。"她本是当笑话说的,但当看到他并没有以微笑回应

215

时,继续说道,"那儿的地形很有趣。有很多奥陶纪的岩石……好吧,无论如何,欢迎加入我们的同盟。"

即便在开口之时,她就在想,这厨房之前来过黑人吗?他们家里有吗?她脑子里有些记忆的碎片跳跃着,但始终不能成形。她想到了她那高高的、同情南方的父亲,他的亚麻衬衫、他的波本威士忌,还有他的马。她在想,为了成就伟大的事业,你愿意过怎样矛盾的生活?她看着这个男人,看着他宽阔的肩膀、巨大的手臂,以及早已平息了情绪、变得硬邦邦的脸。她忍住了没笑出来,但却无法隐瞒自己。趁老虎不在家……

她突然坐直了身子,说:"你所有的资料都来自布莱克本吗?"

"是。"他说。

"那如果我打电话给他们,他们会对你有怎样的评价?"

他没必要考虑。他迅速、安静地说:"他从不放弃。"

"这是什么意思?"她说。

现在,他抬起了头,声音洪亮了一些:"他有动力。他知道怎样努力得到自己想要的东西,他不会停下来。就算他得到了他想要的,他依旧不会停下来。"

"那么,确切地说,你想要的东西是什么?马场上的一份工作?"

他沉默了一会儿,做了个她看不懂的手势,手心向上,好像捧着又宽又圆的东西。像是一个橙子或者更大点的什么,一个球。

"所有的一切。"

"这些人会保证,你是个养马的奇才?"

"我是最好的。"他说这话的时候似乎在努力控制自己的手。

汉丽埃塔嘲弄地看着他:"你怎么知道?"

第一次,他严肃的脸上有了一点点滑稽、玩味的笑容。"因为,我看到过其余的人。他们在我身上什么也拿不到。"她忍不住笑了起来。然后,她自己做出的动作也让自己惊讶:她突然伸出手,似乎被什么推向前一样,把他的手握在自己手里,脑子里并不清楚她要做什么。她的身体自动带着她达成了协议。她没有说"你被录用了",而只是简单地说了一个字:"好。"

插曲 II

美丽的河流：伟大、闪耀、亮白。沿着古老的路线追逐着，更新世冰川的产物，数千条的小溪都在奔流过程中干涸殆尽，在两条潺潺不息的河流影响下逐渐成形，这两条河流是肯塔基和利金的始祖啊——在如此漫长的故事里，河流从起源、形成沟渠、分流、流淌、变成圣水池、防御、埋葬，在一列列大理石和页岩底哗啦啦蜿蜒流淌着，是一条不折不扣的母亲河。刚才，一个小男孩站在这儿，他秀气的父亲把儿子的手举高，边指边说："看！"孩子顺着手指看过去，他能够记得的不应该只有如蛇般蜿蜒的河流，更应记住环绕在河流中的整座城市，多棒的城市啊！在台伯河上，一位女王从七座高山中跃起，环形的群山组成了她的王冠。城市的地貌起起伏伏，布满了大理石和砖块，灯火通明，不留黑夜。高楼大厦从不闭上它们闪耀的双眼，一直看着河流，就在不久前，一大群吵吵闹闹的白人蜂拥而下，毁掉了迈阿密大人小孩中间的树林，建起了防御堡垒，朝着萧尼族人的房子发射尖锐的毒箭，那些棕色的小房子瞬间着火。自由如何给已经有名字的地方命名？

劳杉迪维尔或者罗马，还是辛辛那提斯，以后，那些贵族也就不待在罗马，而是回家拿起犁种地了。接替了他们位置的人们聚集在一起，美国的女王诞生了，一个摆脱了大陆之梦的人，也是第一个摆脱了国王至高无上权利的人。成群结队的空想主义者和骄傲的人们不约而同地沿着"美丽的河流"启程，顺流而下，他们是律师、装卸工、牧师、泥瓦匠、循道宗教徒、路德教徒、浸礼宗教徒，等等，有虔诚的教徒，也有唯利是图的小人，有家财万贯的商人，也有大批大批的穷光蛋。他们屁股挨着屁股挤在平底船上，船上塞满了瓷器、床架、床头柜，船舷上搭着猪，船因此下沉许多，在圆圆的船底转弯的时候险些翻船。船沿着版图的轮廓，运着堆积如塔般的货物，一路向着迈阿密进军。再也不会有比此时更青春的时刻了，机遇亦是如此——现在已经被遗忘了——透过清澈的俄亥俄河一直望下去，如此耀眼、如此神圣、如此奇怪，就好像看到了天文学中所谓的亮暗朦胧时刻，看到了并不是当年的而是千年前的鲶鱼凝望的眼睛里，就好似瞬间看穿了一个梦，一个在波士顿和费城都无法实现的梦。被城市污染过的手指伸进清凉的河水里，鱼儿快速游走，永远地消失了，肯塔基人在前端哭喊着："近了！越来越近了！"她就在那儿，那座城市——丰满、白皙、贪欲十足，在波涛汹涌的绿色中掺入了一抹白色。

　　新来的人们，把他们所有的猪都赶向她，这些肮脏的猪弄脏了她，在七座山前后恣意奔跑，在那儿，它们生育繁殖，两倍、三倍，把这儿变成了第二座猪之城。在河流低矮的河岸上，在砖瓦房以南隔了几个街区之处，市民们建造了他们第一座屠宰场，在接下来的几年里，大量的牲口贩卖者赶着一群群的猪来了，它们从页岩山丘上奔涌而下，从周围的山谷中喷薄而出，在街道上形成汹涌的肉之河流。于是，富有的妇人们不愿意离开家，因为到处都是粪便。赶猪人尖声叫喊着，猪群挤在一起，有成千上万头，到处都是粉色、棕色、黑色的浪，直到到达泥泞的河堤，它们奔涌上手推车、货车、圆筒、马车，最终不过就是被宰杀、经过漏斗一样的装置，被放到木制的斜坡板上、运送到整整四层的熏肉室去。背后被赶猪人鞭打驱赶着，一群接一群的猪被赶进屠宰场，被压在发臭的板子上尖叫着，因为板子上面有绿绿的粪便变得滑腻无比。现在，头一批猪在粪便的气味中已经闻到了鲜血的气味，但还是被强迫推进那间最终的房间。一个浑身是血的男人恐怖地站在它们即将远远到达的终点。

　　然后，一只动物的蹄子被绑了起来，绑在偶蹄之上，它撕扯着，尖叫着，它的左腿被金属勾住，此刻正被皮滑轮牵引着，伴着令人心碎的哀鸣，自身的重量将球形接口撕裂开来，肥厚的屁股扭曲地吊了起来，完成了它最后的尖叫自白。当脖子被刀片划破时，鲜血从下颌喷涌而出，流进涨得鼓鼓的眼睛里。气管有了裂缝，无法正常呼吸，气体无用地吱吱响着。猪疯狂地挣扎，很快便力气全失，眼睛里也没有了生命的迹象。接下来，一头又一头地重复着。所有被宰杀的猪都被挂成排，沿着滑轮一个接一个摇晃着，身体被剖开，露出一条条肋骨和脊椎，就好像弄弯了的钢琴键，猪头也被锯开。现在，要开始解体了：啪地被甩在桌上，砰地一声机器响动，切肉刀落下，各部位就被抛了出来——肘子、肩胛、腰脊。六十秒以后，猪消失了，只剩下肉，这，就是无声的"猪生"。

　　城市兴起了，生育高峰出生的孩子们长大了，商业发展了，在半山腰上，城市建立了起来。巴克镇所有的人都来帮忙建设：难民、出狱者、那些有点自由的住在伯顿斯六号和七号之间的人沿着腐臭的迪尔溪逆流而上。在成桶的猪肉被装船运到南美和欧洲大陆之后，屠宰场就会把残留腐败的内脏一类拖到山上，在溪流的上游、在青翠的山坡上挖出污秽的坟墓，埋下血肉残骨加上杂色的猪身上的什么东西。每逢下雨，它们被一点点冲下山去，形成毛骨悚然的腐流。巴克镇闻起来就好像打开的棺材。

　　每天都会有工人从旁边出现，女人们朝北走，远离这条有故事的河流，去有着美国梧桐树和宽阔马路的豪华古宅中清洗、做饭，男人们聚集在市场，被挑选去工作。来自巴伐利亚的承包商调查着工人的血统：这里有天生的码头工人、服务员和车夫，但所有前世的生命对当前的活计毫无用处。巴克镇将会是第一个真正的美国之城的建造者。他建造主干道上的店面，在雷斯和斯普林建造一排排的房屋。在那儿，当他站在高处的脚手架上直了直身子，双手扶着稍微有些疼痛的腰时，能看到远处黑乎乎流淌着的那条河。他工作着。他工作着，于是城市发展着。但，不管什么时候只要钱袋鼓起来，他就会冲回巴克镇，装了护墙板的房子烧了起来，他仅剩的钱挂在了灯柱上。当对北方的梦烟消云散之时，他回到工作的地方，和德国人一起建起了有一排排座位的红色音乐厅，德国人会在那些高耸的大厅里庆祝，演奏交响曲，唱着女高音，而在几个小时之前，他早已回到了巴克镇与妻子共枕而眠了。经过一次次的战争，几十年过去了，他依旧工作着：理查森仿罗马式石制房屋、安妮女王式建筑、荷兰式砖砌房屋以及赤褐色的砂石建筑，直到这城市的边缘到了他的小山丘旁边，新世纪的护墙板里也藏起了女王王冠上粗糙的珠宝。在高处工作的所有人，都能居高临下地看着宽阔的河流，在河流后面有着丰富历史的广阔的肯塔基，那个下层社会正烦躁不堪。

而用不了多久，摩天大楼就会挡住这样的场景，它们如雨后春笋般拔地而起，密集如玻璃森林，没人能再看见这河，除非你站在这化石般的耸立之物上，就好像它们是山最顶端的石灰岩、页岩悬崖一般。现在就在那儿，能看到那个小男孩正在迈克·肖内西的保护之下，迈克是个卡车司机、缺乏热情的登徒子、孩子们的管理员、可怜的爱尔兰人，听说在身为该死的爱尔兰人时，他还读过高中。这男人有着不该有的好容貌，十分罕见，这是他母亲不幸爱上的男人，这就是故事的开端、发展和结局。现在，这男孩，跟他白皮肤的父亲相比黑得发亮。他们俯瞰着这座城市，灰黑的河流似乎太宽、太深，根本无法游泳，但，噢，孩子们，的确有人在里面游泳。

第三章　只是一道炽光

我要问个问题。可以的话请回答我。
有哪家的小孩可以告诉我，人的灵魂是什么？

——布兰德·威利·约翰逊

就这样，阿尔蒙沿着北区的街道一直向北开下米勒山谷，几近干涸、不合时宜的小溪蜿蜒在东北方向的大学山和北边的学院山之间，尽管山的名字如此，实际上那儿没有任何大学，只有谦逊的白色房子，这意味着马上就要到郊区了，白房子如同白色手指，从城市手掌中伸展出来，向外指着路。但阿尔蒙从来没去过比北区更远的地方，因为他的母亲玛丽也从来没有。玛丽很甜美、很天真，是家族中带着高中毕业证逃离莱茵河区的第一人，她还有一张附加文凭，梦想做一名教师——她想教像她儿子一样的孩子——那是在她生病之前。但现在，她依旧很高、很直，脚很小、胸很丰满，她将她的头发以自然的卷度扎在有图案的头巾里，唇膏是梅子色，上面还涂了一层凡士林，身边有个小孩，在她生日当天生下的最疼爱的儿子。

在北区以东，"代理＆冒险"工厂夜以继日地工作着，搅拌着棕榈酸酯、氯化物、硅酸盐、硫酸盐，曾经，还有猪肉的脂肪。灰色的烟徐徐升起,在天空中盖上了一层铝色的锅盖,因此,即使在晴朗的天气里,米勒之河也呈现出灰灰的颜色。傍晚,车流穿过升腾的烟雾,它们一对一对地从高架桥上穿过毫不优雅的峡谷溪流奔向郊区,只留下身后的烟雾。看,太阳落山了,蔷薇色的指尖正从脏玻璃上徐徐滑下。它将污秽在空气中分裂,形成成千上万道彩虹,果露色、玫瑰红、哈密瓜橙、婚礼粉、纯净白。阿尔蒙看到这样的天空时的第一个想法就是想吃上一口。从诺尔顿角一直向北延伸至大学山的山坡上,条条街道在日落时分都染上了一层金属色,这也预示着工厂灰黑的窗户里,马上要轮第二班了,烟囱里冒着一条条旗帜般的烟。在工厂里,小小的白色肥皂块从冷却区掉下来,被包进白色的蜡纸中,然后六个一组滚下哗啦啦的生产线,进到盒子里,而后,被运到北区中心销售。

  在山谷中,哮喘病很猖獗,阿尔蒙年轻的时候也饱受其苦。他晚上和玛丽一起沿着哈密尔顿大街散步,身体被喘息的拳头拧在一起,两人的身形都倒映在褐色砂石建筑和沿街商铺的窗户上,脸上红红的,暴露出污染的痕迹,头发也显示出亚硫酸铜的存在。在他们走路的时候,玛丽以刚刚可以听得见的气声唱着歌。没人说过她很漂亮,但她很年轻,那就是种美——衣服依旧不需要衬里,身体依旧挺得很直,开车路过的人,就会温柔地想起自己的母亲。有些人会想,黑人女孩总是那么年轻就生小孩;有人会想,天哪,这样心动的瞬间一晃而过,年轻的女孩已经是有人采摘的花了。玛丽和她儿子朝南一路走到蔡司路和哈密尔顿大街的交会处,他们的第一间公寓、第一个阿尔蒙可以叫作家的地方就在那儿。

◆

  但又一次,山谷。他们住在小山谷里,离河流有四英里,无论何时水流上涨——一八八四年有一次，一九三七年又有一次——灰色的河流在城市低矮的动脉里奔流着，淹没北区的中心。有钱人住在辛辛那提的七座高山上，洪水来临之时，他们从自己高高的住处向下看着，忧心着。

◆

在蔡司路上，玛丽和阿尔蒙住在一个两室公寓里，那房子还有其他十三户人家，有一百年历史。在那第一个临时住所，夏天的来临就好像埃及的瘟疫，玛丽为了躲避酷暑，把百叶窗拉了下来。她脱掉裙子，只穿着内衣在公寓里走来走去，给儿子喂奶的时候，就简单地盘腿坐在地板上，就好像一座筋疲力尽又无助的佛像，孩子就放在大腿上。植物因为没有阳光耷拉着，有着太阳轮廓的百叶窗一英寸都没动过。她用面霜抹着他的痱子，吻着他大汗淋漓的头。有时候，因为他惨烈的哭声，她也会哭泣，即使炎热无比，也紧紧抱着他。他打盹的时候，她就轻声唱着歌，轻轻唱着："嘘，宝贝快睡吧！嘘！你为什么哭泣，去睡觉吧小宝贝，当你醒来，你会拥有所有漂亮的小马，黑色的、栗色的、有斑纹的、灰白的，所有漂亮的小马。嘘！"

有时候，屋里会有个男人。他是个白人，他来了，又走了。下雨的时候，街道上闻起来有点像远处的那条河。

他们在那间公寓里一直住到一九八四年，当阿尔蒙开始有一点点关于生活模糊的记忆时，他们搬家了，因为那个白人来得越来越少，就算来了，他们也是吵架。他不高，但很漂亮，尽管瘦得离谱，红棕色的胡子就像条鱼一样趴在他嘴唇上。他暗色的头发很长，鼻子坚挺，克里郡特色的眼睛，后兜里装着烟卷，白色的粗棉布在那块皱起来。他和他儿子一起打盹。这男人就像干浴盆，靠着他躺着让人感觉很空灵，当然也很干净，尽管他身上有股烟草味。阿尔蒙的妈妈在公寓里到处放上绿色的玻璃烟灰缸,所以他来以后,只要伸伸手,就能在阿尔蒙的头顶上找到一只,然后在玻璃壁上弹弹烟灰。阿尔蒙说:"你去哪儿了?"他说:"加利福尼亚的北边和南边、佐治亚州、佛罗里达。我在女人岛上只待了两天。你知道他们在那儿能得到什么吗?"他并不知道。"女人!"他笑着,儿子也笑了起来。"我也去了圣奥古斯丁。你知道,在那儿他们能得到什么吗?所有你他妈不知道的东西。"

他总是毫无预兆地来,后来,这样的到访变得很不规律,再后来,再也没来过,箱子堆在房间前面的中间。掉了把手的罐子堆在一起,还有酢浆草花盆,阿尔蒙的很多小鞋子,然后,他母亲缩在沙发里,手里攥着头发,手指深深地抓着自己的发际线。

"妈妈,怎么了?"

"没什么。"

"妈妈——"

她的眼神让他住了嘴。"我做不到,我不能失去任何人……我自己做不到。"

于是,他们离开了蔡司路上的公寓,向南搬了七个街区,朝着旁边雾气腾腾的最南边去了,那儿更便宜。高架桥跨过散发着下水道气味的米勒河通往诺尔顿角,那是五条街道的交会处,有一百年历史的商业街区。曾经很热闹,在星期天的下午,人群从人行道上拥挤而下,购物者蜂拥而至,人挤人地经过肉店、文具店、杂货铺、棺材铺、药房,一个个灵魂肩并着肩。但随着城市的发展,周六的人群涌向了北边,爬上了山,到了郊区,周边最南边的地方变成了工薪阶层穷白人聚集地,而后成为混居区,现在,就只被称为黑人区了。诺尔顿角又呈现出了曾经的模样。路的交叉口像马车轮一样饱经忧患、古老不堪,它的塔顶到处都是碎玻璃、香烟头和油腻,它的中心地区变成了一个破旧的服饰店、一个加油站、一座白色城堡,还有一家街角的小商铺。就在这儿,玛丽租了另一间两居室的公寓,很小的地方,但却充满着阿尔蒙早期记忆中的各种嘈杂的声音:汽笛畸形的哀鸣、男人粗暴的咒骂、地铁列车一阵呼啸而过、散漫的狗叫。七月,他能从凹窗向下看去,盯着独立日的游行队伍经过。冬天,雪一落到地面,立刻就变成烟灰一样的灰色。也就是在这间公寓里,阿尔蒙会说:"我想爸爸了。"他母亲也会说:"宝贝,我也是。"

◆

在他们公寓的后面,后楼梯井栏杆的下面,是一个水泥地的花园,世纪之交公寓的空心处,形成了他们的街区。两边建筑都有四十英尺高,形成了大片阴凉,邻居的女孩子们夏天时会在这里玩耍。一只罗德维尔犬被拴在一个角落里,它躺在那儿,焦糖色的脸颊搁在爪子上打着呼。女孩们每天早上如溪流般穿越整个公寓——其中一个女孩总是从她厨房窗户里爬出去——去争吵、跳舞、尖叫、说着莫名其妙的话,但会在中午回来,太阳晒得水泥地像是煮沸的锅一样。曾经,有个车工手里的管子突然间掉了,脑袋晃晃悠悠地倒了下去,脸着地,现在那脸上还留着疤。正午时分,女孩们聚集在过道处,啜着橘子棒冰,直到下午两点,阴影开始倾斜,投到她们的游乐场上,玩耍再次开始。

在很多个月后,阿尔蒙鼓起勇气偷偷溜出公寓来到水泥游乐场,之前,他一直从他们二楼的窗户里眼也不眨地看着。甚至在那个时候,他依旧有所保留,严重到只是站在门柱后面,透过自己长长的睫毛盯着那些女孩子玩。她们跳着、唱着、叫着,一个女孩在队伍里蹦跳着,手放在精瘦的屁股上,头绳上的小珠子上下晃动,哗啦作响。正当阿尔蒙看着的时候,一小片金属片掉了下来,两颗珠子掉在水泥地上滚走了。

"你的头发！你的头发！"女孩们哭喊着，蹦跳的女孩从跳绳中跳出来，她的手放在头上，发现了男孩，两只手紧捏着辫子，她哭喊出声："那个小孩！"

"那个小孩！"七个女孩都甜甜的，明媚十足，兴奋地朝他簇拥过来，尽管他四肢害羞地缩着，后退着。掉了珠子的女孩第一个来到他的身边，低头微笑，拍着他的头，就好像他是只可爱的小狗。

"他的脸看起来就像个老人。"她观察到了他异常浓重的眉毛、像刀子一样突出的颧骨和凹陷的面颊，说道。

"达内尔，为什么你一直像个白人一样说话？"

"我没有！"女孩喊叫着，受到了伤害，猛地转过身。

"有，你有！"大家齐声说。她们现在正围着他，或者说，围着她。

"达内尔想做个白人！"

"我没有！"

"达内尔想要——"

"住嘴，让这小孩跳吧。"另外一个女孩打断道，向前走了一步，这是她们高大的默认的领袖。她手里依旧拿着掉在地上的绳子末端。

"我不是小孩。"阿尔蒙说。

"你有个白人爸爸？"有人问道，所有的视线都突然再次转向他。

阿尔蒙的舌头突然打了结。

"我听说你有个白人爸爸！"

"你是白人吗？"

在这些胳膊、腿和翘起的头中间，撒谎才是最原始的本能。"我爸爸是黑人。"

"我想要个白人爸爸。"有人说道。

"现在，你没机会了。他们没有面巾是不行的。"

227

拍阿尔蒙头的女孩眯起了眼睛。"你父亲是黑人，这是真的？"她问道，但阿尔蒙的手紧握着，只能点头。

"跳绳吧，跳绳吧！"有人喊道。她们接受了提议，一起呼喊起来，然后，她们重新拉起了绳子。他向前走了几步——一个肌肉发达的小男孩，穿着破旧的白色汗衫，因为没有打理，头发微微蓬起，乱乱的。

"我喜欢咖啡，我喜欢茶——"她们唱着，"我喜欢小男孩来跟我一起跳绳。莫名其妙的话！"两根绳子双重地啪啪作响。阿尔蒙的小膝盖用力着，手臂伸开，一脸严肃，聚精会神。一片云彩遮住了他们的游乐场和领头的孩子，她正随着绳子的节奏缩着头，她小小的粉色舌头挤在紧闭的双唇之间，抬头看去。阿尔蒙判断着绳子落下的时间，跳错了一拍，砰的一声摔倒，出错了。"哇哦！"绳子打到了他背上，手臂张得老大。

她们靠近他，噢，整个身体俯在他身上，双手捧起他的脸，吻了他，她们的呼吸很热烈，嘴唇很黏。

"阿尔蒙！"

女孩们从他弯曲的身体上转回头去，是玛丽，她背对着天空，影子投下来，她靠在厨房的墙上，探出头来，冲着下面喊着："不许骚扰我的孩子！"女孩们只是低着头看着地面，然后其中一个说道："没人欺负任何人。"玛丽从窗户里探出更多，看上去更加慌乱，说道："不就是你们站在我儿子头顶上？他才四岁！别用你们油腻的小手碰我儿子。"有人在偷笑。然后玛丽吼道："土耳其秃鹰！"女孩们一哄而散，又逃回阴凉里。但当阿尔蒙抬头看过去的时候，玛丽微笑着："上来吧，到我这儿来，我有好消息要告诉你。"

他跑进公寓的时候，玛丽蹲了下来，与他齐平。她咯咯笑着，酒窝深得都能放进去一个大拇指了。"猜猜是什么？"

"什么?"他害羞地展示着自己的吃惊。

"爸爸要来了,我们要去北方嘉年华啦!"

"啊!"他尖叫着,本想跑着庆祝,但她把他拉了过来,抱在胸前。

"听着,"她对着他耳朵说,"你知道你父亲多久没出现了吗?噢,天哪,"她说,"永远。永远。但他要回来了。所以,我求你。阿尔蒙,你的妈咪在求你。你要表现得好一点,作好准备,做我的乖乖小羊羔,因为——"

阿尔蒙看到她的脸变得严肃了起来。

"我需要这个家。"她说着,几乎像是耳语,"那个男人把我的心收进了他的身体。所以,我只要求你表现得好一点。如果我们尽全力表现得最好,也许,我们就能让他多待一会儿。"玛丽温柔地将他放回地上,用大拇指抬起他的下巴,说道:"做我的好孩子。"

"他会留下来吗?"他说。看到了他一脸的坦率和得不到保障的希望,她的心几乎要停止跳动。但她只能说:"别这么孩子气,阿尔蒙。"

◆

他在一个周五早上来了,埋头上了楼梯,手里拎着一个巨大的箱子,箱子里装着一套全新的不锈钢厨具。玛丽正准备去工作,但他走进来的时候,她正在翻钱包的手停了下来。夏末的空气环绕着他,催促着她奔向他颀长的身躯。阿尔蒙几乎抑制不住他的欣喜。这个男人的脸在如此长的分别后显得如此奇妙,带来了他最初的神话。他挤进了父母身体中间。

"好了,我五点钟就回来。"玛丽说着,一只手指戳着阿尔蒙父亲的胸膛问道:"今晚,你想吃什么?"

"嗯,"迈克说着,耸了耸肩,"给我从'第五条修正案'带点回来吧。"

"熏牛肉三明治?我知道你喜欢那个。"

他做了个鬼脸,转了转眼珠。"不,不是。给我带个汉堡。我吃厌了熏牛肉三明治,它们跟狗屎一样。"他低头看了看阿尔蒙,不诚实地笑了笑,伸手去拿烟卷,"你告诉别人你喜欢熏牛肉,然后——骗人的!——其实你一直很讨厌熏牛肉的味道,忍受不了。天哪,女人。"他大笑,微微向她的方向瞥了一眼。他长长的散乱的头发在脑后扎成马尾,露出有雀斑的颧骨,因为瘦而突了出来。

"好了,阿尔蒙十点的时候要吃点点心,然后——"

"我知道,玛丽。"

她笑了。"我知道你知道。我不说了。"她再次吻了他,他主动伸出了短粗的脸颊。

"玩得高兴,"她说,"乖一点……"朝阿尔蒙有目的性地看了一眼,然后,她走了。

"好吧,"迈克说,他瘦骨嶙峋的肩膀抬起来又放下,环顾四周,看着充满阳光的房间。他走到沙发前,但只是伸了会儿懒腰,并没有麻烦地脱掉鞋子,接着从沙发背上抬起头说道,"阿尔蒙,把门锁上。"阿尔蒙兴奋、警惕而又顺从地拉了一把厨房椅子到门后,爬到上面,搭上了门闩。然后,他从椅子上转过身,双手背在身后,咯咯笑着。

"好孩子。"

"当我们——"

"咳,"迈克大笑起来,"咳,哈。我们午饭前哪儿都不去,所以,锁掉吧。"

阿尔蒙从椅子上爬下来,绕过他父亲躺着的沙发爬了过去,先看到了他暗色的乱乱的头发,接着一只眼睛。他的父亲正昏昏欲睡,忍不住大笑起来。

"你真傻。"他说。

"嘉年华里有什么动物?"

迈克一只手慵懒地抚上阿尔蒙圆蓬蓬的头,手指穿过头发。"熊,"他说,"蛇、马,还有,嗯……他们还有小鳄鱼宝宝,我想。"

"那是什么?"

"噢,见鬼,我太累了。我昨晚就睡了三个小时。我从堪萨斯城开车过来。嗯,鳄鱼就像有乱糟糟牙齿和腿的鱼。"

"啊!"阿尔蒙一脸害怕。

迈克把手放在腋窝里,闭上了眼睛。"两个小时以后叫醒我。"他说。

阿尔蒙立刻从沙发上抓了一个枕头,模仿着迈克在地上躺了下来。"给我讲个睡前故事。"他说。

"故事?"迈克说,朝沙发里挪了挪,眉头皱了起来,"我不知道什么故事。我不擅长那个。不,等等。好吧,这儿有一个。曾经有一场橄榄球比赛,天气非常非常冷。不只是冷,我的意思是大概有零下四十度。这太他妈疯狂了。踢球的那些人手指头和脚趾头都没了知觉,场地上也有很多冰,所以每次摔倒,都会划破他们的衣服。那些人浑身流着血,他们笨拙地踢着球,格林湾队的开球员错失了该死的射门得分,因为他的脚没知觉了。所以在第四节,他们都他妈的体温过低,就在快结束的时候,然后——塔达——为巴特·史塔开了路。"

"石塔?"阿尔蒙问道。

"是的,一个人。巴特·史塔是个人,他就是耶稣基督。伟大的白色希望。到了第四节,达拉斯队已经得了三分,这是格林湾队的第三分射门,就是这样。史塔叫了个暂停,他要作个决定。达拉斯队的

231

队形很紧凑,而格林湾队很分散。但巴特·史塔知道关键的是什么:有时候你会拼了命把重要的东西带回家。所以,他做了什么呢?四分卫他妈的鬼鬼祟祟。于是他妈的不顾前后地冲进去,把达拉斯队打得惨败。"他打了个哈欠,所以脸吓人地伸展开,"那是橄榄球史上最棒的时刻。这就是如何在关键时刻取胜。为了团队,牺牲你自己。故事讲完了。"

迈克没睡着,但眼睛又闭了起来,"所以,嘿,阿尔蒙,"他说着,又深深地打了个哈欠,身体抖了起来,"你知道我要……将来某一天……我要带给你什么……"然后,他睡着了。

阿尔蒙醒来的时候,太阳还没有落山,阳光照在他脸上,温度让人窒息,汗水汇成小溪,流到头发里痒痒的。他抬起手,摸到他父亲白白的手这会儿正垂在他们中间。他握住他的一根手指,男人醒了过来,首先动的是他的眉毛。

"嘿,孩子,"他柔声唤道,"你妈妈给我买啤酒了吗?"他脸色疲倦不堪,就好像他在睡觉的时候老了二十岁。枕头在他的脸颊上留下了痕迹。

阿尔蒙给他拿来了两瓶。他两口就喝完了第一瓶。拿着第二瓶,他又躺了下来,慢慢喝着,而阿尔蒙盯着他来回滑动的喉结。

"你母亲怎么样?"他问道。

"很好。"阿尔蒙欢乐地说。

"现在几点了?"

阿尔蒙做了个疑惑的手势,迈克说道:"噢,见鬼!"但他没起来,"再给我来一瓶。"他说。阿尔蒙的笑意渐渐消失,然后他说,"两瓶。"再然后,喝完第一瓶,他又睡了过去。

阿尔蒙向下看父亲躺在自己的铺位里,男人瘦削的手臂在胸前交叉。一会儿,迈克开始打呼,笨重的、不健康的、大人的声音。脸上似乎带着最初的怀疑，但并不是生气，阿尔蒙把小手放在了父亲的肩膀上。他晃了他一下，然后第二下，力气越来越大，直到男人像水里的圆木一样在沙发上滚了一下。最终，迈克拂去了阿尔蒙的手，"让我睡会儿。"他眼也没睁地沉沉说道。

于是，新的场景开始了，尽管他接下来的动作一气呵成。阿尔蒙只是简单地开了门，紧紧握着软软的楼梯扶手，在吱吱嘎嘎的楼梯上走着，直到满满的阳光落在他身上——同样，也落在了他的冲动上。街上流动的人群吸引着他，他们朝着交叉路口方向涌去，卡车装着动物开了进来，尽管很多年前，动物们就已经从匹兹堡在货车上被轰隆隆地运进来，它们就站在西边的主干道上。于是，夜晚，太阳落山了。孩子们在床上听到豹子凄惨的哭喊，还有猴子吓人的喊叫。

在用绳索围起来的交叉路口：蛇被装在肮脏的玻璃笼子里，豹子在货车上想要逃跑，一个光溜溜的红色猫在套子里向行人发出嘘嘘声，笼子里的一只长颈鹿就跟楼一样高。围观的都是住在周围喝醉的自由人，他们在光天化日下亲吻着自己的女朋友，就好像男人要离开了似的，孩子被扛在肩膀上，那些孩子在半空中就好像战利品，骄傲地相互喊着，心满意足，朝着动物咕咕叫。

他们肩并着肩，像缝在一起的一件巨大衣服。但在这拥挤的人潮和喧嚣之外，有一匹马。它没什么吸引人的，只是在皮奥瑞亚的屠宰场里被游乐场管理员花了四十块钱买来的。它站在那儿，眼睛里只有一对暗淡的圆圈，毛发凌乱地搭在旁边，已经磨掉的蹄子。它背部中间弓起，后腿向内弯着。后面和两边都少了毛，就好像有一个老旧的马鞍一直在生硬地摩擦着它一样。它的眼睛非常蓝，目光里没有抗拒也没有争论，一派平静，有片刻的存在感，也许没有记忆，它那动物的眼睛已经习惯了马嚼子上的马刺和一个男人在笼头上重重的拍打。它回头的时候，一只蓝色的眼睛看着阿尔蒙。

"猜猜它有几掌高。"牵着它的男人害羞地说道。阿尔蒙什么都没说,只是扭动着一条腿,向上看着。

"多高?"男人又问了一次。

"它有名字吗?"阿尔蒙指着问。

"你猜对多高会有奖励。"

"一百。"他轻声说道。

"哈?"男人说道,脸上满是怒气。

然后,一个女人高声说道:"这是谁家的孩子?"过了一会儿,一个女人把一只手按在他肩膀上说:"小甜心,你爸爸妈妈在哪儿?"他瞬间挣脱了她的钳制,跑了起来,受到害怕和邪恶的快乐的驱使,在人群和垃圾桶中穿梭着,直到两分钟后感到胜利,关上门,上了锁,他大口喘着气,站在打着鼾的父亲面前,在发酵的黄昏房间里,马儿几乎已经被忘记了。他数着沙发旁边地上的七个金色罐子,其中一个只喝了一半。他弯下腰,小心翼翼地研究着父亲的脸:脸颊和下巴清晰的轮廓,甚至在睡梦中还皱着的眉毛,他的雀斑就好像是小污点。白色的皮肤——跟面粉一样、跟纸一样、跟雪一样、跟珍珠一样、跟星星一样的白色。

"醒醒。"他轻声说,没有任何回应,他攥紧了自己的小拳头,用上全身的力气,打在了父亲的肩膀骨上。鼾声停止了,迈克红红的眼睛朦朦胧胧地睁开。它们慢慢聚焦,看清了阿尔蒙的脸。然后,一只手伸出去,擦掉正从脸颊上流下来的泪水。

"嘿,朱迪,"他说,"别难过。"

◆

早上,他脑子睡醒了,他沿着老旧的凹下去的地板晃晃悠悠来到厨房,在那儿,他看到玛丽正站在炉台旁。阳光透过两边的两扇铰链窗,烤热了整个房间,也把她圈在了影子里,看上去,她就好像站在光的隧道里。她的头发红得发亮,向一边挽着,另一边还保留着她睡觉时脑袋的形状。她右手用力紧握着炉门的铬合金把手,手都发白了。

"爸爸还在吗?"阿尔蒙睡意蒙眬地说。

她没回头,炉子上的手也没有挪开。他向前走了一步,只是微微的小动作,他碰了碰她的屁股,轻轻地就好像猫爪子一样。她的手恢复了生机,从炉子上扬起,用力将他的手甩开,力气大到他都害怕得想哭出来。他只是跟跄地后退,手腕放在锁骨上,吃惊地抬头看着她,带着孩子那巨大的不安。

"我现在不需要任何男人碰我!"她嘶嘶出声。她的眼睛深沉如刀,脸上没有一丝熟悉的模样。

"我是说,为什么?"她突然说着,声音又大了一些,"我只是需要有人告诉我为什么!"

阿尔蒙只是盯着。

"我错在哪儿了?"她哭喊着,"我做得都对,我有了他的孩子,我爱他!没人比我更爱他!我错在哪儿了?他忍受不了我丑陋的脸?谁是属于我的?谁?告诉我!"她蹲下来,放声大哭,无意识地啜泣着,痛苦地哭泣着,她的T恤在她蹲下来的时候勾到了炉子把手,从她柔软的肚子上被拉了起来,能看到白色的妊娠纹。她一只手抓住了她腹部的褶皱,一只手盖住着她下垂的胸,T恤下面没有穿胸罩,腿弯曲地向前伸着。

"为什么我要付出所有的爱?啊?告诉我啊!你们把我所有的东西都拿走!你们什么都不还回来!"

阿尔蒙跳回门柱后面,想要逃离,她的愤怒现在已经崩溃成了眼泪,"我只想让我妈妈回来。为什么上帝要把所有人从我身边带走?为什么所有的人都离我而去,留我一个人?"

阿尔蒙的脚帮他摆脱了这里，它们驱使着他从后面的楼梯下去，把他抛到水泥花园里。那儿很凉爽，是个哭泣的好地方。被拴着的罗德维尔犬听到阿尔蒙的哭泣抬起头，笑着，焦糖色的眉毛跳跃着。阿尔蒙抬起头，只能看到四周肮脏的红砖墙，然后，就是一方蜡笔涂过一样蓝色的天，一朵云都没有。那儿也没有鸟儿飞过。他看了那么久，眼泪流到了耳朵里。终于，一个女人的声音响起："孩子，他娘的你有什么错呢？"当他抬起头想看看是谁在说话的时候——一个胸部丰满到占据了整个窗户的女人正探出头来，向下看着他——一只鸟儿直直地穿过他头顶的蓝天，它突然侧飞，转了个弯，停在了水塔上，向下怒视着这吵嚷的交通，随后它向旁边挪了一步，就好像天折的舞步。然后，它继续唱了起来，声音比任何村里的同类鸟儿都大，因为它有太多需要用歌声回击的东西了。这儿，没有任何生命是舒服的。一只鸟儿所有的防卫就是你一只手就能掐死的身体。

◆

那个下午，等她情绪安定下来一如燃尽的灰烬，这时候，他们的邻居比尼来看他们了，迟钝的话语和天生的智慧都要派上用场了。她抹了一把肥圆膝盖下的汗水，她穿着一件公牛运动衫，袖口如此大，都能看到她白色的内衣。她头发从头顶一级一级下来，紧紧地盘着，一层比一层厚重，最后一个在脖子处的卷厚得好像厕所里的卷纸筒。她每根手指上都带着一到两枚金色的戒指，它们随着她抽烟的动作闪着光。她总是抽烟。她发现厨房桌前的玛丽正盯着窗户上的通风扇，面前放着有乱七八糟刮痕的盘子，里面还有食物。

"我最喜欢的小男孩在哪儿？"比尼说。

"我不知道。"玛丽轻声说。

比尼咯咯笑起来，"你知道的，那孩子有一张凶脸。他长大以后会他娘的让某些白人家伙害怕的。骨架，你知道我在说什么。他妈的骨架。"

玛丽的嘴角微微扬了扬，但没能笑出来。"今天上午太可怕了，他逃跑了。他可能会回来。我不能怪他。"

比尼重重地一屁股坐在另一张椅子上，两条腿僵硬地伸在她面前。"好了，看着我，女孩，看着我。"玛丽警惕地抬头，就好像知道一场风暴要来，"我他妈的受够了你为这个狗娘养的哭。你知道我真的这么想。这他妈的都成规律了。"

玛丽把鼻子在手臂上蹭了蹭，"他答应要带阿尔蒙去嘉年华的，但他来了以后就只是坐在沙发那里，只顾自己一个人没脑子地喝酒。"

比尼喉咙里发出了遗憾的声音，摇了摇头。

"他甚至都没坐直过，他醉醺醺地告诉我，他在芝加哥让一个女孩怀孕了，他现在马上就要搬到芝加哥去。我就像这样问：'你爱我吗？'"

"首先，不要问任何男人爱不爱你，因为那只是同情。"

"然后他说，你知道他说什么吗？他就这样说，'我爱你，但我已经腻了。'"

"迈克，那个白人说的？"

玛丽点了点头。

比尼叹了口气："谁能知道，这些白人跟这儿的黑人一样一文不值呢。"

"他把他的车留给我了，但我根本不在乎。比尼，阿尔蒙不应该这么看我的。"

比尼又叹了口气："是，好吧，有人的确能完全能控制你。你总是表现得太温柔。你让你一个男人到处跑——"

玛丽把手臂搁在桌子上，脸冲前："现在你说话的语气像是牧师在说我表现得像个白人女孩。"

"噢,粗俗!"比尼把一只手抬起来挡在面前,"我没那么残忍。看,我不是那个意思。我自从十三岁被从大火中的大楼里救出来之后,就再也没见过白人女孩了。"

玛丽叹了口气,向四周绝望地看了看:"好像我只能变成某些艰辛的大屁股泼妇,真的要在这儿变成真正的黑人了——"

比尼使劲把脑袋抬得老高:"你管谁叫艰辛的大屁股泼妇?"

她看到了她想看到的反应。玛丽低下头,从鼻子里笑出来,把比尼闲着的手甩开,"我只是说……就好像有些人一直想把我撕碎,目的就是为了成为我。牧师觉得我的行为看起来就像爱发牢骚的白人女子;男人觉得,如果我只是做自己,而不是努力适应新游戏,就能从我身上跨过去;这里所有的女人表现得我好像是种族的叛徒,就因为我跟迈克在一起——"

比尼挥了挥手:"噢,她们真的不介意,她们就是在喷粪,因为那就是屁眼做的事儿。"

"不,这是事实,你知道的。就好像你一直不得不演戏,假装成另一个人在这个世界上求爱。好吧,我不跟男人演戏。我也不愿意引诱别人。我就是我。所以,所有人都出去欺骗别人说,爱上了他们,只有我自己孤孤单单的。"

"你觉得为什么会这样?"

玛丽直直地看进她的眼睛里:"因为他们是懦夫,男人也都是懦夫。"

比尼把烟雾从玛丽面前挥走,"好,好吧,你不会演戏,也没人说过你会。只是,就只是,难道有人想看到你这么没有骨气地为这个一文不值的狗娘养的哭得这么惨吗?难道没人告诉过你,男人都不值得你为他哭吗?"

玛丽闭上了眼睛,说:"孩子需要一个父亲。"

"好了,看吧,这我就有点看不下去了。"比尼说着,拉回了她的手,"我两个女儿都很好,她们的父亲在哪儿呢?德伦在哪儿呢?谁他妈知道。至少,我们都知道奥马尔在哪儿,你知道我说的是什么。但我的两个女儿都过得很好,SCPA的明星学生,在乐队里演奏,跳芭蕾。所有的都做到了。玛丽,"她接着说,但语气更加温和,带着点叹息,"你什么男人都不需要。睁开你的眼睛看看周围,你看到这公寓里谁家有男人?谁?"

"卡拉。"

"哦,是,好吧。"

"迪翁。"

"行,行,呸。"

玛丽突然惊慌失措地盯着电扇,缕缕烟雾随着扇叶徐徐旋转。然后她说:"那女孩,我经常看到她和她的那对双胞胎出去,就在诺尔顿角。我不知道她的名字。我看到她推着婴儿车出去的。"

比尼转过身:"噢!"

"什么?"

"那个婊子?我呸!那个婊子就是个单身女人精液工厂,每天无时无刻不让男人的阳具进进出出。她没有男人,玛丽,她就是个拉皮条的!"

"什么?不!她是个妓女?"

"你不知道?该死的,玛丽,你太无知了!"

"但——我,我忍不了了——我是在教堂里长大的!"

两个女人都号啕大哭起来。一旦开始,她们就停不下来了,所以比尼不得不把烟头从窗口扔出去,跺着脚,玛丽从椅子滑到了地上,头靠在椅子上哭了起来。然后,她又笑得太厉害,虚弱到无法站起

239

来,于是比尼不得不站在她面前,用两只手把她拉起来,说:"好了,把阿尔蒙叫上来去教堂吧。给他一些牧师的教育。"

◆

牧师住在西克墨一座古老的四层楼的赤褐色砂石建筑里。他住的那栋在街角的五排建筑,全都是一副年久失修的样子。房子表面是粉色的,砖头墙上点缀着窗户上的黑色罩子和黑色的百叶窗,其中几扇在转轴处已经松掉了,只靠一边维持着,很危险的样子,让下面的行人感到害怕。门廊是水泥的,枕梁和房檐都被刷成了石头一样的灰色。墙皮剥落下来掉在了门廊上,玛丽小时候,那儿还有几盆天竺葵和酢浆草的矩形盆栽。她母亲死于癌症之后,这些盆栽就没有了。现在,门廊上什么都没有,只有经历了一个世纪、累积了十万脚印的石头上深深的磨痕。它就好像一个冰冷的灰色马鞍,温柔地抓取着什么。

玛丽带着阿尔蒙开车前往西克墨,开着迈克·肖内西留给她们的卡特拉斯汽车,但在城里很难找到一个停车点,于是,她把车停在一条小路边,那路仅仅就比地下室通道宽一点点,满是黑色的垃圾袋、轮胎和废弃的旧家具。玛丽熄火的时候,已经有三个男人挤在一起站在小路的尽头,就像是抓子游戏里的子零散一地。

"我并不想念这里的生活,"她叹了口气,但把眼睛转过去看向阿尔蒙,"小甜心,听我说,"她用很严肃的眼神盯着他,"我想让你在这儿感受到耶稣,懂吗?"

他点了点头。

"我对你的要求只有这一点。"

"好。"

她伸出一根手指。"我不希望你谈论任何关于你父亲的事。你听到了吗?"

"啊,啊。"

"不要啊啊地敷衍,我是认真的。要这样说,好的,妈妈。"

"好的,妈妈。"他说。

他们按门铃以后,一个中国人开了门。玛丽吃惊地后退了一步。她看着他,一句话都没有说,这个瘦削的男人有着长长的稀疏的头发,就好像马稀疏的鬃毛,穿着一件老旧的油漆工连体衣,上面溅得都是明晃晃的颜色。他年纪不大,全身脏兮兮的,这个人大概不介意很长时间不洗澡。他看了他们一眼,说:"你们是谁?"

"我是玛丽,"她愤愤地说,"你是谁?"

"噢,哈!"男人哭笑不得,"牧师的女儿,玛丽。噢,当然是!请进请进。我是新来的,没想到。"

他招呼他们走进公寓,双手快速拍了两下。他们走进高耸的大厅,有栏杆的楼梯很陡峭,通往二楼。在上面,有收音机的响声和男人们的声音传来。有东西掉了的声音,还有沙哑的笑声。

"我想,牧师正在他的办公室里。是的,他就在那儿。听着,如果你一直待到晚上的话,我想跟你分享我看到的,耶稣如何改变了我的生活。"

"啊,啊。"玛丽说着,牵着阿尔蒙朝会客室爬上去。

"在我让他住进我心里之前,我就是个行尸走肉。我曾经一度住在百老汇。那时候我做的事情,你甚至都不能称之为活着。但一会儿之后,我会全部都告诉你。对孩子来说,这是很好的警告。"

"嗯,行,好的。"

男人一直引导着他们穿过走廊,走到会客厅门口,这儿曾经是辛辛那提很大的联排住宅。而现在,它是这城市挂毯上一条磨损的棉线。牧师正在主持,严厉且正直,坐在他的老地方,一张该退休的深红色皮椅上，大腿上摊着《圣经》。椅子上到处都是裂口，上面贴着牛皮胶布补丁，像棉球一样的白色物质从缝隙里挤出来。牧师抬头看见他们，合上了《圣经》，把它放在旁边，站了起来。他很高大，身上没有一点多余的东西，在他熨烫整齐的二手衬衫下是像盒子一样的肩膀。衬衫紧紧地贴在身上，上浆的领子整齐地扣着扣子。他巨大的手臂垂在身侧，手指有些不安，一直在动，他那老旧的金色婚礼领结反着钝钝的光。

男人的块头并不那么引人注意，但他的头和脸很引人注意——整齐的短发，在无比宽大的额头上有点点银丝，脸如同黑板，在表面画下深深的皱纹。他的鼻子很宽，在浓厚、英气的眉毛下很高挺，阿尔蒙也遗传到了这一点。在这双眉毛下，有一双深邃而又深沉的眼睛，如同灯火般熠熠生辉。一名牧师不只会看，他的眼神透露着他关心的东西。

"嗨，爸爸。"玛丽娇声唤到，听起来并没有比她儿子大多少。

牧师点了点头。"总是迟到。你错过晚饭了。"即使只是日常交谈，他的声音也大到可以充斥整个房间。他金光闪闪的眼睛从她身上移开，带着无法理解的表情，然后，看向阿尔蒙。阿尔蒙笑着抬头看向这张熟悉的面庞，并没有回以微笑。许久的沉默。但就在玛丽攒着一口气准备说话的时候，牧师插嘴道："你对这孩子的头做了什么？"在这座皇后城五十年了，他依然有着阿肯色州乡村的口音。

"什么？"玛丽说着，伸手去摸阿尔蒙的头发，它们乱蓬蓬地长着，就好像没经过修剪的篱笆，"看上去不错啊。我喜欢这个样子，有种自由的感觉。"

牧师说话的时候抬起了头，每个字说得都很慢，如同宣讲一般，元音都读得如田野般浑圆。"我可以提醒你，自由和散漫有区别吗？你觉得你的孩子看上去像是没人管的样子就是自由？人们如果看到一个这样的孩子,他们会觉得这孩子没有妈妈。他们看到的就是个那样的黑人。你最好再给他穿上黑人常穿的颜色花哨的短袖套衫和裤子。"

"爸爸!"玛丽笑了起来,"才四岁的小孩不需要看起来像律师一样,我的意思是,这是什么年代了。"

"很显然,如果他们的孩子看起来无家可归,也就不介意是什么年份了。这事儿……这甚至不符合潮流。"他的大手嘲笑地拍了一下。

"赶潮流?你真的觉得你应该跟我宣讲什么是赶潮流吗?"玛丽左右环顾了一下,打量着牧师的财产:只有一个破旧的房子,要塌了一样的乙烯树脂家具,一间客厅,书一直堆到天花板,还有两套一模一样的商务套装。她叹息道:"不管怎样,你知道,有人喜欢它。"

"比如谁?白人迈克?这就是你说的谁!"牧师转身背向他们,愤怒地抬起手。他犹犹豫豫地朝着他的椅子蹚了几步。"耶稣教我们知道,争论已经没有了意义,因为牛奶——"此处,他故意在每个字中间停顿,"已——经——洒——了。"然后,他放低身子,坐到了椅子上,发出了疲惫的声音,像是比六十五岁的他还要更老的人一样,说,"你们都坐吧。只是来我这儿坐坐,别再争吵了。"

于是,玛丽和阿尔蒙坐了下来,坐在了一张黏黏的乙烯树脂沙发上,面对着牧师,他似乎再也不会特别为了说点什么而俯身了。阿尔蒙伸手,摸了摸自己蓬蓬的头发,第一次,他发现它长过了自己的耳朵。他外祖父以敏锐、坚硬的目光抬头盯着他,说:"小先生,你最近怎么样?"

"爸爸在这儿!"阿尔蒙说着,手还放在自己的头发上。

"噢……"玛丽悲叹一声,"噢,阿尔蒙……住口。"她只是向前弯下了身子,双手捂住了脸。

"啊哈!"牧师说着,用审阅的眼光看着阿尔蒙,"孩子总是说实话!这位叫迈克·肖内西的好先生有多久没有慈悲地出现在自己这个孩子面前了？"

玛丽的声音从指缝里传来："他这周末来过。"

"我的意思是，在这之前。"

她顿了一顿："九个月。"

牧师的头像是个重重的铃铛，从一边到另一边不停地摇着，但什么声音都没有。他没有说任何话。

玛丽抬起自己的头，深呼吸了一口气，"这次的探望还可以，真的。"牧师还是什么都没说，她眼睛里突然充满了泪水，"实际上，情况不太好，爸爸。"

牧师清了清嗓子说："别在孩子面前哭。"他又站了起来，从他胸口的口袋里拿出一块旧的白色手帕，递给了玛丽。

她接了过来，没有用，只是攥在拳头里，弄皱了。然后，她极其轻声地说话，就好像阿尔蒙听不到这么小的声音一般："我真的不知道他是不是还会回来。"

牧师专注地盯着她那苍白褶皱的脸，然后，清了清嗓子柔声说："你捡起了白人垃圾，你的手就变脏了。"

"爸爸……"她说。

阿尔蒙突然从沙发上蹿起来，防卫似的站在他们中间："他要走——"

"阿尔蒙，不要淘气。"玛丽严肃地说，但当她把他拉回来抱在大腿上的时候，她很温柔，在他头顶上说，"一切都好——"

"现在，我不信这是真的。"

"——但，你知道，我们可能很快就会找到另外一个地方。"

牧师的眼睛眯了起来："听你的意思，他没有给你寄钱？"

玛丽抬起头看向残破的天花板："我不想强迫任何人接济我。"

"我不是在告诉你要做什么。"

"但，事实是，你知道的，"玛丽说，"他们已经在讨论，要把我在医生办公室的工作时间缩减到三十五个小时。虽然不至于买不起食品券，但我付不起全部账单。"

牧师的脸上没有流露出任何情绪："玛丽，你本应该拿到教育资格证的。"

"我有孩子，上帝不允许。"她顿住了，但接下来将微小的火气憋了下去，她继续安静地说，"我只是很累，你知道的。我不知道要做什么。或许我，我不知道。我正努力做一个好妈妈，我不知道为什么这个世界就没有满足的时候。只是，我这条路似乎从来都没有满足过。"

没有任何回应。

"但，所以，我……"她抬头望去，眼睛很大、很柔和，"你这儿或许有个小房间可以让我们住，对吗？"

牧师很诚实地表现出了惊讶，眉头深深地皱了起来："这儿不是孩子能待的地方，你知道的。"

玛丽的声音很温柔，但目光很坚持："没有其他办法了，我想。"

阿尔蒙正坐在妈妈的大腿上看着他的外祖父，房间里一片悲痛逼近的沉默。他外祖父的眼睛像车前的大灯，现在这大灯转而看向了他。男人深吸了一口气，突然站了起来，他的手伸出来，朝向他的外孙，说："主啊，请宽恕我，我再也忍受不了了，我要修剪一下这孩子的头发。阿尔蒙，跟我来。"

玛丽张嘴想反对，但牧师举起手阻止了她，她重重地坐回沙发，叹了一口气，双手环抱在胸前。

牧师牵着阿尔蒙到了一楼后面一个铺成粉色的浴室里，之前穿过了厨房、餐厅和一个比橱柜大不了多少的小小的次卧室，这就是他和母亲来过夜时睡的地方，就在牧师的卧室前面。他转动门把手，打开

245

旧马桶盖子，把手放进阿尔蒙的腋窝里把孩子抱起来，放在了薄薄的凳子上。然后，他夹住阿尔蒙细长的腿，把它们分开，这样，他就牢牢地站在水池边了。

"就这样站着，"他说，"上帝知道，我不可能把你掉进厕所里。你看起来太破烂了。"

接着他用手稳稳地托起阿尔蒙的下巴，把男孩的头转向这边，又转向那边，把下巴抬起来，审视了一下发型。嘴里发出吧嗒一声不满意的声音。"再也没人知道骄傲是什么了吗？"他说。他向上伸出手，打开药箱，从一个有裂痕的人造革皮包里取出一套剪刀。"一个五个字母的词就可以表达所有。最好是个骂人的词。"

他胡乱活动了一下剪刀，直到它重新活动了起来，还伴着轻微的摩擦声，但他什么都没做。他就站在那儿，看上去心思重重。"你要相信我，并不是一直都是这样的。你觉得好像就是个巧合，我们看起来尖锐了，照顾着这一身黑色的躯体，直到金牧师自杀、总统被射杀。然后突然，衣服变得很愚蠢，头发也开始乱蓬蓬？你觉得那是个巧合？"

"不。"阿尔蒙说。

"他们管这叫自由，我管它叫放弃。因为就是这样的。跟大部分的人不一样，我就这样说。"

阿尔蒙抬头看着外祖父的脸，发现在他脸上的斑点中藏着年迈的痕迹，五点钟方向的位置有着白发，眉毛上面有梯子一样的皱纹。"外祖父，你要死了吗？"他说。

"哈？什么？"牧师震惊地后退身子，把哗啦啦的剪刀拿到一边。"我没有那么老，"他说，"而且，上帝杀不起我。除了我，谁来帮他做这个工作呀？在这个世界上，基督徒太少了，就只有那么一小批人来做礼拜。"

他这会儿正小心翼翼地把剪刀放进阿尔蒙头发的边缘，在脑袋中间的头发上剪了一刀，就好像反过来的莫西干头。

"不管怎样，"他说，"就像我说的，每个人都以为，如果他们做自己的事情，他们就是自由的。现在，他们不知道什么是最重要的。年轻人忘得比学得快，他们太无知了，甚至连学都不想学。"他叹了口气，"现在的年轻女孩，她们不知道她们需要一个男人来抚养孩子。但告诉我，除此之外，你让男孩子怎么学习？这些街道里，全是潦倒的黑人。一个男孩子需要知道什么是男人，才能变成真正的男人。他要学他、看着他，才能学会。我有父亲，这就是为什么我会做男人。女人是不知道怎样抚养男孩子的。"

"我想住在这儿。"阿尔蒙说，受到了母亲的影响。

牧师生气地摇了摇头。"半路住所？就像我刚说的，这里不是孩子该住的地方。无论如何，你妈妈愚蠢地给自己挖了这个坑，现在，也需要她自己把自己弄出去。"

"这座房子里有几个男人。"阿尔蒙说。

牧师点头："上帝的孩子们。"

阿尔蒙说："这儿不是孩子待的地方！"

这时候，牧师做了一件他几乎不会做的事。他笑了。"好吧，"他说，"我女儿以为她情况很糟，但这儿的男人们，他们才真的是很糟糕。我过得很糟糕是因为我要照顾他们，一个男人因为喝酒、可卡因或者不是他骨子里的东西进了监狱，他们就把罪恶带到了房子里。所以他们把他带了来，我教导他们。他们又把他带了进来，我又一次教导了他。这是个全天的工作，我已经有一份全天的工作了。这工作从来不会有尽头。牧师总是把肩膀高耸着，像七大山脉一样高。我一直会问的一个问题就是——谁受的苦难最大？因为耶稣说过，我要照顾的是我们中间最受难的，你妈妈总是觉得她就是那个最受难的，喜欢扮演受害者。我妻子宠坏她了。"

他叹了口气，沿着阿尔蒙左边耳朵的头发剪下去，于是制造出了声响，痒痒的。

"噢！"阿尔蒙夸张地哭喊起来，但并不痛。他觉得这震动就像是一只小猫跳到手里。

牧师忽略了他的抱怨，专注于他的工作。"好吧，上帝从来没有说过，如果我跟着他我就会有不满意的结果，不，他没有。他，只是许诺给了我十字架。我有一个和白人男孩子在一起的女儿，还有一个妻子，她去世十年了。我的失望就好像有些人看到美元账单一样。"

最后一下剪完，阿尔蒙就好像春天里剪了毛的绵羊。他的头看上去比之前小了一半。他年轻的眉毛从未显得如此突出。

牧师低头看着他："但当一个人受到这种引诱认输之后，你知道他说什么吗？"

阿尔蒙满脸期待地抬头。

"赞美耶稣，不要恐惧。"牧师平稳地说，接着他把空着的手放在阿尔蒙头骨的缝隙处。

阿尔蒙笑了。

"他说了什么，年轻人？"

阿尔蒙不再笑了："赞美耶稣。"

"还有，不要恐惧。《圣经》里说过三百六十五次，一年里每天说一次。"牧师把所有的碎发掸到地上，突然沉默了。他温暖、干燥的手掌还放在阿尔蒙的头上。一种温柔、舒服的沉寂围绕着他们，接下来的一分钟里，他们站在那儿，被包裹在这样的氛围中，完全静止。

然后，阿尔蒙向上伸出手，放在了牧师的肩膀上。"外祖父？"

"啊？"男人受到了惊吓。在他深邃的眼睛里蕴含着对远方的凝视，就好像他正看着另一个空间或者另一个时间里的东西一样。接着,他温柔地说:"耶稣来到了我们的思想里。这就是每个周六晚上我所做的,我陷入沉思,他就开始说话了。他就像来到了你思想中的烦恼中,让你想要理清楚。"

他转身将剪刀轻轻地放在了粉色的窗台上,没有看向阿尔蒙,手却将他从厕所凳子上提起来,放在了地板上。

"我在听。"牧师含糊地说着,"我难道不是一直都听着吗?我不是只有人盯着才干活的人。"

他用坚硬的手指推着阿尔蒙。"走吧,"他说,"我要去和上帝对话了。"

阿尔蒙转身要走,试探性地将手沿着短短的头发摸着,之前这儿还是蓬蓬头。他朝下望了望在有裂痕的瓷砖地板上黑色的风滚草样的头发,有一种奇怪的新感觉。这头发本来是他的一部分,被丢弃后离他远去了……他的胃里有很奇怪的、自己并不期望的翻腾。

"孩子,"牧师突然说道,犹豫地看着他,"耶稣爱你,但这世界并不爱你。重要的问题是——你看起来是黑人,但你会永远不褪色吗?"然后,他嘭地关上了门,把自己锁在浴室里开始祈祷。

◆

现在,她正在大厅下面另外的浴室里照着镜子,准备睡觉——那是什么,那是什么……有些东西不在了,她皱眉,转向一边,它就只是挂在她脸上就好像……没什么,没有好的形状。如果她的眼睛再大一点,稍微不那么像杏仁的形状,更明亮一点,如果她整个皮肤只稍微比这立体一点,她就不会想要做白人,只想漂亮。她叹息着,没有哭;你活得太久了,你妈妈告诉你你很漂亮的事实现在原形毕露了,那只是喋喋不休的哄孩子的话,只是你在抚养孩子的时候说的话。你告诉他们的都是他们需要听到的,然后他们长大了,看着这个丑陋的土豆鼻子、肥肥的脸颊走开了。哦，是的，钱并不能买来爱，但漂亮可以。而我的银行账户里什么都没有。

她在镜子里看见他盯着她，他的眼睛里有所有他看见的东西，但她转头的时候，他却不见了。有那么一瞬间，没有那头头发以后，她都认不出他了。

◆

早上，玛丽给阿尔蒙穿了一件灰色条纹有扣子的上衣和他蓝色的纤维外套，他们一起向西走了四个街区，走到了民族街。从民族街和自由街的街角处，沿着城市的街区向南看向河流，你能看到在这有历史的赤色建筑中间有一座教堂，它展示着曾经的光荣，能看到那灰色的塔尖和顶上白色的十字架。教堂是古老的荷兰式砌法，整座建筑由田纳西州长老会教徒在一八四九年建造，那时候他们因为废奴问题逃到了南方。在一九六二年牧师决定在那里建造耶路撒冷避难所基督教堂之前，它已经荒废了整整五十年。他是在那年春天参观了阿伯内西教堂后才有这样的决定。如同上帝一个可怕的天使，牧师已经潜入那座郊区的教堂几个月了，向城市里比较富有的黑人募集资金，直到他终于可以以很便宜的价格买下这个破烂的建筑。对于那些爱幻想的黑人来说，这是一个可以歌唱、跳踢踏舞的地方，他是这么叫他们的。教堂的屋顶需要修理，从来也没修过；大厅像是遇难的船只——座位倾倒，积水，玻璃窗户被不透明的树脂玻璃代替，讲经台被拆了堆在那儿，像是引火用的——但，这些对于牧师来说都没关系。早年间，来教堂的人都是他在越莱茵河区救回来的不知道磕了什么药的那些人。他们从来不像待在避难所中一样自若，所以，他把这些胆小的人带到黑暗的地下室，这样他们就不用带着羞愧继续听了。就是在那坚固的地下室里，在荧光灯和破烂的天花板下，成年男人打扫着，女人们嘶哑地自顾自唱着，所有有罪的行为都被燃烧殆尽，像烟囱里冒出的烟一样被散发掉了。"避难所的外表是丑的，"牧师会说，"但果实却是丰盛的！"牧师几乎没有受过正规教育，但他有着满满的智慧和毅力，所以，他的圣会不断壮大。他们说这座建筑中有神灵，这样的话很快传遍了山上的整座城市，也传到了乡下。很快，周末聚集而来的人杂七杂八，有越莱茵河区的人们，也掺杂着遥远地区的家伙——来自福莱特街，还有从小客栈里来的人。但不管赎罪之人来自哪里，不管他们穿的衣服鞋子有多高贵，所有的服务依旧在地下室举行。牧师没有让步，这是原则。他把自己的教堂建在坚石之上，而这石头就是他自己。

玛丽和阿尔蒙到的时候，集会已经开始了，从一排人中挤下去，到中间有两排折叠椅的地方。阿尔蒙在椅子上跳了跳，注视着人群。在那儿，在圣殿的中间，他的外祖父坐在那儿，像睡着了一样，他手交叉放在肚子上，下巴使劲向胸部倾斜着。他实在太安静了，大概都已经睡着了。一个又高又瘦的年轻人在旁边，趴在键盘上方，敲打出阿尔蒙立即就能认出来的韵律：那是血液中很棒的力量。力量、力量，小羊羔血液里工作的奇妙力量，小羊羔珍贵的血液里工作的奇妙力量。这声音变得厚重了，他的心脏有规律地跟着跳跃着，直到他跺了跺脚，缓和了这敲打的欣喜，她母亲把他拽到了后面。牧师慢慢站了起来，手指向天花板，就好像在整个越莱茵河区上空所有的白色手掌一样，随着赞美诗从他最后的血液中喷涌而出，他大声喊道："让神圣的精神充满整个房间吧！"

"阿门。"

"上帝，帮助我布道吧。"他说着，再次低下了头。

"阿门。"

"请带来我的兄弟之词，不要学派之词。"

"阿门!"

"因为没有任何的学校能告诉我们孰对孰错。"

"是的……"

"请赐予我、我的父辈、父辈的父辈的真理。"

"阿门。"

"神圣之父,阿门。"

"阿门。"

"好了!"牧师突然尖锐地喊出声,用惊人的目光盯着人们。但他严肃的脸立马恢复了放松,就好像他要开个玩笑,他的声音很危险、很慵懒,说道:"所以……你们本周谁是有罪的?"在那半微笑之后,是像碳一样的坚硬,他的幽默使得自己打破了自己。得到的回应只有沉默,来得突然而又沉重。他迅速带来的热情突然消逝了。

"哈!"他在这让人惊讶的沉寂中哭喊出声,"不期待这些吗?哈?我以为,我会让你们活跃起来,说些关于耶稣都在看着你们的话。但,噢,耶稣疯了——你们听不到他在天堂里的歇斯底里吗?尽管他可能疯了,但那就是耶稣在殿堂里的声音。"他把一只手放在耳朵上,昂起了头,"现在,我要问,你们之中谁是有罪的?"

他举起了自己的手,看着人们穿着周末最好的衣服,熨烫得整整齐齐,喷了香水,带了假的珍珠,涂了口红,头发梳顺了、打着卷、抹了油。"没有人有罪?好吧,"他双手摊开,"太神奇了。"

然后,一个低沉的声音开口:"牧师,我有罪。"

"谁——什么?谁有罪?"

一个男人在集会中安静地站着。他穿着一件西式衬衫,因为洗得太多而薄得像羊皮纸一样,里面那有着污点的背心都看得见。前排的一些女人在位子上向右回头,睁圆了眼睛盯着这个男人。他眼睛盯着牧师,紧张地在胸前珍珠般的扣子前面画了个十字。他又说了一遍,带着深深的罪恶感,"我有罪。"

"好,你喜欢这样吗?"牧师问道。

"啊——"男人的眼睛飘忽不定。

"因为如果你并不喜欢这样做,那就不是罪!"

房间里的沉寂被打破,男人说:"噢!"就像个学生。然后,他的脸上露出了微笑,将阴郁的脸点亮。他说道:"我喜欢我能记住的东西!"

"哈!那是罪!如果你有罪,罪就像你说的那个意思!罪是赤裸的!"牧师一只手伸出来指了指男人的胸膛,男人又坐了下来,他开始在第一排椅子前面,在点着头的老看门人前面,兴奋地从一边走到另一边,待在发言人的角落位置里。现在,布道真正开始了。现在,牧师正卸掉自己的重量,声音不断升高,他的脸被来自内部和外部的光照得灿烂起来。他的感觉既强烈又受宠若惊,开心不已。他说:"那儿有个上帝的孩子!上帝真正的孩子!如果你爱耶稣,你就会升华。你要说'我是个肮脏的有罪之人'!现在,我听见你们都在笑,但还有谁有罪?哈?告诉我。谁还有罪?"

他转身面向他们,房间变得安静了,阿尔蒙打了个哈欠,越过自己的椅子靠了旁边温暖的妈妈身上。他倚在她平稳的呼吸中,感受到了第一波迅猛的困意。玛丽的眼睛一眨不眨地盯着自己的父亲。

"嗯……这儿又突然如此安静了。"牧师冷冷地笑起来。

"没人想说点什么吗?噢,我知道了,我明白了。你们都只是在默默地告诉我,我现在能听见你们的想法了。"他说着,屁股突然动了动,晃着一根手指,用轻微的老朽的声音说,"噢,现在,牧师,你总是对我们如此严苛。你的耶稣一点都没意思。"他站直了,"好吧,说得对——耶稣不是有意思的。他的门徒都很无知,听不懂他在说什么,人们更无知,有时候他会疯掉,就像是急躁的狗,在大殿里疯狂地奔

253

跑，躺下来。然后，你们知道怎么了吗？他们暗杀了他。他们吊死了他。所以，说得对。耶稣不是有趣的。你们理解十字架的意思吗？"

阿尔蒙的手松了开来，然后，悄悄进入了梦乡。

"不，等等，等等，现在我知道为什么没有人能'很爽快地明白'了，"牧师说道，"我知道你们在想什么：我们厌倦了所有这些有罪的讨论，所有挣扎的故事。难道这不正是去安乐街的时候吗？毕竟，我们不是从非洲来的一代人。不，我们不是一代又一代被白人奴役的人。我们不是在密西西比、佐治亚、路易斯安那的夜晚向上爬的一代。也不是他们还在 L&N 铁路上，在背后对你们表示抱歉，纸条上写着'……的财产'的那个时代，就是我们的祖先曾经奋勇游过的泥水之河。"他向后指着棕黄色的墙，那泥土般黄色的空间就是对河的暗示，"曾经，他已经建立了自我，有了自己的家庭，把自己吊在了一个白人家里的阁楼上，房梁还是他自己双手所建的！现在，你们想想那个男人——西皮奥——当他在房梁上晃着的时候，他是在费力地付所有人的账吗？好，你们现在说，现在什么都不一样了。他们现在都不一样了。已在上世纪付清了所有的债。或者，你们所有人也许都在想，采棉机付了账？那只出现在芝加哥、底特律到托莱多，到这儿，到辛辛那提来了吗？就像我和我那离世已久的亲人们在阿肯色州的小镇谢尔本经历的那样？兄弟姐妹们，"他双手放在屁股上，眼睛仔细地审视着每一张脸，"你们的好牧师，他用自己艰难的生活为你们付账了吗？我们这一代人，年轻时在这个所谓平等的城市里、在塞尔玛、在伯明翰、在这个国家的首都迈着步子的时候都付账了吗？是在狗狂吠、马受洗礼的时候吗？在这个国家的街道上流淌着黑人血液的时候吗？让我来问问你们：你们的金牧师，在四月的一天被射杀的时候，付清你们所有的账了吗？或许，你们觉得，一九六八年在努力付着账。我不得不承认，那是个让人痛苦的好思考方式。你们的先人付的账,奴隶们付的账。"

现在,他停了下来,转向前面,狡猾的眼睛盯着集会的人们。很快,他几乎是害羞地开口:"噢,耶稣上帝。"然后,声音和眼睛都在放大:"噢,耶稣,原谅所有的孩子们。他们想要爱你,耶稣,他们的确是的,但他们实在太无知了!就像是在《圣经》的时代,但现在是今天。"

现在,他大摇大摆走着,带着嘲笑的语气:"啊,不,牧师!我们只是在想,时代变了!现在是一九八四年了,我们再也不是黑人了,我们是非洲裔美国人。我们有投票权,我们有白人朋友邀请我们去做客,没人再朝着我们的脸叫我们的名字,我们中间有些人还成了我们公司的副经理,有些人还和白人躺在了一起。"他绊了一下,声音有些结巴,玛丽慌乱地盯着地板。

"好,祝你们好运!"牧师吐了口口水,重新开始了他来回的踱步,但用手指着他们,"但这座城市的兄弟并不跟你们一样!他依旧被困在贫民区做着种植园的活,有很多在他背后盯着他的人。他依旧被困在黑人监狱里!想想这些吧!尽管你和狮子躺在了一起,这并不代表你就不再是羊羔了。耶稣,他爱他的羊羔们。在牧羊人的羊群里没有狮子。如果狮子还在骚扰你,也许你有些事做错了!也许他只是同情你。你从来没考虑过这些吗?因为吃羊难道不是狮子的天性吗?所以,首先,你要跟金发狮子做什么?跟狮子躺在一起,也不会有人给你付账单!爱幻想的黑人家伙总是先要你对抗争的故事保持沉默!十字架的意义你有哪一点是不懂的?"

"阿门……"

"我不是站在中产阶级的立场说话,而是站在穷人的立场!"

"阿门!"

"为所有支持耶稣的人,阿门!是的,现在我要告诉你一个秘密,

255

如果你什么都记不住，那就记住这一点：耶稣爱穷人，因为他们遭受苦难，而遭受苦难的人也是唯一爱耶稣的人，因为只有你遭受苦难的时候才看得到真理和耶稣，他就是真理！你们明白吗？这是个完美的循环。所以，为什么你们努力不再那么穷苦？耶稣说只有在天堂里，狮子才会跟羊羔躺在一起。这个——这，不是天堂。"他嘲笑地一笑，然后转向他们，只用一根手指指着天，就好像一种新的思想正在降临。他的眉毛挑得很高，"但是，也许你们中间有些人觉得，天堂就在这里，在地球上。但只是它不在这儿，不在越莱茵河区。噢……"他缓缓说着，仔细地看着，一张脸一张脸看过去，"噢……你们觉得天堂是美国梦。"

"不，牧师。"

他眯起了眼睛，"来吧，你们知道我在说什么，不要都看上去一副无罪清白的样子。那个又大又老套的美国梦：便宜买进，昂贵卖出；忘记过去，因为过去已经死去，一去不返了；嚼碎你的兄弟直到他们变成渣；灿烂地微笑，快速地跳舞；为他们的战争而战，在怀疑之时，变成白人。"

"不！"

"你们听到我说的了！"

"不！"

牧师的手臂大大地张开。"好，我听到你们在说些正义的话，但当我看着我的兄弟姐妹的时候，我就要问了，你们里面有多少人有信用卡，但它却把你们的口袋烧了个洞；又有多少人一直在用着信用卡，直到你们现在负债累累，一美元就能打垮你，让你投向白人的怀抱，变成他们的佃农，但他却住在大房子里？有多少人每天都在工作，每天在家门口数着自己黑色的包里有多少钱，说着，"他顿了一下，用尖锐的假声说道，"'是的，史密斯先生，我就是为那么多黑人家伙的行为感到丢人。对我们其余这些人来说，真是太尴尬了……'又有多少人想要离开现在居住的地方，住到海德公园去，所以，你不会看到你旧日的兄弟们在这座城市里遭受什么样的痛苦，看起来像'你们'这么讨厌？"

牧师突然把手拍在嘴巴上，眼睛睁得老大，小声说着："噢……现在，我知道了。我明白了。你在想，耶稣不就是白人。噢……你以为耶稣是白人？孩子们，你对胸前的十字架了解多少？如果你在美国，你以为耶稣是白人，那么，今天，我来告诉你，你根本不懂十字架，你也不了解它的颜色。如果他们把你捆起来，如果他们把你吊死在一棵老树上，如果他们以你兄弟们的名义'刺杀'你，那么你。就是。黑人。亚伯拉罕·林肯？他的时代势如破竹，最后，是个黑人。年轻兄弟艾米特？黑人。所有死去的犹太男孩们散落在南方各个地方？甚至他们，也还是黑人。金牧师？黑人。马尔科姆？黑人。肯尼迪？黑人。他在这个国家的兄弟？黑人。我那亲爱的已与我天人两隔的妻子的祖先？那个男人是个彻头彻尾的黑人，因为尽管他们都说他是上吊自杀的，在这里，我告诉你们，他就是上帝的孩子，那个男人，是被刺杀的。从他出生那一刻起，慷慨就刻在他头上！"

牧师停下他的脚步，直直地面对着他们。

"现在，听着，"他说，"我知道，你们都以为自己是自由的，但是，你们的愿望接下来就会判断，你们到底是不是真的自由。如果你的思想不自由，那么人也就不自由。如果'我'的思想不自由，那么'你'的思想就是不自由的，因为我们出生的日期没差几天。仅仅差了几天而已。人们在这个血腥的地球上存活了多少个成百上千年啊？奴隶制在上周还存在着。"

"所以，不要活在谎言里，去追逐梦想，想想那些为你付账的死去的黑人。你们没有任何权利忘记！你们没有任何权利生活在绿油油的草地上！你们没有任何权利在我们的王国还没有建立之时，就去和狮子躺在一起！你们不能当耶稣已经死了！好，让我来问问你们：耶稣在地下还活着吗？因为我听到了耶稣从坟墓中站起来说话的声音。"

一个女人大喊着："他复活了！"

"他为什么会从那黑暗肮脏的坟墓里复活呢？"

"告诉我！"

"他为什么会说'吃掉我的躯体，记住我'呢？"

"告诉我！"

"为什么耶稣会在天堂里如此气愤呢？"

"告诉我！"

"因为我的耶稣，我的耶稣是如假包换的黑人，他说，只有我能为大家买单，但他付的账并不是在安乐街上，他付的账也不是信用卡或者海德公园的房贷，他不能付这些账单，所以你们就能忘记，你们是根据耶稣的样子造出来的，你们这些**上帝之子是黑人**。"

现在，牧师突然停了下来，从他西装口袋里掏出一块粉色的手帕，擦干了满脸的大汗，他再开口时，声音变得有点像唠叨："现在，有人最后可能想告诉我，耶稣并没有褐色的皮肤。你知道他们告诉你这个的时候你们要怎么说吗？你要说：就算耶稣生下来不是黑人，死去时也是黑人。十字架的含义，你有哪里不懂的吗！"

一个在角落里的女人开始跺脚，胳膊举起来大笑着。"是的！"她说，"是的！"牧师赞同地回应，弯腰向前倾着。

"兄弟姐妹们，"他的声音因为恼怒而不断升高，"把你的心火速靠近耶稣！"现在，整个角落的人都站了起来，舞动着，帽子上的装饰晃动着，腋窝里流着汗，金属折叠椅在水泥地板上被拖得到处都是划痕。眼泪开始决堤。瘦骨如柴的年轻人重新回到他的位置，在键盘上工作着，没人注意到他。音乐再一次以明亮扩散的和弦声回荡起来,在牧师的声音中不断升高、膨胀:"让我们靠近真理吧!"

"说出实情!"他们叫着。

"你们作好准备说实话了吗?"

"对!"

"你们黑色的身躯即是神殿!"

"阿门!"

"白人们想把你们这所神殿永远地摧毁!"

"对!"

"上帝是说实话的,但美国却沉睡着,所以,我们需要呐喊!"

"阿门!"

"要以黑人的血液为代价,将他们从睡梦中唤醒!"

"阿门!"

"耶稣就是羔羊!他牺牲了自己,这个崩溃的世界才得以醒来看到真相!你们和耶稣在一起的时候,绝对不能沉睡,你们是**站着**的,你们站在光明之中!"

"阿门!"

"所以,和耶稣一起站在光明中吧!"

"唯有耶稣!"

"耶稣!"

◆

玛丽的秘密保守了三年,她将它攥在手里。这个秘密并不吓人,当她在牙医办公室的工作时间被减少以后,她还是害怕了。她是如此恐惧、没有尊严地保守着它,这恐惧在那带着白人实习生的白人面前,化成紧张不安的泪水。这个秘密并不丢人,即使她不得不一直去中心公园路上的俄亥俄人力服务机构忍受那里的社会工作者单调的质问，然后，要和所有那些卑微的申请者一起开宣讲会，这些人都羞于抬头相互对望。她离开了，带着她第一个月的证明文件和满嘴的苦涩。在她生命的契约里，写上了大大的失败二字。

并没有一点其他的感觉，只是很痛。

那天，她从家庭人力服务处回到家，专注地做了一件她能够做的事：整理、修缮公寓。她在浴盆里放满肥皂泡水，把凹凸不平的莲蓬头挂在老旧的木地板上方。拿走了所有干净的盘子，重新洗得崭新，换了灯泡，把只有三个频道的旧电视机擦得发亮，拖干净了租来公寓的楼梯。直到她到小隔间里放回扫帚的时候，手才抗议了起来，直直地握在把手上，像熨斗一样紧紧握在上面。她仔细地看着，似乎能够透过皮肤看到筋骨。她察觉到了很奇怪的不同以往的感觉——她的指关节感到发软、肿胀，就好像被棉绒包裹一般。她站在浴室镜子前面，抬起手看它们的反应。很奇怪，看起来并没有什么变化，尽管里面的胀痛感随着自己崩溃的内心一起跳动着。这是什么？这种奇怪的感觉甚至连名字也没有。它就像是个婴儿，一种新产生的痛，一种新鲜的、不知名的物体。

这时候，公寓因为他的接近颤动起来。她的孩子回家了，莽莽撞撞地闯进门，大声尖锐地喊着那两个字，包含着这世界上所有需要却永远不再是她自己的两个字："妈妈！"

◆

在阿尔蒙人生的十年中第一次面对这样的场景，一个女孩在水泥花园里死掉了。她名字叫格拉迪斯·吉本斯，是住在对面三楼上的一个小家伙。她的皮肤是乳白色的，有点像搅浑了的水，柔软的脸颊，像白人女孩一样的鼻子突兀得如同滑雪场，也许是有钱人家的孩子。那鼻子让她变成了挚爱的贱民，她受轻视就好像她一直被女孩子嫉妒一样，她们甚至不知道嫉妒是什么。她脸上贴着不同的标签，那标签就是通行证。公寓里的那些女孩把她们的手放在她两块肩胛骨中间瘦弱的溪谷中，胡乱摸索。她们把她推到楼梯栏杆上，推进门里，推倒在有裂痕的小路上。她本以为自己很丑，但没有一个大人告诉她真相。于是，本该有的自信之风夭折了。

一个正派的男人知道如何安抚一个受伤的女子，但也有那么一种男人，他们只想要受伤的孩子，只渴望衰颓的孩子。一个被爱的女孩就像一只羊羔一样闪耀动人，但他会害怕这种炽热。但这个女孩：那个以为自己很丑的女孩，肩膀低垂着，永远低着头，也从来不看人。那个穿着破烂旧衣服的女孩——她很柔软，需要别人，易受感染。要进入这样孩子的内心，你不用花太多力气。你不用等太久就能得到她的回报，因为她会像鹦鹉一样学你说话，因为你相信，在她内心里，你是受欢迎的。你会是第一个幸运之人，告诉她这个世界上，爱意味着什么。

格拉迪斯上楼梯，一级接一级，直到那条简短的路结束。她没停下来向下看，只是从屋顶迈了出去，最后扭转了身子，所以她是背朝下落下去的。多高才算太高？四十英尺。阿尔蒙刚跺着脚从他们楼梯井潮湿的前厅出去，她就掉了下来。她就当着他的面地，像白天里一个悲伤的梦，朝天落在水泥地上面，后脑勺被压扁，头盖骨摔碎裂开了。她嘴唇抽搐着。阿尔蒙折回阴影里，像是被施了催眠术一样在那儿摇晃着，然后转身，拖着软绵绵的小腿上了楼，什么都没看、没听、没说、没想，直到他站在熟悉温暖的母亲的世界里，他的脸才开始变得煞白。

似乎是从几个世界以外的地方，他听到他母亲的声音传来："阿尔蒙，怎么了？"

261

他什么都没说，指着那里，那里，就在那里，她的尸体在那里，像根电线一样抽搐着，她的眼睛还睁着，黑色的瞳孔爆裂出红色的巩膜，盯着他。噢，天哪！噢，天哪！噢，天哪！噢，天哪！他母亲尖叫出声，声音扬起，又落下，接下来，他自己的哀号在牙齿边缘打着转。紧接着，像玛丽一样的尖叫声响起，一声，又一声，于是，整个公寓充满了尖叫，整个楼梯井回荡着她们害怕的节奏，电话刺耳地响起，警报呼啸着从高架桥上传来。即使他现在已经长得很高大了，他冒着冷汗的妈妈还是一把把他捞了起来，把他紧紧地抱在身上，缓缓滑到铺着油毡的地面上，嘴里念着："别看！别看！"他努力不去看，但死去女孩的画面一直出现。她的声音混在了尖叫声中。

"噢，"玛丽出声，听起来像呻吟，就像是在生孩子，"噢，上帝啊，你怎么能让一个女孩伤得这么惨……上帝啊，你为什么不能保护好孩子？"接下来的话就好像变成了另一个人在说话，"这个狗娘养的世界！"

阿尔蒙藏起了自己的头，想远离这些咒骂。

她声音里充满了义愤填膺的味道。"这个世界上，有的战争是针对女人的！他们在我们身边大开杀戮，他们用自己的双手做不到的时候，就用我们的！"

"妈妈——"

"至少他们现在知道了！阿尔蒙，如果你要向这个世界表态，你就要砰地一声离开！只有这样，才没人看别处！除非我们死了，否则，他们会一直忽略我们！"然后，她的声音变成了一种抱怨，他能用脸感觉到她愤怒的呼吸。阿尔蒙摸索着伸手抓住她的手，把它放到自己脸上，五指并拢地捂住自己的眼睛。他抓得她关节扭曲肿胀，她痛得吸气，而他并没有听到。

"别看，求你别看。"她说着没用的话，这话说得太迟了。

他点着头,但没出声。在内心里,他正慌忙把自己的思想送到一双紧握着它的双手之中,奔跑着逃离。没有目的地,他只是跑得越来越远、越来越远,直到再也想不起来看到了什么为止,然后,看过的人,就这么睡着了。

◆

玛丽的心很痛,这并不是什么比喻。微微地一抽一抽地疼着,但当肌肉突然抓紧时,力气如此之大,使正在键盘旁工作的她突然速度加倍,打出了一系列乱七八糟的字,这是一条从她即将要去的地方发来的消息。她本能地抓住她的胸膛,像是要把手指插进肋骨,把这作怪的器官拿在手上晃一晃。她摇晃着、呻吟着,但一个字都说不出来。灼热的痛楚让她无法表达。

牙医的胳膊立即环上了她的肩膀,她感觉到了前厅里粗糙刺眼的阳光。然后——当着上帝和所有人的面——她被半拖半抬着晃晃悠悠地送到了两条城市街区以外的北区医生那里。她模糊地意识到,自己看起来可能很糟糕,觉得她母亲应该会被吓到。作为一个女孩,她绝不会允许自己做的裙子上有这么多褶皱就出门。

沿着她大脑痛苦拥挤的走廊,回荡起牙医的声音:"我想,她心脏病发作了。"某个女人回答:"我们需要叫一辆救护车。"就在那时,玛丽挣扎着恢复了意识,恐惧战胜了痛苦,咆哮出声:"不!"然后,她再一次瘫软,气呼呼地出声:"叫救护车要花……一千美元……"

然后,她被扶着坐了下来,向前趴,一直到她再也趴不下去。她知道,医生和她在一起,因为她靠在他白色的外套上。他开口,她呻吟,他检查,她又一次呻吟。她现在全身心地在想,盼望她母亲能在这里扶着她。

白大褂说话的时候,声音很温暖、甜美、冷静、真挚。"她血氧良好,女人有这些症状通常不会是心脏病发。我猜是心包炎,也可能是胆囊炎,但我们需要拍X光才行。看看向前趴着能缓解多少?我觉得是心包炎。一剂泼尼松应该可以消除炎症。"

"好吧,那最好了。"牙医说。

"有趣的事实——心脏一生都在生长,但它也就和你的拳头那么大。"

"别开玩笑,"牙医说,"你的拳头,哈。"

她满脑子因为鲜活的疼痛搅在一起。两个白人男人看着她像猪一样汗流浃背,身体蜷缩在一起。不,她母亲绝不会忍受这样的情况。站起来,玛丽。立刻站起来,看上去机灵一点!她挣扎着想把痛苦变成行动,但她真的做不到。

"玛丽,这是第一次发生这样的情况吗?"医生说,"你有这种病史吗?"

她摇头,茫然的泪水悄无声息地从脸颊滑落。她浑身上下全是羞耻感。

"还有其他什么我需要知道的吗?"

在无比的疼痛中,她的一只手很轻微地动了动。

"什么意思?"

"它们疼。"

"你手疼?"

"浑身疼,一直疼,我身体里每个关节都疼。"

"啊,是吗?"他说。很长的一声叹息,对这种声音有了新的理解,这突然让她觉得很安全。疼痛是种枷锁,这个医生拿着钥匙。突然,她不想这个男人把手从她肩膀上拿开,她并不介意自己是否看起来很狼狈。她妈妈也只能接受了。

"听起来像是自身免疫问题。我觉得,你需要看看风湿病专家,专门研究炎症类和风湿类疾病的医生。"

她低声说："有人能看……低收入的吗？"

"说实话，我不知道。"

她的母亲，克劳迪娅·珍妮·兰金·马歇尔，瑞伊妈妈的女儿，美甲师、编辫师、卷发师，一个可以让她看起来很精神的人想捂住她的嘴，但她挣扎开后说道："我只有七十五美元，我需要帮助。"

噢，玛丽。你怎么会？

"我可以给你注射泼尼松，"医生说道，还是那么温暖、甜美、冷静、真挚的声音，"但我能做的就只有这个了。我只是个医生。体制不是我建立的，我也改变不了。"

◆

他们会让你记住这些，才能获得金星，甚至在你会拼这些词之前就可以，即使你是朱庇特神殿小学的国王，高高地站在你石灰岩的王座上，手里拿着铅笔权杖，王冠戴在你那外祖父轻视的别人不能摸的圆蓬蓬的头上。阿勒格尼、莫农加希拉、比弗、小玛斯金格姆河、玛斯金格姆河。

他像这样在自己桌子边转的时候，能看到它，他的下巴几乎挨着肩膀。就是那个：泥泞、浑浊、惊人的褐色。小卡纳瓦、霍金、卡纳瓦——

"阿尔孟德——抱歉，阿尔蒙，阿尔蒙。"

圭亚都特河、大桑迪河、小桑迪河。它们的水流汇入大河以后，还会有名字吗？

两只温柔的手——在国王身上？——把他拉了起来，尽管他起来得很慢，抵抗了很久，就好像关节生锈了一样，脑袋最后才抬起来，空洞地看着迈耶夫人。他吓了一跳，意识到其他孩子都离开了房间，今天结束了。

赛奥托、小赛奥托、小——

"阿尔蒙，你没惹什么事。我只是想跟你稍微聊一下。"迈耶夫人金色的头发在下巴处卷得很厉害，双眼的虹膜颜色不一样，"我最近一直在关注你。你住在哪儿？你和你妈妈住在这儿，在美费悠然高地吗？"

"北区。"他的嘴巴自动说着，但耳朵还注意着河流穿过肯塔基小山丘的绿色草地呢——这河像一条蛇，接下来就是小迈阿密河了。

"啊，北区。"她叹了口气，点了点头，向下看去。她看起来没有很惊讶："我每天上班路上都会经过北区。我总是觉得它不像个社区，更像酒吧和旧家具商店的聚集地。白天，它是城镇后面的野蛮之处。你知道人们曾经叫它什么吗？地狱小镇。因为那儿，是男人要去……好吧，下班喝酒的地方，我猜。"

阿尔蒙茫然地看着她。

"你妈妈在那儿是做什么的？"

他耸了耸肩。"在沙发上睡觉。"河猛烈地流着，大迈阿密。

迈耶夫人的笑像是打了个嗝——本来是很适合的一个笑，生生被孩子走神的严肃脸给噎回去了。她真诚地朝他弯了弯腰。

"阿尔蒙，我很关心你写的故事。"

他很努力地收回自己的注意力，尽力集中精力在老师身上。她手里正拿着他写的掉下来的小女孩的故事——一个真实的故事！当然加了一点点的修饰。他还是去搜寻盐河了，想着人们是怎么在满是盐粒的水里划桨的。

"格拉迪斯在顶楼上愉快地生活着。"她读起来，"一个强奸犯把她扔了下来……是谁干的？……可能是他……也可能是他们……"她的声音飘忽起来，"阿尔蒙，故事是你编的吗？还是真实发生的？"

他搜寻着她的脸,想要在那儿搜寻出自己该说的答案——他闯祸了吗,还是没有?他想选择最安全的一种:他从黑色的窗台上望出去,穿过铝制栅栏做的僵硬护栏,沿着破碎的悬崖向下,肯塔基河和绿河从那儿无声地流过。

"阿尔蒙,你没闯祸。"迈耶夫人又说了一次,然后,似乎是为了证明这一点,她允许他的沉默持续了一会儿,而她研究着他,决定着她下一步的举动。她看着他扭着的脖子,皮肤下面一股细小的脉搏疯狂地跳动着。他如此专注地在看什么呢?

"好吧,"她温柔地开口,"别人想告诉你多少,你才能了解多少。但这个我会处理,'这个'我会处理。"

纸张发出沙沙声,她从出汗的拳头中撬出铅笔。他胆敢瞥一眼的时候,她正在故事背面乱涂着什么——铅笔的印记盖住了红色的分数,从另一边能看得出来。

"首先,主谓一致。你如果想要学会正确地交流,这很重要。

"I am

"You are

"He/She is

"It is

"They are

"We are

"阿尔蒙,绝对不能用 I be 或者 they be 或者 we be。你那么说的话,没人听得懂。"

他默默地低头看着那张纸。他自言自语地试了试 be,咀嚼了一下,在双排牙齿中滚了滚。眉头中间藏着怀疑。但绿之河和沃巴什么的就是 be(在)那儿——不是有时候,也不是过去在那儿,一直都

267

在，总是 be（在）那儿。

"从现在开始，我要你在写下每一个单词之前都仔细查。我会帮你实现这个步骤。这是我给你的礼物，阿尔蒙。我从上大学开始就用它了。"

盐湖和坎伯兰，不要忘记那些。

她在他桌子上留下了一本红色精装的词典，上面做了很多标记，一看就是经常翻阅。甚至在她浏览他写的故事、在薄薄的纸张上改正着错误的时候也在翻着，他把词典从桌子那边拉到自己胸前。他要查查田纳西河怎么拼写。

迈耶夫人一只完美的冰凉的白手拍着他。他看着它。"事实上，我从你的故事里发现了烦恼。我也有不可能忘掉的事情。但我真的很喜欢你写玫瑰的句子。你知道的，尽管用词如此混乱——"她挥了挥手，指的是他的拼写，他的 be 们，他话语里都是这个词，"——这里面或许有一首诗。"

然后，她直起身子，高过了他，让朱庇特小学之王放松下来；而他也站得十分笔直，即使词典的重量一直在将他往下拉。跟河流一样重。

不止现在，我永远都在。

透过窗户，他最后瞥了一眼凯什河，它跟俄亥俄河一起，分不清楚谁是谁，俄亥俄河包围着它。

◆

童年里充满了问号，街道就是可靠的答案。

一阵粗野狂吼的风，摇摆着拍打着北区的每条街道，预示着初夏的来临。阿尔蒙从离家几条街远的车站下车，半走半停地在这些街道上走着,风吹过他的脸颊,吹进他的头发。他把自己得到的新荣誉——那本词典抱在胸前。他在熟悉的场景中开心着——各种各样的垃圾,墙壁上乱写乱画着真相,教堂顶端竖着控诉的手指,被冬天折磨惨了的行人心碎着。年轻的手在破碎的地貌上画着新鲜的地图。但成年人也讲故事。在他讲我们都不知道我们很穷时,这不是事实。这是我母亲养育我的准则,她爱我,爱就是保护盾。他回首望着自己小时候生活的北区,他的思乡之情就是气愤,他的怀念就是恨。就是在那座楼里警察枪击了里约翰,那是我每个夏天晚上蹲着吃冰激凌的地方。那个老男人因为喝麦芽酒醉醺醺的,我母亲就是个勇士,我跟爱普琼斯在一辆偷来的车上学会了驾驶,那时候你戴着头巾穿过,一路上都能听到赤色分子的活动——

"年轻人。"

阿尔蒙回头。

一个男人站子站在蔡司路联排房子的门廊上,一只手拿着一个仪器,另一只手拿一瓶可乐。他站在那里,帽子挡住了太阳,所以起初阿尔蒙只能看到他的金链子在闪闪发光。但当他的眼睛终于适应的时候,他看到了一张宽大、粗壮的脸,那厚重的鼻子和翻着绿光的眼睛——冷静、无情,转向他。

男人不急不躁地用低沉的声音说:"你在这儿有什么?"

阿尔蒙试图朝后往房子里望进去,看看那昏暗的俱乐部,在那儿,他察觉到了成年男人们嗓音中低沉、隐秘的动静。是这个男人的员工。但他什么都看不见。他只是说:"一本词典。"然后把那本书高高地举到胸前。

男人的嘴似笑非笑。"啊,"他说,"这儿有一个聪明的小黑人。聪明的孩子,你有名字吗?"

"阿尔蒙。"

"你十一岁,或者十二岁?"

"九岁。"

"噢,该死,"男人说着,男中音般压低的笑声,"我以为你要大一些。你看起来比实际年龄要成熟。"男人舔了舔他的上唇,然后咬了咬,抬头盯着街道,一会儿斜视一下,似乎脑子里在想些什么东西。然后,他缓缓开口:"你知道我是谁吗?"

阿尔蒙摇了摇头,男人笑了笑。"我是伊索。我看你一直在这附近跑来跑去,在这片讨厌的地方跑来跑去。你的速度还不错——你打篮球吗?"

在那人仔细的注视下,孩子耸了耸肩,但脸红得厉害。

"你是黑人,你很高,你打球,是吗?"

又耸了耸肩:"是啊。"

"所以,你是玛丽的孩子?"

阿尔蒙吃惊地睁大了眼睛:"是啊。"

现在,男人朝他稍微凑过来了一点,他的头高昂着:"你想滚起来吗?"

"啊?"

男人笑起来时嘴巴看起来很搞笑,但那双绿色的眼睛却很严肃、坚定而尖锐:"M-o-n-e-y(钱)。在你的词典里查查。你想赚些 c-a-s-h(现金)吗?"

"想。"阿尔蒙震惊地说道,触电般的笑容浮上脸庞。

"聪明的孩子,我有个提议。但首先,你必须让我看看你能怎么为我跑。"

"跑?像现在这样吗?"阿尔蒙说,意思着从他右边跑过。

"对,好。就像这样。"男人说着,喉咙里发出笑声,他看向他身后阴暗的公寓,语气里全是嘲笑。

他转身的时候，阿尔蒙不见了。他简单理解了他的话，带着激动的欣喜消失在门廊前，手里抓着的红色的书就像马拉松运动员的飘带，一溜烟席卷整条街道，在原来的位置上只留下他令人印象深刻的速度。他匆匆跑过马德安东尼路，继续跑去诺尔顿路，然后转到费格斯路，回到蔡司路来，男人会在这儿等着，他会说："小伙子，太神速了。"然后递给他十美元的钞票或是什么。此刻之前，他从没意识到自己能跑这么快。即使怀里还抱着词典，他依旧很敏捷，特别是他膝盖的活动节奏很完美。他转了个弯到诺尔顿路上，正上气不接下气的时候，突然脚在什么东西上滑了一下，差点就要在一个塔形房子前面摔倒了，于是他一只手抓在大门上，叫喊着："啊！"但这声音实在太过于尖锐，像女孩子的声音一样，于是，他看了看周围，有点尴尬。他重新迈步，鞋子发出嗒嗒的声音。他一瘸一拐地走到黑色熟铁大门的角落里，这样他就能站在一片草地上，沐浴在下午明亮的阳光下。他把词典像个婴儿般放在他的屁股下，腿弯着，这样左脚就能放在右腿膝盖上，他检查着自己的鞋底。

"噢，坏了。"他说。在那只大头鞋子的鞋底，有一片两英寸宽弯曲的绿玻璃碎片，这双鞋是在一个极其幸运的日子里，完好无损地来到他身边。看上去像是私酿的威士忌酒瓶子。他小心翼翼免得划伤手指，把玻璃片撬出了鞋底。他仔细检查了这边角弯曲的奇怪玻璃碎片之后，就把它随手扔到了大街上。就在他准备回头，就在他终于不用保持这么尴尬的姿势，可以放松自己腿，可以双脚平衡地保持身体重量的时候，就在他考虑着那个男人还会不会给他钱的时候，一个女人出现在了自己小小的露台上，指着他，脸上挂满了厌恶。

"黑鬼，从我的草地上出去！"

他脸都没来得及转过去，惊吓地后退了一步。起初，他能看见的只有她的嘴，它在龇牙咧嘴地叫骂。她不认识他，但她接着似乎意识到了他的年纪，有些懊悔，或者懊悔的影子就这么升腾了起来。他在她眼睛里看到了这些，但她的手指依旧因为控诉在空中微微发抖。

没经思考，也没来得及下决定，他的身体就自行迈着害怕的脚步离开了诺尔顿路。黑鬼。他边跑，嘴巴边张大着，词典还抱在他这个"黑鬼"的胸前。没左右看看路就穿过了朗蓝路，然后跑到哈密尔顿路，在那儿，他躲过一辆尖叫的车，女司机因为刹车猛地前倾，手抚着胸口。他飞速爬上公寓，从街道的后面爬上楼，格拉迪斯就是从这儿跳下去的。在楼边，有认识他的人叫出了他的名字，嘿，"黑鬼"，你跑什么呢，天哪，这里到处都是垃圾，为什么不能像白人一样用垃圾桶呢。然后，三个人站在楼前聊天，平时，他很怕他们，但这次他喊道"走开"！他跑上楼的时候，他们大声笑着，他穿过前门，砰地关上，这声音吵醒了她母亲，那个他们也觉得是"黑鬼"的女人，在大下午躺在沙发上睡觉。"阿尔蒙！"她说，"你能尊重一下我吗，我在睡觉。"他要去尿尿，憋得太难受了，很痛，但他不能去，不能去浴室，在那儿，你就能从镜子里看到自己。他只能溜进黑灯瞎火的卧室，那儿没有窗户，所以当他关上门的时候，就得摸索着走回床上。他血液偾张，他偏头疼的脑袋枕在枕头上休息的时候，腿还在抽搐。他再也不是爱哭鬼了。他"不是"在哭——他伸手拉开了床头灯的开关，照亮了房间。他打开词典，因为白人女子的翻阅，上面有些弄脏的痕迹。他在词典里翻页寻找着，读着：niggler niggle nigging niggery niggerwool niggerweed niggertoe nigger-shooter nigger pine nigger in the woodpile nigger heaven niggerhead niggergoose niggerfish nigger daisy nigger chaser nigger bug nigger baby，最后，终于找到了 nigger（黑鬼）。他浑身燃起熊熊烈火。

◆

　　早上,他母亲说:"阿尔蒙,你为什么看起来像个僵尸一样?"他早就想好了一个字的回答,但它像毒药一样一直在嘴边游荡着。他不能张开嘴,否则那字就会冒出来。

　　他做了一个漫不经心的去学校的手势,抓起自己的书包,走出了公寓,但他只是在街区里绕着圈,内心僵硬。当确定玛丽已经拖着身子去工作以后,他重新爬上楼,打开公寓门,径直躺在沙发上待了四个小时。他这段时间一直盯着电视,看着马儿一圈一圈无意义地跑着。他也没起来吃饭或者尿尿。

　　然后,他在一点的时候起来,离开了公寓,在拐角等了不到一分钟,17路车就到了。他矮小、凌乱、虚弱,所以,司机疑惑地看着他,带着深深的担忧收了他的钱,说:"你还好吗?"阿尔蒙只是点了点头,目光呆滞。

　　十五分钟以后,他到了镇上,站在他外祖父的门廊上,反复按着门铃,力气很大,指尖都变了颜色。

　　牧师自己开的门,他低头看着男孩,显然一脸惊讶,鼻孔动了一下,问道:"今天是工作日。你为什么不在学校,孩子?"

　　阿尔蒙答不上来,没有出声。他只是向前看着,没敢抬头看牧师的脸,只盯着他衬衫上的纽扣。他的嘴唇抿成一条深不可测的线。

　　"好吧,进来。"牧师说着,一只手轻轻拍在他后脑勺上,头盖骨一直连着脖子的地方。他走进了那座老房子,这儿闻起来有着上个世纪的腐朽,就好像男人们完全自己生活、还没有女人的时候一样。那是工作的味道、孤独的味道、无聊的味道,还有书的味道。以及,在准备便宜食物的糟糕的味道。

　　然后,他就到了会客厅,再然后,他坐在了树脂沙发里,陷了进去，把自己献给了第一个可以承受得住他重量的东西。他弯向一边，手按在胸口上，他瘦小的双腿缩在一起。这个姿势让男孩像个乌龟。

"究竟怎么……"

阿尔蒙回答不了，他的舌头很重，抬起来放在柔软的上颚上，就好像有东西在那儿堵住了。他脸上，一个古老的谜语正在自己试图解开。牧师笼罩着他，他那种让人痛苦的存在让男孩感到舒心：那洞穿人心的注视，那紧皱的眉头，那老人脸上永远带着轻微怒气的样子。

"孩子。"牧师的声音传来，第一个关心的音符。他震惊了一会儿。尽管真的很吃惊，但牧师在内心深处并没有惊讶。他是可以预测最差状况的人，一个几乎学会了享受灾难到来的人，因为这些东西都是用来测试最终的信仰的，他有很多这种东西。他不相信安逸，那是罪恶的伙伴。当然了，一直都有这样的怀疑，有一天，男孩终会因为有些东西而崩溃瓦解，因为，到现在为止，男孩都太感性了，像极了他母亲。

"别哭。"牧师说，但他在男孩身边重重地坐了下来，粗糙的手掌在背后拍了他两下。那是他温柔的标志。"坐直了。"他说着。

阿尔蒙没有坐起来，但他往旁边缩了缩，膝盖依旧弯曲着缩在一起。他的脸上一直带着异常的成熟，灰暗，没有一丝血色。这依旧没让牧师感到惊讶。

"现在，"牧师说，"现在……我知道是什么在摧毁你的精神。你在为你母亲的病伤心。"

阿尔蒙胸膛里的心脏停跳了一拍。

"我不知道，孩子。"牧师沉重地说着，抓着他下颚骨上生出来的白色胡须，"他们管它叫狼疮或者风湿，或者你想怎么叫就怎么叫。但我要说的是，自身免疫？你在跟一个有文化的人说话！我知道那个词意味着什么！——意思就是，你的身体自己在把自己搞垮。现在，如果你的身体在把自己搞垮，唯一的原因就是你照顾不了自己的身体了，那是上帝的躯壳、容器。如果你仔细照顾身体，身体就会兴旺，这就是事实。只有能照顾好自己身体的才是真的人。"他用一根手指猛戳着空气，就好像一个男人在生气地戳着要熄灭的火炭。

"但你能告诉一个女人什么呢？一个女人会想，她什么都知道，知道感觉、感情，就像是她掌控着整件事情。我应该知道：我有一个妻子，还有一个女儿，都倔得像驴。给我一个让男人可以喘息的女人，她承认男人也可能知道关于人心的一些东西，那么就能给你一个难得的开心的男人。你妈妈，她什么人的话都不听。噢，她以为她自己做的就是她想象的那样，但她没有。她的生活是她自己的错误，你和愚蠢的白人男孩一起跑，你得到的就只是哨声，有可能还远不止这些。"

他把手臂环在胸前，慢慢地靠在破裂的沙发上。

"你妈妈总是在等着同情，做什么事都好像她哪边的爱都得不到。这不是你获得尊重的方法。你不爱主创造出来的自我，自我就会跑出去寻找同情，因为它分辨不出什么是爱，什么是同情。但现在，让我来告诉你——同情，它就是爱穷苦的乡下表亲。甚至没有一个家庭是相似的。"

牧师缓缓开口，几乎是压低了嗓音在说话，就好像是深思熟虑后的结果："自身免疫，哈，我来告诉你事实：自己毁掉自己。"

一个微弱的声音传来，不带任何感情："妈妈要死了吗？"

"不，如果她能照顾好自己，就不会。"

阿尔蒙用力闭上眼睛，突然间，产生了严重的幻想，它带着猛烈的蓝色火焰，吞噬着氧气。如果妈妈死了，爸爸就会回来。他还认得我吗？强烈的希望在他内心沸腾。

牧师叹了口气，抬头看着有水渍的破旧天花板，灰尘在黄色的灯光下游走。他说："我应该送你回学校。"但接着，他又说道："他给予脆弱者勇气，给无力者力量。哪怕是年轻人都会无力、担忧，年轻人也会变累，但那些信仰上帝的人就会重新获得力量，他们就会拥有天使的翅膀高飞。他们会奔跑，不会忧伤，他们会行走，不会虚弱。"他大声地叹了口气。"不要害怕。"他说，"让我们俩去走走吧。我老了，但我还没老到不能在自己的城市散步。"

他戳着阿尔蒙的肩胛骨，直到男孩站了起来，耷拉着肩膀。他看上去像是有人抽走了他一半的精神，就好像苍蝇随时要落在他身上。从上次牧师在两个月以前见到他以来，他长大了很多。他现在十岁了？越来越像个少年，这让老人满脑子都是对会出现的某些东西的理解，那些东西，他太熟悉了。他永远不会忘记那阴暗的、困惑的时光，那时候，这个世界开始在一个还住着孩子的身躯里看到了肤色的不同。这个孩子开始感觉到这种不同——不是从自己的身体里，而更多是从周围的空气里。

"振作起来。"牧师大声说着，"我们出去吧。"

这一对老小穿过城市，下午从无精打采的西边开始，一小股微风朝着东边吹去。城市就在三面环山的地方兴起了——赤褐色的砂石建筑和公寓被高耸入云的摩天大楼代替，它们那镜子般闪闪发光的窗户相互反射着。它们穿过主干道和第九大道的时候，车辆拥挤了起来，牧师牵起男孩的手。他们是在古老的冲积平原上散步的两个小身影，尽管河流已经干了。他们漫步穿过鸣笛的车辆、西装革履的男人、推着购物车的女人和值守的警察。有正在进行的橄榄球赛，时不时还能听到体育场里人群的呐喊。在某个地方，牧师给阿尔蒙买了一袋烤花生："现在，什么都不能再要了，我没带更多的钱。"然后，他们经过古老的喷泉，白色的安神雕塑停留在欢迎的姿势。河流正在逼近，他们能闻到味道。船只汽笛鸣叫着，这是二十世纪迷恋的声音,它们在旋转的旋涡中轰隆隆响着,是关于扩张和承诺的古老的形象。

他们走到河的时候,看到那里是灰色的、平静的、污染的,还有满满一层的油脂形成的彩虹。

他们在蜿蜒的河堤上走着,台阶顶端的路线沿途有着泥泞的河滩和堆满垃圾的河岸。牧师剥开了花生,阿尔蒙小心地从壳中拨出花生仁,他有点生气,脸颊上有点充血的红。时不时地,阿尔蒙弯下腰,像神话故事里面一样,把对半剥开的壳摆在水泥堤岸上。

累了的时候,牧师慢慢地在台阶上坐了下来,他的膝盖不行了。"你可能不大相信,"他说着,拍了拍水泥地,让阿尔蒙坐下,"但在你这么大的时候,我有模仿的天赋。我能模仿黑人和那些滑稽的白人——几乎可以模仿任何人。现在还可以。但我选择像上帝一样说话,因为上帝创造了我,在这个世界上,我不渴求任何东西。"他清了清嗓子,"但是,我要告诉你的是什么呢,就是我能让我妈妈大声地笑,她会忍不住笑出来。她一直都在,不管我在舞台上最终的结果是什么。从某种意义上,就是这样。"

阿尔蒙没怎么用心听他说话,因为他正专注于一个花生壳,像个印度人一样盘着腿。他不经意地开口:"有一次爸爸说,我们要——"但他发觉旁边牧师的身体突然僵硬了起来,立刻闭上了嘴。他把父亲吸回了自己的心里,就好像白人吸烟那样。

这会儿,他们都看着河面,夕阳反射着像陶瓷一样的光,快活地闪烁着。随处可见跳跃的光线,波浪轻涌。

阿尔蒙说:"这条河就像架大钢琴在自己弹奏。"

"啊哈!"牧师说,向远处望去。他想起了西皮奥,盼望自己能够记起祖先的脸,但没有什么可以拼凑的。他感到了一股古老的愤怒。没人说过自杀,它随着时间流逝在历代子孙中消逝。那种死亡比一个人要讲的故事还要多,人们的确应该谈谈怎么样和为什么。

在河流那头,耸立着古老的卡文顿和纽波特,坚固的南北战争前的房子在即将到来的夜晚中闪烁着。它们骄傲、庄严,而又平静,想到白人时翻了个白眼。

"谁住在那些房子里?"阿尔蒙说。

"滑稽,"牧师说着,并不是真的在回答,"为什么最好的家永远在鲜血满地的地方。但如果你满身都是丑陋的伤疤,我猜,你就要穿上可笑的衣服,努力去愚弄所有人了。"

"你去过那儿?"

"我有十多年没有过河了。"

"因为你有疤?"

"啊哈?"牧师鄙视地看着阿尔蒙,就好像他没了脑子,"我没有疤!那是原则性问题。上帝是慈悲的。"他擦了擦额头上入侵的皱纹,说,"我在比你稍微大一点点的时候,从阿肯色州来到这里。我已经知道一件事了,所以在过河的时候,我就只是说,'撒旦,你就留在我身后吧。'我说的就是原则性问题。"

阿尔蒙说:"一堆白人家伙住在那儿,啊哈。"迈克·肖内西清晰地出现在他的脑海里,这突然的渴望强烈得不可抑制。他低头看着,就好像在地上找什么东西。

牧师看着他的脸,看到了记忆中所有描述的东西——一瞬间立起的眉毛,脸在伸出来时的模样。

"你知道我是怎么知道上帝是存在的吗?"牧师突然说道,"因为我需要他,即使我看不见他在我身边。"阿尔蒙突然抬起头,老人在他的内心掀起了一丝波澜。他迅速地眨着眼睛。

"看吧,人类,他知道什么是完美,尽管他在这个世界上从来找不到完美的东西。现在,听好了,我毕生都在追求公正。但你觉得这世界上真的有公正吗？孩子，我什么公正都看不到。"他把一只手挡在自己面前，就好像他在把那些可笑的白人房子摆在眼前，"但我知道，公正是真的，也是完美的，那只是耶稣的另一个名字，所以，我把毕生献给他。"

"但是，外祖父，"阿尔蒙缓缓地说着，带着深深的忧虑，"那么，为什么耶稣会让所有不好的状况发生？"

"公正不会那么做。"

"但为什么耶稣从来不阻止？"

"因为，公正，那是个完美的东西。但是公正并不能让一个人类做什么或者不做什么。耶稣不会强迫你的双手。他只是像希望一样住在你的心里，每天让你看到他长什么样子，然后你就会决定，如果你要把自己的生活变成公正的样子，即使你根本不能看见他；或者如果你想要你的生活看起来像名气、精致、钱或者什么说不出的东西。现在，大多数的人选择了精致和钱，因为这些东西是你能看到的，你能把它们握在手里。但那些你看不到的东西才是最重要的。他们存在于你的大脑和内心。那是完美的东西，就像公正。"

"但如果它不在这儿，你怎么知道它存在呢？"

"因为缺失，孩子！缺失是最真实的东西！我妻子死了，但她是真实的，你不知道我有缺失感吗！"他用拳头捶着胸，"你不会去想不重要的东西，不是没有存在这个世界的可能……"

阿尔蒙转开自己满是疑问的脸，看着闪烁着光的河流，他的眼睛被不由自主的眼泪刺痛。他闭上眼睛的时候，看到了不好的东西，比他想看到的东西糟糕得多。他睁开眼睛，受伤的感觉比希望更加强烈："我不喜欢耶稣，他什么都不在乎。"

"住口！"牧师轻蔑地说，"我说的话，你一个字都没听进去。"

阿尔蒙生气了。

然后，毫无预兆地，牧师开始祷告："敬爱的上帝，看着这个孩子长大吧。成为一个男人是沉重的，是沉重的负担。帮助他的心，上帝耶稣。帮助他不要害怕。帮助他的心变得公正，即使道路变得艰难，他不得不拽着十字架到骷髅地去。保佑所有的小孩子，甚至那些我不认识的小孩，主啊，阿门。"

他眼睛都没有睁开，用肘推了一下阿尔蒙："做个祷告。"

阿尔蒙说："谁——什么？我？"

"你觉得除了你我还能跟谁说话？"

"我以为你在跟耶稣说话！"

"我已经跟耶稣说完了！现在，我在跟你说话！"

"哦。"

"做个祷告。"

"噢！呃……"阿尔蒙说，在短暂的考虑后他说，"谢谢你给了花生和这条河。上帝，谢谢你。耶稣，谢谢你。马丁·路德·金，谢谢你。"

"哈！"牧师喊出声，只能用咳嗽掩盖忍不住的笑声，"的确，谢谢你让我们有了这条河！与你一样永生，主啊，这条河永远都不会干涸，因为正义之河永远都会奔腾。阿门……说阿门。"

阿尔蒙没说，却开口道："外祖父，我不想长大。"

男人会说什么？肯塔基州在他们面前，这座城市在他们身后，他找不到安慰的话。他的心是满的，"快说阿门。"男人粗鲁地说。

"阿门。"阿尔蒙疑惑地开口，但眼睛还睁着，他已经在看他身后花生壳摆出的路了。

◆

穿过城市回去的路上，他们什么话都没有说。回程似乎更长，或者牧师只是对这漫长的一天感到累了,那么多漫长的日子啊。他的脚步通常如军队般干练,现在也沉重缓慢了起来,阿尔蒙发现自己也随着他的脚步慢了下来。牧师不时地完全停下脚步,抬头看着昏暗的天空,小小的云朵到处点缀着。脏兮兮的夜晚在东方蔓延,就好像蓝色裙子边缘的煤灰。东边吹来的微风现在也大了起来,传来城市外面一整天的气味,把人行道上的垃圾吹出一小块空地。

牧师的一只手放在衬衫胸前揣着:"那些花生让你恶心了?"

"没有。"阿尔蒙眯着眼睛看着他。

"我不知道,我不知道。"

他们经过市政府大楼,停车位上白天的车都消失了,大楼是在南北战争之前建的。阿尔蒙经过酒吧和商店时往里瞥着,但里面的人并没有注意到他和他的外祖父,因为夜晚的灯让平板玻璃上闪着耀眼的光,使他们不被人看见。

他们沿着西科莫大街一路往北走,到创意表演艺术学校对面的中心附近时,牧师突然说:"我们坐下来吧。"然后他就放松身体,不是很稳地放低了身子,坐在了一道水泥矮墙上。他把自己干燥、满是灰的胳膊肘放在膝盖上。大腿像又圆又粗的树干,但树在抖动着。阿尔蒙看到了,这让他十分震惊,突然满心害怕。这就好像看到一个大人在哭一样。他立刻坐在了牧师旁边,比平时挨得更近,近到可以闻到男人头发里椰子油的味道。

"牧师,"有个声音传来,"你怎么了?你还好吗?"

他们一起抬头,看到一张圆得像月亮一样的脸。那是个年轻人,有一道暗灰色的疤痕跨过眼角,一直延伸到嘴角,在嘴唇上分叉。他的睫毛尖锐而光滑,显得他栗色的眼球十分迷人。他朝牧师的脸弯下腰。

"累了,年轻人。"牧师说。

"哦，好吧，"男人说，直起了身子，"你坐在那儿，我还以为你生病了。"

牧师愤慨地后仰："我从一九七三年开始就没生过病！"

"好吧，牧师，好吧。"男人大笑着，主动伸出一只手。牧师伸出了手——阿尔蒙看到他的手在抖，就像害羞一样——他握住了男人的手，打招呼。但他没有放开，牧师抬起头说道："年轻人，我曾经告诉过你，愧疚要比活在别人脚下惨得多，我告诉过你吗？"

他的手被牧师的手牢牢地困住，男人抬眼看了一眼通往自由街的繁忙街道，然后，顺着河流望去，温柔地笑了。他没打算挣脱开，"是，似乎之前听您说过。"

"还有呢？"

男人叹了口气："还有，你知道，我要去做我要做的事了。"

"是吗！现在？"

"还有，你如果知道我要去哪儿，就会立马把我的手放开。如果你想过要把我的手放开的话。"

他们笑了起来，牧师放开了他。

稍微有些警惕的双眼再次看向他的时候，目光温暖了很多。"但你会为我祈祷的，是吗，牧师？"

"当然。"

"那就谢谢了。因为我不想再让我妈妈为我担心。"

"不要用言语感谢我，"牧师说，"用退出这些行动来感谢我吧。你知道你恰恰在跳进他们的陷阱。你觉得这个贫民区是碰巧出现的吗？他们利用贫民区，就像利用警察和监狱一样。"

"噢，我知道他们会用监狱，对的。"男人悲伤地咯咯笑起来。

"所以，放弃吧！让你母亲为你骄傲！你母亲是一直追随耶稣的，直到她的鞋子穿烂为止。你知道，这是实话。"

但男人微微摇了摇头。"牧师，你没听说过你永远回不了家吗？"他笑了笑，然后耸了耸肩，他看着阿尔蒙说："在这儿照顾好这个老人，他有些麻烦。"

"我有些麻烦。"牧师说。

"回见。"男人继续往前走，沿着西克莫街走下去，他稍微有些跛，整理着自己纯蓝色的从牛仔裤里露了出来的内裤，但他并没有回头。

牧师看着他走掉，在男人左转进入彭德尔顿中心的时候，说："上帝保佑他，那个人半辈子都把心思花在新种植园上。如果不改变自己的道路，他一生都会活在国家的控制之下。什么都没有的孩子，什么都不会失去。"他努力看着街道对面四层的陶瓦建筑，他用手指着的时候还在发抖，"你看到那边那所学校了吗？你知道有多少兄弟为了逃离肯塔基躲在那儿的地下道里吗？"利瓦伊·考芬就住在那儿，对。这周围都是地下道和酒窖。我们计划着怎么离开南方，但我们却没计划好怎样逃出他们的贫民区和监狱。但你要做什么呢？如果你做不到把整个国家都烧毁，就重新开始，你还能去做什么呢？"

他叹了口气，擦了擦眉毛。"孩子，长大以后不要做白人的黑人。长大以后不要做……老套的人。上帝给了你最原始的材料，我给了你我所有的工具。"

"起来吧，外祖父。"阿尔蒙说，他站起来，拉着男人的肩膀。牧师缓缓地起身，不大稳当。他突然伸手，把自己完全压在阿尔蒙肩膀上，他的重量让男孩很痛苦，几乎站不稳。他看起来很糟糕，拖拖拉拉，都有点不雅观了。这不是一个人在大庭广众的街道上想让别人看起来的样子。

"你生病了吗？"阿尔蒙说，想要劝劝他。

男人默默地摇了摇头，但眼睛恍惚，就好像他根本没在听一样。

283

他们穿过街道,但走得很慢。他们离门廊只有十英尺的时候,牧师上气不接下气地说:"上帝啊,我不停地……祈祷。"

阿尔蒙想尽量耐心点,尽量不用太大的力气拉他上楼,再走到房子里。他心烦意乱地说:"你在说话、走路或者干什么的时候,怎么祈祷呢?"

"因为,"牧师说,"我每天每分每秒……都在用身体……祈祷。你最简单的祈祷方式……就是……耶稣的名字……"

他的声音飘忽不定,沉闷地盯着门廊上的楼梯,就好像台阶是他想要解决的哲学问题一样。他愤怒地、然后渴望地、再空洞地看着它们。他开始走上台阶,每上一层都要花很长时间。他痛苦地倚在阿尔蒙身上,能听见他大声喘气的声音。

他们走进会客厅下面的餐厅时,里面的八个男人吓到了,他们都是牧师过渡房子目前的住宿者。

"喂!"人群中间的一个人说着,从椅子上站了起来,餐巾塞在T恤的领子里,"我们没打算不等你吃饭,但——喂,牧师,你还好吗?你生病了?"

阿尔蒙站在他外祖父和那些围在桌边的男人中间,举起一只手,尽管他还费力地想要扶住牧师;他用几乎自己都认不出的声音怒吼道:"你们没看到他累了吗?"

"但——"

"你们都在吃!就这么不管他!"

不管是被吓到了也好,被小孩子指挥大人的行为逗乐到沉默也好,他们还是照做了,在他蹒跚地扶着牧师进到房间的时候,他们一直站在旁边陪着。有人说:"好吧,该死。"

他们经过小卧室,阿尔蒙和母亲来这儿过夜的时候就睡在这儿的一个充气床垫上。他们经过粉色主题的浴室,他们经过大厅的灯泡,从二十世纪六十年代开始就没修过它。但就在他们马上到达卧室门口的时候,牧师蹒跚立起,停了下来,他从阿尔蒙身上起来,靠着冰冷坚固的墙。"我知道了。"他说,轻轻地将双手放在墙上,就好像那是个柔软可爱的东西,而不是多年没管过的肮脏墙面。

"什么?"

"上帝是爱……你崇敬爱的时候,就是在崇敬上帝。"

阿尔蒙伸出手,大力地将其从墙上拉起来,说着:"你要接着走,床就在这儿了。"

就像引导着一个盲人一般,阿尔蒙在一个老人巨大的重量下几乎不能行走,但很奇怪,他感觉到空前勇敢和强壮。在他的脑海里,他又长高了几英寸,甚至几乎和他眼前正在萎缩的男人一样高。他厚重的膝盖弯曲着,所以朝一边倒下去,倒在了床上。他叹息一声,像是在哭一般,然后翻身平躺。"我不好,"他说着,手伸出去,"……本质上从来不是个好人。"

他向上看着昏暗的天花板,似乎很困惑,但随后又环顾四周,几乎是害怕一般,好像他再也不认识这间房间了,直到最后,他发现睁大眼睛的男孩正一动不动地盯着他。"但,上帝……他还是选择了我,"他说,"那是个奇迹。"

阿尔蒙深深地望进男人的眼睛里,那里凹陷着,一直凹陷着,不可知晓。男人看着他,就好像他之前从来没有真正看过他一般,就好像这男孩是突然出现、站在他面前的奇怪物种一般。他的眼睛里全是疑惑。

"你和你母亲长得太像了。"

"不,"阿尔蒙后退着,尖声叫道,"我像我爸爸。"

牧师张着嘴巴叹息。他知道那孩子不知道他想表达什么,听不明白他的意思。他的胸口紧张着、恶心着,筋疲力尽将他打败。阿尔蒙生气地注视着，然后，发生了两件事：牧师闭上了眼睛，阿尔蒙似乎明白了，他以自己的外祖父为代价，取得了这场胜利，这样的认知让他内心充满了羞愧。他突然伸出手，把手放在外祖父的胸前说道："外祖父，你还没有洗手、洗脚。你不能就这么脏着睡觉。"

"嗯……"牧师发出声响，就好像他嘴唇被黏住了，但还想说话。然后，他粗声粗气地开口："我累了……永远……"

"你要起来，去洗漱。"

但牧师没有回答，他眉毛皱起来，又舒展开，又皱起来；他左手张开，合起来，张开，就像一个巨大的花苞在决定是不是要开放。孩子看着男人脸上一直变化着的气色，全神贯注。这会儿，那张脸一点都没有注意他。他本不应该再说任何关于他父亲的话，他觉得那有点让人恶心。"外祖父，你生我气了吗？"他轻声耳语。

牧师费力地回答："我一辈子都没有……对任何人……生过气。不。上帝啊，他只是……对我生气了。他制造了传信者的精神……还有他的管理者的火焰。"

过了一会儿，一片沉寂。"我什么都不是……"

阿尔蒙忍住了没有去晃他的肩膀。"你是达米安·艾默生·马歇尔。"

"……只是一道炽光。"他说。

"但——"

"我难道没说我一直在不停地祈祷吗？"他带着匪夷所思的愤怒朝天说着。

"哪儿都别去。"阿尔蒙说着，尽管说这话很蠢，男人的身体沉了下来，比河里所有的河水都重。恶心的感觉稍微有了好转，但他不知道怎么描述，就是累极了。他很久以前得过一次肺炎，但这感觉不太一样。但那种生病的感觉几乎是让人愉悦的。他八岁的时候就开始在一个甜菜农场干活,但当他肺炎发作以后,他父亲保罗和母亲珍妮让他在床上躺了整整两个月,喂他喝大蒜汤和葡萄干饼干。那个孩子——他就是曾经的那个孩子——有两个月摆脱了劳作。然后,工作又来了,再也没有消失过。

男人的脑子很放松、恍惚,这时候,阿尔蒙拿着一块破旧的粉色毛巾和一盆飘着象牙肥皂泡沫的水回到房间里。他像个老鼠一样偷偷摸摸地走着,因为他能察觉到牧师沉重的嘴唇微微动着,还有眼球模糊、隐约的波动。但牧师没有睡着,他说着:"每天,上帝。"他对着沉寂控诉着,就好像沉寂自己胆敢向他提问。

阿尔蒙拿起一只虚弱沉重的手,这手已经垂到床沿下了,他把拧干的温暖毛巾覆在这只手上,牧师睁了睁眼看着男孩,眼神中带着空洞的好奇。他甚至都没有觉得吃惊,只是看着,但也没有反对。阿尔蒙小心翼翼地擦着长长的手指和浮肿的关节,它们就像七叶树一般黑暗胀鼓。湿润温暖地一直擦过手掌,再到手腕,那儿多年以来形成的皱纹清晰可见。然后,他把那只毫无抵抗的手放到了床单上,端起他的肥皂水绕到床的另一边。他重复了刚才的动作,擦洗了牧师的左手。

在这个过程中,牧师的呼吸沉重、平静,甚至就像只有简单的心跳。他眼睛时而睁开,时而闭上,在眼睛睁开的时候,他就直直地盯着天花板的缝隙,那里到处都是霉斑。

当他擦完左手以后,阿尔蒙双手双膝爬上了床,解开了男人时装皮鞋上黑细的鞋带——他总是穿贝克斯这个牌子的皮鞋——他用了些力气,把鞋子从他的大脚上拔了下来,接着是袜子。他外祖父的脚丑得有点吓人,在脚的边缘有一圈薄薄的硬茧,瘦骨嶙峋的身体上,血管如蠕虫般突起。他的脚散发着醋酸般的恶臭,所以,阿尔蒙在脱皮的脚后跟、指缝中间和指甲上擦拭的时候,憋住了气。他的脚趾甲中间突出,厚重又褪色。他注意到在脚趾的突出关节顶端有着金属丝般硬硬的毛发。

完工以后,他把毛巾重新扔到水里,慢慢地爬下床去,不想打扰陷入沉睡中的男人,他两手拖着脸盆,悄悄地摸出房间,用鼻尖关上灯。他本来像说晚安的,但没有。

他这会儿觉得累了,就把脏水倒进了浴室地板上的浴缸里。但他又用了些力气,放干了浴缸里的水,水正旋转着流下去。然后他走过大厅,走到厨房,明亮的灯光让他重回生机。两个男人还坐在餐桌旁,那只是个金属的宴会桌,可能只是教堂地下室里不要的一个。阿尔蒙精神振奋地眨了眨眼,一只手放在眉毛上,他感受到了自己刚起床时候的那种奇怪感觉,像是刚从一个深沉平稳的梦中醒来一般。男人们似乎奇怪地看着他,好像他们之前从来没有看到过这个小孩,也不知道在这孩子面前应该怎么做。他们几乎可以说得上害羞了,但阿尔蒙自己并不觉得害羞。今晚,他内心充满了力量。

其中一个男人清了清嗓子,说:"牧师还好吗?"

"是的。"

"孩子,你今晚要住在这里是吗?"

"不。"阿尔蒙说,但听起来一定有点犹豫,因为还是那个人说:"你怎么回家?要乘公共汽车吗?"

"是的。"阿尔蒙边说边走向前厅,再到这座老房子门前。

"天都黑了,我陪你走到车站吧。"男人说着,做了一个要从折叠椅上起来的动作。

但阿尔蒙觉得没什么必要。他经过男人身边的时候,甚至都没看他一眼,就只说了四个字:"我不害怕。"

◆

第二天早上,牧师没有下来吃早餐,房子里的一个男人冒险走进他的房间，看到他眼睛半睁着，一杯水洒在了床头柜上的红色《圣经》上。他晚上不知道什么时候死于心脏病发作。

玛丽听到这个消息的时候，一动不动地在沙发上坐了好久，她双腿分开，苍白的双手从头发上滑下，什么话都没说。然后，她站了起来，眼睛里没有泪水，说："现在，我们什么都没有了。现在，我们真的什么都没有了。"

◆

她没让他去葬礼，她不想让他看到另外一具尸体。所以，他独自躺在旧床垫上，列着至今为止离开的人的名单：1）爸爸；2）牧师；3）妈妈——她去了葬礼，但本应该留下的，因为他还在呢，阿尔蒙还活着呢！他内心升腾起喷薄欲出的原始感觉，但他用心跳做着拉锯战，抗争着，用手掌按着自己的脸颊，直到痛。一阵头痛沿着柔软的头骨袭来，但他很欢迎这种感觉。这和牧师将死之时的感觉不一样，和被抛弃的感觉不一样。在昏暗的头痛环绕中，牧师的形象影影绰绰地出现了，他严厉神秘的脸，他不断张开、抓紧的手——一会儿是个花苞，一会是个黑色的拳头——疼痛感让孩子的牙齿紧张着。然后，迈克·肖内西苍白的脸棱角分明，说道："我来了，为你来了，因为你是我儿子，我因为你感到高兴。"阿尔蒙的心最终投降了，带着被抛弃的感觉，他人生中第一次尝到了自怜的甜头，而且后面也没有任何凄苦的感觉。

◆

她站在他上方，累得已经无法忍受，从生病以后，泪腺被损坏，眼睛一直很干涩。她手里拿着一个望远镜和一包儿童书籍。这是她今天从西克莫房子里拿回来的所有东西，牧师就留了这些在教堂里。她不知道为什么父亲会有个望远镜——他是个谈论天堂的男人,但眼睛一直看向地面,因为天堂不重要,只有王国才是重要的。她把三脚架立在床头的时候,她儿子没有动,还在被他经常性的偏头痛困扰着,但她动作发出的声响在他脑子里回荡着。玛丽想说:"我尽力保护你,但我能做的只有这么多了。我有的只有痛苦。"他也想说:"不要再生病了。"她想说:"他的眼睛可能在看麻雀,但他爱一只棕色的小鸟都胜过爱我。"他也想说:"请别再留我一个人了。"但她最后大声说出来的只有:"阿尔蒙,现在你要学着爱自己胜过爱我——不管用什么方式,只要是必要的都可以。"

在她睡着的一小会儿里,他正拽着长腿的星特朗望远镜到前窗去,在那里可以俯瞰诺尔顿角,他用他自己的重量做杠杆,把倾斜的黑色镜筒摆得老高,所以,他从窄小的孔里望去的时候,看到的是天空。但他只看到了街对面的路灯;而且,由于反光,光线变成了光谱色,什么形状都看不到。他害怕地后退,但发觉,那只是街灯——一种无聊的白色光无聊地照进无聊的黑暗里。就好像不确定要相信什么,他平视过去,重新看了一遍它是如何发出光线的。他的心脏开始在什么东西的门口剧烈地跳动:在望远镜里看到的光线比用眼睛看到的更加狂野、剧烈。他的美术老师不是说过,白色是所有颜色一起呈现的么,那么,它是不是包含着所有可以看见的世界呢?只有在这一刻,牧师的影子才真正黯淡了下去,他就像时钟走过一样去世了。取而代之的是那白色的光,越来越深,越来越真实。他悲伤而又困惑地想着,在这个世界上,星星是从哪儿升起、又是从哪儿落下的呢?人们都是在哪儿睡着的呢?他父亲没来是去了哪儿?他站在那儿,在天体中间无声地呼叫着黑色的星球。在高高的天空中,月亮为世界上懵懂的孩子洒下微弱的光。他记住了那个词,西皮奥,他想,也许,这是一颗星星的名字。

◆

马歇尔牧师去世后的十七个月零三天，一个小小的白色信封寄了过来。经调查，因涉嫌欺骗福利系统，玛丽·马歇尔被要求出庭，那是一场取消资格的上诉庭审。玛丽脑子顿住了——她没有转卖过文件，她只做着她平时的工作，再也没有其他的了。每次评估时，她都准时、有礼貌，带着她的文件——以及那辆车——出席。噢，该死，那辆车。那辆迈克给她，她除了去大学山买杂货几乎从来不用的车，因为北区的调查局实在太卑劣，那辆车挂着芝加哥的牌照一直放在两个街区以外的小巷子里，没什么人注意到，直到有一天，她发现了拖车的标志。她最终不得不拼命挣钱恢复执照，买了牌照和保险。她几个月以后就付不起钱了，但还是留了车应急。你不会被允许拥有超过一千五百美元的资产。她应该怎么做呢？扔掉她唯一的资产？不，也许并不是因为这辆车，也许只是些技术性问题。也没必要害怕。只需要露面的时候表现得一切正常就好——她的头发很直，夹了有几颗珍珠的夹子——闭上她该死的嘴。

但若无其事地露面变得越来越难。工作已经变成了一出尽量让自己看起来很忙、很有效率的闹剧，她根本没这个状态。她的手损伤得太严重而无法打字，有时候她只能趴在桌子上哭。从内而外的疲惫感包围着她，不管睡多久也没用。因为她的泪腺已经再也不能流出眼泪了，每天每夜，无时无刻，眼睛里像是倒进了酸液，所有成千上万的神经末梢暴露在空气中，她的眼皮变成了砂纸。大多数的时候，她会被陌生的感觉困扰。她不知道怎么把这种感觉赶走，因为她从来没有允许这种感觉进入过身体。它就在某一天这么降临了，就好像她快死的时候意外怀孕了一样。这种痛就好像是处女生孩子——你根本从来没做过什么，但他就是缠上了你。

17路车十点的时候带她到了城里,她需要在这吵闹、拥挤的大厅里等上一个小时,才会被叫到没有窗户的审讯室。但对她的神经来讲,这远比一个小时要长得多。当他们终于叫到她名字的时候,汗珠已经浸透了她外套夹克的边。

两个人坐在一张桌子后面——一个黑人女士,一个留着像圣诞老人胡子的白人男士。白人打开了有三个环的活页夹,开始照着读,像台词一样。

白人男士:坐。

(被告坐下,微笑。尽量让自己看起来清白、镇定。)

黑人女士:你因这起上诉案件被传唤——

被告:我本以为这是我的案子。

黑人女人:请让我说完。你被传唤来听取对你的指控,如已决定并开始为控诉做准备,请回复,五周以后开庭。

(被告点头,顺从,但明显很担忧。)

白人男士:我们有理由相信你因拥有但没有申报一辆新型汽车而欺骗福利系统。我们获知,你最近重新申请了执照,并在当天缴清了所有保险。你介意当场做出回应吗?

被告:不!(转向女子)我的意思是,没有——听着,那车是别人给我的!不是我自己付钱买的——我自己根本没钱支付那种东西!车是我前夫送给我的。

黑人女士:所以,车归你所有。

(被告闭上嘴,意识到了自己的错误。)

白人男士:(清了清嗓子)夫人,你的案件会在五周后审理。在那之前,你的福利将被暂停。

被告:我的什么? 不,等等!(从铁椅上冲向前,目光从男士身上转移,诚挚地盯着女士的脸。)我有个男孩,我有个很好的小男孩。我需要那些券，否则，他就没东西吃了。听着，求你们了，你们要相信我。

黑人女士：文件上说，你还在北区为赫尔曼·比肖夫工作。

被告：没错，但工时并不长。这些钱要支付租金，我甚至连租金都付不起！听我说，求你们了——我生病了，我身体不好。我知道你们不懂，但你们要相信我。我生病了，而我什么都做不了，因为我破产了，没钱去看专家。我向你们保证，这是事实。现在，我在这个世界上什么都没有了！没有父母，没有兄弟姐妹！我病得太严重了，都没法工作，但我还是不能停下来或者什么其他的——什么其他的？我们要做什么呢？这个世界难道只要我们转身死去吗？

长久的沉默，然后，黑人女士低头看了看文件。被告没有哭，而是冷酷地盯着这位听众，继续一个人的独白，只能勉强听得见：

夫人，我在看着你的脸，我也同样信任你李子般的眼睛和宽大的鼻子。你的肤色。我本以为，那是一个归航的指向标，那褐色的皮肤——像是在跟我说，跟我谈话，我也是黑人，我也很可爱，跟我说，我的耳朵就像上帝的一样打开着，我说着你的语言，因为我们是一家人。

黑人女士：好了，我了解的没有那么多，但我只知道，如果像你这样的人在声情并茂地讲你自己故事的时候，用一半的时间去找更好的工作、受更好的教育的话，你的孩子们早就能享受到完全更好的生活了。马歇尔小姐，这，也是个事实。

（被告，还是面对着这个听众，作了最后陈述：我祈祷有上帝——他否认你的存在，你这个黑婊子。）

◆

很久以前，她曾经大喊出声，我有个惊喜要告诉你！你爸爸要回家啦！但那是很久很久以前了——为什么生活这么漫长呢？现在，她说出这句话的声音甚至已经丧失了记忆中的轻快感，他儿子拖着沉重的步子朝她走来，就好像已经能够直觉地感受到即将面临的损失。他就这么站在她面前，像小时候一样腿弯曲着，但他没抬头看，只是害怕地直直地看着她的脚。

上帝啊，又绕着腿！这让玛丽根得牙痒痒的，她想抓住他，让他停下来，迫使他不必说出那些话就能明白。她眼睛里奔腾着的酸涩让她疯狂，上帝啊，这个孩子是她生的，他竟然对她没有一丁点的同情，一点儿都不了解她。孩子们永远都只考虑自己和自己的需要。爱和怨恨充斥着她的内心，各占一半。她想，自己的母亲也这么有力量，比真实的更加有力。就是这个该死的谎言，时间治愈了一切！

她只是说："我们再也不会有食品券了。"

阿尔蒙吃惊地抬头看着她："怎么会？"

"这不是你应该操心的事。"她说，"你是孩子，我是妈妈。"

他什么都没说，但她看到他的步子变得忧虑起来。之前他绕着腿站着，现在，就只是直直地看着前面。她的手伸向他的时候，他猛地拉开距离。

她的手悬在两人中间的半空中，说道："我们不能再住在这儿了。我付不起钱。我们周五之前要搬出去。"

"我们去哪儿？"他小声问道。

他眼里充满了泪水，一半是疑问，一半是控诉，一个他从来没在她面前说过的词："你真他妈一团糟。"

她不自觉地张开手扇了他一巴掌，伴随着自己的哭声。"你不能这么跟我说话！"她哭喊着，"我是你母亲！"

然后，他就像只鸟儿一样瞬间走掉了。但就在他走回卧室、把门甩上的时候，他的冷静，他如此稀薄的冷静轰然倒塌。他沉浸在泪水中,这泪水其实是属于牧师的,这泪水已经忍了几个月了。他哭啊,哭啊,直到泪水哭干,当他终于带着红肿的眼睛抬起头来的时候,太阳已经悄悄滑低,整个房间已经进入了阴影。玛丽就寝前的程序早已没了声音,于是,他起来。然后,一面墙,又一面墙,一件物品,又一件物品,他想记住这公寓里的每个细节,因为他知道他再也不会待在这儿了。他在硬木地板上跪了下来,向他的父亲祈祷,就像之前做的那样。求求你,来吧。求求你,这周五来吧,来救救我们。心里怀着一点点的希望,他周五等着迈克来——等着迈克,等着上帝,等任何能救他们的人来,但什么人都没来,因为没人救他们。

◆

唯一能去的地方就是一路往南——往南,穿过诺尔顿角没用的纺车,到米尔溪流附近,这儿散发着残渣和油渍的恶臭,再到街区已经被拆毁到边缘的柯米斯韦尔,一个无名之地,在高架桥和I-74公路的阴影中残破不堪。这里的房子邋里邋遢,肮脏不堪,少得几乎没有,巨大的褐色地带没有任何产业,没有生机,窗户被石头和子弹打烂,落在无人知道的地上,这儿根本没人住;曾经在这儿住过的人,现在也都已经住在这座城市地底下肮脏的大坑里了。还有比地狱之镇更差的地方?对,就是这儿。

玛丽和阿尔蒙在布莱尔街上一个小小的猎枪式联排房里住了下来,这条街是诺尔顿角以南隔着三个街区的小道。承租人刚因为胰脏癌死掉,租金只有四百美金,房东降了一百美金——那是玛丽曾经为之工作的牙医的远方表亲。这房子有十五英尺宽,深入进去三间房:一间潮湿的前厅和厨房,只有一个被尼古丁熏黄的窗户朝北开,里面有个橙色的发霉的沙发,玛丽可以在这儿睡觉;中间一间房,阿尔蒙能在这儿充张双人床垫;后面是一个浴室,有个正方形的窗户,可以看到小小的碎玻璃和不知名的杂草。他们只带了车子能载过来的东西，然后车被卖了两千美金，钱一个小时之内就花光了，提前交了五个月的租金。很显然，没有什么方法可以把他们的床垫和梳妆台运来，只能把它们丢在大街上，让陌生人把它们抬走。阿尔蒙带来了他的望远镜，但他不需要了，因为他们已经到了世界的边缘。

阿尔蒙在他的橡胶床垫上铺开一块聚酯床单，在墙上贴了一张公牛队海报，然后，把牧师的望远镜摆在浴室，镜筒朝上，透过小小的玻璃，能看到些什么。第一个晚上，太阳像受伤般落下，胜利的黑夜狂欢般从四面八方涌来。

玛丽悄悄地走到他身后，在黑暗的房间里用最温柔的声音说："阿尔蒙，我相信，我们会把这个地方收拾成家的样子。"

没有惊讶，也没转身，甚至都没有表示知道她过来了，阿尔蒙只说："所有你相信你想要的一切，妈妈。我什么都不相信。"

◆

希望和现实总是背道而驰。新计划不好也不坏，就只是个计划。放学以后，阿尔蒙在蔡司路下车，漫不经心地数着门廊，直到他发现自己的希望是什么；然后，他溜到后面，敲了敲后门。没人应答。他又敲了一次，用力敲了敲，依旧没有回应，于是他走到后面的门廊，抬头看着砖红色的建筑，他的希望闪烁而暗淡。"算了吧。"他轻声低语，但他意识到可能还有个愚蠢的想法——踢着人行道、骂着天空、爬回到猎枪的枪杆子般的家——

"这就是你他妈想要的？"

他焦虑地在周围游荡着，透过大楼东边灰色板条百叶窗偷偷打量着。他有点紧张地嘀咕着："伊索不在附近吗？"

"他妈的滚开。"

"嘿。"一个深沉、冷静的声音从二楼窗户中传出。阿尔蒙立刻就认出了这缓慢的声音。他伸直脖子,看到了室内灯光照出的阴影。"有点凉,上来吧。"

一会儿的工夫,他穿过后门,爬上了楼梯,积攒的勇气像围巾一样包围着他,地下室里黏土的味道几乎快淹没了他,还有昨晚空气里积存的潮湿冷气。摇摇晃晃的楼梯通往一个孤零零的木门,他不用敲门,刚伸出手门就打开了,男人站在那儿,穿着背心和黑色的孟加拉棉布汗衫,脸上带着怀疑。

"达克让你来的?"

"啊?不是。"阿尔蒙尴尬地转身,看着门框,突然希望自己没来,但接着脱口而出,"上一次,我在附近晃悠,你像是说了'你想赚点钱吗'?我就想,也许——"

"噢,该死——自作聪明!"男人将双手放在门柱上,身体向后倾斜,肱二头肌在肌肤下跳跃着,然后突然间爆出笑声,"我记起来了!那真他妈的有意思,我就像那该死的——你跑得真快!是的,我记得你。像是卡尔·刘易斯,我去。噢,我的天哪……"

刚开始,阿尔蒙根本判断不出他笑的目的,他畏缩着,但男人伸出手,快速地带指示般地戳了戳他的肩膀,感觉很不友好,说道:"进来吧。"于是,阿尔蒙进到了公寓里,他以前的生活被关在了门外。

男人还是带着一半的笑,但审视的眼睛中没了笑意:"所以,现在你回来了,想赚钱。你多大了?"

"十二岁。"

"他妈的,时间过得真快!你为什么没早点回来?"

阿尔蒙耸了耸肩。

"什么,你不会说话吗?"

他只是又耸了耸肩:"我有话要说的时候会说。"

男人缓缓地笑了，看着他的同伴："尊重，尊重。那没什么毛病。"

"你或许有事可以让我做？"

男人微微地低了一下下巴，凝视着他。"或许，"他说着将手向前伸，压在了阿尔蒙的肩膀上，"你可以跑，你知道我在说什么。但不是'跑'！"他回过头大笑起来，那种笑是从肚子里发出来的，爆发力太大，眼睛里都笑出了泪水，阿尔蒙第一次在那张又宽又冷酷的脸上看到了真实的温暖。他能感觉到自己心脏的齿轮咔嚓嚓开始动了。

伊索把一只手捂在眼睛上以止住笑，舒服地坐在了厨房桌子旁边的塑料椅子上，他的腿呈八字大敞着，手肘撑在桌子上。"太他妈有意思了，"他说着看向一旁的阿尔蒙，叹了口气，说，"我说需要你'跑'北区的时候，意思是我要你经营我的狗屁产业。我们在坟墓边干活。你从工厂跑到我的孩子们那边，眼睛要时刻注意着我的监督员，他们会让你知道什么时候警察点名。但你工作的时候完全不需要注意你自己。你知道我在说什么吗？我不需要你'跑'，他妈的。我需要你一直很平静地走来走去，该死。不要偷偷摸摸的，也不要摆出任何样子。你只需要做一个漫无目的的黑人。"

在听这些话的时候，阿尔蒙的脸很平静，只有眉毛轻微的抖动暴露了他些许的害怕。但没有真的惊讶，他也许在尽力表现得天真一点，但他的内心在几个星期之前就已经作好决定了。他的身体带着这个秘密的决定把他带到了这儿，看上去只是一个模糊的想要赚钱的计划。

伊索从他面前的桌子上拿起了一个小瓶子，在手指间转动着。"你做得好，一天可以拿到一百元。"

"真的？"

伊索晃着头，和他的朋友一起笑着，让一切变得温和有趣："真的。"

阿尔蒙只是猛地点了点头,有点尴尬。

"听着,聪明蛋。"伊索说,等着他抬头,"你干得卖力、迅速一点,几年就可以经营起来了。然后你就在这角落里疯狂地数钱和装酷吧。你明白我说的了吗?"

"明白了。"

然后,男人的脸变得很僵硬,眼睛上似乎蒙了一层东西。他指了指桌子上的枪,盯着阿尔蒙的眼睛说:"这是我的,它叫'舒适南方',因为他让南方的兄弟舒服。"他抓着枪托,"这个在这儿就是我的大黑鸡巴,因为它×所有白人婊子。那个他妈的也能让南方兄弟舒服!"他的眼睛亮了起来,粗声粗气地笑着,指着他门口正微笑着悲伤地摇着头的朋友,一双胳膊抱在胸前。然后,伊索转向阿尔蒙,突然再次严肃起来。"你觉得我们都是暴徒?你觉得你也是个暴徒?"他问道。

阿尔蒙不知道要说什么。于是,他开口:"你也会给我一支枪吗?"

男人怒视着。"我不需要一个学校的小孩只是为了做个暴徒来这儿。我不会那么愚蠢、混乱。你听得懂吗?我需要的是聪明的黑人。我知道玛丽不会有愚蠢的孩子。如果你数学学得好,知道怎么长远思考,懂得心理学,所有那些狗屁玩意儿,那对我来说就有价值,因为我就是个企业家。我在这儿成功经营着生意。说真的,我经营着这狗屁地方,我掌管着这里。去他妈的警察,你知道我在说什么,我就是市长。"

阿尔蒙点头,但他还是盯着那支枪,盯着它冰冷的、黑色的优雅。

"所以,再过几年,对,你就能有自己的挖墓者了。但你太年轻了,现在不适合这些狗屁玩意儿,不需要,只需要等待机会。现在,就努力地跑吧，机灵一点。谁知道呢，有一天你可能就会是我的会计了。能得到所有你想要的婊子。"

阿尔蒙笑了。

男人倾身向他："但别他妈搞我，小男人。"

"啊？"阿尔蒙警惕地看着他。

接着，只是静静说出来的一句话就给他的未来划定了边界："别他妈搞我，否则，我就会把所有你爱的都糟蹋掉。每样，东西。每个，人。我就是市长，就是黑手党，就是他妈所谓的爱。明白？"

是，阿尔蒙懂了，但他已经伸手去握男人主动伸出的手。他已经决定了，生活就是赌注，他最大的胜算就在这座房子里。

◆

玛丽再也没离开过那个猎枪般的房子，除了去工作。当她回来的时候，她面朝沙发倒下去，再也不动，除非她不得不动。她开始期望除了工作能有更多时间，她再也不做饭了。那耗尽了她所有的精力——她所拥有的自己的每一盎司——仅仅只是为了在吞没她生活的痛苦中存活下来。这个改变让人窒息。这不是她还是个小姑娘的时候想象的步入成年生活的旅程，她那时候想的是有个丈夫和孩子们。这场旅程只有一个陪伴——疾病——这已经把她明白的所有东西都带走了，取而代之的是令人极度疲惫的疼痛。

阿尔蒙还是尽力不依靠她。他成了这所房子的厨师，一直做着平庸的惨白的菜，都是从 IGA 买来的便宜货：土豆、米、白面包、玉米、鸡蛋和牛奶。他在做饭的时候，在尽力维持家庭稳定常态的时候，变得越来越担心，一直用审视的眼光注视着玛丽。他开始在淋浴的地方发现她大把的鬈发。刚开始他想，或许是因为拉直头发才掉的，但他知道这是在欺骗自己。玛丽最近一次拉直头发是在一年前，后来再也没做过。他发现她再也不涂指甲或者唇膏了，以及他所知道的如果一个女人的心思还在外面男人身上的时候会做的事，她都不再做了。现在，她头发从脑袋上掉下来，从她剩下的头发里，他都能看到她的头皮。他看到的是丑陋，他根本不能假装那不是。

在他存了实实在在的三千块的时候，他把它们扎在橡皮筋里，把一卷钱都给她，放在咖啡桌上。他说："妈妈。"

慢慢地，慢慢地，玛丽竭尽全力从沙发上滚了起来，这让他的胃因为担忧而扭在一起。她的眼睛是红的、刺痛的，脸因为不可控制的疼痛扭曲着，她的双手像抓着离合器一样抓着自己的锁骨。一会儿，她斜着眼睛看了一眼桌子上的一卷钱，她不理解，然后抬头正对着他。

她的声音沙哑，但清晰："不。"

阿尔蒙向前伸出手，把钱推过去，抱着她，点了一次头，固执地坚持着。

她摇了摇头，很用力地一次又一次地摇头。"从哪儿拿的这些钱，放回哪儿去，阿尔蒙，别让我再看见它们。"

"妈妈，你知道，我不能还回去。"

玛丽呼吸急促。他不能判断这到底是吃惊还是一直期盼某些东西的女人只能放弃的啜泣。不管是哪一种，她充满怒火的眼睛盯着阿尔蒙，尽管他的心脏害怕得怦怦作响，忍受着她眼睛里复杂的失望，他还是开口了："这些钱足够去看医生，而且可以付一年房租。"

玛丽开始大哭，把钱从沙发甩到地上，转身又躺在了沙发上。尽管她两天都没看他，也没跟他说话，但她再也不能说不了。

◆

医生：玛丽，疼得有多厉害？

301

玛丽：太厉害了，我简直不能思考。

阿尔蒙：她连眼睛都睁不开了。

医生：好吧，现在，肖格伦医生这里对你好像没什么用了，你真的需要看个角膜专家。这些事情都是一连串发生的。你用过药水吗？

玛丽：那只能大概管用三十秒钟。我觉得眼睛很酸。

医生：那你怎么还能工作啊？

玛丽：我没有别的选择，我的账单……

医生：好吧，我希望能从化验结果里多告诉你一些东西，但有太多的风湿疾病了，实在不太明显究竟是哪一种。可能过段时间会知道更多，一般来说，要过十年才会在血液里有明显的显示。

阿尔蒙：这是什么意思？

医生：意思是，你母亲有很多狼疮的相关症状，但都不是确诊症状。但我们真的不需要担心这个。我们会针对症状治疗，诊断倒不是很重要了。

玛丽：不！诊断很重要！没有诊断我就得不到医疗补助或者残疾证明！我坚持不下去了——我需要那个诊断！

医生：好吧，我很抱歉，但我不能给你。而且，坦白来讲，你可能并不想和残疾搭上边。即使有了一个确切的诊断，刚开始几次他们很大可能还是会一直拒绝我的病人，如果你能通过，也需要几年的时间才能走完申请流程。倒是有律师，但谁知道他在做什么。现在来讲，我只会给你混合的药物，还有——

玛丽：我没有保险。

医生：噢，我明白了。有了这些医疗记录，你就不能通过审核了。那……我能建议的唯一方法就是开始为你注射泼尼松。那很便宜，而且有效。当然了，有时候，药物的副作用要比疾病更严重。

玛丽：没别的方法了？

医生：没有了，对狼疮并没有很多研究。大多数时候，有色人种的女性会患这个病。除了服用类固醇，实在也没什么可以做的了。我们都还在使用五十年前的处方。

◆

在回家的公交车上，玛丽闭着眼睛靠在阿尔蒙身上。在他身边靠着，她才第一次发现，他坚硬的肩胛骨已经比她高一点点了。他几乎可以称得上高了，也许甚至会长到六英尺，但他还太小，还是个小男孩，还是个孩子啊。要温柔一点，是她错了。

"妈妈，我甚至都不知道我是从谁那儿来的。"他突然说道，就这么直接打断了她的思绪。

"那是什么意思？"她说着，没有睁开眼睛。

"我的意思是，我甚至都不知道外祖父的祖父是谁。"

她叹了口气："阿尔蒙，小甜心，我现在也记不得他们的名字了。牧师很擅长记这些东西，而我不行。你长大以后就会记性不好。"

"看吧，那就是我的意思！"他有点生气地说，声音里的尖锐让她吃惊。她忍着疼痛直起身来，睁开眼睛看着他。

阿尔蒙胳膊交叉抱在胸前，继续说道："如果不知道你从哪儿来，你就不知道你是谁。"

"噢，胡说八道！"玛丽带着真实的怒气厉声说道，"这只是一些黑人自尊根源的胡诌，一些黑人总说这话。如果你能告诉我哪个黑人知道什么是真正的骄傲，哪怕只知道一点点，我就给你一百万美金！总是想着所有人都恨他们，总是像暴徒一样行动。大多数的白人不恨你，阿尔蒙，他们只是不在乎你。"她发出轻蔑的声音，挥了挥僵硬、肿胀的手。然后，她因为自己的话陷入了思考。她想：那样，更糟糕。

"你根本就没听我说话。"阿尔蒙不高兴地说着,转身背朝她。这看起来很像以前的那个小男孩——闭着眼睛,噘着嘴——这着实让她窒息。她感到了时间的飞逝,它如同身边某样真实的东西从她身边呼啸而过,她十分迫切地想转身抱住她的小男孩,她的小羊羔,对他说,一切都会好的。但她不能。她再次闭上眼睛,直起身子靠自己的脊椎坐直。她深吸一口气说:"阿尔蒙,你觉得你需要知道过去?为什么?因为你对伤害还了解得不够?你觉得你需要知道你的祖先西皮奥是如何离开肯塔基的,最后只能吊死自杀?是这样吗?因为我觉得盯着过去并不能把你带到任何地方。你只需要快点长大,关注当下。我需要你通过考试,进一所好的精英中学。现在,听我说:不管发生什么,我不要你为我停留,懂吗?我不想看见你哭,不想看见你继续做现在的事,不想看见你辍学。因为一个医生、律师或者什么什么人,我让你在很长时间里都很脆弱,但结束了。现在,你要做一个男人。"

他拒绝看她,以免自己哭出来:"好,妈妈。"

"好,那就好。"她母亲远离他靠在冰冷的公交车窗户上,上面冷凝的水珠缓解着她脸颊的滚烫。

◆

他听话地去做了。他把孩童时期余下的东西都收集起来,强迫收进了自己心里隐形的口袋里。它闹腾了一会儿,但他没去听,他的精神很快消失在伤感的沉寂中。相反,他向伊索学习(帽子、格洛克手枪、智慧、害怕、小手指上的钻石图章戒指),她母亲并不知道这个人,但她也不知道怎样做一个男人,那是在你身体里的东西,你天生就带着的责任。一个男人的一生即是干草机。所以,他依旧在放学后的下午跑着。是的,你不应该撒谎,不应该欺骗,不应该行贿,不应该攻击,不应该鬼鬼祟祟。但这个世界会一点点告诉你,规则到底是什么样的,那是个不正当操作的系统,一个固定的游戏。你当然应该做个好人——但直到你再也不能做到,直到所有你爱的东西都岌岌可危。如果学得太深入,他甚至都想杀人。所以,关键不在于学习真相——所有事务中心的疯狂都被称为常识,在这个白人支配的世界里。

放松,阿尔蒙。放松,放空你的思想,解放你的躯体,现在是午餐时间。这时候,他们让你离开教室,你可以在沥青篮球场上愚蠢、疯狂地奔跑,因为你还是个孩子,尽管还有几周就是你十四岁的生日了。你的脚步在街道上徘徊,你敲打着你略长的胳膊,对新的臂展长度很满意,你发觉你的身体正在以很有趣的方式生长着,就好像你几年前发现自己右手的秘密一般。是的,的确,也许你长着一张大众脸,一个大众的那玩意儿,但奇迹从来没有停止过,最好的奇迹来源于你的内部。你觉得意识到这一点很明智,那么凯恩说的就是放屁——那个戴着库非帽子的人,他妈的从来都不知道什么时候退出——你去了那儿,你们两个人穿过整个球场,疯狂地跑了五十码的直线距离,你战胜了他,就像个纸夹子一样撕碎了他,领先他五英尺到达了链状栅栏边,几乎没有出汗,只是断断续续地喘着粗气。

突然,有个白人出现在你面前,你吃惊地后退。

"所以,你就是阿尔蒙·肖内西。"男人说着,拿着一个笔记板顶着他的胸膛,向下打量着你。他慢吞吞说话的调子让人吃惊——很浑厚,就好像饼干上面的炖牛肉。

"是。"阿尔蒙回答,拼命恢复自己状态,想尽可能让自己看起来酷一点。他现在意识到在哪儿见过这个人了,他上周在他们的体操课上出现过,跟他们老师谈这话,看着他们跑步。

"所以,阿尔蒙,"男人说,"告诉我。你刚刚已经全力以赴了吗,或者,你还保留了一点点实力?"

"是的……"阿尔蒙羞怯地说,尽力想要控制升腾的荣誉感,"我没尽全力跑,因为这儿没人能跑得过我。"

男人一边的嘴角翘起来笑了笑。"我也是这么想的。听着,我要给你提供一些免费的人生建议:你冲向终点线的时候,每次都要竭尽全力。每一次。不管你以为你要打败的人是谁。"他用评价的目光看着他,"因为你永远不会知道,什么时候在你屁股后会有些大块头的白人防守边锋。"

那是个赌注,阿尔蒙吃惊了一秒,但接着,他笑了,有一点尴尬,男人也笑了,一直近距离观察着他。

"明年你要去哪儿读高中,阿尔蒙?"

阿尔蒙犹豫了一下,在开口前组织了一下语言:"嗯,如果能进得去的话,我想去胡桃山中学。"

男人吹了个口哨:"哇哦,那是个好学校——学术水平很高。但你确定那对你来说是正确的选择吗,孩子?"

"是吧……我不知道。"

"好吧,我有点迟钝了。你有个好身体,孩子,我要说的是,还有更好的机会,可以做其他事情。看看这些连指手套。如果我可以……"他朝前伸出手,从手腕处抬起阿尔蒙的左手。他已经有他外祖父一样的手了。

"你的手掌很宽大,阿尔蒙,你刚告诉我,我从来没见过你最快的速度。你的老师告诉我,她觉得你有条件成为州队队员,今年你没去参加比赛的唯一理由是你那周想家了。我要告诉你的是,作为一个教练,你引起了我的注意,让我想好好坐着看你表现。明年,我想在体育学院看到你,成为大学代表队里的一头猛狮。谁知道呢,想象一下,你能接到球,你可以穿着全美橄榄球联盟(NFL)的衣服。你永远都不知道。"

阿尔蒙振奋起来。"或许是橄榄球四分卫?我父亲喜欢橄榄球。

他是白人。"

男人看着他条状的嘴唇。"听上去,你父亲像是个明智的家伙。我自己从来没能成功加入全美橄榄球联盟。我不够快,但我为亚拉巴马州效力了四年,那是维系我和我父亲的关系里最好的一件事。我们总是有话题可以交流,你知道吗?甚至,就算情况不好的时候,运动也能制造纽带。"

"对。"阿尔蒙点头。

"所以,为什么不跟你父亲谈谈这件事……"

"好的。"阿尔蒙平缓地说,然后,他再也抑制不住自己孩子般的笑容,"我想我会的。"

◆

入学考试前的周五,下雪了。他站在浴室里,从那一小方窗户向外望着后院,那根本就不是什么后院,只是可怜巴巴的一小片凄惨的地,到处散落着玻璃碴,只是用铁丝网拦起来了而已。在他们猎枪式的房子后面,古老的瓶子工厂屹立在那儿,窗户上的玻璃都碎成了锯齿状,里面也已经在阴冷的环境里被破坏了,很快飘满了雪花。也许,那就是光的一个诡计,但雪花看上去是灰白色的,像小猫一样脆弱——似乎在城的这边,连雪花也不可能是白的。

他本以为,或许,雪下得太大了,明天就不去考试了。

他本以为,去他妈的所有那些在东区的白人孩子,他们软趴趴的头发和他们的车和轮子,他们那该死的狗屁安逸生活。他为什么想去他们的富人学校呢?他想起了他躺在沙发上的母亲。他想起了他的父亲。

他只是在想,不管怎样,什么都不会奏效。

玛丽沉睡着,阿尔蒙溜进了最前面的房间,打开了冰箱。在冰箱里，有一些"联合奶农"的冰淇淋和一瓶贴着猩红色标签的伏特加。他抓起冰冷的酒瓶，径直回到了自己的房间。

他盘腿在橡胶床垫上坐了很久，酒瓶放在他双腿之间，他脑子里空空如也。他听到雪花落在窗台上细小的声音。在他安静坐着的几分钟里，微小的气流从气垫中渗出。然后，他开始喝酒。他没有兑酒，直接喝了下去，在他够醉的时候，他有了一个真实的想法，他想要接受真正的教育，但他不记得他是要做个老师还是天文学家了。他在失去意识前的最后一点记忆是，考试九点开始，不要迟到。

◆

他在他的呕吐物中醒来的时候，已经十点了，伴随着玛丽的哭喊："阿尔蒙，阿尔蒙，你干了什么？"

◆

所以，就是体育学校了。在第一天训练之前，他就已经发誓永远戒酒了，但在接下来六个月的课程里，他呕吐了更多次，这是他一辈子从来没经历过的。从八月二号早上七点开始，每天两次的训练就开始了，根据赛前称重，他要在他五点一英尺的身躯上举起一百七十五磅的重量，他肩膀虽然很宽，但依旧很瘦。他们要彻头彻尾地改造他。

那个没礼貌的协调员，一个块头很大的白人家伙，有一张满是麻子的大饼脸，说："小花猫，你爸块头有多大？"

阿尔蒙不知道，但他眼睛都没眨地说："六点二英尺。"

男人点了点头，"那就是我希望的！你还只能算个婴儿，力量远远落后。让我们拭目以待，看你能不能迅速通过爬行的阶段。"

教练在他这个赛季的第一次谈话中说："我不是来教你玩游戏的，我来这儿是让你出类拔萃的。意思就是，我需要你强大、迅速，我需要你卑鄙，因为你恐吓对手的能力和你记住怎么打或者接到球的能力一样重要。如果你本性里没有卑鄙的概念，加进去。现在，马上。"

没有任何仪式或者其他什么——所有人都他妈叫他阿尔蒙德——他们让他搬进了"新家"：举重室。周一是腿部练习：下蹲，弯曲，伸展。周三是胸部、背部和肩部练习：卧推、下拉、军事标准的哑铃，直到他手臂再也无法承受，牙齿都要被咬碎。周四是速度爆发力训练：高翻、跳箱，直到他内心开始哭喊，他妈的每次都呕吐。他在运动场努力保持着体重，很长时间以来，他总是穿着全套护具。速度和灵活度，他们尖叫着，直到他自己的思想变成了教练，速度和灵活度！一天里所有时间都是这样。他打算进大学队吗？该死的，是的，他是这么想的。大学？赞成吗？是，没错。好吧，也许……他不知道。有伊索、有工作、有钱。还有他母亲。有一件队服夹克，不允许穿到学校去。在他的床垫下面，他还藏着一块值五百美金的手表。他并不是一辈子都在工作，他也不知道他现在在做什么。他根本没有多余的卡路里用来消耗在思考上，每天就是无休无止的轮胎训练，紧接着是阶梯训练——像跳房子一样，一只脚侧跳、后跳、交叉跳，还有倒着跳。他睡觉的时候还在爬台阶，那是通往地狱的阶梯——往返跑，时刻用秒表记录，凶悍的教练如犬吠般吼叫：姑娘们，四一八一四十，不然什么都没有！在训练的尾声，阿尔蒙的身体崩溃了，精神在各种尖叫声中已经恼火慌乱，教练们带他们到学校后面半英里高的山里，让他们开始自杀式的跑步，直到整个队伍都倒下，开始长距离跑，后面短距离往返冲刺，他们所有人都双手双膝着地，跪爬在干燥的秋天草地上不停呕吐。然后，冲澡，完成后绕着附近跑。

◆

"上来。"

德罗纳正站在伊索的捷达车后,肥硕的拇指指着后座。阿尔蒙正从温顿特·勒斯的学校往回走,想着自己的事儿,所以,在大街上大白天的被一起工作的人搭讪还是挺惊讶的,也可能是因为听到了一向沉默的德罗纳发号施令。他只是伊索的一个打手,壮硕得像个保镖,骨子里有天然的权威感。他几乎从来用不到那浑厚的男低音。

"上来。"

下午的太阳倾斜着,春风吹拂,在室外感觉很舒服,他在犹豫什么呢?他有种不好的感觉。别上车,阿尔蒙。别去。

"嘿,上来。"伊索从他的猎枪椅上斜着身子,他的眼神没有给你任何其他的选择。阿尔蒙平静了一下自己的身体,溜到后座,坐在后排安德烈和道克斯旁边,但只坐在座位边缘,手撑在车框上,头从窗户里探出去,就好像他做好准备要跳起来一样。车里弥漫着谜一般的空气。

"哪儿被毁了?"

"越莱茵河区那一片烧起来了!"

阿尔蒙什么都没说,就等着,内脏中间感到极度的、越来越膨胀的恐惧。

伊索在前座上扭动着坐着,脸上一反常态满是扭曲、冷酷。他的下巴在惨白的嘴唇下突出来。"他们开枪杀了辛普森,他们在他妈背后射杀了我的男孩。"

阿尔蒙一屁股往后坐去:"谁?"

"你觉得能是谁!狗娘养的警察。"

"他跑了?"

伊索冷笑着:"臭婊子,他没跑。闭上你该死的嘴。"

他没再烦人地问他们要去哪儿,因为他知道了,在伊索扔过来一把九毫米格洛克手枪的时候,他就知道了。它通体漆黑,顺滑,发出钝光。他很不收敛地把它收到自己夹克的腰带里。伊索曾经说,在我没说你长大之前,你是不会长大的,所以,他长大了吗?轰,是的,就像那样。他老练、大胆。触电般拥有了一腔力量,取代了他的恐惧。

他们一直飞驰到诺尔顿角,穿过柯米斯韦尔他家的附近,他母亲就是在这儿躺在老旧的沙发上,然后到了最陈旧的西部废墟,长长的路紧挨着州际公路,还有肉类加工厂和厂房棕红色的石块,现在已经什么都不是了。你可以沿着这条什么都没有的路,一直走到河边,但他们的车转了弯,向东开去,车轮嗡嗡作响,开到了自由路上,进入了越莱茵河区。他们穿过中心公园路的时候,火场冒出的浓烟正从东边某处升起,这条街建在古老的排水运河之上——莱茵河——德国人曾经跨过这条河,来到城市的中心,也就是牧师的皇后区,但现在那儿正衰败着。

"下车,下车,我断后。"德罗纳说。他们慌乱地出来,大步走着,像是手脚灵活的治安维持者,沿着瓦因街,加入从公寓和房子里涌出来的人群,浓烟就是从那儿冒了出来,涌向残破的天空。

他冲过去,他们冲过去,所有一切都朝着火冲了过去。街道上到处都是争吵。他跑的时候被撞得东倒西歪,远处不时传来打碎玻璃的声音,格洛克手枪在他的裤子里又冷又硬,像是某个工厂制作的阳具。由于害怕和兴奋,他具有了敏锐的视力,似乎第一次看到这古老的街道变新了,因为时间的缘故,这些意式建筑高筑的墙壁上面有了巨大的坑,在暮色中摇摇欲坠的玻璃窗显出琥珀色。城市正猛冲向下,吵闹的夜晚正在来临。他重新回到了牧师的世界,回到了这座古老的城市。他从他的兴奋中模糊地意识到,牧师并不在这疯狂的人流中,也不会跟着他们一起奔涌着将西克莫街洗劫一空。他的外祖父曾竭尽全力去拯救这个古老的社区。他会说:"繁忙地如同曼哈顿的黄金时代回来了！这座城市是自由，不要忘记它！"

现在，越莱茵河区准备好燃烧了。男人和女人们挤在街道上，形成人浪，沿着西克莫街大笑着、狂吼着，猛敲着汽车前盖；这些古老的灰色庞然大物里古老的石头砸进玻璃窗户，浓烟从三个方向冒出来。管区的房子里回荡着警报声，他们一直都在这儿，鼻子受着不间断涌出的味道的考验。他们撞东西的声音让阿尔蒙突然从狂热的梦想中清醒过来。他们都会被包围起来，或者会有鲜血，或者两者都有。先前的激动全部消失，恐惧回到身体里。

如果不是有人把他推进了古老的施罗德电子商店，他就那么麻木地站在西克莫街上，商店里的电视机警觉地沉默着，收音机在被从铺着毯子的底座上抢走的时候，只能振作地竖着耳朵，然后被丢进一片混乱中。他意识到，不知怎么回事，也不知从哪儿开始，他和他的同伴们走丢了。他跑回到商店的前面，企图在哄抢者的海洋里找到伊索，但找不到。他只是看着北边，那是牧师的老房子，他就是从那儿去了教堂，现在也已经是一座弃房了。哀伤的警报声音越来越响。该死，有一群张扬的暴徒，而他就在其中。

该死，他到底该怎么摆脱这个——不只是抢劫，而是这整个愚蠢的人生？一瞬间，一个疯狂的想法在脑海中萌生。他需要做的就是回到残破的街区，拉上他的母亲，拿上他所有的现金，一起乘上去芝加哥的客车。丢掉这该死的生活！他他妈的不是个商人，就是个十五岁的孩子。他在玩什么游戏？有太多错误要回头了，你一直在绕着圈跑。他需要找到迈克·肖内西，迈克·肖内西会欢迎他的。他的白人父亲会要他——如果他主动送上门的话。阿尔蒙开始奔跑。

他转过身，在逆行的队伍中跳来跳去，就好像在球场上所做的那样。周围所有的砖头都从玻璃窗户里被扔了出来，人群一拥而入，他们鞋子和玻璃的声音让他想尖叫。伴随着一声痉挛般的响声，路灯打开了。他们控诉的眼睛，周围所有的面孔都被吓人地暴露在耀眼的灯光中。他意识到，他也被认出来了。

阿尔蒙向民族街冲过去，已经跑到了半路上他才突然意识到，他是个带着枪奔跑的黑人男孩。所以，他猛地拐进一个小巷子，蹲伏在一个金属垃圾桶后面，把格洛克手枪从牛仔裤里拉出来，把它从垃圾桶盖子下滑进去。恐惧从四面八方袭来。伊索会杀了他的，也许他会回来取，不管怎么样，他现在不敢再想了。他只需要走出现在的困境。他等待的时候，呼呼地喘着气。他等待着。

南边半英里处的河流来来回回慵懒地摇晃着。

月亮歪歪扭扭地跳出来，嘴里带着虚假的惊慌。

看不见的大雁成群结队地在漆黑的天空中。

在害怕中，一个小时过去了。这座城市只是有点吵，天空的颜色显示暴力升级了，接着待下去毫无意义，只会更糟。阴暗的声音传来，他悄悄走出保护着自己的黑暗，跟在他们身后，自以为可以一直跟着他们往北边走到中心公园路，然后继续往北走，走进城市中没有混乱的地方。但疯狂的高声叫喊开始了，更多的玻璃被打碎，他开始意识到他就站在外祖父的教堂门前。前面的窗户很久之前就已经被塑胶玻璃代替，不透明，也没有受到影响，但有人从里面打碎了这破旧的玻璃，就是那儿，耶稣站在珍珠般白色的云上，手臂大大地展开，就像是水之天才。阿尔蒙听到入侵者在教堂里面来回走着，在这圣殿中狂吼着、咒骂着，就在这儿，德国人曾低下他们的头，祈求上帝之光，一束可以照进黑暗的光。它拂过黑暗，跳跃着，扩散着，温暖整个黑夜。

见证他青春的教堂在燃烧。他恍惚就站在他外祖父面前，还有他那茶色的眼睛——别害怕！这是原则！火焰中充斥着沙哑的大笑，和孩子们欢乐的合唱声混在一起，因为他们只是孩子，他也是个孩子啊。接着教堂后面被橙色的火焰吞噬，黑色的人影从他身边疾驰而过，整条河都无法将这火焰扑灭，火势太大了。像太阳一样火热。他凭直觉喊出最纯粹的怒气。他感觉自己突然很庞大，他控制不住自己的力量，不自觉地在黑暗中晃动着手臂，喉咙的某处关节被卡住，眼睛被辛辣的浓烟炙烤着。你们他妈的烧错房子了！你们是在烧毁我的人生！他完全听不到盖过自己声音的警笛声，在他带着无敌的力量在烧毁的废墟前、在如海浪般的浓烟前、在倒塌的房梁前来回游荡的时候，也没有听见他们靠近。直到一名警察把他的胳膊别到后面，他胸膛先着地、倒在布满玻璃的人行道上的时候，他才像自我保护一般挤出了一个词。那是他外祖父的名字，但这再也保护不了他了，再也不能了。

◆

并没有花太久的时间——他们迅速起诉了这个在暴乱中的少年，他的审判仅仅安排在两周后就开庭。阿尔蒙第一次享受到了叫醒服务，早上，他的名字在广播中被低沉的声音读出，响彻法庭的走廊，那儿满满都是年轻的被告人和他们的父母。

在那个昏暗的法庭里，一半的窗玻璃都换成了塑料的，光线很暗，他们把书扔给他。但他不需要读，他已经在心里记住了里面所有的文字。法官维持了公诉人的请求——青少年纵火重罪——在开庭宣判时，他们判决其入狱进行两年的教育和纠正。他从来没有律师，也没有主动请一个，所以在判决的时候，他并不能假装很惊讶。还没等他站起来，他们就叫了下一个案子，他脚上还穿着借来的皮鞋。

◆

玛丽在这两周每天都来，跟进判决庭审。她拖着她痛苦、肿胀的身体，穿过两道公交线路和五个社区，花一个半小时，用尽她所有的精力，到达那个在赤色大道上新的红砖建筑。当她终于瘫坐在会面室里阿尔蒙对面的塑料椅子上时，他能闻到她用尽全力的汗水味道，还有她的疲惫。她抓起他的手，发着抖，带动他的手也在发抖。

她迎着白天刺眼的光线，闭上眼睛开口："他们会把你放在学校吗？"

"嗯，"他说着，点点头，"他们这儿每天都上课。不太坏——他们这座新建筑很漂亮。他们有晚饭，所以不用去咖啡厅或其他什么地方。"

"所以，他们给你吃的？"

"当然了，他们给我吃的，妈妈。我的意思是，他们不会让我们饿死。"食物真的很好，比他在家里做的那些白色餐食好多了。如果诚实一点的话，待在这里简直就是一种解脱。这种解脱让他觉得罪恶。他艰难地把这个想法吞了下去。

"对不起。"玛丽突然说道。

他摇着头，坚决地说："不，没什么要对不起的。"

"我觉得都是我的错。"

阿尔蒙突然向后坐，把手重新放到大腿前面，手摆弄着他牛仔裤的布料："任何人都没错，尤其是你。"但他越过她的头，朝远远的前方看去。

玛丽伸手向前，把他的手拉回到她手里，但他拒绝了，把手直直地抽回来，带着闪烁的怒气，这是男人快速控制女人的方式。这时候，她眼睛里突然如爆发的闪电红了起来，泪水满眶："如果我能给你一个父亲的话，你可能就——"

他摆了摆手，叹了口气，说："无所谓了。不要担心。"但声音很小，有些不平稳。你他妈的为什么留不住一个男人？你本应该更奋力

315

地争取的！你本应该为了我争取的！"

"我知道你在想迈克——"

"去他妈的。"他脱口而出。

"哇哦。"玛丽说着，向后坐了回去。但声音里没有任何气愤的意思，在阿尔蒙听来，那只是一种惊讶，就像自我同情一般。

"妈妈，"阿尔蒙说着，清了清嗓子，"我觉得，你以后都不要来了，就让我在这做这些吧。"

现在，轮到玛丽反抗式地坐回座位了："你在说什么？你不能就这么告诉我让我远离你。我是你妈妈。"

阿尔蒙伸出抚慰的手："听着，我知道你来这儿一趟有多难，要花掉多少精力。不管怎样，再有一个月，他们就会送我去拘留营。你至少不用再来这儿了。我已经在这里面了，我要做我应该做的。你需要做的是照顾好你自己。"

"不——"

"妈妈——"

"不。"

"妈妈！"他吼出声。接着，他抖了抖头，又平静下来。他说："妈妈，如果你来，我不会见你的。就是这样，我希望你能回家，照顾好自己，健健康康的，继续做更多的工作。这才是最重要的事。不要浪费哪怕一丁点的精力到我这里来。求你了，不要再来了。"

然后，他低下头，因为她不会低下头，他不想再用眼神交流了。

◆

所以，在学校的两年里，他学到了这些：

（1）一条黑线无限地伸展到白色区域。在线上放一个点，你可以叫它任何你想叫的名字。

(2)你对其他人的安全是种威胁。

(3)你不是那有才能的十分之一的人,否则,你也不会在这儿了,现在,懂了吗?

(4)码头上的灯就是一个符号。灯就是符号!阿尔蒙,你知道符号是什么吗?

(5)你犯的是适应不良的反社会罪行,能够引起多面效应。家庭功能障碍的因素是很主要的。

(6)符号是个比喻。符号就是你代表什么的时候。

(7)我受够了你们所有人,你们都以为自己能在我的课上说不合规矩的英语。你们觉得奥克兰学校委员会允许你们如此无知吗?在我的课上,不行,他们没有允许过!绝不是在我的看管下!

(8)如果你知道去哪儿、和谁交谈,你可以在大街上以一百美元的价格拿到一把点三八型号的蓝钢左轮手枪。

(9)种族是一种社会建构,你们孩子只是想保持这种建构,于是,你会发牢骚、会抱怨、会扮演受害者。我在这里是要让你们在社会上有些功用,这样,你们就不会长大以后在这个体系里变成寄生虫。但你必须抛开种族前进。这是你的选择。你要永远都当个受害者吗?

(10)你现在不是个谋杀犯的事实只是偶然的运气。但这运气已经用完了。

(11)纵火犯作为社会学上的一种类型:贫穷、黑人、破碎的家庭、无人监督,有很严重的攻击性。

(12)我是个受害者,我不是个受害者。我是个黑人。不全是,因为——我爸爸是白人!

(13)让我们做牺牲者,而不是屠宰者,加油。
我们都站起来反对恺撒的精神,
本着男人的精神,不该有鲜血。

317

噢，然后我们就可以从恺撒的精神经过，
不是肢解的恺撒！但，唉，
恺撒必须为之流血。温和的朋友们，
让我们大胆地杀死他，但不带怒气。
让我们将他切开，成为适合上帝的餐食。
现在将他砍死，成为适合猎犬的尸体。

（14）如果你经过练习，是可能在四十五秒里跳上车的。

（15）你自己作出了选择。现在你就要承受后果。

（16）阿尔蒙，你长大了想做什么——流氓？暴徒？不。好吧，还有什么？

（17）睡觉，上学，打篮球，吃饭，做作业，睡觉。重复。

（18）纵火者是对现有压力适应不良的回应，在危机中产生构思，作出决定，搜集工具，放火。然后，得意代替气愤。

（19）我出去以后，事情就他妈完全不一样了。我要为我自己创造新生活。我有能量。要做的就只是选择。

（20）你知道为什么他们要杀死恺撒吗？因为他想要做王。

◆

两年里，你没看到过皇后城，你被拴在拘留营的棍子上，所以，这辆公共汽车就像是渡你回到人生的小船。在你的脑海里，灰白的社区在两年的时间里，已经从那个昏暗、肮脏的地狱之镇变成了熠熠生辉的亚特兰蒂斯，墙面上都砌着黄金，黄得像是柠檬钻石，在那儿，你的母亲穿着波点的围裙，手里拿着四分之一饼干，说着：现在，你是个男人了。你说：我曾被宣判是个罪人，但现在已经扭转了生活；我曾经很分裂，但现在我觉得，我没有父亲，但我不需要别人去变成我自己心目中的男子汉；我知道，贫穷中也要有尊严，我不是环境的产物，我为我自己的选择负责，我必须选我要成为什么，现在我选择走一条直线，我会远离街道、帮派，并向我的长官报告，因为我有一个像这座城市的灯光般明亮的未来。

他想知道他不在的时候，父亲有没有来过。

他穿着他的粗呢大衣从车上下来，站在诺尔顿角，风猛烈地吹着他。风难得的温暖，带着火车般的力气，吹起了乱七八糟的一堆脏乱的传单和糖果包装，它变成了剃刀的刀片、长矛的尖。社区还是灰烬般的颜色。上帝啊。他尽力不去想：所有一切都他妈还是老样子。

不，我变了。我长大了。我十七岁了。

迎着风弯下腰，他走过古老的教堂，走过加油站，在那儿，两个男人相互吼着，隔着车子，粗里粗气。走过满是废弃物的家具店，没人会来买东西的；走过一家以前从未去过的餐馆；沿着联排的房屋一路走下去，像是营养不良的孩子一样矮小，在天桥的影子中渴望着阳光。然后，到了他们的猎枪式联排房。它实在是太没有变化了，剥落的灰色油漆皮，熟铁铁门旋转的铰链有些历史了，但还可以用，谁又真的在意这些呢？因为，他很好，他母亲也很好，一切都会变好的。他紧紧依靠着自己脑海中想象的那个已经彻底改变的人，他渐渐靠近，脚步不自觉地加快冲了进去。

妈妈。他立即就被一波发霉的味道和不新鲜的食物的味道，还有些什么味道袭击了，一种更低级、更私人的气味，一种像动物一样的味道，一种没有清洗过的人的味道，她熟悉的老味道更浓重，有些刺鼻。阿尔蒙在门口稍微停了一会儿，像第一次的到访者一样犹豫了一下，他的瞳孔适应着光线，一只手摸着向前。开始，是油毯冰冷的微光，银灰色，然后，是它旧的粗毛边，再然后，就是沙发和背朝上躺着的玛丽，她的胳膊蜷缩在胸膛和沙发背里。他的脑子被时间开的大玩笑震惊了。两年里，她有挪动过哪怕一英寸吗？

妈妈。他大声地说出那个词，她从睡眠或打盹中醒过来。她突然在沙发上转过身来，旋转着她的重量，在整块宽垫子上笨拙地伸展着。她的老样子在黑暗中都不对了。

"阿尔蒙？"

他作好了准备迎接新世界。他作好了准备站在门廊里，像个士兵凯旋或者像个丈夫一样，一派庄严、笃定。但他像个孩子一样冲进了房间，把他的包摔下，事实上，把咖啡桌子甩到了一边。在玛丽挣扎着终于坐起来的时候，他跪在了她面前，把脸深深地埋在她一边的手臂中。

"我不知道你今天回来，我本以为是明天。"

"我回来了。"

"洋娃娃。"

他抬头看着她的脸，她向前弯着腰，就好像一个醉酒的动物，挣扎着想要在世界中辨别方向。

"妈妈？"

他打开茶几上的灯，看着她，他竭尽全力才没有畏缩。有些东西，生活中有些巨大的力量或者死亡已经来过，并将她扭曲。这把她的精华挤尽，把她变成了一只就要爆炸的气球。她下垂的胸，鼓得巨大的肚子，就连脸颊都带着不自然的发烧的潮红。她的眼睛像是破裂的板条，睫毛只剩了几根，就像是黑色的钉子。她的发际线从额头后退了一英寸，曾经女性的面容变成了男人的轮廓。更糟糕的是，远比这糟糕得多的是她脸上因痛苦而产生的皱纹，在无穷无尽的时间之前就已经开始长出来，永远都在生长。嘘！你为什么哭泣，去睡觉吧，小宝贝，当你醒来，你会拥有所有漂亮的小马，黑色的、栗色的、斑纹的、灰白的，所有漂亮的小马。嘘！

他向后坐在自己的脚跟上，声音里带着让人震惊的怒气："妈妈，上次你去看医生是什么时候?"

"这就是你要跟我说的第一件事吗?"她微微转头,但她的呵斥让人羞愧,就好像她看不见她孩子那粗鲁、有活力又疑问的脸,这种样子不可能出现的,连在孩童时期,都没有出现过。就是他的生活毁了她。

"妈妈,怎么了?你到底发生了什么?"

"很好。你在这儿,就更好了。"她的声音比他记忆中还要低,沙哑着似乎不曾用过。她闭上眼睛,嘴唇合在了一起。

"你还去上班?"

她只是耸耸肩。

很长的一段时间里,他只是盯着她,将爱、愤怒、害怕和恶心都混在语言里。然后,他说:"我在这儿照顾你。我会打电话给我们看过的那个医生,会帮你治好病。我是认真的,我发誓。"

她点点头,直直地看向前面。

"我们会用自己的双脚走回来。我会拿到一些现金。不要担心任何事情。"

她没看他,也没有安抚他。她只是翻身滚了一圈,背朝外继续变回原来的姿势,她唯一的回应就是一声叹息,力道和低声的催眠曲没有什么差别。

◆

七点,他站在老旧的门廊上,门廊已被雨打湿。七点零一分,他被不认识的某个人领到楼上,一个戴着克利夫兰球帽的该死小侏儒。七点零四分,伊索把手捂在自己的嘴巴上,带着虚假的微笑哭喊出来,就好像他真的很想他,就好像他根本没有一百个孩子等着加入他的队伍。"哦,天哪!小聪明!"他惊讶地摇着头,就好像这是《圣经》

中拉撒路的魔法,在苦难前,所有魔法中最后的也是最大的魔法。他绝对是那个亲眼看着这孩子从坟墓中爬出来的第一人,这孩子还穿着寿衣,现在正困惑地四处看着这个世界,他本以为,他早就丢弃的世界,永远。

七点二十四,阿尔蒙又回到了工作,在这个时间他又成了一个毒贩子,在这个时间,他有了一个寻呼机和格洛克十七号手枪。

◆

白天简短得像闪光一现,黑夜却该死地永远不结束。他回到了体育学院,不用再等着他的长官晃着屁股,就准时开始每天训练,所以,他玩了这个游戏。接下来,他把闹钟定到五点,到街上工作,站在角落里,敲着几扇可靠房子的门,直到十一点或者深夜的某个时间,他父亲曾经叫它——

爸爸,你喜欢在晚上开车吗?

呃,黑人的时间。

他唯一需要的就是踏踏实实干一周的活,二月的天空旋转着,杂乱地散落着一片片像眼睛一样明亮的星星,但那些星星都毫无意义,甚至不如它们的名字——参宿四、参宿七、昴宿星和毕星团、猎户星座的星云、傲慢的双子星座以及北河三——为了赚钱看医生。然后,他们就会把它挑选出来。这就是他无比困难的工作。他应该直接一点,他也想直接一点,但如果他看起来太急切的话,这进退两难的境地就会开始看起来像个圈套,像是上帝自己在外面全面通缉自己一样。所以,他拒绝思考。而在熟悉的北区工作,在精神分裂的星海下大胆交易,那是宁静之海,那是混乱之海,那是平和之海,那是犹豫之海。在不固定的土地上一家一家上门,等待着不固定的太阳,太阳系在银河中,也是不固定的。那该死的太阳系以每秒三百公里的速度自己冲出黑暗的无用空间，毫无目的地奔向未知的目的地。每个物体都是放松的。在这种混乱的模式中，他给了自己一周的时间。

◆

就像那样开始去上班了。他每次回来的状态都不相同——跑着，和一群工作人员一起，口袋里装着交换的东西或者穿着伊索给他的工作服。他现在甚至正站在厨房里为玛丽做着饭，就像在他上了20/20新闻台，又被送到拘留营之前一样。他脑子里全都是混乱的、狡猾的时间，和迈克·肖内西一起准备进门的时候，是在一九九七年还是一九九五年，或者一九八五年？不，就是现在。是周二，你已经在家待了五天了，你在做德国香肠和酸菜。真的不知道你是怎么溜到了赌场的赌博位子上，前面堆着圆形的筹码，就像永远都要待在这儿、哪儿都不去了一样，这真的太疯狂了。这就是瘾君子在干渴很久之后，一定会想拿起一个瓶子放到嘴边一样。很痛苦，也很舒服。那大概就是疯狂的定义吧。

"妈妈！"伴着敲锅沿的巨响，他大声喊着，声音有些大了，"吃饭了！起床吧！"他转头看着她躺在那儿，脸朝着沙发背，几乎没有动过。急躁像是血管里的汽油。你知道还有什么是疯狂的吗？他怎么才能管住自己的思想，怎么会因为怜悯而由于……该死！他不知道为什么她就不能再强硬一点。她怎么就能让迈克·肖内西走了，为什么她不知道争取——女人都不应该是强大的吗？——为什么她那么不坚定？站起来，像个泼妇一样！如果她能有像牧师一样该死的脊梁，他们的生活本可以有另一番模样的。然后，阿尔蒙也不用像个暴徒一样到处跑，抛弃自己的人生，也不用待在家里做该死的家庭主夫——

他用一只手抹了抹脸，转换了角色。他清了清嗓子，端着盘子过来。"妈妈。"

323

他弯腰倾向她,尴尬地发现她的睡袍从胸脯上面滑了下来,那儿的皮肤还残存着干瘪的妊娠纹。在几乎笼罩在阴影中的房间里,他看到了她右手上不规则的损伤——猩红色的印子,满是鳞片般的皮屑,灰白的——她的胸部顶端,也都是这样的痕迹。

"妈妈!"他喊出声,声音里的怒气让他想扇自己一巴掌。但他在用手抚上她的肩膀时,依旧很温柔。

"啊?"

"这他妈是什么?你全身都是这个吗?"

玛丽缓缓弓起身,笨拙地转过来,就好像她根本不知道自己在哪儿或者他在说什么。她只能勉强睁开自己的眼睛。"你骂我干什么?"

"你承受这些痛苦多久了,妈妈?"

他伸手向下,露出她锁骨的皮肤。从她的喉咙开始,沿着胸骨一直向下到乳沟,她的皮肤都像是被火烧过一样褶皱不堪,布满皮屑,都是要剥落的溃疡。她的身体看上去已经被击垮了,或者说腐烂了。

"天哪,妈妈,"他说着,向后仰去,"这他妈是什么?我现在就要叫个救护车!"

这似乎很适时地唤醒了她,她的手突然快速地伸出去,抓住他的手腕。

"不!"

"立刻!"

她用尽全身的力气抓着他的手腕。生命的全部都在眼睛中闪烁着,一切都离开了。"不要,阿尔蒙,不要。我告诉你,不要。叫救护车要花一千美金,也许更多,我很好。"

"那我去叫出租车!"

"不。"

"我们要处理,妈妈。听着——"

"不，你听我说，"她尖声喊道，"我哪儿都不去。我再也没有住院福利了。我错过了它们的截止日期。我生病了，我发烧有一两周了，没能去签文件。"

"别人可以带你去。"

"谁？我们最后只会留下让人疯狂的账单！那些账单你逃不掉的！"

"妈妈——"

"不！"她说道，"听着，它一会儿好一会儿坏。有时候很严重，有时候又不是那么厉害。它会像之前一样过去的。会疼，但我已经习惯了。我会去洗个澡，会有帮助的。"她尽力想要挣扎着站起来，看上去更加警惕，把睡袍害怕地抓在胸前，"我只是累了，需要休息。"

"这太疯狂了。"他说。

"阿尔蒙——"她抬头看着天花板，似乎在那儿找着要说的话，"去吧……去做你想做的事。我不会再去评判你。你还年轻，你是自由的，这就是最好的礼物。去融入世界。我不再年轻了。我也无欲无求了。我只需要休息。我只是……那不是你欠我的吗？"

"欠你什么？"他听不懂她在说什么。

她眼睛燃起熊熊烈火，盯着他："你欠我一个好人生。我的意思是，把你毕生的精力投入到好事中去。帮助别人。"

"天哪……我……"他结巴着，看起来很受挫，"大多数时候，我不知道什么才是好的，妈妈。"

她笑了："任何帮助别人的事，你爱的人们，那就是好的。那就是为什么我说要继续。"

"我不知道。"

这会儿，她又蜷缩到沙发里，脸朝着沙发背了。"你从我头顶上看着我，担心我会死，这样，我休息不好。去吧，阿尔蒙。我的眼睛需要休息一会儿。"

他从沙发处后退着,知道她在赶他走。他走到门前,半不情愿地打开门,但还是有些害怕。很奇怪,令人悲伤的是,在他内心深处,他是渴望离开的。就在他站在那儿犹豫着的时候,玛丽说:"但不要连'我爱你'都不说就出去了。"

他在昏暗的光线下回头,沿着肩膀看过去,说:"我爱你,妈妈。"

◆

那种痛苦——曾经就像芥菜籽那么小——已经长得如此巨大,跟她一样。她也曾经年轻、朝气蓬勃,很纯粹!她还是个小女孩的时候内心充满了无尽的爱。她曾经爱她的母亲、父亲,还有迈克·肖内西。悔恨、遗憾、期望、绝望般的害怕和河流般的渴望,她记得那个女孩曾经都有过。她的身体也曾经充满过希望,如此轻快苗条。在她来例假和胸部发育之前的很长一段时间,她一直很自由。然后,女人注定的变化开始强制性地锁定她,剥夺了她太多的东西。它让她的胸痛,内脏扭曲,让她流着血。然后,男孩子们就会捏她肿胀的胸,同一街区的黑人男孩们开始用眼睛盯着她,后来,开始用手抓她,尽管她没那么漂亮;也许,他们碰她,也就是因为她不漂亮,像个男人们可以随意玩弄的无价值花瓶一样(在黑暗里,你看起来更好一些);男人们都只是出于敬畏,在像是艺术品一样的女人面前保持良好的礼节,但她不是艺术品。她多么希望能遇到一个说话干干净净的敏感男孩,他没有黑人一样的言行谈吐,他不在附近长大,但当她找到那个白人男孩的时候,他利用她,只是为了舒服,还有了孩子——一个全新的生活——他称之为一场"事故"。他曾经说他喜欢她的身体。他从来没说过她的脸,正当她拼尽全力将所有希望都倾注在他身上的时候,他已经作好准备寻找下一个女孩了。

她的妈妈是唯一真正爱她的人。他父亲更关心那些陌生人的苦难，对她的关心少之又少。但她一辈子都将她母亲的爱看作理所当然。克劳迪娅·珍妮·兰金·马歇尔把她抚养长大，看着她成长为一个骄傲的成熟女孩——但直到现在，她才发觉那份爱的真挚饱满。她曾经说，妈妈，我害怕长大。因为男孩子们一直像秃鹰一样在周围盘旋，她母亲拍了拍她的头说，我懂，宝贝，我明白。她早就懂了！但在她只有四十二岁的时候，癌症就侵入了她的身体。不久以后，她就撒手人寰。于是，玛丽彻底孤单了，再没人知道她内心有多么美好，再没人知道她渴望什么、祈祷什么。噢，她曾向上帝祈祷，请带给我一个男人——在她心里，他应该是个白人，谈吐干净，是个好人，看起来、听起来都和周围的人不一样——一个会爱我的人。求你了。

她的体温不断地升高、升高，灯芯越燃越低，火焰越来越大，越来越明亮，在一场看不见的气流中为生存而战。上帝啊，因为对迈克·肖内西的爱，我把一个男孩带到了这个世界上，还以他的姓氏给他取了名字。但他还是走了。爸爸总是告诉我，风是上帝的呼吸，女人是吹向男人的风里一团屈身的火焰：那你为什么还要责骂我这女性的身体？我乞求着你能放我自由，就让我做个在天堂里的女人。让我变成一个普通的天使，这样我就能以超人类的力量俯瞰这个世界了，没有任何感觉。把我变成一个动物，这样我就什么都不知道了。让我做个男人，这样，我就可以不关心任何人了。

主啊，我从来没向你要过这样的身体，只有在孩子出生前的一瞬间有过这样的感觉，他要把我的身体撕裂了——我付出了我的胸，我的腰，还有我光滑的肌肤。为了他的生命，我付出了我的身体。我失去了他父亲的爱，他只是因为他自己的欢愉喜欢我，因为你没有给我任何美貌去留住他！你给我的名字是丑陋。为什么我还要向你祈祷？让我这么遭罪你不觉得羞愧吗！在我最需要母亲的时候，你却把她从我身边带走，你不觉得羞愧吗！上帝啊，我恨你，比恨恶魔更甚！你命令我爱你？爱和恨在天堂里是一样的东西吗？那些家伙总是说，上帝是最美好的！是谁写了这话？他们生活的世界一定很平静、很安全，没有黑人住，没有穷人住。上帝不是美好的——他是残忍的！他看着自己孩子承受苦难，就像在看电视一样，如果他不是残忍，就是头脑愚钝，他不明白这个他制造出来的世界，不知道小女孩们被迫张开双腿，男孩子口袋里装满了毒品，妈妈们卖掉自己的孩子，父母死去！上帝美好吗？如果上帝还活着，那上帝就是个皮条客，让生活来糟蹋你，因为你的绝望带给了他解脱。不是么？那证明给我看啊，证明我是错的！

噢，上帝啊，宽恕我吧。宽恕我，抚平我的痛苦，帮帮我，帮帮阿尔蒙。他还是个孩子，什么都还不知道。宽恕他在做的一切！我宁愿从来没有过他，让他跟着一起受苦。妈妈，我向你祈祷，我向爸爸祈祷，求你宽恕我做的所有一切，让你离我远去，宽恕我让你丢下了我！我不知道为什么我会孤零零的。我尽全力想要去爱迈克，我尽全力想要去爱我的孩子，但他们拿走了我所有一切，却什么回报都没给我。一个小婴儿根本不会爱你，只会利用你过好他的生活——我爱得太重了，所以，我崩溃了——

上帝啊，求你听到玛丽说的话。

上帝啊，我的肺很疼。

上帝啊，那是我的双乳，现在都空了。

你毁掉的是我的双眼。

我要我妈妈。

上帝啊，我尽力想去爱你，但我不知道怎么做。

上帝啊，求你看着阿尔蒙。

上帝啊，求你跟我说话。

求你了。

如果我这一生中曾经听到过你说的任何一个字，我不记得了。

求你了，我是一根线，求你用我缝补，我是一根蜡烛，求你点亮我，求你爱我，求你告诉妈妈我每天都在想她，我原谅了她的死去。上帝啊，我是一个小男孩的房子，让我的孩子在我体内永远住下去，噢，我害怕黑暗笼罩我，我害怕消失，上帝啊，噢上帝，我是根线，用我将我缝合，我是玛丽，我是个小女孩，我是上帝制造出的身体——

◆

他离开家正好两个小时三分钟了。他在外面走着，枪塞在内裤里，就像在电影里一样。但接着，他开始害怕会把自己的那个玩意儿崩掉，所以，他把它转移到外口袋里，那重量向下拽着他，敲在大腿上，像是毫无节奏的鼓声，敲击在他无规律的人生里。他有个计划，他打算从伊索那儿借钱，直接带她去医院；但那个男人如此精明，他看到了挂在阿尔蒙脸上褶皱里的恐惧，所以，就只是翘起头说："今晚去工作，然后我会给你你想要的。"他不会甜言蜜语地去哄骗，因为没有意义，也没有任何其他的选择，于是，他只是浑身疲惫地行动了——沿着路来到特瑞尔附近，古老的面孔变得如此脆弱，经过两年的使用，现在在他从过去看来，像过去了半个世纪。然后，他绕路穿过街道和周围的小沟，一瓶接着一瓶，一瓶接着一瓶，二十块入袋了，三十块入袋了，模糊的云朵遮住了月光，月亮也蔫蔫的，就好像它自己的恐惧也在增加。妈妈，天哪，他站在一家人的前厅里——这些白人女同性恋者有着体面的工作，但用起来成瘾——当他意识到这一点的时候，他几乎不能呼吸了。他的瞳孔眩晕地闭上。她的疮口在他的肉里化脓，她的血肉在他的血肉里，现在，在他递出一小瓶换回小小的一卷钱时,泪水不受控制地充满了眼眶。这就是恐惧袭来的样子吗?他从小路回来的时候,恐惧模糊地蔓延全身,他飞快地从哈密尔顿大街奔跑而下,就像有人在追他一样,警察或者该死的什么交通工具,直到他站在伊索面前,呼吸起伏着。他扔下他拿到的回报,说:"听着,我有种不好的感觉。我现在需要现金,立刻,马上。我妈妈生病了。我要带她去医院。"伊索向后倚去:"你他妈的为什么没说点什么?你进来的时候,我可是很兴奋的。"成卷的钱攥在手里,比他需要的更多。然后,他沿着哈密尔顿大街一路狂奔,穿过诺尔顿角的废墟,沿着高架桥下一路向下,在那儿,米尔河的味道宣布着它愚蠢的存在,然后,他回到了家。

他发现他母亲抓着沙发,右手在落地的地方,用力抓着、拍着地面,手掌张开着,因为发烧还是粉红的。他什么都没来得及想,转身从房子里飞奔出去,毫不犹豫地跑到"第五修正案"——没时间感觉——他叫了救护车,他不在乎要花多少钱。是,她叫玛丽,我是阿尔蒙·肖内西,是,她是我妈妈!——但那时,已经太迟了。她母亲的肾脏已经衰竭,她在震惊的急诊医生的照顾下死去了。医生当时看了一眼已经蹂躏了她整个身体的天狼疮伤势——很多都在流血、渗着脓——捂着戴着医用口罩的嘴说:"耶稣基督。是谁把她弄成这样的?"

◆

那天晚上,阿尔蒙没梦到他母亲。而牧师却这么多年来第一次出现在了他梦里。在梦里,老人站在没有作物的空土地上,他踢着空地中的土壤,拿着一根像是牧羊人棍子一样的东西戳着土地。他头顶上有一圈闪烁的星星像小昆虫一样飞着。他用手把它们挥走,那手掌似乎比他生前还要大,几乎和餐盘一样大了。

阿尔蒙靠近他的时候,太阳正照在他右边,温暖着他的皮肤。牧师突然抬头,阿尔蒙看到他已经用棍子在尘土中画了一条线。

"停下!"牧师说着,星星在他头上静止下来,悬浮着。他粗糙的手指指着阿尔蒙,"孩子,不要踏过这条线!这是为你画的一条线,只有上帝能抹掉。"

"但——妈妈——"

"时间很短!你最好祈祷,你能发现你自己!"

在梦里,他尽力按照他说的去做,但弯下头的时候,他根本不能祈祷,只是不停地哭啊,哭啊。

◆

这次他来到了葬礼,并站在了最前排,颤抖着,似乎他再也不会感到温暖了。他的长官把他穿的衣服披在了他身上——灰色的华达呢子,在肩膀太小了,在腿上又太长。在他的视野中,光滑的灰色棺材自己站在那里。房间里的半打人盯着那个方向,但他不敢抬头,他不敢在这个世界上看他母亲最后一眼。她是他唯一的依靠。他的手颤抖得好像双手在发烧,如果他抬头哪怕只看一眼,或许就不会那么糟糕,不像他想象的那么糟糕——

那就是他的母亲。躺在那个灰色的盒子里。她的身体。他什么声音都没有,这让他自己都很吃惊,就只是看着她那面无表情、被化了妆的脸,那个静止的看上去像她的东西,但不是她——与她有关的一切都还留着,她生他,把他抱在怀里,教育他,哄他睡觉,对他吼,为他哭。他尽可能近地看着她,寻找着她的呼吸,直到他忍不住眨眼。当然,如果他看的时间足够长,她的胸脯会有一点点的起伏。之前,他根本不敢去看她,但现在,他的视线却移不开了。有着她的容貌,但并不是她。她的脸轻微地塌陷,即使化了妆,眼睛周围也还是陷了下去。突然,他想站起来跟某个人、跟所有人说:"那不是我妈妈!"但他还是完全静止不动,身体和思想都是如此。然后,一波波场景奔涌而来,涌向他的空虚——他母亲在厨房里做饭,铜棕色的眼睛,愁苦的皱纹,她曾经的笑声,现在,没人会笑了。他唯一的遗产就是记忆。

他突然转身,看着出席的人们。有一个从列克星敦来的小小的老女人,她介绍自己是表亲的表亲或者其他什么,突然主动提出要他去跟她一起住。有玛丽的老雇主,那个牙医,他付了棺材钱;还有一个自称是她中学朋友的男人;还有几个人,他之前从来没见过。他不礼貌地盯着牙医白色的脸,狂怒在他情绪的小孔中飞速地旋转——来这儿的这个该死的白人是谁,以为他只要晚一天出现、付点钱就可以了?就是这个白人,不让她做足够的工作,拿不到健康保险。就是这个白人不让所有人获得健康照顾。他痛恨那张白色的脸。狂怒像血疱一样马上就要爆裂,当他就要开口的时候,他感觉到长官正拽着他的肩膀,重新把他转了过来。

嘶。

上帝的指头碰了一下她,她就睡着了。

他母亲太安静了。就一会儿的工夫,悲痛和简单的爱意在眼睛里闪着光,那个小孔开始旋转,他又变成了那个小男孩,在家有个母亲,随时都可能坐着十八个轮子来的父亲。高度的悲痛缓缓沉下去。眼睛里都是酸楚的泪水。

葬礼是在"追逐兄弟"葬礼之家最小的一个厅堂里举办的,只是在一个大一点的房间中间用厚重的灰色尼龙做了一个隔断。来访者都坐在折叠椅上,有些人在仪式开始之前就已经起身走掉了。仪式本身就只有一个牧师,他站在那个棺材里不真实的人面前,那是他母亲,他的,母亲,玛丽·马歇尔,戴米安·爱默生·兰金·马歇尔的女儿，还有阿尔蒙从未见过的祖母，都已经过世了。他发现他再也记不得牧师的声音了，只记得他正义的怒气，这让他很恐慌。那天晚上他对他说了什么？那个他去世的晚上，永远离阿尔蒙远去的那个晚上，蒸发般消失殆尽，只留他一个人在一个白人的世界里——

那个用玛丽极少的人身保险临时雇来的牧师说道："当我们太快地失去某些人的时候，我们要做什么？"

不知道。

"我们要在悲痛中向天堂哭诉什么？"

没有什么。

"即使在悲痛之中，我们仍要记得，上帝在看着我们。"

不见得。

"因为我们相信什么？"

什么都不。

"我们相信上帝会把所有信徒拉出坟墓。"

不可能。

"到那时，过世之人会活在我们的记忆中，活在天堂里，感谢上帝。"

不可能。

低下头做祷告吧。上帝不是我的什么，我也不奢望任何东西。他让我在虚无中躺下，他把我领到虚无旁边，他什么都恢复不了，尽管我走过虚无的山谷，他带着我在虚无的路线里，为了虚无的原因，我要睁开眼什么都不看——我的帮助何时才来？我的帮助从虚无来，引起虚无，虚无，噢，虚无，你为什么抛弃我？你为什么把你渺小的人儿拿起，朝着石头砸去——从你的虚无里，我能到哪儿去？如果我上天，去到天堂里，我能逃离你的虚无逃到哪儿去？如果我将自己放置进深渊，你是虚无的。上帝，你是虚无的，永远都不会回来，因为没

333

有人会同情你满是虚无的什么都没有的游戏。

◆

他孤独地站在连接展示厅的等候室里。他在满是雾气的窗户前踌躇，透过窗户可以看到哈密尔顿大道，能闻到多花水仙的味道，它们就种在潮湿窗台下的板子上。向前微微倾身，他靠着冰冷、潮湿的窗户盯着街道。雪已经变成了软块，在冬天微弱的反射光中透出灰色。车辆呼啸而过，溅起黑色的雪水。人们都低着头在路上走着。世界看起来就像一张老旧的墙纸。

在这些街道上，他寻找着自己的前景，却什么都没找到。

他微微转身，看向另一个房间里毫无价值的哀悼者和那个女人——那个老亲戚，她说自己叫苏菲——她正从座位上转过身，深深地、带着持续不断的强烈情感看着他，令他不得不转过身来。悲痛就像是喉咙间的一只手。不要哭。思考。他甚至只能做到这样。他盯着街道，读着脚本，预测着结局。这些都是杀人场地，他知道，那是像他一样的男孩子们的坟墓。如果他待在这儿，他别无选择，只能变成伊索曾经告诉过他的他会变成的样子，那是他十二岁时作的选择，甚至那个时候，他连选择是什么都不知道。他的命运似乎已经注定。他怎样才能逃离这样的生活？每天，他转着死亡的轮盘，终有一天，那颗球会掉进他不幸的口袋，可能很快。除非……他朝看着她的老女人上方看去，他自己的凝视突然和她一样坚定，然后，他朝大街上倾身听着。他把耳朵放在玻璃上。大街开口说话了。

他的长官出现在他身边，再一次抱住了他的肩膀，说着："你做得很好，阿尔蒙，让今天过去吧。熬过这个，然后，你就可以——"

他转向她，眼睛里带着的凶猛让她一震。"带我离开这儿。"他说。

"现在？好的，可以，你如果不想待在这儿了，我们可以走。我可以带你去吃点东西。"但她的胳膊还是牢牢地环着他。

"不，"他急切地说道，把她安抚的手甩掉，"带我离开这该死的环境。把我带走，不然我就会变成个数据。"

"什么？阿尔蒙。不，阿尔蒙，听着，这是悲痛——"

"你听着！在那儿的那个女人，她说我能去列克星敦跟她住在一起。她是我外祖父的二表姐或者什么。让我去！让我走！"

"什么？谁？好，阿尔蒙，等等——如果她是亲戚，我们可以商量，但现在你处于俄亥俄州的管教之下，如果你要搬去肯塔基，有一些法律程序要花点——"

"不！"他哭喊着，房间里所有人都回头看过来，"现在！让我离开这该死的环境！让我离开这，否则，我也死在这儿！"

"阿尔蒙——"

"现在，立刻！"

◆

公交车迅速穿过河流，就像是从罗布林大桥下面游过来的一样。然后，他们就踏上了肯塔基州的土地。辛辛那提是在他们后面的一道透明的光之墙，在转弯向南走了七十五英里、完全消失在山头之后，他们进入了一片陌生的土地，遗忘之地，一个之前没有任何关于阿尔蒙痕迹的地方。他闭上眼睛，只能看到玛丽。睁开眼睛，眼前绿色的土地翻滚着，就像只能在电视上看到的翻滚的浪花。闭上眼睛，你能听到私人音乐在走廊上回荡。你唯一的行李，就是车底下的那个背包。睁开眼睛，这里是克里坦登。闭上、睁开，这里是乔治敦——以前你从未听说过这里。你想知道他们这里是否有口音，就像牧师一样，有很严重的口音。他父亲和祖父叫什么名字？你唯一记得的就是那个词，西皮奥，但你却忘了他是谁，如果你曾经知道的话。迷迷糊糊地睡一会儿，醒来时听到母亲说话的声音，开始觉得内疚，阿尔蒙，你做了什么？就像她知道你是故意把望远镜留在房子里的。只有傻子才会那么做，不然就是有人故意想要丢掉它。

◆

近距离看去，那位女士的房子从厨房的窗帘到柔软的马桶圈都是薰衣草的颜色，你坐在马桶上的时候，马桶圈会冒出气来。小小的手工钩针编织的桌巾摆在塑料的台灯下，从租售中心租来的两个沙发上盖着干净的塑料。地毯上散发着地毯清新剂那丁香花的味道，它们太厚了，踩着走过去的时候，都听不到自己的脚步声，就像他根本不存在一样，就像他比空气还要轻盈一般。在女士的灶台上躺着一只猫标本剥制模型。他在它面前停下来，看着它。他太呆了，甚至都不曾害怕。

女士名叫苏菲——因为隔代的姻亲关系，才成了远方表亲，她对此很接受——她在他周围忙活着，接过他的粗呢子大衣，里面并没有什么他的东西，又接过他的夹克。饿了吗？渴了吗？你精神还好吧？

"你的猫……"他说着，根本没有力气去指。

"噢，"她笑了，"你不能因为你的宝贝去世了，就抛弃它！"然后，她挽着他的手肘，引他走到一个小小的卧室，里面有两张单人床，上面铺着甜美的紫罗兰色床单，粉红的心形枕头上写着"心在的地方就是家"。她给他看了小小的壁橱、空的梳妆台抽屉，说："这是你的房间。"

不。不，这看上去不像是我的房间。我的城市去哪儿了？我妈妈呢？我妈妈在我的城市里。

然后，这位女士——在他身边她显得很小，他是个孩子，她也真的像个孩子似的——把他按到床上坐下来,他显得很呆,她拍着他的肩膀说:让一个老女人帮助你吧,洋娃娃。你受了很大的惊吓,最糟糕的那种,但你是个好孩子,你是你妈妈的好儿子,苏菲是能判断的,她看到一个人,就能察觉到他善良的心。我不知道我们如何战胜这些痛苦的事,但我们会的,我保证我们会的,明天会更好。但首先,你也可以为你妈妈和你自己大哭一场,你在一个安全、温暖的地方,是的,洋娃娃,在这儿,你很安全。如果他知道那是今后几年里他能听到的最后的充满善意的话,知道这是最后一个摸着他的肩膀如同他是上帝最珍贵的礼物、是一笔财富的女人,他会更加努力记住那一刻的每个细节。记住她和她那简单的家,包括昏黄的灯光,在灯光下飞舞的尘埃,她说话时那古老的音色,甚至她老年呼吸里的味道。但那时候,他悲伤的脑子呆滞着,就像琥珀中的化石蝇一般。

现在,他躺了下来,脚自由了。女人拿走了他的胶底运动鞋,拿来了一杯葡萄汁和抹了黄油的面包。吃了它,洋娃娃,你需要吃点东西。他吃不下。如果他动一动肌肉,记忆就会席卷全身。

她进来,又出去。她摸了摸他的额头,说,吃吧。

他听见她在她淡紫色的起居室里看电视,是发生在另一个国家的事,他听不懂。然后,她开始用吸尘器打扫。玻璃杯被洗掉,马桶被冲干净,然后漫无目地跑了一会儿,有女人哼唱的声音,然后,黑夜适时降临,黑暗吞噬了整座房子。

他躺在那儿,躺在虚无里。无尽的黑暗之中,他唯一能看见的就是她母亲死气沉沉地躺在棺材里,其他什么都没有。他被启动了,心脏微弱地跳动起来。他的手颤抖地抚着胸口,另一只手也搭上来,在已死的态度中蜷缩着。他的眼睛大睁着,而她的眼睛永远闭上了。无论哪种,都是黑暗。现在,应该做什么呢?

他想到一支摇曳的蜡烛微微燃烧着,他的思想抓住了那道光。是

337

的。他突然坐了起来。他坐了起来要回到俄亥俄州去，或者去北边的某个地方，因为那儿有人在等着他——所有人都在。

我打算找到我的父亲。他的名字叫迈克·帕特里克·肖内西。他父亲的名字叫帕特里克什么肖内西，他母亲的名字我不太知道，然后，他们父母的名字是什么和什么和什么，然后，他们父母的名字是什么和什么和什么和什么。

他滑进自己的鞋子，系好鞋带，眼睛一眨不眨。他再也不困惑了。他摸索着找到自己的粗呢子外套，找到尼龙袋子。他拿起它的时候就像拿起了他整个人生。但实际上，没什么重量。他搞不清楚女士把他的夹克衫放在哪儿了，找不到，于是，他直接离开了房间，在一片漆黑里撞了两次墙。然后，他来到了起居室，电视屏幕上还有一点点的亮光，照亮了靠墙桌子上的钥匙。他一把抓过来，让自己离开了这薰衣草色的房子，在那儿，那个老妇人抓住他，帮他哭出来。要是他知道怎样才能把做过的那些事忘掉就好了。

看着自己的生活，他不知道为什么她要生下他。

凯迪拉克立刻就启动了，他按照伊索向他展示的那样做着所有的步骤。左边打火，放开手刹，挂挡，就开出去了。他沿着街道慢速向前，手抓着方向盘，不看左边，也不看右边，只是加着油门，从这个小镇一直开下去。

他不知道他要去哪儿。他经过了1号AA墓地，但他根本就不认识那儿，然后，老火车轨道，在他看到街道上有个人的时候，他尖叫着停了车。

"怎么离开列克星敦？"

"孩子，你要去哪儿？"

"北方。"

"继续向北，开到山地高速上。但当心'新环线'，那就像个古老的大圈。"

他继续加速,朝家开去。车子突然疯狂地转弯,汽油从汽化器里喷出,一个响亮的鸣笛声从他身边经过,但他没听见,因为忘记已经耗尽他所有努力了,因为世界已经开始后退,现在没有了一点意义。星星悬挂在地平线下,黑暗依旧蔓延。生活通往虚无,他正转个弯朝着他的那个未来狂奔而去,比他之前想的更快,因为所有的障碍都消失了。他的速度很惊人。喇叭嘟嘟作响,又一次按了喇叭,这座城市明亮的光线完全是陌生的。一个警察娴熟地把警车停在了两棵柏树之间的车库尽头,技术精良,当他看到他转换车灯和鸣笛的时候,大笑出声。是哪个傻子以八十七码的速度在温彻斯特的道路上行驶,还他妈开着一辆紫色的凯迪拉克?他的同伴温柔地说了声"好家伙"。然后,他们的车灯开始红蓝交替地闪烁在前面黑色的黑幕中,如果这辆紫色的车在停在路边之前没有那几秒的加速,该死。他们看到一个男人笨拙地握着方向盘——可能是个黑人,对,确实是个黑人——于是,后面的警察甚至在他车速还在每小时二十英里的时候就掏出了枪。他真的不喜欢笨拙的样子,那可不是个好兆头。

扬声器突然打开,阿尔蒙吓了一跳,但一会儿他就听到拉锯般的声音说道:"从车上下来,把手放在车顶。"

有那么一会儿,他伸手去拿钱包,但他根本没带。这样会有好结果吗?他现在只有一个中学学号。不管了。什么都不重要。在他恐惧的眼睛里没有任何意义,或者说是在他怦怦直跳的心里,这次,更大声地喊出的那些词没有任何意义:"举起手来下车!立刻!"

在后视镜里,他看到了一个黑人——有那么一刻,有一丝模糊而又愚蠢的希望——但之后,也不重要了,因为那人的手在他身上了,他脸先撞到了车盖上,自己的手在那儿张开着,跟别人的口袋一样,这感觉一点也不熟悉。"你的驾照在哪儿?"他摇了摇头,他的思想还远在俄亥俄州。另外那个警察，一个白人，现在正在搜车，在行李袋里找到了枪，"那这是什么？"两瓶药。"马克，这儿有武器。"他身后的黑人对他的束缚又加重了些，但没什么必要，如果这是他最后的拥抱，他接受。他没在反抗。黑人说："愚蠢。非常愚蠢。你以为你要去哪儿？"想说辛辛那提的，但却说出"嘘"。男人说，"好了，不管你去哪儿，今晚你都去不了了，孩子。"孩子？不，不是。"嘿，小孩，你叫什么名字？"阿尔蒙没回答，因为他不知道到底是什么意思。我不是谁的孩子。喂，我就只是个小孩！只是开玩笑！白人说："你不想回答问题，那好。有大房间等着你。"在他们按了他的手印、拍下他毫无表情的脸时，他还是拒绝回答任何问题。他走进拘留所，那里的大房间里有三面坚硬的密不透风的水泥墙，有和费耶特县青少年犯罪临时拘留所里一样的栅栏，他还是什么都不说，在这有着小便味、烟味、粗鲁的恶臭、敲打的音乐和盯着他、想看穿他的眼睛的环境里，他无法思考。在同样磨人的安静之后，他被安排进入合理的聆诉，青少年法官将他以青年犯的身份转移到成年人法庭，在聆诉前的五分钟、见到被烦扰的辩护律师时，他终于开口困惑地说了一句："我什么时候可以回家？"然后，在进一步的刺激下，他开始犹豫不决地描述自己松散的人生之线，那就是他的生活。但巡回法官不为所动，怀疑地问他："你明白 C 等重罪的本质吗？"他只能点头，说是，因为那是事实，他明确地知道——伊索告诉过他。他才十七岁，但愤怒、疲惫的法官按成人给他量刑：因持有五克可卡因判处十年，因盗窃、持有枪支和拒捕增加两年，六年后才有资格假释。前面四个月要在青少年犯罪临时拘留所度过；之后转移到藏污纳垢的布拉肯监狱服刑满三年；接下来，在最低安全性的布莱克本服刑三年，在那儿，他要学习养马。但在两处中的无论哪个地方，他都是一个在奇怪而又令人恐惧的无人之地上的奇怪且满怀恐惧的男孩。就是在那儿，刚开始的两千一百九十个夜晚里,每当他们切断荧光灯电源,他就开始哭泣,想要回家的愿望疯狂到可怕,极度渴望着有母亲的城市、魔鬼般的父亲、自己的青春和最初的自我,渴望着那个满是冲天塔尖的地方。就是在那些塔尖下面,牧师说教着,泄露出所有人类的秘密,警告他远离肯塔基;而肯塔基对阿尔蒙来说只是个小小的牢房,他渴望伸手将其解锁,打开门,去到有着七大山和河流的自由的风景中去。河流就是个寓言,它涌出自己的堤岸,讲着故事,那是阿尔蒙跪着求着喊着想要的故事啊:给我讲个故事。给我讲讲我的过去。给我讲一个灯不会熄灭的地方。

一个声音响起:嘘

给我讲个故事,那里可以没人离我远去。

嘘

讲个关于我的故事。

西皮奥说,现在,听着。

插曲 III

那儿的那个人是个铁血汉子。他站在肯塔基山的边缘,从那儿,他们面向潺潺的河流,他想象着他的孩子和他们的孩子不是带着他的思想,而是带着他身体的意愿迈向自由。他从肯塔基的中心地带来,一个夸耀着一个白人要有一个黑人奴隶的地方,他就是那些奴隶中的一个,大概他们告诉他了,尽管他不会做太久。

他是个独立的人,有进取心,尽管从来没有受过正式的教育,是一个生性孤僻、多疑的人,没有任何朋友,他母亲就在那一年的春天去世了,所以,爱的束缚已经从他身上解除了,他的精神现在自由了,于是,身体也自由了。恨和渴望让他在巴黎镇的郊区游荡着,就像一颗种子,迎着清新的风寻找肥沃的土地。他在一个周六离开了他主人的农场,拿着参加温彻斯特农场舞会的通行证,和其他十个奴隶一起。但当他们来到三岔路口、向南就是克拉克村的时候,他什么都没说就走了,从他们那欢快的气氛中溜走,消失在了森林里。他紧紧抓着在他牛皮短靴周围的一堆破碎的印度芜菁,以摆脱气味,然后深深地撞进生长在大树下的灌木丛和多刺的丛林里。他知道那条著名的铁路——几乎最无知的野蛮奴隶都知道它——但他在很久以前就决定不寻求帮助,完全不要,拒绝跟着任何有政治派别的白人或者黑人,因为他要做一个开出自己道路的男人。

他的第一个夜晚充满了单纯而混乱的恐慌,他认为侦探猎犬被放出来了,认为每棵枫树、橡树后面都藏着一个白人。他想起小时候认识的一个护理员女人,她逃跑了,但被抵在一棵树上逮捕,猎犬把她的胸撕扯了下来,她在被一把手锯锯齿鞭打时又活了足够长的时间。现在,因为害怕遇到巡逻员,他避开了去梅森县和梅斯维尔的路,也没走到东边的从列克星敦到辛辛那提的路上。就在那个神圣的日子里，他来到了女王城，没去敲"棺材先生大中心车站"的门。他觉得自己没受过教育，但也并不鲁莽——他不会向一个陌生的白人男人寻求帮助，无论他的名声如何。不，他要径直去巴克镇，把他的身体和灵魂扔进他看到的第一个黑人慈善教堂里：这个世界上没有安全的地方，但黑人教堂是最安全的。他的母亲是这么教他的。

他在黑夜里跳进这个镇子的边界，不顾一切地沿着对角线奔向北方，如果运气和线路帮他的话，希望能在走了一整天之后出现在城市东边的河边，那里离辛辛那提通往列克星敦的路有很长的距离。他在黑夜中沿着满是石子的小溪流蹒跚而行，它的分支一直沿着森林流着，又冷又舒服的河水从土壤中汩汩流出，奔流两个小时后，消失在高耸石灰岩走廊形成的迷宫里，在由大树形成的黑色屋顶下，朝这边转了过来。最后，他终于让自己解放，沿着一大片被精心照料的牧草走过，就像一个沿着篱笆横木走着的黑暗的幽灵，的确，这不是个安全的通道，但此刻，在深夜时分，也没有人会在这里出现。在他周围，只有黑暗的森林在皎洁的月光下活着、欢腾着，如同一片黑色的方格。看不见的什么东西开玩笑地撞到了他的脸上，大概也是因为好奇。走在路上的每一步，都能听到猫头鹰的质问，关于他的路线、他的选择和他的怪异。夜晚的家畜不停歇地争论着什么，但他再也没听到白人那清晰的声音或者远处猎犬冷酷粗鲁的吠叫。他在这片地上待到第二天黎明。他紧张兮兮地一整天都没有睡，爬上糖枫树，用手臂和身体的一边费力支撑着，可怜地看着这广袤的绿色大帐篷。

又到了晚上，没有帮助，没有朋友，只有北边的星辰引导着他。他继续走啊走，背包里装着肥肉、猪肉片和玉米面碎片，他只咬了几口。又走了两天了，他大头菜般的脚上靴套已经掉了，头发上满是叶子细渣，像是绿色的灰一样，他已经瘦了，没有再多可以消耗的体重了。然后，他开始在白天穿越，依旧很焦躁，但现在离列克星敦大概只有四十英里了，他知道自己更安全了，渴望能赶更多的路。走过的世界似乎已经变了很多，在这四天里，他都看见了。灯光很耀眼，土地也因为夏末而更肥沃——花儿明亮的花冠，葡萄藤在树木之间缠绕着，松林里凉爽刺激的气流，到处都是高丽参和鸡油菇，所有一切都盖上了一层平平的绿苔，就像是铜材上的铜绿。他亲眼看着这带着酸楚的美。是的，他想，这整个世界什么都不是，只是一个反复出现的讨厌者，一直出现，就要发霉了。

在他混乱酝酿的担忧和席卷全身的疲惫中，他变得不那么小心了，第二天早上，他被一个小巧的白人女子撞见了。她戴的软帽如火炉般漆黑，如此巨大，盖在她头顶，她说话的时候，他只看到了她嘴巴紧绷的括约肌："黑鬼，我有鸡蛋。"

他半睡半醒着，她的突然出现让他太惊讶了，尽管他的腿还保留着本能。但他没跑，眼睛盯着那些鸡蛋，它们装在她破烂亚麻围裙的众多口袋里。她手伸下去拿出三个鸡蛋给他，甚至都没他的眼睛。

她说："现在，我丈夫很欣赏黑鬼，但我实在不是很关心他们是死是活。但我丈夫还是很欣赏他们，所以，我把它们给你吃。现在，拿着吧。"

眼睛四处躲躲闪闪，他从她手里接过三个鸡蛋，是牛奶煮菊苣的颜色。"感激您，太太。"他低声说。

"这对我不管用，"她说，"他们要是把你吊死或者把你逮回非洲去，跟我可没什么关系。这鸡蛋都是新鲜的，能存着。"

接着，他就跑了，衬衣口袋里微微晃动的鸡蛋随着他一起摇晃，他一直跑了有一英里或更远，确定后面没人追来，他打开鸡蛋，喝了下去。然后，他继续前进，穿过他希望是的哈里森县的中心。同一天的下午，他继续向前，除了那个拿着鸡蛋的女人，他四天里再也没见过任何人。接着，他遇到了第二个女人——这一次在远处，在她背后。他一直看着她气喘吁吁地沿路走了几分钟才发现，她是个有色人种。他从自己所在的地方能听见她在哭，他安安静静地没发出一点声音，最后决定重新躲进茂密的丛林里，挡住自己，不让她发现。他接受不了有人一起，他负担不起，尤其是女人。然后，她突然痉挛般回头，就像一头鹿没有听到却感觉到了捕食者一般。他看到她的肚子大得像个糖罐子，黑色的眼睛现在正看着他。像煤球一样黑的脸上满是晶莹的泪花。她向他伸出了一只手，嘴巴歪着："救我！救救这个可怜的姑娘！"

听到她的呼喊，他后退了一步，但没有移开视线，她已经踉踉跄跄地向前走了几步。他准备跑，一只脚还留在后面，重量没有了支撑，像一只要起飞的鸟儿。

"帮帮我！帮我到北方去！"

他担忧地低声说："你要自己改变自己的状况。"

"求你了，先生！"她恳求着，"你说话的语气很好。我知道，你是个明智的黑人。帮帮这个无知的姑娘，这儿还有个孩子需要自由！"

他厌恶地后退，自由的步子开始后退，但她又晃悠悠跑上前，用脏脏的拳头抓着他衬衣的前襟。他最想避开的就是她的碰触，比她绝望的声音更讨厌。她那膨胀的肚子离他只有几英寸了。她眼睛如火焰般盯着他。"要是连你也丢下我们不管，他们会杀了我们。他们会杀了这个孩子。"

不，不，不，西皮奥想绝望愤怒地尖叫——拆解时钟，放出时间——但这双眼睛，这个肚子……额头上冒出汗珠，一直流到上嘴唇上。他想咒骂带他来到这个特殊地方的每一步。所有的努力都是单独为他一个人的！他气愤地看着她，尽力要把自己的意识拉回，但没用。就在下一秒，成交，他们变成了一对。西皮奥用力踩着脚下森林里的土地,害怕又气愤。女人擦干了眼泪,尽管身子如此庞大,还是小跑着跟上。她满心都是感恩、感谢,最后都演变成时不时落后时的恳求。西皮奥只是说着:"跟上。"当他们在一股泉水边停下来喝水的时候,她摘掉了自己的头巾,跪了下来,说着:"来自上帝的感激,给予……他们叫你什么?"

"我的名字不重要。"

她眨了眨眼:"我叫艾比,这个孩子出生以后会叫加拿大。我要去那儿住,一定会的。"

"现在,给我听着,"西皮奥说,"我带你走两天,然后,你就自己向东走,走到梅森县去。那里有个男人,黄色的谷仓。他会用小船送你过河,到里普利去。你跟他说暗语'Menare',他就知道你是谁了。我保证,这都是真的。但我不准备去那儿,我有自己的计划,我要游过河,我不可能改主意。"

"你去哪儿,我就去哪儿。"她说。

"你不能这么做。"他咆哮着。

"我就要!"在这样的激烈争吵中,他不知道说什么了,他只能怒视着她,接着又走了一天。她紧紧跟在他身后,像一只体积庞大的小猎犬,缠着他,问着他,再次感谢着他,唱着歌,抱怨着,直到他真切地感觉到她很虚弱,他在路上每走一步,就更加后悔带上了她。终于,他满腹抱怨,一根手指指着她的脸说:"别说话,别问问题,别碰我!就只是跟着!"

艾比真的照做了,慢慢安静下来,小臂扶着自己巨大的肚子走着,那就像个托架一样,保证着它的安全。西皮奥刚开始很感激她的安静,但在第二天,有那么一两次,他回头去看,看到安静的泪痕流过她脸上的尘土。这让他有点怔住,想起了自己的母亲,这慢慢地摧毁了他的决定。

那天晚上,当他们并排挨着坐下,准备枕着一棵倒下的树的树枝睡觉的时候,西皮奥再一次提起了那桩事情,但这次更温柔。

"听着,艾比小姐,"他说,"明天早上,你要靠自己走到梅森县。我要游过去,你带着个大肚子,没法游。听到了吗?"

"我能游泳。"她说着,充满希望地看着他。

他向后仰去。"全能的主啊,这女孩!"他暴躁的灯芯被重新点燃,"你难道没脑子吗?得是多疯狂的女孩才会跑出来,不是应该待在里面吗?我几乎用了三年的时间计划了这次逃离,选择合适的月份,哪一天,哪一个时刻,我不想乐土就在眼前的时候,被一个疯狂的姑娘连累,让我在河岸边上被一枪打死!"

西皮奥以为她会再次哭起来,这种行为对她来说,自然得像是说话一样。但她只是耷拉着待了很长时间,就像在认真研究他说的话。他开始想,是不是她理解了自己,突然,她开口了,平静得可怕,他不得不紧张地试图理解她说的话。"我妈妈给我起的名字艾比。我在十三岁的时候被从妈妈身边带走。我永远都忘不了那天。我妈妈已经把我的小卡片包在了一块旧亚麻破布里,没人看得见,但那个投机者来了,看到我已经到了年纪,强行把我从我妈妈身边带走,我永远都不会忘记,她说'乖一点,艾比,别给他们轻易打败你的理由'。我从来也没有不乖,我再也没见过我母亲。好吧,那个投机男人把我带到了列克星敦,他让我站在齐普赛街上。然后,他撕掉了我的粗毛衣服,男人们都过来了,看着我,捏着我,那个投机者要打退堂鼓了。一个男人,付了两百美金买下了我。我只是个无知的黑人,我觉得自己太幸运了,一个有钱人为我付了这么多钱,他会好好照顾我的。"

艾比顿了顿,她说话的时候似乎不知道手怎么放,现在正按着自己的头发,她的头发乱七八糟的,头巾早就不知道去哪儿了。她不再看着西皮奥,只有发抖的指头抚在发际线上。

"好吧，去了之后我才发现那个白人垃圾并没有钱，"她痛苦地说，"不知道他是怎么付得起那笔钱的。他只是给自己买了三个黑人，只有一个像我这么大，然后，他就把我变成了她三个妻子之一。"

西皮奥的手不自觉地跳动着。他几乎都要让她停下来了，但她继续说着。

"现在，他不让我下地干活，好像我是个例外一样。不，他把我锁在他家的楼上，那儿比储菜的地窖大不了多少，也没有窗户。他用一根链子锁着我的手腕和脚踝，把我锁在床上，然后，他们就来糟蹋我。有时候，那个主人看着黑人糟蹋我，然后他再折磨我。我不知道我在那儿住了多久，然后我的肚子就大了起来，他说：'艾比，你要生孩子了。'我很惊讶，因为我什么都不知道，然后孩子就出生了。他就放我出去了，我才能跑出那个地方，因为他以为如果我有了孩子就不会跑了。他是对的，我不会跑。"

她看着西皮奥，她似乎对他疯狂了起来，他从头到尾都打算无论如何要摆脱她或者把她丢在半路上。尽管这很残忍，也违背他的意愿，他盼望着她从哪儿来就回哪儿去，但还是什么也没说出口。

她说："然后，我看到他有一个太太。一个夫人！为什么他有太太还要和一个黑人女孩乱来？我不明白。但这两个人对我来说都是恶魔。他们晚上把黑人男人绑在床上，那个夫人白天用皮鞭抽打他们，单纯的恶作剧。每天打四十鞭子。他们永远不会跑，因为主人说如果他们跑的话就会杀了他们，他们也相信这是真的。主人还给自己买了一个老黑人，叫佩里。有一天，佩里说：'我太老了，你不能再让我干活了，我要休息了。'然后，主人说：'听起来挺对，你做事确实越来越慢。'然后，佩里转身的时候，主人用手里的锄头猛砸他的脑袋，彻底把佩里打死了。主人让那些黑人等五天以后把他埋了。所以，我们都知道那是真的。"

"现在,这个农场再也没有任何人来,牧师也从来不来,什么人家也没来过,就只有我们一直为我们自己忙活着。是,我生了一串小孩,在他们长到六岁或七岁的时候,主人把他们卖掉,拿钱,我连说都不能说。看吧,我只能祈祷,他们被卖给了好白人。我知道这个世界上还是有很多好白人的,比如,我妈妈的主人。他从来不会抽打他的黑人,只在他们该打的时候才会打。"

"但——但最终,还是发生了。我生了一个白人小孩,然后,夫人知道主人和我乱搞,她开始嫌弃我讨厌我。她拉我的头发,推搡我,主人告诉她'住手';但他不在的时候,她还是会这么做。那就是个灾难。这时候,我的萨拉因为高烧死了,我只剩下了威廉这个六岁的孩子和那个白人小孩,考利。然后,那天很糟糕,我把床单拿到屋里熨平,我伸手从火里拿熨斗,我——"她嘴唇紧紧地抿在一起,整个身体颤抖着。

"嘘!"西皮奥轻声说,他满腹恐惧和害怕,"艾比小姐,现在,小点声说话。"

艾比抬起眼。"噢,上帝啊,那天,我抱着考利,她哭着,而威廉,他好像饿了,想要吃东西或者什么,一直在闹。我就把熨斗放在了床单上,所以烧了一个大黑印子。夫人看到以后,看到那个印子以后,她的脸真的变得很滑稽。考利哭哭啼啼的,夫人就说,'闭嘴,你这黑人考利!'然后她就伸手拿起了那个叮当响的熨斗,把那个烫着的熨斗打在了我的考利宝宝身上,她很用力,都砸进了宝宝的头里。我永远都忘不掉那个声音。我的宝宝连哭声也没有了,她只是像个小雏鸟一样张着她坏掉的嘴,脸都被毁了,被砸了进去,她就那么喘息着,抖了一下,就死在了我的怀里。就死在我的怀里啊!噢,天哪,上帝啊——我伤心欲绝地从房子里跑出去,夫人就跑去跟主人说,她不是故意的,他来了,吼着。"

西皮奥已经不想再让她安静下来了，无法从她那崩溃的脸上移开视线。

"我抱着我的考利冲过院子，我什么都不知道了，只是尖叫着，我什么都不知道，最后，我明白过来了，我的孩子死了，我要把她埋掉。但我的威廉，噢，天哪，我的威廉，在那个小灵魂里有些东西被震惊地释放了出来。他把我的考利从我手里抢走，抱着她，就好像他手里有奶瓶，他对着她唱歌，然后大哭起来。他表现得就像是在和她玩，和她说话。然后，主人来了，抓着他，威廉看见他，顿了一下，丧失理智般尖叫着：'丑黑鬼，你滚开！上帝恨你，黑鬼！'他叫主人黑鬼，他太分裂了，主人也开始哀号。然后，他重重地甩了我儿子一耳光，他摔倒在地，主人把死去的考利给我。然后，威廉像只疯狗一样开始乱跑乱跳，主人告诉我：'你现在什么都没有了，只有倒霉，艾比。这个小孩死了，现在，你的儿子他彻底疯了。我今天损失了一千美金。'然后，他就走掉了，留我一个人埋着我的小女儿。我就只用两只手埋了她。但我没看见威廉跑到哪里去了，我再也没看见过我的威廉。我那天晚上去树林里找他，我听见他在胡言乱语；但他逃走了，两天以后，另外一个黑人在溪流深处找到了他，已经淹死了。他们都怀疑是主人淹死了他，但我不相信，我不相信！上帝啊，我祈祷我的儿子能自我了断，不再让那些肮脏的白人垃圾瞬间就把他踩扁！我曾经听说过，上帝不会帮助抛弃自己的人，但我不相信。你听到了吗？我不相信！他们才六岁，上帝是要有正义的同情心的！"

她简直是敞开来大声地哭了起来，西皮奥迅速地伸出手环住了她，手穿过干燥的叶子时发出沙沙的声响，但他没有抱着她，只是用一只干燥的手捂在了她嘴上。"嘘，"他说，"闭上嘴。不要再发出任何声音了。"

她抵着他的手掌啜泣着，抬头盯着空荡荡的天空，茫然地盯着远处看不见的某一点。他完全没有了感觉,看着他们四周的白胡桃树,看着石头,看着僵硬的土壤,一直扶着她,摇晃着她。他的手一直捂在她嘴上,感觉灵魂正在被深深地灼烧着,最终,他感觉到她眼泪越流越凶,根本没有减少的意思,他很轻很轻地说:"现在,别出声了,别。我来告诉你一些事儿,你可能会感觉好一点。我有个故事要讲给你听。这是个关于年轻黑人西皮奥的故事。艾比,你知道那是谁吗?"

她的胸膛还在起伏着,艾比抵着他的手掌摇了摇头,眉头因为悲伤可怜地皱着。"那是我,你懂吗?我妈妈,她给我起名叫西皮奥。现在,在西皮奥只是个年轻的黑人孩子时,他和主人的儿子是非常要好的朋友,他名叫里士满。里士满和西皮奥到处跑,穿过田野,跑上大路,都待在那座大房子里。和里士满做朋友,西皮奥从没被打过,因为他从来不惹麻烦。他偷偷地受过一些教育。没人知道他认字,但他听白人们说话,以那样的方式学到了很多。他足够清楚地了解到,在肯塔基州黑人是财产,但在俄亥俄州黑人却是自由的,这让他开始思考,让他很仔细地思考。现在,西皮奥的母亲是这所大房子里的厨娘,西皮奥从小学做木匠。过了很多年,里士满差不多长成大人了,大约十六岁的样子。他比西皮奥大了四岁。里士满开始盯着西皮奥的母亲,有一天,他要和她发生关系。这时候,西皮奥的母亲忍受不了被一个小孩子这么对待,扇了他一巴掌,把他轰走。但里士满却觉得他有这个权利对西皮奥的母亲做这样的事!里士满很生气,把婚礼礼物,一把火钳放在了西皮奥和他母亲住的小房间里。整个大房子里的人都在找那把火钳,当他们在那间小屋里找到的时候,他们开始了一场革命。他们打算抽打西皮奥的母亲,所以,你觉得西皮奥会做什么?"

艾比眨了眨眼睛,把他的手从她嘴上拿掉。"你做了什么?"她笑着问道。他愤怒地笑了起来,感觉很奇怪,似乎从自己本身脱离了一般,几乎让人感到空洞。他从来没把这故事告诉过灵魂。他的生活还要依靠它生活。

"为什么,我怒吼着,'是我干的!'然后,你知道发生什么了吗?"

艾比安静地瞪圆了眼睛,但她的眼泪从来没有停下来过。

"为什么,他们惨烈地抽打着西皮奥,把盐水泼在他身上,然后再抽一遍,那鞭子的末端还拴着一块皮。不要担心,艾比小姐——故事还没有结束。你难道不觉得西皮奥要复仇吗?噢,是的,他想,你知道他想。但不会在里士满身上复仇,因为那太明显了,容易被发现。不,西皮奥决定报复在挥鞭子的人身上,那人是个麻木的监工,他没有嗅觉,一只眼睛还半瞎。那个男人小气如蛇。所以,西皮奥耐心地等待着机会。他等了三个月,每分每秒都计算着。现在,他完全熟悉了大房子周围的路线,而且,他知道那个监工每个星期四晚上都会抽着象牙烟斗,在走廊上跟主人谈生意。好了,西皮奥一直假装很难过、很抱歉的样子,但没人在那大房子里的时候,他悄悄溜了进去,从碗柜的枪里偷来子弹火药,然后把这些粉末仔细地装在了监工的烟斗里,紧实地埋在烟草下面。味道真的很重,但那个监工根本一点儿都闻不到。看,西皮奥仔细结实地封好,跑回了自己的小窝,一整天都害怕得要命,太痛苦了,他害怕他装错了烟斗,主人自己抽了它,把自己炸掉。但没有,第二天晚上,大房子里传来巨大的砰的一声,所有黑人和所有白人都跑到了院子里。夫人尖叫着,他们把那个快六十岁、流着血、下巴炸开的监工立刻送到了佩里维尔的一个专科医生那里,他在那儿大概待了七个星期。他回来的时候不能说话了,整个头只像个稻草人一样耷拉着,大家都不怎么聪明,但都知道他是有史以来最无知的白人了,竟然往自己的烟卷里放火药粉。很确信的是,他也知道自己是有史以来最无知的白人了,因为挥鞭子打了一个错误的黑人；但他抽过的黑人太多了，甚至都不知道是哪一个。"

艾比扑哧笑了起来，发出尖锐响亮的欢快声音，西皮奥都没来得及用手捂在她的嘴巴上，说："闭嘴！"但她还在笑着，胸颤抖着，肚子摇晃着。他不得不用自己另一只空着的手捂着自己的嘴，因为他也开始大笑，他笑得太用力了，都让自己晃起来了，但他也记起了冰冷地死在地面上的妈妈，她曾告诉过他："你是我唯一的爱，是我的全世界，如果你不在这个世界上了，就什么也不重要了。"他分不清自己的眼泪是因为笑还是绝望，两种情感都像酸水一样灼烧着他的眼睛。

早上的时候，他们的笑声已经远去，但他没再提梅森县或者小艇，又或者是她要转弯向东走。他们继续开始了向北的旅程，西皮奥在前面带路。他用重新燃起的力量奋力前行开辟道路，有时候会从空旷的牧草地上穿过去，感觉——明白——河流现在已经不远了，他们一天大约行进十英里。如果不是旁边带着一个孕妇，可以走十二或者十五英里。不过现在都不重要了，因为她的故事，或者是他的故事，她和他靠得更近了。在她要绊倒或跌倒的时候，她抓着他的衣服，但他也不在意了，她已经让他放弃抵抗了。西皮奥会保证他们的安全，会带着他们去远方。

一个晚上，在他采浆果的时候，听到了她发出的深深的发自胸腔的声音，最开始他错误地以为是她在唱歌，当转过身来时，他看到她弯着腰，迟疑着，流着汗，手伸展在空气中以保持平衡。他皱着眉走向她时，她直起身子，面色苍白地说："我没事，继续走吧，西皮奥。"

在他们走的最后一天，土地变得有越来越多的山和坡度，远远超过了西皮奥的想象。没有了更多的森林围栏，但是他们行进的速度还是如此之快，西皮奥将艾比拖上斜坡，她整个身体都在努力。她今天都没有说话，就好像她所有的能力，包括说话的能力都献给了所有的努力，连这些都快耗尽了，因为在一个山的缺口，在西皮奥突然停下的时候，她跌向了他。通过一个由树形成的自然窗口，他们看到了下面的俄亥俄河，这条黑色的分割线是上帝创造的，但人类赋予了它名字。他们正站在生命可以通往自由北方的分水岭。西皮奥举起他的手臂指向那里，她从他肩膀后面努力看着。虽然他可以看到西边辛辛那提的烟雾和红砖，但他有些灰心，他们离那个城市还很远，现在什么也做不了。他们要从下面这条河游过去。

他在山北面的斜坡上搜寻，那里的香枫、桑树和山毛榉树成片成片地聚集在一起，直到他发现了一个厚厚的石灰岩崖径，从这里，山开始形成一道险峻的、碎石遍地的瀑布，通往河流。那个又窄又平的空间被一些大的心形叶子遮住了，这种植株的茎很长，他最开始误以为是树。一堆翠绿的叶子包围着石头边沿，在那儿形成凉快的庇护。

他说："我们就要在这里过夜了。天还黑着的时候我就会把你叫醒，然后，我们爬下去，游泳。艾比，保留一下你的体力。"

她点了点头。在她打量山坡和远在下面的湍急河流的时候，西皮奥在她的眼睛里看到了明显的恐惧。但当他坐在叶子下面的时候，她温顺地跟着他一起坐下，几乎都要睡着了，微微打着鼾，尽管她一直在适应而且已经上路了，但脑子里到处在碰撞，睡眠也只是表象——他看出了这样的不安，因为他睡得也这样不安稳，他的精神被恐惧侵占着。他简单的梦想就像打碎的罐子。十二天以来，他都住在恐惧之中。他颤抖着转头不再看艾比脏乱而焦躁不安的状态，而是更深地把自己圈起来，他感到的不仅是担心，还有浑身的疼痛和疲倦，所以，如果一个巡逻者拿着枪，把枪口对准他们树叶组成的房子，西皮奥也完全跑不动了，甚至连站起来都不行。但他们在植物中藏得很好，尽管他还能窥见脚下奔流的河水。植物关掉了光亮，在他们的凉亭里提前笼罩上黑夜，在这之上，真正的夜晚也慢慢降临了。首先，在东边，黄昏的斑点出现在天边，天空染上了一层深粉色，然后，仅剩的黑暗编织着阴影。黑暗蔓延，白天的鸟儿忧伤着，黑夜的鸟儿活力十足，骨感的白鹭在支流上走过，它们扑闪的翅膀听起来像是牛皮纸抖动的声音，河岸燕在脏兮兮的河岸上挖着洞，渐渐洒下的光就像另一个房间里的放荡笑声，水边的植物从茎秆上昂起头。河流轻声低语，有着徘徊不去的声调，河流是煤层挖空形成的，像是没有缠在卷轴上的天鹅绒，河流是开放的血液，河流在衰颓，每条径直的线都在薄暮中显得模糊不清。一只鸟儿在南边的河岸颤声叫着，北边的河岸形成啼叫的回音，接近亲切，却从不会到真正亲切的地步。现在一股强烈的风预示着雨水即将到来，土地的肩膀上覆盖了一层潮湿的羊毛，河谷将自己笼罩在婚纱之下，模糊的夜晚哼哼着，像是寿衣或是妈妈的安抚、低沉的祈祷。这条河是首摇篮曲，也是首挽歌；这条河是一个白天许下的承诺，靠着夜晚来支撑。很快，就再也没有肤色差异了，因为夜晚来了，不知名的动物开始呼唤着不在的监督者。那些多孔的植物被水珠打湿，在这之下，西皮奥的眼睛不受控制地闭上了。但哀鸠或者反舌鸟的低吟——后者的声音变化多端，根本无法辨别——刺穿空气，开始将他从短暂的休息中唤醒。他强迫自己最后侦查了一眼河流，那里还反射着最后一点点散落的光线，他想，也不是很宽，然后他将这种谬论深深地埋藏在了骨子里。这个晚上，他奴隶的面具就要被揭掉，只要通过地上，通过那大约一千两百英尺的存在，通过上帝为了美造出来的这简单的栖息小屋。你的人性取决于你脚下的土地。你不能跨在同一条河的两边。你必须选择其中一边。

他在黑暗中从舒适的睡眠中醒来，但还是强迫自己安静地等着，等待着那个最佳时刻，夜已深，但启明星还没有升起。他等啊等啊，直到他一分钟都等不下去了,然后,他叫醒了艾比。她醒来,带着柔软的嘤咛。

"我们现在要出发了。"他说。他们从植物小窝里出来,溜进夜色里,那无尽的黑暗紧紧地包围着他们。他们突然如触电般清醒了过来。他们手牵着手,穿过斜坡,到河面那儿去,他们在裸露的石头和山坡、脆弱的泥土上颤抖着,湿滑的地方都是露在外面的石灰岩,上面都是露珠,就在几个小时之前,动物曾在上面经过。穿过乱七八糟纠缠着的植物,西皮奥似乎捕捉到了一点点河流的痕迹,他知道那就是河流,只是因为在无边的黑暗中,河流的颜色更黑一点而已。按照计划,他在一个没有月亮的夜晚抵达,这样水面上就不会有反光,月亮也不会为巡逻者照到他们的身影,他们可能一直都在那儿等着、看着呢。

艾比突然哭喊出声,西皮奥转身"嘘",但她的声音又大了两倍,手指抓着她的肚子,那手指就像是雕上的一样。

"艾比!"他轻声说,但她没有回答,也没有移动,"要生了吗?你带着阵痛可没办法过河!"

声音依旧加倍,艾比抓住他的衬衫,紧紧抓住他,不让他离开;但他也没打算走,一点这种想法也没有。他不能丢下这个女人逃跑。他要看着他们过去,现在这个想法在他脑海里很坚定,就像很久之前给他讲过的一个故事,一个现在他全心全意相信的故事。

艾比站直,第一次,她没在哀求。"我告诉你,我今晚要过河。我所有的孩子在降生之前都让我疼了三天。这个也是一样,我还是可以游泳。"

"艾比,带着这种痛游泳,你会淹死在里面的。"

她的鼻孔迅速地呼吸着,肩膀震动着,但睁大了眼睛死死地盯着他,近乎疯狂地盯着。"如果一会儿我疼,你托住我,听见了吗?"

他盯着她一会儿,说:"艾比……"

"你托住这个可怜的孩子。"

"好。"

"开始走吧。"她命令着。他们从山的最后一道橡树的边缘走了下去,在那儿,形成了一个冲积滩,上面都是没有树干、没有叶子的树墩,就像地下伸出的宽大长矛。他们因为害怕和用力满身汗水,站在奔流的河水边,西皮奥向下看着散布在河滩上的巨大的灰色岩石,它们就像是善良的上帝放在那儿为了沿途遮蔽一个男人和一个女人的。艾比说:"感谢上帝,我要去约旦河里了,我要去涉水了。我再也不是白人的奴隶了,我只是上帝的奴隶。"

西皮奥听到这些话转过头,很不舒服。他只是轻声说:"祈祷这河能帮我们过去。"他知道会的——看它多么平稳、缓慢,水流带着自己的冷静,甚至是呼吸,简单地跳动着。他已经可以感觉到他负担沉重的精神变得和羽毛一样轻了。巡逻员就像孩童时期消失的梦魇,投机者亦是,那个大房子,他在那儿的生活,甚至死去的亲爱的妈妈,都是如此。看看那儿,那个梦想了很久的地方,它就在对岸,多近啊,黑暗中几乎没有距离感,一个游泳者伸展开他的臂膀,几乎就可以碰到它。

他把时间浪费在发呆上了,于是赶紧慌忙在四周搜寻朦胧的河岸线,那里应该满是浮木和废弃物,但不同的是,这里只有一块木头,可能是一个有桨船的船尾——他用手根据被锯开木头的角度猜想着。剩余的部分太少了。

"游泳的时候把这个夹在腋窝里。"他尴尬地把它塞进艾比的胳膊下面。然后,他脱下那撕裂的、灌满沙的靴子,把它们丢在河岸上。他不想在河对岸穿上这双奴隶之鞋。

他抓起艾比的手,什么都没再说,静悄悄地引导着她从一块石头到另一块石头,他们两个人都偷偷摸摸地,腰弯着,头埋得很低,但

357

她的肚子突出,几乎不能弯腰。她边走边咕噜咕噜地出声,声音都听得很清楚。

俄亥俄河冰冷刺骨,不一会儿,河水就把他们都淹没了。只有他们的头露在外面。载着我们,载着我们,载着我们,载着我们,然后他们脚下的石头河床突然远去,他们深入穿过旋涡,湍急的水流载着他们。他们都是强大的游泳健将,尽管艾比因为怀着她的小黑人稍慢一些。西皮奥稍稍领先,眼睛一直密切关注着远处那边的黑色林木线,河流正用自己的力量把他推向那里。河流现在送着他,离俄亥俄越来越近,又近了。他们穿过了河的中线,只听见他们自己卖力的呼吸声。

"噢!"艾比在他身后的某个地方喊了一次。

"嘘!"他朝后轻声说着,继续爬游着,卖力地划水。

"噢!"她呻吟着,然后,她的声音里全是水的声音。一个小小的扑腾的声音,又一个喘息,她沉了下去。她再也呼喊不出来了,但她的手再一次撞击着水面,就像两个船桨发出的声音。西皮奥将视线从能让他解脱的天堂移开,停止他奋力的游泳回头看去,就只看到她在水面上划出来的白色水花。他有一刻头脑空白,单纯地害怕着,不知道要做什么,在两个世界中作着激烈的斗争。然后,他不自觉地哭喊一声,往回游向她。艾比再一次露出了水面,有一瞬间,他在模糊的月光中看到了她那恐惧的双眼,他永远都不会忘记她绝望的样子。然后,她沉了下去。她对抗着水流如沼泽般的力量,剧烈地扑腾着,拼命想冲向它光亮的黑色水面,但她的身体把自己夹住了,就好像那个孩子正在剧烈地挣扎着。她的腿在一阵扭曲的痉挛以后,迅速地蜷缩起来。双臂疯狂地挥打着、旋转着寻找着抓手,直到她找到了西皮奥的腿,她用尽一生的力量,自出生起赋予她的力量,抓住它。毫无预警地,她猛地将他拖下水面,西皮奥带着盲目的恐惧,本能地向下踢。像闪电一样迅速,只是受到了本能的指引,他的脚碰到了她的肚子,她的手放开了。就像是块石头,艾比沉了下去。

现在,西皮奥正奋力游向岸边,就好像罪恶在后面追赶他一般。他恐惧地划水,在游的过程里呛了好几口水,万分害怕,都没花力气弄清他的路线,只是单纯地想要逃离死亡。刚才,就是死亡用钢铁般的手铐将他拼命拽入河底。他绝望地在满是吸力的水流里冲撞着,直到他终于光脚,在脚下感觉到了满是石头的河床,蹒跚而出。在石块和落下的树枝中间,他像个醉汉一样踉跄走着。在河岸上,他像个疯子一样,头发因为河水的浸泡没有任何光泽,下巴松垮着,眼睛惊恐地睁大。他抖动着双手摸了一下脸,就像惊恐地发现自己还活着,但上帝啊,她死了,是他杀死了她!他难以置信地转过身子,面对着河水。从他还是个孩子的时候,他就多么期待这一刻啊,但现在……河流正对他说着什么,那是诅咒之词。他蹒跚后退,远离那个声音。退了十步,那声音就只剩下咿咿呀呀了。又十步,咿咿呀呀变成了默默低语。再十步,那低语就只剩静静流淌的河流和黑暗。和小说一样危险,和神话一样真实。他踉踉跄跄地转身朝向光亮闪烁的辛辛那提,向西,只有一英里远了。他那宽阔、白色的网状后背就像一块南方的传统节日里挂上的窗帘。但,读者们,现在西皮奥发现有些东西比奴隶制还要糟糕,要用十五年活着的时间去忘记。有些故事被记住了,有些故事被忘了,但所有的故事生来就是要流传的。他们需要它,死者为了继续活着,变成了故事。他们的来生都在你的嘴巴里。

第四章　生存机器

什么神需要每个男人、女人和孩子每天三次的牺牲？

——约鲁巴谜语

呼吸。

她花白的头发包裹在凌乱的发髻里，她的咖啡是黑色的、热的，像往常一样，她的装备袋里塞满了注射器、尾巴绷带、消毒液和温度计，但实际上呢？路并不想去，并不仅仅因为在早上四点从她丈夫的身边离开，就像离开了子宫的温暖和安全。她不能放弃从她有自己想法后就开始的梦想：神圣的马，像贝壳的珍珠层一样的灰白色，张开它那令人厌恶的歪斜的嘴巴，发出令人毛骨悚然的声音，就像老旧的蒸汽船汽笛的尖叫声；没有音乐能代替辛辛那提教堂的钟声。然后，被女孩的声音吵醒——佛格家的女孩，现在是她父亲的农场经理，她父亲的得力助手。声音单调、冷酷无情，冰冷得像一块即使丢进火堆都不会温暖的石头。她曾打电话来说，尽管"秒之神速"上个星期好起来了，但两天前已经开始顺着腿部往下流奶水了，并且十分焦躁不安。这个女孩，不，这个女人，大概二十五岁，她是聪明的，并不擅长演戏；如果在早上四点打来电话，那么她一定非常需要路。

在你的中心。开车的时候,路欢迎这黑暗的早晨进入她的肺部,并感激这个世界,感激这个有古老冥想惯例的休息日:见证、感恩、奉献、咖啡。但在内心深处,她知道她一直在拖曳着自己的心,它就像系在绳子上的老旧罐子。她的腹部有一种恐惧,她的身体从不说谎,就像动物的身体从不说谎一样。与难产无关,失去一只动物会让每个人都筋疲力尽,伤心不已。这一切与她要去的地方有关。就像她那多年前就已经戒烟的丈夫所说的:那些佛格家的人都是该死的混蛋。

呼吸。

她在巴黎城外打开车灯,把这农村的地方照成了拍摄现场。老旧围墙边的橡树变成了奇怪的人像剪影,一匹在游荡的马用球状发光的眼睛捕捉到她的前车灯,一月里,苍白的冷霜闪烁着微光——她在安静祥和中呼吸,这黑暗中储存起来的安静,对于三班轮工作制的人,对于像她一样有着贫穷的灵魂并且无时无刻都得工作的人来说是免费的。但她的这份安静只是短暂的;她沿着佛格之河的溪流,在岔道口缓缓慢下来。她曾经在腼腆的少年时期跟随父亲来过这儿,她父亲是著名的詹金斯医生,脾气暴躁且固执己见。在那时,大家都叫她路路或者路娃娃。在十五岁的时候,她宣布想成为一名兽医,她的父亲起先不屑一顾,然后不相信,最后真的生气了。"女人不具备成为兽医的条件!"他大喊道,并且列出了她的缺点——过于敏感,泪点低——没有一点她能否认,但也没有一点能阻止她。他忘了,她也很固执、很实际,在五个哥哥的带领下慢慢进入了叛逆期。她瘦骨嶙峋的母亲养育了六个孩子,每天要抽两包白肋烟,在憔悴得快死的时候,把她拉到一边,筋疲力尽地说:"做你想做的事,路易莎,但不要告诉你爸爸是我这么说的。"这些话善良但却实属浪费。路已经形成了自己的思想。

康奈尔的兽医学校巩固了她的性格，就像她对解剖学和化学的理解一样。她不是天生的斯多葛学派的禁欲主义者，不是很坚强，也不能像男人那样开玩笑地用可怕的东西照亮房间，就像男人经常做的那样，那使他们的感情变得迟钝。从解剖到捏住她的第一匹小马驹，一切都已经触碰到了她的忍耐极限。但她喜欢动物，她从五个男孩的成长中学到了另一个秘密：先跳进水里，水只会冷几秒钟。她这样做了，沉浸在自己的经历中，并在自信心的帮助下学会了平和，这使得每一个和她共事的人都很羡慕她。她是最清晰的思想家，最快速的诊断专家，有最稳定的技术，是在所有兽医风暴中的明亮眼睛。如果有人问她成功的秘诀，那很简单：感受你的恐惧，但不要给它任何过度的尊重。

呼吸并清醒。

她把她的F250停在了种母马马厩的墙根处，佛格农场就在她面前延展开了。黄色的光线从门和窗户的缝隙中透出来，就像一个无声的邀请。她滑开滑动门简略地说："我到了。"她脱掉绿色的卡帕特夹克衫，在工作水槽里洗手和手臂，佛格家的女孩正在设法对付"秒之神速"。母马用臀部朝后顶在畜栏的墙上，路刚要去警告他们，就看到亨利·佛格站在女孩的身边，紧挨着围栏边缘，一只手放在焦躁不安的马脖子上，另一只手放在他女儿另一边的屁股上，就这样，他们从脚踝到肩膀挨着，严丝合缝。

路吓了一跳，转身回到水池边，盯着她那粗糙的、饱经风霜的手。她眨了眨眼。当听到或感觉到亨利的靠近时，她才转过身来。他的脸，一张如此漂亮的脸庞，像是专门为拍电影而生的，带着忧虑而疲惫的神情。他说："你开车在路上的时候它的羊水破了。有三次严重的宫缩，然后就什么都没发生。我们把它抱起来放在那里了。"

这不是单纯的激动，不是怀孕太久了，这事实上是一个匆忙的理由。路冲过了亨利，朝着移除了橡木隔板的小隔间去了，那个奇怪的父女接触的时刻已经被她遗忘了。在那里，动物的麝香气味被防腐剂的味道盖住了。没去道歉或解释，路从汉丽埃塔那儿拿过马笼头，把母马牵到距离墙壁远一些的地方，这样可以阻止它前腿的伸展。

"不惜任何代价把小马驹生出来，"亨利在隔间的另一边说，"我宁愿失去那只母马，也不愿失去小马驹。"

路皱着眉头想着：小马驹不是股息。如果你需要一笔持久的投资，那就买一条狗或一头牛。马，就像猫，是脆弱的。一匹马只有四条腿，和死的意志。

呼吸。

"秒之神速"熬过来了，发热的汗珠在它的胃部滚动，前腿向前踢了一脚。路给了它温柔而自信的触摸，这掩饰了时间紧张和氧气减少的现实。路将母马翻过来，趴在它肚子上，然后把它滚到自己旁边，母马的腿像猪一样僵硬地伸了出来。过了一会儿，路蹲在马的身后，把卷裹起来的尾巴拨到一边，然后伸进阴唇里面。她感觉到了滑滑的、灰色囊中的小马驹。问题是显而易见的——如果小马驹还活着，那就很简单了——前面的小马蹄像支撑梁一样紧紧地顶着产道。路小心翼翼地用齿轮剪刀剪开乳白色的囊，然后用手拖着那只锋利的小蹄子，等待着。一阵短暂的停顿，随着腿部动作的重新调整，然后不由自主的运动从四面八方收缩挤压，小马驹缓缓地向前移动。很明显，小马驹还活着，但路什么都没说。当鼻骨出现时，她把囊卷缩，避开它的鼻孔。一个健康的蓝色小舌头伸了出来。又一阵收缩，小马驹向前滑出来了，潮湿而黑暗，泛着冰冷的微光，它的脑袋垂下来，一动不动地耷拉在稻草上，有液体从鼻孔里流出来。没有人敢呼吸，直到它猛地有了一次急促的呼吸。路继续往回卷囊，直到小马驹完全自由——脱离母体，路继续卷起液囊，直到小马驹跟母体完全分离开，脐带还在不停跳动。

在"秒之神速"俯卧的时候，小母马眨了眨眼睛，用前蹄往前抓着，努力适应着马厩里这刺鼻、寒冷的世界。它并拢它细长的双腿，把它们围在腰身以下，缓缓地站了起来，它的后腿出人意料地随着前身摇晃。在一个蹒跚的、踉跄的步子之后，它找到了平衡，并站在他们面前。

周围的一切，急促的呼吸。

即使被羊水浸泡过，新生马驹的眼睛略带恍惚，但这个动物依旧美得鲜明、清澈。它有一个漂亮的脑袋，尖尖的鼻子，一副聪颖而好奇的面孔。既不是黑色也不是棕色，在它的眼睛之间有白色的标记——不是星星的形状，几乎是一个中断的条纹，像裂缝一样的白色斜线。它新生的身体很强壮，肌肉发达，腿直而结实，充满活力。在每个骸骨处有明显的紧贴的脚踝，它们像皇冠上纯粹的白色条纹，所以它的蹄部呈现出冰霜的样子。它用异常警觉的眼睛观察着它们。

"我的上帝，"亨利说，听起来十分惊讶，"它美极了。"

他把手伸过去，抚摸着女儿的背，再一次亲密的接触。路从眼角看到了，但她努力地盯着小马驹，不舒服的感觉涌上来，就像胆汁一样。但她提醒自己，其他家庭的亲密关系并不是她所能了解的，他们的生活如此独立，他们可能是截然不同的物种。她自己的家庭是像爱尔兰黑人狂欢节的那种。我不明白我不明白的是什么。当她的丈夫渴望一场吵架时，她经常这样说。这种无休无止激怒了他，但这是她能说的最真实的事情。路，你怎么能把吃肉和你所有的兽医工作协调起来？我爱动物，我爱我自己，但我没有发明生命的循环往复；我不明白我不明白的是什么。路，你怎么能相信你的丈夫，他之前是瘾君子——你不会总担心他复发么？我爱我的丈夫，如果不是他的过去的话；我不明白我不明白的是什么。路，你怎么能花这么多时间陪在你爸爸身边，那狗娘养的混蛋，从来不会闭嘴！我爱爸爸。如果我不跟混蛋在一起，就没有人跟他说话了。我不明白我不明白的是什么。

动物分娩后的保护欲望总是很强烈，"秒之神速"正在站起来，胎盘像一根粗线似的喷射出来，落在稻草上，那是覆盖着白色细线的灰色薄膜。胎盘的排出过程很完整，呼吸很好，它的生活将很快恢复正常。路计划在第一次产后子宫检查前，给新妈妈一个星期的治疗和修复时间。但目前，她在这里的工作完成了，而且不安感催促着她，路急着想要离开佛格家。

她耸了耸肩穿上外套，只带着最安静的告别，从门溜了出去，当看到一个黑人牵着一匹母马走在距离她五十英尺远的砖石路上时，她突然停了下来。真是令人吃惊。在她的一生中——四十三年——她从来没有在这个地方见过黑人——从没见过黑人兽医，也从没见过来访的黑人马夫，当然也不会是佛格家的黑人雇员。当汉丽埃塔从马厩里大步走出来时，她正公然凝视着那个男人的方向。她差点撞在路身上。

她们身后的分娩室很温暖，路可以感受到女孩散发出的寒意——就像一种对一切人和事物非个人的厌恶——这是不言而喻的。但出乎路意料，汉丽埃塔说："我要代表我的父亲感谢你。他很失望这不是一匹小公马，但我想，他也意识到这是一匹非凡的小母马。它是一个进化的珍宝。"

路清了清嗓子，大吃一惊："实际上，马是进化失败的物种。"

"我父亲的——等等，什么？"

看着这个年轻女子脸上的惊讶，路温柔地说："马也许是世界上最美丽的动物，但是——稍等。"她的手机在口袋里嗡嗡作响，来短信说："快回来吧，那些人太疯狂了……"她犹豫了一下说，"我得走了，汉丽埃塔。"她检查了一下滑动锁，猛地拉开她的丰田车门。

呼吸。

她想最好还是赶紧离开——毕竟,在这个女孩还是个孩子的时候,她母亲就把她抛弃了——转过身发现,汉丽埃塔已经在清晨鸟儿们的尖叫声中大步走开了,朝种马马厩的方向走去。或者,路见到的那个男人随时会经过琥珀色的门道,亨利正在那儿狂喜地盯着那完美的小马驹被驯服。太阳升起,显现出一种无情的红色,航天飞机在古老的织布机上慌乱地穿梭。玛丽莲把铅笔削尖,开始写东西。

◆

那是一九四五年,农场就像一个老人,一个还在襁褓中的婴儿。一九五〇年,仆人偷银器,他的母亲正放松地骑着马小跑着;一九七三年,农场这位老人变成了棺材的木头;一九七六年,种子再一次开花;一九八〇年,农场变成了空壳,只剩了铜锈般的记忆,你正操纵着这局势;现在,二〇〇三年了,真正改变的是什么呢?黑人总是受情欲的支配,骗子,肤色转换的恐惧,该下地狱的坏人就应该在钩子上被处死,他的女儿正在咀嚼。

亨利盯着面前的小母马,它一脸的无畏和无辜,长长的马腿遗传自母亲和同一家族的父亲,牢固的家族传统特质遵照规律一直延续下来——也许只有短短四年的时间。亨利的一生中,他的每一次呼吸、每一次神经的触动,都是对一颗巨大心脏无言的请求。这个小母马所带来的震撼,他等待了六十一年。它生来就是完美的,他的整个身体都知道这一点。然而,他的女儿在哪儿,他的得力助手呢?他走向还在摇晃的马厩门口,站在即将到来的晨光里。

愤怒径直从他身上爆发出来:"汉丽埃塔!"

早晨的光线是寂静无声的。

他能听到他的生活在农场周围空洞的回响。

也许小女孩认为,她的父亲没有注意到何时她的心里出现了一个冰冷的肩膀。或者也许——是一种认知的涓涓细流——也许是为了引起注意。那鲁莽、年轻的自己,他在回首往事时投上了一层清晰的阴影。那是年轻人的游戏,是不是它——谋杀了一个人的父亲?首先,马,像任何武器一样,仅仅是战斗的陪衬;后来,随着野战的成熟,这种武器转化成了一种艺术。从低声到高声的呼喊。但与汉丽埃塔的比赛是一场荒谬的比赛,甚至称不上一场战斗。他可以击败她;毕竟,他以前玩过,知道所有的技巧。有些男人用动物般的肌肉赢得女人,但优胜者是最聪明的、最狡猾的。奥德修斯总是有手艺和龙头在手。一位父亲是为自己而生的,他的儿子以及其他人则是永久属于他的。首要原因在于存在本身,而身体使道德成为存在的仆人。他知道如何利用她的弱点,那是因为他们有着共同的姓氏;他知道她的弱点,是因为她是他自己生出来的。

"汉丽埃塔!"

◆

是他身上的气味让她崩溃。

第一天他开始工作的时候,她就注意到了,她带他去了他要喂马的马厩。一开始,她觉得他身上散发出的强烈气味令人恶心,就像长时间的汗味一样,直到它穿过她的鼻孔进入她的肺部,继而变成了一种奇怪的心神意乱的感觉。这种感觉沿着她大脑的连廊长驱直入,这种感觉更深刻了:无可否认。她的身体也有了回应。

她在种马马厩找到了他,他会在凉爽的早晨在马厩清理垃圾。表面上她是为了告诉他小马驹出生的事,但是老实说,她忍不住了,她觉得自己没有选择,她的身体正在把她拖去那里,她的血液正加速流动。她想打开他那有着异国情调的嘴巴,把自己按进去,去看看里面有着什么。沉浸在那一瞬间的幻想纠缠中,她的胸部和双腿之间产生了一种强烈的微妙而困惑的感觉。

"汉丽埃塔！"

该死的。橡木做的马厩缩小成鸟笼大小。亨利·佛格，她的父亲，她的监护人。她停在门口叹了口气。她知道什么？马匹有真的、假的和浮动的肋骨。在它的身体里有两百零五块骨头，四肢后面的肉是古代马残留下来的。就像人类一样，当紧张的时候，马就会出汗。我像马一样陷入了困境。

她走上微微倾斜的小路，小路旁边是苹果园，经过后屋时老旧的鞭打柱子隐藏在那里，在灌木丛中，有一只手轻拍着马的嘴巴，带其进入了种马马厩。

当她离开的时候，这幅画面仍然留在她的脑海中——统治者在管教他的马。当"秒之神速"用硕大的奶头哺育小母马时，小母马湿漉漉的，迟疑不决。这就是路所说的吗？但是，上帝，看看这小东西！这匹小马驹有着黄金分割的比例，标准的鼻子，英俊的鼻孔，有求知欲的眼睛，深沉的胸膛，短背优雅地连接起前身和臀腰部。汉丽埃塔的恼怒瞬间消失了。

她说："上帝啊，这是一匹美丽的小马驹。全黑的。"

看着她，亨利说："深棕色。"

"不，是黑色的。"

"女儿，我想知道你是不是色盲。"

冬日般冷冰冰的语气："也许我是。"

"过来。"亨利突然说。

她没有动。

"来吧。"没等她回应，他把她拉到了自己身边，吻在了她的脸颊上。她认为，煤是黑色的，但点燃时它们像玫瑰一样发出闪亮的光芒。是你那样教我的。

◆

阿尔蒙渴望着阳光。四个月以来，在奥赫本房子的一间密室里，在距离盆地远远的地方，他独自在夜里瑟瑟发抖，几乎无法闭上眼睛，挣扎着活下来。每天只有到晚上，你才能在这一层走动，惊恐地盯着你那钢丝床和钢制马桶与钢制水槽连接的牢房。有一扇小窗子，但不能打开；隔壁，昏暗的灯光下，有一扇小小的窗户，并不能打开；隔壁的荧光灯下，上铺，巨大的兴奋阳具正在手淫。你还是想睡在床铺下面的水泥板上，屁股朝着墙，右手里是一个用可乐罐子做的管——停下停下停下停下停下停下。

记得忘掉他们让你做了什么。

他的内心疯狂地渴望空间，但他的身体却讨厌它。他的身体想要三堵墙和一扇无法上锁的门。那天他们把他从布拉肯转移到最不安全的开放世界，在那里他可以看到树木和草，这让他的嘴巴变得很干燥。他的本能就是回到那个围栏里，里面充满了大声喧哗、尖叫，打斗，鬼地方，拉帮结派，皮条客，甚至雅利安人，凶手，以及每一种你能想到的混账东西。对于每个疯狂的时刻，他认真地思考他是如何故意搞砸、然后又被送回去的。这没有任何意义，但过了许多年，一切又都是有意义的。他们强迫你的手，把你变成了一个你自己的母亲都认不出的男人。行尸走肉。

所以，他放弃了独自睡在奥赫本家的后屋里，把他的睡袋拿到种马马厩，在鞍具室放鞍毯的架子下铺好床，周围到处是动物小便的冲击声。这使他想起他们十五个人睡在一个房间里的情景。他待在那里，因为他需要休息。更多的是因为，他需要智慧。如果他要把自己的双手伸进白人的世界，如果他要学着去靠近他们财富的河流并在里面畅饮，就像他看到疯狂的黑人在围栏中做的那样——撕裂一个白人家伙的喉咙,张开嘴巴接住从他的动脉里喷射出的血液。他发抖着想到这些,因为——

头顶上有星星,但他没有抬头。

脚下有坟墓,但他没有往下看。

面具直视前方。别忘了忘记。

他在监狱里度过了最初的几个月,重新整理了脸上的表情使它看起来像一个男人。再也不能哭了,看到悲伤消失后因冷静而坚定的脸,他僵住了。他的身体在第一年生存了下来,但这并没有带来解脱,因为头脑仍然活着,就像蟑螂产卵般增生了许多想法。真正的生存是:当你服从命令、争夺、讨价还价、战斗时,学会忘记一切。尤其是战斗。依靠任何必要的方式生存下来,只需要去应付自己的羞耻感,因为它们让你别无选择。那么,如果随着时间的推移你自己的心脏流血怎么办呢?最终,当他们让你缓过了这个状态,心跳降低到最低频率时,情感对他来说早已什么都不是,剩下的只不过是一具早已死去的躯体,死了很久的感觉。然后他们告诉他,他可以刷马,白手起家,出人头地,参加赛马。他没有那么天真烂漫,很快就看穿了这一点:马只是一种不同的毒品,是海洛因。看,富人也在玩,但他们认为他们的赌博只是一场没有真正意义的游戏。然而,他会睁大眼睛。所以他读了他能找到的所有东西,努力学习,然后他们选择了他,因为只有他一个人知道冷血统和热血统马之间的区别,普通马嚼子和汤匙形马嚼子的区别,"贝尔莱·塔克"和"哥德尔芬·阿拉伯"这两匹马的区别。他知道猎物的意图。

他生命的第一天是二月十四日:他们带着他们成双结对地去了马厩,就像带动物们去避难所一样。阿尔蒙是最年轻的,现在二十二岁。一个白人站在那里,他以前是个练马师,手里牵着一匹大栗色马,重新被训练过的纯血马。男人的话是阿尔蒙生命中的第一句话:

"情人节快乐，先生们，欢迎第一天来到新兵训练营。如果你已经进入了这个项目，这意味着你的教官以及培训委员会的成员已经确认你对这一行展示出的潜力和热情。你们是被选中的人。我可以明确地说：我们不管你们是怎么被关进监狱的。我们只关心，到目前为止，你们是如何进行自我管理的。你们将在大约六个月后被从布莱克本释放，为了让你们作好准备，你们接下来半年的生活将致力于了解马的一切——它们的历史、整饰和喂养，竞赛以及基础兽医学。"

"先生们，这个项目中的一百匹马来自全国各地：有的到来的时候就定价为二百镑；有的马是二线比赛者，在有破损的膝盖和弯曲的肌腱的情况下奔跑；还有一些马是等级比赛的冠军，你们如果看赛马新闻就会很熟悉它们的名字。它们都有一个共同点，那就是它们从拍卖箱中被买走，被送去屠宰。在这个国家，每年大约有十万匹马被屠杀。每年它们都会繁育出三万匹纯血马，因此，对每个竞标得主来说，如果不能在竞赛中赚得成本，将会有二百艘小型渔船把马匹运到屠宰房去。结果就是，把四英寸长的钉子钉进马儿的前额，把它们敲晕，然后绑住后腿吊起来，割破它们喉咙，放干血。当你们跟马匹一起工作时，我希望你们记住——你们是在拯救生命。你们在这里拥有了救命的能力。马夫是一种特殊的职业。繁育者在较弱的马种上繁育较强壮的马，马主很少会为马儿考虑，他们大多是利欲熏心或者耀武扬威的人；练马师和兽医给它们注射药物，使它们受到伤害；赛马骑手也在马背上大赚一笔。你会听到，他们都说自己爱马，但就我而言，唯一有资格这样说的就是马夫。你喂马、刷马、宠爱马，这样你才能说你爱它。在这项运动中有句老话：把马当作你的朋友，而不是你的奴隶。这就是我要讲的。现在到这里来，见见你的第一匹马。"

阿尔蒙，当你走到那匹被阉割的马面前的时候，你的心在耳边打着鼓，汗水淌进你的眼睛，当你凝视着它的口鼻处时，你的手在上帝面前颤抖（这伟大的虚无）。然后你深深地挖掘自己拥有的所有勇气——你经历过——将自己的两个手掌放在不悦的马脸上。那匹马猛地一跳，好像受到了惊吓，然后发出一长串受惊的气息，它向你低下脑袋，就像在向你鞠躬。

教练说："嘿，孩子，你在那儿的那个抚摸真是太好了。"

慢慢地，一天一天地，你学会了控制你对动物的恐惧。你拿起梳刷，在马的肩膀周围以画圈的方式刷马，第一次拿着手提钻经过它的后臀时，不要露出你自己的皮肤。用长毛马刷可以提高旋转力度，把隐藏着的尘土敲打出来。然后用女式的刷子刷它的鬃毛和尾巴，刷出毛发的光泽和穗辫子。你学会了给马蹄做深层清洁，以无泡沫的清洗方式保护它皮肤的油脂，在肘关节的划痕上涂抹药品，给它做牙科的检查。你用蓝色的绷带和抗菌的消毒工具把肿胀的球关节包裹起来。最后，他们认为你熟悉动物；你，一个城市里的孩子，以前的生活都已被忘却，现在成了一个马术师。不仅如此，他们称呼你为马夫，甚至认为你是有天赋的，告诉你要是碰到最糟糕的情况，你会遇到什么，你要做的是什么。你是一个与众不同的人，不像其他人只是寻求简单和稳定。当你还是个孩子的时候，未来掰伤了你的眼睛；一旦你受伤的眼睛治好了，你唯一能看到的就是：马。

三个星期之前，在你被释放前的最后一天，教练——那个持续关注了你六个月的人，把你拉到一边说："阿尔蒙，你给我留下了深刻的印象。你有很厉害的双手，有真正的天赋。你打算用它来做什么呢？"

你说："做我自己的事。"这不是他妈的任何人的事情，得由你自己为自己打算。

但他说："我有一种感觉，你正在寻找更多的东西。你想想，你有什么要去证明的吗？"

平静而坚定的片刻，然后你转向那个不认识你的白人，那个不知道你是谁、你能做什么的人。无论你的眼里有什么，一定是明亮的，闪耀着什么，因为那男人向后退了一步。"是的，我有东西要证明。我没有要求来这里，但现在我在这里。现在，我的目标是要把这个游戏玩得比他们更好。我的目标是做一些自己的事情。"

教练这一刻什么都没说，只是看着你，非常安静，然后说："作为一个置身于这个游戏中的人，我会给你一些建议。"

这次是你后退了几步，大写的惊喜写在脸上。

那人低下了下巴，眼睛也不眨。当他说话时，他的声音很刺耳，但很低沉，不是很友善。"阿尔蒙，不管你内心想要做什么、得到什么——都要把它们放在心里。永远不要对任何人说一个字。要知道，你必须是个魔鬼，才能在地狱里与魔鬼搏斗。但你已经不在地狱里了，孩子。你现在在肯塔基州。他们已经开始叫你黑鬼了，别让他们管你叫魔鬼。"

你仍在努力理解这个死里逃生的瘦小的男人，然后你理解了他的话，让它们像块石头一样沉到你的肚子里。你终于点点头。"是的。"发出呼气的声音，"是的。"

空气很清新，男人几乎悲伤地笑着。"所以，你有真正的天赋。我认为，你想待在真正有雄心抱负的人管理的马场里，而不是一些业余的外行人的马场里。"

"没错。"角斗士一般的话，但羞耻感在你的脸颊上燃烧起来，你并不知道业余的外行人意味着什么。

"嗯，我只知道这个地方。佛格经营的农场正在招人，他们的明星马正在崛起。"

现在——这些——就是你想要听到的。

373

◆

  由于记忆是头脑的一种能力，而头脑是人最重要的东西，这就是为什么流浪的激进者会说，不要受自己摆布。爱我胜过爱你的父亲、母亲、妻子、孩子、兄弟姐妹——甚至胜过你自己的生命。

  侍僧向大师说，我的思想总是困扰着我。大师说，如果你能把你的思想给我，我就能修好它。但当侍僧准备去给大师他的思想时，他却找不到它，他因此被启迪了。但是那天晚上，当他躺下来去睡觉的时候，侍僧感受到了妈妈伟大的爱。他丢掉了他的启迪，庆幸得到了解脱，第二天早上起床后去了市场。

  这条路——嗯，很难找到词去描述它，因为它是那样的一条路。

◆

  小马驹只知道吃奶和玩耍。它用它那叶子般柔软的蹄子懒散地抓挠它的新耳朵，在茂盛的猫尾草上一阵阵地跳来跳去，在障碍物旁边飞奔，咬一咬自己的长尾巴和前腿。在每一处都能听到它稚嫩的歌声。

  但它不会让亨利靠近。

  当他走近时，小马驹警惕地站开距离，它的耳朵又大又尖，像两根细刺。他伸出手，摆出给动物提供食物的手势，想要去驯服它，它在恍惚中松懈了下来，侥幸地走开了。然后，就像意识到了一个新的游戏，它慢了下来，在小牧场的中央转过来看着亨利，带着一种魔鬼般的喜悦。它站在那里，如此美好而充实，它带走了亨利的呼吸。

  所以："汉丽埃塔！"

  这似乎是他这些日子的生活中的副歌。就是这让世界运转起来——男人追逐女人。他总是在追逐他的女人。

他走过一排马房,那里现在都空着,种母马们都在南边的围场里,围着它们的小马驹。马厩里散发着马身上麝香和老旧油皮革的芳香气味。这个地方很安静,没有马夫,没有生意,没有女儿。

"亨利——"

他们迎面碰上了,他和那个在他的马厩里游荡了四个月的人。他们从来没有说过话;他引起了一场争吵,这是佛格家从未有过的。亨利先开口说,他不再被他年少时所感受到的热血而禁锢,但他反对这种机会不平等的新世界,一个雇来的人是不会被解雇的人。在他父亲的时代,在旧的统治之下……

"我女儿在哪里?"

"我是阿尔蒙·肖内西。"

亨利对那张严厉的脸感到厌恶,那人眉毛下垂着,眼睛一眨不眨。湛蓝的天空下,他大声喊道:"汉丽埃塔!"阿尔蒙利用这一刻打量着他。浓密的棕褐色羽毛状的眉毛,四四方方盒子状的下巴。一件随意而满是褶皱的蓝色亚麻衬衫,一件棕色皮夹克,有束带的卡其裤。穿着很好的衣服活动在动物的周围。就好像钱是水一样,能无限供应。

"您需要什么帮助?"阿尔蒙说,他挤出来的声音耗尽了亨利的耐心。

"我不需要你的帮助。"他刻薄地回应道,"我有一匹神经兮兮的小马驹,我需要把它绑起来——我正在找我的女儿。"

他朝着种母马马厩的方向扬长而去,但他的心却为他的嗓音而烦恼。他不能忍受那个男人的城市口音。就像他的女儿拿了一支马克笔,在他农场的中心画了一条黑线。

他没有找到她,当他再次沿着种母马马厩的方向转过来时,他的嘴里念着她的名字,突然停了下来。一开始,他认为那个人在伤害他的小马驹，要紧紧勒死它。但他不安的想法停下了，他意识到阿尔蒙正把它抱在怀里，就像仅仅是在等待被套上马笼头。教科书一样的手法。

"我抓到了你的小马驹。"阿尔蒙说。慢慢地，亨利悄悄回到了牧场，缰绳悬在他的身边晃来晃去。他的眼睛盯在那巨大的双手上，那手把身材瘦长的小马驹关进笼头，甚至都没有用力，因此小马驹十分从容、安静。

亨利眯起了眼睛："你与小马驹一起工作过吗？"

阿尔蒙摇了摇头。

"嗯，它们是婴儿，不只是一匹小马。"现在，亨利走了进来，紧接着就进行了一场关于他们身体的小型比赛，他们的影子纠缠在一起，但阿尔蒙没有退缩，保持着对马的控制，从亨利的手中拿走了缰绳。"让我来吧。"

"你需要两双手。"

"我可以的。"

他做到了。他放开了小马驹，但它没有跑开，而是静静地站着，像一个柔软的没有意志的雕像。阿尔蒙把尼龙带子套在它瘦长的鼻骨和下巴上，把皮带扣从头骨后面固定住。小母驹好奇地站了起来，阿尔蒙用一根手指宽度的肚带确认了一下，它摇摇头，好像是在测试它的新约束的持久性，然后跳了起来，它的鬃毛就像微风中的旗帜。

阿尔蒙直起身，他的表情无疑是得意的，几乎是沾沾自喜的。亨利把自己颤抖的手臂交叉放在胸前，他的声音低沉而愤怒，"我想让你看看那匹马，年轻人。"

他慢慢地转身，身上带着一种漫不经心的漠然；尽管如此，他还是转了过来。

"你正看着的那匹马已经二百五十岁了。"

阿尔蒙双眉紧蹙。亨利继续说，"那匹马从荒野之路中走出来，那是一条死亡之路，它开辟了你站立着的土地，建造了我所居住的房子，孕育了它自己。它有资格——你能理解我么——因为自身的历史而有资格存在于自己的肉体中。如果你没有得到我的许可，就去看护我那二百五十岁的马，你就可以和这份工作吻别了。你明白我的意思吗？"

如果亨利是在寻找恐惧、一种被吓住了的情绪，他并没有找到。只有一种更加深入的专注，仿佛这个人是为了某些亨利不知道目的而去记住他刚刚讲的话。

这使他的声音变得愤怒起来："你听明白了吗？"

"是的，当然。"他漫不经心地答道。

亨利的声音十分坚定："让我说清楚。我女儿雇的你。我不会。我对罪犯不感兴趣。"

那坚定的表情没有任何变化。

亨利勉强笑了笑。他的话十分不友好："你为什么还在这儿？你要干什么？"

他的头几乎察觉不到地倾斜了一下，仿佛被他的问题惊到了，阿尔蒙惊讶地说："我想得到你现在拥有的。"

亨利轻蔑地笑了。他挺了挺身子，完全展示自己的身高："我用我的一生创造了我的声名。这是我最宝贵的东西。"

"那我用我的余生去创造我自己的声名。"

没有停顿："你不可能从一无所有中获得声名。这就是你需要知道的。"

亨利就这样带着他有钱的双腿双脚走开了，阿尔蒙只是站在那里看着他离开。在他们身后，小母驹不停地摇着头，试图弄清缰绳的本质。

◆

他差点在一次新秀训练事故中丢掉脑袋，但这却让他准确地找到了自己的位置。他正在狗吠声中清洗"阿刻戎"的后蹄子——它顿了顿脚，把整个腹部的重量压到阿尔蒙身上，他重重地撞到马厩的围墙上，这是他从幼时以来第一次眼冒金星。他甚至没有意识到自己爆发出的哭声，直到他感觉到从太阳穴流下来的血迹把温暖和潮湿浸透到他脖子的马球衫上。

在接下来的一瞬间，他本能地从有危险的地方爬出来，用手摸着颈部的衣领，匆忙走进了过道。汉丽埃塔把他拉了过来，仿佛他只是她举着的一块木板。他的体重不是轻量级的，她很苗条却有着疯狂的力量。

"你能走路吗？"

他转过身来，但她的表情却因他吓人的瞳孔扭曲了。他摇摇晃晃地走了一步。

"我们到外面去吧，"她说，"去呼吸点新鲜空气。尽量不要留下血迹。"

她把一只胳膊搭在他的肩膀上，带他走出马厩，走进可怕的、耀眼的日光里。阿尔蒙几乎无法睁开眼睛。他们没有立即停下来，当他感觉到他们走向停在马厩墙壁影子中的白色农场卡车时，他开始反抗了。

"我送你去医院吧。"汉丽埃塔说。

阿尔蒙没有回答；他只是把他的胳膊从她的手中抽了出来，背靠着马厩的墙壁，无意识地用头敲着木板，以令人讶异的方式呼着气。

"哇！"汉丽埃塔说，看着阿尔蒙靠着墙壁上的谷穗慢慢坐了下来，艰难地呼吸着，仍然在流血。当他沉入覆盖物时，他身边挤满了明亮的金盏花,就好像他陷了进去。

"我不去医院。"他说。

"你应该去。"汉丽埃塔抑制住了自己想说的话,没再说什么,我们必须保护你。她被他汗水强烈的气味和身体中潜伏的麝香味道搞得心烦意乱。

"不!"

这个词从他身上爆发出来,像树皮一样坚硬而冷酷无情,但他脸上那出乎意料的表情却让她感到惊讶——恶狠狠的,但却带着一些神秘,一些愤怒。没有必要再争论了。于是,汉丽埃塔不知所措地坐了下来,把他的脸埋在她手里。当他试图挣脱时,她厉声说,"别动!"然后又温柔地说,"你的划痕有些深。我想,要么是'阿刻戎'撞到了你的鼻子,或者是你撞在了墙上。不管怎样,明天你都会有黑眼圈的。"

他一脸不以为然的表情。

"所以,你需要止血。"

她动了下想要起身,他用拳头把他的马球衫卷起来按压到脑袋的一侧。他腹部的皮肤暴露在凉爽的空气中,不一会儿他就起了鸡皮疙瘩。

汉丽埃塔保持着半起身的状态不知道该怎么办,但随后在他身边坐了下来,她的前臂放在膝盖上,手指撕拽着有漂亮边缘的蕨类植物的叶子。好长一会儿,他们就只是坐在阳光下,直到她说:"你厌倦我们了吗?"

"谁?"他喃喃地说。

"南方人。"

他有点晕,不知道她在说些什么。他紊乱的呼吸刚刚回到正常的节奏。

"我们非常烦人,"她看着他们的一匹小马被一个长期雇员带出了围栏,说道,"如果你能听我们吹牛超过十五分钟,你就是圣人。但那都是些风马牛不相及的事儿。"她从一侧看着阿尔蒙。"我告诉你一个小秘密:我们只是正在逐渐消失的生态系统中一个不稳定的物种。一个被征服的疆域。南方人唯一拥有的权利就是永不原谅,永不忘记。这没什么价值。"

阿尔蒙闭上眼睛以避免恶心。汉丽埃塔却将之看作是他在全神贯注地、默默地倾听。

"老实说,不过,"她说,"我认为北方人比南方人更糟糕。他们认为他们比我们好,因为他们生存在最差的环境中,他们认为南方人有宗教障碍。他们无知而且傲慢。另一方面,南方人很清楚地知道他们是无知的;但问题是他们引以为傲。"她清了清嗓子,"我妈妈想得很对——她只是离开了这个国家。"汉丽埃塔低下了头,这么些年后,她们之间不仅仅只有被大洋相隔的距离。每月的通话是它的高度和宽度。

如果她不打算停下来,他也不妨从中得到一些东西。阿尔蒙说:"你父亲是什么时候得到这片土地的?"

她叹了口气,用双手捂住头,疲倦地看着围场:"很久,很久,很久以前的事了。"

他小心翼翼地说:"他是个什么样的人?"

她恼怒地看着他。她不想谈论她的父亲。

"问我为什么要做我做的事。"她突然说。

"你什么意思?"他试图转动头部,但被疼痛淹没了。他放弃了,继续把马球衫压在太阳穴上。

"你认为,为什么我要做我所做的事情?"

阿尔蒙没有犹豫:"因为你的家庭。"

"不只如此,"她说道,耸了耸肩,"也许是因为,我父亲不想让我去上大学,而我妈妈把我留在了这里,我自己也不知道该怎么做。"她又叹了口气说,"你知道我爸爸是个大种族主义者吗?"

阿尔蒙微微摇了摇头,几乎从一种全然不同的不适中笑了出来。

她耸了耸肩:"他来自不同的时代。我们不都是他那样的。"

阿尔蒙用尽他所有的力量和自制力不让自己翻白眼。哦,男人、白人女孩和他们的……他的思想停了下来。他远远地看了会儿房子。这些信息就像他的口袋里的一把小钥匙。

他沉默了很久,就好像忘了汉丽埃塔似的。她咬着她粉红色的嘴唇,她的表情有些烦躁。然后她朝相反的方向看,避开围栏和马匹,向着有生产力的东方望去,土地就像被遗弃了一样凌乱。她含糊地表示:"过去这里是荒凉的。现在是绿色的。"

绿色,正是!他到农场的第一天就像一匹白色的旋转木马一样到处转动:绿色损害了他的眼睛,就像正在伤害它们一样;一切都是黄绿色的,到处都有树木、花草和小溪,这么多……绿色。这些人——像她一样的人——只要想去就可以随时走到那绿色中去,因为他们拥有它。绿色是洁白的。

"你还觉得痛吗?"她说,伸出手来,以一种他俩都不熟悉的姿势轻轻抚摸他的肩膀。

他突然大笑起来,她大吃一惊。不是轻声的笑,而是一种从咳嗽声转变为粗糙的声音。他的肩膀颤抖着,泪水突然涌上了他的眼睛。

"怎么?"她小心翼翼地说。

"你觉得这就是痛吗?"他说,"狗屁。让我告诉你吧,当我在里面两个月的时候,我看到我旁边的一个人被杀死了。就像你我现在的距离。我们正沿着大厅往院子走,几个家伙回来了,我前边的那个兄弟迈出一条腿,把一个家伙的肚子切开了。左右上下,切开他的肚子，内脏都出来了。"

"耶稣啊！"汉丽埃塔低声说。

阿尔蒙甚至没有注意到，"你的内脏并不像你想的那样红。它们是灰色的，而且不大。"

然后，发生了两件事：他意识到汉丽埃塔正盯着他，她的目光就像没有阴影的灯泡一样明亮；他想起了他的誓言，关于他的生活他绝不会吐露一个字。他闭上眼睛。她说，"你的生活很艰难。"他很吃惊。

在他的生存背景下，这是一次荒谬的谈话，本应该让他生气，但却没有。很简单，很真实。她伸出手，把马球衫从他的伤口上取下，检查出血的情况，他没有睁开眼睛，但也没有反抗。她说："你知道达尔文是谁吗？"

现在，他睁开眼睛，从侧面看着她。

"对，对不起，"她清了清嗓子，"嗯，有一个关于达尔文的故事总是在我的脑海里挥之不去。你知道，他提出进化论的部分原因是他研究了加拉帕戈斯群岛的雀类。但是，当他第一次来到查塔姆岛，这真是一件比任何东西更令人失望的事情。在他看来，那里就像……一个熔炉，像一个地质学的熔炉，似乎被剥夺了生命。由于空气中有灰尘，主要是蜥蜴居住在那里。但正是在这个地狱般的地方，他第一次受到了震撼，他发现了人类认知史上最好的想法的答案。生命的答案。"

阿尔蒙仔细听着，但汉丽埃塔突然耸了耸肩，望向了远方，就好像她泄露了一些太隐私的东西，她现在觉得自己很愚蠢。

"看来你已经止住血了，"她突然说，"你可以去办公室弄一件干净的衣服。如果你需要休息一天，也没问题。"然后她站起来，突然转向那甜美的、有南方魅力的财产——马厩就像夏天的柏油路，像在溪流中闪闪发光的硬币；当然还有房子，孤立的，沉浸在晨光中，骄傲而完美。一件建成的能持久的东西，它的内部是怎么烧制而成的呢。

"嘿！"阿尔蒙喊了一声，坐得更加挺直，突然的动作使他的鼻子和前额像受到了一次新的打击。

汉丽埃塔转过身，放低了头："什么？"

"改日你应该再来和我聊聊。你应该有一些有趣的事情要说。"他微笑着，这是她第一次看到他脸上露出笑容，尽管带着些不安。

◆

他从田野的对面，从远处马厩的尽头，从下一个围栏，一直注视着她。当她转过身去看的时候，他没有转身离开。

◆

路带着她那温柔的双手和令人心安的声音再次来到这里，检查小马驹颈部关节处的肌肉，触摸它毛绒的下巴，警惕地转圈，探索它嘴巴的深处，然后又回到下巴处光滑的肌肉上。但是，除了不可否认的优秀的事实外，什么都没有发现；小马驹的状态非常好。口腔的问题根本不是问题，只是一种抽搐。

然而亨利却感到不安。路离开后，他把汉丽埃塔叫下来，有些烦躁不安，坚持要她自己看。

他说："它的牙齿很完美，咬合很好。但是看看这儿。"

汉丽埃塔看着这只出生将近九十天的小马驹，把它转到一边，目光聚焦在它棕色的眼睛上，然后摇了摇它的头。它的嘴唇卷曲了两次，然后松了口气，几近滑稽的呼吸。

"天哪，"她说，"它在磨牙吗？它痛苦吗？这些近亲交配的马——"

"不。路说它只是在活动嘴唇和下巴。"

"也许她只是说说而已的。"

"我不喜欢它,"亨利说,双臂交叉在胸前,"我不喜欢它直到现在都还没有名字。"

汉丽埃塔脸上露出了笑容:"为什么呢,亨利·佛格,也许它想和你谈谈。"

"它需要一个好名字。它会变成一头野兽的。"

"我想知道它在说什么……"

"'英勇王者'是强势的,'纳斯鲁拉'是很野蛮的,所以——"

"哦!"汉丽埃塔笑着说。

它是"地狱之巫"和"秘书处"生出的小马。

它是"秒之神速"和"二次机遇"生出的小马。

它就像桑图斯,阿喀琉斯的战马一样。

"这是'地狱之口'。"父亲说。

"我们就叫它'地狱之口'吧。"

汉丽埃塔并没有等多久,这本是自然规律。他的毛皮黝黑,条纹顺滑地紧紧绷在柔软的肌肉上,整个神经系统向四面八方辐射着;他充满生机的骨骼,满是矿物质和骨髓,贯穿于如红煤层般的肌肉;骨头整整齐齐地塑造了他六英尺的体形;坚硬的头盖骨前额下是一双金色的眼睛,二十二根骨头整齐地堆叠着,就像是人们手工码放的一样;脊柱弯曲,犹如鸟翅般的肩胛骨,锋利的锁骨和钟状鼓起的肋骨;长长的垂坠着的前臂;他的腿脚简直是被四层肌肉包裹着的杰作;长羽状肌沿胫骨,紧紧地包裹在修长的大腿上;盆骨虚虚实实,生殖器官经由肌肉、韧带和纤维牵引着,悬挂的阴囊、囊泡、前列腺和尿道球腺;阴茎的鞘根,勃起的阴茎,傲人地挺立着,在黑暗之中,仿佛有数以万计的精液在等待着进入温柔而永恒的隧洞。

她发现他坐在鞍具房里一张老的芥末色长椅上,头顶上裸露的灯泡直直地将光线射向他的身躯,在他脸上刻下巨大的阴影。破旧的马鞍毯上四处摆放着马具。一桶有浓重气味的润滑剂敞开着,阿尔蒙把手伸了进去,挖出白色的油脂,然后把它们涂抹在破旧的、因为缺乏湿润而干裂的缰绳和马鞍上。

在她把一个空的饭桶倒下坐在他对面时,她看到他正在摆弄缰绳的鼻带。他瞥了她一眼,看到了她那焦土般的眼睛,感觉到她的身体比其他人的更加炙热,这不禁让他的脖子上出现了微汗。

"你的工作做完了?"他本打算把一些自己平时积累的有趣事情告诉她,但却发现一个也讲不出,他的自信心开始慢慢动摇了。

"是的。"她说。他慢慢地点了点头,继续专注于他的工作;但她直勾勾地注视着他,并清晰地意识到他的呼吸开始变得不均匀了。

"问你个问题。"她说道。

他等待着,肩膀上的肌肉紧绷,双手渐渐感到麻木。一种预感使他背上的神经紧张起来。他一直在寻找的是这种感觉吗?

"你已经和我父亲相处了一段时间了,你认为他最想要的是什么?"

这并不像他所期待的。他抬起头,疑惑地看着她,好像她刚刚讲了个谜语一样。

"告诉我,作为一个刚刚遇见他的人,他想要留下遗产?家庭?还是其他什么?"

阿尔蒙停下了手里的所有工作,认真思考着她的问题。他静静地说:"遗产,他希望人们记住他是一个伟大的人。"

汉丽埃塔叹了口气:"为什么男人总是对这些这么在意——在意到他们愿意去为自己的兄弟姐妹甚至自己的母亲养马呢?"

"你需要承担风险，"阿尔蒙说，"因为遗产是永恒的，它们可以带走你其余的一切。"

汉丽埃塔微微一笑，在她通红的脸颊上几乎没有痕迹："你错了。它们同样可以拿走你的遗产，这个世界上没有任何东西是永恒的。"

他僵在了那里，刚要说，你根本不知道你他妈的在说些什么，你不知道你说的这个话题有多沉重。但他还没来得及决定闭嘴，她就已经有些不耐烦了，站在他身边的灯光下说："你知道我想要什么吗？"

他们两个同时朝门口瞥了一眼，确认门口没有人。她发现有一个空隙，所以向他走了过去。

她说："人们一生都在追求那些自始至终都不会带给他们快乐的东西——陌生人的赞美，这简直是在浪费生命。"

他抬头看了一眼，吓了一跳，她的臀部缓缓下降，凝视着他眼睛因为凹陷而产生的阴影，阴影使她兴奋不已。她说："做爱的时候，我最喜欢三件事。我喜欢你阴茎进入我身体的那一刻，我可以感觉到一切——一切——都是那么强烈。男人总认为女人没有太多的情感，但事实上并不是这样。这是男人自己对自己撒的谎言。"

阿尔蒙的手停在皮革上。她发现他几乎屏住了呼吸，脖子在微微颤抖。

"把它给我。"她拿起缰绳说。过了一会儿，她站起身来，转身向后靠在他的膝上，温柔地夹住他的双腿，依偎在他的身上。她把缰绳放在一边说："我喜欢的第二件事就是像这样做爱。"她轻轻地摇晃着，听着他急促的呼吸声。他在她身底下反应很迟钝，仿佛他所有的神经都被切断了似的。"我喜欢这样，因为当我这样做时，我能感觉到你的龟头对抗着前面，"她缓慢地在他身上摇晃着，"我会一直这样直到你求我，你他妈的求我，让我用力去 × 你，你要试着进入得更深一些,但是,即使你求我,求我更深地 × 你,我也要就这样浅浅地 × 你。还有这样——"她强行把他的双手塞进她的衬衫,胸罩柔软且充满弹性,只要稍微一拨就可以推到一旁——"你他妈用力抓住我的乳头;不,整个抓住它们,我喜欢这样——用力地抓我——"她抓住他的手,强迫他用力抓住自己的乳头,她更疯狂地晃动,她说,"——当我告诉你我需要你的阴茎时,我会让你深深地 × 我,但是只在我这样要求的时候。"

她完全向后靠在他身上,把她的脖子缠在他的身上,这样就可以闻到他的气味了,他那充满家庭感的自然气息充斥着她的鼻孔。她的呼吸越来越急促,说道:"我就喜欢这样。"

她站了起来,调整好胸罩的位置,往下拉了拉衬衫,转身把缰绳递给他。他一脸迷茫地接过了缰绳。

"我正在寻找我喜欢的第三件事情,"她说,"的确需要等待一段时间才能找到,但你要相信我,并不需要等多久。你呢,你想要的是什么,阿尔蒙?"

他直视着她的眼睛说:"你。"眼光中充满了真诚,没有一点谎意。

◆

饥渴,跟其他任何欲望一样,都只是得到了暂时性的满足。这就引起了人们对满意度可靠性的质疑,这种现象是否存在?我们吃的任何食物,甚至比我们的爱人更加了解我们。它们不仅进到我们的嘴,还进到食管、胃、消化道、上下结肠、括约肌。我们渴望的一切,最后都要排出体外。

思想,应该也必然像脑海里一个巨大的磨盘,世上所有的细枝末节都会被它磨得粉碎,然后慢慢消散。而磨盘将会永远旋转下去。

杏仁核是情绪元素的所在地。它的形状就像个杏仁,位于前额头盖骨还有眼睛的后边。当它感知到威胁时，会瞬间分泌一系列激素用于逃跑或者战斗。

但作出反应之前，在参与到白热化的战斗之前，会产生一个短暂的暂停信号将身体冻结，大脑皮层反应缓慢并没有意识到危险的存在。在停顿中，身体聚集能量，自我准备。虽然没有任何行动，但这种平静的状态只是暂时的。

爱有时候看起来跟饥饿很像，但它们有着本质上的不同。很难用语言去描述，甚至可以说语言是人类的坟墓。

◆

阿尔蒙钻进了黑暗的隔间。他一直待在那儿，看着仆人生起火，烧了点东西，然后火光渐渐熄灭，沉入黑色的盆底。

你怎么在这儿？亨利问。

阿尔蒙抚摸着它柔软瘦弱的头颅，毛茸的耳尖，它摇晃着粗壮的尾巴，阿尔蒙小心地抱着它，尽量不去碰它那精美的脖子。他弯下腰，小心翼翼地抱着它的胸部和臀部，就像第一次给它套上缰绳的那天一样，尽量不给它带来一点负担。虽然这会给他的后背带来很多不适感，但动物是温暖的，无私地奉献着自身的热量，它变得好奇起来，将自己的脖子扭向他。阿尔蒙感到一股热流围绕着他，甚至有那么一刻，他忘记了怀里动物的重量。怀里的重量开始慢慢增加，直至可以将他压碎。突然，他又沉浸到了无尽的悲痛中：他愿意付出一切——一切——只希望母亲能够回来两分钟，一分钟，哪怕是三十秒！一切！如果能够再一次握住母亲的手，哪怕被他们砍去双腿也在所不惜。失去了母亲，一切变得毫无意义，他就像行尸走肉般存在着。

他抹平了脚下的沙石，感觉热浪慢慢消失了，正如他早就料到的那样。他缓缓地站了起来，眼里充满了沧桑的泪水，倔强地没有让它们流到脸上。他为什么会在这里？去触摸他那些已经被偷走的，不被允许碰触的情感。

◆

工作还是要继续，时间会小心翼翼地把你所有的情感包裹起来，努力让你看起来波澜不惊。因为红发薄唇女孩的到来，未来在某种程度上开始与她有关。有趣的是，想要做好这一点，在表达每种情感时都很困难。两个人都有着对方所渴望的东西，这不禁让荷尔蒙充斥你的身体。你看着那能够让你放松的房顶，发觉自己的阴茎慢慢地在睡袋里勃起，荷尔蒙的味道，闻起来就像放了几个月的麝香所散发出的特有的味道。在门外扭动腰肢的是老板的女儿？雇主的女儿？还是主人的女儿？他甚至不知道该怎么去处理这必须要处理的事情。但他清楚地知道，这个女孩可以解决一切。

他用低沉的嗓音问道："你爸爸在哪儿？"

白人女孩耸了耸肩，像是要抖落肩上的重物一般："我又不是我父亲的跟屁虫。"

她把胳膊圈在阿尔蒙头上，把他拉了过来，拉到她的身体附近。当他弯下腰仔细看着她时，他屏住了呼吸。他想知道，一对正常的男女会怎么做。他小时候曾亲吻过一些女孩，可那时候的他笨拙而害羞。现在看起来仿佛像那么一回事了。这听起来不是很美妙，但却充满了无穷的魅力。直到她把手滑下来放到他的睡裤上，他的注意力都集中在那里，他才开始一心考虑，是时候把自己交给对方了。但无论她如何抚摸他的阴茎，它仍然像鼹鼠般柔软可爱。然后这个马夫，这个狂热分子，这个评估师真的会去做他的工作，他的思想会随着他的努力而爆发；他是一个男人，他觉得自己应该把钱放进她的钱包里，把奶油放进她的杯子里，把戒指戴在她的手上。她把他的手放在自己胸前，但她的身体却异常冰凉，他试着把手缩了回去。也许是因为他的身体已经颤抖了几分钟吧，但她那晶莹剔透的面容一直凝视着他，表情开始不断地变化，从开始的困惑到模糊、到怀疑、到惊愕，最后到愤怒。他呆呆地说，"我不知道为什么我……"她凝视着他问道："这一直以来都是你的困扰吗？""不，我……这不是我的错，我不知道。"她松开她的手，脸上充满了敌意："你觉得是我的错？你是同性恋还是……？"

她不知道这句话对一个活在过去的人意味着什么。他的手臂、他的自我防卫、他的武器伸出手把她推了回去，把她钉在了风一吹就会嘶嘶作响的墙壁板上。不要伤害女人、房子、马匹，还有自己的机遇。白人女孩贴着他的脸，一字一句鞭打着他。"你知道像你这样的人有什么样的问题吗？"她吐了口口水说道，"自怜。总认为一切都是别人的错。"

"我这样的人？"他抬起背部怀疑地说，"像什么人？黑人？你知道像你这样的人有什么错吗？你们都是自大的天生的种族主义混蛋，但你认为你不是！你太瞎了，你不知道站在你面前的是半个白人！像我这样的人！"

她嘲笑道："对不起，如果你看上去不是白人，你就不是白人，至少在现在这个愚蠢的世界里是这样的。"

你了解什么是真正的愤怒吗？这就像一团火，一瞬间从你的脚底烧到了你的头顶。他知道什么是真正的愤怒，但她却不知道。他像公牛一样低下了头，瞪着她。他咆哮道："去你妈的。"这不仅仅是咆哮，是混乱，这是从内心生出的、深深的、不共戴天的仇恨。毋庸置疑，这不禁让她连连后退，就像感受到了前所未有的暴力一样，她脸上的愤怒突然消失了，取而代之的是无尽的恐惧。说完他就开始后悔了。"真是狗屎！"他说道，"汉丽埃塔。"他把手伸向她，因为他有成百上千种不同的需求。但为时已晚。她已经转过身去，复杂的情感在她的脑海中不断地酝酿，就像胃疼一样纠结，她决定不再接触他，但并没有做到，并没有坚持几个月。

◆

时间的车轮滚滚而过，转眼到了夏天。汉丽埃塔和阿尔蒙负责在一年一度的销售日前一天送一些两岁的马去训练中心。这是一个阴雨的周五早晨，连绵不断的雾遮蔽了建筑的轮廓，马、马夫和骑手们似乎被蒙上了一层薄薄的面纱。这种天气会让人变得很平静，他们就像图书馆管理员一样安安静静地被雾霾包围着。这场雨很狡猾，从没有下大过，可是总是向人们暗示着自己的存在。与此同时，湿蒙蒙的水气持续不断地向屋内侵蚀，透过地板湿透了屋里的干草，甚至让坚硬的混凝土开始变得危险起来。长时间的阴雨形成的小水沟不停地将一些杂草和粪便冲到门前和墙角。尽管天气并不冷，可是马夫们还是颤颤巍巍地工作着，马匹们看起来就像落水狗一样可怜。

窗外的世界是那么绿，给人一种绿得很轻率的感觉。绿色的树叶挂在树枝上，就像长满了绿色苔藓的硬币悬挂在渔网上。这不禁让汉丽埃塔想起她和父亲一起在爱尔兰库摩马房的考察之旅。每个人在谈及爱尔兰无与伦比的绿色时，都会认为这是一种打破常规的颜色，要比肯塔基的绿更加美丽动人。

到达训练中心之后，阿尔蒙将小母驹一匹接一匹地从车上卸下来，他并没和汉丽埃塔进行不必要的交流。他们长时间里保持着一种仅仅是合作的关系，即便在双目交汇时，目光中也没有包含着过多的温情。如果汉丽埃塔交流的愿望没有消失，那它一定是陷入了沉睡之中，似曾相识般地消磨着过往的棱角。

汉丽埃塔一直在卡车旁等着阿尔蒙回来，直到雨从稀稀拉拉地滴落变成了瓢泼般倾倒。她跑进卡车的驾驶室重新发动了引擎。这时传来一个犹犹豫豫的声音："佛格小姐？"

她转过身，发现是一个体形纤瘦的家伙。我们不能从他的相貌中判断出他的年纪，但是他的脸上留下了因为长年累月在马厩里工作的痕迹，杂乱的金发遮挡住了他浓密的眉毛，却没有遮挡住他那充满紧张忧虑的眼神。

"你是？"她大声问道。

"我，嗯……"他慢慢钻进了驾驶室，"给你看样东西。我是托尼，在你家的马场工作过。"

"你想给我看什么？"

他把手伸进了牛仔裤的口袋里，用头示意说："在训练中心的另一头，开车过去没几秒钟。"

"另一头——"她说，"什么东西？我现在很忙。"

阿尔蒙的声音打断了他们的交谈："怎么了？"

"天哪。"托尼吃惊地说道，他被阿尔蒙的出现吓了一跳。他不断地打量着他们两个，犹豫了一下之后决定坚持他的决定。"听着，"他说，"我要把这个……情况，告诉给一个能去做点什么的人，告诉一个女人，你知道的。"

在周边的喧嚣中，汉丽埃塔发现自己被男人激光般的目光注视着，"好吧——"她扫了一眼阿尔蒙，他茫然地耸了耸肩，"好吧，"她说，"但我们没有太多的时间。"

他点了点头。"十分钟后在兰德路的公众入口见。"

两分钟后，他们开始在训练中心的另一头无聊地等托尼出现，看着下水通道慢慢被柴草和飘落的树叶填满。浓密的乌云慢慢向前移动，仿佛空气本身就在呼吸。光透过云层，发现一切都是湿的，每一片草叶都被照得通亮。正当阿尔蒙在寂静中慢慢变得不耐烦的时候，沉默寡言的托尼出现了，他满脸通红，裤腿在奔跑的过程中被打湿了很大一片。托尼站在那里，汉丽埃塔把车熄火，阿尔蒙也从副驾驶坐上滑了下来。

托尼扶了一下他的球帽，擦了擦前额说道："我要给你一匹马。"

汉丽埃塔一脸迷糊地问道："马？"

"一匹被打的马。"

"为什么？"阿尔蒙一边问，一边把头发甩到了脖子后边。

男人点了点头说："你知道麦克雇的新练马师吗？就是那个带着喇叭眼镜从加利福尼亚来的家伙。是的，他昨天把一匹马打得不轻。'小提姆'，我们不能让它在这里了，它咬了我们这里所有的工作人员。这家伙他妈的用一切能用的东西来打它，把它打得头破血流，两眼间全是血迹，我如果当时站在旁边，一定会被震撼到。你知道吗？"

汉丽埃塔没有说什么，并不太愿意相信眼前这个男人。男人向阿尔蒙指了指，然后三人一起朝着马房后边的外屋走去。

"真是疯了，"男人说道，"在它蹲着的时候，那个家伙咬了它的耳朵。"

"什么？"汉丽埃塔露出尴尬而面无表情的笑容，阿尔蒙严肃地看了她一眼，她的笑让他胃不舒服。

"你不知道有种很传统的做法？想让一个肚腹绞痛的马站起来，一般人会拽它的耳朵，只不过他咬了它的耳朵而已。"

他们站在一个汉丽埃塔和阿尔蒙从来没有见过的白色石制马房前，这儿离训练中心泥泞的道路很远，中间隔着存储干草和谷物的房子。很明显马房没有被使用，肮脏的石墙上白色的油漆剥落了下来，散在满是干草的过道上。托尼向四周看了一番，把他们带进潮湿阴暗的马房里。破旧马房里满是湿木的味道。前边三个马厩里边没有任何东西，直到第四个马厩才有一匹马。他们小心翼翼地走近它。听到他

393

们的脚步声,这巨大的生灵开始挣扎着发泄自己的紧张情绪,不停地在角落里颤抖着。它深深地埋在干草里,后腿弯曲得很厉害,好像想把自己逼到一个仅有自己一半大小的箱子里。

男人在一旁无助地指了指。

汉丽埃塔根本看不到马的前面。它的臀部在颤抖,腿在颤抖,身体两侧在颤抖。在汉丽埃塔的印象中甚至它的蹄子都在颤抖,像瑟瑟发抖的牙齿那样。它根本不像种动物,看起来更像由恐惧组成的一支可怜的不和谐的乐队。

阿尔蒙跳了回来,他的手臂弯曲,把嘴巴埋在了胳膊的关节处低声说:"我的天啊!"这甚至是到目前为止他见过的最为严重的……

汉丽埃塔僵在了那儿。"嗨!"她压低呼吸声轻轻地跟它打了声招呼,过了一会马停了下来,把头从角落里转过来,寻找那温柔的女人的声音。但是当它看到他们的身影时,它充满了畏惧,开始不断地挣扎,以至于鼻子都撞到了墙上。在它将头颅转过来的一瞬间,它惨不忍睹的面容也显露无遗。耳朵被撕裂了,嘴唇破碎,充满血丝的眼睛肿得像变质的水果。你能见到的每一寸皮肤上都密密麻麻地布满了黑色的针脚。

"我他妈的上帝啊!"阿尔蒙叫道。

汉丽埃塔被深深震撼到了,站在那里一动不动。

"是啊!"男人说道,"我只是站在这里看了一眼,就难以把它从我的脑海中抹去。"

阿尔蒙慢慢地从它带给他的惊讶中恢复过来,缓缓地放下举起的手臂,指着粗糙的针脚问道:"这他妈是哪个兽医缝的?"

男人只是摇了摇头苦笑:"驻场兽医缝的。他们把它带了回来,因为训练中心都没有检查过,总共三百零七针。"

"这匹马活不下去了。"阿尔蒙说。

"是的。"

"肯定是有人故意的，"汉丽埃塔说，"麦克知道这件事吗？"

"他不知道，他在比赛季很少过来。"男人紧闭着嘴唇，好像是想防止声音从他的嘴里逃出来一样。他们站在那里，盯着被打坏的马屁股，还没来得及悲伤，突然听到一个男人的声音越来越近。阿尔蒙本能地抓住汉丽埃塔的手臂，他们从进来的门口冲了出去。为了不被发现，他们躲到了冬青林后面，所有的光线几乎都被遮住了，然后朝着雪佛兰的方向跑了半圈。

当他们回到卡车旁时，男人说，"停下吧。"然后他坐了下来，从他的后口袋里摸索出被弄坏了的香烟，将它点着了。汉丽埃塔站在他身边时，他并没有说什么。但此时阿尔蒙的四肢麻木像触电一般，他不能让双腿保持平静。你站着不动，你必须记住那你本不想记住的东西。他在卡车前面来来回回踱着步，不停地骂道："去他妈的，去他妈的，去他妈的。"记得要忘记。

托尼依旧像侏儒一样蜷缩在卡车旁，一只手颤颤巍巍地夹着烟，另一只手遮住眼睛。

"伙计，"男人终于开口了，"这是一种被搞砸了的局面。"

汉丽埃塔并没有作出任何回应。

托尼抬起头看着她："我知道我必须把这些告诉那些能够解决这个问题的人。"

她凶巴巴地看着他："我能做什么？我没有任何权力。"

阿尔蒙突然停止在卡车边上踱步，转过身来看着她。

托尼站了起来，变得十分惊讶："你是这里唯一有权力的人，我和他甚至还比不上一个助手。"说着他指了指阿尔蒙。

"你是目击者，"汉丽埃塔说，"而不是我。"

"我？听着，女士，我没有理由冒失去工作的风险。这就是我认为目前我能做的,我只是开玩笑说想想这件事。"

她固执地摇了摇头:"你是一个有故事要讲的人。"

他惊讶地盯着她,开始慢慢变得厌恶起来。他看着阿尔蒙,绝望地、充满疑虑地举起了手臂。

"听着——"汉丽埃塔说,但他打断了她。

"我已经他妈的做完了我能做的一切。"他的话语间充满了轻蔑,让她不得不收敛了自己的情绪。他气呼呼地走开了,用力踢着地面,鸟儿都被吓得飞了起来。他并没有打算向她低头,沿着冬青林往训练中心的方向走,边走边摇头,说着一些她根本不听的劝告。不知所措,汉丽埃塔钻进驾驶室被气得不行。这时她才意识到她已经被冻得麻木了,仅有与阿尔蒙接触的部分身体能够感觉到一丝暖意。

他停下脚步,但没有上车,背对着她,凝视着那片草场。他有种那匹马目光中的痛苦。他所知道的一切都毫无疑问:应该像佛格家族的人一样,得到他们想要的东西,而不是因为怜悯。一切都将在火焰中燃烧,然后才会破壳而出。那意识与仇恨相似。当他转过身来猛地拉开车门时,汉丽埃塔正看着他。阳光照在她红色的头发上,他突然间对自己的想法感到惊讶与好奇,觉得自己内心深处有什么东西在毫无意义地向她倾斜。他吓了一大跳,在那怔了几分钟,第一次长时间注视着她的眼睛,当他爬进卡车时,他感觉有人在慢慢沉入深邃而阴暗的水中。

◆

有那么一段时间,他自己也承认有些担心。总觉得身后的女儿跟一个男人紧挨着靠在谷仓上,一同摇晃五十磅重的饲料;当汉丽埃塔把男人送到奥赫本房子那头时,他们并排骑行,而那男人的目光始终注视着一旁的房子。男人欲言又止,细腻睿智的他太了解自己的女儿了,当规则变得不合时宜时,他总能让其重获生机。突然间大雨倾盆;上一分钟她还在和男人缠绵,下一分钟就已经回到家中,在笔记本上写着什么东西,或者是开车去列克星敦等地方,但是无论她去哪里,男人怜爱的目光总是注视着她。

阿尔蒙就像谷仓里的猫咪一样无处不在。即使在棕色的海湾,基恩兰馆一年一度的拍卖会上,亨利也偶然在马群中瞥见了他。拍卖会上,主持人站在十英尺高的讲台上,站在两侧协助他的人在不停地指指点点、窃窃私语,不停巡视着讲台下的人们。拍卖品出现在了展台上,在穿着制服、打着领带的黑人身后,一匹一岁大的马颤抖着大跨步地走向展台中心四分之一的地方,内心充满了恐惧,吓得屁滚尿流。随即,被拍卖的马被拉了下去,只剩下黑得像屋顶水泥般的黑人在用笤帚和簸箕打扫卫生。亨利和麦克坐在露天剧场的位置,夹在一个酋长与穿着粗布外套的醉汉之间,大部分人都被安排在了后边的房间里,隔着廉价的玻璃注视着拍卖中心。

当亨利一岁的"深深春色"出现在拍卖中心的展台上时,亨利坐直了身体;阿尔蒙走完了所有的流程,拍卖开始了。

总有那么一瞬间困扰着他:他有时候会很难容忍一个老黑人的体态,也许外貌就是原罪吧!这种体势就像是在回避,充满了怨恨。肩膀蜷缩起来,就像在守护着不为人知的秘密,这秘密却是那样不可靠,让人不断地拒绝。阿尔蒙有种特殊的能力,在他不说话的时候,没人敢冒犯他。

麦克侧过身问道:"你的马夫是谁?"

亨利双手交叉抱在胸前,说道:"阿尔蒙·肖内西。"

"黑色的爱尔兰人有什么好?"

"确切地说是非常好,他和我的马都非常好,甚至找不出更好的语言来赞美他。"亨利有些生气。

"你在哪儿找到他的?"

"从美国罪恶的发源地,他们长大的地方。"

亨利笑起来,而麦克不仅没有跟着笑,眼角反而抽搐起来。

"当然是在布莱克本,"亨利补充道,"汉丽埃塔找到的他。"

"哦。"麦克耸了耸肩说,"我从不反感任何人的过去,我不在乎你以前做了什么,我也不关心你的肤色,不管你是黑人、棕色人种或者其他不被法律接受的肤色,因为我有几个孩子在那里。"

亨利眉头一皱:"哪里?布莱克本?"

"是啊。他们在那里培养了很多优秀的马夫。"麦克又耸了耸肩说,"你的马怎么样?"

亨利会心一笑:"令人欣慰的是,越来越好了。"

"好啊,如果这孩子真像你说的那样,把他交给你女儿。等'地狱之口'准备好了,你就把他交给我,我不介意坐过牢的孩子,反而是他们更懂得如何去工作和生活。"

亨利的脑海里闪过一个新的念头。

"到你的马了。"麦克朝着拍卖中心的展台点点头说道。

拍卖中心的维护人员慢悠悠地四处巡视,目光在人群中扫来扫去,他们之中有纯血马的代理商,酋长们,还有一些土著。亨利瞪大眼睛注视着他们四处加价,拍卖人员的头就像猫头鹰一样不停地跟着竞拍者转动,拍卖的价格不断上升,直到最后一锤定音。"深深春色"被拍出来二十万美元的天价。赌徒带着满一周岁的紧张不安的小马去了左边,戴着手套的一只手放在前腿小腿上,另一只手放在小马低垂着的脖子上。左边的门打开时,亨利向前倾了一下,在他眼前挥过一只略带愤怒的手,就好像在赶走牛虻一样,赌徒勉强认定了拍卖的价格——是的,是的,他在那儿,那个男人抓住了前腿小腿。阿尔蒙·肖内西。突然到处都是入侵者、使用者,像河泥一样的棕色。

◆

她忍不住去想那匹被殴打了的小马。她的眼角产生了一种奇怪的错觉,当她转过来面对它时,它就消失了。一次又一次地刺激着她的脉搏,但每一次,都是来自无止境的马之海的一匹黑马:成熟但未经过检验,有些难看但却受欢迎,所有在竞拍的马都十分精神——它们在某个地方是销售的冠军,是自由前进的化身。兽医们从一场考试飞奔到下一场,练马师像灯塔一样站在玻璃门旁边的烟雾中,他们的手表闪烁着光芒,就好像能报出数字一样。汉丽埃塔把她的手放在自己的前额上,感觉有点失去了平衡。那匹有着黑色的爆裂般水果眼睛的马在它的马厩中转向了她的声音。她知道,马嘴附近的绒毛就像女人大腿内侧的肉一样柔软。

阿尔蒙像个隐身人一样出现在人群中,"深深春色"跟在他后面。汉丽埃塔放慢了速度。她很难记起她曾经如何在自己显赫的位置上蔑视他,并使得他变得安分的。她记得的是他在训练中心抓住她胳膊的姿势,和那其中的安全感和温暖。现在她完全停了下来,凝视着他:我的上帝,他的身体太完美了。她一直在逃避,但没有什么是能逃避得了的。他是数学上关于严格的美丽的证明,永恒的对称、协调。脸上具有表现力的器官——饱满的嘴唇,金色的眼睛——占据了他脸上从平滑的前额到宽阔的下巴之间三分之一的部分。他脑袋的高度和他的手长差不多,他的手现在正抓着"深深春色"的前腿。他把头发剃掉,展露出机智而匀称的头骨,胸部强壮的线条到脑袋的距离占了他身体的四分之一,恰好是他胸部到弯曲的手时的长度,或者他脑袋直径的大小。他的身体上充满了建筑的关系:从膝盖到地面的长度和他前臂到指尖的长度相等。他的身高是八个头的高度。他的脚和他的前臂一样长,现在这些关节正努力控制住那匹愤怒的马,而且,她知道,在这些对称性中,存在着完美的焦点:阴茎和肚脐,古老的罗盘点。

当他的目光和她的相遇时,她的内心愚蠢地发出了有目的的吱吱响声

他们为了"深深春色"卖掉了"狂乱"。她用手抚摸他的手,或她被他抚摸,很难辨认出他们的动作和反应。她能感受到她体内那无言的动物本性。曾经他没能满足她的性需求也无关紧要,她仍然十分渴望他。

"进展顺利吗?"她冷冷地说。

阿尔蒙点点头。"二十万美元。"他用标准的声调说。

"卖给谁了?"她的话对她来说并不重要,"深深春色"不按他的方向往前,她几乎没有注意到。

阿尔蒙耸了耸肩,"一些爱尔兰人。"然后他似乎意识到汉丽埃塔正看着他,温度发生了变化,抬头看时,恰好遇上了她紧张的面孔,使他回退到"狂乱"的肩膀处。

一个声音打破了他们公开的隐私时刻:"汉丽埃塔·佛格!"

阿尔蒙立刻悄悄离开了,他的心以一种磨损的节奏怦怦跳着,就好像汉丽埃塔在"深深春色"的弧形颈下凝视着。她最先注意到了尘土飞扬的贾斯汀,深色牛仔裤,一件野猫的夹克,邋遢的脸和橘红色的鼻子,疑惑的眼睛上有白色围绕在棕色虹膜的边缘。

"汉丽埃塔·佛格?我就知道是你,"男人说,"你长大了,但你看起来还是一模一样。"男人绕过"深深春色"的前端,以一种无言的喜悦站在原地凝视着她,难以置信地友好地摇着脑袋。

"我……"她停顿住了。

"丹·巴罗。"他说,伸出他的手。

"巴罗——"

"记得杰米·巴罗么？我的父亲是你农场的经理，从一九七三年直到——"

"哦，我的上帝！"汉丽埃塔哭了，她睁大了眼睛，"老巴罗！"

"是的，那是我爸爸。"

"哦！"她急促而不由自主地喘息着，微小的矛刺穿透了过去和现在之间脆弱的表象。当她看到这个男人的样子时，她的一只手颤抖着盖住了她的嘴唇，他像他的父亲一样结实，但腰部比他父亲更粗一些。"哦，你爸爸还好吗？告诉我他怎么样了。"她的话像是一种恳求。

一个略有些吃惊的答复，男人移动了一下他相当重的身体。他把一只手伸进夹克前面。"嗯，爸爸在一九九三年走了。呃，他，你知道，妈妈走之后他没待多久，是，枪杀，是在……嗯，嗯，是在一九九二年初，我估计。我很抱歉你不知道。我给你爸爸打了电话，告诉他这个消息。"

老巴罗死了吗？她的眼睛里瞬间充满了抑制不住的泪水。这个男人总是称她为他奇怪的小鸟，他有趣的小情人。他仿佛把她看作是世界上最有趣的、最珍贵的人。但他从来没有告诉过她要去成为谁。

现在他的儿子说："要知道，这种事情经常发生。一个人去世了，另一半不会坚持很久的。父亲总是要依靠母亲继续往前行。也许有点太过分了。当她走的时候，他一点朝气都没有了。我想没有了她，他就没有了那么多的目标。"

"我从来没有拜访过他，"汉丽埃塔说，"他退休之前，我告诉他我会去看他的。"内疚的泪水受到惊吓般顺着她的脸流下来。

男人的脸上又露出了吃惊的表情。他看到了她的眼泪。"好了，现在，"他说，带着同龄单身农夫笨拙的善意慢慢地靠近她，他的手沉重地放在她的肩上，呆板而温柔地轻拍她的肩膀，"你那时只是个

401

孩子，只是个小女孩。你没有理由去拜访那样的一位老人。而且，父亲最后的那几年并不体面。他也不希望你看到他那个样子。"

汉丽埃塔一句话也说不出来，所以他又拍了拍她的肩膀继续说下去。"不过，爸爸确实很关心你，"但之后他的声音停住了，他们互相看了看，被科尼马场人群的密度弄得束手无策，"是的，他非常关心你。我记得他总是说，如果他有一个女儿，他会想要一个像你一样的。当你还在上小学的时候，他就说你比他还聪明。他总是欣赏聪明的女人。这就是他娶母亲的原因。"

眼泪毫无防备地从汉丽埃塔的脸上流下来。当她的声音出现时，听起来很稚嫩。"你——"她说，"——你认为他原谅了我吗？"

"为了什么，亲爱的？"

"因为忘记了……"

这个男人预料到了她回答的严肃性，他倾身仔细倾听着，但现在他正视着她说："你没有什么可担心的。爸爸对马很好，但他和人相处得更好。他是一个非常有爱心的人。我从没见过他伤害一只苍蝇。"

"是的，但是你认为他原谅了我吗？"

男人的眉头紧锁，他说："为什么，我相信宽恕和爱是一样的。你不这样认为吗？"

◆

半醒着：柔和得像灰烬一般黯淡的光线，鸽子在窗台上上下跳动，微弱的鸟鸣声穿透了压制玻璃，因此它们的轮廓弯曲得超出了实际的形状。它们的鸟喙触碰着，仿佛在亲吻，它们优雅的脑袋在融合，部分地扭曲了。她几乎意识不到自己在观看它们，直到一只鸽子用它的石板嘴轻敲玻璃，那声音就像在唤醒整个世界。

哀鸽一生只有一个配偶，她自己也见证了这一点。在她十四岁时,有一天,她在晨间散步时发现了一只死鸽子。一大堆羽毛,脊骨和不怎么白的眼白,是潜藏的猫或其他捕食者干的。在一根耷拉的电话线上,一只灰鸽子咕咕地叫,十分吵闹。她什么也没想,这儿到处都是鸟儿。但是第二天早上,那堆充满了暴力的羽毛还在那里,高处栖息的鸽子还在咕咕叫着——下一天和再下一天,那只鸟仍在唱着执着的、愈发恐怖的歌。整整三个月它都留在身体逐渐消失的配偶旁边,直到所有其他骨头被清走,只剩下一个喙。它仍然在那里。她学会了不去理会。

如果杰米·巴罗,那个虔诚而善良的人死了,那么每一个人都会死。死亡必须是真实的,而不仅仅是一些人们讲述的故事。

一个老旧的花瓶——一个家族古董——在它破碎的边缘摇摇欲坠了很长一段时间。现在它终于破碎了。

她没有把自己打扮得很漂亮,她对这样的事一点也不感兴趣。她径直去找他。她准确地找到了他,她知道他会在马厩里清理、修饰,清除一些脏乱的东西。开始,他没有意识到,旁若无人地干着他的事情。然后,一种近乎休眠的动物意识提醒了他,他轻轻地转过身来。他看着她,然后目光越过了她,穿过马厩门上插着的滑动板望向那座房子,那房子是巨大的,几乎压倒性地超出了视线范围。

"我们可以重新开始吗?"她问。但起初他没有朝她迈一步,因为如果他动了,他就再也看不到那座房子了。但当她拉着他的手时,他就跟上了。

她看到了他那巨大的、撩人的瞳孔。她跪在他面前的干草上,钉子的气味盖过了他们两个人热血沸腾的身体气味。他不敢直视她的身体,当她亲吻他的时候他几乎是排斥的。让他感到最敏感的是他屁股上冰冷的空气。裸露在黑暗中,他颤抖着。他不想让她看到他的身体,但他却消失在房间的黑暗中,他唯一知道的就是她的双手摸到的地方。她在向他移动,仿佛试图吸干他男性生命的源泉,而他斜靠在门上,竭尽全力地想要远离她。他然后慢慢坐下来,而她正晃动着她的牛仔裤,打开并脱了下来。

他对自己的裸体感到震惊,他能感觉到的——是——不熟练和非常寒冷。

"上帝啊,你有一个美丽的身体。"她说。这使他感到被奉承了,因为她认为这是一种恭维。

然后他一次又一次地插入她的身体里,带着完全的不确定,几乎没有什么乐趣,只有蛮横,身体驱动着走向它的终点。焦虑扼杀了任何的乐趣。他不知道该怎么做,但他还是做了。这是世界上最自然的事。

她在他的身体下边,一直在他下面,丝毫没有声音地迎接着他,仿佛她很好奇或者吃惊,以波浪起伏的紧致引领着他进入她的身体,使他发出了只为她而唱的低吟的声音,他的节奏和音量都伴随着欲望、需求或力量的重复而不断上升,直到他冲进她的身体,仿佛要把她弄断了,那精力充沛的声音让他感到震惊,然后他就这样做了,他在她上面弓着身子,汗流浃背,他的手臂颤抖着,疲惫不堪,精神恍惚。

她紧紧地抱着他,直到他从她身体里退出去,她才发出了声音,一声长而低的寂寞呻吟,那声音听起来比他发出的任何声音都更像欲望。

他无法动弹,仍然在她身上弓着,一段时间里他因错愕和筋疲力尽屏住了呼吸,无意间让她看了他一眼。当他最终回到农场另一边工人的住处时,他才逃离了她的目光,他把自己浸在一桶水里,用双手捂住了脸。他太累了,无法回忆起那个持久的记忆,只是想起很久以前有人在某处对他说:"孩子,上帝和人类共同的语言就是道德。"

这是一个古老的故事,在一个夏末的夜晚,丹尼尔·布恩和一个朋友在一个农民的田野边猎鹿。他们闪烁着发光的眼睛——也就是,他的朋友携带一个燃烧的松树火炬骑着马,照亮了森林及灌木丛,从而吸引了其中所有眼睛发光的动物。骑士缓慢向前移动,布恩跟随其后,他准备好步枪,对准森林中的阴影。

突然,布恩看见了一双明亮的眼睛。他快速示意他的朋友停下来,然后悄悄地从他的马鞍上溜了下来。他立即瞄准他看到的动物,稳住自己准备射击。但有东西阻止了他的手——是一段时间的犹豫、怀疑,一些奇怪的直觉或预感。他从扳机上收回手指,把步枪对准地面。

不久灌木丛中发出沙沙声。当鹿出现时,它穿着一条裙子。旁边站着一个邻家少女,丽贝卡,显而易见她可能就是凶手。当然,他们很快结婚了。

◆

总是存在一些约会,约会必须以说话为先导。起初对阿尔蒙听起来像老歌曲和一些火辣的白人女孩日常跳的舞蹈,这些女孩在呻吟和在你身体下面扭动时需要你欺骗她们,她们会要求你不停地抽动直到你溢出来。前几次他总是站在橡木上观看——你在马厩里干吗,迈克·肖内西的儿子阿尔蒙·肖内西,你个好色之徒,爱尔兰人,收藏家和被忽视的小孩,你他妈的欠白人×吗?

男人总被认为是性生活的机器。这就是为什么你只能感觉到它在一个小点,也就是阴茎的头,而其余的部位被绳子五花大绑。上帝阻止绳子开始磨损或松动——天哪,要是松动了,他的整个人就会走出他的模具中;他会开始感觉到他的身体内有东西被禁止了,像她按压在他脖子上的吻痕；或者不仅仅是为了欲望的触摸，而是比那更柔和。或者是她的眼神，此时也温柔了很多，更多的是每一次相遇。不，他不是在×她，他做爱只是为了穿过她这个锁孔，进入另一边的房子。

"告诉我你从哪里来。"她说。

我怎么告诉你？从来没有人告诉过我。

"你小时候是什么样的？"

丑陋的。

"你妈妈长什么样？"

一个灰色的有光泽的骨灰盒。

告诉我，告诉我，告诉我，告诉我。

闭嘴闭嘴闭嘴！！！！！！

真正的问题在于他，闪耀在他周围的像一个漂白的、加热的光环，他试图用所剩无几的积蓄来留住他们：房子的价值是多少？你的价值是多少？你怎么会认为你配得上这一切？我有一个白人父亲，但没有人欺骗我。你认为我买一匹好母马和一匹最好的种马需要多少钱？我十七岁那年你在干什么？你认为我会告诉你多少关于我在这里的生活？什么都没有，那是多少。没有，没有，没有。因为你不值得知道。

但就好像即使他沉默她仍然充满渴望一样。她紧紧抓住他空白的答案，邀请它们去到她那儿，向他乞求快乐或者别的什么东西，这些东西一开始以快乐的形式出现，但很快就消失了。她在他身上有规律地移动，一遍一遍地请求从抑制着她的可怕的马颈轭中放松出来，然后她开始大声哭泣和抽搐，也不关心会被谁听到或知道。她渴望所有的东西——沉重、劳累的眉头，他的脸就像一个秘密，他深色的长长的胸因呼吸颤抖着，她可以用她的舌头画出他阴茎的轮廓。有时她从他身上挪开，阿尔蒙的身体背叛了他，他突然迷失了，游走在两个身体之间的空间,但这引起了比欲望更加强烈的恐怖——他丢失了之前怨恨的能力,他再也不学着抵抗了。在某些方面他也在成长。在绝望中,他试了最后一个伎俩:他学会了本能地玩起性交后就去睡觉的游戏,所以当她继续她的问题,问道"监狱里如何,阿尔蒙"时他唯一的回答就是沉默,当她转过头再次询问的时候,他睡着了,他的胸腔静止了,看上去他已经死了。

◆

但他不能一直这样,他打破了局面。某天早晨七点她来找他,在灯光下肆无忌惮地摆弄了一个小时;他意识到她径直穿过了农场,放弃了任何他的或她的隐私需求。她以前都是偷偷摸摸的,她过来后,在光天化日之下脱掉衣服,甚至在自己的床上也毫无掩饰。

"阿尔蒙。"她说,她叫他名字的方式以一种新的好奇震惊了他。它又大又圆,像个长柄勺,可以容纳他。当他看着她的脸,他像发现了奇迹或喜悦,正如晨光一般大胆。这刺激着他,他望着远方。但她用双手把他的脸转向她,所以他可以看到她的裸体。很明显,她在这其中尝到了乐趣——在他身上——但过多了,反而令人反感。他试图转过身去,但她爬到他身上,把他按到自己的身体里。她是完全集中的,她的身体是如此开放,很快就形成了一个有力的节奏,他感觉到他正在成为她,或许周围其他的什么。然后她把他拉过来,阿尔蒙发出了声音,很不情愿的释放,像某种极度渴望的歌声,好像在说,求你了,求你了,好像在这个世界上,她唯一想要的就是让他进入到她身体里,彼此之间没有任何东西阻隔。一种起伏的感觉来了——但这次不是性高潮,是其他的感觉,是很久以前最可怕的那种,令人窒息,令人恐怖,现在将要把他推向顶峰,他的身体立刻离开了她,在她身旁弓着身子干呕,他的身体受到了伤害。

"我的上帝。"汉丽埃塔说,她太惊讶了,也动了起来,是性爱引起的抽搐,以及从温暖到寒冷。然后她恢复了正常,伸手去够他,但阿尔蒙伸出前臂推开她,像一只受伤的熊一样摇了摇头。

"不。"他哽咽着,用力吞咽,挣扎着支撑着自己。

"阿尔蒙。"汉丽埃塔的声音很温柔——一旦他们做爱就会发生改变,那是一个女人的声音,就像他从来没有听到过,"阿尔蒙,怎么了?"

他只是摇摇头,反反复复。汉丽埃塔躺在她那边,观察了他一会儿,他只允许她这样做。她仔细观察着他低垂的脸上所有混杂的细节,然后说:"阿尔蒙,告诉我,为什么和我在一起不自由。"

这是如此意外,如此荒谬,他弓着背开始笑——但那是一个丑陋的声音,像树皮。完全不屑一顾。

"怎么?"她说,但没有暴跳。

像刀割一样的话语:"白人!"他脱口而出。

"白人什么?"

他准备好了——甚至想——让她的话也变得尖刻,但它们不是的。他迅速地看着她的脸,它仍然开放、好奇。他不知道该不该相信他看到的率真,或者那只是一种白种人的把戏。

"你们不明白,你真的不知道。"他喃喃地说,悔恨现在开始止住他的眼泪。

"明白什么?"她说,"我不懂你的意思。"

他说话时吐了口唾沫。"不,你不!"他的话像射出的箭,"你们他妈的几百年来侵占我们的生活,然后告诉我们,我们不是自由的?去他妈的!你能听到自己说什么吗?"

汉丽埃塔没有为自己辩护,如果他不能让她去打他恨他,他不知道该怎么办。于是,他突然挥挥手,突然困惑了,悔恨就像嘴里含着的鲜血。"我甚至不知道我对于你意味着什么。"他说,但他这么做了,因为她就像白色沙滩上白色的鹅卵石在世界各地奔跑,包含了所有她见过而他没有见过的海洋。

汉丽埃塔的抚摸打断了他内心的烦恼。有东西在她身上移动,他走出阴影,进入到知觉。她正看着真实的阿尔蒙,她也知道。她的手温柔地抚摸他的后背,然后强硬地拉着他的手臂。

"告诉我关于监狱的事。"她说,但她的话是在伤口上撒盐。

他甚至毫不犹豫:"不,永远不会说的。"

"为什么不呢?你不相信我吗?"

他摇摇头:"我不相信我自己。"

"不相信你自己什么?"

他静静地看着地面,故意说:"如果我大声说出我的生活,我不知道该怎么办。所以不要逼我。"

她没有再问,最后她只简单地说:"阿尔蒙,我只是不想你和我在一起是不自由的。"

他做了一个可恶的傻笑的表情。

"关于你最不自由的东西是什么?"

他半笑了,仍然不屑一顾,但不愿看她的脸。"我甚至不知道我们在谈论什么,认真地,忘记它吧。"

"阿尔蒙,是什么依旧让你觉得像个囚犯?"

鲜血涌上他的脸。它来得如此之快,他感到头晕目眩。他摇摇头。

"告诉我。求你了。"她说。当他试图从她的手中抽回他的手臂时,她更坚定地抓住他。

"妈的!"他眨着眼睛说,他的声音很厚重。

"告诉我。"

突然，他在她身旁赤裸地摇晃着脚跟，举起了双臂。当他嘭的一声捶自己的胸时，他看起来很生气，"痛苦！"他咆哮着，好像是她导致的一样。

汉丽埃塔不害怕他的愤怒，但完全困惑："痛苦？就像身体上的疼痛？"

他生气地摇摇头。

"悲伤？"

他猛地点了点头，他的脖子绷紧了，他的眼睛看起来很疯狂，就像不知道往哪里看。他试了一次，又试了一次。"我的妈妈，我的生命——"他哽咽着说。

"什么？"

"死了！"

汉丽埃塔抬起手肘，皱起眉头："你妈妈死了？"

他一动不动了好久，极度自我厌恶的浪潮扭伤着他的心脏。然后他脱口而出"妈的"，就像他犯了一个可怕的错误。当他说话时他吐了一口，所以他尴尬地低下头，然后好像他低下了的头得到了许可一样，他开始哭了，先是一个奇怪的、挣扎的声音，然后是大声地啜泣。汉丽埃塔立刻像动物逃跑一样离开床垫，她抓着阿尔蒙，一半是担心，一半是被感染到了，但这只会使情况更糟。

他失去控制，缰绳从他手中滑落。他说话时几乎语无伦次，泪水淹没了他的脸颊。"我不知道……你为什么想和我在一起。他们毁了我。我搞砸了。监狱让人吃不消。我不能告诉你我做了什么……我一文不值。"

她的双臂像铁箍一样环绕着他，但他们不觉得拘束，她说："我不认为你看到了我所看到的。"

他不能停止这讨厌的、愚蠢的话，因为它们开始像愤怒的眼泪一样涌出。"为什么？我穷。我他妈的丑陋。他们都叫我老阿尔蒙。即使有一个白人爸爸，所有人看到的都是黑色的皮肤。你知道吗，我希望我更聪明……希望我有钱。你知道，我太平庸了。"他笑得很厉害，朝他的膝盖做了一个向下挥动的手势，"我这辈子没得到过什么好东西。我最后什么都没得到。监狱杀了我，所以你正在和一个已经死去的人做爱。"

汉丽埃塔接下来说的话使她自己感到震惊，因为她曾经相信它的对立面，但她一听到这些话就辨识出了它的真假。"我想要的不是身体，而是一个人。那人还没死呢。"

阿尔蒙剧烈摇晃着，好像他要永远哭泣；然后他突然停了下来，羞耻地苦笑着，最后沉默了。当汉丽埃塔听到那笑声，尽管很难辩认，她后背靠着床垫然后张开双臂。"跟我躺下。"她说。

阿尔蒙小心翼翼地看向她，想要逃避。他彻头彻尾地感到惊骇，他竟然在她面前哭了。

"过来。"她又说了一次，拍了拍床垫。

他小心翼翼地、不情愿地，就像是在测试刚刚重新接起来的断骨，然后侧躺着滚到她身边。一切都很痛苦。

汉丽埃塔把她的头放在他的枕头边上，一条腿缠绕着他，直到她确定他一定不会挪动或者起身。

"你能想到的最好的事情是什么？"她说。

他对这个问题感到惊讶，但坚定地回答："河。"

"俄亥俄河？"

阿尔蒙点了点头，他疲惫地闭上了那双布满血丝的眼睛，去尽情享受他自己的愿景。"因为我的妈妈……我知道她在另一边。好像她还活着，等着我回家。"他静静地说，"你呢？"

"我？"

411

"是啊。你能想到的最好的事情是什么?"

汉丽埃塔的脸一如既往,是严肃的。"难道你不知道?"

"什么?"他终于转过身,古怪地看着她。

"你,"她说,"你是我能想到的最好的东西。当我和你在一起的时候,我觉得自己是真实的我,我的一生之中一直在等待成为那个真实的我。"

◆

他睡着了,她不想吵醒他。她要走了,但回家是不可能的,不可能再回到她以前的自己了。有一种新的精神注入了旧的身体。于是,在一个崭新的阳光下,她在她父亲的土地上徘徊,在一个全新的太阳下度过一个崭新的早晨。由于他的悲伤,他向她倾吐,她可以感到渐增的狂喜。

事实呢?他的赤裸——他的坦诚——是她的第一个小幸福。

世界正忙着重新安排它的恐惧和欢乐,以及加快她的一些事情。也许是第一次,她意识到她自己,随着不断的变化不再与自然分离,不再是守望者。

她像个女人——或者更多,好像她自己就是春天,第一次感觉到那些东西都与她无关:武力与暴力,充斥着荒芜的土地和严寒的冬天,一切都是无情的——当然也包括人类或动物。春天来了,像侦察员一样,从橡树的树枝尖端探出一溜溜绿色,但那只是一种衡量过的暂停。冬天已经被破坏了,但仍然可怕,充满了毒冰和无用的粉末;每个人的心里都感觉到了那短暂的平静;这只是第一波挑逗,但他们是预料不到的,经过一年漫长的复苏而失去了耐心。他们让自己的火炉和壁炉冷下来。他们把动物变得懒散,把它们当作一种虔诚的咒语。然后空气中充满了自然的热量,这热量仿佛来自许多聚集起来的躯体。鸟儿的颤音从早晨持续到晚上。时间在时钟上加速流逝，然后在三月底的时候，湾流的热量爆发出来，领头雁带领它的追随者们返回这里，突然，这个季节就出现了。绿色涌进来，覆盖上老旧的、死寂的建筑，打破了褪色的、白色的伤疤。绿色开始出现，像在万物下面流淌的一条河流，不断上涨、旋转、挤压出所有潮湿和成熟的生物，滔滔不绝的河流穿透而又覆盖了一切，脉管、花蕾、树皮、静脉、牙齿、筋、骨髓。从上到下、由里到外。这绿色灼伤人的眼睛。她不是装饰品，她不在乎你如何看待她的美丽。这不是礼物，如果你试图控制它，它会将你烧伤。她是没有智慧的光芒，是没有爱的母亲，是有两种不同颜色眼睛的爱人：舒适和灾难。她破坏了动物分娩，她淹没世界，让青春加速，让一切东西从成熟到腐烂，她让坟墓充满温暖。

还有更多：园中的荚莲，刻薄得像排卵的女人，粉红色的唇蕊，叶底形如心脏；耀眼的阳光击倒每一寸阴影；热情的水仙花每次都早早地盛开；绿草铺满动物和人类的道路；紫荆花淡紫色的花蕾；垂坠花絮的洋槐；漆树唇红色的果实；凄白骨头上的苔藓；缩成一团的河石上的苔藓；人类废弃的狩猎小屋上的苔藓；还有木匠蜜蜂的嗡嗡声；小鹿摇晃的尾巴；红冠啄木鸟在下落；所有的小动物沐浴在香草中；绿色植物像染上了黄色的釉质；老骨罐的新生活；在泥泞的浅滩里，有一只青蛙伸开爪子抓住一根树枝，慵懒地漂浮在浅水区，乌龟细小的头从池塘深处伸出，它简单的动作引起了水波纹的光圈；火鸡太笨重飞不起来；蟋蟀；小昆虫；苍蝇。

一切都来自一切，没有什么能逃脱共性。我在建一栋已经建好的房子，你在忍受一个已出生的孩子。一切都来自一切：一个单细胞来自另一种单细胞；樱桃树从树枝上开花；猎人的目标来自他的手臂；河流来自支流、小溪、瀑布、泉流，来自威尔斯；基督的荆棘来自皂荚树；一句话来自老的话语；小黑熊从母亲黑暗的巢穴翻滚；第八十代野生蟹一次又一次地开枝散叶；你的手来自你父亲的手；长子来自长子，又来自长子；垂柳和心形叶、南卡罗来纳州，丝绸，山地，沙洲杨柳；每颗酸的浆果；我们消失了的工作；我们母亲消失不见的低语；每一匹纯血马；每一个羞怯的人；每一根小枝丫，骨头与骨头相连；还有光的传播，靠空气传播的花粉，兔子的软毛，各个角落的蟋蟀，蜿蜒滑行的夜光蛇，不知疲惫的母亲，新鲜得可怕。当你死的时候，你会像施舍一样捐献出你的骨头。越来越多的只是法则。

还是说这一切太华而不实，太绚丽了？是否太过分了——这世界和语言？你是否更喜欢你的故事是精简的、强健而枯燥的、过度过滤的，单一易于消化的？我是否超出了形式的界限，犯了文学罪？我说没有这样的东西——在经受不断扩张的世界加热之前，任何努力都是煅烧的灰烬，它的永恒和明亮，既不是你的也不是我的。没有太多的语言；没有足够多的语言；即使上万本书，即使全世界的词典，也永远不够；在追逐着古老道路的俄亥俄面前我们都是婴儿，冰冷的北极光，冗杂的夜空，令人心碎的雪花；在男人在女人的身上稳定地摆动之前，蚯蚓蜷缩着；美洲豹在蚂蚁精湛的阴谋诡计中杀死了猫鼬，杀死了老鼠；不知名的子宫里孕育着无名氏，无边无际的云朵陈列着，在苍鹭、燕鸥、麻雀和狡猾的孔雀面前，孔雀转身开屏，每一根羽毛都闪耀着宇宙授予的黑色光芒，难以满足，在你死之前，看一看——不要因害怕失明就转身离开；黑暗很快就会降临。直到那时，燃烧起来！

◆

这听起来像一个糟糕的笑话，麦克是怎么从一个叫霍勒的地方来这儿的——那里落后得甚至都没有一个恰当的该死的名字。在莱彻县的出口过了怀茨堡，在一处山脊下，它就像纽约的摩天大楼一样高。我是说，该死的霍勒。霍勒的作用更像是这样。距离太远了，就好比你生病了急需得到青霉素，或者你父亲醉倒在杰里科。他来自一个这样的家庭，在那个家庭里，如果你不去上学几乎没人在乎，你八岁时第一次在云杉的月光下生病，除了他那亲爱的会爱她所有孩子的母亲。无论同性恋、异性恋还是经常出轨的孩子，他的家族全是泼妇当家，男人如此胆怯，他们本来可以很威风。霍勒是一成不变的，十分刻板。即使世界对他来说是舌头上的砒霜。当然，现在用这种方式谈论山区在政治上是不正确的——一群自以为是的蟑螂在互联网上爬行，寄生在你的信箱里，称你为遗留下的人的叛徒。但这一切都像是为了让美国北方佬看起来更好的歌曲和舞蹈，麦克喜欢美国北方佬就像他喜欢山一样。当然，人们喜欢给美国南部增添浪漫的色彩，就像霍勒或科里恩或日落镇那样的地方——妈妈做的饭以及八十七首质朴无华的歌谣，我不知道我们是贫穷的，一切都被美化了——但他们只是在出去时才会比较纵容这些。然后他们会忘记挨打，每个人都因吸毒和在山路上的车祸早逝，地狱之火，诅咒，甚至无知的爱恋。多愁善感的回忆只是一种向某些逃跑的混蛋道歉的方式。麦克逃走了。

他很确定他们会直接把他从娘胎赶出来。一个外翻腿的小笨蛋在弓着的背上，在霍勒为妈妈和爸爸取邮件。他使自己成了一个令人讨厌的人，他怂恿其他有马或骡子的人竞赛，以十一号矿山为起点，一直到远端的工会的坟墓群（据推测，他的家族支持杰斐逊，是大部分郡县的反对派）。他总是偷偷地溜到别人的马上，骑着玩，告诉人们他驯养了一头鹿，还骑着它，当然，这都是扯淡，但是故事太夸张了，太鲁莽了，他甚至不记得他是否真骑了马还是只是讲了个故事。没关系。这使他成了一个小的传说，所以有人听说过他在亚拉巴马州的环路央求骑马——一个十四岁的在他的牛仔裤里带着炮弹的人。但

415

他很快征服了这个小地方，然后跟一个男朋友朝西去了，麦克在离开他之前，最远到过皮奥瑞亚。然后他到了怀俄明州，骑着夸特马，直到他度过了艰难的三个月。就在那时，他开始训练马，这是一种自然的进步，因为他天生就不能与人相处，更不用说听从他们的命令了。很快他就受够了古老的西部，最后回到了肯塔基州。所有的地方，他猜想，他去过拉屎的地方吃东西，但他从来没有回过山上。他带着他潦草的纯正的莱彻县口音留了在列克星敦，当人们称他为乡巴佬时，他弯曲了一下他那戴着劳力士手表的手腕，动了动他那穿着定制路凯瑟靴子的脚指头，你他妈的完全不懂。

除了威士忌和他亲爱的母亲，麦克对任何事情都很急躁，他爸爸一去世，他就住进了列克星敦退休之家。就在刚刚，他以习惯的速度猛冲过亨利的种马马厩去经理办公室。亨利说过，他早上第一件事就是去那里。他们要一起调整计划，讨论"秒之神速"新的前景，谈论将去马场的人。他并不是为每个人都这样做；他站在令人羡慕的位置上选择与谁紧密合作，但很少有人像佛格一样有如此强的内驱力。亨利是一个从不将赛马称为"赌博"的人，麦克对此表示赞赏。如果你出生在莱彻县，你就会知道，任何超过五十美元的东西都是一场赌博。

在他们讨论前他听到了声音，但该死的，现在是二月，他遇到的每一匹马不是头脑发胀就是发情，他那可怜的脑子里回响着做爱的声音，马夫谈论做爱的声音或者他自己关于做爱的想法，直到他看见才意识到那是什么，尽管他确实应该这样；但他的身体早已经知道了。他听到有人在低声呻吟，拍打皮肤的声音在他大脑还没介入的时候就使他的阴茎有了反应。他在办公室门口站了大概两秒钟——糊涂蛋就把它搞砸了！或者也许他们结束了，谁知道呢——但看起来只是持久的害羞：黑人在一个白色的女人身上移动，那个女人扭着头，但从她的头发来看肯定不会错，她抓着马夫的臀部呻吟，因此他的脑海中浮现出了令人震惊的场景。当他能潇洒地走开时他立刻离开了，走到房子里，并意识到亨利指的就是刚刚那个办公室，他完全明白他看到了什么。

在马房的尽头，他发出刺耳的、令人吃惊的笑声。麦克不是一个残忍的人——尽管，他被几个雇员指控残忍，但主要是他没有耐心——但，更重要的是，他欣赏了一个很好的笑话。尤其涉及另一个人的损失。一个富有的人吗？付给他最多钱的人，一直认为他是梯子上的一个台阶？当他想到这些孩子在啤酒桶里玩泡沫的快乐时，他感到一阵内疚……但是，这是他妈的不可抗拒的。

这就是为什么他走进房子的办公室时朝着亨利的头笑了笑，为什么当他们看到这七个宣传视频时他忍不住咧嘴笑，为什么他最终还是说了些什么，即使他知道他真的不应该这样，而且他感觉到一种几乎是悔恨的轻微的刺痛。

但这并没有阻止他，至少现在还没阻止他。他是一个像亨利一样的冒险者。"亨利，再告诉我一遍为你工作的那个黑人孩子的名字。"

"阿尔蒙。怎么了？"亨利说，他把DVD播放器关掉，转过来看着他。

麦克拍了拍他大腿边上的斯泰森毡帽，嘴巴拧了拧，"嗯，"——世界仿佛静止了——"我知道你很在意你的投资，亨利。"这些话几乎没有要隐瞒什么的意思，但亨利犀利地盯着他。

亨利停顿了一下才开口说话："对。"

"你无疑为你女儿作了充足的准备。"

这一次，亨利没有回答，只是看着麦克；麦克假装很轻松、很酷的样子。他知道如何掌控局面。"我看得出你是如何训练她来接管这个位置的，她无疑是个有天赋的女孩。但欲速则不达，各种各样的事。一个走向大时代的女孩可能因为黑人结束。这是一个疯狂的世界。"

这意思很明显了，亨利充满血丝的瞳孔中发出亮光。他谦逊地说："从经验角度来讲，我想你见过这种事情发生的吧？"

他们站在走廊的侧门处，远望农场的规模，而像亨利这样的人是出生在银盘子里的。麦克随意地说，"是的，当然。我自己见过。这只是生活的现实性，即使最好的计划都可能被搞得很糟糕。有趣的是如何被搞砸的。"然后，他把帽子戴在头上，说："这肯定很有趣。"

◆

"汉丽埃塔！"

亨利把他的领带打了一个结，用梳子梳他的银色头发，但是镜子中他握拳的手在颤抖着。如水下出现一片扰动。

"汉丽埃塔！"

小心，亨利。第一回合过于急切，而顽固被强硬以外的其他东西软化了。夜晚渐渐渗透进来，肯塔基州蜷缩起来，就像是一个无法管理自己的人。

"我在这里。"汉丽埃塔刚刚走出卧室的门，站在大厅的镜子前，穿着他在七年前为了德比赛马而给她买的红色丝绸连衣裙，那年"地狱之巫"获得了第二名。他记得那次比赛，记得那条红裙子。

"你看起来很漂亮，女儿。"

汉丽埃塔微笑着，当把她祖母的珍珠耳环从耳垂上摘掉时，她没有从镜子前转过身。但是亨利可以看到她的眼睛还充满活力，从某些方面来讲——就像刚刚从外国访问归来，但思想还没回到家里的女人。

"你去哪儿了？"他随意地说。

她愣了一下，眼神再次坚定。"难道我还是——小孩吗？"她说。

这下轮到亨利无话可说了。

当她弄好头发，亨利走上前从背后亲吻了她的脖子。但是他的屈辱感增加了：她的肩上飘浮着女人的气味、性的味道，一种糟糕的恶臭气味。"你的祖父会为你感到骄傲的。"他说。他看到她的目光慢了下来，当它飘过去之后似乎才领悟了其中的含义。她换上低跟鞋，整理了下她的紧身上衣。

"你准备好了吗？"她说。

他准备好了。

穿过整个黑色的广阔的农场，横跨一月份孕育冬季的波旁县，城市另一边的老酒馆闪耀着。悠久的灰色石灰岩的建筑物，在晚上正如它毗邻的法院一般惨白，先驱的双手建造了它，古老的自治领维护了它，白色的灯泡和花环装饰着它。圆满的、完美的月亮在它的石板屋顶上隐约可见，在巴黎城明亮璀璨的灯光下，星星都变得黯淡了。

老酒馆的门由一名干瘦的、穿着制服的侍从管理，他弯腰鞠着躬将他们引领到黑暗狭窄的低矮门厅里。一个烛台在闪烁。亨利把手放在她的背后，引导女儿穿过一个狭窄的大厅，朝着闪亮的烛光和刺耳得像破玻璃的喋喋不休声中走去。他们下了三级台阶，进入到了一个小宴会厅。

他们同时转身，几十个脑袋动作一致，仿佛一个人一般，谈话声在屋中回荡，目光注视着他们两个。汉丽埃塔紧紧抓住自己的衣服，感到身后通道不可抗拒的力量和孤独感，但是亨利从她前面轻快地走进房间，脸上带着愉快的孩童般的微笑。

一个衣着华丽的大约六十岁的妇人从人群中走出来，摘下眼镜，上前拥抱亨利。她化着浓重的蓝色眼影，杂乱的金发高高蓬起。当她转向人群时，长长的宝石装饰的耳坠来回摇晃，她大喊道，"致尊敬的客人！"

汉丽埃塔几乎没有听到之后的欢呼声。她从没在晚上来过这里，

419

从未见过闪烁的灯光和烛光将猩红的墙壁映衬得血红,与窗帘的色调交相呼应。当那个女人对她说话、充满酒气的气息避无可避时,有人把一杯冰镇的波旁威士忌压在她的手中。她把这件事当作冒险。

"敬约翰·亨利,这个狗娘养的!"喊声响起,她知道这里没有陌生人。这些苍白、温暖的面孔因酒精而绯红,这些家族都经过了一番痛苦的挣扎才来到了这里,在无数的困苦和艰辛后将此地命名为巴黎。肯塔基将他们紧紧联系在了一起。

他们都为她慷慨的祖父和雄心勃勃的父亲举杯——赞颂生者和死者。汉丽埃塔啜饮的波本酒绚丽缤纷,但她只品尝出了困惑。她下午还躺在阿尔蒙的身下,沉迷于肉欲。她恋爱了,但是她也可能是无助而天真的。她眨着眼睛。她真的觉得爱情提供了某种荫蔽吗?国籍,阶级,地位,家庭,人种。你可以脱下鞋子,走过大厅,避开众人的目光,但是你永远不能逃避出身和门第的差别。

那个女人鲜艳的嘴唇开合着,叫喊道:"大家一起来呀!晚会开始了!"他们被引领向餐桌,金色的餐具、水晶高脚杯和古老的瓷器在吊灯下闪闪发光。女人举起酒杯,用叉子敲打着。"我们齐聚一堂,庆祝新的肯塔基家族博物馆的落成,"——周围掌声响起——"它由佛格家族以约翰·亨利的名义投资建立,我们会把他作为团体中的一员永远铭记,现在他已经故去三十年了。如果没有约翰·亨利和亨利·佛格,我们不会也不能成为现在的自己。他们保存下了我们的过去并引领我们走向未来,但过去仍然重要。佛格家族是畜牧界的一颗明珠,虽然他们更愿意匿名捐赠,但是我们让他们这么做。我们要让家乡的明珠闪耀光彩。现在,让我们给肯塔基一声诚挚的感谢,感谢亨利和汉丽埃塔·佛格!让我们一起举杯!"

痛饮了一大杯波本酒,汉丽埃塔的舌头干燥得像漂白的骨头。一阵刺耳的欢呼声,有人在跟她说话。但她能想到的是:上帝,我们看起来都像,就像是从同一个遥远的祖先的产道中爬出来的一样。爱是一个家族活动。当朱迪斯离开后,就好像她从未存在过。她的血统本来可以成为一条生命线的——但没有。

他们开始就餐:配有芒果派香料的扇贝,烤制的干酪芦笋,浇了覆盆子香醋汁的本地蔬菜和奶油布朗尼。

"喝吧。"她父亲说,她照做了。她喝了三杯了。

透过她鼻子前乱七八糟的玻璃杯,她看着亨利就像他站在诵经台上,他的酒杯在手中摇晃,还是她的眼睛在眼眶里晃动?继续喝酒可能就有答案了。

"我想告诉你们一个秘密!"亨利说,"一个甚至连我的女儿都不知道的秘密。"房间似乎在向前倾斜,微笑,"这可能会让你们十分吃惊:当我还年轻的时候被父亲剥夺了继承权。"

一阵不安的笑声逐渐变远,之后停了下来。半空悬挂着的玻璃杯慢慢落了下来。汉丽埃塔笔直坐在椅子上,试图集中她的注意力。

亨利凝视着房间。"你们可能知道,我的父亲约翰·亨利是一个坚持原则的人,当我年轻时我无法理解他的这种方式。但是我知道什么呢?我只是一个乳臭未干的毛孩子。当我看着我们的玉米农场,我看到一个可悲的事实,保守的被滥用的土地。当我父亲试图想象马场的时候,他只看到了虚无;他以为他的儿子会忘记自己来自哪里,忘记他的忠诚应该在哪里。"

亨利把手臂交叉在胸前。"所以我们有了争执,你知道的,我父亲和我。我发现他缺乏勇气,害怕风险;他认为我的计划有辱他的尊严。那尊严——就像你们的——是以世世代代的付出赢得的。总之,他担心他辛苦赚来的财产消失不见。"

"当然,我父亲是对的,"他说,微笑转变为震惊,又微笑着看着汉丽埃塔,"但请不要误解;我也是对的,我马上也要得到了。"

"我的父亲，今晚在这里我们所纪念的人，他把我的反叛视为对比我更重要的某些东西的威胁：我们的家族。他错了，现在没有任何意义了。重要的是，他会做任何事情来保护家族的声誉，保护家族的妇女，维护土地，为他的子孙们建立荣誉。他明白，我们的生活实际上活在别人的思想中。他们的思维主张比黄金更有价值。所以，最重要的事情——我父亲性格中被批判的部分——看似一个悖论，我当时不明白，但现在明白了。他爱他的家族远超过他自己的孩子。"

汉丽埃塔把酒杯中剩下的一口都喝完，很快又重新倒满了。

"现在，我的叔叔从来不想经营农场，他将土地交给我。他能理解我父亲所不能理解的地方：我对这片土地的计划对家族的名誉或财富不存在威胁。这就是为什么我的反叛从未错过。因为它促进了家族的事业。而且我知道今天晚上在场的所有人都可以理解，因为纯蓝的贵族血液在这牧场的中心奔跑，二百五十年来一直就是这样。我们用一砖一瓦建造了这块土地，我们从想要摧毁它的乌合之众手里拯救了它二十次。为什么，像我们这样的家族唯一的原因是我们不是……密西西比！"

房间里充满了笑声，一种强烈的解脱的意味。"我们是老南方，不像我们大多数的姐妹州，我们还在！"亨利举起杯子，"让我们敬约翰·亨利！"

房间像爆炸了一样热闹，但当他转向汉丽埃塔的方向时，他的目光如致命一般。

"让我们敬汉丽埃塔·佛格。我想让你们全都看着她，今天晚上她是多么美丽。如果你想看到我生命的骄傲，那么看向她。我为这个珍贵的女人做了一切，就我而言，她是整个家族至高的荣耀。她从来没有做错过什么，我知道她永远不会有这样的阴影。因为她知道我父亲所知道的，她自己都不知道她有多么像他。"

整个房间的人都转身看着她。

"汉丽埃塔，我要敬你，我的小无赖，"她的父亲说，"我们都为你干杯。"

她举起了第四杯酒。

"干杯！"

她犹豫了。

"干杯！"他们不约而同地喊道。

她一饮而尽，她的眼睛感到刺痛。丑陋的粉红色窗帘在她面前晃动。她试图将阿尔蒙的名字作为救生索，但失败了。

"让我们为我最喜欢的赛马'地狱之口'干杯！"他依旧盯着汉丽埃塔说，"这是一个很好的关于控制的例子，我们抓住了繁殖的好机会。我们将一直继续下去！"

服务员从她的身后绕过去，甚至在他倒酒前，汉丽埃塔都可以闻到他腋下散发出的气味。她再次高举酒杯，他们都把酒杯举起敬"地狱之口"，它是对佛格农场、对亨利的承诺。五重奏演奏起来，客人们纷纷从天鹅绒座椅走向舞池跳舞，舞池有点小，但是大家都挤在那里，手里握着酒杯。大部分跳舞的人挥洒汗水，低声笑语，一些女人的声音太大了，人们相互拥挤着，直到她的父亲拽着她的胳膊把她从人群中拉到走廊，这使得汉丽埃塔衣服的鱼尾下摆裂开了，他们相互对视。

当他们走向地面时，亨利闻到了她呼吸中散发出的波本酒的味道，它浓烈得足以让一个男人沉醉其中。他拿过她手中的酒杯递到她的嘴边。

他说："汉丽埃塔，年轻人认为生活是一场比赛、一次赌博。"

她倔强的眼睛拼命地试图集中到他衣领的纽扣上。

"但你远比他们聪明。"

他的声音像一条广阔的河流。他们都是这样说的,一开始就意识到了,好像生活在缓慢变化,他们的话不合时宜。她想把手放在滚烫的额头上,但是她不能,因为她的手正把酒杯举到嘴边上。他是这样的。

"我爱你,汉丽埃塔。"

她感到恶心,她绕着他旋转——

"但我也爱完美。"

她慢慢点点头,他达到了目的。

他紧紧拉着她。"完美值得冒任何险。"

◆

敲门声传来,当她跟跟跄跄地穿着裙子走出来时,头发散落在肩上,睫毛膏因摩擦晕染开了。她喝醉后变得很笨拙,紧紧抓住床架想保持直立。

"开门,开门。"他的声音是那么熟悉,简直跟她自己的一样。

陶瓷把手转动了,门打开时,古老的铰链嘎吱作响。

"开门,开门。"他平静地目不转睛地说。

她在昏暗的灯光下半裸着。

"进来,爸爸。"

◆

成功:财富、地位、名声;只有在这些成就确保自私基因的生存、自体延续的前提下,才能达到世界上的善;不仅仅是生存,还增加了复杂性,包括更大的头颅和危险退化器官的减少,如阑尾;依赖于基因突变的过渡形式;视兽类的进化为对其祖先形态的背离;在古代思想上依赖于神的宽恕和对命运的掌握;或者,命运由超自然掌管(命运就像一个梭子,围绕着克罗索、拉克西斯和阿特洛波斯的命运,就像细胞里的纺锤体一样）[1]；古人言：一项事业总有好坏两种结果。

◆

现在，亨利就像一个十几岁的男孩，他走路时活泼得跳起来，饭后他恢复了体力。他正在寻找马夫，母马和马驹的呼声像教堂的钟声一样在他周围响起，庆祝着时间。他笑了。另一个马夫到达教堂时已经很晚了。

他们定期来访的兽医是一个头发棕褐色的有大胡须的人，他离开了他的尼桑车，向种马马厩的方向前进。

"你见过阿尔蒙了吗？"亨利问。

那男人抬起了黑色的眉毛，"谁是阿尔蒙？"

"种马马夫。黑人。"

那个男人摇摇头，"还没有，但我会直接去那里的。"

"嗯，当你看到他的时候，告诉他到后面的办公室找我。我等着他。"

现在，阿尔蒙因等待太久而变得恐惧了。当兽医冷淡地向他传达口信时，他在原地停留了很久，弯下腰，几乎无法呼吸，直到他目光的边缘上出现了黑色的斑点。电动警报器已经射穿了他——什么应该是激动人心的，赌徒握着的王牌的胜利应该是什么，当他翻过卡片时发现它是老板女儿的肖像……他感到恶心。他转过身来，面对着鞍具房，很长时间都无法动弹。

但他最终动了，在再次犹豫不决之前他起身了。毕竟，当你的头进去时你的脚就进去了。这就是重点，对吧？是的。完全正确。当他

---

[1] 这三位是命运女神，掌管大地上所有人的命运：克罗索掌管未来，纺织生命之线；拉克西斯决定生命之线的长度；阿特洛波斯掌管死亡，负责切断生命之线。

穿过院子时，他获得了动力。

然后，自那天起，他第一次被那个现在是他情人的女人雇用，他第一个也是唯一的一个情人。他站在大房子的厨房里。高高的方格子天花板、黄铜配件、白色的塑形檐口、闪闪发光的电器、赭色瓷砖地板，这一切都是闲适的、富有的。但他发现，他不能把汉丽埃塔和它联系起来，也不完全是。起初，她像一座石头雕像，平滑而且冷淡；但现在她是一个把他包围在温暖中的人，当她在他身体上晃动的时候，她的头发扫过他的脸，她的——他不得不停止思考。耶稣基督。

沿着厨房向前走是一个宽阔的大厅，它位于房子的西边。就像以前来过这里一样，阿尔蒙本能地转向一条狭窄的垂直走廊，沿着楼梯跑到黑暗的二楼。起初，他静静地站在门口，盯着坐在桌子旁的亨利看了一会儿，被他原则性的美感吸引。透过两层的六格玻璃窗中射进来的阳光，亨利闪闪发光，窗帘仿佛有意为他吹开了。他像西奈山的小牛一样金光闪闪。如果光线再低一些，头发更黑一点，那就像阿尔蒙自己漂亮的父亲了，但是亨利更强壮、更红润一些。

"进来，"亨利说，并没有从文书工作中抬起头来，"进来坐下吧。"

阿尔蒙犹豫了，感觉到某种好事缠绕在他的恐惧中——是的，他最初想要的事即将发生了——他面前的未来，就是那些。

"我一直在琢磨一个难题，"亨利终于抬起头说道，"但我想，我已经解决了。"

阿尔蒙紧闭着嘴，他的下巴略微低下，眼睛一眨不眨。

亨利轻声嘀咕道："该对阿尔蒙做什么呢……拿种马马夫怎么办呢？"

阿尔蒙不敢移动，唯恐露出什么破绽。

亨利说："我曾问过你一次你在这里是为了什么，现在我知道了。

阳光下没什么新鲜事。跟你挑明了说吧——在某种意义上，你已经策划好了你的道路。但你要清楚一点：我再也无法容忍你留在我女儿身边了。"

现在，阿尔蒙的嘴像等待吃诱饵一样张开了，但是亨利抢先说道："我不是傻瓜。我知道我不能让你远离她。但我有个你应该不会拒绝的提议，而且这对我们彼此都有利。"

阿尔蒙不得不把这个词从他紧缩的心里拖出来："比如说？"

"我有一匹非凡的马，"亨利说，"我知道，就像我以前从未知道过的一切。从我只有你一半年纪的时候我就这样做了，相信我，我知道所有我该知道的。我提议把你和'地狱之口'送到麦克的训练中心，让你监督它的训练。我是说，我想让你成为它的私人马夫。你会有一个马夫的薪水，但我有一个合同，承诺在第三年你可获得它价值的百分之五，在它退休时支付。三年后，你会得到你应得的，然后你就可以离开了。这件事结束。"

"不，"阿尔蒙突然说，"不成交。"他一说出口，就感到一种突如其来的、令人瞠目的安慰，就好像存在摆脱这种疯狂的办法。他可以立刻走出门。但实际上他只能短暂地愚弄自己。结局已注定，他知道他们会做一笔交易。但这超出了他的控制。

亨利坐回他的椅子，令人难以置信地没有管理好他美丽的外表："请不要试图告诉我你爱上了我的女儿，我可不是乳臭未干的小孩子。"

阿尔蒙突然向前探过桌子，他的表情里闪着某种意图："百分之十的收入。"

"百分之十！给马夫？你很幸运，麦克每周会支付给你三百五十美元！"

"你以为我一生打算都这样做吗？"阿尔蒙发出嘘声，瞬间他的话匣子打开了，这些话在他心里憋太久了，"你觉得我没有远见？你关心什么钱做什么？这不是你这样做的原因！我想要它的两只小马驹——第五年和第六年的，以及你每五年去配种的最好的公马的股份。这就是我想要的。你得到了什么？"

亨利努力平静下来，因为他看到这个年轻人实际上对于这件他一生都在努力的事情非常气愤。他的嘲笑十分苍白。"为什么我对你想要一份施舍不感到惊讶？"

阿尔蒙从椅子上站起来，他的体格似乎使房间都在上下波动。他瞪大眼睛看着亨利，血涌了上来，"我在七岁的时候看到一个白人老兄踩了个黑人小伙，他的下巴被压在他的靴子下面，就像在折叠一张纸，他的舌头像死狗那样伸出来，一只眼睛紧紧贴在地板上。他没有立即死亡，他花了五天时间。你真的认为我想要的只是一份施舍？"他说："你需要了解赔偿的意思。"

亨利显得很吃惊，"坐下！"

阿尔蒙向门走了一步，盲目地扭动手把。又一次，他感受到了野蛮的感觉，他可以简单地走出去，这次谈话会像纸牌屋一样崩溃，他可以回到他的房间，生活将继续下去。但不。这不是接下来会发生的。

"坐下来，否则，不会有任何交易！"亨利咆哮道。

阿尔蒙缓慢地放下他的虚张声势，回到了座位上，但是他静静地说，对自己能假装如此冷静并宽容而感到惊讶，"你不知道这匹马会表现得怎么样……"

亨利点点头，挥了挥手："这是一场赌博。但是考虑到赌注，我愿意做。"

阿尔蒙攥起拳头等待着。

亨利继续说，"好吧，我会给你百分之十的收入——听我说——只要它在第三年结束时就退休。我所说的是，你必须保证它健康地获得三个冠军①，否则你什么也得不到。什么都得不到。你听到了吗？然后你会得到它的两匹马驹和两个种马股份。接受条件或离开，我不会继续谈判。但警告你——所有这一切都取决于你不再与我女儿联系。我的意思是两个人之间不可以有多余的话。如果你同意，从现在起你将被麦克·斯奈德雇用。"

阿尔蒙不要现金，马就像银行，"成交。"

亨利坐了下来，"很好。"

"我在哪里签约？我们需要签约，对吧？如果我不签署，就没有任何交易。"他听起来很渴望，天真，荒谬。

亨利嘲笑这个男人的和他女儿的想法。"星期一上午九点，在这个办公室签约。"

然后，阿尔蒙走出房间，他的脑海里开始出现一丝光芒，简短的、得意扬扬的欢乐。然后，他意识到他胸口如此平静，好像他的心脏停止了跳动。他在门口停了下来，用手放在把手上。他静静地说："你真的这么讨厌我吗？"

"讨厌你？"亨利没有抬头，他的注意力回到了面前的文件上，"我甚至不记得你的名字。"

◆

有一个关于七座山丘的古老故事。一头大狮子住在那里，每天都吃掉其他动物，以增强自己的力量。所以动物们聚集在一起，派了一位代表，它说："像你这样伟大的狮子，不必浪费精力自己去捕食。

---

① 在每年五至六月的短短五个星期内，有限定三岁马参加的三场经典赛——肯塔基德比赛、必利时锦标赛以及贝尔蒙特锦标赛，举办地分别是肯塔基州的路易斯维尔、马里兰州的巴尔的摩及纽约近郊长岛。"三冠王"赛马指同一匹马在同一年赢得这三场经典赛事。美国赛马历史上只有十几匹"三冠王"。

作为交易，你每天只吃我们中的一个，我们就会把你的食物亲自送过来。"

"好吧，"狮子说，"从现在开始吧。"

它们按照它的要求，在第一天送了一只羚羊。第二天送了一只山羊。但是动物都很担心，因为它们知道很快就会轮到它们自己。

有一天，轮到野兔牺牲了。但是在它去狮子那儿之前，它走下河去滚了一身泥。当出现在狮子面前时，它很脏。

"我不会吃你的！"狮子喊道，"你很脏！"

"哦，我过来不是被你吃的。"野兔说，"我给你带来了一只野兔，但是一头大狮子来了，与我搏斗，把它从我的怀里夺走了。"

狮子很惊讶："还有另一头狮子漫游在我的七座山丘吗？"

"是的，"满身是泥的野兔说，"如果你跟着我，我会告诉你它在哪儿。"

所以它把狮子从它的巢穴中引出来，穿过热带稀树草原走到深井边。野兔指向那狭窄的深处。

"看！"野兔说，"狮子在那里，还有野兔！"

狮子看到了，的确如此。然后它就跳进了井里。

◆

一开始，她在缅因街的一场筹款活动上喝了一杯劣质酒，一种很有味道的葡萄酒，尝起来不像浆果或者橡木，只有苦涩的味道，就像清酒一样，她拿起酒杯，责备服务员道："你给了我一杯残汁？"

两天后，她在温蒂角吃午饭，没多久一扇纱门猛地在她身后被撞开，带腥的猪肉味像汹涌的潮水一样涌向她。她本能地退出去，站在门廊前，面对着上帝和纯血马，直到她的胃里不再翻滚，她才能能够回到里面吃东西，但不是猪肉。

在将近二十分钟的时间里,她不停地呕吐,在这种突然强悍的疾病中,她没有时间停靠,在靠在窗户前时几乎没有放慢脚步。直到她踩下刹车前,车在车道上疯狂地摇晃;她停下来休息,像一条搁浅在路上和由浅浅小溪勾勒出的水沟上的船。她从座位上爬出来,呕吐在焦油路上;她正靠着发动机罩,驱逐内心的感觉;她手脚撑在地上休息,就像被戳中了要害。

没有新故事,只有新一代。她的乳头感到疼痛,她的头轻飘飘的,不熟悉的感觉,不能专心,她最近疲惫不堪。在过去的一整个星期里,她一直回顾过去,仿佛受到了一些预兆的影响,开始失眠。她认为这是因为好久没看到阿尔蒙的原因,他一周都没出现过,葡萄酒尝起来很糟糕,现在——

一对老年夫妇的卡车停在她旁边,他们拉下窗子,用颤动的上了年纪的柔和声音说:"你还好吗?我们可以帮助你吗,小姐?"她从头到脚像动物一样嚎叫,"走开!"

然后,她依靠晃动的双腿支撑起自己,一只手抚摸着湿冷的脸颊,另一只手扶住白色引擎盖,希望能找到可以提供支持的任何物体。她可以闻到自己污秽的气味。最深处的惊喜淹没了她,完全不同的古老而惊喜的生活,不请自来的生活。她盯着天空,但这是不可原谅的,就好像它击败了她一样。太阳洒落在她的脸上,不一会儿,失败被兴奋淹没了。她想到了阿尔蒙并且敞开了胸怀。除了:没什么事是简单的,那是陷阱,生命入侵,因为你出生时就有胸部、子宫以及生育的诅咒。她一直认为,快乐是像吃饭或谈话一样简单的事情。她错了。

她摇摇头,大声呻吟。父亲,谁又能说?她把两只手掌都压在面颊上。"哦。"她说。她陷入困境的空虚,蹒跚地朝着小溪走去,水只有书那么深,不顾冰凉的水渗进她靴子的缝隙,她穿过小溪,另一边是白色的围栏。她把身体靠在栏杆的上面,盯着她面前的牧场。

431

她把手伸向肚子的平坦地带，考虑着痛苦的讽刺，那里的平坦与里面正在发生的变化形成了一种腼腆的矛盾。它让她的心灵旋转，暗中思索：不是不可避免的吗？身体制造身体……难道不是从她最初把阿尔蒙拉过来的那一刻起，注定就要发生的吗？最初是渴望他，但是一天、一个礼拜，随着时间的流逝，她越来越想把自己交出去？但父亲。天啊。实在是让她震惊，她突然想起她的母亲，她的忠告。但是朱迪斯已经离开了——已经走了很多年了，她们之间的距离远远超过了实际的距离。

最令人讨厌的问题出现了：现在怎么办？

她快速眨眼，试图清除自己看到的。她一生之中都在训练她的眼睛，这是自然世界，这片她通过围栏的顶板测量的土地。震惊的麻木已经消失了，她收集了有序思想的残余物。因为不知道父亲是谁，她直接的冲动是摆脱它。她克服过什么？她失去了一些冲动或一些遗忘；她以为她是在恋爱，她十多年一直在防止这种情况的发生，但在这里她完全失败了。要么。或者，她忍不住想，有机体的生物命运是复制的，而且她甚至没有向阿尔蒙提出避孕，让他躺在她身上；她甚至不经常来，这没有什么重要，因为……是的，就像阿尔蒙，她并不自由。然后与她的父亲，因为……她颤抖了。她绝对地、肯定地知道地球上没有动物比自己更缺少自由。但问题依然存在：她的职责是什么？嗯，她一直说她的职责是亨利，从这个责任来说，她只是为了享乐而让自己从这个问题解脱。有一些惊喜，她意识到她从来没有沉迷于她对别人的责任是什么这个问题。再一次，这个问题本来只是抽象的，但现在生活的激进力量正强加在她身上，她不再接受任何诡辩。她想拼命地认为这件紧急的事情不是生命——她会强烈地争论一次——但现在它只不过是一种智慧的自负。她以母亲的思想，一种古老的原始的思想知道这一点，这可能是一回事。这是愚蠢的、迟钝的生命。只有女人——而不是科学——知道这些物种如何生育：下一个生命根本不是什么新鲜事物，而是起伏，从最后的丰富中溢出来。地球及其生命并不是在七天之内被天上的精灵创造的，地球是一个永恒的生命渠道，在蜕变和生命激增中产生能量。问题不在生命什么时候开始，而是，生命会结束吗？以前没有看过，生活在一个幻觉的面纱下。她不想要这个知识或这个变化。她想孤独一人。然而她的欲望只不过是一片云彩，因为在这里，她的雌激素上升，孕激素上升，子宫膨胀，生命弯曲，这塑造了她的意志，因为她总是屈服于别人的意志。她们是陷于别人体内的两名俘虏，两个完全相反的意愿。讽刺是赤裸的，痛苦的，不可避免的；她是一个女人，所以她是生活的奴隶。以前她并不理解她没有选择的残酷现实。她凝视着崛起的牧场，一群海湾马匹像草原博物馆的雕像一样站立起来。她的职责是什么？现在她认为是山，她所爱的覆盖地球的草原；她认为郊外的野马和野牛的身体像野草或蛇皮，在平原上毫无用处；笼罩的加拉帕戈斯雀和奇异果；针灸藤壶在道恩村的桌子上摊开，他们的生殖器官被刺开和捏拢；她想到了最后的小鸽子以及它的陌生负担，就是因为奇怪的奴役而灭亡。她终于想到了自己。对于这个无休止的复制，对这个狂野的世界，她有什么希望？这是孤独的。那么她对生命和天然野性的责任是什么呢？她意识到没有义务，只有选择，选择是最重的负担。对祭司和其他傻子的职责。那么，她会选择什么？她会撤销她的意愿，并允许这样做。她的肩膀塌下来，嘴唇麻木地张开。器官的战争可能随后会发生，但对她来说却存在利益冲突，她无法判断。她必须自己回想起来。她再次跪下，抓住围栏呕吐。

◆

阿尔蒙。现在这个名字引起了一种全新的、极其痛苦的渴望，因为她的生活在一天之内发生了翻天覆地的变化。面色苍白如纸、眼中充满泪水,汉丽埃塔奔向马场。她无比希望看到他的脸庞——不止如此,希望感受到他紧紧的拥抱;不为做爱,而是为了一些更重要的东西:支持。

但是马场里没有人,她的情人、她孩子的父亲不在这里。甚至连他的气息都没有。上帝啊,他的气息曾经是她的毒药!这气息曾让她情不自禁地脱掉衣服,舒展身体,紧紧地抓住那玩意儿。某个短暂的、狂野的时刻,汉丽埃塔由于惊慌而无所适从。当女人们让男人进入她们的身体,就像邀请死亡靠近!她们为什么这么做?爱情怎会值得如此牺牲?那些黑暗黎明中的幽会和她听到的交织在一起的喘息叫喊……这些声音是栖息在生命之树上的小鸟吟唱的歌谣。

她对他的渴求已经超越了空气。

在看到阿尔蒙之前,她首先看到了纷乱的马匹——小马驹身体里蕴藏着不畏惧的能量,如丝绸般闪闪发光,虽被桎梏但仍有不可摧毁的精神。之后,她意识到了这匹小母驹正被阿尔蒙的手牵引着走向拖车。

"你在做什么?"她说,声音尖锐,窘态毕露,"'地狱之口'还不能送到麦克的训练中心去,还差几个月。"

阿尔蒙愧疚地转身,牵着马的绳子松了一些。他抚上她苍白的脸颊,迎着她无畏的、超然的目光,仿佛失去了时间的概念。之后,他掩饰了脸上的情绪,使得汉丽埃塔无法读出他的情绪。

"走了。"他轻声说。

汉丽埃塔惊讶地后退一步,"什么意思?你和'地狱之口'一起?"

"我们就要去训练中心了。"阿尔蒙慌张地瞥向货车司机,他可以看到那人好奇的目光正在他们身上逡巡。

"什么?"汉丽埃塔质问道,声音不由自主地升高,"你到底在说什么?我没这样安排过。"她伸出手企图抓住车,但阿尔蒙加重了力道,他的肩膀如宽厚的墙一般阻挡着汉丽埃塔。她的喘息声清晰可闻。

他无法直视她的眼睛,"我现在是它的专职马夫了,我陪它一起长大的。"

汉丽埃塔震惊地盯着他冷漠隐忍的脸。这个谎言是她见过的最恶毒的诅咒,给了她沉重的打击。"为什么?你在这里工作,在这里,和我一起。"

他扭过头不再看她。

她上前逼问:"谁允许的?到底是谁参与了这件事?"

避开她的迫近,阿尔蒙只说了几个字,"去问你父亲吧。"

汉丽埃塔迷惑地站在那里,努力整理着自己的思绪。然后她再度上前,双手用力,捧起阿尔蒙的脸迫使他朝向自己,让他无法逃避自己的目光。他可能心碎,可能屈服,但汉丽埃塔跳到一边,浑身散发出野性的女性能量,像毒蛇一样将他紧紧缠绕。

"我怀孕了。"汉丽埃塔说。

短暂的瞬间,她在阿尔蒙眼中看到了纯粹的、孩童般的迷惑,然后他用前臂猛然将她推开,脱口而出,"不,你没有!"

"什么?"她浑身僵硬,这个打击远远大于身体对她的打击。

他摇着头,看上去很困惑,然后充满战斗力,又困惑了,"不,我所有……我搞砸了。不可能……太迟了。"他语无伦次了。

"什么太迟了?"

"不。"

"你是什么意思?"她大喊道。

"太迟了。"他绝望地低声说。

汉丽埃塔沉默地看着他,似乎亲眼看到他从熟悉变得可怖。难以置信地听完他的回答,她松开了自己的手,然后抬手打向他的左脸。

紧张地目睹了这一切的司机这时拉开门,走出卡车,叫喊道:

"喂，快看那里！""地狱之口"蹦跳着嘶吼着，竭力踢蹬着小腿，它线条流畅的脖颈因奋力挣扎而变形，阿尔蒙不得不跑回它的身边。司机举着手站在一边，不知所措，面带歉意。

"阿尔蒙，我怀着你的孩子！"

他十分绝望，四处搜寻情绪的突破口。当他看到小马驹时，一种诡异的平静淹没了他。他挑起眉转向她，"我怎么知道这个孩子是我的？"

"天哪！"司机瞪大眼睛，无处安放目光，只能盯着车轮。

现在她抓着的手松了下来，指甲嵌入土地，支撑着她的关节松垮了下来，她倒在了阿尔蒙身上，疯狂捶打着他的胸膛、肩膀、脸颊，尽管他努力用一只手保护着自己。司机拉开她，用有力的臂膀将她圈起来。

她尖叫着，"你知道自己是什么吗，阿尔蒙·肖内西？你知道自己是什么吗？一个老古董！你真的要一走了之吗？你想一辈子都做一个他妈的老古董吗？混蛋！"随后，她口中发出谩骂和无意义的叫喊，叫骂声像鞭子一样恶毒残酷，连抓住她的司机都忍不住对她喊道，"上帝呀，女士！冷静点儿，闭嘴！"

但是阿尔蒙对此毫无反应；他躲藏在自己那熟悉的、冷漠的面具之下，她的言辞于这坚硬的面具毫无作用。"你得到了你想要的。"他轻声说，声音中透出了些许不确定。

"什么？不！"汉丽埃塔喊着，"不，我没有得到！"

阿尔蒙开始逃避。他把"地狱之口"引回拖车，当汉丽埃塔意识到除了肚子中倔强的小生命之外，自己一无所有之后，她再也无力争吵，瘫软在司机的怀中，说，"为什么？"带着女孩的娇弱与伤感。

阿尔蒙拴马的手颤抖着，几乎不能呼吸。但他已经作出了决定。没有人曾给他提供过庇护，而他也无可奉献。他转向汉丽埃塔，虽然不敢直视她的眼睛，但他曾如此真诚地面对过她，超过任何其他人，说，"因为我要赢。"

436

她困惑而筋疲力尽地说:"你要赢得什么?"

阿尔蒙拴好了"地狱之口"。卡车驶近了,他麻木地走向拖车。他走向那匹栗色的老马,忽然感到一阵作呕,但仍没有回头,"这是黑人的事情,你无法理解。"

父亲,父亲,父亲!

她积蓄起力量,感到骨骼疼痛,蹒跚地走进屋子里,她的口腔和肺部好像有火在燃烧。

他当然在那里:父亲和情人。他一直都在。他建造了房屋,书写了历史。他给了她生命。

她斜靠在厨房门边,脸色苍白。"我怀孕了。"她抽泣道。

"很好。"他说着将她搂进怀中——老迈而强壮,给予她生活的支撑与力量。

她将舌头探出,尝到了泪水的味道。

他说:"我会一如既往地照顾你。"

她开始哭泣,佛格家的忍耐力永远起不到任何作用,一点用处都没有。

"冷静下来。"他说。

"我恨他。"

"冷静,不然会伤到孩子的。"他说着,把温暖的手掌放在她平坦的腹部。

她用力甩开他的手并后退,身躯摇晃、声音颤抖,"你最好祈祷不是你的孩子——你不知道吗,衰老的种子只能产生病弱的植物?"

◆

汉丽埃塔终于放声大哭起来。她从未哭得如此伤感,即使在小的

437

时候母亲离去时也没有。她无法自控，几乎无法顺利走上楼梯；在某个时刻，她就像一个破碎的、被遗弃的娃娃，直到跪倒在地，被无边的悲伤包围。之前，她一直心存希望，认为爱是给无私的馈赠者珍贵的礼物。但是现在，希望在光明中死去，腹中的胎儿不断长大，却带不来希望的黎明。她的哀号环绕在屋里，那些巨大的奖杯像是浪费梦想的纪念碑。她无力起身，只能可怜地靠双手和膝盖爬进卧室。但当她看到自己的橱柜、破旧的书籍时——旧时光的遗物——感到衣服骤然收缩。她猛然脱掉自己的背心，蹬掉牛仔裤，最终脱掉内衣，全裸走入浴室。

她紧紧抓住浴室冰冷的陶瓷浴缸，但却无力看向镜子中的自己。为什么是现在？她举止怪异，她自己就是一个谜团。她痛苦地感觉到时间流淌过自己破碎的身躯，她暂时的形态；当她消失的时候，时间将冷漠地继续前行。她开始觉得自己虚度了时光。

想起那些老旧的书籍，汉丽埃塔回忆着年幼时候的学生生活，按照自由意愿探索而非被父亲逼迫的阶段，想象着也许教育的最终目的就是发现超越自我的世界。思考，思考，思考……上帝呀，怎样才能束缚住她飘散的思绪和意志？

她的心绪如盛夏的花朵一样绽开了。

与她而言，生命不断被分割，被叠加。但她知道，那个被认为掌控一切的机器只生产谜团。组织的原则仍然隐没在黑暗之中。她承受了那么多——多到她已经不能再承受。怎能在同一个身躯中生活这么多年而不知道自己的渺小？她一直忙于消化而非吸收，被自己想要的吸引而忽略其他，麻木地无视头发脱落、骨骼僵化、呼吸沉重、心脏污浊，她的血管是无尽的水道，流经她脚下的土地。她本不需要审视每一寸土地，而应该正视自己。也许她曾知道这些，但有些东西、有些人驱使她躺下，使她只能看到四壁和低矮的屋顶。然后不知怎么的，她仿佛中了魔咒，认为这就是自己想要的全部幸福，任由男人抛弃却从不过问遗弃是否是满足的先驱。谁更享受性爱？为什么，泰瑞西亚斯，我说是女人！九倍于男人。

力气一点一点回来了，她透过窗户看向牧草茂盛的农场，那里有他们的马和父亲的牧歌。是的，她已经见识过形形色色的男人，取悦他们，游走于力量之间，屈从于自然的本能而无法抗拒。此时她的父亲仿佛他们从未出现过，他们是谁并不重要。这看起来如此简单。是的，回到那个时候——那真的只是几周之前吗？二十岁之前的时光？回到纯真的岁月，她的月经期曾只是一种烦恼。她的下体好像是自己创造的一般——独特。没有什么像我自己一样！但是，怀孕将这种幻想如廉价玻璃一样打破了。男人与动物的不同之处在于胃口的延缓。而这是真正的分割点：每个月经期都是一次鲜明的提醒，像上帝在表明每个未出生的婴儿，那些静静地在隐秘处等待的生命。女人是代与代之间紧密联系的绳索，所以没有哪次做爱是随意的。不仅如此，世界上不存在自由的身躯，我们可笑的随意选择是极其罕见的。每个婴儿都哭泣着降生，满身是血地紧握着一张即将到期的账单，小小的卵在体内孕育，漂浮在温暖、充盈着液体的黑暗中。这个世界，真的存在着。她想，女人的身体就是这样，从古至今承担着无形的责任——未知的、不可选择的，无论是野蛮的泼妇抑或女神——像一头盲目的、倔强的骡子，扭动脖颈、抛撒鲜血徒劳地为自由抗争，无知得甚至不知道自己在世界上的名字：骡子。一头骡子不是一穗玉米或一杯波本威士忌，它是被称为物种的事实：马属骡子，一种属马科的马，与它的父亲或母亲的染色体都不相同，一种不因自身过错而产生的义务——从幼年时期开始就注定的苦难的生活。

不过，这不完全正确。她陷入了自怨自艾，意识游离，在身体中四处游荡。她不再哭泣了，眼睛已经干涸。馅饼中有某种毒药，她渴望决定性的甜蜜之爱，带有殉道的后味，但它的代价太大了。简单的答案需要心灵的死亡。是的，思考是沉重的体力劳动，不像做爱般欢乐，所以她在很久之前就放弃了这种行为。这是无情的事实。日常生活中所有让人分心的事都比思考简单得多，因为思考的结果——信仰——产生无止境的可怕的要求。它毁掉了所有的快乐。然而，在这个无与伦比的世界里，活在半心半脑的世界里的，是一个死去的女人。

她最后感受到的是震惊，丑陋却明确无误。她用牙齿咬住皮表带，感觉自己会在锯掉一个老的、患病的肢体后存活下来。她感到自己的全部生命都被禁锢在一个无法选择的躯壳中，但这只是真相的一部分。本能从未覆盖她的意志。基因不是法官，只是法庭记者。更确切地说：基因是被困在一个有机体里的囚犯，它可以推理和计划。她，汉丽埃塔，已经作了很多很多选择。她的身体是女性，但她从不是奴隶。从不。那只是她自己的想象而已。

◆

现在，可怜的亨利——胜利应该属于他！这是让他女儿子宫频繁活动第一个月的胜利。但他很难满足。他听着汉丽埃塔在楼梯上如野兽一般号叫，他的耳朵随着家庭的血液而盛开。焦虑像蠕虫一样让人不安。如果孩子不是他的怎么办？一种陌生的、揪心的感觉在他的器官周围挥之不去。他意识到这只是恐惧。如果不是汉丽埃塔，而是亨利自己被压抑和控制呢？不，不，不——他知道生命的伟大机器已经单独被他唤起，正在她肚子里不停地分裂，羊水和胎盘随着细胞集合而出现，从三层半透明的膜中飞溅而出。他女儿制造的不是她自己的新鲜的、原始的马，当然不是一匹黑色的柏布马，而是一匹纯粹的纯血种，从古老的钉起来的谱系书里可以追溯到这条生命之线。

所以在第二个月，我们的肯塔基上校释然了。它肯定会出来的，这个小小的，孩子的孩子：来吧，苹果种子，小球状的东西，闪亮如盔甲和新的可识别的物种———种简单的鱼，然后是一种蝌蚪，它的冠状和爬行，爬行动物的眼睛，然后是最小的马。它有了极其微小的移动。它的心脏在亨利的鼓上敲动。它将填满希望的框架。

在第三个月的时候，事实真相通过汉丽埃塔扭曲的肚子宣示着自己。但奇怪的是，汉丽埃塔自己现在却显得出奇冷静，骨子里浸透着深沉的安静。这就像一个无风的日子里环绕在轮船周围的透明宁静，她的疲倦比之前的痛苦更为剧烈。她怎么知道亨利不是同样的感受？在她日渐鼓起的肚子里，藏着什么秘密？她真的以为她孕育的是一个崭新的玩意儿，会在生活的光明大殿中喷薄而出吗？热血统是不会从冷血统中孕育的，金子里也不会有诞生铜——

汉丽埃塔：噢，算了吧，纯血马是晚期的配种，纯属种族混交。那就是为什么它们如此强壮。

亨利：品种在基因上要纯。

汉丽埃塔：不，他们让强壮的英国母马和快速的摩尔马结合在一起。

亨利：血液总会证明的。

汉丽埃塔：它们在找寻的是自由向前！你难道不明白吗？

亨利：纯血才能建立帝国。

汉丽埃塔：他们让世界先进起来！

第四个月，亨利用火热的手指挖着耳朵弯曲的耳道，在那儿，没有郁闷可以沿着这条道路进入老旧的家族脑袋。在那个昏暗的东西里，产生出一个完美、纯种的样本，是他自己制造出来的——现在，一条苍白弯曲的小臂正在悄悄生长，不断加长、伸展，从脖子一直到潮湿的尾部，一直测试着新找到的肌肉，到处蜿蜒蠕动着，变得像铂金一样重，等着，准备着生活的爆炸。新长出的翅膀像透明的旗帜般展开——神的痕迹——珀伽索斯要从她母亲的脖子上跳过去，它体内奔腾的血液能让它自由飞翔。

　　第五个月，亨利大脑的宫腔里稳稳地加深着恐惧。如果种马从变酸的奶里生出来怎么办？要是一点神圣的残留都没有，只剩下那好色之徒的特点怎么办？马尾、偶蹄，还有黑色好斗的眼睛。都是她的错——勾人的女子！她太撩人了，太暴躁了，也太丰盛了。她躺在碧绿茂密的大树下起伏的草地里，在"别人"刺痛了她，把她摊开的时候，她被"自然"所陶醉。看那注定的奇迹如何造出平民来！这会儿，好斗的小山羊正甩动着她那湿透的小马尾巴，他在帮她冲掉多余的黑暗之酒，奇怪的是，他很粗鲁，还带着笑。那黝黑的小魔鬼已经自己耸立了起来，什么好处都没有，也不适合工作，那是一个母亲的麻烦，自然的多余，好战的猩猩和一个女人的孩子还是猩猩。动物寓言集里描述的他应该有懒惰的习性。

　　现在，那玩意儿在六个月的时候正踢着她——她的身形大了一倍，样子很遭罪。她抱着自己的肚子，呻吟着，但带着被拴上犁的圈养动物，带着任命的解除。噢，亨利·佛格，你丧心病狂地想着什么呢？那个肚子里长着个什么怪异东西，那是一个父亲和女儿的结合，那是违背自然的罪恶：毛发旺盛、发育良好的食尸鬼，有着腿、胳膊和像眼睛一样感知的嘴唇，脆弱病态的小孩，带着警告和扭曲的四只手，或者像是脚蹼一样的东西，像鸟嘴一样，或者有尾巴，屁股连在一起，一种罪恶的新物种。毫无疑问，它太奇怪了，应该在出生的时候就像克拉科夫或者拉文那的怪物一样被杀死。因为父亲的罪恶，它们的身上被烙上了畸形。

　　不。够了，亨利。够了够了够了够了够了够了够了够了够了够了。

◆

　　路将她一只手臂伸进一匹枣红马的子宫里，一直伸到手肘那里。她的脖子放松着，肩膀是自由的，阳光穿过浓雾般的云朵照下来，发髻上的银饰品刚才在太阳下闪着光。她在天空下眨着眼，眼泪哗啦啦沿着脸颊留下来，她的墨镜在地上不小心被她踩碎了。但做这项工作真的不太用到眼睛，她的手向左边压一压，往右边摸一摸，探寻生命的迹象。终于，她摸到它们了——不只有一个，而是有两个。

　　她的站姿很尴尬，面对从天窗照耀下来的日光，她什么都做不了，只能尽量歪着头，躲避阳光的照射。这些天窗都是麦克在训练中心的马厩里装的，总共有几十扇，为了提升母马荷尔蒙涨落的反应。有些人会说，这太奢侈了，但她对这事儿没什么想法。她只在乎动物本身，而不去在意周围的环境或者怎么养马再或者他们的主人和成就。有些人轻视这项职业，因为其中充满了混乱；有些人毫不犹豫地追逐着这项荣耀。但只要马儿和人都存在，这种职业就会存在，她也一样，哪儿也不会去。

　　马儿对她来说一直是被迫联系在一起的。她在自己和这些动物之间找不到任何有联系的点。她在康奈尔最喜欢的教授也曾经强调过这一点，你的工作每天都将和另一个动物的身体扯上关系。不要自己就开始困惑。接近每个动物的时候都当作之前你从来没见过这个物种，这样就什么都不会漏掉。

　　她一直都尽力遵循这条真理。在马厩里如此，在生活中也是如此，她尽量不带多余的见解和想法去接触某些东西。不管怎样，见解和想法到底哪里好呢？它们使婚姻破裂，引发争吵。她丈夫有时候还会控诉她，因为她固执的政治倾向，但她做了什么呢——一个在肯塔基波旁县的镇上的女人——真的什么都懂吗？谁又在乎她在想什么呢？她不需要用见解来证明自己很重要。如果你从小到大一直都是六个孩子里最小的那个，你就会知道你自己在世界上有什么样的地位。

我不懂我不懂什么。

她右半边的身子因为在母马身上工作所以很疲惫，对她来说，她触诊的那一侧身体很强壮，双手也很敏捷，这是件好事。她成功地将两个胚胎分离开来，而不是不小心将整个一包都放在一只手里，那会把两个都杀死。她的手指将双胞胎的其中一个分离了出来，用力捏着，直到这个鲜活的小生命流产。风险当然有，就是你可能会带来第二次的"大红人"或者"西雅图回旋"①，但那只是博弈的一部分。两个都不伤害，最后就会得到两匹羸弱的、个头过小的小马。

路将手臂退出来，在摘掉润滑的手套之前，在圆润的马屁股上拍了一下。因为阳光刺激，眼泪还在沿着脸颊流着，突然她发现身边有个人。她转过身，看到一个扭曲的影子在她眼泪的泳池里游着。她以笨拙的手势用肩膀上的棉布擦了擦眼睛，不像奶牛挥掉苍蝇一样熟练，再次抬起头，看到汉丽埃塔·佛格正站在她面前，她肚子突起得很厉害，孕期很长了。路咽不下自己的吃惊："噢！"这隆起太不协调了，太出乎意料了，就像从一个孩子的嘴里说出脏话来一样。

"你好。"汉丽埃塔说，听上去有很明显的疲惫，女性的声音里带着巨大的负担。只是这声音就让路的屁股因为同情而刺痛了。她立刻想起她怀孕九个月的时候。这种乐趣戛然而止，焦虑的绝望蔓延而出。

"让我先洗洗手。"路说着。她帮马儿解绑，用徒步靴的脚尖猛地将她的行李箱踢到马厩外，但没有跑，她移步到水槽前，把肥皂一直涂到手肘处。她好奇地瞥了一眼汉丽埃塔，她还站在刚刚的地方。阳

---

① "大红人"（Man o' war）和"西雅图回旋"（Seattle Slew）都是美国赛马史上知名的纯血马。

光照了下来,在泼洒的阳光里,她就像一个乡村版的圣母马利亚,她的肚子正熠熠生辉。路轻松地问着:"汉丽埃塔,你现在多大了?"

她像是没听见一样,只是像个聋子一样站在那儿,全然无辜的样子。然后,她手臂弯了起来,像突然惊醒一样突然开口,"二十七。"路在想,上帝啊,原来刚才她一直在思考这个,她要数一数。

"我猜我有好久没见过你了。"她温柔地说,"你什么时候生?"

这次回答得很快:"还有五周。"

"男孩还是女孩?你的胎位看上去很低。"路抑制着想要伸手摸摸她的冲动。尽管她感觉到女孩的某些冰冷已经融化了,但那也不是叫温暖的东西。

"我不知道。"汉丽埃塔平静得可怕——并不是很沮丧,但声音很轻。艰难的事实在女孩嘴里安栖着,但只流出一小点。

路说:"你介意去外面坐坐吗?在马厩尽头的树下有个长椅。那是休息片刻的好去处。"汉丽埃塔点了点头,跟在后面,她们走到了那儿,九月的阳光既温暖又舒适,像一包脂草膏敷在脸上、脖子上和头发上,她们其中一个的头发是红色的,另外一个的像是伯爵红茶的颜色——或者,不一定是伯爵茶。路现在已经四十四岁了。不年轻,也不老,但正处于某些东西的中间。

她们安静地坐了一会儿,汉丽埃塔突然开口说:"你是怎么知道怎样做个母亲的?"她本可以去问问自己的母亲,但为什么她要去?

路不需要思考。"有些是自然而然就会的。荷尔蒙会帮你,很多东西感觉上像是本能。但不全是。我要告诉你,我人生里最糟糕的一天就是我女儿出生后的第一天,我已经筋疲力尽了,她还是不吃奶。我本以为我要精神崩溃了。"路将背靠向椅子,回忆着,"你知道的,宝宝是很让人震惊的。没人告诉过你有小孩是多么难的一件事,到底会消耗些什么。我记得我对这个有点生气——其他女人也从来没告诉我这会有多难。她们就只会分享好事儿。还有，宝宝简直就是一些关系的分裂剂，甚至对好的关系也是如此。"她斜着看了一眼汉丽埃塔，很小心。

汉丽埃塔简单地点了点头，脸上没什么表情，然后说："我会是个好妈妈吗？"

突然，路不自觉地充满了一种深深的感受，这种感受不只是知道那么简单——这个女孩，真的——从来没有被恰当地爱过，她不知道真正的亲密关系的首要大事。这让路心碎。但意识飞快恢复，她带着咨询者的平静开口："你会做好的。我可以告诉你几本好书的名字。我唯一真正的建议就是，在宝宝没好好地稳定地吃上奶之前，别出院。"

汉丽埃塔接下来什么都没再说，两人之间又开始了简单的沉默，这就像温柔的溪流，把她们的对话带走了。路克制住自己想要继续深入讨论细节的热情：你父亲怎么样？那匹很厉害的母马怎么样？就是那匹两岁的，大家都在谈论的那匹。她正尽力避开谈论男孩子，全心全意地想要引出一些愉快的话题。但路选择了等待。她等着，因为她很自信地认为，这个女孩在她的一生中，一个社交电话也没有打过。

然后，汉丽埃塔清了清嗓子，说："你曾经告诉过我一些事。我不太懂。但我几天以前记起来了。"

啊，原来是这。路抬起手掌遮挡着九月温暖的阳光，继续等待着。

"那是'地狱之口'出生的时候。你说，每匹马的降生都是进化失败的产物。差不多就是那个意思。"

一会儿，路把手收回来，抬头看着天。"是，对的。"她说，"我猜，那的确有点讽刺。"

"你懂什么我不懂的？"

这种措辞让路一震，但她笑了。然后，她转向汉丽埃塔，这时候她已经转过身朝向了路,所以她们的头快要碰到一起了,她们说话的语气很平静,树上红色的干叶子落在她们周围,有几片落在了大腿上。

汉丽埃塔突然直起身子,脸上满是惊愕。

"那又为什么要追求完美的马呢?"

"谁知道呢?"路说着,把头转向一边,"不会有这样的事情。也许,美就是一种。我们似乎总是被带偏路线。马儿是多么美的残余物啊。"她斜看了一眼汉丽埃塔,"我本以为你在学校里学过这些。马儿过去常常被当作进化的模型和例子。至少我小时候是这样的。"

汉丽埃塔激动了起来。她突然很生气,但不是对路。她从黑色的、脱了皮的围栏上望去,碧绿的牧草在太阳下蔫蔫的,视线穿过她们面前的场地上空,许多母马都在那儿。她突然生出一股嫉妒之情。这些不完美的小母马们如果在赛马中证明了自己,就会被保护起来、被溺爱、被授予永恒的荣誉——做一匹没有思想的马是多么奇怪的一种幸运啊。在这个世界上,什么女人想要得到那一半的幸福呢?突然,她笑了起来。那不是开心的笑,更像一种困惑的哭泣,一种矛盾的哭泣。然后,它靠着荒谬的力量从她的内心喷薄而出。她向前倾身,嘴里的声音像铜锣声一样冲撞着。上帝啊,她笑得太厉害了,似乎在痛苦中将自己握紧,肩膀因为悲伤的幽默上下起伏,眼泪从眼睛里汩汩流出,但接着,她突然安静了下来,只有头还低着。似乎刚开始她只是累了,将想象中的魔鬼释放了出来;然后,路意识到,她缩成了一团,低头看着她隆起的肚子。

"汉丽埃塔,你还好吗?"路说。

她没说话。但抓住她的力道迅速而强大。她抓的力气太大了,似乎有点吃惊,她的肚子并不是真的在动,尽管她已经察觉到几天了,她肚子里有些东西的确正在积攒着力量。这种确定感就像季节更替,从哀伤的秋天,变到严酷的冬天。

路小心翼翼地看着她,以自己的职业习惯开口。"好,是个很长的宫缩。"她的声音很平缓,"你确定这是第一次?"

过了一会儿,汉丽埃塔才抬起头,她上唇上满满一层汗水,脸颊也蒙上了一层红宝石色。她摇了摇头,"我不知道。它在……移动。"

"你感觉像是经期的绞痛吗?"

汉丽埃塔虚弱地点点头。

"多久了?"

"三天了。"

路没再问,只是抓起她的胳膊,环上她的肩膀,说:"好了,甜心,你得走。让我带你去医院检查一下,为了安全。"

汉丽埃塔说:"肯塔基大学医院。"

"好,没问题。我会带你去那儿的。"

"我不害怕。"汉丽埃塔说。

路笑了。"我这一生中每天都在害怕。"她说。她有些话还没说:我开始工作的时候,本以为是要去战场,但说实话,那不是我能想到的最糟糕的地方。但后来我有个肿瘤破裂了,那更糟糕。但就在她在走向卡车的途中、思考如何组织语言的时候,汉丽埃塔的胳膊伸进了她的臂弯里,就像条鱼钻进多洞的巢穴,终于着陆,她在那儿平稳地呻吟着,平稳得像首歌,一首挽歌,一个咒语。她盘腿坐在那儿,手紧紧地抓着她的肚子,脸上只有纯粹的痛苦。路什么都做不了,只能像服务员一样在她旁边跪着,拍着她的背。

汉丽埃塔的脸色终于舒缓了些,路帮她重新站起来,尝试走了几步,她又可以自如地行走了,成功走进了路的卡车里,在那儿等着路从后面上车。就在那时,她说:"你会给我父亲打电话吗?"路打了,说他们正前往肯塔基大学,男人的声音里满是可以察觉的恐惧,这和她在旁边时低沉、平稳、无情、一成不变、弹性而又隐忍的声音完全不同。这让她胳膊上的汗毛都竖了起来。

路本想安抚她，想说，别担心。我妈妈给我满脑子填满了各种各样的恐惧——她是怎么流血的啦，她是怎么被切了一刀后来就再也感觉不到性福啦，她最后一个孩子，也就是路，是怎么导致她子宫切除的啦。但路只是说："坚持住，甜心。值得。我最后有了一个孩子，我比爱自己还要爱她。她是发生在我身上最好的事情。"

她们正在沿着列克星敦到巴黎镇的路开，汉丽埃塔突然又来了一次宫缩，她紧紧抓着自己的肚子，和这紧急而又扭曲的东西深深地融为一体。她没有了距离感，尽管路就坐在她身边。她的孩子敌意十足地用她的身体争论着，她在复杂的疼痛中面容扭曲。当孩子的需求停了下来，她把自己潮湿的脑袋靠在座位的头垫上，向外看着纯白的马厩，圆圆的塔顶上风不停地吹着，风向标旋转起舞，马儿凌乱的鬃毛长在圆球般的眼睛之上。历史像洪水般将它们冲进瞳孔。她看着看着，石头墙开始摇晃、瓦解，岩溶洞开始下沉，形成凹陷。她又在痛苦中笑了起来，超越了痛苦，面对即将到来的一切。

她把肯塔基看作是满足之地，就像在装了十杆枪的双桅帆船上看到的大海一般。在费力地探索之后，大海向诚实的船只露出最遥远、最模糊的岛屿——通过那次最糟糕的旅行，那是苦行者的选择。一个见习军官的船就是一个细胞，一个细胞就是一个头脑的小望远镜。你是冬天生产和夏天灿烂的测量员，所有一切都在这之间：女孩子变成无所畏惧的航海员。当你长大，变成了母亲，不要忘记早期探索时那些快乐的日子。记住那绿色的丝滑的持久不变的海洋，你坚定的身体之船，未经吸吮的乳房像桅杆一样朝向风，你是如何在古老的海边找到了碧绿有光泽的生命，鸟儿是如何用声音向你诉说着广袤。记住你是怎么带着你的身体走过这个世界，发现你是在这地图上最原始的未加标记的地形标志。

汉丽埃塔的笑让她仓皇失措,路说:"你还在呼吸吗?你在保持呼吸深沉、平稳吗?"

"对,"语气中现在带着怒气了,"对!"她将父亲吹入她肺里的最后一口老自治领州的空气呼了出来,穿过最远处的白色厚木板围栏,向远方望着:摇曳的牧草已经变成了深绿色的浪花,她能看到十个火山岛在不断升高的热度中升起。这是个新岛,太美了,尽管这岛屿在高高漂浮的白云下似乎已经裂开,贫瘠而开裂着,舒服地在这潮湿的环境中耸立着,遍布着天然的生命。她们靠近第一块土地的时候,她能看见,在那么多黑色的圆锥体中间,嘶嘶叫着的爬行动物和暗色的鸟儿。这些鸟儿对她的关心和对大乌龟的关心一样多。

我的天哪,大乌龟!又重又笨的巨型物。第二座岛屿,遍布着交叉的火焰纹路,巨大的野兽正沿着绿色的山边斜坡穿行着。在这火山坑的区域,肉质植物都已萧条,乌龟们没日没夜地寻找水源,在它们爬上险峻的山坡找到泉水之前,它们那满是褶皱的头一直径直向前冲刺着,在那儿,它们的同类刚刚回来,用着向大自然屈服的固定步法挪动着。它们彼此相互经过,就像之前一样,后面,还会如此。现在,到了,滑进水晶般的池子里,没过了它们厚重眼皮下的眼球,喝水,喝水,喝水。

汉丽埃塔的内脏都聚集到了后背下方,用力扭曲着。这种扭曲太厉害、太迅猛,路一直看着飙升的仪表盘,最后她说:"这开得太快了。"汉丽埃塔的回答是一阵沉默,因为疼得太厉害,已经说不出话了。现在,路的脑海里毫无疑问:孩子要出生了。马上。

汉丽埃塔没在听,她走神走得厉害。火山岛的海洋突然走到了尽头,城市在她面前闪烁——铝质墙板、满是凹痕的圆屋顶、艳丽的广告牌、在街道上飞舞的垃圾。但,在生动的正午阳光下,还是有一小片绿草。带着古老记忆的世纪老树。在那儿，勇敢而又聪敏的小麻雀落在屋顶和电线上，电线在卡车上空画着弧，评论着这笨拙发展的城市，麻雀迟钝却迅速，起初朝她的眼角冲去，然后遍布她的视野，聚集在门廊和廊柱上，昂首阔步地找着虫子和浆果，突然扑闪着翅膀向前猛扑过去，用黑漆漆的眼睛盯向卡车里面。它们是一家人，但也有很大的不同，十三种特殊的品种，遍布城市各种各样的居民区。让人惊讶的是它们是多么淡定，多么无畏，这一只也是一样——有着陡峭的尾巴和平缓的鸟嘴。小加拉帕戈斯雀，如此渺小、大胆——竟然落在她的手上，汉丽埃塔带着好奇和欣赏观察了它一会儿以后，一掌结束了它的生命。这会儿，她正用产科医生的手术刀打开它的胸腔，它所有的同类都围了过来，落在卡车的车顶上、烟灰缸上，落在她肩膀上，在她仔细切开时都带着亮晶晶的眼珠好奇地仔细观察着。满是羽毛的肉展开来，露出小小的血管网和盘成圈的内脏。麻雀们精力充沛地谈论着，在她用力敲破胸膛，将生动的器官都暴露出来时，它们的叽叽喳喳声盖过了汽车的鸣笛声、轮胎的震鸣声以及收音机的声音。这就是秘密了，就像是潮湿的财富。太烫了，没法用手去碰。现在，她意识到那只死去的鸟儿和它那些无穷无尽变化多端的同类还在一起唱着，它的喉咙里喷出鲜血和声音，这首歌，为她而唱。

她将尸体放下，完全被说服。难道她不是一直就像个成熟的水果，甚至生活如同在炼狱一般时也是如此吗？她从来没有开心过，这大概是真的，但开心是个廉价且短暂的东西，靠着新鲜感和巧合获得，开心就是集市上的小装饰品，不可避免的是，集市不断运营，小装饰品却被损坏、偷走或者丢掉了。只有欢愉是相伴左右的，那就像血液，只要血液流淌，欢愉就在欢腾，它是器官的本能。她看着这个狂野的、丰裕的世界，新老物种永远都在变化着，强烈的阳光和冷冷挂在半边的月亮，她知道，无论是否看得见，笑声总是留在天上，没人管没人问。她得到过欢愉。如果你内心一直有个坚定的异教徒上帝，那没有任何父母或者敌人能杀死你。她带着惊讶的解脱，意识到在遥远未来的某一天，当带着剧痛的一天过去许久，她会在自己的白骨之上建一座纪念碑，上面写着：已完成。

这是身体的某些活动将她吞没前她最后的一点思考，这一次，不会再消失了。在这压垮一切的痛苦中，有手伸过来，想将她平稳地移出卡车——他们已经在医院了？但她还是直不起身子，身体不允许她这么做，于是他们带来了轮床，现在，亨利就在她面前，他那让人挚爱的脸扭曲着，写满了担忧，就像她的内脏一样扭曲着。

"我在，我在。"他在他们将她抬到轮床上的时候说着。他们在推床了，亨利在她头边跟着小跑着，听着她呻吟："那停不下来。"

"你的宫缩停不下来？"但她的回答只是像动物一样的喘息和呻吟，手像是多节的蕾丝，紧紧抓着她膨胀的肚子。亨利看到，她肿胀的手上，血管像水管一样突出来。在这最后几星期里，她的皮肤被瘙痒灼烧着。对她那苗条的骨架来说，她的肚子实在太大了，就像晚季的西瓜，就要爆裂。拉得太紧了，刺痛的裂纹都被打开，他充满了负罪感。在医院走廊里特制的无菌灯下，他猛地回忆起他们第一次把她交到他手里的时候，她被裹在一个粉色的毯子里。这就是我的孩子了？他曾经这样想过。是我让这魔法发生的？

在产房里，那些问题疯狂地朝她袭来：最近这几周里，你宫缩过吗？很轻微的？你确定羊水没有破？见红了？孩子的父亲来了吗？

但汉丽埃塔被钳制在疼痛里，汗水从她通红冷酷的脸上流下来——还有冷漠的泪水——宫缩不打算放过她。疼痛是可怕的和声，每次响起一个音符，是否每个音高都准确无误、完美运作、过度呈现，是否被拥抱或是被讨厌，都不重要。我不在乎你是不是在探寻着我努力的果实！我什么都不隐藏，生产将我整个碾碎。声音从她最深处传来。

亨利的脸紧紧挨着她的脸,几乎要顶着,几乎要亲吻着她的脸颊,说:"医生在这儿呢。"然后,这男人温柔地在她夹紧的双腿间窥探着。

"就应该这么厉害吗?"她慌张地大声呼喊,"就应该这么厉害吗?"

"该死,"亨利咬牙出声,"给她点什么!"

医生原谅了他的迷糊:"扩张到五指,但高张性宫缩乏力。"汉丽埃塔突然插嘴:"我尿了。"温暖的小流在冰冷得像停尸间一样的房间里立刻变冷。

医生戴着手套将一只手放在她的膝盖上。"佛格小姐,你的羊水刚破。我很担心,因为液体中有太多血了。你开始有点发烧了,我们会尽力控制。你子宫有些张力亢进,这就是为什么不能停下这些宫缩。我们不会用硬膜麻醉,因为——"

亨利的眼睛很野蛮,紧紧地抓着塑料床围栏:"究竟是为什么?"

一个护士的声音从外围传来:"平板纹理——"

"那是什么?那是什么?"亨利的心脏因为害怕也在不停收缩。

医生依旧保持着冷静,令人发狂:"意思是几乎已经听不到胎心。我怀疑胎盘早剥,现在需要马上采取一些措施。没必要害怕。"他转向汉丽埃塔:"佛格小姐,我们要给你做常规麻醉,我想尽快让孩子出来。从脊柱麻醉需要花点儿时间,现在把你带到手术准备室去。"

医生对护士说:"我想佛格小姐像婴儿那样。"

汉丽埃塔虚弱地点点头,脸看起来有些疑惑,但也都被疼痛遮盖。为什么他们要把她放在一个单独的世界里?她一直在疼着,无暇顾及,那疼痛持续不断,根本没有停下来的意思,吸气也疼,呼气也疼,脑子里全是重叠的疼痛。

她的眼睛晶晶亮,他们离开了,又开始动起来,她看到天花板经过了她,这一定就是手术准备室了。她知道,是因为她认出了那个有很多灯泡的灯,它们就像让人眩晕的大嘴银鲤鱼。她父亲的脸——突兀、舒适、她的一切——就这样打断了灯光。她眼睛突然聚焦,满是惊愕和愤怒;亨利感觉像被闪电劈中一样。她的疼痛转移到了他身上,蔓延全身。只过了一小会儿,她就放弃了挣扎。她说:"你从来没爱过我。"

他唯一能做的就是盯着她脸颊那令人震慑的红晕下面的惨白。他奋力搜寻着言辞。"你怎么能那么说?"他轻声说,"我做的所有一切都是为了你。"

"路说……"她的话飘了起来,逐渐消散,消失在无尽的疼痛里。

"什么?"他说,"那个兽医?她说了什么?"

她听到有人在和她父亲说话,但她的身子再次沉了下去,所有的言语都变成了呻吟,因为疼痛折磨着她,用海洋和大山的力量挤压着她。她的脸变得惨白得可怕,连眼睛都开始滚烫起来。无情的宫缩把她改造成了陌生而又孤独的样子。

室内的节奏变了。她现在没什么话要说,全身心只能专注在疼痛上。语言已经结束了。她喉咙里发出深深的痛苦的声音,麻醉师正在努力控制着输入导管。但除了那个,她能感觉到——在那深深的绞痛和恐惧之下——一种深深的、原始的兴奋感。这来自她深度的自我根基。很快,她的孩子就会出现,一切都会重新开始。

在第一个魔法中,宇宙从虚无中创造了自己。所以,总有希望。

当麻醉师带着氧气面罩走进来的时候,她抓住了他的胳膊,留住了他。她的声音现在已经几乎听不到了,因为用力过度显得愤怒而粗糙。她用手势比画着,用手画着圈,于是,他父亲弯腰倾身,她把手放在他那漂亮的、历经风霜、挚爱的脸颊上:"爸爸……"

"什么，亲爱的女孩？"

她笑得很丑，"每个动物都比我们知道得多。"

"请让开。"麻醉师说，但她已经把手收回来放回了自己的脸颊上，因为她需要释放这负担，她说："快点，快点！"

面罩罩在了她的脸上，她深深地呼吸着干净的气体。很好。她的眼睛里笼罩着平静，面具把她隔离了起来。亨利能看到，她在面罩下还在说话，但他已经听不见了。他弯下腰，就好像他们还在交谈，但她的嘴停止了动作，他们只能相互温柔地看着，接着，她闭上了眼睛。

她漂起来了，麻醉剂像低沉而又活泼的潮流涌了进来。她眉毛上的皱纹舒缓开来，意识软化，手被安放得很舒服，像是卸下的重量。现在一股潮流袭来，她感觉到它深深地将她拉了进去，就像海面的逆流，但让人很愉悦，她不介意。她笑了。她感觉好像自己在说话，但更像是在嘴里做着梦。他们要把孩子从她身体中解放出去，她太感激了。孩子需要自由。在深深的水里，她看到一道光，那似乎一点都不反常，只是好奇。太了不起了。

"心电图平线！"护士的声音，猛烈的敲锣声一般，"她平线了！"

这个世界上有些忙乱是亨利不懂的。有人抓着他的双肩，尽力想把他从房间里拉出去，但他猛然惊醒，用惊人的力量把他们甩开，眼睛根本就不能从他女儿的脸上移开，那脸色不断变化着，变成空白，就像房间被清空一样。这变化很微小，但很明确，就在那一刻，所有曾经持续的生命迹象戛然而止。一些老旧的苦涩从她身体上溜走，肌肉也变得松弛，嘴唇张开着，没有感情，也没有言语。这儿什么都没有，亨利动不了，他还站在原来的地方，惊恐地从上到下盯着她，直到惊恐被悲伤取代，那悲伤如此完全、如此彻底，他除了自己也跟着死去没有想到任何其他选择，他想就躺在他女儿的身边，彻底终结。或许，早就已经试过了，除了他们还在叫喊着，还像个新医生一样，把板子放在他女儿裸露的胸上,做着无用的、激烈的电击,她已经死去的、离开的身体剧烈又恐怖地抽搐着,一次又一次,直到真相成了事实:她死了。那个代替她一直奋战,并在她身上奋力挣扎的那个产科医生将一个全新的小生命托到空中,声音因为震惊而紧张,说着:"他活着。他很好。他很好。"这些辞藻——太不可能了——突破了亨利恐惧中那炽热的白光。他困惑地转身,已经忘了这是在生小孩,他的动作痉挛而凌乱,走到床尾。在那儿,他女儿筋疲力尽的身体被打开,在那儿,他能闻到她肚子里鲜血的味道,在那儿,她没有生命的小腿松弛着。护士们像一股激动的流水,从他身边流过,冲向他已经忘却的什么东西。有人再一次想要把他拖走,再一次,他用反常的力量将他们甩开。他的女儿走了,她再也不会开口说话了。这时候,当他转头面向那孩子的时候,他只能感觉到骚乱和吵闹。一开始,他畏缩了,他的脑子像受惊的马儿一样向后仰去。然后,亨利颤抖着双手,将这个小小的、长相完美的棕色男孩贴到他的胸膛上,吃惊地看着这个他剩下的唯一的亲人。

插曲 IV

有一天,潘恩山区最大的上帝在激起一大片海洋、洒满星星和创造一个太阳用于照明之后,制造了一个男人。在这山里他不是最明智的物种,也不是最强壮的,但他是最勤劳的,并且听吩咐做事。上帝说:"给这里所有的动物都起个名字。"这个男人就起了红狐、山猫,还有山鼠,还有很多很多很多。然后,上帝说:"还有这些植物。"那个男人就起了山核桃树、荨麻、小麦。上帝对他印象很好。他说:"你并不像看上去的那么不声不响地像半个哑巴。我希望你喜欢拥有掌管所有动物植物的权力,就像我对你拥有权力一样。我唯一要求你的就是不要吃木瓜。我不希望你变得比你的裤子还长,我不希望你对我无礼。"

那个男人遵守了潘恩山区最最大的上帝的指令,尽管在一段时间以后,上帝发现,这个男人有些不高兴:他模模糊糊地经常自言自语,看起来很不高兴,和山羊性交变得很无聊。很明显,这个男人很孤独。

于是潘恩山区的上帝让男人躺在肥沃的土地上,喂了他玉米酒,这样他就能睡着了。然后,上帝在他的胸膛里胡乱摸索着,直到听到一声断裂声。他取出了一根白色的肋骨,上面还流淌着鲜血。就这样,他用肋骨制造了一个女人。男人醒来的时候看到,她的眼睛亮晶晶的,她的胸部很沉重,在她两条大腿之间有个不规则的茅草屋,上面还有浓密的毛发。所有这一切都引起了他强烈的兴趣。实际上,在盯着她看的时候,这个男人的腰部感觉到了一种断裂感,嘴巴干渴难耐。他突然开口:"你不管做什么都好,就是不要吃木瓜。如果有什么原因让我们不能站在这儿,那就是有一个傲慢的女人。"

于是，他们手牵着手在春天的山坡上走了一会儿，他们走了多远，就快乐了多久，但男人总也逃不掉一种感觉，他感觉自己身体里缺少了些什么。他确定，上帝在让他喝醉的时候，从他这里偷走了什么东西，并把它藏在了这女人的身上。于是有一天，他让女人躺在草地上，在那儿刺穿了她，这样他就能更好更深地在她内部寻找他丢失的东西了。但不管他怎么卖力——他做得越来越多，耐心也越来越少——他就是没有发现自己丢了什么。那个女人，起初惊讶又感激地围着他转，但他卑鄙的压迫越来越让她困惑、担忧，这让她觉得草地就像个坟墓一样令她沮丧。于是，她偷偷溜走，绕着潘恩山的山坡游荡着。她用自己光着的脚踩灭草中的火焰，在山间溪流里游泳，她养着动物宠物，给星星们取名字。最终，她偶然发现了木瓜生长的地方。

这会儿，从蓝莓地里出来一只狡猾的兔子，它穿着羊毛夹克和卷曲的马裤，尽管女人不知道那些是什么，因为她以前从来没有看见过。她盯着那只兔子，明显带着惊慌，突然，它开口说道："你好吗，小姐？"

她不记得男人和上帝是否允许她跟陌生人讲话，于是，她只是点头。

"哦，天哪，"穿着优雅的小兔子叹了口气，"我确实盼望我能从那儿摘一些木瓜给我自己。上帝真是开了一个卑鄙、陈旧、下流的玩笑，把我造得这么矮小。"

女人关心地低头看着它。是真的，它真的很小，甚至只有最小的兔子那么小。

那个狡猾的兔子开始大哭起来，大颗大颗胖鳄鱼的眼泪。"我只想要——"它啜泣着，透过自己眼中的关心，看着她——"我唯一想要的……只是小小的快乐。"

女人的心充满了同情。当然了,抚慰这么一个不同寻常的小小生物的痛苦,可能会是错的吗?她从树枝上摘下一个木瓜,递给了小兔子,它立即吃掉了这黄色果实的一半。然后,他拿着剩余的一半向上递给她,让她尝尝,眼泪还残留在它那毛茸茸的脸颊上。"跟我一起吃吧,姑娘。"

"噢,我不能吃。"她说,"我是不被允许吃的。"

"谁说的?"

"潘恩山区最最大的上帝。"

兔子看着她,明明白白地说:"但你的上帝是个暴君。"女人听着这陈述的简单事实,把剩下的一半木瓜、籽以及所有一切都吃了下去。她满心欣喜,充满一份立即想要分享的喜悦。于是,她从树枝上摘下了第二个木瓜,去寻找男人。

她找到他的时候,男人怀疑着这水果可能会是什么,但是它闻起来太甜了——就像覆盆子、梨和蜂蜜都混在了一起——于是,他什么都没问就全部吃掉了。然后,奇怪的事情发生了。炉灰一样颜色的云彩从东边席卷而来,一阵寒冷的风吹过他们的头顶。这风,他们从未见过。上帝之前正忙着建造威士忌蒸馏室呢,这会儿从山坡上大步走下来,他的声音像打雷般翻滚着:"你们在创造中到底做了些什么?"

男人转头看向女人。"是女人的错!她毁掉了我们美好的东西!"他哭喊着。

"你可以不听她的话!"上帝说着,"我留下你,是让你负责!"

"好,但是是你造出了那个婊子。"男人低声抱怨着。

"是,你说得对,你说得对!都是我的错,只是我一个人的错!"女人哭喊着,就像她即将到来的女儿们一样,将那责备的毒药像清冽的山泉一样一饮而尽。然后,她开始大哭,但哭得太厉害了,皮肤都开始褶皱,第一根担忧的银发从她头上生出,男人看着,感到厌恶而警觉。他决定,他再也不会爱她了。

但上帝只是厌倦地摇了摇头,"一条规则……"他说,"我就给了你一条该死的规则,但很明显,一条也太多了。你吃了那果子,这实在是太邪恶了,所以,不用想,这就是罪恶。你再也不值得拥有我短靴下肥沃的土地了。所以,滚出去。从我的山上滚下去。"

他们遭殃了,准备离开,几乎没有什么可以带走的东西。男人为自己的行为感到羞愧,他再也不能看向女人的身体。于是,他杀了他的第一只动物,一头奶牛,然后,用它的皮盖住了女人。他也盖住了自己,以防途中感冒。然后,他领着女人穿过潘恩山区凉爽的田野,所有的动物都好奇而沮丧地跟在他们后面,那些金花鼠、黑熊和鹿也都如此。很快,男人站在了未来的边缘,他看到了一个破败的废弃之地。玉米里有着苍蝇幼虫,棉花里有象鼻虫,野生的葛根紧紧缠绕着树木,烟草田因干旱而开裂。连照在这片废弃之地上的光线都像淡啤酒一样。男人晃了晃他的拳头,大喊出声:"我不应该有这样的命运!"但潘恩山的上帝已经在忙着他的马厩了,他一点也听不到,或者根本也不关心。无论哪一种,他都会在今后剩余的时间里忽略他们,舍弃他们,靠自己生活。

男人现在真的很生气,向后看去,意识到如果想要找到回来的路,他需要一个比这个女人更好的伴侣。显然,女人不再受信任。男人毫不犹豫地走向他能找到的最高、最壮的一只动物面前——一匹马——抓着一束鬃毛牵着它。然后,带着坚决的步伐,他带着女人走下潘恩山青翠的山坡,那匹睁大眼睛的马,因为脱臼而手足无措地跟在后面。

第五章　地狱之口

> 如果我们认为大自然的一切安排不都是绝对完美的,如果其中有些安排与我们认为的完美相抵触,我们也不应该感到惊奇。我们不需要对蜜蜂自身的死亡感到惊奇;我们不需要对蜜蜂在如此巨大范围内独自的行动,然后被他们的不育姐妹屠杀感到惊奇;我们不需要对蜜蜂在我们枞树惊人的花粉浪费上感到惊奇;我们不需要对蜂后对自己的女儿本能的憎恨感到惊奇;我们不需要对在毛毛虫的活体内进食的姬蜂感到惊奇;在其他情况下,事实上,在自然选择理论中,这是观察到更多的最好的例子。
>
> ——查尔斯·达尔文《物种起源》

再次,他们从阿尔比马尔、福基尔和奥林奇出来,旋转的轮子和燧发枪步枪绑在骡子和母马上。一行车队,穿过叠峦起伏的蓝色山脊和烟雾弥漫的谢南多厄,涉过无数溪流,直到他们此刻到达有谩骂、抱怨、争议的克林奇。然后睡在就像有狼包围的地方,并沿着主干道重新开始了他们的前行,直到他们到达了那位于中部房子,他们身后是两条回到爱德华王子和卡罗来纳州的路;在那里,有准备好的房子迎接他们,也有普通的、高端的教堂和穿花边衣服的女孩。他们穿过克林奇山、莫卡辛加普和鲍威尔山,没有经过印第安人部落,在看似轻微的敌人之前,这座伟大的白山的力量不可逾越,但是由于高度的差距,这个通道导致土地越来越多了,形成山脊和黑色的凹槽,最终形成肯塔基州。那里的印第安人捕狼,最后,在那儿,动物们开始在松树上、在山上枯萎,最后死去。在那里,这些人在经过原始森林之时,没生火就吃起了食物,通过远处的凸岩,鸽子们在岩石城堡河上轰隆隆的通道里。穿过草地和水牛草,从那儿他们决定走到北部甘蔗园,从那儿他们驯服了草原,把栗子树和铁杉砍下来,把石头从地上挖出来,用来击剑,把土壤烧成砖块,把老房子从旧的土地中立起来。他们变得富有之后,波阿斯在肥沃的土地上,在一个多风的高地坡上修建了一个蓝灰色的教堂,在那里,当旧世纪延续新的混乱的时候,有罪之人从俄亥俄州南下,从田纳西州和所有的新州南下,在那儿传教士搭起台子,宣扬基督的征服者,他们交易鹿皮和浣熊帽来治疗胸闷和扁桃体脓肿,斗篷和天鹅绒斗篷,现在所有的转换,在这血淋淋的土地上,用土地交换天空,他们曾经用一些小玩意儿交换土地。他们的成功是可以原谅的,他们纵情地跳啊叫啊,现在他们无拘无束了,跳啊叫啊,好像狂欢会把历史的骨头变成愚人的脂肪。

不,古老的语言已经消失了,正如亨利的女儿一样,她住在曾经生长藤条的山顶上临时搭建的房子里。在古老的奴隶画廊及阴暗的房间,亨利感觉到一束奇怪的光,并且在房屋与其周围的神社石头之外,他离开着的大门很远。前两周,也就是前两个漫长的、无法忍受的星期之后,他再也无法忍受这些光了。由于朱迪斯需要及时返回她在巴伐利亚州的家,而且他女儿的儿子还要一周才能出院,所以葬礼延期了。但是亨利等待着,主要是他的痛苦已超出身体的承受范围。

此刻他可以听到人们陆续进入教堂的声音,擦得干净的鞋子走在地板上发出咔嗒声,他甚至可以听见他们转动眼睛的声音。是的,他们会来的。他希望每家人都出席。付钱之后,人们坐在教堂的长凳上。他看了一眼那些抑制着悲伤的人,他们阴郁的面孔、甚至昂贵的黑色礼服都似乎是对死亡这一现实的冒犯。事实上,他们的存在确实冒犯了他。

现在,牧师温柔的手放在他的肩上,之后又放在棺材上,亨利如石头般平静的心片刻被恐惧淹没——不要做,请不要这样做。但是这些话语只在他空洞的心灵中回荡,现在这些话不为其他任何事,只为放置在前厅死去的人,然后盖子被升起来了。他听见在他身后朱迪斯绝望的自责的哭声。他想站起来说我没杀她,我不是她父亲。但他抱着的孩子不太确定。

上帝啊,两周过去了,看看她的脸,死亡没有任何变化,没有造成任何伤害。人真是万物的标尺和创造者,亨利疯狂地想。甚至勤劳的死亡都无法和他的狡猾相比较。他的女儿看起来完美而又遥不可及,有光泽的头发,红润的面颊和嘴唇。在这不安又孤独的两周中,她甚至被认为拥有一种不安的美,时间在漫无目的的黑暗中溜走,梦想树下,河流潺潺,好像现在任何时候,她都会带着天生的轻蔑出现,用无神的目光和一只手把他们驱散。然后她深深地看着他,他意识到曾经所遭受的苦难是不必要的,只是一个恶心的梦罢了。他会忘记它的。是的,世上没有比忘记痛苦更伟大的奖赏。

棺木一旦盖起来,汉丽埃塔的死亡事实就变得无可争议。牧师慢慢地从三级木质台阶走向讲台,并以一种庄严的、温和的眼神看着熟悉而混乱的人群,这些人在长期工作的过程中,已经学会了在面对灾难时保持平静。他静静地吟诵:"我们失去了巴黎镇社区的成员,汉丽埃塔·佛格—— 朱迪斯·施韦贝尔和亨利·佛格的女儿。"坐在座位上的亨利显然吓了一跳。他重新攥紧了自己的双手。

"当我问亨利怎么让自己的女儿被人记住,他说的第一件事是,我们应该记住她是个很好的女骑师。"房间里传出了笑声，开始转向轻松的话题，"听说她有能力控制马鞍，有能力掌控赛道，有能力担任佛格马场的经理。亨利将第一个告诉你，他小的时候给她起的昵称叫小无赖。在一个非常有竞争力的生意中坚强而强大，她在这个组织中是一个稳定的存在，而她的经历——虽然只有二十七岁——将会被深深地怀念。"

那个男人把手放在一起，凝视着坐在他身后的亨利和朱迪斯。"但是亨利和朱迪斯，她远远不止这些，不是吗？她是非常棒的、有爱心的孩子。作为一个家长，我非常有信心地说，她是你们生活的主要乐趣，她不仅用她的成就给你们带来荣耀，而且荣幸地发现她是谁，并融入了她完整的生命和独特的存在。你们为成为她父母而感到荣幸。"

不要说，什么也不要说了。亨利可以听到朱迪斯在他身后无礼的哼声。他可以听到外面铺洒在屋顶上的阳光要求进入的声音。

牧师继续以他缓慢而坚定的态度说，"这是我们人类所能承受的最严重的悲痛，失去了心爱的孩子。感觉难以忍受。我想让你知道——我希望你能听到我的话——今天这个人在这里见证你的痛苦。他们的出席证明，虽然很多人从你旁边经过，但是没有人可以代替你承担你的悲伤，也没有人要求你单独承担。"

"现在有人会说，死是神的旨意，当他让我们脱离生命的时候，他就把我们带到一个更美好的地方。但是，当我和别人一起处在悲伤中时，我已经相信，除了一个怀疑之外，死亡是敌人，一切美好的都是相反的。这就是为什么我是基督徒。做基督徒就是在基督里与别人在一起，生命的记忆。这样做是为了纪念我。聚在一起纪念我。如果有一件事是自然死亡教给我们的，那就是我们永远不孤单；我们不能忍受孤单。如果他们不分享我们的故事，生命和死亡是毫无意义的。社团是宗教信仰的全部。信徒们坚持不懈，他们拒绝忘记。没有信徒，耶稣的牺牲就被遗忘了，这是一个失落的历史遗物，只是一个对新的王国有远见的游荡的激进的故事。只有通过讲故事的社团，证人才能将耶稣的悲惨死亡变成基督的最终牺牲。在他们的复述中，他不再是一个被国家处死的政治异见者，而是一个英雄。因为当一个人有着非凡的生活和死亡时，他们用有意义的语言重新描述事实是不够的，社团和后代都需要讲述一个超越的真理。"

现在牧师温和而坚定地看着亨利，然后看着朱迪斯，让他们在他的凝视下躲起来，"所以朱迪斯和亨利，在基督的众人面前，我们如何开始处理一个心爱女儿的死亡？我们已经知道了事实。汉丽埃塔在儿子的心跳开始不稳时，很难进行全身麻醉。麻醉时，汉丽埃塔心脏骤停，去世了。她的小孩幸存了下来。这些是他们告诉我们的事实。"他停下脚步，靠在读经台上，伸出手臂，似乎在汉丽埃塔的棺木上空收拾一些东西。"但她的小孩幸存下来了。这是我们必须承认的事实，这也是真相。她并不是一个医疗事故的受害者，她没有一个有缺陷的心脏，她不是在错误的时间和地点生产——不让她去，这是唯物主义者想让我们做的，所有这些都不知不觉地困在物质世界的牢笼中。他们希望你把这个事情称为事故。但是，当我告诉你，如果她想，汉丽埃塔可以继续分娩，尽管这威胁着儿子的生命。开始麻醉之前，她可以等待更久，仅管她完全可以拒绝。但是她决定不这么做，即使她知道风险。相反，她说'快，快啊'。亨利告诉我说。汉丽埃塔告诉医生'快，快——'，当她说没问题的时候，她为孩子牺牲了自己的生命。在客西马尼，她遭受了强烈的痛苦，但当士兵们来了，她站起来说'我是她'。由于这个选择，我们在物质世界中失去了她，但看到了她精神世界的转变，我们获得了她深爱的儿子，他现在拥有了生命的恩赐，而这不仅仅是母亲的礼物，还将奠定他自己的生活和自我理解的基础。一种双重的祝福已经被赋予了这个新的生命，一个我们几乎无法以世俗的头脑来理解的生命。难道爱不是神秘的吗？"

牧师向房间里面靠近了些。"朱迪斯和亨利，我知道你们很伤心。有时孩子似乎生来就是为了让父母伤心的。但汉丽埃塔也是一个家长，"——牧师小声地说——"而且汉丽埃塔的心很快就碎了。难道爱不是奇迹吗？"

亨利伤心地盯着他。

"现在，今天你的女儿不在这里抱着她的宝宝，她将无法看着他长大，但我已经知道了我所知道的一切，我需要了解汉丽埃塔是个什么样的母亲，她也做到了。我们称上帝为圣父，因为，他像一位好父亲，没有什么是上帝不会为他的孩子们做的。如果我们真的以这种神的爱来形容，那么，相应的，没有任何事情父母不会为孩子做的，甚至包括接受死亡。"

在他身后，朱迪斯双眼无神，沉默着，她的哭声已经停止了。亨利的双手把死亡这个字分开，仿佛这样他就能抓住这个东西，接受它，让它停止。但他的双手却什么也没有做，什么也没有。他的脸因混乱而扭曲了。

"甚至接受死亡。"牧师重复说。然后他抬起头来，从汉丽埃塔平静的脸上抬起头来，"现在，作为一个整体，我们可以开始重述汉丽埃塔死亡的事实吗？我们可以谈论她所作出的最终的牺牲，这向我们展示出真正的爱是什么，爱不需要任何回报，爱对于爱人不是承诺一切、而是给予一切？我们现在可以不要谈论导致她死亡的可怕事故，而是说说她的英雄事迹吗？作为一个整体，我们有权力这样做。我们是认识汉丽埃塔的人，只有重写故事才能说出十字架的真相。"

他们正在唱歌。亨利说了更多的话，但他唯一清楚的糟糕事实就是，他仅有的孩子死了。当哀悼者们出来时，当他和三百个人握完手时，当和朱迪斯站在女儿寂静的遗体旁边时，他终于冷静了一下。她那保存完美的身体的平静是假的；活着时，她从未平静过。她的毛孔上有化妆品，她也从没化过妆。他使劲地盯着她的呼吸，想着他的努力可能会使得氧气进入她的肺部，但没有。

牧师把手放在棺材盖上，眼里有个问题，但亨利却答不出来。他的整个身心都沉浸在悲痛之中。突然间，他的脑海涌入了宝蓝色的天空、绿色的溪水、耕作的土壤和无尽的景色。棺材盖威胁着自然世界本身的重要性和完整性。他明显开始动摇了。

牧师的声音很低，"我可以把棺材关上吗，亨利？"亨利无法说出可以。他怎么能呢？他的嘴唇被冻结，他的内心痛苦，他的舌头瘫痪了。当盖子轻轻被放下时，它把心爱的女儿先投进一个阴影里，渐渐地变得越来越深，她的容貌一寸一寸地消失，直到她的形体永远消失，棺材被锁上了。亨利惊恐地意识到他找不到钥匙。世界上没有钥匙。

在马路对面，牛断断续续地呻吟，持续了一晚上。空气燥热，蟋蟀爆发。十月份炎热潮湿的气息正在从已沸腾了一整天的地上升起，升起来迎接盘旋在它上面的较凉爽的气流。当太阳滑落其系泊物并沉没在地球下方时，空气流动、分层、美化和变薄。它的中心是橙色的，黑色边缘是黑色的。当太阳变成了橙色的形状、不那么明亮时，天空变得越来越红。在它的上面，拂面的云彩显示出深红色的梯田状，深渊横跨广阔的天空。它们不停地堆叠在一起，直到最高的那一带伸展到无尽的阴影中。当它们到达天空的顶部时变暗，然后漫无边际地飘流直到深夜。

东方出现了黑蓝色的光，它像一双在长途飞行中伸展的巨大翅膀一样，在房顶上盘旋。但是白天没有结束，它摆脱了最后一缕光芒，如同被枯燥的太阳撒下的低云，漫游着，自由的光线被遮蔽，然后像一盏熄了的灯一样重新被打开，立刻又亮了起来。房子最西端的房间接收了这些信息并给出回应，墙的四壁时而与颜色齐亮，时而变暗，时而变成红色，橙色覆盖着灰色，颜色穿透窗纱并给室内装饰染上颜色。核桃木制品的顶尖和框架都像吹制玻璃的亮色樱桃一样——

不，古老的语言消失了，汉丽埃塔也离开了。

亨利独自站在门厅。葬礼后，他没有邀请任何人回来吃饭；他无法忍受有礼貌的陪伴，人们如何侵入她的家，坐在她的沙发和椅子上，在她的客厅里喋喋不休。他站在那里，听着大厅里大钟的无情滴答声。这一切都是他无法忍受的。

当一只手轻轻地伸过来抓住他的肘部时，他慢慢地转过身，就像在水下移动一样。这几周他雇来的护士就在他身边，用她温柔的声音低声说："他按时吃饭、睡觉，直到你走进门口为止。"

他？谁？淡紫色棉布毯子裹着的孩子，他的一只拳头伸出，抓住他嘴唇边的毛绒花瓣，在空气中挥舞着。闻起来有点酸奶味，皮肤又甜又暖和。黝黑的皮肤。亨利呼吸急促。在他褐色皮肤的下面，他可以发现酷似他女儿额头下的眼睛。这个黑人孩子就像她活下来的记忆，但却改变了。亨利只想把他推开，即使他把他拉近，他的脑海里也会涌现出新的现实。

啜泣的孩子小心地离开了他的身体，好像他是烤箱新鲜出炉的面包，他上了楼梯。他凝视着自己的大厅，那里曾经展示着他的财富，但现在只是重申着他破产的事实。他记得为地板购买了奥沙克地毯；他真的花费了一生中最珍贵的时刻在商店购买地毯吗？他女儿的房间，曾是他、他的父亲、祖父、曾祖父……祖祖辈辈居住的房间。不不不不不不，够了。

时间——那个老杀人犯——现在是房间里唯一的占有者。

汉丽埃塔的新生，她崭新的面貌依附在每一个物体上，弥漫在空气中。亨利对他新的陌生环境进行了观察,一个陈旧的、混乱的齿轮开始运动:生活将继续下去,但只要亨利活着,旋转的悲伤就会像车轮上的钉子一样,一次又一次地转来转去。

他沿着汉丽埃塔的书柜缓慢地走着,单个手指——抚摸那些充实她生活的书籍——他之前并没有考虑过那些经典:巴特拉姆,莱伊尔,《肯塔基州的鸟类》《人类的后裔》《生命的多样性》。他在一排黑色的、没有标记的书脊和旧笔记本前犹豫不决。他轻轻地摸了一下,好像碰到了一件遗物,然后悄悄地把它放了进去。亨利先叹息了几声,他的外孙在床上呱呱叫;他又坐在床旁边,随机读了几个句子:

腼腆的鱼和胆大的鱼;天生的温度;《鱼类生物杂志》;二〇〇三年四月是基因决定因素,还是仅仅表达出来?黑匣子或……

很长一段时间,我认为我只在名义上是个人,事实上只是父亲的想法,一个由他大脑产生的基因。但没有人能发明人类批发业。不然我们为什么会发明上帝呢?对于独自的思想,存在太伟大了,因为它并没有从一个单一的脑海中浮现出来。思想本身就是改变自然和历史偶然性的一个现象。这就是为什么我不知道我会不会有自由,还是在多大程度上可以体验到自由。

通过一个特定的共同祖先发现A和B之间的生成距离,计算出该祖先负责的部分相关性。为了做到这一点,对于生成距离的每个步骤,将它自身乘以一半。——R.道金斯

我不是宇宙的中心。我是一个物质微粒,如此微小,几乎什么都不是——一个没有的东西,比一个没有的东西更小,是一个

亚原子粒子之间的空间，没有名字，它们可以自己分割成无限，永远振动。

幸福和快乐有区别吗？为什么我感觉不到？

人的出现是最后的现象。——莱伊尔

什么奇怪的生物已经记下了这些标注？亨利把笔记本拿开，当他解开一个女孩刚开始接受正规教育就被退学的潦草的、与众不同的草书时，他感到非常吃惊。是的，那是汉丽埃塔的笔迹，但是……那到底是谁？

他一开始就意识到了，死亡和完美不可能并存。

他凝视着婴儿。这个孩子杀了他的女儿，这个黑黑的东西，这个标志。过去那种可恨的称呼试图重新出现，但它被距离扭曲了，在时间的热浪中扭动着，他嘴上不说，但它仍然在他的心里。这是他的……外孙？天啊，他多么想讨厌他啊！亨利思维混乱，并且有点儿失落和恐慌。有没有别的词语——一个替代——陌生，差异，不是亨利？他不清楚。他认为这不是真的词语的问题。

生平第一次，在他面前的问题就像敞开的坟墓一样。

"亨利·佛格！亨利·佛格！"

他又老了些，对什么事都容易生气了，从楼梯底下吼了起来。亨利抓起睡着的婴儿，冲到楼梯平台上，一场争论已经在他十几岁的嘴唇上形成了一道瘀伤，准备大喊、吐口水或拉他的腰。

"亨利·佛格！"

这条街对面的吉妮·米勒，不再是梳着辫子的红头发的孩子，而是一个步入中年的女人,她一只脚站在第一级台阶上,手里拿着一个裹着箔纸的炖锅。她的头发都是灰色的卷发,粉色的脸颊,但是她的眼睛和许多年前一样。她毫无歉意地说:"亨利,当没有人应答时,我就让自己进来了。我丈夫说我应该别打扰你,因为你可能很疲惫,但当我听说葬礼之后不会有人过来的时候,我想,那不可能是对的,你被关在这所大房子里是不好的。你需要保持你的体力。啊……"她的抗议渐渐变成了低声哭泣。她把炖锅放在第二级台阶上,双臂张开,快步走上台阶。"噢,天哪,他来了……"她迅速地把胖胖的婴儿从亨利的怀里抱走,狂喜地俯视着,然后微微抬起头来。"为什么……你不是我期待的,但……"嘴角上挂着一个微微有些困惑的微笑,然后那笑容加深了,"哦,你难道不是最完美的小家伙!这么英俊!所以,你看看他,亨利——他不是很完美吗?"吉妮吻了下他那柔软的前额,把他从楼梯上抱了下来,越过她的肩膀,问道:"他叫什么名字?"

亨利从他破碎的心灵深处凝视着她。他微微摇了摇头。

"嗯,我想不急,"吉妮说,"正确的名字会来的。在那之前,我不能让你一个人吃饭。事实上,我们为什么不直接到我房子去呢?不带炖锅。那儿还有很多。"

亨利想撤退——他的整个身体是一个敞开的伤口,没有结痂的希望——但他缺乏撤退的力量和意志。他让吉妮带他穿过他自己的前厅,沿着他童年的斜坡,穿过黑色的像缎带般的草地通往米勒的房子。十二岁以后,他没有踏上过他们的土地。上帝,他曾经是一个父亲和母亲还活着的小男孩吗?多年来,他们都以惊人的自信和毫无怜悯的态度离开了自己。

"进去吧。"吉妮一边说,一边用肩膀撑着纱门,把睡着的孩子抱在胸前。亨利按照盼咐做了,他第一次看到邻居家的内部:低矮的天花板和破旧的家具,地板上是令人愉快的衣衫褴褛的波斯人图案的地毯,许多廉价的画框画。两只威尔士矮脚狗从一间内卧室里冲出来,在房间里的狭窄走廊上欢乐地环绕在他们的腿旁——房间里很黑但是舒适——直到他们进入到有柔和灯光的厨房里。厨房的桌子靠着墙,一个高大的男人坐在一个拆开的收音机前,他长长的手指整理着铆钉和垫圈。

"你当真的吗,罗杰?在罗茜送的桌布上?"

他抬起头来,吓了一跳,然后从椅子上站起身来,几乎碰到低矮的天花板。妻子的白发像灌木丛一样从头上垂下来,他的头发几乎没有了,只露出薄薄的、被太阳晒破的头皮。在他的脑袋后面挂着一块樱桃木雕刻的木板,上面写着,红宝石周年纪念,祝贺你,罗杰和弗吉尼亚!这是亨利多年前见过的一个人,他开着一辆红色的小货车,但他的名字却从来没有人知道。他看起来很安静,虽然不是很害羞。"先生,"他说,"我向你表示哀悼。"

"看,罗杰,你看,"吉妮抱着孩子说,"告诉我,这是不是你一生中见过的最可爱的孩子。"

罗杰盯着他的鼻子,看着那个打盹的孩子,然后这对夫妇交换了一个意味深长的眼神。用他那深沉的声音,那让狗狗们蜷缩、翻滚、呜咽的声音简单地说:"真的很可爱。"

"在这儿,"她说,小心地把孩子送到他怀里,"我告诉亨利,我不能让他独自一人在那里吃饭,所以我把他抱了过来。你知道的,邻居应该互相支持。"她意味深长地瞥了罗杰一眼,只见她的眉毛几乎没有皱起,"现在,我打算喂这个孩子。这是我们至少能做到的。"

"当然。"罗杰把孩子抱在他的臂弯里,把收音机的零件以及支票、账单、各种笔放到了桌边。他用空闲的手指着对面的椅子。然后,他和亨利坐在了一起。罗杰用一个抚养了两个孩子的轻松、熟练的手臂摇晃着孩子。

"你女儿结婚了吗?"他看向孩子问道。

"没有。"亨利说,他的声音很大。

"那么,她在和一个非洲裔美国人约会?"

亨利默默地点了点头,他不知道说什么。

"好吧,看到时代的改变让人振奋,"罗杰对孩子说,"这个世界的过去是如此丑陋。即使是好人……嗯,你父亲是一个种族主义者,不是吗,吉妮?"

"噢,爸爸是个好人,"吉妮说,"但是,也许有一点。没有太疯狂。"

"我的家人都是贵格会教徒,"他说着,把那双温暖的眼睛转向亨利,而不是等待他的回答,"他们让我认识到,上帝创造了地球上所有的人。实际上我妈妈有一个十字架,它挂在我们的门厅里。他们生活在那句诗中。尤其是我的母亲。她是一个政治上非常活跃的女人。"

吉妮不停地在厨房里走动,直到她拿着盘子回来,说:"但是我爸爸真的很好,罗杰。他只是有一些不同的想法。你不能决定你成长的方式。"

"啊,"罗杰抬起头说,"但是你长大了,你必须为你成年人的思想负责。"

"好吧,不管怎样,够了,"吉妮说着,伸出手,"把孩子还给我。"她走到角落里的桌子旁,用一只胳膊抱着孩子,另一只手拿东西吃。

亨利盯着他的盘子,上面堆满了甜菜沙拉和鹿肉炖肉,以及在烤箱里冒出热气的黄油土豆和迷迭香面包。吉妮往他的杯子里斟满了甜茶。他突然想到他很久没有觉得饿了。饥饿使他动了动,他像野兽似的倒在食物上,尽管他觉得这是一种背叛。他的心都碎了,但他的身

473

体却很饿。他吃、吃、吃。过了一段时间,他坐在炖肉和面包旁,他的眼睛里充满了泪珠,像被上千针扎一样刺痛。他想说点什么,但他无法打开夹着喉咙的夹子。

然后,罗杰站起来,走到隐秘处,然后挪到后门,从他的胸前口袋里掏了一包美国香烟。他摇摇晃晃地走到草地上,当他的妻子似乎没有注意到他的时候,他站在那里,点燃一支香烟。

吉妮吻了孩子的前额,吻了又吻,说:"为什么,我相信他的鼻子长得像你。是的,如果我没有错,我也相信是这样的。罗杰,我可以看到你站在那里。不要以为我看不到。"然后她抬起头望着亨利,毫无掩饰地高兴起来,"你的鼻子总是很骄傲,就像过去那些你卖给爸爸的马儿一样。"她把孩子往外抱了抱,他的嘴唇突然噘起来。那个倾斜的鼻子确实是亨利的鼻子的一个微型复制品。

吉妮眼睛一眨不眨地望着亨利。"我真希望我能更好地了解汉丽埃塔。也许我可能是……一个更好的邻居。"

在她明亮的眼睛直视下,亨利沉默了。多么神奇啊,汉丽埃塔可以被提起,却又不在了。悔恨已变得比她的存在真实。

"我经常看不见她,但我总觉得她是……"吉妮似乎在寻找合适的词语,"很有趣。看看她的宝贝。多么宝贵啊!"罗杰把他的半截烟灰弹到一个罐子里,他回到厨房,从他妻子的肩膀上直盯着她怀里的孩子。

吉妮愤怒地挥动着一只手。"天啊,罗杰,你身上闻起来烟味儿很重。"然后,她转向亨利说:"如果你跟他遇上什么麻烦的话,你就把他带过来。罗杰有办法对付那些闹腾的孩子。"

罗杰眼中闪烁着光芒,说:"我知道什么时候该安静。"

吉妮从喉咙里发出可疑的声音。

"嗯,"罗杰说,"我很高兴我们……一起共进晚餐。邻居应该一起聚一聚。"

吉妮坚定地点点头。罗杰打算回到他那破旧的温莎椅上,这时他好奇地盯着亨利,温柔地说:"你那匹骏马怎么样了,佛格先生?"

亨利一直沉浸在他外孙那张神秘的脸上,只是惊讶地抬头望着罗杰,好像他记不起自己的名字了,也想不起来是怎么来到这里的。当他说话的时候,他的话像旧门上生锈的铰链一样。他低声问,"我的马吗?"

一个小骑师在热水浴缸里;一个小骑师在通电话。
一个小骑师在厨房里;一个小骑师还在家里。
一个小骑师和他的经纪人在一起;一个小骑师在盒子里。
一个小骑师把沙拉吐了出来;还有个叫鲁宾·贝德福德·沃克的骑师,又笨又狡猾又好斗,来历不明,性格不确定,五英尺三英寸高,身体里百分之三是脂肪,重一百十八磅,他从骑师的房间里走出来,他的仆人在他的后面大声喊叫,在寻找那只动物时,只能从远处看到别的骑师,但那是什么动物!马肩隆上有十六只灵巧的手,一个深桶状的胸膛,铁一般的肩膀,一个黑色大理石脑袋,上面有白斑的下巴,黑色缎子般的尾巴和腿似乎在喊:他妈地跑!它是黑色的,驼背的小母马会咬练马师,也把骑师摔得够惨,它像"秘书处"撞碎一切。麦克·斯奈德称之为"完美的东西",这匹小母马越来越炙手可热,直到拿到"三冠王"、退休;妻子,妈妈,一夜情。

鲁宾在后面伸展着,那个场子里有争吵、努力和让人难受的工作,劳动的白人、黄种人和穷人,健谈的助手,练马师训斥助手,有挤着奶、拖着旅行袋的兽医。

"你好,鲁宾!"

"你为什么回来?你没有参加比赛吗?"

"你的仆人正在找你呢!"

他甚至没有挥一下手,也没有皱一下眉头就算回答了他们,他走进第二十三号麦克·斯奈德的第四个马房的角落。在阳光斑驳的小屋里,所有枕边谈话都轻轻地传进了马的耳朵,他能听到它在梳毛时的喜悦之声。

那个小男人叫道:"嗨,漂亮的黑人!"阿尔蒙转过身,站在小母驹的后面。他做出了最安全的动作,朝前看了看,然后低头看了看,过了一会儿,那名骑师像只穿着绸衣的水獭一样从他腋下溜了过去,叫喊着:"真是老爱哭鬼的安慰啊!高贵的黑人厌倦了这些白种人,厌倦了他们死一般的皮肤和茶色的头发、他们的毛、他们苍白的脸——他妈的油脂!不要让我在潮湿的背上开始,啊……"他的话引起了人们的敬畏:"'地狱之口',正如我活着、呼吸着。"

阿尔蒙本能地抓住那个人的手臂,用力拉他。当阿尔蒙观察那个人的脸时,"地狱之口"向旁边走动了一下,像有着坚硬巨颚火车的铁栅一样。深邃的眼睛,双唇蜷曲着。所有的肌肉几乎没有了,八英尺的体形挤成了四英尺,它敏捷的身体被饥饿和汗水所吞噬。

"这么亲密?"骑师咆哮道,"马夫,你甚至不知道我的名字。"

"滚出去!"阿尔蒙说。

那人猛地拉了一下他胳膊。"哦,你不能叫吉米·温克菲尔德[①]出去,不要,先生。你不能叫艾萨克或奥利弗逃跑!"

有人在一个马房前来回走动:"阿尔蒙,别听那个混蛋的。"

这个骑师马上又说:"嘘,你这个卑鄙的家伙!你臭气熏天啊!"

从马厩上方传来声音:"听着,混蛋……"

[①] 吉米·温克菲尔德(Jimmy Winkfield),来自肯塔基州的纯血马骑师和驯马师,是一名非洲裔美国人。

"社会污泥！不要诽谤这个古老的语言！我现在从事的是马和其他的生意，你的入侵是不可原谅的冒犯！"

那个小个子男人转向了阿尔蒙，他冷酷的眼睛看着他向他伸出粗糙的手。"鲁宾·贝德福德·沃克。"他说，"三世，提醒你一下。不是一世，那是个恋童癖，也不是二世，那是个打妻子的人。其实没有前科，但三世很可能是最后一个。直到男人长大。啊，主会怜悯他们的！这是一个神话般的新时代。很高兴认识你，阿尔蒙·肖内西。"

没有一个明确的行动方向，因为男人的声音通向一个温暖的地方，通过时间的指引，通过裂缝，穿过旧世纪，进入新世界。他的话迅速地从一只耳朵传到另一条无序的大街上，阿尔蒙自然地伸出手，因为手被一条真丝围巾轻抚而变得柔软，虽然他在说，"你从哪里知道我的名字的？"

鲁宾咧嘴一笑。"别那么谦虚，小阿尔蒙。每个人都知道，在监狱里待过的孩子有着善良的手和悲伤的面孔。背负着神秘起源的重担！他们说，在一个马语者的近处，一个古老的岛屿魔术师，得到了新奥尔良巫术的触摸，其中一个古老的'咒语'是——天生的！你从哪里来？你去过哪里？我们都想知道。你是个令人好奇的人！"

当喋喋不休地说话时，穿着丝绸马裤和一个白色的坦克形状的上衣的骑师经过阿尔蒙向"地狱之口"挤过去，检查。这意味着梦想和数钱。

"你以为你在做什么？"阿尔蒙说。

鲁宾慢吞吞地说："我在这里，我们去开个好头，天哪！我已经求过斯奈德先生了，让我给这匹小马一条腿吧！现在我就要去做了，孩子，你真是个可怜的黑鬼。"

那个人嘴的形状不停在变化。阿尔蒙只能盯着他，惊呼不安。

"你听说过我吗，年轻人？"那人用清新、平稳的语速问，"我给你的老板帮忙。"

"你他妈在跟我开玩笑吗?"阿尔蒙怀疑地说道,"它上一次摔断了骑手的腿,就在——"

"我完全意识到了这样的错误估计,相信我们。"鲁宾的声音嘶哑,"现在抛我上去。"

如果他看起来像个大人,那么阿尔蒙就会生气。如果这句话背后有实质威胁的话,他就会反抗了。但事实上,他知道这是因为洛杉矶的飞机延迟了,骑师错过了晨风。不知道还能做什么,他把那人举到"地狱之口"上,仿佛他只不过是一袋玉米粉。

现在该轮到"地狱之口"来实现目标了。这名两岁的孩子已经成了一名专家,之前,它以闪电袭击的急速前进和侧身摆脱了骑师。现在,像往常一样,它跳得像一只小山羊,但骑师哪儿也没去,像胶水一样黏在那儿。当它走到后面的时候,阿尔蒙的手迅速地放在它的嘴上、脖子上、肩上,撑起它的大脑盘,把它抓住了,让它平静下来,尽管它的嘴还在不停地发出怀疑的声音。

骑师靠在那固定在后面的耳朵上。"嘘,我可爱的小马,"他小声地说,"你会在这里赢得大胜利的,否则我就把你的喉咙割下来。"

阿尔蒙伸手,拖下了那个体重不超过女孩的男人,把他硬拖到地上,"离我的马远点!"

"你的马?"鲁宾双手叉腰,惊讶地扑闪了一下他那尖尖的睫毛,"你的马?不要忘记了,三个人在它周围赚钱——亨利·佛格、麦克·斯奈德……和你真诚的……你的马,去你的。"他伸出手,指着阿尔蒙的脸,"年轻人,管好你的嘴,在一个小时内装上马鞍,让老鲁宾告诉你该怎么做。"

香槟锦标赛,贝尔蒙特赛马场。二〇〇五年十月,秋老虎的天气,云雾缭绕的天空,麦克在向阿尔蒙方向行进,他的嘴唇变得苍白,他的脸颊变得像以前一样。胜利的意志让他变得很轻率,而阿尔蒙很快就学会了把自己裹在沉默里。非常容易。从他离开佛格农场的那一天起,他就很冷漠。他惊讶地发现,看起来像一动不动的雕像一样很简单,除了这个雕像有思想。它戳了戳了他,轻声说,她一定是在生孩子,你的孩子。

一天马儿们在比赛。"地狱之口"在用蹄子跳来跳去,当它走近翠绿的马鞍形围场里的其他坐骑时,它的脖子顶成了一个强烈的波浪。"你什么也没得到。"阿尔蒙在它们的呼吸声中喃喃自语,调整好情绪。很简单,马儿受到了惊吓。滑稽的小母驹和神经混乱的马队,有魅力和活力、天赋和速度。大自然雕刻而成的头骨,主人培育的英勇的腿,都像秋天的树叶一样隐藏起来。这是瓦格纳似的低音,卡尔·刘易斯的短跑,桑德拉·伯纳哈特所有的摇摆,所罗门的黄金和泰西奥的梦想。但是,正如我写的那样,听,"地狱之口"完美的四肢和它的大马达,它们正在黑暗中吹口哨。

即使在他的同行之间,鲁宾也算是矮小的,他准备着、等待着,转过身来,手里拿着他的鞭子,他那充满了希望的、明亮的眼睛像孔雀一样。但当"地狱之口"出现时,他停止了所有的动作,他的目光带着一种神秘的注意力看在正在训练的坐骑上,好像其他人都不在似的。

阿尔蒙情不自禁。他用简单而轻蔑的手势说:"我不喜欢这个新骑师。"

麦克说:"如果我必须喜欢你们中的任何一个人,我就不会待在这一行了。"他指着鲁宾,"不要忘记,这是你在马背上看到的最好的骑手。"他向围场裁判举了举手,然后向鲁宾走了过去,在距离五到十英尺的时候,他用一只手托着"地狱之口"的肩部,而他的另一只手,像一把战斧阻隔着空气,说:"现在照我说的做。让它在闸外摔倒,它就是这么做的。它有点喜欢盯着屁股。你可以在弯道附近打它,但在你站稳之前不要突然袭击它。鲁宾,在你站稳前不要袭击它。你坐的是一个火箭,一个经典的近距离发射,明白吗?除非你是稳的。"

鲁宾点点头,嘴唇抿成一条线。阿尔蒙没有看到他早先发现的欢笑。

"上马!"随着每匹马周围一连串的活动,队伍安静了。麦克抓住他的手,把他送到"地狱之口"的背上,他熟练地从那儿下来,手拿着缰绳,脚上的靴子闪闪发光。麦克说:"我真希望你能在这里驰骋一上午,它是个棘手的小东西。"

鲁宾倚在"地狱之口"身上,鼻孔不断放大,仿佛吸入了那匹马最基本的精华。他说:"哦,我更狡猾了。"

麦克就不理他:"合理分配,四条腿。"

骑师雕刻般的脸上终于有了一个惊喜的笑容:"四条腿,就是这样!"

"没有时间去迷信,鲁宾,"麦克喃喃地说,但他的眉毛紧紧地拉着,好像是为了保护眼睛不受他神经爆发的压力,"在比赛中保持头脑清醒,不要没跑满一英里就带着它回来。"

一个嘲弄的敬礼,鲁宾说,"我和小女孩搭档,我们会嘲笑他们最好的努力。"阿尔蒙把马和骑手带进了黑暗的隧道里。在遥远的尽头,赛道就像一个手工艺者的天堂,它被太阳照亮了,稀稀落落正在通过的云层把那被搅动的赛道变成了银色。阿尔蒙的血液加速,充满恐慌。在那条赛道上,错误的一步,一个艰难的碰撞,他的整个人生都会随着马而崩溃。他强忍着不让午饭从胃里涌出。当第一匹坐骑从隧道里出来的时候,一个可怕的隆隆声从看台上慢慢地冲过,以一种强烈的力量聚集在一起,这是成千艘轮船的声音,比上帝的声音更大——所以这些马在遇险中左右摇摆跳起来,只有"地狱之口"没有发出警报声。它抬起头，它那反复无常的嘴动了动，让人群围了过来。

反抗咆哮和反对命令。阿尔蒙突然说："看，这马，它有一张敏感的嘴。看见它跟身边的马说话吗？它总是这样，即使它没有压力也这样。尽可能让它多休息吧。"

他的睫毛颤抖着。鲁宾轻轻地向下靠着，惊喜道："哈哈！我确实听到了美国青年的闲聊。"

阿尔蒙没理他。"没有必要用鞭子。每一个骑手都会告诉你同样的事情——当它想跑的时候，如果你打它，它会跑得很艰难，你就会惹它生气。它不需要痛苦地跑步。"

鲁宾咧嘴一笑，眼睛眯成了一条缝，"你到底是从哪里来的，小鲶鱼？"

阿尔蒙直盯着"地狱之口"的皮带，平静地说："辛辛那提。"

"当然！"骑手说，"我能从你嘴里听到河水的声音！听起来就像南方。"

"辛辛那提不是南方。"阿尔蒙轻快地说。

鲁宾从马鞍上下来，咯咯叫了起来："不是南方人！不是南方人啊！"他扫了一眼周围说，"孩子，这就是南方啊。"

然后，他眨了眨眼睛，用手轻轻一挥，他和"地狱之口"就在远处的一段直道上行走，浅色的帕洛米诺小马带着路。只有当阿尔蒙和麦克站在一旁，下一匹马才能通过，阿尔蒙突然从对纯血马需求的严厉注视中解脱出来，意识到有些不对劲。

"佛格在哪里？"他问。但他并不想知道。看到这名男子，他的感觉会变得复杂，说不清楚。而对汉丽埃塔的记忆则是两种感觉的组合：欲望和排斥。

麦克，他的眼睛盯着前进的队伍，等待抱怨的号手退出。然后他双手叉腰，没有回头地对阿尔蒙说："我找过他，没有他的下落。"

在整个场地，他们一个一个把马赶到自己的位置，而鲁宾正在拉着他的护目镜，"地狱之口"又以猛烈的摇头和一声暴躁的叫声回到了后面。它不是笼子里的鸟、实验室里的老鼠，它有一千磅的肌肉。突然间阴影笼罩天空，像针一样散在它的驾驭者上。鲁宾很快，他把自己挂在它的脖子上，像来自科迪或者夏延活泼的小孩子一样。当穿绿外套的马夫重新站起来、掸掉身上的灰尘后，他们把所有的手都放在它的屁股上，把它推到金属隔间里。马夫双手捧着它的头，紧张地对鲁宾微笑："现在是紧要关头。"

鲁宾无视他，停了一下，准备爬到紧急侧栏。他左右转动十字架上的缰绳，打量着队伍：秘鲁、危地马拉和墨西哥；哥伦比亚、阿根廷、墨西哥。"为什么，这是一场棕色的皇室斗争！"他喃喃地说，然后他把脸靠在"地狱之口"的脖子上，闸门开了。

"地狱之口"从第四个闸里跑出来，像只过度兴奋的狗一样扑通一声跑进了比赛场地，然后径直在场地上跑了一圈又一圈。甚至当场上的马开始沿着赛道和远端推挤着制定战略时，母马也没被打扰，完全没加速。它就像在女厕所里抽烟，一点也不在乎。

在赛道的另一边，麦克把手放在他的心口，喃喃地说："耶稣基督，帮帮我，这匹马会要我的命。"

鲁宾听从了指示，骑着马，低着头，留下冷酷而有耐心的背影。在四分之一英里的杆子处，"地狱之口"已经超过了一个竞争者，那只是一个不好的机会，使一条腿变得有点倾斜，并且道路开始变宽了。鲁宾紧紧握住他的鞭子，翻起了肮脏的护目镜，咆哮着："来吧，妹妹。"

但"地狱之口"只是在它可爱的小航道上晃来晃去。空气清新，微风习习，水面晶莹剔透，点缀着硕果累累的岛屿。

"该死！"麦克在围栏上大声喊道，"他妈的我才不在乎！他妈的给你买了这块草地，混蛋！"

队伍在四十五秒的时候超过了标杆，这是一段快半英里的路程。"分享天使"是一匹又高又瘦的兰尼米德马场的小马，它以两倍的速度带领着"地狱之口"跟在"放段音乐"屁股后面放松地进入第九名。当它突然感觉到"地狱之口"就跟在它后面的时候。布米拉奇俯在了"放段音乐"背上，抽了它一把，他推了推护目镜，更加顽强坚定地穿过马流，挤出一条道路。

现在，训练场地的马在转弯的时候就像被困在了一个小渔网中一样，"分享天使"改变方向的时候，"火花"赶超了它，"首席竞争者"灼热的呼吸就在耳畔，它的脚步犹豫了一下。现在，仿佛突然意识到它饿了，食物已准备好了，"地狱之口"开始在鲁宾身子下面伸展身体，在赛马场上转弯的时候，追逐着阳光。布米拉奇太警惕机灵了，靠得如此之近，导致"放段音乐"嘭地一声撞在了"地狱之口"肩膀上，不止一次，撞了两次。在最后四分之一英里的时候，鲁宾咆哮起来，向前推挤，严阵以待，四匹领先的马此时并驾齐驱。

鲁宾已经完成了等待。随着铃声，他甩了甩他的鞭子，一个刺痛的鞭子与小母马的臀部接触。它的肌肉在它的皮肤下跳跃着，"地狱之口"邪恶的力量从它的步态中显露出来，它迈出自由的第一步，前面那三段四分之一英里似乎就只是小打小闹。当它向前冲去时，它猛地向围栏奔去，快速地像磨牙一样撞向"放段音乐"。当布米拉奇纠正自己步伐想要截短前行时，"地狱之口"猛冲向终点线，信心十足地跨出一大步。这一步如此耀眼夺目，正面看台上所有的观众像是受到了来自地球中心的某种力量驱动了一般，像一个整体一样站了起来。当它全力伸展开自己的小腿，几乎到达了形体的极限，三英里以外的农民都能听到这里的叫喊声，"地狱之口"冲过了终点线。"放段音乐"紧跟在后面，隔了两个身位，但当人群疯狂的呼喊几乎都要把人和动物震聋了的时候，麦克在边线上早已抱住了自己的头。

"历史啊,别给我这么大的刺激!"他叫道,"我年纪太大了,不适合这个!"

质询标志开始闪现。

"不!不!不!不!"他的拳头像拔了塞子的手榴弹,他眼中带着疯狂,"不不不不不不不!!!"

鲁宾和布米拉奇立刻从他们的坐骑上下来,跑起来,进了赛事管理办公室,他们气喘吁吁地肩并肩站着。

"他把我撞得很重!"

"他在拐弯时撞了我两次!"

"我们再看一遍。"赛马协会的职员说。

"我们几乎没碰他一下!"

"我不能阻止转换方向!"

"等等。"赛马协会的职员说。

"这是一个奇迹,'地狱之口'甚至还没有结束!"

"我不能用推土机把你的小母驹拿下!"

"维持原判。"赛委会的裁判说。

在地面上,灯光不再闪烁,人群失去了理智。

这就是鲁宾在贝尔蒙特的比赛中被拍到在"地狱之口"上获得胜利的照片。照片中,阿尔蒙看起来比他高,下巴高而骄傲,但眼睛像黑暗的伤口,透过相机,可以看到他过去的教练、骑手、醉汉、赌徒、抢劫者,管家,一个他看不见的女人,但它的每一个细节都无法抹去。他摇头了,所以图像模糊不清。

"就像一九七二年[①],"麦克喃喃低语,"我认为历史让我们受到

[①] 美国史上最强的"三冠马"是"秘书处"(Secretariat)。1972年,它在两岁大的时候赢得了第一场比赛。1973年,它在肯塔基德比创造的1分59秒的纪录,至今没有被打破;当年的贝尔蒙特锦标赛上,"秘书处"更以三十一个马身的优势大胜。

了短暂的考验。"

鲁宾张开他宽阔的胸膛，盯着他的鼻子。"我不会重复历史，"他说，"我创造历史，我再也不会轻易骑那婊子了。"

这是房子的前面，这是后面的延伸，二者从不会相遇。阿尔蒙不过是一名外来务工人员，与危地马拉人、像他一样打扮的秘鲁人没有什么不同，从一个赛道到另一个赛道，跟着赛季，跟着麦克。和所有其余的人一样，他睡在不通风的煤渣砖砌成的昏暗宿舍里，墙壁上有发霉的斑纹和总发出噼啪声的灯，你不能开空调，因为仓库没有设置电压，所以气温很高时，你会汗流浃背，还得看着其他练马师呕吐。你像其他动物一样吸引苍蝇。几个更瘦的家伙最终患上了痢疾。有随行的医生，但他们基本上只会给维柯丁，除非你死了，否则你没得休息。所以你睡在你的汗水里，在7-11便利店或者一些墨西哥快餐店买你的食物，然后继续你的工作。

这匹小母马赢得了赌注，但这并没有改变阿尔蒙早上四点到马厩的作息，他要干一系列固定的准备工作：绑上绷带，腿部检查，洗掉药膏的包装，打扫卫生，灌满水和干草，再放上新鲜的干草。他把坐骑传交给运动骑手，把马厩整理好，洗了又洗，用冰块重包价值百万美元的腿。如果是比赛日，那就意味着这是午饭后的工作。兽医进来，把类固醇掺入马的饲料中，然后是更多关于喂养的教育，当夜幕降临时，阿尔蒙给它们盖上了比他们所有人都好的毯子。因为做了这些，他每周赚三百五十美元，要照顾"地狱之口"时可能还要多一百美元。他用第一份薪水买了一个睡袋和一把一九一一年产的45式自动手枪，他是从一个曾经是海军陆战队员的人手上买来的，很便宜。你什么时候都不能信任任何人，他知道。虽然有时他也知道他内心深处的那些话，他是最不值得信赖的。

"嘿，孩子。今天工作得很好。"麦克站在马厩门口旁，双臂交叉在胸前，他白色的斯泰森帽子翘了起来。阿尔蒙抬起头来，吃惊地看着自己的双手，迷惑不解，陷入沉思。他说的第一句话是："我的手很不舒服。"他一说出口，就希望能把这些话收回来。

"你的手，嗯？"麦克的眼睛眯了起来，他把头抬起来，"好吧，听着。我看到你在这里工作了几个月，非常好。我的意思是，我会给你一些建议，但不要再提要求了。"

阿尔蒙斜着眼睛问："这次我没提要求啊。"

"这就是为什么我把它免费送给你的原因。"麦克清了清嗓子，"孩子，你知道负鼠和胡椒罐是什么吗？"

阿尔蒙摇了摇头。

"你当然不知道。看，我是在山里长大的。我一分钱也没有，我唯一见过的玫瑰是棺材上的玫瑰。我十三岁以前从来没有听说过德比大赛。有人曾经对我说过，如果你不是天生的有钱人，你永远也不会真正富有。你以为我他妈的在乎吗？"

"我猜你根本就不在乎。"

"我一点也不关心。"麦克碰了碰他的粗胳膊，"你知道为什么马喜欢我吗？"

阿尔蒙摇了摇头。

"它们不喜欢我，所以别担心。在这个世界上有很多东西不值得担忧。"麦克仔细地凝视着阿尔蒙，"所以，我注意到你不喝酒。"

"不，"阿尔蒙耸耸肩，"不是真的。"

"嗯，这很有趣，"麦克接着说，"我认识的每一个老黑人，当我走上赛道的时候，我知道他们会弄得一团糟，他们可以在你的桌子底下喝你的酒。好吧，如果你想喝的话，就喝吧。没有法律规定不可以。"他看向宽阔的谷仓，"你以为我不知道这些混蛋每天早上在他们的咖啡里放龙舌兰酒吗？你以为我不知道吗？只有一条规则。"麦克竖着一根手指说，"千万别让马在你的照看下受伤。否则我要把子弹打在你身上，这是我的个人行为。"

越来越没耐心了，现在轮到阿尔蒙说了。"看，你不了解我，"他说，"或者你应该知道我不想搞砸。不会有马在我的照看下受伤的。我失去了一切，我不想再失去这个。"

麦克沉默了一会儿，看了看他。他把他的腿伸开，赞扬这个年轻人，他让他想起了年轻而好学的自己。"你失去了什么，孩子？我知道你曾经在布莱克本待过。"

阿尔蒙低下头，他的眼睛看向麦克的脸。"我什么都没有了。"真的，他声音背后饱含泪水，汉丽埃塔的名字也在那里。

"嗯，"麦克说着，交叉着双臂，"好吧，让我告诉你一件事。我什么都没有。我是个小人物。不知来自何方。我甚至不会告诉你我长大的那个城镇的名字，因为你会以为我在骗你。我难道要花费五倍的精力成为百万富翁？在猎人和充满废话的世界，你不能上升。但是在这儿，在这个世界上，在纯血马的世界里，天空是极限。我们不在乎你是谁。我们不在乎你爸爸打你，谁强奸你，你和谁睡觉，你来自哪个监狱，明白吗？你所要做的就是工作。我希望你记住这一点。"

阿尔蒙伸出双臂，感到受了冒犯："我从十二岁起就开始工作了，我他妈的知道怎么工作。"

"那么，这是我的建议。"

"我以为你只给我你的建议——"

"第一！"麦克啪地一声打断他，"别抽大麻，这会使你愚蠢的。第二，剪了头发，别让他们找理由讨厌你。"

阿尔蒙摇了摇头，叹了口气。

"第三，"麦克提出他的异议说，"不要借出你的睡袋。"

487

阿尔蒙抬起头，眯起眼睛："为什么？"

"笨蛋。现在回去工作吧。我不会付钱给你讲蠢话。"

亨利·佛格是一名赛马的终级爱好者，也是最稳定的育马者之一，他终于把自己的名字和他黑色的"地狱之口"连在了一起，它在今年十月的少年母马比赛中夺冠。《纯血马》的忠实读者将会认出它的祖辈"地狱之巫"和"疾驰"的印记，即使是最随意的骑手也应该察觉到"秘书处"的痕迹。这匹马是一个活生生的、呼吸着的古老格言：最好的马来自最好的马。

——伯罗，《纯血马》

父亲在一条狭窄的走廊里度过了他的一生，重复着他很久以前就记住的名字。但我看着窗外，寻找着书写自然的灵感。问题是：随着时间的推移，我真正看到的是，我的想象附在外部物质的景观上。一切以我为中心。

在漫长的职业生涯中，作为一名赛马作家，作为见过这项运动中最伟大的马的见证者，我绝对可以肯定地说，这是第一匹马在我心目中超越了任何一匹马。补充一下——如果不是所有的。——格林尼，《赛马》

然后我遇到了一个比他的思想更重要的人，于是我开始思考：另一个人也在思考。一种等价性开始显现。我感觉到持久的相互关系。但在那一刻之前，我们不可能接受自我不是宇宙的中心，中心无处不在，宇宙总是在膨胀，事实上，宇宙根本没有极限。

"国王死了。女王万岁!"——《纽约时报》

进化运动从简单到复杂。

女王知道它是谁——某种高贵的、大胆的统治者——它最喜欢的就是表现出来。清晨和阿尔蒙散步的时候,它会在人群中卖弄着旋转着它的黑色尾巴,完美的蹄子蹦来蹦去。像它祖父三十年前那样,它会抢镜头,昂起它的头,马肩隆像波纹般起伏。但是阿尔蒙知道,它是清白的,没有人会偷偷摸摸地使用四烯雌酮、宝丹酮、呋塞米任何这些超出抗炎药物标准的东西。它所展示的所有不受拘束的体格——它四分之一厚重的肌肉,长而好斗的脖子——都是它与生俱来的财富。在它们自己的游戏中,有些小母马就是比其他小马更好。

看到亨利时阿尔蒙吓了一大跳,一开始都没认出他来,亨利靠在麦克马厩上的样子,好像那是唯一阻止他进入坟墓的东西。阿尔蒙眨了眨眼,仿佛要澄清他的幻觉。亨利那漂亮的身形都到哪里去了?他的脸是灰色的,他曾经红金色的头发把他衬得更瘦了,而且他已经轻了二十磅,他无法再轻了。他把整个世界都看成判决他所有的利润、所有的运气的人。

当亨利感觉到阿尔蒙的凝视时,他挺直了身子,直视着他。然后,他离开马房的墙,转过身来,穿过卷帘门,向前走。

恐惧像血液一样迅速地贯穿全身,从心脏到手脚。在几个月的时间里,婴儿的存在仅仅是一种奇怪的肌肉张力,他不时出现在阿尔蒙的脑海里,但突然间,他就像他血管的血液里一样。是的,他现在肯定已经出生了。阿尔蒙的脖子上冒着汗。他慢慢地走向马房,心扑通扑通地跳着,就像一个镐在击打着冰块。

"地狱之口"排名领先,它用肩推进着走过阿尔蒙进入马房,穿过金色溪流般的晨光,谷壳里的微粒在它的周围流动。亨利看着他的小母驹走进它的马厩——他获胜的女孩,他千磅的奖杯。他一点也看不出它有什么毛病。它是完美的。他怒火中烧,怒不可遏。这种幻想怎么能如此持久?

亨利看着阿尔蒙,清了清嗓子:"我的女儿去世了。"

阿尔蒙一动不动,然后他脸上一副麻林的表情。

又说了一次:"一个月前,我女儿在分娩时死了,孩子活了下来。"阿尔蒙的脸上毫无血色。

"孩子很小但健康。"他吞吞吐吐地说,就好像孩子是一个令人不安的问题,"比想象中的情况要好。"

阿尔蒙看着亨利的眼睛,绝望地想要理解他所说的话,但又不顾一切地不去理解。这句话很疯狂,世界的边缘从地图上剥落下来。

"这匹马是我唯一剩下的。"亨利突然低声说,但就像他说的那样,他立刻感觉到它的虚假性。他也有他的姓氏,他有。

这句话帮助阿尔蒙恢复了一点,哪怕只是一点点。他倾身向前,脸伸向亨利:"你甚至都不知道什么是一无所有。"

一脸沮丧。

阿尔蒙甚至不知道他是如何找到力量说话的,就像魔鬼来了,席卷了他的身体,摇动着他的舌头。"交易还将继续,老头子。现在别想要我。"但在愤怒中闪现出一种古老的、野性的、不计后果的悲伤:上帝的手指触碰了她,她就睡着了。它威胁要颠覆他,他呼吸的不是空气,是恐慌。

亨利的脸上出现了短暂的混乱。"是的,交易还将继续。我们将一直带着这匹马。给它最好的照顾。宝贝它,亲手喂它,在它的马厩外面睡觉,替它做任何事情。我不想让别人照顾它,我会尽可能地保护它。"在有些事情上,阿尔蒙点点头,点头是因为在马房里有各种各样的破坏发生,比如用海绵擦洗或把起泡剂塞进马嘴里,同意是因为这是两个育马者应有的交流。但是他的思路突然被恐怖的想法打破了,他说,"孩子……是我的吗?"

亨利停顿了一下。他感到他的父亲拉着他的右手,他的祖父拉着他的左手,两个人都在负重。他直起身子。"不,"他突然惊讶地说,这句话像丝绸一样从他嘴里说出来,"他不是。"

阿尔蒙猛地往后一缩,脸上露出一副惊讶的表情。一块破布裂开了。刹那间,他眼里充满了愤怒的泪水,泪水还没碰到他的脸就变成了仇恨。他再也找不到比被背叛更伤人的话了。

亨利后退了一步,转身离开了那个马厩,但他的困惑依然留在了他的身边,他立刻感觉到,一种复杂的悔恨情绪只会增长,但他不能退缩。孩子的肤色不对,但他的血是正确的。他的家族。

"孩子的名字叫萨米尔。"他说,说完自己都感到惊讶。

然后,他把阿尔蒙独自一人留在马房里。现在除了一匹不属于他的马之外,阿尔蒙一无所有。他向前迈了一步,好像打算追上亨利,并要求一些不同的事实,改变过去他对他的看法。但他只是跪在被尿湿的干草中,一种悲伤、愤怒的号叫充斥着他的头脑。傻瓜!他还以为他知道损失呢!

二〇〇五年,桂冠未来锦标赛。树木光秃秃的,像树叶一样,地面上是鲜艳的人群,在这个星期六他们在围场里争夺位置。在那里,马夫管理着马匹,练马师跳来跳去。亨利站在这些旁观者中间,但他们似乎本能地对他敬而远之。他是一个瘦弱的老人,看上去像阿拉伯人。一个月过去了,他仍然如此悲伤,没有人能看得下去。这种悲伤在他的毛细血管里像明亮的气泡一样传播;他太瘦了,一种华丽的、令人痛心的悲伤从他身上闪过。就像古老的天使,所有的人都陷入了沉默，他们避开了目光。

只有鲁宾——张大眼睛盯着他。

"是什么让这个唯利是图的男人这么苦恼？"他对着马脖子小声说道。

当阿尔蒙尽力调整"地狱之口"天鹅绒般鼻子上的马勒时，他的手都在颤抖。鲁宾用一双机灵的眼睛盯着他。"为什么，阿尔蒙，你白得像缰绳，"他说，"你见鬼了吗？"

麦克抬头看了看，他正在调整鲁宾的马镫。他眯着眼睛："你和亨利聊过了吗？"

"你什么意思？有什么神秘的事情吗？祈祷吧。"鲁宾的头像木偶一样在麦克和阿尔蒙之间晃来晃去，迟钝的下巴不停地动着。

麦克说："佛格的女儿死于分娩。把你的靴子举起来。"

鲁宾高兴地瞪大了眼睛，把一根粗糙的手指举到嘴唇边上。当他们领着他从围场里出来的时候，他低声说："他们中的一个人死了？笑话！"他俯下身，对着阿尔蒙那边低声耳语。"我相信这就是白人所说的悲剧。"当阿尔蒙的手在腰带上颤抖的时候，他低下了头。于是鲁宾又回到马鞍上，高兴地旋转着。"还记得那次花园州大火灾的时候吗？记得吗，老头儿？并不是一段好记忆。"

麦克咕哝着，他的眼睛盯着隧道的尽头，太阳简直要把秋日的炎热融化。"你得小心点，鲁宾。它昨天早上锻炼时放慢了速度。给它留一些体力。"他最后一次用力拉了下钢带。

"哦，是的，麦克先生，肯定是那时候。"鲁宾微笑着说，"有些厨房的小动物在比赛中场把这里照亮了，还有那座老的木头大看台，为什么，火蹿得像烟火一样高，有的人死了——只是干活的人，别让它给你带来麻烦——但那东西还在墓穴里。是的，的确，鲁宾的钱包非常舒适。嘿，畜生们，屠夫们！"他向看台上挥挥手。他的鼻子翘得很不舒服，他和头高肩宽的领头小马一起走了。他们沿着蜿蜒的小路走了很远，一个一个地进入了那些吱吱嘎嘎的闸门。当一名身穿绿色外套的人在闸门上抓住门闩时，他为"地狱之口"赞赏地吹着口哨，对着鲁宾微笑。"你现在穿的是高质量棉花做的衣服，鲁宾。"

"棉的吗？"鲁宾走进他所在的位置，他的目光像匕首般锋利，"记住枕头堡①，混蛋！"

它们像鸽子一样从闸门里冲出来。它们飞到很远的地方，飞了下来，落在后面的"地狱之口"晃悠着，消耗着能量，花了很长时间。面对这样公开的羞辱，鲁宾卷起鞭子，把它的脚拖到四分之一的赛柱这里；他现在明白了，它在跟踪它的猎物。

在倾斜的小路上，他们以一个短暂的瞬间移动以稳定的速度转换了方向。一两匹马掉了下来，或钻了出来。鲁宾一直眼光锐利地等着速度转变，他紧挨着"地狱之口"的肩头，在简短的铁杆上找到了一些小小的平衡，伴随着丝绸赛马服的飘动，他闪动了一下鞭子，给它一记聪明的抽打。立刻发生了两件事："地狱之口"突然用力向前推进，于是鲁宾的靴子从马镫滑落，他在它背部摇摇欲坠；在他们前面的路上，一匹棕色小马的马蹄铁掉了，甩出去的铝环像回旋镖一样抛向空中，就在"地狱之口"向前猛冲时，在它头上旋转，打在了鲁宾的鼻子上，当时他坐在小母驹的背上。主持人称之为"证明了沃克的运动能力和训练水平，对这个有能力的竞争者来说不是不可能的"，和在非终点直道所说的"一个该死的奇迹"。鲁宾扶着直立的马鞍，虽然他不高兴，他的头奇怪地在他的脖子上移动着，就像整个世界不存在。不知怎的，他的手一直握着缰绳，不到两秒钟，他就回来

---

① 1864年4月12日，在田纳西州的枕头堡大屠杀中，约有三百名非洲裔美国士兵丧生，这是美国南北战争最具争议的事件之一。这些联盟军已经投降，应被当作战俘，但依然被杀害。

了,他的脚本能地收回了马镫,他骨瘦如柴的臀部高高抬起,他鼻子的血淌在他的紫色的缎子丝绸前襟上。"驾!"他大声叫道。"地狱之口"对他的新平衡做出了回应。它在他的脚下张开,它的脚步伸展到近乎难以想象的长度,所以它在空中的时间比鲁宾曾经骑过的任何一匹马都要长,也是人们从未见过的。它没有全速奔跑,它跳了起来,它的身体就像一个机翼。周围的马在他们绝望的鞭打下似乎放慢了速度,只有它在剩下的路程里燃烧,因为战争带着鲁宾的血,他们领先大部队整整七个身位。

当赛场其他马缓缓从铁丝网下走过时,一场混乱爆发了。人群在尖叫声中站起来,闪光灯打开了,整个劳雷尔公园马场像太阳一样明亮。汗水在鲁宾的身上流淌,他正忙于恢复元气,用他的袖子擦着鼻子,甚至没有在胜利时举起手来。当他们进入胜利者的圈子时,他拒绝了其他伸过来的手,只接受了一块竞争对手递过来的柔软的犬牙花纹手帕,他说:"嗯,毫无疑问,鼻子断了。"

当麦克来到他的身边,将一只稳定的手放在他的靴子上时,他拿着的爱马仕的丝绸手帕正将深红色的血吸收。鲁宾俯下身来,看着前方,尽管他战斗得很虚弱,他的瞳孔却大得像个黑色的无底洞。"它看起来好吗?它拉了吗?感觉有什么有趣的东西掉在终点线上。"他从马鞍上滑了下来。

麦克用两只手把他向后推。"它看起来不错,但你要去拍一张照片。你拥有该死的耐力,鲁宾,我会补偿你的。"

他们是动物和人的奇特组合:一匹闪闪发光的千磅重的马,头顶上有一只灰色的鸟,泪花在他的眼睛里旋转,一名练马师在一顶白色的斯泰森毡帽下愁眉苦脸,阿尔蒙在"地狱之口"发泡的嘴旁边。他的脸没有显示出胜利的表情,而是凄凉暗淡的,好像他不知道自己在哪里,也不知道他是怎样来到这里的。"看这里,看这里!"摄影师有点不耐烦地说，因为阿尔蒙一直偏着头。他在寻找亨利·佛格，哪里都找不到他。

几乎没有倾斜，是为了避免他虚弱和极瘦的四肢倒下，鲁宾在座位上低声说："你说我们要喝什么，士兵？讲些监狱的故事！"

阿尔蒙的脸有些发白，他微微地摇了摇头，"我不喝……"但他的声音有些迟疑。

"麦芽酒比弥尔顿更能证明上帝对人类的方式。所有人对着镜头微笑！"

名声眨了眨眼，抓住了他们。

"先生，你想要点什么？"

亨利目不转睛地盯着服务员，目光注视着明亮的月亮。月光照亮了整个对面的窗户，在它们飞行的空气稀薄的高空，海平面和云层清晰可见。一条锯齿状的线条在其表面上涂鸦着一个一再重复的问题，在女儿的手中潦草地写到：幸福和快乐之间有区别吗？为什么我感觉不到？

"我可以给你拿点吃喝的东西吗？"

他本应该在当地的新闻发布会和麦克一起庆祝，回答来自《泰晤士报》和《赛马新闻报》的问题。他本应该告诉阿尔蒙真相，让世界回到它的轴心。然而，在条件允许的情况下，他很快回到了他外孙身边。没有时间浪费了。他的生活陷入了一场消耗战，死亡分散了他最强大的部队：他非凡的专注力和他坚定的信仰。

"先生，您需要什么吗？"

需要什么？是的，他需要知道，他的外孙吃得很好，睡得很安稳，他将不会受到世界上一切危险的威胁。令他惊讶的是，他的胸膛里充满了最幸福的空虚，他只发现了一件事：萨米尔。他意识到这就是爱。这与他的幸福无关,那是不存在的。他对快乐还不确定。

鲁宾把他们带到一个在卡姆登郡的深处的小屋,在克拉克斯维尔西边,那里过去可能是地下酒吧或娱乐场所,但现在歪歪斜斜地立着,充满了马夫、领马者和贫穷骑师的喧闹。厚厚的光线透过冰冷的舷窗向外照射,整个墙壁都被嘈杂的声音所覆盖。当鲁宾从酒馆门口冲进来时,阿尔蒙跟在他后面,像鹿一样不情愿并小心翼翼。他们差点被迎面而来的一股臭气熏倒,这里有湿漉漉的酒吧垫子、有小便味的蛋糕和没有拖洗过的地板。一看到鲁宾干瘪的紫色鼻子和他眼睛下面的大片伤痕,所有人的脑袋都转了过来。接着,房间里爆发出一阵酒醉的怒吼,鲁宾举起了拳头和一个玻璃杯,他取得了胜利。

"都嗒!"他喊着,拍打着手和肩膀。他又偷偷地对阿尔蒙说:"轻敲,轻击,结束。给他们想要的东西,但要注意看着。"

不出所料,他们是房间里仅有的黑人面孔。

"鼻子怎么了,鲁宾?"

"刮了一下!"他一边说,一边挤向一个小小的四人局。

"来了,鲁宾!两年没有骨折了。"

"他们的报酬!"他把一根畸形得不可思议的手指指向最近的酒吧老板,"为我的人喝威士忌,为我的马喝啤酒!"在他们面前,阿尔蒙几乎没有找到一把椅子。他盯着玻璃看,眼睛盯着鲁宾那危险的笑容,新的现实在他的脚后跟上猛咬,把它抽干了。还有什么可做的?他感到烟从鼻子里喷了出来。当烟雾消散的时候,只有汉丽埃塔的脸在他面前。阿尔蒙低下头,屏住呼吸。

鲁宾靠在桌子上,昏暗的头顶上的灯光投射着他那张血肉模糊的脸。"你喜欢我们肮脏的生意吗,监狱小子?"

阿尔蒙一动不动地站着,眼睛向下看。"在我来的路上。"这句话在他的外表下仿佛属于别人。他突然想要他自己的想法，想要他所有的生活粗糙的纹理被撕碎。他想要喝醉。

"在这里——恭喜，鲁宾!"酒吧老板的第二杯都洒了出来。

"好吧，告诉我，你为什么要低下头用手拧你的手呢?"鲁宾把酒杯送到嘴边，说道。

阿尔蒙抬头。他还没有意识到自己手指的聚集，他是如何从粗粗的关节拧到指甲顶端的。他的双眉间有一个小小的裂痕。

鲁宾偷偷地眯起了眼睛。"我发现了对死亡的担忧……嗯……是对一个白人姑娘，也许？我发誓，你今天早些时候脸色苍白！她是你珍贵的小无花果吗？当她在外面钓男人的时候，她抓住了你那玩意儿吗？你知道白人女孩喜欢黑人的阴茎和——"

"敬鲁宾!"在阿尔蒙站起来把鲁宾的头和他的脖子分开之前，有人大喊了一句。鲁宾睁着大大的眼睛向人群笑了笑，脸上露出喜悦的神情。但他的笑容是从残酷中切割出来的。

一个男人跌跌撞撞地站在他的一边抱着他。"没有人能打倒这个婊子，甚至连飞起的马蹄铁都不能！干杯！干杯！"又传来一声尖叫。现在两位马夫——巴尼和特鲁斯占了其他两个空位，即使他们的杯子在酒馆肮脏的灯光下显示是空的。鲁宾跳到座位的椅子上，用手拍打他的臀部，喊道，"干杯吗？为什么，当然！我想借此机会赞美一位老朋友，他紧紧地握着我，从不让我走！向杰夫·戴维斯举杯——他将漂浮在一艘没有罗盘或舵的船上，任何东西都可能被鲨鱼吞下，鲨鱼被鲸鱼吞下，鲸鱼在魔鬼的腹部，魔鬼在地狱里，门锁了，钥匙丢失了，未来，愿他永远安息在西北角落，让西南风吹走他眼中的灰烬。如果你同意就说是!"

"是!"晃动的杯子刺穿了他们头顶上烟雾缭绕的空气，鲁宾用一种锐利的眼神仔细地看着那一幕。

"你快乐吗，鲁宾？你的钱越来越多了!"

他抓住他的阴茎。"快乐!"

"演讲!"

他俯下身来,两拳打在桌子上,然后挺直身子。"演讲?"他哭了,"为什么,没有人想听今晚的演讲!我们来玩个游戏吧!"他把酒一饮而尽,把杯子扔回去,酒吧人员也跟着他一样。一个怪念头突然冒出来,鲁宾在喧闹声中大喊:"伙计们,请答对的人免费喝酒!"他在椅子上围着一个小圈跺脚,仿佛那是一个脏的瓦片。"告诉这里的骑手,为什么没有黑色的纯血马?"他环顾四周,然后举起手来。"黑色,你,白痴们,黑色!"

"有!"靠近水龙头的人喊道。

"不!不是黑的!你们当中没有一个人在跑道上看到过真正的黑色!这是真的,他们没有。"

"那么,我自己喝吧,"他咆哮着,放倒了他的酒杯。"所有漂亮的马都是黑色的,但混血却冲淡了雄伟的纯洁!现在最黑暗的黑色只是泥泞的棕色!"他的下巴皱了起来,但对阿尔蒙眨了眨眼睛。

"下一个!"有人喊道,"我没醉!"

"好的,好的,让我来逗你玩,"鲁宾嘶嘶地说,又用他那紧绷的嘴唇吹着,"乡巴佬!我的谜语是:我怎么会成为一个锡兵?我尊敬的弟兄们在哪里呢?黑人前辈曾经控制着这种最不难以驾驭的运动!"[①]

他们的邻居好像咳出一颗珍珠一样拍打着桌子,骄傲地说道:"吉姆·克劳[②]。"

[①] 如今在"三冠王"赛场上,非洲裔美国骑师很少见,但在赛马运动早期,黑人骑师占统治地位。在1875年的肯塔基德比大赛上,十五名骑手中有十三名是非洲裔。而到了十九世纪九十年代,威利·西姆斯是唯一一位赢得三冠王比赛的黑人骑手。

[②] 吉姆·克劳是美国南方种植园歌曲中的一个虚构黑人角色,通常指的是曾经用来限制黑人权利的法律和习俗。1876年至1965年,美国南部各州以及边境各州颁布了对有色人种实行的种族隔离的法律,公共设施依照不同种族而隔离使用,被称作《吉姆·克劳法》。

一双轻蔑的手。"我明白你知道你的吟游技艺表演,不,不,帕迪,不。曾经辉煌的时候,我们赢得了每一次德比,抢空了每一个钱包。但北方的匪徒背叛了含姆①的儿子。他们发动了政变!黑人一度占据了统治地位,如今被驱逐了!为什么威利·西姆斯自己要去找个地方玩呢!对不起,没有喝到酒的亲爱的朋友……今晚不行!"

"啊哈哈!"房间里发出咆哮声,他们喝了酒,鲁宾瞪着眼睛,从他的讲台上滑下来,扑通一声扑倒在座位上。

整个房间都烂醉如泥,阿尔蒙也是。五轮酒,随之而来的是一场精彩的阐述。当他坐着惊叹于他那沉重的舌头的重量时,他觉得自己从记忆中解脱出来了,他被一个胳膊肘从桌子上拽了起来,一次又一次地从那些啰嗦的、吵闹的人群中拽出来。鲁宾是个瘦小的人,但是肌肉发达。

回到半空的桌子上,特鲁斯摇了摇头,迷迷糊糊靠向他的同伴:"伙计,我烦透了。"

"什么?"巴尼说。

"永远是黑人,黑人,"特鲁斯说,"就像坏狗屎一样,不会发生在别人身上。"

巴尼点点头:"我知道。事情已经改变了。"

"我的意思是,也有白人奴隶。人们忘了。"

"是的,人们完全忘记了这一点。"他们碰着杯,喝着威士忌。

这个季节的风抢先从鲁宾手中夺走了门,风就像圣诞节一样寒冷。他和阿尔蒙跌跌撞撞地走进漆黑的夜晚;在头顶,微弱的星星像下面汽船的灯光一样颤动着。阿尔蒙看着它们模糊而无名的数字,他的头脑开始转向他清醒的感官。他的舌头粗野地脱口而出:"八年前,

---

① 含姆(Ham),《圣经》中诺亚的儿子,含姆相传为非洲人与亚述人的祖先。

499

我失去了所有的……但是我有个交易……我是魔鬼。"

他把一半注意力分散在操纵阴谋诡计上,所有的混乱都表现在那张最厉害的舌头上,鲁宾在黑暗中转过身来,使劲盯着阿尔蒙。"又来了,小螺母吗?是什么事?是我们说的那个白人女孩和她的孩子吗?你就是那位父亲吗?"

阿尔蒙摇摇晃晃靠在那座建筑的铝制墙板上,跌跌撞撞地走回去,在屋檐下可怜地蜷缩着,钻进他的夹克抵挡着天气的寒冷,抵挡着现实。他摇了摇头。

"但是……"鲁宾侧身,"你期望你是?"

点头就是死亡。阿尔蒙点点头。

鲁宾高兴得跳了起来:"贱人!淫荡的棉花糖!"

阿尔蒙咕哝着,"我和……佛格签了协议……"他想停止说话,但完全不能。

鲁宾越走越近,他的声音很谨慎,但他眨眼的速度快得像蜂鸟的翅膀,"你和白人父亲做了交易?请问是什么性质的?勒索?报复吗?"

阿尔蒙觉得自己虚弱得回答不上来;他盯着地面,如果他只让他的膝盖弯曲的话,那地面就是床。

鲁宾向你眨了眨眼睛:"要报复。"

当阿尔蒙说话的时候,整个世界都在旋转,"保持距离……汉丽埃塔。有些东西是不正确的……"

鲁宾凑近了,"汉丽埃塔。这是适婚的白人?"

阿尔蒙抓住他的头的时候,他的手让人害怕。他的手抓着头点了点。

鲁宾向后退回,他的眼睛显得很惊讶,他的呼吸在空气中弥漫着白色的气息。他发出一种完全的喜悦声,"上帝啊!你是一个爱管闲事的人,也是一个企业家——比一个灵魂可能猜到的更有进取心!看,我的兄弟,你有梦想。首先你在银色的抽屉里抢走了它,然后你用一块干的小饼干把它吞了下去!这是令人印象深刻的,我敢肯定。"他歪着脑袋,"尽管虚幻地反抗……"

愤怒突然浇灭了悲伤和醉意。阿尔蒙踉踉跄跄地朝鲁宾的方向走,"你怎么不能像个普通的人那样说话呢?你以为你是谁?"

鲁宾不屑一顾地挥舞着一只手,"哦,我不像你想象的那么忠实可靠,即使在你的纵容中!但没关系,你心里是有问题的,我完全赞成!你是在监狱里学手艺的,还是你天生就会?请告诉我。"

耶稣。耶稣基督,他喝醉了。他是——

"用你的话说,战士!"

"我的妈妈去世时——"

"死了!怎么死的?告诉鲁宾!她被谋杀了吗?太了不起了!"

"红斑狼疮。有点像狼疮……我们没有医疗保险。"

"谋杀,的确!告诉我每一个可怕的细节!告诉我你在监狱里的一切。我将不再只面对你那狡猾的沉默。我喜欢喜剧。"

即使摇摇晃晃,阿尔蒙也不会去那里。这就是他们挖出你的心的地方,然后给你填满报纸和木片。不。他试图站在铝制的墙边,当他不可避免地开始歪斜的时候,鲁宾突然就像一根柱子,用两只手支撑着他。在他说话的时候,阿尔蒙摇摇晃晃,吐了一口痰。他试图回忆一些以前的事,一些确定的事,一些将他生活束缚的事。"十年后,找我。我要自己做点什么。你知道我在说什么吗?我……那里……这个世界,所有这些种族歧视的玩意儿——"

"他们的生活确实让我们讨厌,"鲁宾说,"但你落伍了,我的朋友。不再是这个人,而是他的房子。"

"我要站在房子的正前方。你看到他们穿的西装了吗?你最后一次见到一个有钱的黑人是什么时候?"

"为什么,上次我在清澈的池塘里凝望着自己。"

"我是认真的——"

"昨天,我肯定。"这是鲁宾即兴的幽默。

"嗯,不是我!"阿尔蒙突然喊道,痛苦万分,"不是你!"

鲁宾后退了一步。"不是我? 不是我?"现在他从阿尔蒙身边跳开去,是在阿尔蒙还没来得及稳住自己的时候,所以他几乎瘫倒在地。他跌跌撞撞地抓着瓦楞的墙板。鲁宾用一根手指指着他吃惊的脸,"现在,自以为是的年轻人,我比曼萨·穆萨更富有! 我比沙加强壮! 我像牧师一样聪明! 我身上唯一的镣铐在我的靴子下面!"

"你只是个骑师。"阿尔蒙咆哮道。

鲁宾那狡猾的脸被致命的攻击扭曲了,"只是骑师? 你想象不到我是什么,你他妈的河鼠! 不要用你借来的梦想! 我是自己的捍卫者,是马鞍的魔法师,最开始也最重要的是,我是没有受过教育的天才!"他重重地敲着他的马驹般的胸脯,在阿尔蒙面前昂首阔步,"你从没见过像我这样的淘气鬼! 我从不后悔! 我破坏和创造! 我从不宽容虚构和编造! 没有人知道我的名字,或我的历史! 哈利路亚,去你妈的! 我在家庭和秩序上撒尿,我撒谎,我伪造! 没有母亲生了我,我创造了该死的自我。我有一个非法的脑袋和拿破仑的胆量。二十九匹马从我身旁冲出来,我仍然骑着。我能得到一个该死的阿门!"

"阿门!"一阵尖叫。

阿尔蒙试图用一种恶毒的语言回答,这个回答可以把傲慢的骑师放回他的位子上,但他突然感到一阵愤恨和恶心。"哦,该死。"他说着,跌跌撞撞地往前走,离开了房子。

"天哪!"鲁宾温和地说,他停了下来,因为阿尔蒙已经跪倒在地,先是咳嗽,然后又把肚子里的东西吐到干燥的冬草里。

鲁宾眨了几下眼睛,然后又弯下腰来。"哦,"他叹了口气,茫然地拍着阿尔蒙的背,他的讲话突然变得冷淡起来,"我该怎么办,我的小螺帽?我该怎么处置你呢?"他向外望着周围的树林,树林里一片漆黑,夹杂着霜冻,不时被动物黄色的眼睛所打断。"嗯,我肯定会想出一些办法的。"

最后,萨米尔在他的怀里。的确,起初他只看到了他的肤色——一种黑色的冲击,一种入侵。但是日复一日,他花费越来越多的时间盯着这个孩子,他发现了更多过去的厌恶的变形。黑色的、未成形的肉体变成了更复杂、更重要的东西,而不是一个纯粹的躯体,它变成了人类努力所产生的结构,这种结构是一种巧妙的建筑师的产品。看看前面这块光滑的石头,在胖胖的脸颊上最宽的那块,有翘翘的鼻子,彩色的像玻璃的眼睛。承认吧,亨利,你站在一个神秘的地方,一个无边无际的地方,在这座建筑物里,你会发现一些以前未被命名的东西,直到现在你都不想知道除了你自己以外的东西。

"哦,看他见到你多么高兴,亨利!他当然认识他的外公。"

亨利在米勒厨房的温暖和光亮中摇摇晃晃地走着。在两天的旅程之后,他把萨米尔放在摇篮里,吉妮给他准备了一杯薄荷茶,这像是两年的分离。在这么短的时间里,他的生活发生了怎样的变化。他几乎被它惊呆了,但它仍然在那里,就像任何其他事实一样。

当她把一个茶包放到一个杯子里时,吉妮说:"亨利,你可以随时将萨米尔留在这里。家里又有了一个孩子真是太好了——是不是太棒了,罗杰?"她转向她的丈夫。

"确实。"罗杰点点头。

亨利的脸颊上泛起了不舒服的颜色。"我……我不能强加给你我的东西。"他转过身去看了看房间,可能是在找萨米尔昨晚的包,但吉妮只是在他的手上拍了拍。"哦,我还不能让你现在跑掉。赶路后你需要吃东西。另外,我需要有人玩跳棋。罗杰有三场比赛的限制,那不太适合。"

亨利注意到厨房桌子上红黑相间的棋盘,它的棋子散落在陶瓷台灯下。"跳棋……"他茫然地说,他将萨米尔从他的右侧转向他的左胳膊。

吉妮把头歪向一边。"跳棋,"她慢慢地说,然后她和罗杰飞快地瞥了一眼,她清了清嗓子,"你……不知道怎么玩吗?"

亨利严肃地盯着板子,"我不相信我能学会。我父亲让我从下象棋开始。"

"哦!"吉妮果断地点点头,"嗯……活到老学到老。就在这儿坐下。"她用手势示意他走到一个破旧的酒吧椅前,想从他的怀里抱走萨米尔,但她克制住了自己,他们的团聚是值得一看的。萨米尔的脸在他祖父的眼前变得明亮起来,现在他在他的下巴底下咕咕地叫着,忙着用他那柔软的、胖乎乎的手挤压亨利凹陷的双颊。他发出一种非常像笑声的新声音,他的喜悦充满了整个房间。

"好吧,"罗杰说着,朝大厅走去,通往房子的后面,"我要把你留在这里。我要带着这杯茶去睡觉。"

"你为什么不把它留在这儿呢?"吉妮挥着手说,"这样我就不用把它带回来了,它不是你常喝的那种。"

"我经常喝它。"罗杰纠正她。

吉利抬起头来:"你从来没有喝过你的夜茶。一次也没有。"

圆弧的灰色眉毛,"女人,你不了解我。"

吉妮哼了一声,但还没等她发出一声反驳,罗杰俯下身,吻了吻她的前额。"晚安。"他说,"晚安,亨利。我们喜欢萨米尔,那些柯基尤其喜欢他,它们爱孩子。"

当他在门框附近消失时，吉妮喊道："别忘了把大厅的灯打开。你一直都忘记，你知道夜灯已经灭了。"

"我不会忘记的。"

"好吧。"吉妮说，然后低声说话，只让亨利听到，"他总是忘记。"她坐回到她的椅子上，把所有的棋子放到板的中间，然后开始用两个手指分类，"亨利，你是黑的，我是红的，我们的目标是越过棋盘，占据对方的区域，然后把它们放在对面。"

但亨利几乎听不进去。萨米尔抱着他的胸膛，他转身看着罗杰从门框里的大厅退到房子后面。他说，"你们似乎很适合彼此……"

"谁？我和罗杰？"吉妮惊奇地看着他，好像他说的是最荒唐的事，然后，她耸耸肩，"他是我的烦恼，也是我对生命的爱。"

亨利悲伤地笑了笑，紧紧抓住萨米尔。

在放跳棋的时候吉妮看到他笑了，说："亨利，你生活中有过很好的爱情吗？是谁给了你活下去的理由？"

这个问题显然使他吃惊。他眨了眨眼睛，然后一种混乱的感觉穿过他的脸，他不知道看哪里——看游戏板，看房间四周，或者看他怀里的男孩。突然，萨米尔用全身的力气打了个哈欠，他的全身都在颤抖，包括他的双拳。然后他笑了。

"我等不及了，"吉妮温柔地说，把亨利从回答的负担中解放出来，"想看看萨米尔长大后会成为什么样的人。我觉得他会与众不同。"她瞥了一眼亨利，眼里泛着光，"但我们都是与众不同的，不是吗，每个人都有自己的方式？"

早晨，"地狱之口"似乎是健康的——上帝，对不起——它是一匹马，所以他们用白色的棉质旅行绷带把它的四肢包裹起来，把它送进了定制的设备，然后回家。当它一边摇摆一边做梦的时候，阿尔蒙的同伴抽着烟，喋喋不休地讲了十二个小时。他试着不吐出来，把头靠在窗户上睡了一觉，睡得很香，掩盖了对新现实的恐惧。不是他吗？怎么可能？在他们的爱情中，她紧紧抓住他——他知道的，或许他知道。他在懒洋洋的恐惧中飘荡。他看到一个婴儿胖胖的手伸出来，抓住山丘，就像在波光粼粼的河水中升起的铁石，水像征服者的旗子一样飘扬。这个婴儿看起来和他很像。

醒醒吧！牧师低声说。人类的爱只不过是只有一半的房子，我们在那里为上帝的爱而准备我们的犯罪本性。

阿门！

不！他睁开眼。她欺骗了他，给他戴了绿帽子，用她那又薄又白的嘴唇撒谎。不要忘记。

这条路把他们带回到了肯塔基州和麦克的训练中心。"地狱之口"将会在那儿它自己的围场里过冬，把它斑驳的黑色衣服解开，休息一下。司机在大马房的一边下了车，卸下了他们半吨重的货物，但阿尔蒙没有到拖车的后面去。他只是很快注意到了他臀部和膝盖钝钝的疼痛，肯定是太多酒精、缺少睡眠和身体恐惧造成的结果。在他的腿倒下前，他就已经跌到了地上，像一个人冲出大门跳进了深水池。司机从驾驶位子上出来，用手摸着卡车的前部，一边笑着，试图擦擦他的眼睛，尽管他正在把阿尔蒙拉起来。"哦，他妈的！"他大叫着，甚至没有试图掩饰他的开心，"哦，他妈的，男人！你还好吧？"但阿尔蒙没有笑。在他的腿和手的关节处，痛是有趣的。在最短暂的一刻，恐慌出现了，但他却把它平息了。你无法想象你的生活——或者你母亲的生活。他带着"地狱之口"向前走，他的眼睛坚定地在马房外的地平线上移动，这是一个徒劳的小伎俩。

但在马厩里，他感觉到了这一点，那是一种微妙但肯定的转变，就像房间里的鬼魂一样。他看了看"地狱之口"，看了看它的嘴和它的玻璃眼球,并按住他的疼痛处,把自己难受的手放在它下巴平坦的地方。它的瞳孔比平静的时候宽几毫米;温暖的热气从它的侧身飘了过来。不可否认的是,它突然变得高高在上了。

不用告诉阿尔蒙该做什么;他一瘸一拐地跑过去,穿过农场的经理,径直冲进麦克的办公室。麦克的训练中心离纽瓦克机场只有半小时的路程,他倚在他的书桌上,正在看他的冬天小马名单。这时,阿尔蒙刚滑过了门槛就说:"它生病了。"麦克像个杜宾一样在他的牢房里狂吠,所以不到十五分钟,他合作了十八年的兽医唐·帕特里克大步沿着小马房走来,下巴缩进脖子,一只手拎着装备袋,另一只手拿着银色的箱子。

在生病面前,麦克是完全没用的;他除了踱步,什么也做不了,他还汗流浃背,对着他的赢得了二级比赛的小马咕哝着,做着他从未做过的事:向负责的职员祈祷,向马的守护神和其他的众神祈祷,随便拿你想要的东西,但不是这该死的。

"它的体温有点高,"唐说,"它在坎登有不舒服吗?不舒服好了吗?没给它喂吗?"

阿尔蒙摇了摇头,迷惑不解。

"没什么?"

麦克说:"鲁宾说他感觉到了一些东西,但它摸起来有点冷,看起来很好。"

唐叹了口气:"这些马就像猫,它们宁愿死也不让你知道它们什么时候受的伤。让我们从远端开始,先看左下方。让我们拍几张片子吧。"

阿尔蒙迫切想要做点什么,他不能沉溺于麦克那种偏激的状态。他小心翼翼地站在它的马厩边,把它的脚放在一个它至少能抓住的地方。他绝望地盯着它,好像它是唯一一把他和空虚分开的东西——它确实是。

麦克停下了他的步伐,进入了栏内,唐把它交给了他。"抱着它。"兽医一边说,一边打开箱子,笔记本电脑滑了出去。

"麦克,拿着笔记本电脑。"麦克蹲在它的左后方,平均地在布满干草的地上排上放射线照相板,而唐则负责管理镜头。

在阿尔蒙看来,笔记本电脑的屏幕上只显示了小母驹腿内侧幽灵般的薄雾——它美丽的骨头像马的梦一样,在照片上闪闪发光,但唐却长时间地盯着那里看。他喉咙里发出咔哒声。

"该死,"麦克说,"什么?"

"在这条腿上再多绕一圈。"唐冷冷地说。接着,向诸神或圣埃利吉乌斯或其他一些粗野的神祇,发出一个小小的诅咒。第二轮的拍照显示了一处柔软的、厚厚的、雪白的、灰尘般的、干净的球节联合中枢附近的蹄骨。

"轻微骨折。"唐冷冷地点头说。

麦克说:"我是傻了还是瞎了?"

兽医已经把这些照片传给了里德尔和罗德公司的同事,两分钟后,他在他的小房间里跟他们商量。当他啪地一声关上门时,眉毛都皱到一起了,他的声音里几乎没有任何怀疑:"好吧,两个月的休息时间。只能这样。我不想让它在任何地方走哪怕一步,你听到了吗?"

"我不是新手。"麦克厉声说。

"我说的不是一个步骤,麦克,"唐说,举起一只手,先发制人,"是的,我知道,朋友。但坦率地说,你很幸运,这不是一个需要上夹板的骨骼问题。我们都知道,你坐在冠军的奖金上,但不要得寸进尺。两个月。即使这是一场赌博。"

阿尔蒙转向他的小母驹,看向一只严肃的、浑浊的、痛苦的巧克力色眼睛,然后是另一只。我在这儿赌上了我全部的生活,他妈的,他想。然后他想象着汉丽埃塔,他的心因悲伤和背叛而燃烧。但不是罪恶感：罪恶感每时每刻都在死亡，就像她一样。

"两个月！"麦克呻吟了一声，仿佛刚才的话正在穿透他的头骨。他眼中的血管似乎要破裂了。

唐叹了口气。"听着，我们遇到了一个无法控制的问题，但我们能做的就是朝它扔钱。让我们给它点绿色的疗法吧，一切都是有机的，做一些按摩、电磁刺激，读点东西给它。"他说，看着阿尔蒙，"给它一些好的，甜言蜜语。做这一切。"

"他妈的马。"麦克说。他鼓起双颊，抬头往马房的椽子上看了看，好像在寻求帮助，但显然，今天的神都吃了个狗屁。他深呼出一口气。"好吧，我要去和亨利说。现在，不会很乐观，但可以。"然后他就走了，很快就走了。

唐·帕特里克站在他身后，叹了口气。他对他的病人进行了评估。这是一匹古怪、敏感、大胆、任性的马。马是一种很少有人能读懂的法典。上面写着：极端主义者。

"你知道吗？"他突然说，"我这么做了很长时间，有时你在马上就能读到一些真正的好东西。我要给它做个隐形模具，甚至不打算给它打石膏。"

"为什么？"阿尔蒙说。他已经感觉到"地狱之口"的不快乐，而且那和他自己的不一样。他知道，他得比马夫更像天使，才能照顾好它的不满情绪。

唐疲倦地笑了笑。"因为该死的，如果它不会去那个畜栏，它会摔断腿，或者更糟的是准备把它踢掉。当你手上有一匹喜怒无常的马时，最好面对事实。这是斯嘉丽，不是梅勒妮。当你会面对极端的时候，这没什么可麻烦的。"

这不是他能通过电话讲的东西，所以他把他激烈的情绪都发泄到了佛格农场,他演练了各种"你他妈""我他妈""那匹马他妈"的表达方式,他记不清上次如此愤怒是什么时候,暴怒席卷他全身,就像八月谷仓的火。这是被压抑的眼泪带来的愤怒,而不是他意识到的。麦克并不悲伤。他甚至没有在他亲爱的母亲的葬礼上哭,主要是因为她看起来比她过去十五年都要好。那个殡仪员是个巫师。

他站在佛格的厨房里,手里拿着他的帽子,最后说得非常简单。"轻微骨折。坏消息,但可能更糟。这是这样。"他紧张地做了一个横向的手势,几乎无法正视亨利的眼睛。他觉得害怕。

亨利伸出双手,放在麦克的肩膀上。他说:"把我的小母驹治好。做你必须做的事来医治它。"

麦克点点头。他觉得这一切都很糟糕,但他说:"我们要让它休息一下。我们要孩子——"

"解决好。你明白我的意思吗?尽你所能让我的女孩在德比大赛上出现。你和我都知道它的能力。"

房间里的空气凝固了。麦克眯起眼睛,偷偷地四处寻找许可:"任何代价?"

"任何代价。"亨利像说出不容置疑的、最后的一句话。

"该死的,对,"麦克说,然后他把他在白色休赛期时戴的斯泰森戴回了他那灰白的脑袋上,"我要让你的小女孩站起来比赛。"

麦克正在找借口,但没花多长时间就找到了。看看这个孩子,让自己的体温都升高了。他脚上走路不稳,双手无力,像块抹布一样;他靠在"地狱之口"身上,就像它是房柱,而他就是那下垂的屋顶。麦克厌恶地审视着这个情形,他的嘴唇蜷缩着,然后说:"我从来没有想到黑人男孩会变成粉红色。上帝的错误与你有什么关系?"

阿尔蒙不敢抬头,否则整个马房就会打翻。他仍然对酒精感到难受,但这没有任何意义。时间太长了。"我走了。"他说。

"别靠着我那该死的破马,孩子。如果你生病了,我不想让你待在这儿。他们能做你所做的。"他的声音很难听,但当阿尔蒙转过头来看着他的时候,麦克看上去并不生气,"去看医生。我甚至不相信我会说这个,但花几个小时去看医生。"

"我去不起。"阿尔蒙甚至没有考虑到这一点。

"好吧,"麦克说,这让他有点困扰,这孩子看起来不太好,但他现在不打算回去了,"从这儿离开。"

麦克站在那里,看着他一瘸一拐地走了。然后,他草草地做完了搓揉的工作,又在眼下这个问题上考虑了更长的时间,观察了"地狱之口"腿上的蓝色隐形模具。他在下午三点有些恼怒。一方面,赛道周围的东西越来越多,你可以感觉到它们像暴风雨一样聚集在一起;在拐角处,有一场关于国会镇压权力的活动。另一方面,就是后来的事情,他妈的现在,完全不同的是,这东西可能会缩小卵巢并导致发情,但另一方面,这就是长期不育保险的用处。第四,如果你数数,"地狱之口"是一匹小母驹,这并不是说麦克会去冒险。但最重要的是,虽然不能让它跑得更快,但肯定会让它加速恢复,而恢复是比赛的一半,尤其是对必利时① 锦标赛来说。此外,"地狱之口"不需要更快的速度,它已经打败了最快的。大家都知道根本没有像它这样的马。这就是为什么麦克只是站在那里一动不动,手里拿着注射器,而不是把它戳进它的臀部、按下柱塞。他在尘土飞扬的、中产的怀俄明州跑步的时候,已经练就了把小马养大的本领,他的座右铭是:把最好的与其他区分开来的方法是最好的不要被赶上。但事实是,他从

---

① 必利时锦标赛(Preakness Stakes),每年在美国马里兰州巴尔的摩的皮姆利科赛马场举行的赛马比赛。通常在五月第三个周六举行,是"三冠王"比赛的第二关,其他两关为肯塔基德比大赛和贝尔蒙特锦标赛。

来没有见过这样的马,至少从一九七三年开始。它让他觉得自己又成了个孩子,成了理想主义者。他忍不住想看看,它自己能做些什么,在没有任何帮助的前提下。因此,在他更好的判断上,感觉就像一个完全不像麦克·斯奈德的人,他把注射器重新装回口袋,走出了马厩。

一年前,在圣诞节的时候,有一个可以描述的冬天——一座冰的宫殿。在房子周围,嘶哑的风把白色的丝带缠绕在房子周围,如同在圣诞节出现的奇怪的枪手闪电。但这是新的一年。冬天异常寒冷。积雪严重。我只能告诉你这些。

在一月的黑暗中,亨利被一阵电话的尖叫声惊醒了。麦克在另一端,他的胜利与愤怒几乎没有区别。

"亨利!"他咆哮道,"亨利,我们做到了!"

亨利努力使自己的思想变得清晰:"做到什么?"

"月食奖!两岁的小母驹获得了。"空气中充满了他的等待,亨利没有说话时,麦克继续说:"颁奖典礼于一月二十二日在比弗利山庄举行。我将从萨拉索塔过去,所以我将在那里与你见面。将在威尔希尔酒店举行。他们搞得真他妈过时。"

亨利清了清嗓子:"我不会去的。"

现在轮到麦克沉默了。他停下脚步,在办公室里踱来踱去,仿佛墙在自己眼前消失了。他突然发现自己在一片荒凉贫瘠的荒地上。

"你待在家里,"他简短地说,"你——为什么?"

"萨米尔。"

"萨米尔他妈的是谁?"

"萨米尔经常出现耳部感染。他的儿科医生建议我们不要飞行,直到症状消失。他这阶段跟着我要去的地方。"

麦克试了劝了两次,都失败了。他又试了一次。他的声音听起来像一个破旧的发动机:"你是为了照顾一个孩子而待在家里吗?"

"是的。"亨利说。

一片寂静,像威尼斯玻璃一样美丽、精致、干净。"好的!"麦克不耐烦地说,"好吧!我们已经为此工作了十年了。是的。什么?"他用力把手机扔了出去,手机外壳啪的一声断了,电池就像一颗小卫星从轨道上冲了出来,从办公室门掉了出去。他的喉咙深处有一个疯狂的声音,他抓住震惊的助理练马师的翻领,这个年轻人扭动着,想着这是怎么了,麦克最终后退了,一拳打在他的喉咙上,大声喊道:"有没有人告诉我,他妈的有理智的人在哪里?!"

这并不是他在比弗利威尔希尔宽大的舞厅里所说的演讲词,他站在一千三百名最富有、最雄心勃勃的练马师和马主面前,他们与比赛记者和摄像师围在一起,为子孙后代记录了这一切。

麦克站在夜晚耀眼的灯光下,黑色的领带闪闪发光,所有贪婪的目光都集中在他身上,他突然感觉领带不再像一个绞索。上帝啊,他是多么讨厌这种该死的废话,他永远不会原谅亨利让他做演讲,但是麦克比任何人都更了解这匹马,所以他猜想自己是唯一能胜任这项任务的人。他在领奖台上转了一下,把那两只红色的、握着的手放在他熨过的牛仔裤的臀部上,说:"你们知道我不是个爱说话的人。我不关心是否有马匹训练和赛马。但是,现在是一月,什么都没有,这是月食奖。我来谈谈魔力。"

他使劲地嗅着,望着那些期待的面孔,他们都看到了它的赛跑,知道他在这里处理的是什么特别的事情。它比高质量的股票更重要,比好的双腿更重要,比黄铜一样的肺更重要。它充满渴望,你无法满足。

他说:"自从我上高中以来,我一直在赛马,从我二十岁半开始,我就一直在训练马。所有人都知道,当我看到一匹好马的时候就会知道这是匹好马。因为上帝的爱和金钱,'地狱之口'是一匹好马。"

下面的人大声地鼓掌,大喊大叫,但他继续讲话。"这匹黑色的高大的母马驹不仅是我训练过的最好的马,也是我见过的最棒的赛马。它才刚刚开始。"他停顿了一下,"就是这样。"

他在掌声中走下了领奖台,那些宁愿看到他被枪杀也不愿看到他赢得其他人的钱的人,以及那些因为他而致富的男男女女,都投来了别样的目光。他在回到桌子的路上和几个人握了手,在那里他可以继续喝酒,他不这么认为:他妈的一个可怜的莱彻县的乡下孩子怎么会是这里最聪明、最优秀的人呢,但是,他们应该支付我靴子吃的土的费用。我转动了磨轮。这些贵族出身的含着银匙出生的信托基金混蛋。

就在这时,伍德福德县的熟人斯图·彭德格拉斯特突然拍了拍他的后背说:"今晚那个老流氓亨利在哪儿?"

麦克明显皱起了眉头,他甚至没有试图掩饰自己的厌恶。"你不会想知道。"他一边说一边拉松他的领带,回到他的酒杯旁,独自忍受着宴会的其他事,直到他发现了一些孤独的亡命之徒,他们将会反过来折磨他。

我不在乎你是谁——一个冠军的马夫,一个农场的子孙——一个哭哭啼啼的婴儿会让你跪下。那天晚上,亨利第三次从睡梦中被抓起来,被萨米尔的哭声所俘虏。世界上没有什么能使他平静,没有风扇的嗡嗡声,也没有多少甜言蜜语。他拒绝了奶瓶,他在一块新鲜的尿布上挣扎着,愤怒地挥舞着他的肥肉,对着亨利的摇篮曲尖叫着,好像要用他的挫折来唤醒这个世界。

过了一个小时,亨利几乎要哭了,除了从汉丽埃塔的笔记本上读点什么,他不知道该做些什么。他阅读的声音轻柔地滚动着,像一剂镇痛剂。这是另一个世界的语言。亨利让萨米尔在他的膝盖上翻动，然后翻页。这是他们早上和晚上共同的习惯，寻找他还没有读过的东西。这是肯塔基州土地的虫害分布图，是辛辛那提拱的一张图，这是一句关于火地岛的人在狗面前杀死老女人的名言，因为狗更有用。最后，他找到了一个新的页面，在萨米尔的哭声中读出来："杰弗森演讲，从潘恩的磁带上抄录。"

这篇演讲稿被潦草地写在半打页面上。亨利把这些话变成了父母的童谣，他读到："我是一个农民，一直都是。在我出生时，这个国家支持三千两百万农民。我母亲用农民的年历教我读书，我父亲在我还没能走路之前就把我带到了田里，并教我如何在种植园的艺术中适当地学习。我受过良好的教育。"

"但在我出生后的六十年里，有些事情发生了变化。今天，美国只有四百万个农场。这还不到总人口的百分之二——不到百分之二！这是你能想到的最重要的东西吗？是的，百分之一，它就要来了。我们正处在一个后农业的时代。这一转变的方式和原因是一个痛苦的故事，如果预测未来的最佳预测者是过去的话，那将是一个不祥的预兆。"

那歌声从亨利的声音中滑落。萨米尔陷入了平静的状态，全神贯注地听着，他那深沉而深邃的目光锁定在亨利的脸上。

"……我们生活在一个消费的世界，我们需要吃更多的食物，动物被迫消耗被我们丢弃的毒药和自己物种的尸体，我们使用着比应使用的更多的资源，我们赋予企业权力，它们耗尽依靠政府福祉的工人的生活，也赋予他们权利，留给人类的第十四修正案，旨在保证奴隶地位，作为人类！朋友们，这就是消费。如果你还记得，消费是一种阴险的疾病，它在很大程度上创造了增长这一有活力的假象。它保证健康，但却能带来死亡。

"……我们在建立国家这个虚幻的概念下独立，我们遭受灾难性的理想。自从有了这个概念,一个人的生活完全不同于他邻居的生活;他水中的毒与邻舍水的洁净没有关系。劳动者遭受的痛苦与货物的购买人没有直接关系;动物是被出售的物品;土地的健康与集体的健康是脱节的。我们把暴政下的自由变成了互不侵犯的自由。

"在十八世纪,当我们发动独立战争时,我们实际上是要确保土地的、每个人的和我们最深沉的宗教冲动的权利,这些不能由一个国王掌管,但只有通过神秘联盟掌管……我们一直试图建立一个神秘联盟是不言而喻的。这种看不见的现实在任何地方都留下了痕迹,如友谊,亲密,没有教条主义的祈祷,欢笑,同情。加缪说,人唯一真正的选择就是是否自杀。我说,当我们选择不自杀的时候,我们的生活原因就暴露了生命本身的意义。他们向不可言喻的事物发出声音。所有这些生活的原因都指向社区,而不是特立独行和分裂。

"……这些天来,我经常被指责是一个道德家,但如果这是一个批判,如果现在被称为道德家是一种侮辱,那么它仅仅显示了我们的坠落、坚决和僵化的相对主义。不像你们中的许多人,我出生在第二次世界大战之后。如果二十世纪不是人类觉醒和选择的号角,那么什么能唤醒我们呢?这是一个发出道德要求的时候。然而,我们的梦游文化坚持寻找简单的答案,等待别人告诉我们该怎么想。我在这里不是要告诉你如何以及如何消费,要拥抱或避免什么技术,如何组织你的社区,如何投票,如何生活。美国有许多弊病,但没有比这更重要的——如此多的人拒绝长期而艰难的思考。我们必须学会成为选择者,而不仅仅是接受者;自我批评;对自己的权力投下怀疑的目光,包括自己不应得的权力。我们想要简单的答案,但我们必须拒绝它们。唯一真正的答案是思考。"

萨米尔终于睡着了。他躺在那里,亨利的右手温暖地轻托着他的头,他呼出的气均匀地穿过,像一个温暖的口袋一样聚集在他们周围。亨利低头看着他，心跳的节奏很复杂。他突然想起自己的女儿还是个孩子时，她的生活充满了活力，他一直设想的生活与他的真实生活是不太一样的。然而，在这里，即使在她死后，他仍然握着她的手。在生活中，他只是把她的肉体当作一面镜子。现在，并发症像胆汁一样泌出，他第一次尝到后悔的滋味，苦的。

亨利几乎无法从萨米尔的脸上转开目光，他在笔记本的书页上摸索着，寻找着他早先发现的东西。是的，那就是：潘恩，大概是那个拥有录音带的人。一个859的电话号码。在电话号码下是汉丽埃塔不耐烦的笔迹，他又读了一句：从简单到复杂的进化运动。

动物界—脊索动物门—脊椎动物亚门—鸟纲—雀形目—燕科—紫崖燕：在一个神秘的春天，紫崖燕，我们忠诚的、高贵的燕子，成对地回到肯塔基州山上的巢穴里。它们每年都有年轻的羽毛。它们是一夫一妻制的。仿佛指南针引导着它们，它们被一种天生的、野性的、对太阳和两极的意识驱使着前进，这是一种深藏在眼睛里的知识，而这种知识与视觉几乎没有什么关系。

我曾经不会，也永远不会被父亲束缚，而是被我自己困住。直到我变成神或鸟。讽刺是生命的中心条件。上帝没有任何限制，这就是为什么它不存在。或者，如果上帝存在，你就不能经历它，或者思考它，或者知道它，因为它没有可解释的边界。不值得谈论的事情是不值得谈论的。这就是我说的讽刺。

她跟着他到处走，即使他像一只燕子一样旅行，也被无情地拉回了他的原籍。他所发现的农场——如果你可以称之为"它"——是在山脉外围防御工事上的一种不起眼的盖顶石。一个真正的绅士的农场也许在五十年后才能建成，白色的美丽的农舍，林肯的圆木在岩石的土壤里腐烂。在这些高地上的众多牧场中，有一半还没有开垦，亨利很快就明白了为什么。一名男子，大概是他想要找的那个人，就在他的田地里用犁和两头厚脖子的牛耕耘。这是什么旧时的自负？他们似乎是上个世纪的幽灵，现在在泥泞中陷入困境，在二月底的淤泥中，犁刀被困在了泥里。一头牛在看到亨利的车时，发出了很大的警告声。就像动物感觉到危险一样，田地的人一动不动地待了一会儿，挡住了他的额头，然后他举起一只满是泥的手，跟他打招呼，亨利也跟他打招呼。

那人在牧场上喊道："靴子在门廊上！"

在亨利身后的门廊上，有一双古老的、饱经风霜的拉克罗斯猎人靴。他脱下了他的好衣服，把他的脚和羊毛裤子塞进了满是泥巴的靴子里。然后他步履艰难地走到早春的田野里，觉得自己又傻又受虐待。但这个人认识他的女儿。

那人的头发是灰黑色的，辫子粗得像一根拖驳的绳子，拖到颈背上被一根松紧带绑着。灰绿色的眼睛和雀斑，在一张脸上显得不协调——比起在户外打猎、喝酒和做这些事的生活，年龄的影响更少，这是一块吃力不讨好的土地，依附在一个破旧的房子上。有几只狗作伴，有酿酒的才能。一辆旧卡车，一些色情杂志，一些大麻，这些都不难想象。

在亨利介绍自己之前，男子指着地上的老犁刀说："不是本周雨水多，但这里是个有趣的地方——"他指着轻轻倾斜得像法国沙拉碗的下坡说，"——我忘了……是下雨了。每年春天都要下雨……每年春天我都把它填满，然后在周围耙，但它每年冬天再次下沉。"这个人对他而言有一种缓慢而不了解的东西，或者因为他说话的力量而显得如此，但他的眼睛睁得大大的，注意着他周围的一切，即使他的嘴正忙着别的事情。

亨利说："你应该在秋天犁地。"这使他吃惊地记起了一件事，从他上次目睹那事到现在已经有四十年了。

"得了肺炎,"那人简单地说,然后指着犁刀,它在泥里陷得很深,"你指导这些家伙……我可以把住犁。直得就像箭一样。"

亨利按照这个男人所说的做了,他站在巨大的领头牛肩膀上,用一只手拉着缰绳,当潘恩在犁线上发出一声起伏的、半是愤怒的鼓励叫声时,牛不情愿地向前,两次,三次,四次,它们这样做着,直到男子的声音几乎变为"爬上去!"。而且,随着吸吮的晃动和新鲜干净的泥土的飞溅,犁继续沿着土地移动。他们沿着这条线走下去,在一股棕色的土地上展开一股缓慢的波浪,留下了叮叮当当的痕迹。亨利松开了领头牛的缰绳,潘恩现在轻松地驾着牛队,他们已经达到了平地。相对自由的是,牛迅速地向前移动,亨利看着土地的胸腔被切开。暴露的土地扭动着生命:蚯蚓、铁蠕虫、鼠妇、潮虫、欧鼹鼠、蜘蛛,他的女儿完全了解它们。这些底端的仆人们现在会享用这些被认为是高等植物的残骸。

当他们清理完最后四十码的时候,潘恩发出"啊!"的一声,这个团队笨拙地转移到下一块未被开垦的土地;他们就像希腊人书写他们的语言那样移动。但是潘恩用全身的重量压了回去,大声叫:"哇!"亨利本能地用柔软的"哇"来回应,整个嘎嘎作响的配置戛然而止。

现在,长腿的牛在挽具里休息,亨利可以好好地看看它们。它们站在他的胸前——坚实而迟钝,仿佛大理石雕刻而成却散发着热量——带着厚的黑色斑点。仔细观察后,一头牛的黑色更像午夜的蓝色,白色像胖胖的星星一样。它们的长背都是朴素的白色,没有黑色,它们的脑袋都是黑色的。它们的鼻尖也是黑色的。它们是有着显著特色的动物,有一种沉重的、笨重的尊严,就像从它们鼻孔里发出的粗糙的黏液,急切的苍蝇纠缠着它们。亨利以前从未见过这样的东西。

"兰德尔牛。"潘恩说,接近并拍打着它们,把轭架的横梁压在牛脖子厚重的肉上,"美国的稀有品种。殖民地的牛。它们是从佛蒙特州一个封闭的群体里出来的。我有这两头,因为……我不能在拖拉机上工作。而且我买不起拖拉机。维修太贵了。"

就像是回应,一头牛低着头,用脚踩着牛弓的曲线,用激愤的情绪摩擦着。

潘恩用他的衣袖在他汗流浃背的脸上擦了擦,但只是抹去了汗水和泥土。他说,"当我带它们到这里,它们一无是处……几乎没有被训练过犁地。这头特别的,老板——"他指着那戴着蓝色环扣的引领者——"就是坏脾气的。每次我说到'哇',它就走左边。每次我说'嗡',它会往右……我可以用一群虚弱的山羊完成更多的事。"他用一只手示意。"黑色的金牛座。她叫它们。"

亨利什么也没说,只是听着。

潘恩把双手插在口袋里,用不眨眼的目光盯着亨利:"谢谢你给我打电话。我不知道……有时她只是长时间不出现在这里。"

亨利点了点头。

然后潘恩说:"我爱你的女儿。"这名男子直率的声明让亨利吃惊地看着他那张宽大的脸。斑驳的春日在那里投下阴影,如同情感的流露。那人简单地说:"我真的爱她。"

似乎亨利能感觉到地球的旋转,他说:"她爱你吗?"

"嗯,你知道,"他不屑一顾地摇着粗糙的手,然后说,"让我把这些家伙……我将带你去一个她喜欢的地方。"

经过一番努力,他把牛牵到一排旧的栗色栅栏上,栅栏把一块休耕的牧场与他们刚翻过的土地隔出来。他用犁线把牛固定在上面的木板上,它们用自己粗糙的、充满好奇的舌头嗅着,唾液把木头弄得黑黑的。

潘恩拍拍牛倾斜的腰,然后他们沿着北部边缘没翻动的土地向前。

到了一个地方,没有停下来,潘恩从土壤中抓起了一块小石头,他可以把它扔到田野尽可能远的地方,一个男孩总是喜欢通过投掷石头到河里来享受自己双臂的暴力。他说:"我信任汉丽埃塔。她并不总是很好。你知道吗?你不能真的相信一直想让你高兴的人——嘿,箭头。"

这一次,他弯下腰,拿起一块灰白色的碎燧石,古老而光滑,但仍然神奇地锋利。他把它递给亨利。

"也许她有点搞砸了。我不知道。没有冒犯的意思。当我还是个孩子的时候我参加了海军,之后我出来了……大多数人可能在他们搞砸之前一文不值。但我可能错了。"

他们经过了一个坍塌的黑色烟草谷仓,一个像陨石坑一样的水池,树木被灌木丛所环绕。在一片灌木丛中传来沙沙的响声,然后一只狗跳上了小路,用舌头舔着,把它的尾巴挂在背上。潘恩拍了拍这条狗,然后指着他们前面那些细长的树木。"你女儿喜欢这个地方。杰克,待着。待着。"

亨利小心翼翼地走到外面的岩石上,一动不动地站在那里,直直地凝视着幸福或深渊,尽管在他的前额穿透了多孔的云层的时候,仍感觉自己的脚踩在地上。绿色的大地在他面前伸展,但它更像是一种嘲弄,而不是美丽。他仍感到头晕目眩,几乎无法站稳,就像所有的空间都以惊人的速度穿过了他的身体,这是他以前不能理解的。他现在意识到了这一点,因为悲伤已经撕裂了他以前漂亮的肌体。他能听到时间在他骨头的凹陷处吹口哨。悲痛已吞噬了他所有的骨髓。

亨利突然摇晃着,所以潘恩很快就伸手去拉他的手肘,然后用一只手搂住他的肩膀。他们肩并肩站在一起,像父子一样,一个刚刚接近老年,一个中年人,都凝视着外部的空间。

潘恩清了清嗓子。"但我,"他说,仿佛谈话没有停止,"我只是喜欢站在这里思考。站在这样的高地,我觉得我可以……喜欢这里,你可以看到一切。你知道,这是幅很大的风景。我觉得很幸运。但你要怎么处理这样的风景呢?这是个问题。"

这感觉就像一种挑战,一种男人之间的挑战,不管它多么温柔,多么体贴。亨利耸了耸肩,离开了潘恩的保护臂,走到岩石和泥土破碎的地方,俯视着倾斜的边缘。他看了看。但在岩石形成的空隙中,在遥远的树冠上,在那片土地上,他什么也没看见,甚至连历史都没有。整个自然界是由肮脏的、毫无意义的居民组成的。他的沮丧使他痛苦不堪。

他转过身来,脸上一脸悲伤,他叫道:"我女儿怎么想的?"

潘恩本能地抓住亨利的前臂,把他拉向他身边,厉声问道:"什么?在这里?"

"是的!"

如果潘恩觉得这个问题很奇怪,他也没有表现出来。他继续抓住亨利的前臂,因为他非常认真地考虑这个问题。然后他的脸上充满了回忆,他说:"她想到了你。我现在记起来了。她想到了你家族的成员。"

发烧了,带着它做了很多梦,一旦星星开始讽刺地眨眼,他再次转动手臂,他的屁股对着她的棺材盒子。棺材开裂了,纯白的婴儿在他们之间像一颗炸弹一样坚硬,然后她哭喊着他的名字,他死去的母亲给他取了这样的名字,或者是银色的月亮通过监狱酒吧尖叫着,他抱怨自己在紧张不安的空间清醒着,发着烧又清醒着,他很困惑,汗水湿透了他的衣服。他躺在床上,一双干燥的眼睛紧紧地望着他的臂弯,乘着"地狱之口"那夜呼吸的起伏,她呼吸的声音,他自己的声音:把我从噩梦中救出来。

但是,清晨的干草散发出一种气味,一种刺耳的奇怪的声音在几乎静止的空气中飘荡着。他睁开眼前知道了这个消息来源，在黑暗中发现了它，矮小的骑师坐在一个蹄铁匠的凳子上，一只未点燃的雪茄在他的嘴唇上洋洋得意地倾斜着，他的手在他的大腿上拍打着节奏。

"鲁宾。"阿尔蒙困惑地说，他还在做着梦。他感到了"地狱之口"的那巨大的阴影，因为它在门边摇摆，像是好奇一样。

"别担心，"骑师说着，交叉着他那瘦削的双腿，"我只是在去希利亚的路上过来一趟，以为我会跟巴巴里马和辛辛那提的孩子打个招呼——在这里，我发现你只是在呻吟，在你的睡眠中哭泣，实在是一种令人遗憾的景象。"鲁宾把凳子踏得更近了，他的眼睛在月光下闪闪发亮，"你怎么啦，我的小坚果？你的胸部发出格格声，眼睛里有一颗泪珠。"

阿尔蒙的舌头很厚，他嘴里突然出现了一块不熟悉而又奇怪的肌肉，这需要他用尽所有的精力去嘀咕："你有什么痛苦吗？"

"我有什么痛苦吗？"鲁宾咯咯地笑了，"我是一名药剂师，但是我为什么要和你分享呢？我诚实地带着我的违禁品过来了。不管怎样——"一丝笑意"——难道你不是在承认你是一个声名显赫的自信之人吗？你肯定有自己的选择吧？"

阿尔蒙沮丧地呻吟着，一只手在他的前额上留下了一道坚硬的压痕。

"没有？"鲁宾几乎把头转向一边，"确实如此！你和那个马主有什么关系？"

"直到赛季结束才有钱。"

鲁宾的声音低沉而没有对策："到底多少钱？"

阿尔蒙告诉了他。

鲁宾叫着。"我用它来擦屁股！"然后，他站在高高的台子上，从凳子上摔了下来，台子并不高，几乎没有一个孩子高。他张开胳膊，好像他的牙齿一碰就痛。"这就是你的臭名昭著的交易吗？那就是他们在水泥塔教你的吗？没有现金在桶里，得到什么全靠赌博——在一个有奇怪的屁股而又爱挑剔的婊子身上，瘦骨嶙峋的，并且态度这么差？"

"她一直运营着这里，你知道的。"阿尔蒙说，因为她必须这样做，她也会这么做。有一会儿，他抬头在黑夜中看了看她，她的宽度和高度。他觉得，尽管他一生都在努力和绝望，但没有什么比得上她那巨大的、与生俱来的力量。他所拥有的只是一本贯穿他的血管的传记，一本由一个词组成的传记：想要。

鲁宾叹了口气。"好吧，你搞砸了，阿尔蒙，是的，确实，让你自己成了一个开国之父的领袖。"当他侧着身子走过去时，他的声音变冷了，"但你就像个乡巴佬，为了四十个沼泽和吃不饱的骡子杀死了老主人。那是你最大、最坏、最黑暗、最有种的梦想吗？"他轻蔑地看着他的鼻子。

"你什么也不知道。"这是一声深沉而愤怒的咆哮。

鲁宾摇了摇手指。"什么？你确定吗？我看到了你脸颊上的粉红色！你步态的软弱！有什么东西告诉我，你得了某种病——从你妈妈那里得到了一件珍贵的礼物？"

"你他妈最好还是回去吧。"这一次，咆哮更深沉、更残忍。但是粗糙的语话无法抹去一层深不可测的东西，就像河底的骨头一样。河流在他们空洞的声音中流动着，使他们不受干扰，只有底层居民才能看到。但阿尔蒙还没有到达底部。

"承认吧，"鲁宾咬牙切齿地说，"我知道我知道什么！然而，在这里，你却在等着钱，就像街头巷尾的老人乞讨，神和时间本身是唯一的货币！你没有得到你的黑色徽章，童子军！坐在这里就像一个该死的天真的孩子！"

实际上，阿尔蒙已经开始行动起来了，但是他太混乱了，而且还在发烧,鲁宾只需将一只手放在他的肩膀上,就能把他压在他的床上。"你忙着做马的保姆,"他接着说,"还以为你有很多时间可以吃,可以拉!你需要一个更好的梦想,年轻人,这个梦想不会溃烂,更不会开始发臭。"

阿尔蒙拍了拍他的手。"我失去了一切!我妈妈死了,我的外公死了!我的……"他停顿了一下,想到汉丽埃塔是地狱般的感觉。学会快乐都是令人难受的。现在喜悦变成了愤怒的母亲。他把胳膊伸到两边。"他们让我为了生存而努力!让我试图通过他们的白色迷宫。你明白我的意思吗?他们让所有在他们制造的世界里生存的人犯罪!"

"那么,你为什么不接受你的痛苦教育呢?因为你不会讲故事,这就是原因!你太忙了,忙着从你的牢笼中挣脱出来而不是去消化它,其实不是去消化它,是让它使你变得更强大!你应该强大起来,孩子!"

"我不是你的孩子,我的生活也不关你的事。"阿尔蒙厉声说。

鲁宾叹了口气。"真的,为什么鲁宾皇后要来为吞吞吐吐、笨拙的孩子做肮脏的演说呢?鲁宾是个老练的小动物!好东西,他总是准备好了才发表演说!"

带着充满勇气的目的,鲁宾凝视着阿尔蒙那朦胧的、狂热的眼睛;马夫突然感觉到这个在他面前的小个子不仅改变了外貌风度,更重要的是,有人正用语言居高临下低头注视着他。这并不是开玩笑的,而是像上帝一样冷酷无情的传道者。它使阿尔蒙保持沉默。

鲁宾说:"现在听好了,因为我只会说一次:我是魔鬼的助产士,弥赛亚在肯塔基上校面前还没有黑人的拳头大。他的手黑乎乎的,比一块烧焦的软木块还要黑,他睡醒后的黑脑袋跨越了一些思想。他的丝绸从采摘者的周年大庆发出;监工头戴着头盔,控制着白婊子的辫子;黑色的靴子从一堆又一堆的水里翻出来;从鞭子的手中抢来的庄稼,它的柄是由饥饿的手指做成的,当它被砍倒的时候,就像天鹅绒蛋糕一样把密西西比的泥土抓起来。"

"在这神圣的东西里……"阿尔蒙说,他呻吟着,他的愤怒停止了。

"嘘,"鲁宾嘶嘶地说,用手指向阿尔蒙的嘴唇,"他疾驰在一匹马身上,那马黑得就像某个主人在地狱的白栅栏后造出来的碳烟,时间是用来衡量一切事物的。他在这有露珠的夜晚,通过吉姆·克劳的大脑,整夜奔跑,这样他就能把他啪嗒啪嗒的脚安静下来;所以,布鲁德·博内斯和坦博①停止了他们的无根据的噪声;从露西·朗小姐②嘴中,那些人用那些最黑的词来表达他们的意思。有时他会在拉克的额头上疾驰而过,然后赤身裸体地站在那里,像一个出生就愤怒的新生儿。有时,他会带着一本伟大的黑色书籍来,他把那个偷盘子的黑人牧师斩首,他忘记了王国的存在,就像在天堂一样。有时他会像一把钝刀一样骑在士兵的脖子上,然后就梦想着去割下那些华丽的喉咙;手铐、铁链、鞭子和铁项圈。鲁宾在他耳边低语,他开始醒来,想象着他要去某个地方,再睡一觉。"

阿尔蒙摇了摇头。"你得意识到你疯了。"

鲁宾刚说了话。"你就是那个愚昧无知的士兵,即使在夜里,也会把马的鬃毛编成辫子,你只不过是苍白的国王的侍从的仆人,曾经把一些补偿作为未来。你就是那个,当女孩们仰面躺着的时候会害怕、会×她们、会强迫她们生孩子,让她们把骡子绑在马车上。是你——"

"滚蛋。"

鲁宾突然抬头。"说到你的雄心壮志,那只是一堆移动的大肠,

---

① 在二十世纪初期,基于种族刻板印象的传播,在美国流行着一种黑脸扮装的游吟艺术形式,布鲁德·博内斯和坦博是这种戏剧表演中的核心人物。如今,这种表演已被视为冒犯的和种族主义的。
②《露西·朗小姐》是乔治·威格利于1842年发行的歌曲,也流行于黑脸扮装的游吟艺术秀。代表了当时美国对黑人女性的偏见。

核心已经被漂白了。马蹄铁已经践踏了旧的记忆,即使现在是北方的黑胸,但是你,生气了,坚定了你的决心,把你的脸转向南方的果实。"

阿尔蒙用一只胳膊捂住他的脸,一只手按在他的一只耳朵上。他不知道他是睡着了还是醒着。也许他根本就没有从睡梦中醒来。

鲁宾躬身低声说着他的阴谋:"我希望尽早,我脑海中想象着一些奇迹即将降临,今晚将完美地开始,因为鲁宾的政治演说日期加速,要结束了,在某种意义上,投入白人的怀抱中。但那引导航向的魔鬼或基督,会继续向前。沉睡的战士!"

然后,鲁宾笑着把他的行李袋拽了起来,然后离开了,那行李袋几乎和他一样大。直到他安全地走出马房的尘土,才点燃了他的古巴雪茄。

即使在有限的食物和没有任何锻炼的情况下,六周的监禁之后,小母驹在出去后的镇定是彻底的,毫不动摇的,令人恼火的。它厉声斥责任何一个蠢到从它的马厩走出去的傻瓜,它的头撞在了它的失速墙上,然后在二月的每一天都向窗外咆哮。这匹马知道它是谁——它已经得到够多的了。

"噢,去他妈的吧,"麦克说,作为严格的审查官,他累得要死,"把它的马头牵到一个大围场去。不再走步,不再溺爱。我再也不能忍受那种废话了。"

当他进入马厩时,它摆出了一只邪恶的眼睛,但它没有咬。尽管如此,阿尔蒙还是控制住了它的头,这使它获得了几乎全部的能量。它是一个黑桶里的飓风。

"该死的,"麦克说着慢慢地蹲在它身边,小心翼翼地不让它突然动起来,"该死的,如果我不害怕这匹小母驹。这是第一次。"

但是,这条长长的、长满疙瘩的腿很酷。阿尔蒙跛着脚来到了一个在麦克的马房后面建造的围场,在那里,一种古老的柠檬般的阳光正在融化雪。它感觉到了二月的空气,它的鼻子得意洋洋,就像浪里的船,它开始跳着,跳着一首古老的、前所未闻的曲子。它的尾巴啪啪拍打着,眼睛里充满了冷冷的祝福。

"放开它。"麦克说。

"真的吗?"阿尔蒙说,停在了围场门口。

"没有不可能。"麦克在两个助手的簇拥下说。然后他伸出手来,解开了它的小腿。

很长一段时间里,它一动不动地站在围场里,它那黑色的鬃毛在狂乱的风里挥舞着,扭动着,它的鼻孔像这个世界一样宽,它的耳朵向着远处围场以外的地方竖起来。

"我的上帝。"一位助手低声说。 它的腿是巨大的。小母马的耳朵向后转,没有丝毫的犹豫去显示疼痛,它陷入了那些华丽的腿里,它臀部的肌肉发达,像鹿一样从它的房间里跳了出来。两大步,麦克开始大叫;再过三次,在没有改变速度或转向的情况下,它首先进入了围栏的金属边缘,沿着它的边缘发出震荡的涟漪,直到围栏在它的力量下弯曲。它跌跌撞撞地站在那里,仿佛被吓了一跳,然后猛地转过身来,向它的马夫转过身去,它的眼睛里满是白色,嘴唇几乎被扯回到它的斑纹处。它发出一声狂乱、刺耳、愤怒的声音,把所有的人都镇住了,除了麦克。麦克把帽子从脑袋上扔出去,跑进了围场,大声喊道:"它要冲锋了! 它会弄断它的腿的!"阿尔蒙不知道这是一种真诚的逃避,还是仅仅为了锻炼它的自然力量,但他在两秒钟内到了那里,当它再次向前跳的时候,它的口水从它的牙齿上猛掉下来,它的呼吸在他的脸上刮着风。它眯起眼睛,然后躲开了,但他们把它圈了起来。阿尔蒙一把抓住它的缰绳,粗暴地把它的头拉了一下,在那里他可以得到一个适当的位置。直到这时,他才看到它胸前露出的锯齿状的伤口,下面露出了薄薄的大理石般的脂肪。这时开始他意识到,"地狱之口"——竞争者,冠军,他的未来——只是血肉之躯。

他们俩向前迈了两步,阿尔蒙看着缰绳,低声耳语,用他的声音爱抚着它。但"地狱之口"不想要温柔的东西;在一瞬间,它用头迅速地画了一个圆,用那长长的钝尖的鼻子拱他。让他肘部着地倒在泥土里。

当麦克忙着拉回缰绳的时候,阿尔蒙哭了,更多的是惊讶而不是痛苦。它从来没有在阿尔蒙前这么激烈过,从来没有要打败他。现在他站起来了,他的脸因迅速而猛烈的进攻而扭曲了。

他用了七分的力气把"地狱之口"拉回了它的马厩。

麦克快速跑向手机。它站在那里,头顶和前腿的血沿着前腿流下来,眼球和阿尔蒙的眼球对视,它安全地站在马厩门的另一边。他们俩都受了委屈。

"是这样吗?"他咬牙切齿地说,"我现在是敌人?"

它抬起它的唇。

"嗯,这就是你得到的。"他用干草做了个鞭打的动作,昏暗的灯光下,在马厩里,他明明知道,直到有一天它退出比赛,当他们让它从赛道上退休,并开始为它选择种马时,是他期待已久的时刻。带着它的马驹,阿尔蒙可以开始自己真正的生活,而它不会再拥有一个自由的时刻。

从奥博的《无限的变化和生命的出现》抄写到第四个笔记本:

十亿年来,几乎没有什么,只有那褐色的海洋浮渣。除了玄武岩,没有什么东西是在一个缺氧和被臭氧破坏的土地上生长起来的。在水中,生命是一种稀薄、原始、脆弱的薄板。单细胞、原核生物粘附在一起,像磁性的线,吸积和形成这些微生物。光合生物体挤在顶部,为光而努力,而被埋葬的同伴则将较弱的硫化物分离出来以生存。

但世界的轮子在旋转,底部在不断地变化,在海洋中蔓延。在一眨眼的地球玄武岩的眼睛里,真核生物出现了,和它们的细胞器一样,它们是复杂的小港口。随后,组织和器官也随之出现。

五亿四千万年前,大自然出现了,像掷骰子一样把她所有的生物都拿了出来。无脊椎动物的生命在海洋中翻滚,在野生的辐射中,海洋植物出现了惊人的融合。很快,藻类就开花了,它们来自从海水中走出来、覆盖着温带陆地、覆盖着从海洋到海洋的植被。然后,小动物出现在地洞和隧道中,穿越地球未被发现的土壤。世界充满了新的生物。

但是为什么在寒武纪时期出现了突然而令人目眩的生命加速?那么,为什么会出现这种情况呢?四十亿年来,扩张的速度一直平稳。化石的记录很少,橱柜几乎光秃秃的。

自由。寒武纪的氧气水平上升,地球的温度变冷,接着是突然的 S 状上升。在阳光丰富的土地上,单细胞生命加强并骤升,占据新的适应角色。第一批陆地植物变成了每一代都长得更高的煤林。海洋生物长到一英寸,然后是一英尺,然后是一种可怕的鱼在深海中建立了宗主权。物种灭绝震撼了地球的各个朝代,减少了阶级和秩序——尽管这种植物从未消失过。它们只是把它们的军队重新聚集起来,当爬行动物的时代开始的时候,恐龙在昆虫和甲虫、花朵和蕨类的地毯上轰鸣。哺乳动物把树砍断并切成小块,然后猿类出现了,猿猴最终站了起来。它们从非洲扩张到欧洲和亚洲,手里拿着粗糙的工具,眼睛也开始在地平线上向前看。但后来,人类从家族中出现,并带来了很晚和粗糙的发明,人类的大脑。剩下的,就像他们说的,是历史。

它不再是个新手了,它经验丰富,而且非常巨大。这些赛马作家聚集在它身边——埃尔——托德·格林尼的《赛马消息报》,《纯血马》的杰夫·伯罗和其他所有人。麦克讨厌媒体,就他而言,回答一个问题是对他白天时间的一种不可原谅的浪费,但他的管理部门却要求他这样做,他们都要求召开新闻发布会。所以在这里,每一个人都是好斗的、不耐烦的、极度紧张的、轻蔑的。当"地狱之口"看着阿尔蒙的下巴时,麦克用一个生硬的断音把它的数据喊出来:

高度:16 手[①] 3/4 英寸

肩宽:16 英寸

腰围:74 英寸

马肩隆到肩:28 英寸

肘到地面:37¾ 英寸

肩到臀部:46 英寸

臀到小腿:40 英寸

臀到尾部:24 英寸

头顶到马肩隆:40 英寸

尾部到地:53½ 英寸

肩到尾:68 英寸

膝下部周长:8¼ 英寸

臀部的宽度:25 英寸——它有个大屁股。

格林尼斜视着,歪着头说:"麦克,你一直在等佛罗里达德比赛让它开跑。很明显,你会直接参加那些为你提供一百分的比赛,而不

[①] "手"是测量马高度的单位,1 手 = 4 英寸。

去拿小一点的赌注。你为什么这么迟才开始?有什么我们不知道的事情吗?你并不是一个保守的人。"

麦克伸手去摸他帽子的白色帽檐,在他的帽檐上做了一个简单的防护,然后他站起来,盯着他的谈话对象,好像有人朝着他母亲的方向骂了一句。"首先,我是一个登记在册的共和党人,我很保守。第二,我的小母马没有问题。它是百分之一百完美的。实际上,是百分之两百。"

"那你为什么——"

"因为,"麦克说,他的嘴唇很薄,"我没有什么可证明的。我知道它要去哪里。"

"它从大门破门而出更好吗?"

麦克扮了个鬼脸,"不,那仍然是一场狗屎秀。"

一位来自《先驱报》的作家说:"它还跟在后面跑吗?"

"听着,是的,"麦克说,然后叹了口气,双手叉腰,"你们男人对女人太不了解了。聪明的女人,她们很容易感到无聊。在这里,它比其他马好得多,它必须为自己制造挑战。如果它不是在后面跟着,它会在自己的脚上睡着。"

格林尼又说:"但是你觉得它有足够的条件恢复它去年的表现吗?我们都看过很多青少马在第三年就会耗尽。你认为它能在没有热身的情况下准备好吗?"

麦克的耐心被削弱了。他用操作一把小左轮手枪的全部力量,把一根钝的手指伸到胸前的空气中,说:"这匹母马只用了五十八秒就疯狂地跑完了五弗隆①的距离。你可以砍掉它的一条腿,但它还跑得比那匹弓腿的'安吉罗得'快得多。"

格林尼摇着头,咧嘴一笑:"我能引用你的话吗?"

---

① 弗隆:英制长度单位,8 弗隆 = 1 英里。

"去吧，引用我的话。我想我们都知道，你不会死于自然原因。"他们笑着分手了。

但有一个声音穿透了笑声。"是的，我不买它。"这是杰夫·伯罗，他把他的棒球帽从他那灰棕色的头发上翻了上来。他在马场工作了三十年，他有很多害怕的事情，包括他的父亲和蝴蝶，但麦克·斯奈德不在这个名单上。"我们别再拐弯抹角了。你对马很苛刻，每个人都知道。你的小母马就像一条船一样大，这太棒了，简直令人印象深刻。但它跳过了所有春季的预备比赛，现在你带着它来到了佛罗里达。为什么我觉得你让它成为又一个鲁菲安①？"

麦克开始思考。每个人都能看到麦克脸上表情的斗争，似乎他挣扎着管理着虚张声势的军队。他正常的生猪粉红色的脸变得像牛肉的红色。他朝伯罗走去，伸着手指离开了。但是，就像暗示的那样，在一场巨大的虚张声势的表演中，"地狱之口"钻进了它那结实的马厩，把它的蹄子高高扬起，高过一群男人的头顶，没有碰到任何人，阿尔蒙忙着管理它。

麦克笑了笑，把他的手指指向他的马。"我怎么知道？我知道，因为我爱上了它。我从来没有爱过不知道如何战斗的人。"

它在游行队伍中嬉戏，在门口发脾气，自由地嘶叫着，对着五节横杆大叫。鲁宾把他的身体从赛道上移出来，自己趴在它的背上，紧紧地抱着他的膝盖，把他的护目镜牢牢固定着。他把红色的鞭子夹在腋下，舔着嘴唇，打量着眼前的泥跑道。他已经等了整个冬天，就像"地狱之口"在战争中的妻子一样，他们在一个胜利的未来边缘团聚。"地狱之口"在它一周的早练中一直在征服赛道——绝对摧毁它

---

① Ruffian，是美国纯血赛马冠军，曾经以很大优势连续赢得了十场比赛。1975年7月，它参加德比大赛时落败。

们。它在黎明时分吸引它的观众举起相机，它让首席计时员激动地结结巴巴地说不出话来。现在它把它的黑辫子抛在身后，砰的一声撞到后门。它已经准备好了，它的皮肤绽放出光彩。

"出来吧。"鲁宾在闸门的缝里低声说道，"出来血战吧。"现在，骑师们平衡了他们的坐骑。太阳光很强烈，他们可以听到它的声音，就像敲鼓一样。当期望燃烧到完全变成痛苦，钟发出了尖锐的声音，门在外面噼啪作响。一场地震使看台产生了裂缝，佛罗里达德比赛开始了。

在号令员大喊的动作中，"地狱之口"像鲁宾身下的新玻璃一样干脆地出发。它突然出发了，没有它惯常的俯身和摆动，以至于他不得不疯狂地抓住它鬃毛的根部，牢牢地骑在马鞍上。直到昨天早上，它才用那宽松的、柔软的步伐蹒跚着走出闸门。这次是前所未有的表现，它是如何用三步在第一个回合之前就穿过了准备区。它的青春期和它早期的荒废都消失了。在他们所在的地方，一种深沉而有力的冲刺已经证明了它自己。每走一步，它就向前一些，它的鼻子用一种新鲜而可怕的攻击方式穿透了空气。就好像有一匹新马在鲁宾的身下展开；他恢复了理智，在马背上压低了身子，一只耳朵听着它的马蹄声兴奋不已。

人群没有等不及他们转弯，在他们到 7/8 赛柱时人们都站了起来，每只眼睛都盯着这匹充满能量的母马，因为它控制了赛场。它太强壮太漂亮了，但它新生的成熟比美貌更有价值。马儿们都感受到了它神秘的能量；感觉它就像一道阴影在它们身上倾斜，然后就像它们放慢速度一样消失了，尽管在现实中，它们只会更加努力。这让人吃惊，弯道结束进入直道的时候，鲁宾从来没有想过要把他的鞭子抬高到可以拍拍它的肩膀或前半身的地方。"地狱之口"正掀起一股它自身的力量，不需要任何刺激来表现出它和"安吉拉斯"之间的关系，这是鲁宾第一次意识到从看台上传来的那可怕的声音。"魔鬼在它长长的列队里。"他喃喃地说，四个身位变成了七个，又从七个到十个，它开始冲刺了，它的力量绰绰有余。它往远处走,主持人的话听不清楚,但鲁宾知道那人在喊。最后他倒在它的后背上,他想过要控制它,但那并不容易,可以说是微妙的,但他没有去做或他做不到,它迈出它最具破坏性、惩罚性的一步,现在离"安吉拉斯"扩展到十六个身位,如同"秘书处"附身,最终,它的尾巴在滚雷鸣般的喊声中到终点线时领先二十身位。它打败了其他马,把尘土撒在它们的眼睛里,但它的胜利、鲁宾的狂乱叫喊和人群的哭喊并没有改变它的路线;它继续加速穿过终点,它的汗水没有间断,它巨大的心脏未经受过如此考验。鲁宾感到很不自然,最后不得不站在马镫上,野蛮地拉着缰绳。它的脖子抽动着,极力反对它的约束,但最后,随着一声愤怒的喊叫和粗暴的摇头,它放松了下来。现在停止音乐,可怜的傻瓜,在他反复的冷静指令中,他与它肩并肩站在一起。"地狱之口"转向他,它的嘴唇卷曲,眼睛像一个新世界的地球仪。当摄像机对过来的时候,他在它耳朵柔软的肉上偷偷地咬了一下。两个骑师都哭了起来,直到"地狱之口"最后飞奔而去,在它的台阶上跳跃起来,嘴里有血。比赛仍在继续。

◆

那天,老前辈们坚定地坐在自己的座位上。内情报告的叫卖小贩们打着哈欠,爱看赛马的观众们幼稚地开心着。那些赛场媒体?有些人留着自从一九七三年就存起来的眼泪。格林尼弯着腰,在手提电脑前弯着腰,《赛马消息报》的截稿日期就像一只手紧紧压在他那柔软的中年心脏上,他用粗短的手指键入一个句子,然后删掉,键入,拖动,再键入,再删掉。最后,他在手提电脑黑色的边上,弹着自己的电子烟。他找不到什么去慷慨陈词,只有这个:他们说,不可能再次发现之前的赛跑者的速度和平衡。他们说,赛马的黄金时代已经结束,并且一去不复返了,这项运动什么都不是,只是一段被忘却的时代留下的遗物。但"地狱之口",这匹来自肯塔基巴黎镇的亨利·佛格繁育的不可战胜之母马,今天在佛罗里达的德比赛马的比西路马厩里痛斥了这种言论。这个身形巨大的女孩在比赛中领先二十个身位的飞跃般奔跑,以一分四十四秒完胜,打破了原有的一分四十六又五分之四秒的纪录。对所有能够亲眼见证这一历史性的比赛的幸运粉丝来说,有一件事是绝对无比清楚的。"地狱之口"的胜利不是因为佛格家明智的繁育选择,不是因为斯奈德不同寻常的严格赛马训练规则,也不是因为它最后像个世界级的运动员一样夺门而出。不,读者们,这匹马的胜利是因为它是个怪兽。我一直关注着这个"三冠王",我的钱都压在"地狱之口"身上,超级之马回归了。

◆

它一摘得桂冠,它的名字一曝光,就发热了。当阿尔蒙的手第一次摸到它的腿的时候,他分辨不出这是他自己的高烧还是它的。但跟他相比,它简直就是个燃烧的火炉。阿尔蒙的心立刻提到了嗓子眼,汗水流过眼睛,刺痛着眼角。他的手重新摸了摸它的腿,现在,毫无疑问了:沿着旧伤口,肿了起来。

两分钟之后,麦克倾身进了马厩,他手里还拿着他的手机,两只耳朵里冒着气,他的白人嘴唇变得更苍白了。又过了两分钟,帕特森也来了,那个老兽医,那个奶昔和眼镜蛇毒液的管理者,类固醇和平衡液的所有者。他和麦克商议着,他们用满是皱纹的手掌摩擦着又短又硬的下巴,他们厚重眼皮下的眼睛交汇在一起,然后点了点头。帕特森,他曾经给过其他马厩里大多数类似的老马建议,接着,他迅速炮制出了相似的处方,就像猴子按下打字机一样,手伸向他的行李箱,装好了一支注射器。阿尔蒙站在那儿,眼睛睁得老大,不知道他正在看着的是什么。

帕特森感觉到了他的疑惑，他从打处方的地方抬起头。"这只是止痛剂，"他说，"我们应该都会很幸运的。"

有那么极短、极其尖锐的一刻，就像针头那么小，阿尔蒙几乎有一种不可抗拒的冲动，想要伸手停下男人的手，想着：不要用这种方式。如果它很痛，就不要勉强它。但这根针扎了下去，他的整个过去浮了出来，他的眼神变得坚硬。是的，最好还是不要动用感觉。绝对。然后，帕特森猛地将注射器刺入"地狱之口"温暖的马腹，用熟练、无情的手擦了擦针眼，狡猾地了然一笑。阿尔蒙没有以微笑回应，他内心正匆忙地扼杀着那个质问的声音，这就是你想要的？蹲在那棵树的树荫下，分摊它所有的财产：它的缰绳、马鞍，它的毯子，还有它鲸鱼般的心脏？你想要的，真的就是这个吗？

◆

杰夫·巴罗只有一个间短的问题："它是有溃疡了吗，麦克？"

麦克说："没有。"

巴罗说："好吧，那很有意思，因为你的领跑者说它瘸了。"

麦克说："谢谢你的小建议。我会开掉我的领跑者的。"

巴罗说："你要让它在德比大赛中继续提名吗？"

麦克说："你觉得怎么样？"

巴罗说："我想它可能——只是可能——会完成德比赛，但据我所知，上帝是不会把德比大赛的赢家交给社交爱好者的。对那些在可的松和康力龙的圣坛中祈祷的人更是如此。"

麦克深深地吸了口气，眼睛紧紧地扭成一团。他把他厚重的双手放在了他那好争辩的屁股上。他那骂人的话就等在嘴边，但当他张开嘴的时候，只说着："去你妈的，杰夫，我的马马蹄上的天赋比你们祖宗八代结合出来的都要多。百分之十万的可能，去你妈的。"

◆

　　一个疯狂的想法战胜了亨利·佛格，它像喷泉喷涌一般强力、尖锐。冬天的苦役结束了，太阳开始照耀，让世界丰收。三月的风徐徐吹着，早季的洋水仙已经刺破了发亮的土壤。亨利再也忍受不了这种强烈的欲望，打电话给潘恩，他说："是的，我一直以来都好像被遗忘了，但这是个好时机。"

　　潘恩在一个星期六下午开车过来，他生锈斑驳的丰田汽车咳嗽般筋疲力尽地朝着佛格家行进着，这段路很长。他离得越近，就开得越慢，车轮上方的眼睛睁得大大的，他正全神贯注地看着这房子贵族般的高度。马厩亮闪闪的，从远处看都是马的轮廓，那里，土地下沉形成一个大碗的形状，被一条河流一分为二。天哪，他想着，所有都尽收眼底。它真的是靠钱打造出来的。

　　他发现亨利正等在那儿，像竖在门廊里的纪念碑一样，就好像他已经在那儿站了一整天了，或者可能站了一辈子。刚开始，潘恩被这位父亲和那个他曾经认识的女人的相似之处震惊了——那个苗条、优雅的身姿，那一头红色的头发。然后，他注意到了亨利怀里的那个孩子。他靠着亨利的胸膛笔直立起来，小男孩的姿势里，充满了小海豹一样的好奇心，眼睛又大又亮。他很好，胖胖的，朝着阳光挥舞着胖短的小手臂，很明显，他很开心。潘恩无论如何也不会在意小孩子，但……这是汉丽埃塔的孩子，她唯一留下的东西。她为将他带到这个世上而死。他会恨吗？也许吧。但当他靠近、这孩子无缘由地朝他笑着的时候，这笑是任何成年男人都能捕捉到的，潘恩也笑了。他做不出大笑的表情。

　　两个男人又见面了，他们这一次很合理地握了手，然后，彼此心领神会地沉默。他们朝南边走去，亨利在走廊里走，而潘恩沿着精心照料的洋水仙走，它们正热切地点着头。走到廊柱那儿的时候，亨利把萨米尔放下来，这样孩子就能穿着便鞋靠着木头站着。亨利说："这就是我在电话里跟你描述的地方。"然后，他弯腰吻了吻萨米尔鬈曲的头发，同时指着苹果园以及新树和老的防风林间的空地，树已经长了四十年了，现在可以用来做栗色的围栏桩子了，很耐用。

潘恩站在那儿，双手放在他厚重的屁股上，咬着嘴唇，这样那样地想着方法。他说："好吧，如果像我们之前谈的那样，你只是种些食物自己吃的话，已经有很多空间可以用了。"

"我也考虑过，但我已经决定种更多，不止喂饱我们。"

"真的吗？"潘恩半信半疑地说着，向四周看着，思考着。有多少人要喂饱呢？佛格的样子，似乎不太像要开一家CSA店或者差不多的玩意儿。

"还有花。"亨利说。

"花？当然，好的，现在是三月，我能……可能会种一些三色堇，如果你想要的话。"

"还有什么？"

萨米尔突然尖声叫起来，亨利重新把他抱回胸前，他可以轻而易举地舒服依偎着，他那小小的天使般的脸转向他外祖父的怀里。

"嗯……"潘恩说着，研究了一会儿这个想法，"……你可以移植一些紫罗兰，一些四旬玫瑰。但大多数都是早季的花……它们都是球茎，你知道的。你在秋天，在都要播种的时候，把它们栽下去。然后，一个月以后……我就可以种好所有你想要的品种了。做一个真正的花园。"

"对，我想要一整片花。我的小外孙一定会喜欢的。"

潘恩笑了，但在看向这一对老小的时候他沉默了。对这个老人，他有些不太信任的地方。确切地说，不是因为他是个坏人……只是不

539

能很好地描述出来的一些东西。他想要种一个花园？或者，他是想要做一个能种一片花园的那种人？

那有什么关系呢？潘恩在脑海里耸了耸肩。他很警惕，也很有方法，是自己想法的守护人，他的确有很多想法，不止一两个，但最终他会帮助任何有需要的人。这就是他这个傻子是怎么被送上战场的。

"还有，我想为明年额外准备一块地。"亨利从走廊上沿着台阶走下来，这样他就和潘恩肩并肩站着了，"过了冷冻期，种些万寿菊和牵牛花在里面。"

年轻男人的头转向左边。"好的，"他说，"但如果你想要那样的话，还需要更多的空间。这些灌木丛是干什么用的？"他抬手指着右边。

"那是一个防风林。"

"好吧，它挡住了。你需要它吗？"

亨利将他的小外孙向上抱了抱，抱到胸前，眉头皱着，看着，小男孩正忙着咬自己的小拳头。他闻起来像阳光的味道，温暖又独特，那是属于他自己的味道。他的眼睛很明亮，难以置信地无忧无虑。"可能，不需要。"亨利温柔地说。

"但你要有一台挖沟机。"

"我有一台。"

"好了，"潘恩笑着说，微微摇了摇头，"好，给我看看挖沟机在哪儿吧。"

于是，他们开始一起工作，他和潘恩。亨利先铺开一张方格的桌布，萨米尔能在上面翻滚，在太阳下像青蛙一样动着，手里还抓着一个摇晃的玩具。亨利一边看着萨米尔，一边操纵着碎土机，东倒西歪地穿过柔弱的草坪，而潘恩坐在挖沟机的后座，太阳晒着，开始清理边缘——

——上帝啊，有时候我太累了，我不知道怎么跟你说累成什么样。我尽力想要用我的生命之刀切中要点，但它就像一把普通厨房里的钝刀。我的祖先从山里出来，到了俄亥俄，我的祖父出生在一个油井边的帐篷里，我的母亲是个女仆。我不漂亮，也不聪明，我能提供的就只有春天种植时简单的样子，工作时汗水的味道，孩子眼睛的颜色，有时候，连那个也不能。你能做什么？你不能为自己祈祷，上帝不允许——

"喂！亨利！"潘恩已经将挖沟机停了下来，扭过身去，抓着后座上的一个把手，绕了过去，另外一只手放在轮子上："这是什么？你要把它挖出来吗？"

亨利离开了碎土机上的座位，沿着新鲜的土地走过去，一直走到剩下的防风林旁边。那儿从土里伸出的东西就像箭一样指向天空。一时，亨利脑子里已经认不出这个东西了，认不出它的高度、棕色的色调、接近腐烂的木锈。然后，当记忆终于悄悄溜回家时，他意识到，那是老旧的鞭打柱子。他什么话都说不出来，眼睛一眨不眨。时间击退了他的眼皮，把它钉在了头骨上。

他嗫嚅着，听不懂在说什么。

"什么？"潘恩说着，俯身向前，"你想把它挖出来？"

亨利颤抖地吸进一口气，用一只手做了个迂回的手势。潘恩困惑地摇了摇头，亨利的声音抬高："留在那儿吧，做个稻草人。"

潘恩缓缓笑了，然后点了点头。"为花园。对。好的。我们可以给它穿上些你的旧衣服或其他什么。"然后他妥妥地坐回挖沟机的座位上，重新启动了发动机，成功地将剩余杂乱的灌木丛拔出来，绕过了木头在的地方，它现在就像一个老旧的废墟，伤痕累累，损伤无数，带着一个世纪伤害残余的山核桃木。

但是亨利再也不能继续工作了。他转身背向那根柱子，沿着新翻过的土地走向萨米尔，他这会儿正在咬着一把新鲜的青草。当亨利把

541

草从他嘴里扯掉的时候,小孩开始呜咽着哭起来,然后开始委屈地嚎啕大哭。亨利弯腰到膝盖处,双手捏着小孩发怒的小脸,从上面看着他,带着明媚的悲伤和满足。他再一次带着巨大的恶意想到了自己的变化。这种变化是一种打扰,也是一种更深层的、令人惊讶的决心。有那么一会儿,在那个金色的几乎如水般美丽的午后,他感觉到,他的女儿终于安静了。她的嘴巴闭上了,她笔记本上的墨迹干了。他的悲伤不再那么强烈地撞击着他的胸膛,而更像记忆在冲撞着。那最糟糕的伤痛结束了吗?可能吗?

亨利走向厨房调了两杯"淘金热":一杯波本威士忌加柠檬,另一杯加冰镇蜂蜜。他经过原来的厨房,它离开房子有十五码的距离,这里自从被放满盛冰的容器之后,就被遗忘了。他那时候才七岁,只是院子里的一个小孩子,他母亲是个轻佻女子。他用一只手在眼前晃晃,提防着老旧的记忆。

他把两个冰镇的杯子放在一个银托盘上,那是在一次买马的途中,拉维尼娅在纳什维尔的拍卖中买来的宝贝,路途艰难。他的手一阵痉挛,酒杯在白色的陶瓷水槽里打碎了。

当他抓起听筒的时候,一个声音——浓重的鼻音,准确无误的北方口音——响起:"佛格先生?你好,很高兴能跟您通话。我是M.J.迪恩的助理。祝贺您有一匹如此惊人的马。"

"非常感谢。"

"我相信您收到的采访邀请已经超过了您的承受范围,但我的老板非常乐意将对您的采访用于一本书,关于肯塔基的历史和赛马的书。您有那么一点兴趣想要参与进来吗?"

亨利沉默了一会儿,从内心深处走出来。这个名字隐约有些熟悉。

女人见陷入了安静,说道:"迪恩写神话,但也写一般的非虚构作品。也许你读过其中的一些书,或者至少在周围看到过。或者在

《纽约客》杂志上看到过她的文章。大部分是关于烹饪的。"

关于食物的文章——对,这着实让人想起了点什么。当然了,他现在想起来了,他曾经在机场看到过那些书。他一只手小心翼翼地伸下去,整理那些散落在水槽里的玻璃碴。"对,"他说,"是的,我想我可以做点什么。"

助手说道:"太棒了。好的,如果没有问题的话,在德比赛的早上举行这个采访一定很棒。我相信对你来说,那会是很疯狂的一天,但我们想,问些问题不会有影响的。"

"德比赛的早上?"那是个奇怪甚至不太合适的要求。他犹豫了。但这不是当地报纸或《泰晤士报》的记者,这位记者更让人感兴趣,从深层次上来说,更加持久。一本书以佛格的名字为特色。这一点让他犹豫。"好,"他缓缓地说,"也许,可以吧。"

"先生,您那天早上会在路易斯维尔还是巴黎镇?"

他震惊地发现他还没有作好回答的准备。当然了,他应该在路易斯维尔——为了那些聚会、那些掌控的快乐、那些盛宴,这些会一直贯穿整个比赛。但……他看向窗外,他的心像音叉一样指向萨米尔。他看着他那小小的外孙肥肥的小肚子,他正重新抓起一把草,他就像一个弃儿,从深层地狱带着消息来到这儿,寻求着改变,那是从他女儿那里传来的消息。所以,她一点都没有安静下来。一种认知挤进了那空间里,那是他的心一直没用地敲了很久的地方。那既是一种祝福,又是一种折磨。放松感席卷了他的身体,就好像他那老了的、用坏了的器官正在被一种虚无所取代,那不让人害怕,但很美味。一种骄傲走进了那片虚无——是的,他对自己所有获得的成就都很骄傲,他的农场,他的马,他对外孙的新感情,他会怎么传承这家族的姓氏。他开口的时候,带着宽广的微笑:"是的,我就在这儿,德比赛的早上,我在佛格农场。"

◆

曾经最好的行动者。"地狱之口"在伍德纪念锦标赛①当天早上吃下了三夸脱燕麦,叼走了两根胡萝卜。它自己绕着圈子,在马厩里重重地趴下,起来嘘嘘了四次——没什么反常的,这就是它平常比赛日的日常。但当阿尔蒙站在马厩门那儿,看着它像黑色的浪花一般第四次站起来,用它那湿润灼烧的亮眼睛平视着他的时候,他发现的只是一片扁平的、讨厌的黑暗,无止境的黑夜天空,在冒着火焰的星星中间蔓延着,它的品性全然消失,被一片虚无替代。

他自己身体的每个关节处都火辣辣的,他溜进马厩的时候,双手像羊毛一般,太热了。他从马高耸的肩膀一路轻拍着,拍到戴了冠饰的马蹄。他几乎都要累残了,但还是能判断出那腿似乎很好,也很冷,他们已经用一种老式的冷敷药物将热量排出,药物里含麸、泻盐和黏土。现在,止痛药正沿着它那绳状的血管行进着,跳动着穿过它那过大的心脏的每个腔室,从它后腿上部下来,安抚着它的耳尖。

尽管有些东西还在摩擦着它的灵魂,抵着它的大脑,但他盯着那警惕的眼睛,说出的话依旧迟钝、冷静:"你会好好的。"

麦克调低栅栏的时候,阿尔蒙做了一个快速的招手,然后压低了他的声音,就像这母马能听见并听懂一样:"它不太高兴。"

"谁他妈不好?"麦克厉声说道,但他蹲下来,把自己的双手贴在马腿上,"它很凉。"他弯着腰说,"我从这儿看不出任何异样。"

在后面放着的、被马鞍和一排黑色天鹅绒头盔挡着的一个雾一样的瓶子里面装着拉尔里拉,放在架子上就是为了这个目的。但当阿尔蒙把威士忌倒进自己颤抖的手心时,他的手掌太烫了,像是可以把酒

---

① 伍德纪念锦标赛,每年四月在纽约皇后区为三岁马举行的国际一级赛,它是美国"三冠王"大赛前的五场国际一级赛之一。

精蒸发掉,这时候,"地狱之口"只是使劲摇着自己的头,马缰绳微微晃动着,声音如此模糊,就像是没有欢呼的圣诞雪橇铃。

"你会好好的。"他又说了一次。但他不知道他究竟是在对自己说还是对马儿说。他唯一知道的就是,这连他自己都不相信。

然后,当鲁宾爬上它闪亮的背的时候,他在马鞍装备上感觉到了。他将靴子滑进马镫,突然停了下来,好像是在听自己模糊的心跳,然后,脚踩在马镫里,瞪着眼睛看着"地狱之口"长脸的两边,它正笔直地朝前看着,安静地眨着眼,尾巴甩了一次。他发觉了它那赛跑者交叉着的复杂血管里的搏动,然后把头转向麦克,眼睛眯了起来:"我的小黑美人在苦恼什么?"

"它很冷静。"麦克说着,眉毛皱了起来,"它走得很稳健。你看到的。"

鲁宾一点一点地俯下身,重新调整了一下在马鞍上的位置。"噢,女孩,这不是时候。"他轻声说着。他的眼神收紧,那焦虑的小马和那群更糟糕的动物们——不受管教的一群——开始变得模糊。阿尔蒙把它们牵走的时候,他连句开玩笑的话都没有说。鲁宾哪里都没看,就直直地低头看着,在他们从隧道中出来的时候,他的眼睛折射着短短的光线,所以,他看到的也只是最近的范围——"地狱之口"那帐篷一般的耳朵,每走一步,不断收缩、展开的肩膀。它坚定地跟着,稳健地跟着,但它生来就不是一匹只要跟着的马。

鲁宾的嘴因为决心而干燥,手掌紧握住缰绳,心脏在减速:短暂的想象,想象着停顿的瞬间,想象着死于跑道上半吨重的马下,他的肌肉在地面碎裂,喷洒进竞赛世界的纤维中。但无论如何,他还是立刻恢复了状态。他的马不太好,这是一定的,但在只有一半状态的"地狱之口"身上的一分钟,也比在其他老马身上的十年来的值当。他咬牙微笑。

铃响了,就那么一刹那,飞快地冲出闸门,所有的焦点似乎都还没有锁定:"地狱之口"从最后的位置如火箭般迅速超越,顷刻变得强壮、直挺。它以其三岁的大步伐,触及腹部的腾空,全新细长的明显特征,所向披靡。在大跨了四步之后,就像那些赌徒们指望的那样,就像那些奇迹制造者预测的那样,它远远超过了大部队。它全身都充满着每个周六的承诺——自身的不可避免性——于是,看台等不及它到第一个弯道,他们性急地向上爬着,醉醺醺地追逐着自己确认的事情,他们的大喊声贯穿了整个内场,就像暴风雨来临前的闪电。在他们欢呼的声音中,鲁宾早已胜券在握,牢牢地趴在马背上,就在他们转换角度要转弯的时候,他用鞭子抽打着马臀,随意地随手一拍"地狱之口"的身侧。现在,粗鲁的真相再次确认着。"地狱之口"感受到了鞭子的力量,收进了肌肉,拉紧了头,但它身体的速度却没有丝毫爆发。它没有像一直以来的那样前进穿过弯道,这个母马吹牛者,这个当其他少数马儿在浪花下奔跑会打滑,而它却能在水上奔跑的马儿,这个可以毫不费力地靠自己个人的力量绕过一个弯的马儿,并没有爆发。它不仅没有在受到鞭打后迅速加速,而且,当它用那彪形大汉般的马腿转弯的时候,还打滑了。排名的构造改变了。

"停下音乐"超越了"天使分享"和"跳跃中的跳跃",离开弯道,它庞大的屁股向前移动到了"地狱之口"右肩的位置。在下一秒进入直道之时,在其他小马们围成圈、将"地狱之口"团团围住的时候,它开始剧烈地起伏和颤抖,于是,鲁宾被迫再次挥起鞭子,鼓励它能找到任何可能的突破口,真的或者幻想的都行。他突然夹紧马腹两侧,猛拍着,鼓励和需求叫喊出声,鞭子突然像牛刺一样噼啪打下,但尽管他试了又试,最终仍然无法超出。不管是左边还是右边,那些小马们没有给它留任何的通路。现在,它的努力看起来特别丑陋,尽管用了呋塞米,鲜血还是从鼻子里喷出来,胸前白色的赘肉起伏得异常明显。

"去你的，小婊子！把它带回家去！"

不管它在鲁宾身下在直道上如何收紧、猛踢，引来了多少唾液落在了他的肩膀和脸上，马蹄下探得越来越深，但它的步伐依旧病恹恹的，越来越弱，就像是一个管弦乐队里一只单独的、不和谐的乐器。到达终点的时候，它四肢筋疲力尽，肺部痛苦地撕裂，已经什么都振作不起来了。它第三个到达，在"停止音乐"之后，那匹它的主要竞争对手，还有"负鼠"，一匹肥鼻子的津贴马，出生在塔斯卡卢萨的一个农场里，出身一点都不高贵，一个在血统上没有一点地位的小马，不管怎样，一生之中一个名次都没有得过。

◆

杰夫·巴罗：好吧，二〇〇六赛季再也不是一个定数，也不再是一场完美与中庸的无悬念对决。全能的"地狱之口"，一匹确定能包揽德比冠军，可以系上玫瑰红丝带的小母马，再也不是确定之事。马儿们在这项运动中每天都在失败，但在周六"地狱之口"落败后，空气中似乎弥漫着不一样的东西。它的失败似乎就像在这个男性荷尔蒙时代之中，展示不言而喻真相的卷轴掉落了。"地狱之口"再也不是另一个身为一匹马的运动员。在一个大肆滥用大型马儿和精力旺盛的阉割动物的运动中，它就是匹母马，是那其中极好的一匹，那让它变得独特。如果，尽管这次失败了，它能完胜德比一又四分之一英里赛，那不仅会是"地狱之口"的胜利，而是在这项运动中，对力量和性别深层意义的深刻证明。在一个每一个可能的转折点都贬低女性成就的世界里，一个伟大的女性运动员就是一个代表，不管它愿不愿意。她们改变了她们的运动，以及，公众的观点。于是，当五月六日流逝之后，让我们不要忘了在丘吉尔园马场肮脏的赛道上展示的巨大事实：这匹大型的小母马是在为所有的小母马而战，这项荣誉依旧重要。

◆

亨利在恍惚中猛按着遥控器。他一遍又一遍地重复看录像，萨米尔在他旁边，悲伤地咬着磨牙玩具，很清楚刚刚发生了什么。上一次亨利感到如此麻木还是他们往他女儿棺材上堆土的时候。因为这场比赛，他和最高荣誉如此接近，他曾经感觉到已经获得了胜利。现在，机遇的奇特再一次环绕住他叽叽喳喳叫着，啄着他脚下的鹅卵石，它们那发霉的翅膀让尘土惴惴不安，只留他自己带着理解去转变。"地狱之口"的完美记录被打破了。有人帮助亨利：如果"地狱之口"不再是他最完美的东西，那它确切来说是什么呢？如果它从来都不是他的，或者更糟糕一点，什么都不是，会怎么样呢？如果它——

◆

你看到它的身体在赛道上颤抖、完全失控了吗？如果你想的话，就把它叫作损失，但你注意到了吗，就像有些崩溃的东西再次尝试一样，它崩溃后是如何变得更加耀眼的吗？

◆

我的心跳了这么多次
16¾ 16 74 28 37½ 46 40 24 40 53½ 68 8¼ 25
不受控制的东西，
当我停下来绕圈的时候，
有一种移动，像是睡觉，但我是静止的
中心
我情况更糟
我很专心

♦

我很抱歉，我知道你想要更多，有很多是你应得的，但我只有这么多。我是个乞丐。我从我妈妈的肚子里出来，直接生在脏地板上，我出生的时候被给予的就只有两把语言。

♦

吼吼！半爆发状态的骑师吼叫着。你们都觉得我下来是为了算计，这个小郊狼？我？为什么，我的小母马已经很棘手了，它的呼吸里都有火药味！你的故事太枯燥了，你的极限就是我的乐趣！你说话就像农民设陷阱！但我的眼睛很渴望，我的感觉不正常，我看着其他的小孩子在陷阱里被抓起来。它们哀嚎着、呻吟着、咬着狡猾的牙齿。它们咬断自己的四肢，为了逃生，愚蠢！但我？我是思想，我是风！我很聪明，小女孩，你看不穿我！我掀翻桌子、揭穿真相、重新定义、到处搜索。我挣脱约束，在你的圈套里拉屎！当你习惯性地喝着你的苹果白兰地、敲出你的故事的时候，我假装、撒谎、捏造——现在，是我怎样复仇的高潮！反驳、惊骇、命令、暗杀！我像是你黑色的一页上腾空而起的大乌鸦。我会一点一点从你疼痛的手上撕下你的肉，小三流写手！

♦

麦克：噢，他妈的大家都冷静一点。我从来没有浪费过我生命中的任何一分钟在担忧上，那匹该死的马也没有。买你看好的，下赌注，看着它尽全力。全能的上帝，耶稣啊——这就够了。

♦

落地钟敲响，正午了。

549

作家按照亨利交代的，没有到厨房门这里来，而是停在了房子前门，敲了敲，门上的底漆闪闪发亮，高框玻璃作为顶饰，两百年前就切割得恰到好处。透过斜照的细光线，亨利察觉到一个人影。当他走近打开门的时候，一个黑人女子站在那儿。

她像个孩子一样矮，但却像军人一样立正站着。她的脸很平静、严肃，没有被微笑或者妆容弄得不真实。也许有七十岁了，或者更老，她的身形看上去很单薄——灰白的头发向后梳成一个牢固的小圆包，脸颊的骨头像是切割的玻璃。她那没型的灰色丝绸女士上衣一直扣到脖子，塞进了一件同样没型的黑色裙子里，裙子一直长到她的小腿，一点都不暴露。在她脚上，黑色的矫正鞋，肥大的鞋底。她看上去像个修女。

"你是 M. J. 迪恩？"亨利说着，温柔的疑问在他微皱的眉头上看起来更像是幽默。

"我是。"两个简单的字，但是完全的南方口音。

"我是亨利·佛格。"

她目光稳重地看着亨利，眼睛太黑了，都不太可能看到瞳孔到哪里结束，虹膜从哪里开始。他们握过手之后，女人的手很冷，很干燥，风化得犹如同老玉米叶子——但很结实，几乎是太过于强壮。她注视他的眼神接近于熟悉。

"恐怕我只有一个小时，"亨利说，"我需要去路易斯维尔，我想我跟你的助手提过了。"

"'地狱之口'，"女人缓缓地说，她的声音很低，有着上了年纪的沙哑，"你的小马，我跟得很紧。"

"这是个很好的比赛季。两年的比赛年。"即使亨利笑着，汗水还是沿着他的背和腋下流了下来，有些刺痛。外面的炎热来得很紧急，也太早。他五月的母马正在厚重的树荫下和小马驹一起打着盹，食物已经开始发霉，木瓜正在结果。肯塔基熟得过头了，今天才五月六日。

那个小女人从亨利身边走过，她那得了关节炎的手指上拎着一个大大的钱包，钱包上有一根光滑的皮带，就连他这个一点都不懂时尚的人，也认出来这个钱包是极好的手工奢侈品。那个满满的小包——也许是用短吻鳄的皮革制成的——有小小的金色锁扣，上面用金色的字母印着牌子，字母太小了，他看不清。

女人潇洒地走到走廊里，然后，在用来喝茶的咖啡桌旁边顿了顿，茶具将这套齐本德尔式家具分成两块。她缓缓地观察了房间，特别是她脚下的奥布松花毯；那由暗褐色、灰白色、黄褐色组成的法式浮雕的边是紫红色的，就像血管流过它苍白的皮肤。然后，她俯身坐在了长沙发椅上。

"那是什么？"她突然说道，一根多节的手指指着壁炉上面。

"哥伦比亚松鸟。"亨利说着，但看着她，而不是作品，"奥杜邦，第一页。我在费城买下来的，然后带回了肯塔基。"

"是真品吗？"

亨利太分心了，差点都没觉得是冒犯。他突然意识到，她在未经邀请的情况下走在他前面到了客厅。他被一种奇怪的、幽灵般的错位感搞得很不舒服，就好像他突然走出了自己的故事，进入到了别人的故事里。

他没有为她端茶，只是打了手势，她也忽略了。她那精致的手提包现在正安静地躺在她的膝盖上，就像一只打扮整洁的黑猫庄严地存在着。

亨利说："所以，你写过关于赛马……的书？"

"不，我没有，"女人说道，"我一辈子都在写神话故事。我靠这个赚了一大笔像国王一样多的钱。然后有一天，我决定，是时候写一部非虚构的作品了。"她平缓地冷酷地看向他，"是时候说出真相了。"

外面的杨柳、百合和玫瑰，在撩人的空气里蔫蔫的。他说："你的家族来自哪儿？"

她的眉毛扬起来。"他们来自这儿，但我不会把这儿称作我的家。"

亨利突然感到一种奇异的不舒服的感觉，胳膊交叉起来。"你为什么要以你名字的首字母出书？"

现在，女人直直地看向他的眼睛。"因为我不为任何人赚钱。"拉长调子说话的声音变成了方言，这让他的汗毛都竖了起来。

亨利很缓慢、很清楚地说道："你来是要跟我谈马和赛马生活的。好，现在你来了。"

"我从来没说过。"

"你的助手告诉我——"

"亨利·佛格，"她说着，微微昂起她的头，"你不记得我了？"

亨利安静地坐回椅子里。从遥远的地方传来一些极其轻微的马蹄踏过土壤的声音，然后，什么都没有了。女人笑了笑，笑容越来越冷酷，憎恨一直笼罩着她漫长的、苦难的生活。然后，她说："你父亲，约翰·亨利·佛格，要对菲利普·索亚的死负责任。我知道这个是因为你在一九五三年的一月二日的早晨亲口告诉我的。菲利普是你妈妈拉维尼娅的情人。我知道这个，因为是我亲眼看到的。你永远都不能因为无形的犯罪就判任何东西有罪。我知道。是你父亲犯了这样的罪。但我有这种力量毁掉佛格的名字。那就是我确定能做到的事。我猜想，那将是真实死亡的终结，而不是孕育。"

时间膨胀到几近爆炸，什么东西都没有声音。时钟打着哈欠。窗帘依旧半掩着。茶叶沉在壶底。除了亨利的血液，一切都静止不动，他的血液比时间更加久远，现在只能被叫作一个姓氏。其实那只是个没用的东西，代表不了任何东西，它从你先人的肺中伴着力量出现，伴着你牙齿后舌头的卷曲而消亡。

起初，言语并未登场。亨利瞥了她一眼，就像她是个不可能存在的人。"M. J. ？"他开口了。

"玛丽莲·杰西·迪恩。"她说。

这名字直接射穿了他，但亨利还是尽力保持精力集中，拒绝慌乱，说："我不知道你在说什么。"

玛丽莲只是微微低下下巴，平视地瞪着他。"我打算在八月份出版我的书，只是为了能够赶上贝尔蒙特锦标赛。我打算把在这座房子里你家族真实的故事讲出来，讲讲关于肯塔基的故事。我打算陈述事实。"

他突然向前倾身，就好像刚刚才听懂她的意思。"你真的相信，你能靠着你的声誉中伤我的家族吗？就只是因为一个曾经在这儿工作过的男人神秘失踪，一个每天醉生梦死、我父亲和祖父一直给予帮助的人？"

"我说的是，事实。"她的声音如钢铁般坚硬。

亨利自己的声音逐渐变得低沉："然后，我就会知道你所有的价值。"

"你可以以算清我的财产。"作家嘶嘶出声，突然前倾，"但你不会懂得如何理解我的价值。"

突然，亨利摇晃着，一只手掌按在胸膛上，他的脸扭曲着："这个秋天，我失去了我的女儿。我女儿死了，然后现在，你来了……你懂这种感觉吗？"他突然想要把这些廉价的字眼收回到自己的内心深处，记忆中，第一次，他感到强烈的羞耻。

女人缓缓耸了耸肩，她的脸依旧冰冷："我是收账的人。"

亨利颤抖着，安静地开口："滚！"但这太迟了，她已经起身，她站在那里，他能看到她眼中的喜悦，平静的双手抓着她的手包。

那话从他口中再次爆发出来，不是从他而来，而是穿透了他，沿着时间和记忆无尽的回廊回响穿透。"从我家滚出去！"

553

但就在女人从长沙发上起身准备离去之时，她撞上了吉妮·米勒，她就这么突然地出现在了走廊里，萨米尔靠着她的肩膀，她脸上一副警觉的模样。"我们在厨房，我听到了吼声——这里发生了什么？"

"这女人正要走。"亨利冷冷地说着，手覆在心口上。

但玛丽莲没有动，根本没打算离开。她站在转身的原地，石化，脸色突然变得平静，就像一条被抚平的床单，眼睛从未有过地瞪大。一根手指就像一枚树叶般轻轻拂过萨米尔脸颊方向的空气，萨米尔缩成一团，靠在吉妮的胸膛上惊恐地看着这张在他脸上停顿的古老的脸。"这，是谁的孩子？"玛丽莲疑惑地问道。

现在轮到亨利沉默了。

女人的眼睛再次转向亨利，困惑、担忧。"这——这是你的孩子？"

吉妮替他回答："这是亨利的外孙。他是——"然后，她突然停了下来，意识到自己说得太多了。她担心地看向亨利。

亨利把自己拽了起来。"我在抚养我的外孙。"他简单陈述。

"噢！"作家喊着，她无法镇静了，萨米尔被吓到了，于是吉妮退到了走廊里，一只手保护性地环抱住他，眼睛里充满了怀疑。玛丽莲脸上弥漫着奇怪的微笑，微笑里带着些恐慌。"是真的吗？"她说。紧接着，空气从她肺中旋转而出。她探查着亨利谨慎的脸，"是真的！上帝啊！真相真的比小说还要奇怪！"然后，她小小的骨架中爆发出大笑，一种在愤怒和狂欢之间的怒吼。萨米尔哭了起来。

"一个黑人小孩！"玛丽莲喊道，"亨利·佛格有个黑人外孙！我就在这儿——噢，也许我父亲是对的，那个虔诚的老傻子。根本就没有公正这样东西！不可能有这样的东西——原谅我，爸爸！你是对的！我想我现在真的懂你的话了！"她几乎都说不出话了，吵闹地笑着，转身面向正害怕地盯着她的孩子，他张着小嘴哇哇哭着，被他外祖父的怒吼打断，他从来都没听到过外祖父发出这样的声音，以后也

再也不会听到,那声音里满是纯粹的愤怒:

"滚出我家!"

女人的笑声在唇边渐渐消失,她的眼睛再次顽固起来。她抬起一只手,就像放在《圣经》上发誓。

"你可能相信,你仍然能命令我离开,"她说着,清楚地咬清每个字眼,"但这次,我是听从自己的意愿离开的。"她不慌不忙地沿着装饰华丽的门厅走过,走到前门,奢侈的手包在她右手上摇晃着。她从大敞着的门离去。

◆

亨利反应得太迟了。他一把抱起萨米尔,这个彻头彻尾十分无辜的孩子现在正笑着,他先前的泪水似乎是无缘无故的,只是为了洗干净脸。亨利本打算把他留给吉妮照顾一天,但现在他已经不记得为什么要这样安排了,也想象不出其他行为步骤。萨米尔应该跟他在一起。亨利颤颤巍巍地走下走廊,走进刺眼的阳光里,需要那么一刻想一想,他把自己的车停在了哪个地方,然后,半跑着跑向车子,仅仅只是受到了一种需要的指引,他要把萨米尔放进车里,因为那车子通向未来,未来是间幸福的房子,在那儿,他可以逃离老旧的自己——那个年轻时期的亨利,甚至是一年前的亨利,那个由悲伤组成的亨利。还有,内疚。

世界就在你眼前,亨利·佛格。睁开你的眼睛。

开车穿过肯塔基,你那老旧的生活的强度正在不断减弱。看着巴黎镇,它现在仅仅跟你年轻时稍微有些不同。这依旧是你父亲的镇子,你父亲的父亲的镇子,巴黎镇通往列克星敦的路依旧是一条十亿美元的小路,它像一条家制的精致小玩意儿,只是用来吸引人,是州的白色脖颈上一条华丽的项链。这辆车上的孩子很久之前被剥夺了这些财产的继承权,尽管他的祖先倾尽全力打造了这个地方。你的力量完全不再有用武之地,只会因为羞耻而装腔作势。恨意总是遍布你的生命之线,就像一种基因突变。

现在,看看列克星敦——曾经是那么完美的南方女人,谦逊、谨慎,不是那么庞大——她的民众乱糟糟地挤进她狭小的地带里,它围着一条华丽的裙子,那是一个专供骄奢的马儿和富人享乐的花园。坐直身子,向有着廊柱的大厦后面望去,它们有着一英里长的草地,略过你父亲一遍一遍不厌其烦说过的话。重复的时间足够长,故事就变成了记忆,记忆就变成了事实。

亨利狂乱的脑袋里闪过一丝恐惧——他在做什么,他究竟在做什么?他应该掉头,把孩子带回家,把他藏起来,但他发现自己做不到。这是他的血脉,他的家族线。一场清算即将来临。

亨利,谁建立了这个州?

快点!快点!汉丽埃塔说。

为什么,帮手、牧师、仆人、奴隶、动产、财产的种类,那些在田野中的黑色机器从福基尔、费尔法克斯、阿尔比马尔穿过坎伯兰山口而来,或者是从皮特要塞和迪凯纳沿着俄亥俄河顺流而下[1],进入弗吉尼亚漂亮的配楼里。他们用钢铁的链子爬上山,像齐普赛的怪兽成群而来,他们从树上跳下来,在步枪的监督下打下地基,他们压模、烧制红色黏土砖块,半睡在地上或者薄薄的粮食壳床垫上。在一生无情的劳动中,没有任何获得补偿金的希望,他们耕作着喀斯特地貌的土地和牧草,摘下大麻,烧掉碎屑,烤制烟草,梳理羊毛,染布匹,拖运盐,喂养猪,砍掉荆棘,照料花园,做饭,烘干草药,腌制

---

[1] 皮特要塞,现代匹兹堡市的前身,阿勒格尼河和莫农加希拉河在此地附近汇合成俄亥俄河。迪凯纳,位于今匹兹堡地区,坐落于莫农加希拉河畔。

火腿，拖拽冰块，打磨银器，编制篮子，生育孩子，照顾他们，摇晃着他们入睡，梳起发髻，酿造啤酒，蒸馏威士忌，腌制保存，造肥皂，处理皮革，织布，织补袜子，修补鞋子，刨平柜子，炼制钢铁，用模子制作工具，拣掉虫子，挤牛奶，建畜棚，铲车施肥，剥鹿皮，屠宰山羊，把牛从田里运到市场，对了，还有，管理马匹。

亨利的眼睛再次看向后视镜。萨米尔的脸上沿着胖嘟嘟的脸颊有一圈圈泡沫，显得梦幻起来。他的眼睛转了一圈，焦点飘忽着，接着眼皮搭了下来，安静地睡着了。亨利大声叫出了他的名字，想要测试现在时间的真实性，因为她在那儿——不是在那孩子脸庞的颜色之下，而是在里面，她的骨骼一点一点建构出他的骨骼，她的脸庞重塑到他的脸上。她的血液依旧穿过这条生命之线行进着。

亨利，你就像劈开树建房子一样分开了你女儿的腿。真的值得吗？

突然，慢慢地，这条线就像俄亥俄河一样缓缓地往回流，这是因为很多年前的地震造成的河道转向。他抵挡不了。刹那间，亨利的生命被颠覆，他开始在这样的新认知中溺水而亡。地球就像伟大的国王，这个世界上各种各样的物种只是他庄严身体的组成部分。亨利以前总是想象自己就是那个王，但他其实只是一只左手，它疯狂地伸出去，穿过身体，为右手服务，以为这样能够提高自身的地位。而现在，他鲜血迸发，进入无尽的时空里，因为——亨利，现在你知道了——毁人者毁己。这是你嘴里鲜血的味道。你女儿的血。

但，他们真的需要如此廉价的道德吗？

小脑袋毕生都在为进步设限吗？

现在，老旧的语言劈裂穿过时间的裂缝：在那座家族房子的墙壁里藏着羞愧，亨利，所以，我们要把它分离、拆除整个框架。从屋顶上抛去木瓦，弄碎老旧的堆积烟囱，一共有八个。剥出管道，扯出箱子里的物品、壁柜、糖罐子、长靠椅和老旧的杰克逊印刷机。把模具和磨坊全都推倒，用锤子砸烂壁炉架，将门上的铰链从墙壁上扯下，把明亮的窗户抽出来。接下来，就可以把砖头从老旧的堆砌中抽出来扔掉，在房子原址上堆成一堆，直到什么都不剩，家的原址只剩千疮百孔，裸露的房梁栗色的骨架，再也抵挡不了来自北风的寒冷，它一路侵袭而至，样子就像一个无名的炭黑女人，没有羽毛的翅膀，长在三角束腹带之下，外面套着褴褛的绸子衣衫，颜色如同绅士们的榕树色一样猥琐。她从臂弯里挎着的破旧手提袋里拿出一个老旧的期票，疯狂地抖动着它。她的头发如无数巨蛇般横行迂回，动脉鲜红色的血色充入眼睛的虹膜。

拿着这账本，亨利，拿着，看看是不是比期票更多，那是一张从一本记账本上撕下来的一页，上面记录的文字的主人是他的父辈，他的父辈，他的父辈，他的父辈，你的父辈，萨米尔的父辈。

你知道什么？

那个老男人

谁？

佛格。

那个爱德华·库珀·佛格。

走在连廊上，眼泪浸湿了他的小胡子和下巴上的胡须，他的脑子里充满悲伤。他的双手交替着抚上自己宽厚的额头，或者颤抖着紧紧抱在胸前，或者在身侧松弛地垂着。它们现在完全没有任何用处，尽管依旧灵巧、有力。他像匹病马一样绕圈踱着步子，一圈又一圈，栗色的木地板吱吱呀呀，哭诉着——不，那是楼上的孩子，在丽珊德拉劳累的手臂中哭泣着。他疲倦地抬头看着连廊的天花板，穿过它，看向女人和她虚弱的子宫。十六年里都存活着！太小了，都看不见。生命的本质就是消耗、消耗、消耗，直到它毁掉你。你建立的所有一切，你制造的所有一切，甚至你的孩子，也会从你身边被夺走。生命不是耐用品。

自然的本质就是杀戮。

自从那男孩死掉之后,他就再也没能安静地站上一分钟。他的巴纳巴斯。巴纳巴斯·门罗·佛格。厚重的金色头发打着颤,快速大笑。但一个缺少警惕、不常思考而又能走动的小男孩——孩子,我没告诉过你要用你的脑袋吗?不要把猎枪作为一种工具!火枪只能用来射击!但你他妈的那个傻孩子,你最爱的孩子,在雪地里追逐兔子,他们那小小的混乱的脚印时而向左,时而向右,白色的世界里,一切都看不清楚,晃眼得要命,直到,那个毫无价值的动物消失在一块腐烂的原木里,并没有从另外一头逃出来,于是,亲爱的兴奋的不会思考的最爱的孩子蹲了下来,把猎枪的枪尾,伸入到中空的原木里,只为了赶出那只动物,它的肉脸一个小姑娘都喂不饱,就是为了那么小的一个动物,猎枪走火了,十六岁的生命结束了,它的心脏在雪中崩裂。

爱德华紧紧闭上眼睛,就好像要毁掉它们,所有的器官只为一个目的服务:哭,成年老人的哭泣。他分不清是愤怒还是悲伤,两者加在一起似乎比他的肉体庞大得多,比他的家还要大。

"求你不要"这个词在嘴边沉寂。不,他再也不能祈求了,否则,他的脖子就会被拧断。他怎么能像"永远不管用上帝"祈祷,让他的孩子死而复生,因为他不能死!他只能去睡!让我的孩子站起来吧,因为这个孩子可能都活不过这个冬天,我的妻子也是!让我的孩子站起来吧,因为我一辈子都遵守着你的规定,就像听话的奴仆,没有埋没我的天赋,而是将孩子们抚养长大,好好管理着给予我的这份家业。让我的孩子站起来吧,我已经在他那冰冷潮湿的脸上哭了好久!但上帝依旧沉默,因为上帝再也不存在了。直到他的心脏在雪地里被击中之前,上帝都还是活着的,但现在,都已经是第三天了,他还是没有活过来。

很明显,死亡才是撰写生命规则的,人都是傻子——一个稚嫩的年轻人——直到他真正明白这一点。但爱德华聚集起来的意愿拒绝接受最后的结果。人永远都把自己耗费在一场战争里，对抗着一种混乱过程，是的，努力是没有用的，但退缩就是认输，就是懦夫。那就是为死亡写了一张空头支票。

他停止了踱步，眼睛瞬间明亮。他落在了某些永恒的东西之上。黑暗中仅存的光线就是生命，甚至更多。

他抓起地上残忍的步枪，它已经被放在棺材盒和黑色的绸布下三天了——这个东西的推动力甚至比他自己儿子的生命还要巨大，还没过一分钟，爱德华就走进了寒冷的院子里，只穿了一条黑色的裤子和白色的府绸衬衫，他穿过照射着房子的微弱光线的时候，呼吸中怒气十足，在空气中形成水雾。一家七口站在这十足的火气前面，开始只是警觉害怕地盯着，直到他们看到了他身侧的步枪，它像一把大刀一样闪闪发亮，然后，他们四散而开，躲到了黑色墙壁边的阴影里，站成一排。

黑暗而安静的空间里，他的嘴里爆发出一个词：菲比。

在极度漫长痛苦的这一刻，没人有任何动静，甚至都不敢呼吸。然后，那个叫菲比的女孩子，佝偻着往前走，走出阴影，走进了那无尽的沉默，因为害怕，腰弯得像个老婆子。她向前挪动着，眼睛始终盯着步枪。

过来。

过来，现在！

主人！她的母亲从吞没人的黑暗中冲了出来，胳膊伸了出来。你要——

他举起步枪，影子遮住了母亲，年轻的女孩继续走出沉默，走进黑夜里。她现在直直地站着，就像是安静地服从能将她从那正等着她的不得而知的命运中解救出来一般。她的眼睛一动不动，不向左看，也没向右看，穿过简陋的吱吱嘎嘎的院子走进房子里，在那里，三个相似的人正围着火炉坐着，拿着山药、玉米面包和加热过的菊苣。那儿有一种声音，像是喉间发出的笑声，像是一些故事接近结尾的声音。然后，在爱德华疯狂地进门的时候，三个人都突然站立起来，女孩颤颤巍巍地站在他旁边，她那让人头晕目眩的害怕现在变成了恐惧和担心。

本约翰在那儿，他是最壮也是最好看的。爱德华说，要他干这个女孩，另外两个人先是爬到了边上，然后爬到了门外，相互看着，但并没有麻烦地说没用的话。本约翰说着，主人，我已经决定下周在鼓手农场上娶我的女孩利比了，你两个月之前就已经答应我了，但爱德华说，增加我的库存。男人只是畏缩着肩膀，摇着头，于是，爱德华说，你给我的每个黑人小孩，我都会奖励你钱，然后用枪说了"现在"。女孩双手双脚颤抖着，羊毛的裙子拉到肩膀上面，然后，他们交缠在了一起，爱德华用自己的双手把她的额头推进尘土中，把她的腰抬高以供采撷。她的眼泪混在尘土中。爱德华说，给我一个黑人小孩。然后，在本约翰还没从吃惊里缓过来的时候，他去抓来了米姆和莎拉。在其他人来的时候，那个女孩逃回了自己的屋子。她们的眼睛里充满了恐惧，但并没有怀疑，然后和黑人普瑞斯一次又一次进行着，因为本约翰已经筋疲力尽了。接着，爱德华自己的血冲向了狂热的大脑，于是，他留下了最后完事的女孩，不带任何爱意地在冰冷、光秃、杂乱的地面上抓住她们。刚开始，他只是走着，步枪搁在肩膀上，但后来他冲过院子，跑进房子里，那里全都为死者点着灯——不，为了哀悼——他从厨房门中冲进去，普瑞斯差点将装着庞大火鸡的烤箱掉到地上，而今晚也不会有人来吃。爱德华用左手扭住她的手腕，哗啦放下步枪，猛地将她从正在进行的工作中拉过来，但没到楼上去，丽珊德拉正在楼上，因为喂奶和流泪渐渐枯萎，她现在正在喂着一个有着疝气、也许将要死去的孩子，他自己的孩子，喂的是有着

561

他自己厨房香料味道的麦片。她嘴里一直不停地说着，不，不要，求你了，不要。普瑞斯，你的美貌拯救了你，我不会让你和一个黑鬼繁育。主人，你还没做！我也没做。把我还给自己吧。不。把我还给自己。不！普瑞斯，我已经拥有你十六年了，连你头上的头发都没有碰过，只是一个爱着你的主人。我给了你来自世界的保护，把你当作最喜欢的那一个，如果我有女儿的话，都不一定对她这么好。但，现在，把我还给我吧。伸开你的黑色双腿，普瑞斯，散开你的黑色头发，打开你黑色的身体，用你的中心喂养我，现在，把我丢掉的还给我。她被按在有花纹的地板上，裙子被强行拉高，害怕的汗水中混杂着一天的工作和悲伤的汗水，他冲破了紧闭的褶皱，索求着那儿的一切，摩擦着她的大腿，撞击着她的牙齿，直到他生命中所有的剩余在抽搐中全部进入她的身体，然后，他毫不遮掩地哭了起来，就像个受伤的动物一样，她叹着气，在他听来是愉悦之声。她眼睛看着天，那儿只是个低矮的房顶，她环住大块头的他，疲倦地完全顺从着，那似乎是女人寂寞的财产，而这，让他舒适。

◆

　　疼痛是在你生命中的一个外星人。你以为，另一个生命是怎么住进我身体里的呢？这不是个粗短的脚趾或者不消化的食物，也不是在你发烧时剧烈的疼痛，它深入骨骼，但在一周以后就会过去。不，你不能再这么欺骗自己了。这是永恒的，这是疾病。在最后的几个星期里，在某个地方，有些知识已经自动穿过细小的裂缝挤进了阿尔蒙坚固的内心，现在，它已经找不到出去的路了，知识不能，疾病也不能。这个世界把所有一切都从你身边夺走，然后再去搜寻更多东西去剥夺，现在，它已经开始要进攻你的整个身体了，挤进你的内部，慢慢溶解着原本属于你的东西，直到，只能在记忆中回忆曾经身体上没有疼痛的自己，活着是什么感觉——活着，你本以为，你曾经拥有过这样的生活——那个时候，很久以前，你还是个孩子。一个还有母亲的孩子。你的母亲，玛丽。

"年轻人。"

阿尔蒙一震，抬起头，他用自己坏掉的手，用最后一点力气，包裹着"地狱之口"的腿。一个小小的女人出现在马厩栏杆的另一边，她站在那儿，完全一副严厉的、依照军事礼节的样子，手里抓着一只黑色的手包，那手看上去更像古老的有褶皱的钢铁，而不是血肉。她的眼睛奇怪得炽热着，突然，她说："你就是'地狱之口'的马夫？你为亨利·佛格工作？"

如果这是个白人，他可能早就会说，是谁要知道这些？但对她，他只是说"是"。然后，他缓缓起身，脸上一顿一顿地疼着，那疼就像提早发生的悲伤，似乎刽子手总会来。他疑惑地向前走了一步。

"你是在为魔鬼工作，年轻人。"女人微微低了低下巴，似笑非笑地抬眼看着他，"让我来给你讲个故事。"

◆

阿尔蒙拖着红肿的屁股和残破的膝盖从马厩中蹒跚而出，极度渴望着没有谷壳和螨虫的空气，极度渴望着下午小雨后的冷寂。他的脑子里纠缠着、糟糕着、枯萎着，他能看到马儿穿过圆马场，它又高又瘦，颜色深沉，强壮得吓人，完全就是雾气中的斑点。他带着完全不同的疑惑，看着自己枯萎的身躯，看着它们那年轻又无知的生命，突然升腾起怒气。监狱毁掉了他的身体，但，他把自己一片片拼接了起来，但缝隙中的泥浆，正在裂开。

他想到了汉丽埃塔，但他把她推开了。她并没有带走他的生命，但她他妈的带走了他的尊严。她是个轻贱的把戏，一个白色的巴掌，另外一种要忍受的耻辱。

只要有机会，这些狗娘养的白人总会带走你黑色的生命。总是。

他开始跟在一群闲逛的小马后面蹒跚而行，就像这样就能逃离。但并没有逃离，他逃离不了他刚刚听到的一切。遗忘在此刻并没有起效。你尽力想要对着时间捂上你的耳朵，但它比成千上万的马匹穿过平原还要尖锐刺耳。时间讲述的故事穿透了你耳朵的鼓膜，让它流血。佛格家族谋杀了一个男人，那个女人刚才是这么说的。是的，他们的确做过。当然了！他感到辩护的正义感如同胸腔里的太阳，它改变着、照亮着曾经令他极度痛苦的罪恶。他一直都知道佛格家如此不堪，但在汉丽埃塔那欺骗的怀抱里，他允许自己忽略了它！当然了，他以前就知道。他一辈子都在逃离该死的私行暴徒的名号。

在亲眼看到那膨胀的人群从通往停车场的路上转身离开之前，阿尔蒙就已经感受到了他们的震颤，但，人群也挤满了停车场，谈论着、笑着，穿着他们裁剪精致的西装移动着，展示着可恶的帽子。自以为是、骄傲自满得就像他们的财富真的就是诚实地赚来的，而不是踩着别人的脖子拿来的一样。阿尔蒙在10号门停下来，上气不接下气。他们没有人注意到穿着脏污的polo衫和有肥料污迹的靴子的他。他就是个平庸的、棕黑色的、风化的石头，他们则灿烂耀眼地经过。

你有让人脸红的疾病？

他需要医生，他知道。但这些不统一的州已经把人生命的复杂数学变成了最简单的数字：你有足够的钱买保险吗？保险花掉了他两周的工资，他们在你还没得到任何帮助之前就要付五千美金免赔金。然后，你只能去看某些固定的医生，否则的话会更贵……他知道那该死的胡言乱语。他早就知道。

这个世界打碎了你的骨骼，一些伤害是永久的。

他转身面向所有的马厩，它们在道路之后，整齐地排列着，像坟墓一般。"地狱之口"正等在那里，德比赛马还有几分钟开始。这场比赛的关键性，在他的脑海中不断增加。所有一切——他整个生命——都押在上面了。

噢，上帝啊，他突然带着身体上每一丝被疼痛席卷的神经束祈祷着，深深地知道上帝是母亲，因为，他现在祈祷的时候，脑海中浮现出的都是她的身影，她有他一样的鼻子，她大大的微笑，栗色的眼睛，年轻的脸庞，他对这张脸的爱超过了对这世界上所有其他脸庞的爱——甚至，比牧师的还要爱。牧师！他也在那儿，他有力的讲道，他生命中无情的根基。他已经有几年没有想到过这个男人了，因为他已经离开了他们，为此阿尔蒙从未原谅过他。现在，他们都是祈祷者，他的呼吸和血脉全都在祈祷：求你了，上帝，让这匹马赢吧。让我最终能够成功地离开。胜利就是法官——我的救赎和复仇。

◆

丘吉尔园马场的两个尖塔顶在头顶隐约可见，它们的旗帜在凛冽的天气中噼啪作响。下过一场大雨，但现在，天气惊奇地恢复了它的美丽，云彩堆积着，笼罩着一层红色，就像是太阳照射的群山反射而来，向四面八方流动着红色和金色。在那光线的嬉戏中，所有的小运动员们——骑师、练马师、马夫、马迷，还有马儿们——人头攒动。当人类的世界就像老旧的胡桃木一样腐烂殆尽的时候，光还在。

亨利把尿布包留在车里，把折叠式的婴儿车放进后备厢里，他的西装外套在副驾驶位子上皱着。地面还是潮湿的，到处都是水坑，看上去这雨随时都可能再下起来。亨利都没有注意到。他就只是抱着萨米尔，这孩子的脸颊靠在亨利的肩膀上安然地睡着。

预报说还有二十分钟。在这次狂欢里，"地狱之口"，他亲爱的战马就在这儿，它是最聪明的，也是最棒的，黑色漂亮的它在止痛药中跳跃，他那荣誉之赛马，稳定遗传的典范，他曾经最完美的东西？但，他的女儿在哪儿？

　　自然选择不是一切。我们还是不明白组织的规则。这个谜依旧原封不动。
　　我不是基因模仿，而是突变。
　　生命就是亲缘之链。

在他的大脑里，他大喊着："女儿啊，你为什么拷问我？"
我不是拷问你——我很平静。你为什么要拷问你自己？
"亨利。"
"亨利！"
他混乱着，直到脑子回过来，他的眼睛里充满困惑，慢慢地发现了一个可以停靠的地方：路易莎，路，他的家庭兽医，在准备的人群中站在他面前。她的脸很轻松也很平静，就像生活不是一个疯人院。真的有人可以向她表现出来的一样不受打扰、平静无忧吗？她旁边站着的是她的小女儿——或许十二岁了，像花茎一样苗条——像其他孩子一样依偎在她的身侧，她的四肢嫉妒一般和她母亲的缠绕在一起，她母亲温柔地照顾着她，一只胳膊护在她的肩膀之上。女孩好奇地抬头看着亨利的时候，头发垂下来，亮堂的棕色像床单一样披到后背上。
"这是谁的孩子？"她询问着。
但亨利没听见。他放大的痛苦吸收了太多的光线，让一切都变得扭曲、过度明亮。"你跟我的女儿谈过话，"他对路说，"她死的那天，你跟她谈过话。"
路的视线平稳，直视着他。"是的，我跟她谈过。她来见我，我们聊了好一会儿。我经常会想到你和你的小外孙，猜想着你要怎么做。我知道，在农场上，这对你来说很难。我反复想过很多次，但从来没——"

她的同情就像是联合资金。

"告诉我，你那天跟她说了什么。"

"我说了什么？"路的眼睛假装看向远处，她低处的嘴唇微启，脑子里开始回想那个秋日，"她来见我，有点让人吃惊的拜访。"

"她来见你是为了什么？我需要知道。"

路焦虑地看着地面，她的女儿温柔地靠过来，有节奏地撞着她的身侧。然后，路两只手按着她的肩膀让她停下来，脸上带着回忆的光芒抬起头，说："我曾经跟她提到过，马是进化失败的遗留物，她想知道我说这话的意思是什么。我们谈了一会儿怀孕的事儿，然后——"

"进化失败？"

"嗯，是的，"路说着，清了清嗓子，"这的确是你在学校里学进化史的时候第一样学到的东西。在动物王国里，马科是一个大帝国——一个庞大的家族——但它大多数的分支都消失了，它的后代灭绝了，直到只剩下遗传的马属：马、驴、斑马，还有——"

"进化史上的一个阶梯，"亨利轻声说，"一个通往完美事物的阶梯。"

"实际上，不是，并不是。"路疑惑地摇着头，她的头发从灰色的小圆发髻里向一边倾斜着，"不是阶梯，更像是……一丛灌木。"她抬起手，在空荡荡的空气里画了一个无比大的圆。"把它看成一丛有分支的灌木。一丛伟大的、有无穷无尽变化的灌木，因为每一根新的枝条、每一个新的变体而更加强壮。"

亨利一动不动地盯着她。萨米尔在他耳边咂着嘴，缓缓从睡眠中转醒。他的脑子满是汉丽埃塔的记忆，他的孩子，他的责任。他的眼睛里充满了泪水。

然后,路突然说话了,就好像他的凝视是一个需要回答的问题:"亨利,你应该知道,那不是一个——沉重的一天。我的意思是,我记得那天,汉丽埃塔笑了。她似乎作好准备要生产了。"

亨利猛地将头转向声音传来的方向,一个男人在人群中叫他。"亨利·佛格!"

"他在哪儿?"亨利说。

"谁,亨利?"路将一只手伸向他。

但亨利已经要走了,他的身体像机器一般机械地操纵着自己的精神穿过人群。萨米尔微微扭动着,伸出一只手,去抓亨利的右耳朵。他外祖父的耳朵是他最喜欢玩的东西。

"亨利!"是的,他知道那个声音——知道它就像知道自己嘴里的东西一样。他向周围看着所有的德比帽子,它们那可笑的高度和卖弄的装饰阻挡了他清晰的视线。

"亨利!"这声音坚持不懈,持久得难以安抚。

他就在那儿,人群中的一个影子。

他突然转身,想要退回去,消失在人群中。

不,父亲,我的教训已经结束了。

告诉我,亨利,人是万物之尺吗?

父亲,我再也不想玩这个游戏了——我不能!

我是修剪工具,而你是藤蔓。

不,你是暴君!

亨利,你不懂——

这就是你错的地方,父亲!我真的明白!人可能是万物之尺,但没有任何一个个体,可以是,因为根本就没有一个人的个体是这样的东西。我本以为我很久以前就杀掉你了,但现在,我知道,你是不能杀死一个暴君的——他的双臂紧紧环住萨米尔——因为杀死暴君的人就变成了凶手和暴君。

这就是为什么他们管这叫轮回。

亨利站在人群里，完全静止，完全确定。他终于知道他要去做什么了，那一直都在他内心中不断上涨，就像水要漫出河堤一样，马上要泛滥了。他要赎罪，能做的只有这些。他要把"地狱之口"从德比赛中拉下来，就让它到此为止，马上。没有动物——马或者女儿——是一具躯体。真相就是在他怀里的孩子，他要告诉阿尔蒙。真相不会让时间倒流，但会创造未来。他转过身，抱着萨米尔开始奔跑。他内心没有任何争论。

◆

但是，太迟了。鲁宾已经翻上了"地狱之口"的马鞍，他的手握在缰绳上，就像握着钱包一样。天空开始翻滚，开始电闪雷鸣。

亨利内心哭喊着，这就是我后悔的事！

阿尔蒙正牵着毫无畏惧的母马穿过通道，走到泥泞的赛马场上的时候，他的心提到了嗓子眼。当他让小腿挪动的时候，人群的眼神掠过了他，就像他根本不存在。

牧师说，谁应该为人们贫穷的原因买单？没有牧师的人们什么时候应该说阿门？

亨利到达正面看台的时候，他看到了，那太迟了。"地狱之口"已经被一匹帕洛米诺小马领着头，身上像停着一只秃鹰，几乎都要穿过华丽的队列了。

马儿们都在门里。

发令枪举了起来。

大自然创造了地球上所有民族的血液。

等等，等等，闭上他们的嘴，停止他们的思维。让那些赛马运动员们下马，卸下马鞍，松开长腿，让那些赛马们退回去。再一次，小心翼翼地：在绿色的马场看台上，闪闪发光的黑马、枣色马、灰色马和杂色马。在那鲜花簇拥的小牧场里，樱桃树上开出微微带着血色的花，那是五月。马儿围着马场点着头经过，点着头经过。靠近一点去倾听，每种声音都是它王国里至高无上的：链条叮当作响，马鞍就像绞盘一样吱吱嘎嘎，马蹄迟钝地敲着永恒之门，大声叫着，呼！呼！呼！

穿戴明亮的骑手都像红雀、檀鸟、北美紫燕和画眉一般。他们推动着，行进着，唯利是图的翅膀沿着灰色的砖路走着。沸腾的心脏随着猛烈的心跳，正向着精致的腰、脆弱的膝盖后面、沿着瘦骨嶙峋的小腿发射着大号弹药。最年轻的骑手在经过通道的时候弯腰，在马旁边的路堤上向泥土中呕吐。看台上的人们翘首以盼，赌徒们急迫地站在看台最前端，他们抓着栏杆，争前恐后地想要在那些畜生出现的时候寻找最佳观看位置。

马儿们经过大门，就像是闪亮的灯。它们经过的时候，灯光沐浴着观看者们，暗灯在它们的链条上摇晃着，发出大胆、冗长的光线，明亮简洁的灯围成一圈，行进着、摇摆着，一个接一个地进入潮湿的闸门。

魁梧的它们一动不动地站着。

突然，铃声响起，闸门转开，天空投下谩骂之雨，马儿们在人群面前展开自己的色彩。他们穿过灰色的雨幕，加速，在硬脆的骨骼上加压，在赛道上，以一个整体旋转着，戴着马掌的马蹄飞溅起泥浆。泥浆到处都是——挂在马鞍下，溅进马的眼睛里，凝固在骑马人的护目镜上，一次又一次地被抹掉。

风从后面横扫着地面，推动着，使他们速度更快，但大风暴雨中，他们跑得很凌乱，冲击着、碰撞着、打着滑穿过赛道，肺要爆炸，鼻孔出血。当一匹马开始绝尘而去之时，已经全都是泥土的颜色,就像土地自己站了起来开始奔跑,人群也分辨不出哪里是马哪里是地。每一次的大步跨越,它都能从大部队中抽身前进,起初只是鼻子,接着是马的肩膀、泛起涟漪的前半身。这动物加速着,似乎不是在工作,就好像比赛中的爆发只是一场游戏。现在,人群都站了起来,不知道领先的是谁家的马,赛道中,所有的马看起来都是一副样子。一个身位,变成五个,变成十一个,变成十六个。人群举起双臂,狂热地尖叫,他们的脸上淋上了雨水,光滑明亮,帽子也都毁了。他们为了不知名的角斗士呼喊着,跑完二十个身位后穿过终点线,四只马蹄全部腾空,身后的马尾就像泥泞的旗帜一样飞扬。现在,整个赛场变成了泥泞的世界,第一匹马迎着风疾驰,骑马人站在马镫里。那是鲁宾·贝德福德·沃克三世,他的双拳直冲天空,在他身下的"地狱之口"像风向标一样旋转着,湿漉漉的泥水从它的马腿上滴下来,就像是播种者手中洒下的种子。

◆

麦克嘶哑地尖叫着。他讨厌德比赛——讨厌所有的帽子和名人们,讨厌那些一知半解的业余爱好者,讨厌残忍的距离,讨厌挤满了毫无价值的赛马的赛马场。他真的讨厌他那杰出的马主——那越来越愚蠢、越来越不可靠的亨利·佛格——他没有出现在赛前新闻发布会上,作为马主,也没有在他整个人生中最重要的那天早上出现在赛前练习的现场,而且,现在,还拒接他那该死的电话。他的讨厌到了一种神圣的程度,他给那个该死的马主打了二十次电话——这让他看起来就像一个害了相思病的直男在疯狂地追求一位女子一样。

整个冗长的德比赛都是骗人的瞎话,狗屎的秀场,除了这个,这个,这个。这个就是他尖叫的原因,他将胜利狂欢的胳膊举上头顶的时候,西装外套的缝合线都要开裂了,他的嘴巴里胡言乱语地呼喊着,他那斯坦森毡帽掉在了地上,翻了过来,接着雨水。现在,再一次,他就像一头怒吼的熊一样,从上衣口袋里抓出手机,拨打了亨利的号码,他的眼睛盯着屏幕等着接通。他猛地向右转,又猛地向左转,他吐着口水:"他妈的,我们那最亲爱的亨利·佛格到底在哪里?!"

阿尔蒙大声恸哭着,一瘸一拐地走向泥泞的赛道,朝"地狱之口"走去,以他的双腿所能承受的所有力量尽可能快地走过去。它是胜利的、不可毁灭的,从头到脚都覆盖着一层泥水,但他在这么一大群的伪装者里,总是能清晰地认出它。它的尖叫听起来像是一种作战的呐喊,而不是欢快。他的眼神在鲁宾还骑在马上的时候就快速锁定了它,用拳头打着气,为荣誉尖叫着。胜利的血液充斥了他整个身体,他控制不住自己的双手。阿尔蒙拉着它快速绕了个圈,将它的火焰熄灭,然后在被雨水浸泡的草坪上为它套上绳索。他会活下来,他会活下来,他能感觉到自己内心深处成长为了一个新的个体,"地狱之口"的眼睛正旋转着,带着用之不竭的精力。它全身脏乱,全是赘肉,显得不那么神圣,就像一个用久了的锅磨损严重,但在两个男人带着沉重的血红玫瑰丝来到它面前时,它依旧闪烁着美丽的光环。他们靠近的时候,它向左边跳了一步,在他的帮助下,他们将那四十磅重的自由玫瑰花环戴在了它的背上。突然,"地狱之口"停了下来,然后,它微微弓了弓身子,就像是被这玩意儿的重量吓到了,然后顿了顿前蹄,跳跃了一次,以显示重量不算什么——根本什么都不算。有些动物在胜利后一蹶不振,但它并非如此。在阿尔蒙牵着它戴上胜利之环的时候,它还踢踏着天竺葵。

这整个潮湿的周六都涌入了这胜利的中心——麦克和他的练马师助手、佛格家的老朋友们、巴黎镇的镇长、肯塔基州的州长亲临。他们被蓝色的背心簇拥着,记者们围成圈,照相机举得老高。但其中有隆隆的声音,有些是困惑的,有些意有所指。鲁宾抱着他六十朵的大束玫瑰,带着灿烂的微笑转向他们。"你们所有人,为什么都等着?"他说。

他们在等亨利·佛格。

麦克,他那湿答答的帽子回到了他的头上,手做着画圈的手势,突然说:"拍照片吧,拍那该死的照片吧。"阿尔蒙聚集起身体所有剩余的力量,笔直站着。他能感觉到"地狱之口"在他肩膀处爆发式的呼吸和滴在他 T 恤衫上的血滴。他感觉他永远不会死。一圈人开始亮闪光灯。

然后,结束了,就像那样。阿尔蒙牵着蹦跳的母马走开了,来到了非终点直道上与世隔绝的世界里,其他所有人都轮流登上看台,站在那栏杆之后。栏杆因为雨水的冲刷光亮如新,在模糊出现的太阳下像白色的冰一样闪闪发光。

麦克最后一次检查了手机。"狗娘养的。"他厉声骂道,科斯塔斯朝他的方向投来凌厉的探寻眼光的时候,他只是怒视回去,收紧了下巴。双臂抱在胸前以藏起握紧的拳头,麦克满心的怒火都在疯狂燃烧。但他太欣喜了,几乎都站不直。

丘吉尔园马场的主席在说着什么,麦克对此并不反感——他胜利了,这匹母马胜利了——然后,州长手里拿着奖杯转向麦克,马上就要开始全部的演讲了,他突然脱口而出:"佛格先生呢?"

麦克的嘴唇紧闭了一秒,说道:"真不敢相信,我在附近没看到他。"

"在我印象中,从来没有赢得比赛的马主缺席过德比赛。"科斯塔斯说,"这将是这项运动历史上不寻常的第一次。"

在人群面前,在上帝和现场直播的电视观众面前,麦克伸出手,从州长震惊的双手中搬过冷冰冰的奖杯,说:"对啊,就像'地狱之口'这些天也很难求得帮助一样。"

他们甚至不知道他是谁。他没有在百万富翁的排行中名列前茅过，或者从衬衣前胸口袋里掏出过一瓶药水，他不会在一个定价过高的练马师边上怒吼，就像是特洛伊的亚加亚人一样。没人伸出手拍拍他的手或者背。他什么都不是，只是一个在正面看台底层的观众——在所有的司仪和神父背后，在他们兜售可以随时享用的浓汤和啤酒的地方后面。他站在满是破赌棍的行列里，在他昂贵的鞋子鞋底上有块口香糖。他正奋力地捂住微笑着的宝宝的耳朵，但他的眼睛盯在马身上，它现在正被引回到通道中，那匹强壮的母马让整个人群发狂。终有一天他们会告诉他们的孙子们那个大女孩取胜的那天，他们在现场。他们会说，他们是怎么知道是它的，尽管它们都长得很像，它如何健壮，它是怎样在终点欢腾着、像风向标一般旋转着。他们会把一匹简单的赛马选手的一生制造成传奇。他们不会明白，它是带着对一条腿的祈祷参加比赛的。他们也不会知道，止痛剂正流过它战士般的血液。他们不会明白，接下来会发生什么。他们会觉得亨利是个傻子或疯子。但所有的疯狂已经在之前都到来了。

　　新的认知是舌尖上的向日葵蜂蜜。

　　所以，开启亨利·佛格生命的第三段和最后一段行动吧。

插曲 V

河流上有声音,其中一个就是他自己的。那是一个令人愉悦的男中音,很随意地和其他野餐的人聊着天,和几个熟人打着招呼,但是,西皮奥觉得这声音似乎是从很远的地方传来的,就好像从一个很长的长廊里滚下来,震惊着他,直到他发觉那是自己的声音。这种情况经常发生。他会在兰金的房子里待一整天之后,走到他们在巴克镇的家,在那儿,他正忙着盖他们新的存车房。突然他看到了一个女人,站在他认为是自己小家的地方,想着:这个有着棕色斑点眼睛和丰满胸部的女孩是谁?有谁曾经就像这样站在这儿过?一度他都没有说你好,也没有拥抱她,直到他整个身体记了起来,哦,对,这是我的妻子。那个我断言我爱的女人。

他的家人今天把他带到了这里,但他本不想来——从来都不想回到这条河的岸边,尽管他的房子离着这河岸只有半英里远。梅西恳求过,乔也是,他现在已经在自由街的铁匠那里当学徒了,然后,有了小兰尼。小女孩,大麻烦。他是这么称呼她的。就是那么一个耿直的孩子,只有八岁。她的不畏惧让他的心脏停跳——总是痛打男孩子们,甚至那些比她还要大几岁的男孩子,下午会出现在兰金的门口台阶上,要到这儿来,她总要躲着马车和一群群猪一般的人,上帝知道为了能躲开她母亲单独来这儿,她还要躲过什么。她究竟是从哪儿得到这么多用不尽的力量的?从他那儿,当然。从前,他也曾经无畏。回到他出生时被赋予的身体,回到他曾经在那罪恶的奴隶制体系中还保持着自我的时候,回到他从不等待声音——他自己的和很多其他人的声音,现在也都消失了——从时间的长廊中翻滚而下,让自己的耳朵困惑的时候。

575

河流之上的声音属于所有的教堂，为了七月四日的庆祝。西皮奥不相信任何和上帝相似的东西。他怎么可能相信呢？但梅西是这个上帝的自由城市里忠实遵守的好市民，她相信上帝。西皮奥是在他湿漉漉地蹒跚行走着的第二天遇到她，他那时候半疯狂地冲进黑人区，发现了在百老汇大道和第六大道附近的 A.M.E. 教堂。门是梅西的姐姐和姐夫开的。他们立刻就把他带回了自己家里，他在那儿恢复了一段时间，在那儿，年轻的梅西一直等着他。她的名字还那么好听，他配不上；她充满爱的怀抱，他也不配拥有；她很及时地带来了两个宝宝——他在内心深处深深地知道这是大自然的祝福，他永远都不值得拥有。

"兰尼，规矩点！"西皮奥突然大喊出声，他几乎都没有意识到自己的大声。他羞愧地看看四周。他声音的强度吓到了自己。兰尼，拉着一个比自己小的孩子的辫子拖着他走，就像一个农民拉着骡子的缰绳一样，在水边扑腾着，棉毛围裙在结痂的膝盖边晃荡着。她低下下巴——比骡子更加倔强，他是这么想的——把手放在屁股上，这样，即使距离很远，他依旧可以判读出她的固执。西皮奥四下寻找着梅西，但她正和另外一个女人聊得起劲，旁边就只有一个老人，笑着说："她有上帝自己的火焰，她确实有。"西皮奥嘟囔着："她是要接受上帝自己的惩罚。"但这只是谈话。他自己也管不了自己的孩子。这让他很苦恼。他绕过她看向河流——这条讨厌的、吞噬一切的、令人作呕的河流，带着肯塔基山的景色——想着，我们的孩子们，他们已经被自由宠坏了。兰尼甚至都不知道，在那儿，他们会杀掉像她这么大的孩子——兴致勃勃，大胆妄为。非常黑暗。

那是事故发生前他最后一丝清晰的思想，尽管在她落水之前有那么一点点模糊慌忙的时间，就在这一点点的时间里，他混乱地涉水而过，在闷热的七月阳光下汗流浃背，思想已经混乱溶解，只剩自己的意志。他喝过柠檬水，他后来记起来自己嘴唇的边缘为什么是皱的。有一种浆果和苹果的混合物，他知道他应该是喜欢的，但那总是能让他想起水果不可避免的腐烂，他始终不想去看河流，它加速了一切死亡之物的衰败。最后，他看向他的妻子，确认了时间和地点，倒数了十五年，回到他们结婚的那天，也是在七月。他不记得他在哪儿的时候，他就会看看她，祈祷他能记得她。

然后，兰尼掉进了河里。她从三棵强壮的古老橡树中的一棵上掉了下去，那三棵树在之前春天一个糟糕的暴风雨里倒了下来，倒在了河流的浅滩里，就像部分破裂的桥。兰尼就像个领队一样，指挥着一小队的孩子爬到其中一根被剥掉树皮的光滑树干上，在听到比她小的孩子的抱怨和迟疑之后，转身斥责他们，这让她失去了平衡，从树上滑了下来，她撞在坚硬的水面上的时候，溅起了小小的水花，就像溅起白色的王冠一样。

西皮奥突然震惊地向前冲，身体的行动在真正的意识之前。他奔跑着穿过河岸上满是鹅卵石的泥土，这个时候，他才意识到掉下去的是他自己的女儿，他自己生命的血脉被水淹没了。在意识到那是兰尼的时候——他一向比较迟钝的脑子一瞬间如同劈倒了那几棵树的闪电一样迅速地把疑惑的碎片拼完整——他唯一想到的就是：我的孩子不会游泳。因为他拒绝让他的孩子们接近任何有水的地方。

西皮奥把自己扎进河里。他的双臂像斧头一样一砍而下，将河水劈开。血液爆发着，在急速贯穿他的身体之时，几乎要冲破血管的边缘，它燃烧着他，他穿过浅滩，冲向那残酷的白色王冠刚刚出现的地方。带着疯了般的力量，西皮奥直直地冲下去，游到那个点。在他上面，孩子们贴着倒下的树，哭泣着，尖叫着，向下指着兰尼消失的地方。向下，他潜水向下，他那因劳作而粗糙的手臂疯狂地向四面八方摆着，在厚重的水流中盲目地搜寻着。鲶鱼闲散地游过，鳗鱼侧身躲过，小股的北方水流穿过它们通往南方深深的水底，逝去的人们困惑地看着或者——他觉得——带着怨诉。他嘴里能够感觉到河水正威胁着想要填满他。

然后，他找到了一小撮湿掉的棉毛衣角。他拽的时候，衣角被撕裂了，所以，他继续向前冲去，发现了兰尼的小腰，在对着他挣扎的时候，她的手肘撞到了他的眼睛，他奋力挣扎着起来，把她拽到水面上。他的小女孩踢打着，就像一个首轮比赛的拳击手——在如此瘦长的小身体里迸发出如此大的力量和决心——没能明白她的抗争就是她的死亡。她猛地推开，他又拉了一把，她扭动着，他把她拽向自己，不知怎么的，他们战胜了水中奇怪的重力，他们上升，上升，直到他们像两条临死前拼命挣扎的鱼一样爆发出愤怒，终于到达水面。兰尼朝四面八方拍打着，西皮奥抓住她的胳膊，缓缓朝岸边走去。他一点都没有温柔的意思，只是以各种方法就这么简单地拖着她，但兰尼现在呼吸到了氧气，开始沙哑地尖叫，那声音与众不同，防备或者害怕或者两者都有，她不知道，接下来也没法重新自我恢复。她只知道她正在被拖向岸边，把全身的力量都用在喉咙上，河流两岸都回荡着声音。

一到安全的岸边，西皮奥就开始打她。他转过她的身子，脸上戴着陌生的气愤的面具，猛地掀起她湿透的围裙，开始打她的身后，但很凌乱，像个残暴的人一样，像个疯子一样打着。于是，兰尼扭动着，哀嚎着，他的巴掌就落在她小小的背和屁股上。当他张开的大手突然发现她的侧脸时，她被一巴掌打得倒了下来，就像个倒在河岸上湿透的布娃娃一样，就在那一刹那，西皮奥似乎被几千只手抓住、按了下来，声音似乎从长廊里传来，西皮奥兄弟西皮奥兄弟西皮奥西皮奥西皮奥西皮奥西皮奥她还好上帝保佑西皮奥西皮奥。

西皮奥。

世界开始在视野的边角上慢慢地星星点点地回归，然后，光慢慢地蔓延而入，他能看到他的小女孩正被从潮湿的地面上抱起来，他曾在那儿挥手打过她。我不配拥有我自己的孩子，他想着，有些头晕。他看着她被围了起来，被两位老者轻拍着，看着她尽力想要把他们甩掉，她那黑色的眼睛带着受伤和愤怒，就这么看着他。他的身后带着同情，他甚至在其他人的双手中感觉到了她双手独特的触感，有个声音说着，我们抓住你了，西皮奥。所有人都很好。放弃挣扎吧。现在就放弃吧。

现在放弃？在他还没搞懂放弃是什么的时候，已经有人开始祈祷了。这让他想到了，他作为一个自由人，在辛辛那提参加的第一次的祈祷者集会，他是如何环顾四周，看着那些聚集在教堂里的崇拜者，腿上放着借来的《圣经》，想着，你在这儿不安全，即使是在北方。如果上帝真的存在，他不会给任何人提供安全，就连在教堂里也不会。他知道这一点，因为肯塔基的河岸一直离得很近，那就是一个永恒的提醒者。对岸就像一枚磁铁，它吸附着他。他从未真正逃离，也逃不掉。

然后他开始混乱，对这一年，对艾比小姐是不是还活着，或者是，对他是不是在河里杀死了她。

他再次看了一眼兰尼。不，他配不上任何好东西。仆人西皮奥还活着的时候，魔鬼不需要在世界上如此长久地工作。一种让人恸哭的悲伤升腾起来，充斥着他。他感觉，自己的骨头在身体这座建筑里倒塌了，他的肺里没有了空气。有一会儿的工夫，还没来得及呼吸，他突然坚定而明确地意识到，那也是一种预知，很快，他那残破的灵魂将要去兰金的房子里了——一座他用自己的双手建造的房子——他会对着他不能再信任的上帝做最后的祈祷，一个曾经将他抛到白人世界里的上帝，那是一个远远超越了奴隶制现实存在的地理边界的世界，他会溜到阁楼上，在那儿绑好绳子，放好梯子。他会登上那遗忘之梯。

西皮奥开始哭，这声音立即止住了兰尼的眼泪。她的气愤和自哀快速蒸发，快得就像衣服在七月太阳里晒干一样。她长大了嘴巴，吃惊地看着她那伟大、粗鲁的父亲，总是一副如此禁欲的样子，一个藏在自己眼睛之后很远很远的男人。她开始在老人的怀抱里哭得像个孩子，他们的声音是温暖的溪流，就像潺潺的河流。

"爸爸，"兰尼说着，挣扎着抗拒着正抱着她的某个老女人，"爸爸！"

西皮奥没看她，似乎也没听到她说话，他流泪的眼睛正专注地盯着远方。突然，兰尼疑惑地转头看着他正盯着的东西。她永远都不会忘记她看到的：那不只是肯塔基辽阔的土地，有着夏天绿茵的精致渐变，华丽的山丘起伏，一直通往优雅的深处。这次，她看到的是这有着漂亮内涵的东西，一些抓住了她父亲眼神的东西，或者抓住了他的东西。她看到了树木之间的阴影，坟墓般黑色的空间里可以潜藏秘密。或者人。它们都是天然的隐藏地。你的父亲依旧藏在那里，她内心的声音说道——不是她自己的声音，而是很多声音，就像很多长者围绕着她的内心在说话。一些逃走的人并没有真的永远逃走。白人家伙们不会不给你你不需要的东西，你要在你的身体获得自由之后的很长时间以后，才去要求你的灵魂。然后，你就像个好士兵一样，必须要为其他人的灵魂而战，你贡献出你最珍贵的东西——你的生命——如果一定要的话。

兰尼快速转身，面对着教堂的人群，满是新鲜、突然的认知。然后，她开始奔跑，在河岸不平整的土地上微微蹒跚而行，拍掉那想要抓到她的上了年纪的双手。她双手伸出来跑着，追求着内心本质需要的东西，一些她永远不会再要一次的东西，甚至都不想去做这样的密谋，她曾被抓住，指引着奴隶们走出肯塔基，前往梦想之地。她追求最爱父亲的宽恕，因为无知的原罪，因为将内心所有的挣扎都用在了愚蠢的事之上，因为没有在上帝伟大的战争中拿起武器。她再也不会犯这样的错误了。

第六章 马的解读

> 因为，尽管上帝在制造马的时候赋予了它们那么多的优点，但现在它们根据用途发生了改变，变得违背人类的意愿，所以，就必须从属于艺术。
>
> ——迈克尔·巴雷特，一六一八年

主持人：女士们，先生们，欢迎你们来到二〇〇六年肯塔基德比赛马新闻发布会，我们此次的专题是今年的冠军马，二〇〇五年已经两岁的来自佛格家族农场的"地狱之口"。我们想介绍一下他的练马师麦·斯奈德，马主亨利·佛格，还有骑师鲁宾·贝德福德·沃克三世，赛马最佳三人组合。我们开始会先问麦克一些问题，这位曾四次夺得德比冠军、两次获得"育马者杯"[①]的全面大师级人物。麦克，你能很自信地跟大家说，"地狱之口"是你带到德比赛上最好的一匹马吗？

麦克：我确定，"地狱之口"做得到。

[①] 育马者杯，全称育马者杯世界锦标赛，是美国年度举行的赛马活动，为国际一级赛、北美洲最高奖金的赛马赛事。和其他著名大赛不同，育马者杯的举办地点并不固定，而是依据情况在北美各大赛马场巡回举办。

主持人：它已经展现出了很多个性，很快变成了大众最喜爱的马匹。它也是麦克·斯奈德的最爱吗？

麦克：我生命中的最爱一直都是与我同床共枕的那位。

主持人：现在，它只是赢得了比赛，并没有打破德比的赛会纪录。今天你希望它有更快的速度吗？

麦克：能破纪录当然好，但时间只有在监狱里才是重要的。

主持人：那，它能摘得"三冠王"的桂冠吗？我们从未看到过一匹母马一路走来——"天才冒险"已经是最接近的了——但我觉得我们都同意这个看法，我们从未看过像这样的一匹母马。

麦克：我今天站在这里告诉你，这匹母马能够也一定会一路走下去。这是个事实。

主持人：现在，让我们转向"地狱之口"的主人，一个赛马界十分熟悉的面孔，他已经在追求德比赛冠军的路上走了二十年，我们的亨利·佛格先生。亨利，你觉得尽管去年它受伤了，你的母马已经为两周后的必利时锦标赛、接下来劳累的一又二分之一英里的贝尔蒙特锦标赛作好准备了吗？

并没有立即得到回答。所有的眼睛都转向亨利，他正呆板地坐在那儿，穿着长袖衬衣，面前黑色的条幅上面写着"百胜集团！百胜集团！百胜集团！"。条幅在风扇的微风下泛起涟漪。同样的微风刺痛了亨利满是汗珠的额头，他从一个相机镜头看向另一个，海量的黑色孔径正在他脸上聚集：老年斑点、安静、憔悴。他张开嘴，又闭上，又张开。然后，他说道："到今天为止。我要把'地狱之口'从比赛中拉出来。"

他开始不确定他是大声说出的这句话，因为没人有任何的动作。整个房间陷入了教徒般的安静。就好像他们在等一个笑话接下去，但亨利连微笑都没有。在他身边的麦克突然转向他，张开的粉色嘴唇因为突然紧闭变成了狂怒的红色。然后,一个照相机咔嚓一声,房间里顿时沸腾了起来,响起了一百台相机切分音般的咔嚓声。

主持人:我……你……我很抱歉,我不确定我真正听懂了您说的话。你是打算让"地狱之口"退出所有纯血马比赛吗,还是?

麦克:什么?不,他要——"地狱之口"不——他要——

对。

这个字说了出来,然后,接着,紧接着又说了一个对。这一次的声音更大,也更加坚决。对,对。闪光灯让人目眩,亨利满脸痛苦,在这样的猛烈攻击中完全睁不开眼。是,他确定。当他尽力认真地去回忆古老的热情和厌恶之力时,他做不到。他一点都记不起来。

他睁开眼睛,在人群中寻找着路。她在他们落座前把萨米尔从他手中抱走了。他在新闻发布会的角落里看到了她,她看着整个事件的发生,眼睛里有明显的警惕。她托了托孩子的屁股,把萨米尔抱得高了一点——萨米尔,是啊,那个孩子是新的世界,是他的未来,他的整个未来。他的选择现在并不丢人,也不后悔,尽管他有很多数不清的后悔,这就是生活。

它在他内心升腾——它——它现在能将他浮起来了,因为那再也不是枷锁了。亨利站了起来,把金属椅子往后一推,抗议般地用力推开了宴会桌,所以,麦克和鲁宾都混乱地后靠,每个动作里都写着震惊。亨利说:"我不会再为这项比赛贡献任何马匹了。"

麦克的舌头缓慢地恢复了意识:"亨利!你他妈发疯了吗?"但他只是对着空气说话,亨利并没有理会他——或者不想或者不能听见他的话——那些话就充斥在突然间变得一片混乱的房间里。麦克疯狂地伸手去抓他的胳膊,但亨利从桌子边溜走了,一个灰色的身影就这么简单地从印着"百胜集团!百胜集团!百胜集团!"的横幅前一闪而过,然后直直地走进了围着他的媒体中间。

583

他将他们全都抛在身后。鲁宾还坐在原来的位置,眼睛一眨不眨,多节的手指抚在厌食的胸口,就好像宴会桌还在他们下面一样。他迅速眨着眼睛,胜利的面具被换成了另外一种,"别这么做,"他明显气喘吁吁地说着,"别这么做,老家伙,否则你会遗憾的。"

亨利挤进疯狂的人群。

"佛格先生,是什么导致了这么突然的变化?"

"你今年个人生活中的损失对这件事的转折有影响吗?"

"佛格先生,你百分之百确定了吗?"

脚步像打雷,闪光灯就像暴雨闪电。在这场风暴中,有很多声音叫着他的名字,但现在都不重要了,因为他内心再也没有任何混乱了。他只是用肩膀从他们中间挤出一条道路,坚定自若,他的脸上没有任何表情。他直直地走向路,碰了碰她的手肘,然后,他们一同向门口走去。尽管她眼睛里有很多未曾问出口的问题,但她什么话都没有说,只是将萨米尔换了个边,紧跟着亨利的步伐。因为释放后的轻松心情,他现在的脚步有些加快了。他的拒绝就像赞成,那就是全部。他确定他正在做的是正确的,尽管这是最困难的事。这种感觉很陌生,却很美味。终于这就是快乐吗?

他们呼吸到了大厅外面新鲜的空气,穿过两扇主门,那里的空气中弥漫着雨后的空寂,地上的水坑闪着光,马身上落满尘土的味道在潮湿的微风中翻滚。远处,在喧嚣的媒体后面,躁动的粉丝们依旧在场地内走动着,疯狂的帽子穿过停车场扔了出来,喝醉的人像布偶猫一样堆在后挡板处。亨利知道在某个地方,可能是在货车的车尾,红玫瑰的花环已经开始变成褐色。时间就是一匹你永远不用去鞭打的马。

在他们推开十字转门走出去之后,路终于抓住了他的胳膊,说:"亨利,你真的要这么做吗?"

亨利的嘴巴空得像个大缸，他依旧朝着二十三号马厩的方向走着。

"地狱之口"在看到他们之前就已经感觉到了他们的到来。它曾经疾步快走，接着慢走放松，现在已经拍好照片被送了出来。有些事已经结束了。它的身体柔软笨拙，有些困倦，但还没有筋疲力尽，只是在稍事休息。它似睡非睡，有双手在为它擦干、梳理毛发，在它的皮毛上抹上油脂，让它闪闪发亮。

突然，它的耳朵竖了起来，旋转着。它的尾巴剧烈地颤抖着，然后激动地摔了一下，它把那黑色灵活的头穿过马厩大门的链条，嘴唇焦躁地包上牙齿，嘴巴咀嚼着。

亨利·佛格和马儿对视着。很长的一会儿，他们相互呼吸着彼此的呼吸。亨利控制住了要从他看到的现实中退缩的冲动，关于这匹马的现实，他之前从未让自己看到过的现实。"地狱之口"活力十足，但它脆弱的骨头与它的力量并不相符。它那具有创造性的活力步伐，赛车发动机一般剧烈的热度，在它那竞赛者的血液中燃烧着，还有它那强烈的身体斗志，一切都是它与生俱来的，它那无法摆脱的四肢终将以耗费生命为代价。它会崩溃。一个像"地狱之口"一样的竞赛者，永远都不会停止打破自己的纪录，它不只是不愿意，而实际上只是不能拯救自己。

"把它装上车。"亨利说道。

阿尔蒙站在马头的位置，并没有立刻行动。他也感受到了亨利的靠近，在这温暖的马厩里，盯着一团白色的逼近。现在，他的眼睛直视着亨利的双眼，但并不是时刻都盯着男人眼里的坚决。他看到了他漆黑的瞳孔中一个黑色摇晃的身影。阿尔蒙因为恨意而满脸通红，就像是火一样红的玫瑰，恨意从脚底一直冲向发尖。

"把它装上车。"亨利又说了一次，"我要带它回家。"

585

但麦克首先出现了。"不，不，不，不，等一下！"他从媒体中挤了出来，那些媒体用健壮的身体围成了小小的圈。"所有人都不要动！就他妈的等一分钟！"

"我说了，把它装上车！"这句话像是从亨利的身体里爆发出来，吓得阿尔蒙从愤恨的幻想中清醒过来。他突然意识到了他正在被要求做的事，于是向前迈了一步，他的动作就是一种粗鲁的坚持，眼睛瞪大，嘴唇张开准备反驳，但麦克却抢先一步大发雷霆。

"亨利，别这样做。"练马师说道，扯着亨利的手肘，"冷静点——"

如果麦克寻求的是默许，他绝对找不到。他走近亨利，他的慌乱演变成升腾的怒气，手的力量很野蛮，在他们两人之间无用地动作着，就像用手势在空气中表达语言。"没有任何人在伤害别人！"他争辩着，"它他妈的就是一匹赛马！让它去做它最擅长的事！"

"不是像这样！不是这么……残忍！"

"是，是——去他妈的残忍！"麦克回应着，头在他红润的脖子上摇晃着，手臂张开着，离他最近的媒体都能闻到他的汗味，"亨利，这匹马生来就是要跑的！你他妈在说什么啊！"

阿尔蒙的视线从麦克转向亨利，然后又看向麦克。心脏收缩的巨浪开始席卷他的身躯。他这才开始意识到，现在这儿正在发生什么，佛格正在做什么。这不是原本的计划，这样的确就像"地狱之口"不是一种交易。如果似乎要发生的确实发生了，然后他从他该死的生命中活了过来，争夺着，战斗着，毁灭着他自己，什么都不为，什么都不为。

"它跑，因为我们让它跑。"亨利愤怒地说，"不是因为——"

"让它跑？"麦克厉声打断，像个破旧的飞机一样喷溅出声，"好，亨利，好，好！可能因为我们——"他疯狂地摸索着，在即将爆出口的言语中，他根本无法控制住自己的思想，"——因为我们激发了它们的本质,并没有让它退化……活见鬼啊,亨利!你这是在对我做什么啊!"

但是亨利转身背向麦克,比任何前男友拒绝的方式看上去要良好一些,现在,那该死的宝宝正在他身后呜咽着,而那些豺狼虎豹般的媒体不知道从哪里还能比阿尔蒙看到更多,麦克的满眼预警,竭尽全力想要找出最后的辞藻,那劝谏的刀子直直地穿透错乱的疯狂,直到变成一种该死的常识:"亨利·佛格!听着!一匹母马就是这样——它就是一枚从枪里射出的子弹!你三年前扣动了扳机,现在你不能——听着,你现在已经阻止不了子弹了!现在,你能做的就只是靠边站。站在一边让它发生,亨利。"

阿尔蒙和媒体拥进来,屏住呼吸,有很长一段沉默。

"我让你把我的马装上车。"亨利安静而沉稳地朝阿尔蒙说出这句话。

阿尔蒙直到此刻才停止了沉默,无礼地平视着亨利,"那就从我尸体上走过去吧。"但这话比他希望中更加强大,他出口的语气像是老妇人,因为两件事情突然同时发生了:他突然意识到,他之前的练习就像是胡闹,他在文件虚线签名处的名字甚至比下午的梦还要没价值,在这个世界上,只有像佛格一样的男人才能控制世界;然后,路走进了他的视野,一个孩子抱在她的臂弯里。刚开始,阿尔蒙只是快速地朝她的方向瞥了一眼,她的右手轻轻摇晃着,孩子的头上长着圆蓬蓬的鬈发,盖在他那圆乎乎的脸上,他睁着天真的大眼睛。然后,他注意到了他那暗色的脸庞。血液在阿尔蒙的血管中静止了。突然的认知:蓬松的鬈发和那双眼睛,他从自己小时候的照片上看到过,那些照片和所有一切都一起被丢掉了,他母亲去世的时候,都被一些陌生人扔掉了。他的嘴唇震惊地张开着,瞪圆的眼睛滑向亨利,就像是监狱大门一般直直地锁定在那儿。

亨利早就在看了。他们相互盯着,一个艰难的认知正在缓缓打开。然后,亨利简单地开口:"对。"亨利伸出手,从阿尔蒙的手里接过缰绳,但是阿尔蒙抽搐般地摊开手掌,仿佛亨利的触碰是条蛇。他彻底的完全的震惊让他的脸变成了那孩子的颜色,那是一百年前的阿尔蒙。

亨利再次说话的时候,语气柔和了一些。"我去把它装上车。"他说着,然后把一个冰冷坚硬的钥匙环送到阿尔蒙颤抖的手中。那是他的车钥匙。"明天把我的车开来农场吧。我会尽力解释。"

他干净利落,没再说什么,牵着那个大女孩走了出去,留阿尔蒙独自石化在原地。尽管它的耳朵还被涂得厚厚的,嘴巴还在工作着,它有目标地从禁锢中走了出来,相机在抓拍下它那芭蕾舞般的四肢时,它的头高高抬起,白天的脱水让它肌肉突出。它的离开带走了阿尔蒙的呼吸,他在真相的刺激中缺氧地摸索着。但这完全就是地狱。如果这个孩子是他的,那么亨利就骗了他六个月。如果这个孩子是他的,那么汉丽埃塔从来就没有背叛过他。真相——真相——就是,所有的背叛,都是他自己做的。他把她当肉一般享用了,然后任她腐烂。终究,我还是迈克·肖内西的儿子。突然,他呆呆地朝着孩子、朝着马的方向走去,朝着他破碎枯萎的生活的余烬走去。

当"地狱之口"被安全地拴在拖车上的时候,它低下头从边上的窗子看着那些照相机。它朝着媒体抬起了嘴唇,可怕地跺着脚。在牧场上,在赛道上,或者被拴在铝制的盒子里,它知道,它就是个礼物。它知道,他们也知道。

亨利转向路,从她手里接过萨米尔。"谢谢。"他简单地说着,然后自己爬上雪佛兰车的凹背座椅,看着麦克,说:"我们到此为止了,麦克。你对马儿太残忍了。"

麦克追在马后面,举起一只红润的手直直地指着亨利,那手就像一只老旧破损的棒球手套一样坚硬、破碎。"你最好听我的,佛格。"他说着,然后朝着媒体做着画圈的手势,"听着,你们所有这些白痴,你们觉得我对马太残忍了?你们觉得我很强硬?好吧,我是站在这该死的地方唯一知道什么是尊重的人!你们所有的评论家去写你们那狗屁一样的报道吧。你们像周一早上的四分卫一样的马后炮根本连点波澜都翻不起来。你真的觉得那是美德——"他的嘴唇在颤抖,"溺爱一种伟大的天赋是种美德?约束是最好中的最好?听着,如果你有火,就要燃烧!你不能往它上面撒灰!你不能把它压实!"他隔着拖车指向"地狱之口",它也正用一只黑色的半疯狂的眼睛看着他。"变得伟大,被毁掉,远远好过从来都没有伟大过。它知道,我知道,所有他妈有勇气的人都知道。那匹母马的心脏,比你们所有剩下人的心脏加起来都要大。"

亨利把萨米尔放在他旁边的座位上,插进了钥匙。阿尔蒙挤过人群——那是我的儿子,那是我的孩子——但尽管他用尽全力,还是不能穿过那围着拖车的媒体,他们就像安全屏障一样。恐惧奔涌在他的血管里。

麦克走到驾驶室门前。尽管他的头明显因为愤怒鼓得像个气球,眼珠子瞪得吓人,但他的声音依旧平稳坚定。"别这么做,亨利,"他说,"不要发动这该死的卡车。听听我说的。听听这匹马身体说的话。"

卡车的发动机轰鸣起来。

麦克一拳打进空气里,向前走了一小步。他的声音太大了,他们在丘吉尔园马场的另一端都能听见他的声音。"你把它还给我,亨利!"在卡车拖着拖车开动的时候,他叫喊着,"或者它在我的马场上,一周以后参加必利时锦标赛,或者我自己把那匹母马弄到手,不管怎样,他妈的,它一定要参加!你听见了吗,亨利!不管用什么该死的方式!"

◆

亨利加速到每小时八十英里,沿着1-64公路飞速而下。肯塔基的田野在视野中飞速而过,他被一阵又一阵的领悟席卷。这匹马——这个生命——是他的病人,一直都是,永远都是。灵魂不是本质而是医生。奴隶不是药物或者临时休息或者止痛药,而是在他意志庇护下,他这个世界的行动。是的。我,亨利·佛格,对着阿波罗、医术之神阿斯克勒庇俄斯、许癸厄亚和帕那刻亚发誓,在所有上帝、女神的见证下,根据我的能力和判断,发下一个誓言和协议:我会根据我的能力和判断,为了我的病人变好开具处方,再也不去伤害任何人。我会保留我生命和艺术的纯度。如果我真诚地遵守了这个誓言,请保佑我享受生活,实践艺术,受所有人性的尊重,永远如此;但如我背离或违反誓约,我的生活将完全相反。

亨利看着即将逝去的白天那火红如血的天空,想着,这是否就是宽恕。谁是他的医生呢?他值得有这么一个医生吗?他的眼睛满是泪水,这泪水让天空变成了深红色的浪潮,就像通过血之泪水看着天空。他一小时之后到家。

◆

他们离开了——照相机、媒体、人群。现在如此安静,你几乎都能听到大斑蝶微微在风中展翅飞过乳草、桂竹香和花粉的声音。阿尔蒙手掌按在马厩外墙上蹲在那儿,在他的视野里,这不是任何地方的入口,突然,他听到了非常轻的脚步声,那声音缓缓靠近,是奔跑中飞驰的脚步。在那脚步中,伴着明显的声音,碎石路上的尖叫声,带着假装不介意的快活气息:"我跳上了座位,轻声叫喊;马儿跑了,把货车弄坏;葫芦瓢里的糖和号角里的蜂蜜,从那天起再也没有那么扭曲过——阿尔蒙,只要我活着,呼吸着!为什么如此绝望孤独,我的男人?"

阿尔蒙没有抬头,他不必抬头。他的头依旧弯着,就像他双脚之间残破碎的植物覆盖物需要他集中所有的精力,但他能看见的只有他儿子的脸。"走开!"他嘶嘶出声。那只是一声低语,但声音中的恨意甚至连他自己都感到惊讶。他今天承受不了更多了,他永远也承受不了更多了。

鲁宾转身。"什么?让谁谁走?我?神圣的鲁宾做了什么?"

阿尔蒙从蹲着的姿势中不稳地站起来,他站起来的时候就像一只笨拙的大熊,重重地转向鲁宾。"佛格走了。他把'地狱之口'带走了。"还有更多要说的,但他说不出口。

鲁宾的嘴巴带着悲痛的微笑,带着冷静、合适的惊讶,血管突出的手抚上下巴,"从这里这个骑师的身下拉出来,收回了?"

"收回。"这个词真恶心,真肮脏。它太暴力了,把所有希望都抹掉了。

鲁宾摇着头,柔声唏嘘:"骑师觉得太愚蠢……"

阿尔蒙真的透过升腾的悲伤吵架般开口了,"再也没人能骑那匹马了,你也一样——伟大的鲁宾·贝德福德·沃克三世!"

"你确定吗?"鲁宾石板色的眼睛紧紧盯着阿尔蒙的脸。

"我完了!"阿尔蒙逼迫自己说出最糟糕的话,"他带走了我儿子!"

鲁宾昂起头,"你的什么?"

"那个狗娘养的对我撒谎!他抚养着我的儿子!"

现在,鲁宾像卡通人物一样带着惊讶转身,连他自己都藏不住。

"我的天哪……"他轻声说。

阿尔蒙大大地展开手臂。"他妈的我的孩子！我的孩子在他的房子里！我站在这儿，手里唯一有的是他妈的他的车钥匙。我病了，我需要钱。我需要我自己的孩子！但我除了这个，我有的，只有，就只有——一串钥匙。"他低头盯着钥匙，和自己的心一样重。是啊，像佛格一样的男人有着一切东西的钥匙。

鲁宾摇着头，恢复着自己的举止。他眯着腼腆的眼睛。"从马鞍上下来，又踏进了泥土里——真是悬而未决的故事。把孩子先放在一边，马儿怎么样？给我解开谜底——你和佛格先生有没有达成交易？很明显，这交易依旧有效，那匹母马必须坚持完这个赛季。当然了——"鲁宾清了清嗓子，"——麦克会接过缰绳的，如果佛格变得——不愿意的话。一切都好，都会有好结果的。这难道不是肯塔基有臭东西的时候人们经常说的吗？"

现在，一天中的起起伏伏已经将阿尔蒙的自控用尽了，让他变成了流血的瘤子。他孩子的脸游过他疼痛的眼睛。这是他唯一可以防止自己把这骑师一巴掌推到右边的方法。他想把他那瘦骨嶙峋的一百十八磅重的身体举起来，从鸡脖子那里撕成两半。"我和魔鬼有个交易！"他声音太大，语速太慢，就像这个骑师不仅听力不好，还很愚蠢。"不要再说什么收回那匹马了！我应该做的就只有让它健康，但从来没有人说过他不能拉走它。我什么都没得到。你听见了吗？"然后，一个鬼鬼祟祟的想法：佛格撒谎了，但我卖掉了我的孩子。我的灵魂就像烂水果。他想哭，但这种悲伤已经超越了哭泣。

鲁宾的整个身体变得彻底僵硬，除了他的指尖还在动。他的眼睛，现在已经满满都是深不可测的玩意儿。他的胳膊就像发动袭击的蛇一样快速穿过阿尔蒙的臂弯。个子稍高的人此时着急地从墙上起来，嘴里还带着命令和野蛮的力量，那就是骑师身体里最厉害的秘密:"来吧,我的小螺母。跟我来。"就这么两个不搭调的人,鲁宾用力拉着他朝着停车场边走去,似乎在逃开打探的目光。但现在,没有人看着他们,他们对任何人来说都没有任何兴趣。现在没人在乎这匹超级战马了,没有了。

当鲁宾再开口的时候,他的声音很迷人,但也同样野蛮。"现在,听着。"他说,"这个故事还没有结束,你已经讲错了!这是你的问题——你从来没学过怎样有倾向地去讲一个故事,从来没告诉过你自己。为什么,你不止一次用你那些街道上的故事,用你在监狱里的冒险吸引我!到目前为止,你都太顺从了!你在顺从拉你的枷锁!甚至,在他们拉走你亲爱的马的时候也是这样!"骑师耸了耸肩,叹息着,"但老鲁宾能做什么呢?有些人生而为王,但有些人就是会因为是国王袖子上的珠宝而满心满意。也许,这就是血统。"

阿尔蒙抵抗般沉默地听着,他沉思的眉毛护在眼睛上、悬在心上。他转身面对着骑师,"你为什么要一直教育我?我不需要你这该死的说教!做这个、做那个,都是废话。你一点都不了解我!"但在讲完他的话之后,他想着:血统?我的血统就是被囚禁。妈妈给我了不好的血统。一个将死之人都不会喝我的血救命。

鲁宾脚后跟着地,转过身,他饥渴脸庞上的皱纹就像黑面包上刀子的痕迹。"真的吗?我不了解你?你觉得鲁宾是像动物一样的蠢蛋,像他们一样无知?为什么,你就像玻璃一样透明!你就只是一块小琥珀,老鲁宾能清楚地看透你!"他脸逼近阿尔蒙,"你觉得我不知道你长大的那些伤心街道?我能闻到你呼吸里政府的奶酪味。你因为售卖低劣的可卡因,拇指上都有水疱!你的眼睛里、骨骼里都有被警察搞出的裂缝!你爸爸跑了,妈妈死了!你转身一秒,他们就会一如往常地把你的孩子偷走!你以为鲁宾无知?好,也许你需要知道我知道多少!"

阿尔蒙已经开始接话了,话语里都是厌恶和警惕。"这就是你认为的全部的我?就是这些吗?"

鲁宾轻视地摆摆手。"一个男人的陈词滥调就是另一个人受褒奖的表现。所以,你按照为你设定的剧本做了。他们把你叫作单亲妈妈靠着福利养大的粗鲁孩子,被送去少管所,然后送到监狱,在孩童时代就走上歧途,现在就是一坨屎。噢,你以为他们是对的,但从现在到来生,他们都会用从他们盘子里掉下来的足够的碎屑喂养着你,让你能一直徜徉在他们膝下,舌头伸出来。你不会饿死,阿尔蒙,但你永远都是他们的婊子。"

阿尔蒙吼着:"我什么都没得到!我做的所有一切,都是为了活下来!规则是帮他们的,不帮我!我没有制造这个世界,但我必须在这个世界里活下来!这场游戏的设计就是让他们赢!"

"嘘,我知道了,我知道了。"鲁宾轻声说着,他在他头顶倾身,决定着他们亲密的极限。接着,他带着似乎像同情的语气,说道:"你觉得我不懂在那混乱嘈杂的岁月里你维护的梦想?觉得我不知道你第一次看到这些古老的肯塔基房子,还有漂亮的马儿来回走动,都吓尿了吗?他们那冷淡的女孩和用钱染色的草地?噢,但你不只是要钱,不是吗,我亲爱的?噢,不——阿尔蒙·肖内西想要的是梦想!"鲁宾在阿尔蒙那痛苦的脸上寻找着弹药武器。"深深的、黑暗的南方世界的梦想。"他粉红色的舌头微微探出来,停顿了一会儿,"好吧,鲁宾的一生让你惊讶了吗,扬基歌中的小孩子。肯塔基不是深沉的南方,它是美利坚的艺人!一个白黑人逆流而上,想要过河,成为贵族!哇哦!"

阿尔蒙一只手按在额头上,就像要挡住偏头痛的阴暗。"我现在都不想知道你想说的是什么了。"

但鲁宾有六英尺高,还在不断升高。他不会停下来。"这就是你那又蠢又笨的脚下的土地吗？为什么是这个没有人性的土地，这个边陲地带，这个黑暗又血腥的世界，这个中间地带，这个屠宰场，这个疯狂的边界——这个最初的无名之地！但他们在学校里不会告诉你这些，不会的，先生！"鲁宾伸开他那瘦骨嶙峋的手臂，就像要聚集力量，"看啊，回到那美好的采摘棉花的日子里——是的，我的小螺母，这些你渴求的种植园——他们在人们面前种玉米，在天空下养马。山核桃一样骨骼的小马驹们为肯塔基金库里投着钱。但这个联邦还有着公共关系问题要处理，不是吗？那些撒尿的美国佬，呼喊着要我们黑人去死，我们混乱低级的地狱啊！一百二十个县的波本酒和谋杀案，聚集了落后的樵夫、喜欢闹事和搞事的恶人，一片未开化的土地，聚集了剥树皮工人、冒失鬼、带枪的歹徒、骑马的闯入者和刺客、心甘情愿坚持事业的人和三K党成员。一个该死的地方，满是油枪和卑鄙的契约——暴徒、杀人犯和残忍的屠夫！肯塔基人就是从恶魔靴子上刮下的碎屑！"他反叛地吼叫着。

"为什么，一百个人里没有一个人愿意让我们的种族勇敢起来，不再害怕被射杀，所以，他们开始在新泽西和纽约有了新的足迹。皮姆利科的钱包鼓了起来，萨拉托加开始出言不逊，这些比赛就像浪琴手表一样奔跑着。① 现在，背信弃义的爱尔兰骑马人想要分享他们的所得，因为我们兄弟是最棒的，他们不会再拿着鼻尖对着我们。所以，你觉得他们做了什么？为什么，他们上演了一场妙计，阻拦我们进入自己最好的游戏里——他们让我们出局了！很快，钱财就像流水一般涌向北方。悲叹啊！边界之地完蛋了！"

鲁宾弯下腰。"所以，面对坏媒体，喜欢甜食的州能做什么呢？"

---

① 皮姆利科赛马场（Pimlico Race Course）位于马里兰州的巴尔的摩，是美国三冠赛必利时锦标赛的举办场地；萨拉托加赛马场（Saratoga Race Course）位于纽约州的萨拉托加斯普林，有赛马活动。

阿尔蒙再也不想听了。他开始对每个词都恶心起来了。

"我的小鲶鱼,你为什么要编故事呀。就像在麦迪逊大道上的广告人,在你农村的房子上装上一些柱子,把它涂成白色,给你一些西班牙苔藓,找到一条祖传的血脉,雇用一个高贵的黑人,只是为了面子,一个可怜的兄弟依旧在为注定的失败鞠躬,把他那屁股一样的鼻子按到地上。奇迹从未停止过!它一直有效——"鲁宾嘶嘶说着,眨着眼睛,拖着长长的调子,"因为不是每个人都知道自己的历史的。"

一根针穿透了阿尔蒙大脑的皮肤。牧师是对的,我本不应该跨过那条河的。

鲁宾开心地欢呼,"对!南部的邦联第一次又站了起来!所有人都忘记了,黑暗血腥的肯塔基州从来都不是南方腹地,只是一个满是鬼魂和懦夫的边陲地带。大多数人一辈子都没有为杰斐逊·戴维斯奋战过![①] 肯塔基直到战争结束才脱离!但挂起你的南部邦联旗,胡乱地喝着薄荷朱利酒,开车的时候戳一戳草坪上的骑师,所有人都忘了要忘记什么!重塑的揭示——那是伟大的白人希望!真正的美国梦!在这个世界上,不是每个事实都像白人吹牛吹的那样的!"

阿尔蒙惊讶地低头看着地面,这些话在他脑子里变成了恐惧。鲁宾深处有一只像钢铁一样坚硬的手,正抓着他的肩膀。像他说的话一样坚定,他的声音现在厚重得让人备感舒适。"但你不知道,我的朋友。为了那个古老的小说,他们让一个人签字放弃了自己的生命。让他签字放弃了自己的宝贝儿子。"

阿尔蒙摇着头,想要避开,但一种灵魂的病态开始升起来,他停不下来。"我签了我的名字。"他低声说。

---

① 杰斐逊·戴维斯,密西西比州民主党人。十九世纪下半叶,美国南方蓄奴州成立美利坚联盟国(简称"邦联"),试图脱离联邦,引发美国历史上最大规模内战,史称南北战争。戴维斯在 1861 年至 1865 年的南北战争时期担任邦联总统。

骑师用自己的另一只手像刷子一样赶走了这项异议。"你要抛弃这种想法!你这本地的黑人傻子是不会签狗屎的。X不代表没有。学学你的历史吧!善意的谎言不能构成真理!你唯一的选择就是没有选择!"

"我作出了选择。"阿尔蒙的嗓子全是羞愧,他哽住了。那就是真相。

鲁宾挫败地垂下手。"不,真要命——你一直在讲错误的故事!在玛撒去齐普赛街的拍卖台上卖掉她的孩子的时候,你以为你的小妹妹有选择吗?他们管它叫他们的疯人逻辑,但那根本就没有逻辑!你的生命还是你的孩子?你把它叫作选择?为什么,这真他妈是曲解,肯塔基人的伪善!历史,阿尔蒙——学学你的历史!"

阿尔蒙像顿悟一样缓缓转向他。"我知道他们的那些肮脏的事,你甚至都不知道。"

"那就利用它啊!把故事讲出来!把监狱的大门打开!"骑师的手紧握着,笑容变得怪异,"获得解放,变得黑暗,变得任性而讨厌!看看我——我就像一辆火车一样黑,但比火车快两倍。我要用新的现实把你拉下来!那个偷了你的孩子的人和杀死你母亲的人是一样的。那个让你蹲监狱的人和自远古以来让黑人兄弟们兴奋敏感的人是同一个人。想想吧,阿尔蒙!你喜欢他们这些烂苹果吗?我去摘来给你。"

阿尔蒙在喉咙深处发出一种非人类的声音。此刻之前来到的一切正在他的胸膛里积累着压力。

鲁宾举起一根胜利的手指。"让那些渗入你的耳朵吧!如果这不是真的,他们就会改变真相的定义。你说什么?这是真相吗?"

阿尔蒙头晕目眩,从一个模糊的点汇集到另一个。

"为了你的孩子,告诉我!是不是?"

他几乎是喊出声的:"是!"

"那么就切断你的脚镣,挣脱你的缰绳!那个孩子属于他合法的所有者!"

妈妈,妈咪。她的名字叫玛丽。

鲁宾的低语变得严厉:"阿尔蒙,这是你的时代……"

不,等等,等等,等等——

"阿尔蒙……"

他摇着头。

"像个男人一样。"

阿尔蒙突然粗重地呼吸着。他直起身子,眼睛一眨不眨地盯着鲁宾。他盯着他的鼻子蔑视着他:"我不需要你告诉我应该做什么。"

鲁宾眨了眨眼,伸出手,稳稳地放在阿尔蒙的胸口。"不,"他说着,摇了摇头,似乎是疲倦,"你没有。在我讲之前,你的脑子里就已经有想法了。我现在能看见。你在各方面都是优秀的男人。"

阿尔蒙耸肩抖掉了他的手。"我要走了。"

鲁宾朝着阿尔蒙的手做了一个模糊的手势。"现在,你手里有着通往王国的钥匙。打开监狱的大门吧。"

阿尔蒙什么都没有回应。他已经转头去看那巨大的停车场了,佛格的奔驰车停在那儿,在华丽庸俗的豪华车的海洋中,它像一条银色的鱼。起初,他带着疼痛的关节一瘸一拐地走着,接着,他忍着疼痛开始跑向他不得不去的地方,他打算去的地方是他的孩子被当作人质的地方。鲁宾看着他在车辆中间不稳地穿梭着。他喃喃低语:"迟到的回应依旧是好的回应。"然后,他转过身,捶了捶胸口,清了口痰,想起派对在别处很快就要开始了。他笑了起来。

◆

亨利直直地看着波澜起伏的佛格家族农场,他身后的母马在拖车里，萨米尔在两张凹背椅子上睡着了，到处都是农场上的灰尘和动物的皮屑。亨利带着点震惊意识到，尽管这一天引起了巨大的骚动，这农场——这个他一手打造的世界——依旧属于他，什么都不能改变。这是一座有两百年历史的房子，第一代萨米尔的梦想，这是破碎的围栏和永不停歇的溪流。这是生长过度的苹果园和修建过的老马厩，里面装满了他们繁殖的马匹血肉。

很快，他的家族就会被赤裸裸地展示给世人了，这让他震惊，简直太荒谬了，这不可能。那个根深蒂固的名字，所有名字都像换季的叶子一样萌芽，被嘲笑是骗子，或者更糟糕，会像事物崩裂一样，就像每个令人生厌的夏天过后，秋天就会来临一样。亨利在路上重新考虑了他的决定，包括他突然把萨米尔带去的决定，以及把孩子暴露给他父亲的决定。阿尔蒙是个他不怎么了解的男人。亨利想象着，自己从家庭中走出去，就像一个男人从影子里出现一样。但现在，在这个农场坚实的土地上，他的决定动摇了，他那古老野蛮的防御之心从来都没有作好准备：如果犯了什么错，那就是他父亲导致了一切，而不是他自己。是的，亨利愚蠢地撒着谎，但他只是被囚禁在另一个男人想法里的囚犯。他的父亲一直都是带着恨意和分裂的前辈，他的父亲本应该拥有挂在冬青树上的世界的一半。他的父亲就是一个——

他自己的想法在自己的脑子里变成了掩盖心烦的杂音。

他再也不能让自己忠诚的听众信服了，这听众，就是他自己。

亨利无助地看向四周，它古老的热情就像残留的器官。他们根本不能填补迷茫的一代制造的空虚。这很惊人：曾经，他的女儿就是这片土地上的一个小女孩，她的无名指歪着，她的双腿向外弯曲，她的脸由不可替代、不可重复的骨骼塑造而成。她曾经以奇怪的方式把手放在屁股上。她曾经像这样皱着眉头，高昂着头。她曾经像一个神话一样出现，自成一格，从一个曾经是他妻子的肚子里生出来——那个女人是他在赛马场上认识的红唇女子,在很多很多争吵后那个女人终于离开,那些争吵,每一个的重要性都比不过鞋底的口香糖。他依旧能够回忆起他年轻妻子下巴的模样和她不满意时虹膜瞬间改变的颜色。现在,那个他们一起创造的小女孩消失了。她的死是个怪异的神话,是最后的教育。

亨利举起一只颤抖的手放到眉毛上,仿佛要遮住眼睛,尽管夜晚逐渐消失的光线从卡车后面遥远的来世涌出。生活为什么那么枯燥,那么让人害怕,那么让人高兴,将一切立即混杂在一起?它的矛盾似乎不太可能。他突然感到自己太老了。是啊,他早就老了。但这个事实重新变得没有任何异议。切断喉咙,把他埋葬在亨利空虚的心里。

多年的野心盘旋着,迅速地消失,他带着一种平静的恐惧看着。

我的天哪,他必须从卡车里下来,否则他就要中风了,就像他父亲在很多年前的那个秋天那样躺倒在尘土里。白天的温暖在逐渐消散,他把自己疲倦的骨骼在这氛围中伸展放松。他需要清新的微风清理一下他的思想,强化他的身体。他需要把脚放在地面上。最重要的是,他需要思考。

所以,现在他和地面之间没有任何东西。他看到,围绕着他的都是即将到来的改变。残破不堪、无人照料的苹果园可以重新整理,将树枝修剪,结出新的苹果。那将足以解一千人的渴,或许,可以。马匹繁育的工作可能要暂缓或者停止——对,甚至会停止——有些小牧场已经可以恢复放牧了。毕竟,这是这个国家除爱荷华州以外最肥沃的土地。农作物的财富会被剪掉。连他们那小小的新园子都不只能养活萨米尔和他自己。也许,当一切都被诉说、完成,他会将部分土地回归原始,他女儿似乎觉得最原始的最有价值。毕竟,土地不需要任何目的。土地的结局就是自己。现在,来到马厩——他那兴奋的玫瑰,他意识到,他会按照原来的样子使用它们。他会用它们存放、再次训练退休的纯血马。他还有积攒下的财富去这样做,赛马从来就不是他用来赚钱的冒险事业。佛格家族农场可以是复兴、修整的地方,在这儿,老的、坏的都会重新变得新鲜。这种想法让他充满了冷静的快乐。

"地狱之口"打断了他的思路。它正不耐烦地撞击着铝门,鼻子顶着玻璃窗。他在斜坡上停下车、解开门上的绳子的时候,它野蛮的头摇晃着朝向他。它在这个世界上和他经历得一样多,他会尽力记住它。

他引导着它出来的时候——在侍弄他的动物的时候,他的肩膀、双手、整个人都感到很舒服,这种感觉就像他年轻的时候一样,那时候,赛马对他来说还很新奇,生命的冒险依旧大量来临——"地狱之口"似乎在旅途中长出了一只手。它笼罩着他,脖子在头颈上转动着,转着圈看着农场。马背和肚子微微颤抖着。这是它原本的乐园,它认出来了,于是它无法平静下来。它就像头海豹一样叫着,苗条的马腿跳跃着,这让亨利想起了多节的玫瑰花枝。

他跟随自己好的感觉,将他的冠军放在了远离狂野的田野刺激的小马驹的马厩里,让它重新在牧场上获得自由,一种在它生命的轨迹上近乎极限的自由。但它似乎有其他的计划,拉着亨利穿过砖砌的小路,来到了旧牧场,它曾在那儿被照顾得十分好,它刚断奶的时候曾经待在那里,只被一根简单的尼龙绳子拴着,尽情嬉戏。它曾在那儿,穿过如同绿色铃铛般的土地,看着东方的山脉,看着它们那黑色的峡谷和闪烁的河流。它知道,它属于这儿。

亨利卸下它的束缚,"地狱之口"猛地窜进田野,它铝制的马掌画着弧线,踩着草地、溅起泥土。到达牧场边界的时候,它像个山羊一样愚蠢地踢着,然后,跳跃了一次,转了方向,它的身形显露着速度和活力,显示着它运动的神话。它轻哼一声,整理了一下自己的状态,得意一跃,开始奔跑。亨利伸手去抓围栏,突然特别害怕它会让自己穿过围栏进入安全的小路,再次伤了胸膛或摔断自己的骨头。相反,它野蛮地在第一个转角向左转弯,在夕阳中绕了一个圈,开拓着倒退的路线,在即将转入夜晚的光线下熠熠生辉,加速跑向亨利,就像脱离轨迹的天体。它的马蹄弹回来,踏进树根里。

亨利从围栏边后退了几步,脑袋瞬间清醒:如果你封死了这世界上的每一条赛道,挂起每根缰绳,把左右的牧场打开,马儿依旧会在广阔的平原上赛跑。这是不可避免的,不可否认的,因为,它们的竞技感是与生俱来的。人类最伟大的梦想什么都不是,就只是动物最自然的野心旁边笨拙的诡计。

"地狱之口"在亨利回到卡车上的时候已经开始减速了,萨米尔还在车上安静地睡着,经过一天的兴奋后他筋疲力尽。亨利将束缚着的孩子抱近一些,但脑海中却突然闪现出一个问题,就像一个空空的房间。

如果他出生在高原上一座谦逊的白人农舍里,出生在内布拉斯加州的艾默生,变成那个封闭的瑞典人的孩子,他们会这样告诉他,"这片土地不会让你富裕。真正的财富是追求最简单的东西。孩子,在土地上劳作吧,爱护好你的孩子们,尊敬你的长辈,让他们安享晚年。"

或者如果他出生在飘摇的渔夫家里会怎样?如果他每天早上把自己塞进船里,压紧浪潮,捕捉着小小的水中健将养活他的邻居们,日复一日做着同样的事,一做就是六十年,直到他无名地死去,从来也不知道像志向这样的词句,只知道陆地、海洋、陆地、海洋,其他什么都不要?

但是他,亨利·佛格,生来就不是要过那样的生活的。他生来就过着这样难忘的生活。"这样的生活"就是他的外孙靠着他的胸膛,

"这样的生活"就是他左手中的尿布包。的确就是如此。"这样的生活"就是他厨房的门,在他高大的父亲几十年的历程里,一次又一次地甩上的门。亨利现在没法强迫自己穿过那扇门,去回顾历史。不行。夜晚席卷了一切。最后一抹宝石般的色彩穿过草场。它填满了他整个直觉的每个角落。在命运的帮助下,他一辈子都生活在这片土地上,像所有植物一样扎根。但植物是没有任何野心的,所以,在它们落地的地方,不需要有任何的疯狂冲过日常生活的困惑,没有每天愚蠢说话的声音,没有时间的飞速运转和它虚假的损耗——人类管它叫作损失。

植物和简单的动物,它们没有父亲,只有基因的传承人。因为它们没有父亲,它们就没有故事;因为它们没有故事,它们就不会饱受自己的概念之苦。在他眼睛之后的这片风景,亨利种了一大片的紫色松果菊,可爱而不易察觉。他想象着一株花单独冒出来的荒谬,它的光荣,渴望比它临近的邻居们高出来之不易的一英寸,竭力拉紧它脆弱的秆子,拍打着花瓣,用花粉飘扬的嘶哑声音说着,"我!我!我!"

野心是一种自杀的形式,如果它只能杀掉自己的话。

他低头看着萨米尔的脸。你知道什么呢,亨利?他的脑海里不再有悲伤,这悲伤不再掩盖住事实。他再也没有更多剩余的力气抵抗赤裸裸的事实。在每个人的身体里都有一个银河系,男人女人都是如此。汉丽埃塔的银河没有被探索过。他在她死去之前就已经把她的人生挥走了。他错误地将黑色的身体看成乞丐的外衣,直到今天,直到他把萨米尔抱进丘吉尔园马场那雨后清新的空气中。他从来都没有真正反抗过他的父亲,从来没有。

他知道的一切顶多就只能装满一茶匙,那看上去更像是希望:萨米尔的尿布很快就会再次变脏,他会在夜里醒来一次,耳部的感染可能会更厉害一些,然后,他就会开始匍匐爬行,骑着他祖父给他买的亮红色自行车沿着走廊转着圈,他会读很多有着无用信息的书,和一个女人做爱,有个孩子,取得某些成功,在更多的事情上失败,和自己的孩子分离时争吵,然后腰弯了,枯萎了,在救济院的床上瘫软着,眼睛瞪得大大的,眼睛里全是拉维尼娅失望的惊愕。

亨利还是没有把手伸向门。尽管他的身体已经筋疲力尽了——再也不能更累一点了——他的思想并不疲惫。在他的怀里,萨米尔发出小猫似的醒来的声音。在一两分钟之后,他们会一头猛地扎进深蓝的夜空。但亨利的赛跑还不是奔跑。还需要知道些什么东西,一些限制了他行动的东西。他的思想向前行进着,抓住它,他能感觉到它肌肉发力的疼痛感。

他也许是个傻子、登山者,一个梦想家,极度愧疚,也许甚至是罪恶的,但难道他没有保留住这片土地的完美吗?除了佛格家族的人,谁还能做到这一点?土地上的穷人就是土地的践踏者,这就是事实。给他们一件漂亮的东西,他们就会把它弄脏、弄坏。古老的火焰最后一次重申:为什么亨利就应该约束自己?他不是移民的孩子,不是渔夫,也不是田野中一棵不起眼的花。看看他建造的一切吧。看看他用他意志的泥巴和土灰,凭个人力量和渴望创造的一切吧!如果他的确是动物王国的一员——他会同意,他与粗鲁、卑鄙的动物有着共同点——在其他所有野兽都不需要节制的时候,他为什么要控制自己?院子里的狗在发情,狮子屠杀着羚羊。猫头鹰像响尾蛇一样无情,等等。甚至,土地也遵循着自己本能的需要:它抢掠一切,绝对是一切,不管山脉或者野兽或者女儿,把它们带回到自己的胸膛。只有人类自己能够成就伟大。甚至只有他们才能设想伟大。所以,他们在脖子上跺脚,于是他们利用他们的女儿,在灵魂存在的地方只看到躯体。他在这疯狂的资本主义生活里变得富有!能够成就伟大的人最鄙视伟大,他们否认可能性的声音最强大。

父亲,我们独特是因为我们有具备道德的能力。我们必须有道德,因为我们可以有道德。

他静静地站在那里,这些话就像淤泥一样沉在他血管底部。

我们可以从空气中抓走数字的抽象,从魔力中增加、减去、创造逻辑,因为我们可以,我们去做,我们也必须去做。我们可以建造金字塔和穿透天空的高塔,所以,我们必须去。我们可以从混乱的咕噜声里提取语言,所以,我们必须去。我们可以为地球上的物种分类,为每一块石头和细流取名。我们能跑一百英里,我们能在月球表面行走,所以,我们必须去——然后,我们还要走得更远。

我们可以,从存在的混乱中提取意义,而这意义并不存在。我们能让我们自己变成哲学家、科学家和神父。我们能够建造我们不平凡的文明——我们可以,所以,我们必须去。用尽基因就是尊重我们的基因。我们带着害怕和嫌恶,站在我们父母的肩膀上,拒绝他们。我们从简单进化到复杂。我们可以选择物种的生存,高于自己的生存。我们能对大自然说不,形成白鸽的阴谋。

父亲,我们独特是因为我们有具备道德的能力,所以,我们必须要有道德。这就是我们的本质。

◆

穿越数英里的时光,我为你而来,亨利·佛格,我来带我的儿子。我把不是你的东西从你身边带走,我没有义务放弃。我的手指是小腿,我的胳膊是铅管,我的头是你骨骼的煤渣块,我的生命就是死亡。

这是给你的暖身,亨利·佛格。

让我直率地告诉你。让我打开你那该死的耳朵直到流血。我要把你的眼皮扯走。在你那该死的昂贵的车子里,我有个故事要讲。

牢房是这样的：哑巴、肮脏、恶心、疲惫、罪恶、无聊的混账东西——四十个人住进了原本装十五个人的房间。我是大人中的一个孩子。疯狂又吓人的声音，音量极大的肥皂剧的声音并不受欢迎，它只是比门卫收音机里发出的哭号般的下等酒吧里歌手的声音稍微好一点。没有太多的交谈，没有声音刺耳的奇怪聊天，两个哥们儿在打架，有人在围观，喊着不要停，恳求着、求饶着、然后开始骂人，接着又开始恳求。有人恶心起来，噪声让你头晕目眩。还有，这味道！你尽力不用鼻子去呼吸，那样你就不会恶心——那是烟草的味道，尿的刺鼻味道，狐臭味，整个地方就像畜棚和狗屎，噢，我的上帝啊，呸！在这个汗流浃背的藏污纳垢之地，只有两样跟人没关系的东西，坚固的长椅和被粪便堵塞的不锈钢马桶。你变得如此糟糕，从离开辛辛那提，你别想上大号，但你又不会在这些人面前做这样的事。你知道会发生什么。你听到了所有的谈话，北边一半的兄弟都在里面。所以，你知道。而且，他们都在看着。大屁股，大号黑家伙，闭着眼睛，树干一样文身的手臂，还有白人，因为兴奋剂而头脑混乱的混账，吸毒成瘾，浑身都是疮和疤，吝啬，像原始斗牛犬一样小气，一些疲惫的男人吸着烟或者发着牢骚或者咳出痰，但他们所有人都盯着你，因为这儿没人是有钱的白人，所以，你处于最低等级，只是个孩子。有人说：

"年轻人。"

但你太害怕了，不敢抬头看说话的人。你直直地盯着前面，没有任何情感，尽力想要显得强硬。

"要烟吗？"有人说着，在旁边挤挤你。

"不。"你肩膀耸起来。你不会接受任何人任何东西。你不欠任何人任何东西。但，这个家伙没朝你靠过来，没挤进你的空间，也不打算潜入。你意识到，这是个年纪大的哥们儿，很幸运，没恶意。

也许吧。但你不会看着他的眼睛,你直直地看着他,因为你不相信自己不会败下阵来。悲痛填满了所有的孔隙——不能拉屎,不能小便,不能哭,如果有东西吃,你都不能吃。你的妈妈在地底下六天了。你身体里所有的一切都麻痹无力。

"他们为什么把你送进来?"

盗窃车辆,超速,无证驾驶,拘捕抵抗,持有管制药物,还有更多,但所有的词都聚集在一起让人混乱,就好像我在从左到右依次读过来或者什么的。

"你有前科?"

"是。"

男人点头。"他们接下来会把你关进监狱。"

"我十七岁。"这话说出口,有些愤愤不平。深深的怀疑。

空洞的笑声。然后,他就只是说:"好吧,他们会先把你送进少管所,但然后,你就会进监狱。我,从十二岁开始就不断进去、出来了。相信我,如果你会玩的话,你会没事儿的。但听着,年轻人:黑人总是想尝试。要做通透的人。新人。知道我在说什么吗?"

你震惊地开始敢看着那个男人。

男人收起下唇。"你要全力以赴地去算计,但你要像个牧师一样有智慧。你不能太渺小,也不能太强大。你有一张硬邦邦的脸,这很好。如果你的拳头和你的脸一样硬的话,你会获得疯狂的尊重。所以,你到了这儿,就要像个男人一样。走路的时候,像猫科动物一样。直直地、坚定地走。别他妈有一点犹豫。除了那些想把你弄出去的黑人们,没人在乎你是不是一个孩子。"

然后,男人舒服地窝下来,双臂抱在胸前,看上去很困。他讲完了,他被授予了智慧。但就这样了?就没有其他的了?你转过身,穿过栏杆看过去,但你只是众多人中的一个——他们一直都在来来往

607

往，或传讯后被带回来，或获得保释出去。你绝望地看着警卫，就好像他们也许会认出你，看出你内心里还是个孩子。但警卫是白人，眼睛闪闪发光，他们之前看到的太多了，年复一年。你们看起来都是一样的。你再也不是阿尔蒙了，不是迈克·肖内西的儿子，你有着牧师的双手和玛丽温柔的本质。你就只是不大也不小的黑人男孩，有着胖胖的鼻子和圆蓬蓬的头发，身体没有过去，也没有未来。一个并不真心想成为的暴徒的暴徒。什么都没有。比什么都没有还要少。

他们轰隆隆地关上隔音栏杆的大门的时候，你就已经正式穿过了地狱之门。

现在，今天，在五月的一个晚上，坐在车里，只有记忆不断涌来……还有，伤痛。再也不要对自己撒谎了。就在这儿。一直都在你的内心里。

玛丽生命的逝去，让你的关节和眼睛疯狂哀求着。你本以为你曾经多多少少控制住了一些——在这个他们谋杀母亲的世界里！但，阿尔蒙，玛丽习惯了，她被迈克·肖内西虐待，就像汉丽埃塔习惯了被你虐待一样——不，不要想，不能想。这甚至与此无关，甚至跟你的孩子无关，从你怀里被骗走的孩子，现在，这只跟简单的生存有关！当亨利·佛格把未来都带走的时候，他不能只带走钱，不，他带走了你去看医生的机会，说着："看，我有个小问题，只是个小挫折，但我知道，你给了我药。我知道你能救我，你会救我。因为我现在有钱了。这就是在这个国家生存的关键。我有钱，于是，在这个国家里，就意味着，我可以活下来。"

我没有在跟任何人说话，不是吗？在这个还活着的世界上，没人在听。他们杀掉你最珍贵的东西，然后，对你关上耳朵。但我还是要说：

审判是在一个朴素平凡的房间里，没什么奇特的，荧光灯下的墙壁有些凹槽装饰，一张橡木桌子——你被这与平时无异的摆设吓坏了，这间房间太空了，跟电视上不一样——一个白人坐在桌子后面，冷漠地看着，公诉人提出质疑，你的辩护律师，五分钟前在外面拥挤的走廊里才第一次见过的那个人，抗辩，你站在看台上大约有四分钟，然后开始犹豫地描述你身上发生的事，但销售可卡因，为一个著名的团伙头目效劳，纵火，持有枪支，进过少管所，机动车偷盗，无证驾驶，再次持有枪支，然后拒捕——我发誓，在这之前，我是另外一种人，牧师可以支持我——那个男人说，"如果你的罪行没有那么宽泛，我可能还会被你的故事感动。但，坦白来说，我没有。实际上，我厌倦了这样的说辞。在我的一生中，日复一日，年复一年，我看到很多跟你一样的人不停出入这些房间，请求宽大处理，我没有发现你跟他们有任何不同，所有人都有一个非常悲伤的故事，所有都显得想要悔改，但只要我放了他们，两个月以后他们都会再回到这里，都是社会的负担——或者，就像你的案子一样，是这个社会的威胁。如果你在少管所的经历丝毫没有限制住你……犯罪的热情，那么，我看不到任何宽大处理的理由。我很抱歉，但这是你自己作出的选择，肖内西先生。你在很久之前就作出了所有的选择。"

"你会在这里被惩治局押送服刑十二年。因为你的年龄，你会先在一个有居住设备的地方待四个月，然后，再被送到布拉肯监狱。因为你的贩毒情节，依据强制性判决法，在考虑是否有权获得假释之前，你至少需要服刑六年。孩子，祝你好运。"

把它带走。脚踝上锁上锁链，脚步开始蹒跚。腰上缠上锁链。现在，穿过锁链戴上手铐，缚住手腕。就像现在你开车一样，把它送走。

河面上的冰正在破裂。阿尔蒙想承受住所有的浮冰，就像被这死寂的寒冷围绕的麻木和僵硬，他能听到它断裂的噼啪声。因为他跑得太热了，带着她母亲给他的疾病，这疾病可能会传给他的儿子，这个玛丽受了诅咒要承受的病，因为她愚蠢的黑色身体，黑得像河、像坟墓、像没有星星的夜空。

阿尔蒙的嘴巴里都是水，但还有说话的空间。

青少年犯罪者拥有的设施就是：其实什么都没有。不恐怖，只是无聊、浪费时间，你之前都经历过的。就像高中里的高年级，没人再敢骂你，没有你想象中的那么强烈。

但监狱却如此：混乱。你最糟糕的梦魇，只是全天，每天，七天二十四小时，不可逃离。那不是他们住人的地方，是制造动物的地方。在他们将你冲洗干净、除掉虱子、展开你的脸颊、在你的屁眼里乱翻以后，他们第一次遛着你沿着一排你要住的小壳子走着，所有那些人的眼睛，黑色的、棕色的、蓝色的，从四楼昏暗的休息室里，转头看着你，突然，公鸡啼叫，狗开始吠叫，有绵羊，尖叫的鸟，还有号叫的猫，声音生气，尖叫叠着尖叫，直到声音渐渐升高，变成纯粹的疯狂，你不只是在害怕的途中，而是，真正害怕了。原始动物的声音实在太吓人，如果你身后没有那个警卫的话，你的身体会出于本能逃跑。那个声音比牢房门第一次关掉的声音更加糟糕，关门声就像是棺材盖上的声音。

关在笼子里的六年就像六辈子。

你的身体十八岁。

你头发斑白的狱友问的时候你说。他悲伤地摇摇头，什么都没说，无视你的存在，说着感谢上帝感谢上帝感谢上帝感谢。

因为你甚至根本都不知道看起来硬气的意义何在。你不知道在里面行为硬气有什么意义。在这个颠覆的世界里，上即是下，地狱就在土地之上。第一次，你感谢你那天生不友好的脸———张只有你母亲才爱的冷淡脸——但在挨着那些六点五英尺甚至更高的纨绔子弟的时候，会稍稍有些变化，他们有着炮筒般的手臂，在人类的外形之下有着外星人一样的力气，该死得恐怖吓人。你强迫自己直视他们，向他们显示你并不害怕，但你一辈子都没有这样害怕过。你的时间回到和北区那些无关紧要的小暴徒一起奔走的日子，那就真的只是闹着玩。这才是最糟糕、最真实的生活。

第一个晚上，你睡不着，你以为你再也不会睡着了，你只是在黑暗中看着，尽力想要保持警惕。很快，你就听到路上有某些邪恶的声音，从对面一排穿过开放的空间，扭打着、啜泣着、呕吐着、干呕着。你想到了什么，让你觉得恶心，当一个警卫从对面一排跑过，在你牢房对面拿着手电直直地照进去的时候，你从你床垫上坐起来，视网膜上燃烧着，你看到一个大块头的白人怪兽，正插着某个瘦瘦的白人屁股，在那个大块头猛拉起来的内裤上有血，他的肥手正掰开下面那人的嘴，唾液流到坚硬的地面上，闪着光，那个男人恐惧的眼睛看上去像是要从眼眶里掉出来一样。现在，动物的哭喊再次从地板上升起，豺狼的、狗的、乌鸦的。那两个男人——或者一个人，一个动物——被五个警卫拖了出来，一个被送进禁闭室，一个像块破布一样被拖着一瘸一拐地去了医务室。你以为你会吐，但你没有，因为你不能。

你就在那儿作出了决定：那不会是你。你会活下来。不管代价是什么。如果必须的话，你会割下别人的喉咙。所以，第一件事，你用一个苏打水罐子做了一个柄，折起来，自己绕起来，踩扁。你把它放在你颤抖的手里。直到第一次彻底搜查的时候，他们不可避免地发现了它。他们第一次放过了你，看在你年纪小又是新人的分上，他们没把你送到禁闭室去。他们刚走出牢房，你就开始做下一个了。

你在你困惑的狱友面前做着这些，他说："不要担心我，我不会上你。"又过了好几天，经过了持续不断的恐惧之后，你才真正相信了他，因为他真的——感谢你感谢你感谢你上帝——让你自己待着。他只会坐在他的床垫上，喝烈酒。他在自助餐厅劳动，能以某种方法不用真正的土豆就能成功做出土豆酒。但他似乎从来都喝不醉，只是像个旧气球一样泄气。他的脸颊耷拉到脖子上。

"那玩意为什么不会让你生病？"你问他。

"喝了很多年了。直到我出去为止。"

"你什么时候出去？你要去哪儿？"

"天堂，狗，"男人说，"或者地狱。哪一个都比这个地方好。"

对。四十英寸厚的墙，牢房区有一个足球场那么大，架了枪的塔楼、铁丝网、带着十二发散弹枪的警卫，夜晚时刻他们都会把手电拍在栏杆上，把所有人弄醒，还有动作传感器、彻底搜查，让人发疯的迷宫通道，你根本别想偷渡，因为你就是个小矮鱼。但所有这一切都不是最糟糕的。

你习惯了想着白人会非礼你，所以躲在那些黑人的翅膀下成了你的本能。你那单纯的屁股根本没有意识到，这里没有肤色的界限。疯狗一般的印第安黑人会上骨瘦如柴的白人男孩，黑白兄弟上了黑人。你应该怎么去理解这个地狱？所以，第一个正派的黑人家伙，你就见过一个，他在自助餐厅以礼貌的距离点头打招呼。微笑就在你的嘴角，同时尽量看起来冷漠。似乎可行。

但不，阿尔蒙，你是个傻子，一个该死的傻子，一个混账的傻子傻子傻子！就是同一个男人，两天后就把你抓起来，扔在墙上，就像你一文不值——你六英尺高，一百八十五磅重，但你什么都不是，总有人比你高大——当你的头抵着瓷砖裂开来，他说着"你这个小婊子"。依旧不放过你。"混蛋！"自动溢出了你的嘴。但他迅速地用一只手扣着你的喉咙，另一只手一掌拍在了你的太阳穴上，在你从墙上滑下来躺在地上的时候，径直走开。人们就只是站在那儿看着这一切

612

发生，看着你这个布偶猫。这比凌辱更糟糕，你突然知道了。

在偏头痛里的生活。你不能去医务室。你不能告密。你不能跟他硬碰硬，他差不多有二百七十五磅重。你哪儿都去不了，只能回自己的牢房，在那儿，你的狱友知道，因为在这儿就是这样的，所有的人知道所有的事情，而一切还在发生着。他叹息着，就像他已经太疲惫了，什么话都说不出来，但最后说："嘴上骂人不会让一切停止。那就像用羽毛挡子弹。他还是会赶你出去。"他指着牢房的门锁。"把它放在一只袜子里。"他十分安静地说着，做着晃动猛砸的动作，就像他正在挥动着一把锤子。

你向后靠去，"那是谋杀！他们会把我一辈子都关在这儿。"

你的狱友耸了耸肩，"你现在就待在屠宰室里。要么砍，要么被砍。"

确实是。这不是你要深入思考的问题。你的身体要追求万福马利亚的宽恕，你知道，因为拒绝选择也是一种选择。但这就是问题：你知道如果你当着人们的面那样做，你肯定会被抓。如果你私底下那样做，就不会传递血腥的信息。最后，你只能祈祷，你传递的信息足够大声。就像回荡在犯人头顶的扩音器一样，一整天，每一天。

所以，你带上了它，两只袜子牢牢地系在一起环在腰间，在卡其色的T恤下面，门锁就像一只冷酷的大眼睛，挂着。你迅速地断定，你不能在他睡觉的时候在牢房里袭击他，因为有人会看见——而且，他在上铺睡觉。你唯一的选择就是他去洗澡的时候。他喜欢早晨第一个去洗澡。所以，就在第二天，整个牢房还黑着，他拖拉着到了浴室里，笨重的大块头什么都没穿，只抓了一条毛巾，就在看着他从休息室走进浴室的时候，你从你的牢房间里溜出来。你不能跟着他进去——摄像机对着水槽，会拍下剪影，有时候还会拍下进去的人的脸。你需要一个盲点。所以，你等在那个黑暗的休息室里，垃圾桶旁边，祈祷着没人跟来，没人看见你。但你不必等太久，因为你害怕的事实就像绕着你脖子的绳索阻隔着空气和血液，也许你的能力发挥作用了。你甚至都不知道你是不是还能感觉到你的胳膊，但很确定的是，身体会做必要的事。当那个混账东西从淋浴间慢吞吞走出来的时候，你从阴影里走出来，从后面，快速重击了他的后脑勺。

他直直地倒在涂了蜡的地板上，他的脸颊撞在地板上的时候，骨头碎裂的声音都听得见。你期望能感觉到一种铺天盖地想要跑的冲动，但你没有。你保持冷静，就像第一次的暴击很奇怪地让你放松了下来。你再次举起了手。再打一次他的头可能会杀死他。身体上的暴击会让他残废，如果你幸运的话，还能让他被转移到其他地方。你的目的转换了，病态地打着他的背，那块金属重击着他背上的骨头，因为你想让他瘫痪，不是出于报仇，只是因为感觉好。五下或者六下之后，你内部的感官说着，可以了——结束。你把袜子丢进垃圾桶，快速回到自己的牢房，将门锁锁上。你直直地溜回床铺。

你的狱友看着你，十分清醒，就只是躺在那儿。你能听见他的呼吸。你尽力配合着他的呼吸，很快，几乎要恢复正常了，然后，一阵骚动传来，那是一个疯狂的声音，于是你和他跑到铁栏杆那里向外看，你们两个人和其他人一样朝着警卫吼着，发出动物一样的声音，然后，你冷静下来，跟往常一样正常行动，不改变你的肢体语言或者任何你的习惯——除了在自助餐厅里之外。当你走进那里，你直直地站起来，透过那酷刑般的恐惧，带着新的自信走着，直直得看着那些男人的眼睛——每一个混账玩意儿——看着不止一两个人向你点头？感受空气是怎么变得安静的？那是尊重的声音。你激发害怕的能力是你在这儿唯一的流通货币。

现在，你知道如何活下来。

六年，六辈子。

你看向四周，有时候看着生动的梦魇，看着黑人们和那些白人垃圾，他们的口音太重，听起来几乎都像黑人了，你以为别的地方不是这样的。有黑人律师、教授、大使、商人。在某个地方。但那只是在你脑子里的词，你的脑子在你心里。

即使那些幻想中的黑人真的存在，你他妈也恨他们。你现在明白为什么牧师常常要抱怨他们了。他们跟白人一样，他妈的什么也不会多带给你。事实上，他们比白人更糟糕，他们就是叛徒。你走路、说话、花钱、租住房子、装饰你开的车、你整个生活的样子——所有一切都让他们感到尴尬。你是他们活着的、喘着气的羞耻。他们是一直叫你黑鬼的人。白人没必要这么做，因为他们的肤色已为他们做了。

他们在这儿像种花一样种植失败。

他们说总有一天会有一个黑人总统。也许吧。或者只是有黑色的皮肤。不管怎么样，在肯塔基，你不会有选举权。连住的地方都没有，因为你不会有资格住进第八区的住宅；脚站在地上，不会出现在陪审团里，让一个兄弟不进监狱；曾经有重罪的标签，永远都不会有好工作；不会合法地拥有枪支防止那些种族主义者杀死你，也永远都不会有任何抵抗警察的保护出现。

像佛格这样的人带不走任何东西。但你呢？结束了——没有钱，没有希望。但那一直都在脚本里，不是吗？他们就是这么写的。如果有人有眼睛，他们就能读。那是用黑人的鲜血在白纸上写下来的。

◆

房子就在那儿。底层的窗户亮着，上面的楼层模糊得像纯粹的光线下悲伤的阴影。阿尔蒙在道路附近的快车道上下了奔驰车，车门大敞着，警报微微震动。他在黑暗中穿过草坪，但他并没有朝房子走去。他的每个动作都深思熟虑、坚定无比，手里拿着他的手枪朝着马厩走去——不只是拿着,而是高举着,八发子弹已经上膛。他是为他儿子来的,但在这之前还有其他事。

这个黑夜就像在棺材里一样,也看不到守夜人在哪儿。他必须和奥赫本家的其他马夫一起,在这大碗地形的另一边举起银制的薄荷朱利酒酒杯庆祝。整个州的一半都因为波本威士忌醉了,或者吃德比馅饼吃恶心了。剩下的人在床上睡着觉,和往常一样。

带着与生俱来的决心力量,阿尔蒙推开种母马马厩的门,门发出深沉的金属撞击声。他穿过门走进去,紧咬着的牙齿中嘶嘶呼气。它在哪儿?那匹冠军母马在哪儿?他来这里是为了毁掉佛格家的荣誉。他们很久之前就这样对过他了。

但上帝啊,就看看这个马厩吧,橡木做成的位子上刷了一层光泽,佛格家紫色的丝绸就像高贵的徽章盖在所有的门上。谷壳在天花板的风扇下像婚礼的彩屑一样飞舞,墙壁看上去跟钱没有任何关系。太恶心了,名副其实的食物和血肉的庙宇。阿尔蒙悄悄地从一个原始的棚间走到另外一个,但始终没有找到小母马的身影。他发现了什么呢:两个有价值的繁衍者,"秒之神速"和"佛格的财富"。真正的摇钱树。在几个月之前,就因为肯塔基古老的游戏用途,它们跟它们的小马驹分开了,小马驹在其他地方嘶鸣,在黑暗中困惑。

整个事业就是赤裸裸的罪恶,现在他知道了。

他们只是把你变成一具躯体。死亡比控制你、利用你更加仁慈,比囚禁更加宽容。

"佛格的财富"陷在它的稻草中,正用温暖而好奇的眼睛看着他,而此时,他正拿着手中的手枪指着它眼睛上面几英寸的额头处,一只手指轻轻扣动扳机,送它西去。它就这么没有任何惊讶、警惕,甚至没有任何活力地倒在了马厩的地面的干草上,它漂亮的头盖骨完好无损,四肢渐渐发软,摊在身下。

但现在,"秒之神速"恐慌了起来,在隔壁的马厩间里用后腿站了起来,警惕地挥动着,突然,阿尔蒙的手开始发抖——他总是那个保护者,就是他,像妈妈一样?——他几乎想不起来自己的目的了,完不成目标了,特别在这匹母马向后跳起来、眼睛转来转去的时候,但当它第三次抬起前腿画着圈的时候,他突然想起了自己的仁慈,一枪打穿了马嘴里柔软的弯曲处,它的舌头正抬起来顶在软腭上。它突然窒息,前半身跌下去的时候还在流血,它向右塌了下去,美丽的头撞在了马厩的橡木上。

但汉丽埃塔在哪儿——不,"地狱之口"!"地狱之口"在哪儿?一个被卡住的声音从阿尔蒙的胸膛处发了出来,就像一个痛苦的孩子发出的声音一样,他从马厩穿过小巷子,但他将声音压了下去直到它消失。阿尔蒙在种马马厩里没有发现它,当然了,当他从后面带着可怕的目的走出去的时候,只有三匹一年的小马驹紧张地甩着头。还有更多的母马,但以牙还牙的报复已经做完了。现在,他要找到"地狱之口"。阿尔蒙不想杀了它,只想让它伤得足够重,让它摆脱人们的虐待。没人可以继续利用它,连他也不行。

就在他要再次走进那没有月光的黑夜,星星在天空中缓缓地行走着的时候,他看到了它。它看上去只是比周围的阴影稍微真实了一点点,在其中一个小牧栏里,黑得发亮。他知道那是它,没错。阿尔蒙立刻走到那儿,打开门,让门大敞开,走进那柔软的草垫子上。他以毫不动摇的决心走向他的决定,他真的能感受到土壤摩擦着他自己身体的旋转感。但他突然意识到在黑暗中,他该有多么明亮,他还穿着他那灰色的斯奈德马场的T恤衫,在五月明亮的月光下,带着一张如此震惊的脸,"地狱之口"此时就是这样看着他的。他刚意识到这一点,就听到了这个斗士的呼吸和马蹄踏地的声音,它砰砰踩着地面,发出有韵律感的节奏,它准备战斗的姿势跳了起来,几乎都要踏到他身上了,他稀里糊涂跟个瞎子一样举起了手枪,开枪,真的开了枪——因为只有受伤才能完全解救它——但当他对着它的左腿开枪之后,它依旧往前走着。不管它受没受伤,他自己倒在了地上,于是,它在他旁边或者在他身体之上轰轰作响,他不知道是哪一部分,但他感觉到了它身体颤动的重量,比他感受到的任何东西都要有力,现在,它走了,脚下打着鼓,穿过脚下砖砌的小路,沿着修剪整齐的草坪走着,直到找到硬质的道路,它打着鼓,进入了一个等待着它的更宽广的世界中去了。

阿尔蒙受到了惊吓,自己从地上爬起来,有点牧草贴在了他的衣服上,枪还握在他的手里。一切都好,都很好,不管"地狱之口"是不是受了伤。"F"代表失败,但如果它自由了,就不叫失败,现在,他已经在去工作的半路上了。他小心翼翼地将锤子往前挪开,把枪放在口袋里,重新集中精神走出了牧场,手没有发抖。他知道他要做什么。"F"代表的是重罪,重罪代表的是火焰。他需要的只是一个催促。

棚屋,外屋,是的。他悄悄潜入第一间,用变硬的拇指轻轻推开了门——不,这是干草储藏室,他怎么会忘得这么快?就在第二间,就在隔壁的那间,是的,这儿,停着割草机和浅滩柴油机卡车的房子,挨着墙壁的红色塑料罐子里是汽油。他冷静地计算着,向四周看去,在找一个旧罐子、一个瓶子,某些东西——或者这个,一个空的玻璃水瓶,被扔在了回收垃圾桶里。他从自己的衬衫上撕下一块布,浸满汽油,将它揉起来塞进了那个瓶子,用一根鞋带作引线。现在,一个屁股口袋里放着左轮手枪,另一个里面装着瓶子,每只手里都拿着一个罐子。阿尔蒙正走出门,沿着黑夜不屈不挠的路线返回,沿着通往房子后面的马厩走。但还没有到达目的地,他就突然被一种不太熟悉的、知道却又突然忘记的感觉打断,脚步慢了下来。他脚下的土地松软、宽广，新的感觉。这儿以前不是一道防风林吗？

他疑惑地停了下来，在园子里停了下来，感受到了一个衣衫褴褛、晒得乌黑的稻草人的轻微晃动。他意识到，他踩踏了新苗，在他脚下都整齐地开着花。阿尔蒙坐在码得整整齐齐的绿色条线中间。在他的右边，他看到了熟悉的昏暗的果园，所有柔软的大树枝都在不断膨胀着。空气里有股很重的味道，就像是麝香或者没药。夏天临近了。

在他面前，房间一楼散发出温暖的光线，他几乎都能用皮肤感受到。它就像一个金色的甜点杯，房子里其余的东西都在里面休息着。他想，他们太有钱了，他们在这么漂亮的金色杯子里过着他们自己的生活，但我从来没有在那杯子里喝过水。我喝的都是吐的口水。

园子里清凉、充满魅力的冷寂拉着他退后。在太阳升起之前，在这黑暗模糊的空间里，没有什么坏事可以发生。我要继续往前吗，我真的一定要进去吗？

他的思想及时拉回，当一切都变得与最初的目标不一致时，突然，他的脚步从道路上偏离，突然，他的世界完全颠倒了。

我为什么这么做，牧师？为什么是现在？

因为他们在夜晚看不见颜色，他们就要照亮黑暗。

不要害怕。

当阿尔蒙向前走去的时候，他整个人都在祈祷着更大的力量。他把一个汽油罐子放在了大理石台阶上，在黑暗中伸手去摸后门的把手。

亨利·佛格，你就要在这儿被判处死刑了。

他已经作好准备要撬锁或者砸窗户，但门并没有锁。厌恶感席卷了他。他们太自信了，太自负了，他们偷了你的孩子，竟然家里不上锁。他们太无知了，甚至在毯子上掷着骰子的时候，他们都没有意识到他们是在博弈。他径直地走进厨房狭窄的后走廊,径直地走进了他第一次见汉丽埃塔的房间。他几乎都要被她抵抗着他在他身下绽放的记忆淹没了,他还记得她接受他进入自己时的样子。他们就像生命一样真实地在一起,如同孩子一样真实。但他暴力地将她推后,就像他生活中一样。她又死去了一次。

房子完全静止着,尽管开着灯。他们一定在楼上睡着了,亨利·佛格和阿尔蒙的儿子。他直直地走上楼梯的时候,一路泼洒着汽油,这楼梯很窄,卖力地通往二楼。他不会费劲去阁楼。二楼的火焰会亲吻房顶的下面,所有干燥、满是灰尘的可燃物。亨利储藏的财富都会是最完美的引火物。

他开始在打了蜡的硬质地板上泼洒汽油的时候,出现在眼前的到处都是财富的标记,他小心地避开羊毛小地毯,那些小地毯不会很快点燃。一直到天花板的梳妆台和满是无用小装饰的陈列柜,对他来说,这些玩意儿毫无意义,天鹅绒的窗帘和老旧的靛蓝色床单,弯曲的樱桃木家具干燥得闪闪发亮,但在被泼上汽油后它们会积极地跳跃。一个汽油罐子不耐烦地等在大厅里,他手里拿着左轮手枪走进每间房间里,寻找最珍贵的古董——亨利·佛格,在找不到他的地方泼上满满的汽油。但在这些私人的空间里,他唯一遇到的就是汉丽埃塔。这是一个女人的闺房,有着丝绸的毯子。这是一个孩子的房间,也许曾经是她的房间,现在是他们孩子的房间——哦,天哪,有那么一刻,他简直都不敢相信这孩子真的存在——但摇篮是空的。一个晃动的挂件挂在顶上。他也曾经是那样的一个宝宝,她也是。他们两个人制造了一个人。阿尔蒙抵触着那样的痛苦,把汽油泼洒在过道上,最后小心地把多余的倒在了浴室里,丙酮、漱口水和外用酒精会像小炸弹一样炸开瓶子。把这个世界烧毁,把我的孩子给我。把我给她的一切都烧毁——

把它倒光，阿尔蒙，再也不要吞下去了。

把它倒出来，光就可能会照进黑暗。

把我的孩子给我。

阿尔蒙的血液开始燃烧着后悔和狂怒的火焰，现在他移动得更快了一些，他从前面的楼梯上快步而下，绕着雕刻着花纹的楼梯柱，手里还提着剩下的一罐汽油。他更近了，但她也是。她几乎就在他身上了，现在正在走来，走到他的解脱里，他意识到，他再也没有任何出口或者任何机会了。这样的时刻来临了。但他没有在大厅里发现亨利，钟表上泼上了汽油；也没有在门廊里发现他，那儿，两个长沙发拼在一起，渴求着被点燃。他不在正式的餐厅里，铺着锦缎的椅子现在满是暗色的水渍；也不在第二客厅里，阿尔蒙把那里的窗帘扯下来，堆成一堆柴火。现在，只有一间房间没有探索过了，后面那间老旧的书房，就在厨房旁边，是佛格家保存书籍和账本的办公室，阿尔蒙就是在那儿签署了协议，也是在那儿，恶魔抓住了他的灵魂。门大敞着，阿尔蒙慌忙冲过去，走上后面的楼梯。现在，他正安静地站在入口的门槛处。他的身体裹在软领的长大衣里，像阿尔蒙的孩子一样蜷缩着，亨利·佛格正在睡熟。急促的呼噜声，一瓶波本威士忌在桌子上放着。

阿尔蒙走进房间，举起枪，但突然意识到，他不能扣动扳机。他用空着的一只手的拇指把门锁按上，声音清脆可闻。亨利的头震惊地从枕头上抬起来。他困惑地看着门廊处的灯光，看到一个硬朗的背影就站在那儿。

嘴唇间溢出震惊、克制的声音。

"离我的孩子远一点。"

亨利一晃神才判断出这个梦不是个梦，所以刚开始只是时间上的解脱，要么什么都会发生，要么什么都不会。绝对的不真实感为救赎提供了简短的机会。然后,阿尔蒙向房间里走了两步,借着背后的光,拿起枪指着亨利的头。亨利在黑暗中看不到枪,但他知道,枪就在那儿。他没有站起来,也没有听从命令,他只是半躺着,半跪跄地在沙发旁跪了起来,背对着阿尔蒙,双臂环住萨米尔,他这会儿已经从梦中被惊醒了,但还没哭。

"不要伤害他!"亨利大喊着。尽管他年龄大了,他的臂膀依旧像铜墙铁壁一样环绕着孩子,"杀了我吧——但不要伤害他!"

现在,任何话都救不了你了,亨利·佛格,古老的语言已经死去了。

阿尔蒙的声音钢铁般坚硬稳定,"这正是我要做的。现在,站起来。"

突然,萨米尔深吸着空气,对着天花板尖叫了起来,朝向一边挥动着自己圆胖的手臂,亨利拒绝把自己的身体盾牌从外孙的身前移开。

阿尔蒙被这声音吓到了,突然的一股怒气威胁着他的震惊。他意识到,他不能同时处理枪和宝宝。"把他抱起来!"他狂叫着,突然困惑了起来,"立刻把他抱起来!"

亨利一晃神才意识到他获得了暂时的解放,然后,他笨拙地将萨米尔贴在胸前,萨米尔现在正害怕地挣扎着,小拳头不断捶打着空气,眼睛瞪得大大的。

"走出去。快点!"

亨利按照指示做了,他抱着萨米尔径直走出了书房,径直走出了耀眼的厨房,走进了肯塔基吞噬般的黑夜里。

"背向我!"

亨利没有放下他的外孙,急匆匆地照做,蹒跚着背向呈几何图形排列的、飘着芳香的花园,他这样布置是为了给未来带来希望。它的形状看起来很荒谬。

阿尔蒙疯狂地朝四周看着,当他看到稻草人的时候,他指着:"那儿,那儿。"他的身体本能地把他们引向那里。"把他放下!"他命令。

"不。"听起来,这回答就只会有这么一个字了,但亨利接着说,"除非你先杀了我。"

现在,狂怒席卷了他。"我会杀了你的!"阿尔蒙用枪托砸了他的头,力气不足以大到把他砸倒,只是砸得这位老人跪在了地上。萨米尔像一只小猫一样从他的手臂中滚落,脸摔在了尘土里,尖叫着,在厨房照过来的灯光里,在他精致的脸上,阿尔蒙看见汉丽埃塔在盯着他,血从太阳穴滴下来。

他向后转身,在亨利昏倒的时候大口喘着气,然后手伸下去,把萨米尔拉向自己,他突然很害怕伤到自己的孩子。萨米尔小小的白色T恤从尿布上被扯开,系在自己的脖子上了。他的哭声很刺耳,但当阿尔蒙用空着的手把他从尘土中抱起来的时候,发现他并没有受伤,他把孩子拼命地往自己的腹部压,孩子挣扎着,朝旁边倒了下去,脸上混着泥土和眼泪,尖叫着。

亨利依旧跪着,说道:"当心他的脖子。"

阿尔蒙转向他,眼睛里充满了怒气。"这是我的儿子!你偷走了我的儿子!"他控制不住声音里的痛苦,它回荡在围栏中的田野里。

尽管头晕目眩,筋骨受伤,亨利的声音几乎还是冷静的,实在太荒谬了。从他的冷静里,发出了永恒的副歌:"他是我的……"但他没有说完,他屏住了呼吸。他重新说出了新的话,它们自己跑了出来,他根本控制不了。"对不起。"他感到,真相就像另一次重击。

阿尔蒙几乎要对着他吐口水了,他低头瞪着他,爆发出声:"你不用道歉,你什么都不用!"但他儿子在他的怀里挣扎着,他不知道怎么处理,他之前从来都没有抱过孩子。他就这么尴尬地让萨米尔从他的大腿上滑了下来,在离亨利六英尺的地方再一次唐突地掉在了地上,阿尔蒙正朝着这个方向前进。他的身体是致命的、纯粹的威胁,当亨利抬头看着他,透过右眼上方的伤口滴下来的鲜血斜视着他的时候,他脸上的恐惧就如白天一样清晰。

这种恐惧让阿尔蒙震惊,但他的话依旧残忍:"把你的皮带抽下来!"

亨利照做了。阿尔蒙从他手里抓过了皮带,它就像一条蛇一样噼啪挥动着。他的行为现在变得疯狂了起来。如果他能动得再快一点,吞下更多的怒火,或许,他就会避开正在升腾的东西,他意识到了一些变化。他把老人向后猛地一推,踢了他一脚,踢得他继续挪动,于是,亨利往回爬着、爬着,直到撞在了那个稻草人挂着的柱子上。他被绑在柱子上的时候,眼睛一直盯着萨米尔。

还不行,还不够。于是,阿尔蒙把自己的皮带也抽了出来,在下面一点捆住了亨利的下腹部。现在,他被绑得就像要被杀掉的野兽。但,亨利的眼睛还是盯着萨米尔。

"我要带走我的孩子。"阿尔蒙咆哮着,但就在他回到孩子的身边、笨拙地再次将他抱在胸前走开的时候,亨利爆发出了刺耳的声音。那是一种母亲般的哀号,一个在十字架下哭泣的女人。这十字架升起来,包围起农场,紧紧抓住了阿尔蒙的头。它掠过牧草,掠过大树枝继续前进,在古老的坟墓、黑暗的头颅和受惊的马儿上空回荡着。但阿尔蒙已经活得够长了,比三生三世还要长,他以为他能平稳地走过。他前进了十步,才发现他再也走不动了,停了下来。他把口袋里的瓶子拿掉,需要再次把孩子放下来。汉丽埃塔的孩子。他曾经有机会学着和她相爱,但他毁掉了它。在这样的认知面前,他顿时苍白无力。

太迟了,也不重要了。他正在带走他的东西——他的孩子和他的复仇。那位女士的书出版以后,整个世界都会明白为什么亨利·佛格的死是公正的。他现在正摇摇晃晃地走向更明亮的地方。他知道,这瓶子会起作用,把这座房子炸到天国。今晚有稳定的微风,会把冒烟的火焰变成熊熊烈火。给他们看看,阿尔蒙紧张起来,像个经验丰富的投手一般大步向前冲去,用力将这瓶子投进后门,直直地扔到了厨房的墙上,它在那儿摔碎了,落在飞溅的汽油中,闪闪发亮。于是,开始了。一道柔和的火线迅速升起,沿着后楼梯迅速攀升,进入了相互分开的房间里,床和沙发,相继起火。从外面看,就好像一股温柔、闪烁的灯光走进了每间房间。这会儿,窗帘就像柳条一样动着,就像火焰自己在挥着手寻求着帮助。不一会儿,浴室就像爆竹一样爆炸了。

带着突然的嘶嘶声,佛格家的房子变成了一片火海,萨米尔躺在草地上,停止了哭泣,惊恐地睁大眼睛抬头看着。但他不是在看房子,而只是盯着阿尔蒙,因为阿尔蒙的手臂因为被汽油熏过,也着了火。他立刻倒在地上,喘着气,翻滚着,把自己的手臂拍向冰冷、带着露珠的草地,像个疯子一样拍打着,或者像个想逗孩子笑的人。当阿尔蒙终于站起来,身上的火焰终于熄灭,喘息着悲鸣着,烧焦的皮肉挂在前臂白色的衣服碎片上的时候,萨米尔警惕地看着他。

房子的声响盖过了他口中的哀嚎。他手伸下去,拖起萨米尔。他又尖叫了起来,扭动着,拍打着他。他眼睛里燃起熊熊烈火,瞪着他自己的孩子——因为这火焰或她母亲的疾病而燃烧着,他不知道是因为哪一种。

突然,他脸上的汗水混在了泪水。亨利的哀嚎还回荡在他的耳朵里,阿尔米的头眩晕着,眼里带着闪烁的光。不要伤害他,不要伤害他——伤害谁?

阿尔蒙踉跄着向旁边走了几步。发生了什么?这就是复仇?曾经是有个计划,但他突然很吓人得困惑了、迷失了。他有个故事要讲,但谁会听呢——谁会真的听呢?杀掉亨利·佛格,他们就会说,你是杀死白人的另一个黑色动物。他们总是在讲着一个同样的白人故事。

但,牧师,他们让我变成了一具躯壳!

他开始从胸口啜泣,但他烧伤的手臂上再也感觉不到疼痛了,那就像是敷在皮肤上的冰袋。他低头看着萨米尔,他的生命在外面延续着。儿子。这在他嘴里是个陌生的词,他需要竭尽全力去理解它的意义。

他震惊地发现,那闪烁的光并不在他的脑子里,而是在临近的道路上。警察随时都会如暴风雨般拥入这个农场。他不必回头顺着肩膀去看他们,他知道的。妈妈。我不能,我不能,我不会——

阿尔蒙的手颤抖着,还有他手枪的枪柄。火焰正在他身后建筑一个地狱,直直地冲向天空中的星星。他已经可以听见道路脚下的声音了。他抬头困惑地看着夜空,双鱼座、狮子座、巨蛇座、猎户座。他知道,它们并不是真的在那儿,它们只是一个让人们相信的故事。但这个故事很重要。一个永远都会流传下去的故事,比任何人的孩子都要长久。

那位女士作品的结尾由他决定。

阿尔蒙止住了泪水。

公正是一只古老的动物,依旧在天空中显现着形状。用她的笔把它画下来。

他颤抖着,深深吸了一口气,突然明白了,为什么他会在那儿。他们会把你吊死在一棵树上,或者让你死在一个沙发上,又或者把你困在监狱里发霉腐烂,但他们给你的永远都是一样的。这个世界不爱我们。牧师说了,当他们回报你以躯体,他们就不会再听你说话,所以,你要让躯体说话!讲述这悲惨的故事!让有眼睛的他们看看,让有耳朵的他们听听!

阿尔蒙和亨利之间的距离不算远，他走了十二步，就能从上到下俯视这个被束缚着的男人。警察随时都会包围他。他们会看到。他弯下腰，小心翼翼地把萨米尔像财宝一样放在旁边潮湿的草地上。亨利带着将死之人的绝望，朝着孩子挣扎着，但他够不到他。

阿尔蒙直起身子，说："不是你的东西，你不会一直占有着的，佛格。我不会允许。"但亨利并没有看他，只是看着萨米尔。

牧师说了，用你的每个行动祈祷，不要害怕。

阿尔蒙的手不再颤抖。"看着我，佛格！"他命令着。

他举起枪。不要害怕，不要害怕，不要害怕不要害怕不要害怕不要害怕不要害怕不要害怕——

"看着我，佛格！"阿尔蒙哭喊着，声音回荡在夜空中，亨利终于抬起头，眼睛瞪大。

四枚子弹绕着亨利的脑袋弹出不连贯的彩虹———颗为了玛丽，一颗为了牧师，一颗为了西皮奥，一颗为了所有曾在河底迈步的男人和女人们，他们的血肉被鱼吞食，最后一颗为我，阿尔蒙——应得之人，崩溃之人，罪恶之人，天赋之人。我是个罪人。我毁了爱，把儿子卖给了出价高的投标人，但我会用自己的生命赎回自己和他儿子的生命。牧师，将我温柔地放倒吧。请求你让妈妈原谅我。我原谅她了。给我的尸体穿上星期天的服饰，给我的嘴唇涂上油。让我的生命说话，那么他们最终就会知道我。我再也不用害怕了。

阿尔蒙把枪指向自己。他没留任何机会。

◆

在黑暗中，只有火焰。亨利以为自己死了。他本应该拥有所有权利的，但在他面前有个死人，四肢张开躺在地上，手臂大张着，手掌朝向天空。当黑夜的空气从西方开始奔腾而来，人影也奔涌而来；黑夜哺育着地狱，亨利的家只剩下这无尽的黑夜。房子框架在他眼中瓦解，房梁倒塌，楼层在波涛汹涌中崩溃。

萨米尔躺在草地上，嘴巴扯得老大，哭着，但亨利几乎听不到他的声音，发令枪的声音让他有点聋了。一个官员从高高的草丛中找出那孩子，把他抱在胸前，从烟雾中蹒跚着跑回来，大喊着："这是谁的孩子？这是谁的孩子？"但没有回应。

如果大自然开始把它的拳头打在平原和高山上，地球就会开始摇晃。萨米尔在官员高高的手臂里，突然停止了哭泣，好奇、惊讶地伸着脖子到处看。火焰因为一团新鲜的空气更加明亮了。"地狱之口"突然从黑暗中闪现，它闪耀着汗水之光，反射出红色的火焰。萨米尔看着母马向他们飞驰而来，高兴地尖叫着，用后腿让自己直立起来，它的马腿打着圈，就像要绕着天空旋转。它近乎完美了。它作好准备迎接更多了。

结　语

因为他正在米勒斯堡和梅斯维尔之间长长的延伸地带上，月光照耀着，司机有很多很多时间可以停下，但在这浓重的雾中匀速地漂流下去，就像是在梦里的人一样，他能判断出来，在这个不宽恕人的土地上，他是一个孤独的小孩子。停下来太愚蠢了，特别是在这么一个晚上，在这么一条路上。你永远都不会真的知道谁敌谁友，但……是的，的确是个小家伙。你能干什么呢？你必须帮助兄弟走出困境。他离开米兰达已经两周了，正准备回家，他知道她很孤独，而且，在他跑南方路线的时候总是很担心她。她会立刻在这个散着浓雾的夜晚的另一边，给他做牛排和牛腰饼，所以，乘客门大开后，魂牵梦萦的那张脸出现的时候，他笑了，那张脸黑暗、严肃、带着黑色的皱纹。

约翰尽力想要藏起他的警觉，他那和蔼可亲的口气让气氛变得轻松起来。嘴巴已经开口了："我的先生，您要到哪儿去，需要我的帮助吗？"

年轻男人没说话，踏进出粗车里，几乎没有动静，就好像他是个没有重量的东西，只是人的一个影子。

司机清了清嗓子。"我叫帕克先生，但你可以叫我约翰。您呢？"

很长的一段停顿。然后，男人缓缓转过头来，金色的眼睛直直地盯着他，寒气逼人，带着悲伤。他没说自己的名字，脸上没有任何表情。恐惧立刻夹住了约翰的嗓子。"嘿，没关系。"他脱口而出，挥了挥自己的手，"如果你不想跟别人说你的名字没关系。我不反对维护自己隐私的人。我们只是在路上不期而遇，而后在我们的路上走着。一点也没关系。"

他刚说完这话，立刻就感觉到了一股战栗沿着脖子一直向下，约翰突然觉得很冷——我的天哪，出租车里像个冷库一样。当他突然在那寒冷之上闻到微微的烟味时，他的第六感觉得是个不祥之兆。刚开始不太容易察觉，就像模糊的记忆一般，但接着，很强烈，的确是篝火的味道。

"先生，您去露营了吗？"他说着。再一次，没有任何回应，只有吞咽的声音。在他旁边的男人笔直地盯着前面，连眼睛都不眨，甚至都听不到微弱的呼吸声。

现在，真真切切的紧张害怕，身体内部的某个部位潜意识地察觉出了危险。但他也没必要害怕。最好就只是仰着坐着，眼睛睁着什么话也不说。对，确实是，就只是保持冷静，不要激怒、不要问问题，一个字都不说——

"年轻人，"约翰温柔开口，打断了他的好感觉，"我知道这不关我的事，但——"

男人抬起一只手，什么话都没说，指了指前面又长又黑的路。

"你要去北区？"帕克挤出一口气，"嘿，太酷了。我正要去北区。我在这条路上载过几个家伙，的确是的。一直跟着北极星走，你就不会走错路，知道我在说什么吗？"他手握着方向盘，有点发抖。但同时，他骨子里突然感觉到很深沉的安心。他会没事儿的。就像动物一样，很多都是在害怕的时候才是危险的。他继续加着油门，他们飞快地穿过肯塔基厚重的黑夜，从牧区一直向北去，进入某些镇子，这些镇子将肯塔基中部和俄亥俄州边界分开，每次到了这儿，约翰总能开始觉得放松和安全了些,马上就要到河边了。

沿着这条路大概走了三十分钟,他轻声开口:"现在,就像你知道的,我要去北区,但是我今晚不打算一直开进俄亥俄。"他希望稳定的声音里没有透出一些不安烦乱。男人缓缓将头转向他,但约翰不敢再去看这双深不可测的眼睛。他急匆匆地说:"看,我就和我妻子住在里普利,但我今晚就在这半边工作,早上再去肯塔基那半边继续。石头加工厂就在梅斯维尔西边,你知道的,那个很有名的歌手就住在那儿,你知道我在说什么吗?"现在,他真的开始放松了,赞美着收音机里美妙的声音,现在再也听不到了;说着房地产业的繁荣还能持续多久,会怎样变成一场灾难,当然了,对工薪阶层人们的冲击是最大的——就像他们两个人——但你能做什么呢,真的,你能做什么呢,富人运转着这个世界,他们发号施令,你能做的就是尽力朝前稳稳地走一步。他的乘客僵硬地坐在他身边,一动不动,也没说一个字,于是,约翰尽力不去想,他的出租车怎么会闻起来就像个着火的畜棚,他太冷了,胳膊上的汗毛都竖了起来,男人的脸僵硬得像埃及的大理石石棺,那种他们在辛辛那提博物馆才有的东西。为什么,噢,为什么他要载这么个人?因为……该死。人类就是个贵重货物,你必须帮助兄弟。这就是他母亲从小一直教导他的。她回到弗吉尼亚,看到过很多苦难,一些你甚至都无法用语言描述的苦难。如果你不学会帮助别人,那么从苦难中存活下来又有什么意义呢?

当他们终于转弯来到梅斯维尔西边的8号路时,约翰说:"我们现在离得很近了。"但就像男人已经知道了,他从椅子上向前倾身,越来越靠边,花岗岩一般的手伸出去,抓住横杠——上帝啊,它们是被火烧过吗?

约翰鼓起勇气,将车开到杜佛路旁边的小空地上,夜晚正在房屋周围慢慢深入,变得漆黑。他犹豫着,考虑他是不是应该冒个险,然后温柔开口，小心翼翼地说："年轻人，我看着你好像遇上了什么麻烦。现在，这不关我的事，我也不打算问你细节，但我愿意帮你。我很乐意把你带到一个安全的地方，一个没有人会来找你的地方，明天，你可以继续启程——"

"河。"男人突然开口，他说的第一个字中的阴冷几乎让约翰心跳停止。那是机器重新发动的声音。

约翰小声开口："那条河就从这座山流淌下去，在这些房子的后面。我家就在里普利，河的对面。早上更容易看到。"

"停车。"

"孩子——"

"停车。"

约翰拒绝不了那个声音，它像时间一样庞大，像坟墓一样深沉。它让他心脏的每个腔室都疼痛了起来，让他四肢僵硬。他甚至还没有把车停稳，车门猛地被甩开，男人跳了出去，他的暗色的头和宽阔的肩膀在前，然后是他破烂的T恤衫撕裂的声音，继而消失，一只工靴上有一个破了的洞，这是约翰看到的他身上最后一点东西。

现在，男人正越过一块厚重模糊的草坪，绕过秋千、新锯的木头搭起的小屋，直直地穿过一排障碍，远离操纵、远离南方、远离文明的制造者，直到所有房子都消失，夜色吞没了他，地面凹陷，远去。

目及之处尽是黑暗。整个世界闻起来就像即将涌来的水。

男人发现，他并不孤独。黑暗中，蒸汽笛风琴发出尖锐的声响；麝鼠从黑暗中偷偷瞥了他一眼，在一阵巨大的碰撞声之后，所有的动物立刻开始吱吱呀呀——鹗、轻盈的苍鹭、扎着带子长着胡子的翠鸟、岸燕在挖着洞穴——但这次，他并没有害怕。麝鼠尖声叫着，乌龟也在低语，所有白色尾巴的鹿谈着话，河流在遥远的低处像音乐般流淌着。男人现在能看到它了——永恒、快速，在另一边，那甜美的原始世界，那个他曾创造的世界。在那遥远的高高的岸上，远远高出河流流过的低洼土地之上，只燃着一道光。他知道，那是为他点亮的。他穿过堤防，面前满地荆棘，石灰岩的土地形成一条路，小石子在他面前铺开来，预示着他的到来。平静、注视的月光洒在流淌着的古老河流之上，河像暗色的宝石一样闪烁着、燃烧着。他现在正用尽全力，朝着它奔跑而去，只希望能够洗去他那旧皮肤上的灰烬，洗去衣服上燃烧的痕迹，洗去头发里酸酸的臭气。那儿，就在他眼前，北边黑暗而可爱。他听到远处的一声呼唤，脑子里充满了期待和渴望。整个世界都在朝他升起。当他终于到了滩涂，感受到那寒冷的河水拥抱着他那疲倦的双脚时，他大喊出声，"好!"在对岸的某处，她叫着他的中间名，声音里充满了熟悉。他举起他那漂亮的被火烧过的双臂，打着期待已久的招呼。